U0931336

［长篇历史小说］

馬氏演義

袁银波◎著

中国文史出版社

图书在版编目（C I P）数据

马氏演义 / 袁银波著 . -- 北京：中国文史出版社，2025. 6. -- ISBN 978-7-5205-5246-2

Ⅰ. I247.5

中国国家版本馆 CIP 数据核字第 2025W3H482 号

责任编辑：薛未未

出版发行：中国文史出版社
社　　址：北京市海淀区西八里庄路 69 号院　邮编：100142
电　　话：010-81136606　81136602　81136603（发行部）
传　　真：010-81136655
印　　装：北京华强印刷有限公司
经　　销：全国新华书店
开　　本：710 × 1000 毫米　1/16
印　　张：37.5
字　　数：648 千字
版　　次：2025 年 6 月第 1 版
印　　次：2025 年 8 月第 1 次印刷
定　　价：138.00 元

伏波将军马援画像

《馬氏源流》成書誌賀

拓疆穩邊安民續漢南海絲路創偉業

舍身報國竭力濟貧北門人生照汗青

世界馬氏聯誼總會甲辰冬月馬星明

世界马氏联谊总会副总会长马星明题写的贺词

一、春秋赵国马服君赵奢是马氏始祖，马姓由赵姓演绎而来。马氏十一世祖马援是马仲幼子，他幼年丧父，由长兄马况抚养长大，对兄嫂至孝。

二、马援为扶风郡督邮时，曾义释囚工，逃往陇西，成为畜牧业主。因天下大赦，马援罪被免，他不愿安逸，便散尽家产，外出谋职。

三、其时，天下大乱，豪强割据，马援投奔陇西隗嚣。隗嚣让马援联系公孙述与光武帝刘秀，马援建议隗嚣依附光武帝。

四、隗嚣依附光武帝后却又背叛，光武帝欲行征讨，但因不熟悉地形，无法进兵，马援便聚米为谷，指画地形，制作了最早的军用沙盘。

五、在马援的积极配合下，光武帝先平定隗嚣，又灭公孙述。因此，光武帝任命马援为陇西太守，他几次大破先零羌，羌人望风归降。

六、在陇西，马援兴修水利，造福万民，带来一片繁荣景象。他又向光武帝建议，把从金城迁来的数千客民放回原籍，让他们过上安宁生活。

七、建武十八年（42），交趾（越南）女子征侧、征贰造反，攻州破郡，锐不可当。光武帝召来马援进行商议，欲让他领兵南征。

八、马援被任命为伏波将军，统兵南下，挥军击交趾，在浪泊大破叛军，俘获二征，斩其首。因功，他被封新息侯，食邑三千户。

九、平定二征之后，马援并未急于回师，而是在南方发展经济，传播文明，巩固疆土，教化民众，被人们奉若神灵一般。

十、马援回师后，征得光武帝同意，将大批军士和役工留在岭南，被称为“马留人”。到洛阳后，他留下“好男儿当死于疆场，以马革裹尸还”的名言。

十一、功臣梁统子梁松先袭父爵位，又娶舞阳公主，成为驸马中郎将，所以骄横无比，马援很瞧不起他，两人因之结怨。

十二、建武二十四年（48），马援身为主将南征五溪蛮。出征时，因梁松阻挠，舞阳公主进谗言，光武帝对马援已有戒心。

十三、南征军在临乡大败五溪兵。至武陵，对于如何继续进军，马援与副将耿舒意见有分歧。马援主张走壶头水路并征得光武帝同意。

十四、汉军至壶头，蛮兵守险设阻，因天热和瘴气，汉兵死亡甚众，马援也因瘴气染病，特留言“马革裹尸还扶风，叶落归根埋故乡”。

十五、马援病危，耿舒给兄耿弇写信，言及马援兵走壶头失误。光武帝闻知，便降罪于马援，命中郎将梁松代监马援军队并追责。

十六、梁松借机报复，制造薏苡之祸，光武帝便追缴马援侯印，使马氏面临灭门之危。因马援夫人和朱勃上书辩白，后才对马援平反。

十七、经过千曲百折，并经蔺思如等人的坚持努力，马援终于马革裹尸，埋葬在故乡陕西扶风伏波村，这里一直是马氏祭祖的圣地。

十八、马援三子三女皆栋梁之材，其女马皇后是历史上最贤德的皇后之一，她力阻将父名列云台二十八将，不让给兄弟封爵，对族人要求甚严。

十九、伏波将军的英雄精神，激励了马氏后代，除东汉马氏先贤外，三国时又诞生了马腾、马超、马岱、马良、马钧等英贤。

二十、马援是棵千年大树，哺育后代人才辈出，诸如马周、马燧、马廷鸾、马暨、郑和（马三宝）、杨靖宇（马尚德）等，他们都是马氏先贤、国人楷模。

“班马耿窦演义”总序

“班马耿窦演义”,是作家袁银波创作的《班氏演义》《马氏演义》《耿氏演义》和《窦氏演义》四本大书的总称。为什么要把这四个家族连在一起写呢?因为班马耿窦是作者的故乡陕西扶风县在东汉时期的四大朝臣、四大望族。李白《扶风豪士歌》诗云:“扶风豪士天下奇,意气相倾山可移。作人不倚将军势,饮酒岂顾尚书期。”“扶风”本为汉代官名,汉景帝时为了护卫京都长安,在关中设立了“三辅”,分为左、右内史与主爵都尉,武帝时又改为京兆尹、左冯翊、右扶风。“扶风”二字取“扶助京师,以行风化”之意。后来,扶风变成了地名。现在的扶风县南临渭水,西北紧靠岐山,这些地名也许会使你想起“渭水垂钓”“凤鸣岐山”等历史典故。扶风县的召公镇、毕公乡(现划入杨凌)都是西周王族的封地,县内的揉谷乡(现划入杨凌)就是因西周始祖后稷“教民稼穑”而得名。县内有因藏有释迦牟尼佛指舍利而闻名的世界佛都法门寺,有呈现西周都城风貌的周原博物馆……用一句到处都用的老话“人杰地灵”来形容扶风这块地方,那是恰如其分的。

扶风县志载:东汉时的四大朝臣班、马、耿、窦个个不俗。班家有著《汉书》的班彪、班固、班昭,以及投笔从戎、出使西域的班超。班家世居扶风县城南班家谷,因班固做过兰台令,故现改名为南台村,而班固墓仍存于东距班家谷15里处的浪店村。马家有被汉光武帝拜为伏波将军,并以“男儿要当死于边野,以马革裹尸还葬耳”的豪言闻名于世的马援,及其后代有马腾、马超、马融等,现县内存有马援墓、三马祠及伏波村。耿家有耿弇、耿秉、耿国等大将2人,将军9人,卿13人,侯19人,为历朝所罕见。窦家不仅有西汉汉文帝窦皇后和重臣窦婴,更有东汉窦融、窦章、窦固、窦武、窦宪及汉章帝皇后、汉桓帝皇后等“一公、二侯、两皇后、三驸马、四个两千石”。他们为东汉江山的得来和巩固立下汗马功劳。

较之中国历史上诸多大的家族，“班马耿窦”一点也不逊色，因为，正是这四个家族，深深影响了东汉的历史。须知，一个地方，几个姓氏，几个家族，能出现这么多奇才将佐、民族英豪，这在历史上是十分罕见的。

在书中，虽然以东汉时的班马耿窦四大名门望族为切入点，但追根溯源、旁枝侧叶却涉及了前后更多的朝代，以及更多的人和事，使演义的内容更加充实，人物更加丰满，值得赞赏。

这里的班氏以“四班”为代表人物。班彪字叔皮，幼喜古籍，20岁避战乱投天水隗嚣，曾著《王命论》劝隗嚣归善，隗嚣不听，他便投河西大将军窦融。汉光武帝赏其才，举为司隶茂才。他才高学博，专心史籍，作传记65篇，填补了《史记》以后的空白，为《汉书》的撰写打下了基础。班固为东汉著名史学家，字孟坚，系班彪之子。他9岁能著文，16岁入洛阳太学读书，23岁继承父亲遗志，进行《汉书》的编撰。他初任兰台令史，转迁为郎、典校秘书，奉诏续写《汉书》，历时20余年，于建初中将《汉书》修成，开创了断代史的体例，成为中国四大史书之一。汉章帝时，博学多才的班固被任命为玄武司马，曾撰《两都赋》和《白虎通义》。汉和帝永元元年（89），窦宪挂帅出征匈奴，以班固为中护军，行中郎将事，此役一举将匈奴赶出亚洲，赶向了东欧。为此，班固奉命撰写了《封燕然山铭》。以至于，此战以后，便有了《马踏燕然》这一东汉军歌，传唱至今，千年不衰。窦宪虽有战功，但因专权，遭人陷害，被汉和帝密诏收缴印绶，兄弟皆被遣回原籍，诏令自杀。班固因之受牵连入狱，遭洛阳令种兢迫害，惨死于狱中。班超字仲升，是班彪次子，他少有大志，喜舌辩，曾“投笔从戎”，被任命为假司马，率36人出使鄯善，首创斩首行动，杀匈奴使者，斩于阗神巫，平疏勒、莎车等地，使西域50余国摆脱了匈奴的奴役，统一于东汉王朝。他官至西域都护，封定远侯，坐镇西域，是中国历史上一位叱咤风云的人物。班昭字惠班，班彪女，系扶风人曹世全之妻，是中国历史上第一位女史学家。她继父兄未竟之业续编《汉书》，共续编“表”8篇，《天文志》全部完成，此恰为《汉书》之精华。其文学著述亦丰，被和帝召入宫中教授皇后和嫔妃，并曾以师傅身份参议邓太后朝政，被尊为“曹大家”。班超次子班勇袭父职镇守西域，为东汉的稳定、国家的太平立下了汗马功劳。当然，班氏先贤中，还有班婕妤这位世上“最完美的女人”，是被千秋万代所称颂的。惜班超孙班始，虽有幸娶清河王公主，但因不堪忍受其淫乱而杀之，故犯下大罪，其同胞兄弟姐妹多被斩杀，以至于后来扶风境内都少有班姓之人。

这里的马氏以马服君赵奢、伏波将军马援、大经学家马融、威侯马超为代表人物。赵奢为战国时赵国名将，与廉颇、李牧齐名，他亦是全世界公认的马家始祖。赵奢原本为赵国的一个小部吏，负责征收田租。因他不畏权贵，秉公执法，先斩平原君手下不纳赋税之人，后又向平原君晓以大义，将其说服，故深得平原君赏识，遂把他推荐给赵王，让他负责全国的赋税，赵国果然赋税均平，民生富足，国库充盈。赵奢的出名，还在于阏与一战。那时，秦国大将胡伤率大军攻韩，驻军阏与，赵奢领军前去救援。他先厚集兵力，严阵以待，而后抢占北山，占制高之地，再挥军攻秦，大破秦军。因之，被赵王封为马服君。马服即指马服山，它位于河北邯郸市西北，又名紫山，马服君即取意为赵奢乃像大山一般伟大的将军。赵奢有一个儿子即纸上谈兵的赵括。赵括长平一战，使赵国四十五万大军被秦大将武安君白起俘杀。长平之祸后，赵奢的后代，深以赵括为耻，而以马服君赵奢为荣，故改赵姓为马姓，以取纪念先祖马服君之意。而到了汉武帝时，史书有载的重合侯马通，已改为马姓，并举家由河北邯郸迁于陕西扶风，此即为扶风马氏家族的由来，也是全陕西、全中国、全世界马氏家族的由来。扶风县城郊自古至今就有以马援的封号“伏波”命名的村庄存在。似此，扶风古土，难道不应是全世界马姓人寻根问祖的地方吗！继马通之后，马氏一门，再经几代，诸如郎持节、号使君的马宾，玄武司马马仲，以及马况、马余、马通等。而最为出名的，莫过于东汉开国名臣汉光武帝太中大夫、陇西太守、虎贲中郎将、伏波将军、新息侯马援。马援字文渊，他先投陇西隗嚣，后依附刘秀，曾聚米为山，与刘秀谈军事形势，深得刘秀赏识。建武九年（33），马援被封为陇西太守，他率大军平叛，在临兆与羌人激战，大获全胜。建武十七年（41），马援率军平交趾（今越南）征侧、征贰之乱。并在交趾修治县郭，兴修水利，铸立铜柱，标示汉界。建武二十四年（48），62岁的马援仍老当益壮，率军征讨反汉的五溪蛮，不幸感染瘴气，病死军中，“马革裹尸”而还。但因被光武帝女婿梁松所诬，印绶全被追缴，丧事十分凄凉。后云阳令朱勃冒死上书为马援辩冤，才得以平反昭雪，追谥为忠诚侯。马援三子三女皆为栋梁之材：长子马廖官至顺阳侯，次子马防官拜翟乡侯，三子马光官至许阳侯，小女马皇后为汉明帝皇后，是中国历史上最有贤德的皇后之一。她虽贵为皇后、太后，但生活十分俭朴，不议论朝政，不重用族人，深为历代称颂。马氏家族后代的兴旺，与马皇后严于律己，宽以待人，严格要求自己的兄弟和族人有很大的关系。其孙马遵、马钜、马康、马朗、马度等皆封侯晋爵。马融亦为马援孙，字季长，为东汉关中大儒。汉安帝永初四年（110），拜为校书郎中，负

责校典秘事。曾任武都太守，迁任南郡太守，被大将军梁冀所诬免官。因厌恶官场黑暗，辞官归故里教书，学生上千人之多，因其设帐教学而出名，教学地得名绛帐（今扶风县绛帐镇）。他著有《三传异同说》及颂、赋、七言琴歌等20多篇，同时，还注释了《论语》《离骚》等十多部古籍。其后再如三国时西凉太守马腾，腾之子马超、马岱皆为蜀汉名将。马超，字孟起，为马援之后，东汉西凉太守马腾之子。马超文武兼备，勇烈过人，初在凉州，与曹操相距于蒲阪，曹操曾叹："马儿不死，吾无葬身之地矣！"后与其弟马岱归降刘备，被拜为左将军，封为"五虎上将"之一，后被追封为威侯。马氏之后还有马钧，他是著名的机械制造家和发明家。此后，马氏一门，依然英雄辈出，豪杰不断，诸如初唐名臣马周、中唐名将马燧，元代大戏剧家马致远，明代朱元璋马皇后，抗日名将马占山。最有意义的是，马氏文化也与红色文化和中国革命息息相关，陕北米脂杨家沟的马氏，在杨家沟修建了扶风寨，党中央、毛主席转战陕北时，在那里住了120天，"红色杨家沟 百年扶风寨"，马氏一门和扶风寨，为中国革命做出了巨大贡献。众所公认，马氏家族为中国诸大姓氏中最有作为的望族之一。

这里的耿氏以烈侯耿弇为代表人物，他协助刘秀平王朗，攻张晔，伐延岑，收上谷，定渔阳，取涿郡，平张步，败隗嚣，率兵平四十六郡，屠城三百未尝受挫折，不但封侯并授大将军印绶。当耿弇大败张步于临淄并得其城后，光武帝刘秀曾对他说："昔韩信破历下以开基，今将军攻祝阿以发迹，此皆齐之西界，功足相仿。而韩信袭击已降，将军独拔劲敌，其功乃难于信也！"这里，刘秀将耿弇与韩信相提并论，并言其所立功比韩信更难，足可见耿弇功勋之卓著。耿弇弟耿国，被汉光武帝封为黄门侍郎，迁升射声校尉，后封为五官中郎将。他曾向光武帝建议：联呼韩邪单于而御鲜卑，抗匈奴，保证了边塞的安宁。耿国长子耿秉，他体魄魁伟，腰粗八围，博通经史子集，善演《司马兵法》，精通征战策略。永平十五年（72）与窦固征伐北匈奴，敌皆败退，不战而还。永平十七年（74）与窦固合击北匈奴在车师一带的势力，曾率精锐部骑径闯车师后王大营，后王安抱耿秉马足而降。其性格勇猛刚烈，每每行军打仗，自披铠甲攻击在前，驻军休整不扎营寨，有敌来犯迅速列阵，士卒都乐于以死相搏。逝后被追封为桓侯。耿国次子耿夔，年少时即气势不凡，勇于决战。永元三年（91），他为大将军左校尉，率八百锐骑攻匈奴单于都城，在金微山斩敌五千，获珍宝财富无数，平塞外五千里。永初三年（109），南单于檀背汉，他率兵抗南单于檀，虽只拥兵两千，但击败三千敌兵，斩敌千余，俘敌多名，缴获物资千余车。耿国侄耿恭，为人慷慨大度，有将帅之才。永平十八年，耿恭与匈奴军大战于金蒲城，以军三百，拒敌两万。他抵敌累月逾年，心力困尽，凿山取水，煮弩铠而食其筋革，万死而无一生望。似此，仍杀敌寇数千，忠勇全节，古今未有。耿恭只此一战，连南宋爱国名将岳飞都大发感慨，他在千古名篇《满江红》中，即这样激情写道："驾长车，踏破贺兰山缺。壮志饥餐胡虏肉，笑谈渴饮匈奴血。"记叙的就是耿恭的英雄壮举。耿氏一门，至建安末年，官封大将军 2 人，将军 9 人，卿 13 人，娶公主为妻 3 人，列侯 19 人，中郎将、护羌校尉及刺史、二千石数十人。

这里的窦氏以安丰侯窦融为代表人物。窦融初为王邑部下，后镇守河西，威镇羌胡。因见光武帝英明，果断依附，奉诏攻金城，斩敌千余。建武八年（32），窦融协助光武帝大破隗嚣。建武十二年，窦融升大司马，位列三公，与太尉、司徒共为负责国务的最高长官。窦融弟窦友子窦固，青年时匹配光武帝女涅阳公主为黄门侍郎，好读书，喜兵法，袭父职封显亲侯。永平十六年（73），窦固大破北匈奴于天山，击呼衍王，斩首千余级。次年，复出玉门击西域，破白山，降本师，威震羌胡。窦融曾孙窦宪，字伯度。建初二年（77），因窦宪妹被章帝立为皇后，窦宪被拜为郎，迁侍中、虎贲中郎将。汉章帝逝，和帝即位，尊窦皇后为太后。是时，窦宪任侍中，内主机密大事，外宣朝廷诰命。因有窦太后之势，窦氏一门，皆为朝廷亲要。同年，窦宪官拜车骑将军，率三万兵马出塞，讨伐匈奴，与北单于大战于稽落山（今蒙古国西南），追击于燕然山，斩名王以下一万三千余人，降者二十余万。随行的中护军班固为之撰文，刻石《封燕然山铭》以作留念。翌年，窦宪再接再厉，率军再败北匈奴，将其赶出亚洲，逃向欧洲。但遗憾的是，仅过一年，十几岁的小皇帝听信奸宦郑众谗言，说窦宪功高震主。即密诏收缴其印绶，窦宪兄弟三人皆被遣回原籍，诏令自杀。至窦太后死，窦氏一门，所剩者或杀或斩，或迁或贬，立见衰败。这是东汉时窦氏家族的第一次被灭门。同时受害的还有班固、马光、耿冲等扶风族人。

安帝永初二年（108），朝廷为窦宪一案平反，恢复名誉。

但七十多年后，窦氏一族又遭遇第二次灭门。

时间到了公元 165 年，窦武之女窦妙被立为桓帝皇后，窦武被封为槐里侯。仅过了两年，桓帝亡，灵帝即位，尊窦妙为皇太后，拜窦武为大将军，改封闻喜侯。当时的朝堂被宦官曹节、王甫等人把持，他们为非作歹，陷害忠良。窦武与太傅陈蕃等人密谋，欲铲除专权的宦官。结果密事泄露，反遭宦官杀害。窦太后也被软禁，窦武妻女及家人被流放到遥远的南郡（今越南境内）。奸宦疯狂地杀害窦氏族人，受害者达七百多人。窦武的侄子、雁门关太守窦统闻讯，率部逃往漠北（今蒙古国境内），在此创建了多民族的没鹿回部落。直到公元189年，汉朝廷才为窦武等人昭雪，恢复了他们的爵位。后窦统的孙子窦勤被晋帝封为忠义侯，窦勤之子窦于真被封为征西大将军。

公元357年，窦于真带着16岁的孙子窦滔，回故乡扶风县周秦坡和法门寺西街定居。后窦滔与相邻的武功县才女苏蕙喜结连理，窦滔不忘报国志，先后出任秦州（今天水市）刺史和镇守襄阳的安南将军。在夫妻分别的时光里，苏蕙思夫心切，用锦帛织下了流传千古的织锦回文《璇玑图》。她把八百四十一个字，用五色彩线绣在一个八寸见方的手帕上，左右、上下各二十九字，可以左右读，上下读，顺读，倒读，减一字读，增一字读，间跳读，回还读，斜读，交叉读，等等。能读出三言、四言、五言、六言、七言诗八千多首，且对仗工整，合辙押韵，诗情含蓄，意境深长。女皇武则天亲为其写了序言，赞曰：五彩相宣，莹心耀目。纵横反复，皆为文章。才情之妙，超古迈今。

读“班马耿窦演义”，一个个惊心动魄的画面、一个个活灵活现的人物浮现在眼前。有朝廷的决断，也有皇帝的昏庸；有文臣的耿耿忠心，更有武将的热血杀敌；有小人的狡诈，也不乏权臣的骄横；有将士们金戈铁马在疆场的勠力拼搏，也有佞臣奸党在朝廷的弄权谋私。当班马耿窦的贤良们为国为民秉忠立功时，总有一些嫉贤妒能之辈找碴诬陷他们，致不少人入狱甚至丧命。

纵观班马耿窦四大家族，他们是随着东汉王朝的兴而兴、衰而衰的。班马耿窦四大家族的历史，不仅是四部真真实实、悲悲壮壮的家族史，也是一部轰轰烈烈、曲曲折折的中国东汉史，是中华民族历史十分耀眼闪光的一章。但是，就是这么一段辉煌的历史，一直未被深挖，未被升华。作家袁银波慧眼识宝，雕璞见玉，他多年研究班马耿窦文化，搜集班马耿窦史料，并奋笔疾书，飞文染翰，挑起创作“班马耿窦演义”的重担，可贺可嘉。这不仅仅说明他富有远见，也源于他难舍的故乡情结。因为，他的出生之地，即为“四班”生活和战斗的扶风班家谷，即为班固撰写《汉书》的地方。实际上，袁银波对于班马耿窦史料的艺术加工，把它们创作成“班马耿窦演义”，这也好比先有《三国志》，后有《三国演义》一样，他使真实的、确凿的却有些枯燥的历史资料，变成了生动的、形象的、有许多鲜活人物的艺术作品，确实可喜可贺。这正是我们退伍军人的骄傲，因为袁银波是我们部队大学校里培养的一位出色的军旅作家。

党的二十大报告指出：“增强文化自信，围绕举旗帜、聚民心、育新人、兴文化、展形象建设社会主义文化强国。”“发挥党和国家功勋荣誉表彰的精神引领、典型示范作用，推动全社会见贤思齐、崇尚英雄、争做先锋。”而“班马耿窦演义”所记述的这些传奇历史，所描写的这些扶风先贤，所刻画的这些历史人物，正好都是我们中华民族优秀人物最杰出的代表，是我们一代又一代人应当学习的楷模。

实际上，班马耿窦文化，绝不只是宗族的，更是民族的；绝不只是扶风的，更是中国的；绝不只是陕西的，更是世界的。对它的宣传，乃是一种对民族遗产的宣传；对它的弘扬，乃是一种对民族精神的弘扬。而它的文化内涵，也绝不只是一般的宗亲文化，更是优秀的民族文化。所以，这是需要积极提倡和大力发扬的。

陕西扶风，有着深厚的历史文化和地域文化；陕西扶风，有着众多的历史先贤和文才武将；陕西扶风，有着多位优秀的文化名人和军旅作家。如今，“班马耿窦演义”的出版发行，必然会填补建立在史学基础上的扶风先贤人物群像文学创作的空白，它是富有意义的。我们一定要继承班马耿窦家族重学好武、诗书传家的优秀传统，学习班马耿窦先贤历经磨难、不辱使命的高贵品质；弘扬班马耿窦先贤一往无前、矢志不渝的爱国热情，为中华民族的伟大复兴、建设社会主义文化强国做出应有的贡献。

窦孝鹏　王宗仁

窦孝鹏，1939年3月出生，陕西省扶风县城关镇周秦坡老庄人。1958年参军，1962年参加了中印边境自卫反击战，荣立三等功。曾为总后政治部创作室专业作家，后勤杂志社、金盾出版社副社长兼主编、编审、高级记者，大校军衔。系中国作家协会、中国报告文学学会、中国散文学会、中国散文诗学会和中国军事科学学会会员。50多年来，在各报刊和电台发表各种新闻、通讯3000余篇；报告文学、小说、散文、诗歌等500余篇。多次获全军、全国各种奖项。其代表作有长篇小说《崩溃的雪山》，长篇纪实文学《长城鏖兵》，报告文学集《长长的青藏线》和《戎马关山最难忘》，长篇传记文学《杨至成将军》《开国上将杨至成》，短篇小说集《鹰》，散文集《春满青藏线》等共50余部；发表中篇报告文学《文韬武略黄大将》《两度入朝统大军》《青藏公路之父慕生忠将军》等十多部；撰写出版解放军高级将领传：《周纯全传》《杨至成传》《李耀传》《周克玉传》等五部；创作大型纪录影片《人民解放军是所大学校》剧本，由八一电影制片厂拍摄并在全国放映。几十年来，先后四次受到老一辈中央和军委领导人毛泽东、周恩来、朱德、刘少奇等接见。

王宗仁，笔名柳山。陕西扶风人，1939年生，1957年毕业于陕西省扶风中学。1958年入伍，历任见习干事、新闻干事，总后政治部创作室创作员、主任。中国散文学会副会长兼秘书长。1954年开始发表作品。1982年加入中国作家协会。文学创作一级。著有作品集《雪山采春》《鲜花开在山那边》《荒原与人》《地平线》《睡狮怒醒》《日出昆仑》《情断无人区》《太阳有泪》《藏羚羊跪拜》《雪山壶中煮》等37部。《写在她远行的路上》获全国第一届优秀报告文学奖,《历史,在北平拐弯》获中宣部“五个一工程奖”、解放军总后勤部首届军事文学奖、当代军人喜爱的军版图书奖,《八一军旗红》获全国第四届优秀青年读物一等奖，散文集《藏地兵书》获第五届鲁迅文学奖,《睡狮怒醒》获中国图书奖、解放军图书奖。

序一

马氏之根在扶风

姓氏文化，是中华民族文化的一个重要方面；

姓氏文化，是中华传统文化的一条重要纽带；

姓氏文化，是中华根祖文化的一个重要部分。

其所以说姓氏文化是中华民族文化的一个重要方面，是因为，如果中华民族文化是一座大厦，那么，中原文化便是它的基础，两都（长安、洛阳）文化便是它的中心，各民族文化便是它的钢筋，其他文化便是它的沙石砖瓦和各类建材。在这些建材中，钢筋无疑是很重要的了。

其所以说姓氏文化是中华传统文化的一条重要纽带，正是因为有“赵钱孙李”百家姓，才能把中华以至世界各地、各个民族、各个姓氏联系起来。如更生动确切一点，我们也可以说，姓氏文化是构建中华民族文化、传统文化大厦的黏合物，正因为有了这样一种黏合物，才能把各种各样的“建材”黏合和凝固起来，这才构建了一座气势宏伟的文化大厦，汇聚了一条奔腾咆哮的文化长河，组成了一道坚不可摧的文化长城。

其所以说姓氏文化是中华根祖文化的一个重要部分，是因为，中华民族有着五千年以至更为悠久的历史，只有沿着这个根系，才能找到各个民族、各个姓氏的分支。其实，姓氏文化也是中华民族一份重要的文化遗产，它承载着丰富的历史和人文。在中国传统文化中，姓氏往往代表着一个庞大家族、一个血缘群体。同一个姓氏的人们，无论走到哪里，都能凭借这一共同的标志，找到自己的归属。姓氏文化还承载着丰富的历史文化信息。正因为姓氏文化承载着历史的沉淀和延续，所以，中华民族几千年的历史发展才能流传至今，通过研究姓氏的起源和变迁，我们可以了解到不同历史时期人们的迁徙、定居和社会变革等重要信息。姓氏也是个人和家族的标志，是联系祖辈、父辈、兄弟姊妹

和后代子孙的纽带。人们对于姓氏的珍视和传承，加深了对自己祖先的尊敬和对家族传统的尊重。世代承续下来的姓氏，是联结人们与过去和未来的情感纽带，这种联结感深深根植于人们的心底，对于人们心灵的满足和社会的稳定起到了积极的作用，马氏文化毫不例外。

姓氏文化的实质是根祖文化。在中国古代，人们对于姓氏文化高度重视：几乎每一个家庭都有家谱，每一个宗族都有族谱，每一个村子的每一个大姓都有自己的宗族祠堂。那时，几乎每一个姓氏的起源、迁徙、演变、世系以及兴衰都一清二楚。时至今日，由于种种原因，这样一种现象已不复存在，但是，它却有复苏乃至恢复的迹象。因为，各地各处修家谱族谱，到处都在寻根问祖的现象已然不少，这是人们的怀旧心理、念亲心理、寻根意识所促成的一种社会现象。在这一点上，尽管不少姓氏、不少宗族对于本姓本族有根地之争，这也是司空见惯的，但马氏就不存在这一问题。马氏起源于春秋赵地（今河北邯郸），始祖为马服君赵奢，后迁徙秦地扶风，因扶风有伏波将军马援，他被世界马氏公认是自己的鼻祖，时至今日仍有他庄严而肃穆的墓地，这样，扶风故里才成为马氏一门寻根祭祖的圣地。正因为此，众所公认，马氏的根在扶风。当然，这也与马氏后裔十分重视和传承马氏文化是分不开的。

比如马英九的家族，原台湾马氏宗亲总会理事长、马英九的父亲马鹤凌，早在 2005 年清明节时，就曾来陕西扶风祭祖，并且题诗：“跨海寻根万里行，杨凌祭祖正清明；亡人追远还乡日，欲见宗亲乐太平。”看一看，马老先生跨海而来，万里飞行，在清明节之际，来到陕西扶风这个地方，该有多少感慨啊！作为一个迷惘之人，他好不容易来到扶风马氏的根地，在这里寻根问祖，见到自己的宗亲后裔，乐见今日的太平盛世，真的是心潮起伏，无比激动。这里，有一个插曲是：昔有“班马祠”，所祀为班固和马援；另有“三马祠”，所祀为马服君赵奢、马援、马超，均在扶风老县城飞凤山上；还有“伏波祠”，在扶风老县城西关八岔堡，只惜已被毁。所以，马鹤凌先生祭祖，只能东赴杨凌那座昔日归于扶风、今日归于杨凌的马援祠了。

更有影响的是，2024 年 4 月 1 日，马英九率台湾青年学子一行，从台北桃园机场出发，于当日下午抵达深圳，即开始为期 11 天的参访交流。他们在广东、陕西、北京等地寻根和交流。在陕西，马英九率全团参加了“清明公祭轩辕黄帝典礼”，参观了秦始皇帝陵博物院、法门寺、大慈恩寺（大雁塔）、陕西历史博物馆及西安国家版本馆，还参访了杨凌智慧农业示范园、隆基绿能科技股份有限公司。最后，他便前往杨凌马援祠及扶风伏波村马援墓祭拜先祖伏波将军。

对于马英九一行为什么要去马援祠和马援墓祭拜，人们深感好奇，因为2023年，马英九曾携家人到湖南省湘潭县祭祖，可此番为什么又到远在陕西杨凌、扶风两地的马援祠和马援墓寻根？据说，对于马英九一家与马援的宗族关系，马英九曾在一次接待西安新闻工作者协会访问团时有过披露；那是2003年2月7日至16日，西安新闻工作者协会台湾访问团一行11人，在台湾进行学术交流和参观访问，受到了马英九的接见。当时，马英九一见他们，第一句话就说："我祖先的祖先就是陕西扶风郡人，欢迎老乡来台北。"这句话，马上拉近了彼此之间的距离，之后的交流就轻松了许多。坐下来后，马英九问昭陵离西安有多远，并说他在美国留学期间在宾夕法尼亚大学博物馆参观时，看到两匹石刻昭陵六骏，很精美，所以对西安一直十分向往。

访问团一位成员问马英九："你的籍贯是湖南，怎么会是陕西人呢？"马英九说："我的籍贯是湖南，可我祖先的祖先在陕西扶风，汉代的伏波将军马援就是我的远祖。明朝末年，扶风马援的一支后裔辗转到了湖南衡阳，我就是这一支的后人。所以，追根溯源，我的确是陕西扶风人。"对于马英九扶风祭祖，中央领导人高度重视；4月4日，陕西省委书记赵一德、省长赵刚会见了马英九；4月10日，中共中央总书记习近平在京会见了马英九一行。这些不能不说明马氏文化的成功，不能不说是马氏宗族的荣耀。当然，不是只有中华各地的马氏宗亲至陕西扶风寻根祭祖，也不是只有中国台湾的马英九父子至陕西扶风寻根祭祖，马来西亚、泰国等世界不少国家的马氏宗亲，都曾去过陕西扶风寻根祭祖。这因为，我们马氏的根在陕西扶风，伏波将军马援的墓在陕西扶风，马氏文化的魂也在陕西扶风。

再如，世界各地有多个马氏宗亲会，都一直把《马援诫兄子严敦书》作为《马氏家训》，其云："援兄子严、敦，并喜讥议，而通轻侠客。援前在交趾，还书诫之曰：'吾欲汝曹闻人过失，如闻父母之名：耳可得闻，口不可得言也。好议论人长短，妄是非正法，此吾所大恶也：宁死，不愿闻子孙有此行也。汝曹知吾恶之甚矣，所以复言者，施衿结缡，申父母之戒，欲使汝曹不忘之耳！'

"'龙伯高敦厚周慎，口无择言，谦约节俭，廉公有威。吾爱之重之，愿汝曹效之。杜季良豪侠好义，忧人之忧，乐人之乐，清浊无所失。父丧致客，数郡毕至。吾爱之重之，不愿汝曹效也。效伯高不得，犹为谨敕之士，所谓"刻鹄不成尚类鹜"者也。效季良不得，陷为天下轻薄子，所谓"画虎不成反类狗"

者也。讫今季良尚未可知，郡将下车辄切齿，州郡以为言，吾常为寒心，是以不愿子孙效也。'”

可以说，以此作为马氏家族最早的家训，一直沿用至今。尽管不同地区、不同民族的《马氏家训》略有不同，但基本都是根据马援这一亲书家训演绎而来的。例如这一《马氏家训》：

马氏家训，法理推定；代代传承，耀祖光宗。
孝敬父母，忠于国民；仁抚弱幼，义助危困。
以人为本，诚实守信；礼仪待人，谨慎谦恭。
爱护族人，友好村邻；遵规守法，不骄不横。
养老抚小，姊妹情重；邻里和睦，毋生矛盾。
事业发达，勿忘祖宗；扶危济贫，回报乡邻。
祖宗虽远，祭祀必诚；子孙虽愚，经书必颂。
酗酒不饮，淫色勿近；横财莫贪，怨气毋生。
执医人道，任教贤圣；工练业精，农耕业勤。
艺修术高，从军义勇；经商守信，为官廉清。
勤俭治家，自强不息；发奋图强，努力跃进。
人有喜庆，不可生妒；人有祸患，不可幸心。
一粥一饭，当思不易；半丝半缕，恒念艰辛。
淤泥不染，腐蚀不沾；同流不污，独善其身。
严律于己，宽以待人；己所不欲，勿施于人。
施惠莫图，受恩莫忘；滴水之恩，涌泉相报。
小过即改，乃为无过；小善常积，乃为善宗。
古今圣贤，世代颂扬；古今恶徒，世代骂名。
吾祖贤明，以范后人；后继诸代，谨尊祖训。
遵此家训，一生顺风；人为上品，后世称颂。

而马氏宗族之所以能延续至今，并有今日的繁荣和辉煌，也与他们后裔能严格遵守这些家训是分不开的。马氏宗族，不仅注意自己的家风家训，也十分注意宗亲的团结和联系，比方说，世界马氏宗亲恳亲大会，就由泰国马氏宗亲总会倡议，并和新加坡、马来西亚马氏宗亲组织共同发起的。2008 年 9 月 19 日，世界马氏宗亲恳亲大会在河北邯郸召开时，来自美国、加拿大、马来西亚、泰国、新加坡、澳大利亚、缅甸等国家，以及中国台湾、香港、澳门地区和大陆（内地）

21个省市的马氏宗亲600多人参加了大会。会议十分隆重，气氛十分热烈。类似这样规模的盛会，其他姓氏举办，是十分少有的。

既然我们已经知道，世界马氏的根在陕西扶风，但是，马氏之树，如何会植在扶风？马氏之根，如何会扎在扶风？马援之墓，如何会埋在扶风？这一段又一段历史都需要研究，这一个又一个问题都需要追寻，这一个又一个故事都需要讲述……为此，我们特请中华姓氏文化联合会文创委员会主任、著名作家袁银波，撰写了这部60余万字的长篇历史小说《马氏演义》，它应当是一部书写马氏家族历史的鸿篇巨制。袁银波作为一个外姓之人，他能如此热爱马氏文化，钻研马氏文化，弘扬马氏文化，我们这些马姓之人，对此，又岂能不敬慕和支持他呢？

毫不过分地说，马氏家族是中华民族一个重要家族，东汉更是马氏家族的鼎盛时期，《马氏演义》所写，则侧重于这一家族在这一历史时期的重大事件和重要人物。诸如马援、马严、马融、马钧、马腾、马超、马岱、马良等。当然，自汉以后，在唐、宋、元、明、清以至近代现代，还有诸多马氏名人，作者只是有选择地写了其中几位，只是跳跃式地写了一些出类拔萃者的马氏先贤的故事。比如唐初名臣马周，唐中兴名将马燧、马璘，南宋丞相马廷鸾，爱国忠义名将马暨，五代十国时南楚国王马殷，明著名航海家郑和（原名马三宝），抗日名将马占山，抗日英雄杨靖宇（原名马尚德）等。整个马氏家族，男性中不乏仁人志士和英雄豪杰，女性中也有巾帼英雄和女中丈夫，比如像赵括之母赵奢夫人、东汉明德马皇后、明代朱元璋夫人明孝慈高皇后马氏、清末民初著名教育家刘青霞（本名马青霞）等。所有的马氏后裔，都是在马氏先贤的护佑下才得以生息繁衍和进步成长的，马氏家族重学好武，诗书传家，家风严谨，世代传承，所以世代繁衍，人丁兴旺，文才武将，代代盛出，的确是一个令世人十分仰慕的家族。

在此，我们不能不说，姓氏文化的确具有十分深远的价值意义，因为它记录了历史的变迁，承载了人们的身份认同和归属感，同时也延续了传统文化和价值观念。因此，保护和传承好姓氏文化，不仅是对自己家族和祖先的尊重，更是对传统文化和社会发展的珍视。通过深入了解和研究姓氏文化，我们能够更好地感知到自己的身份和责任，促进社会的和谐与进步。那么，《马氏演义》自然也具有这样一种意义甚至更重要的意义。再就是，姓氏演义小说的作用，正如《三国志》与《三国演义》一样，那三国历史、三国人物、三国事件的传播和传世，并不单靠《三国志》，而重在《三国演义》。同理，姓氏演义的传播，不是靠家谱、族谱，而是靠姓氏演义小说。但愿通过这部《马氏演义》，能使广大读者尤其是马氏后裔，能详细了解马氏家族的历史，崇拜马氏家族的先贤，知道马氏家族的故事。所有的马氏后裔，一定要为马氏争光，为家族增荣，为国家、为人民和民族做出应有贡献！

马汉坤

世界马氏联谊总会总会长 马来西亚拿督

序二

千氏万姓寻马人

那是在2023年11月24日，我在《作家报》上看到一个推荐介绍《班氏演义》的专版，其编者按云："近日，本报首席编委、著名作家袁银波所著长篇历史小说《班氏演义》，由线装书局正式出版，全书60万字。此书的出版发行，得到了班氏宗亲的鼎力支持，特别是原贵州省政协副主席班程农和陕西省妇联副巡视员班理分别作序。本报特此刊发，以飨读者。"在这一专版上，除刊有班程农先生和班理女士的序文，还有《班氏演义》的故事梗概和后记。看过方知，袁银波的《班氏演义》，一开中国姓氏演义历史小说之先河，继《班氏演义》之后，他还欲创作《马氏演义》《耿氏演义》和《窦氏演义》，这是一个系列文化工程。甚至于，袁银波还欲推进更大的姓氏演义文化工程——百家姓演义。当然，这个工程更为艰巨、更加浩大，它也许需要好几代人的共同努力，但就这一文化工程而言，袁银波是"第一个吃螃蟹的人"，即具有一种创举性的意义。

如今，一部60余万字的《马氏演义》又摆在我们面前，作者袁银波还请我为之作序，我在吃惊之余，暗暗有些感慨，我不能不为他这种刻苦创作的精神、对故乡扶风的情怀、对马氏文化的热爱所感动、所激励。因为，如果说《班氏演义》是中国第一部姓氏演义历史小说的话，那么，《马氏演义》便是中国第二部姓氏演义历史小说，且都是出自同一作者袁银波之手。这并不是一种简单的巧合，而是与作者长期致力于对自己的家乡——陕西扶风班马耿窦四大家族的研究、班马耿窦文化的热爱是分不开的。《马氏演义》所写，是这样的故事：

战国时期，因阏与之战，赵奢一战成名，被赵孝成王封为马服君。其所以封他为马服君，那是因赵都邯郸周围，群山屹立，山山不断，却多是些小小的山包，放眼看去，正如夏收之季，秦地关中平原上到处屹立的麦草垛子一般。唯有紫山（又名马服山）最高最大。赵孝成王之所以封赵奢为马服君，意即他是像大山一样伟大的将军。因之，他便成为战国时期八大名将之一。而赵奢子赵括，却因纸上谈兵，导致长平之战大败，所统四十五万赵军被武安君白起所率秦军斩杀。长平之战后，赵国元气大伤。赵孝成王深悔当初没有听从上卿蔺相如和赵括母先前阻止让赵括为将的建议，但他仍遵守自己的诺言，没有杀害赵括母和其弟赵牧。

末代赵王迁心胸狭窄，昏庸无能，他宠用奸臣郭开，暗害名将李牧，迫害上卿蔺相如，并欲加害赵牧母子。迫于无奈，蔺相如、赵牧便率他们两个家族，一起逃亡至秦地扶风郡龙泉沟避难。在扶风，赵牧将自己的族姓改为“马服”，赵牧子赵兴亦将家族的“马服”复姓改为“马”单姓。之所以改姓，是他们以马服君赵奢的“马”为荣，以空谈误国的赵括的“赵”为耻，故而改为马姓，这也是中华汉族今日马姓之由来。

中华马氏，从第十一世马援才真正兴起：马援初在扶风郡任督邮时，他曾尽释赴洛阳修神庙的囚工，深得民众之心；在陇右成畜牧业主后，他富当守穷，散尽所有家产，救济亲友和贫困之人；跟随上将军隗嚣时，他不愿与“井底之蛙”公孙述为伍，一心追随英主刘秀；刘秀追讨隗嚣时，他聚米为谷，指画地形，为东汉争夺天下立下大功；岭南之乱时，他老当益壮，出征交趾，斩杀“二征”，平息了叛乱；征讨五溪蛮时，他豪情满怀，马革裹尸，虽然壮志未酬，却留名千古。

而马援一生最为悲壮的还是薏苡之祸，围绕着一种食用薏米，马援让军士熬薏米粥、炒“薏米豆”、做薏仁酒，把它的排毒祛湿作用发挥得淋漓尽致，并欲将它引进北方推广种植。然而，这正如南宋时期，秦桧对岳飞诬以“莫须有”的罪名一样，马援虽然因中瘴气之毒，病死在了南征的战场，但他仍受不白之冤，令世人千古慨叹。应当说，马援他“生为人杰，死亦鬼雄”，一代伏波将军，乃是千古名人。

而最有意义的还是，马援在南征交趾之后，即向光武帝刘秀上书，说要征服岭南，就必须与岭南人“通话、同文、同心、通婚”，所以，他撤兵还朝时，专门请示光武帝刘秀，将为数不少的军士和大量杂役人员留在了岭南，让他们在岭南娶妻生子，世代繁衍，这也是至今在我国南方以至东南亚地区有大量马姓人、马留人存在的原因。马援此举，为扩展和巩固我国南方的广大疆域，在“南蛮之地”种植和传播中华文明，立下了不朽之功。

马援有三子三女，皆为栋梁之材，尤其是小女儿马皇后，她是中国历史上最贤德的皇后之一。马融呢？是马氏家族的另一个传奇人物，他才高学博，为当时声望很高的古文经学家，其门下生徒常有数百人或者千余人。做了大官的涿郡人卢植、经学大师北海人郑玄，都是他的学生，而卢植则是刘备之师。马腾是马援的后代，他和韩遂在西凉共同举事，进军关中。因董卓之死，马腾驻军槐里，观望形势。曹操派人说服马腾，使之归降朝廷，其兵权交子马超。而后，曹操与马超几番争战，双方各有胜负，曹操几被马超所杀，他不禁哀叹："马儿不死，吾无葬身之地矣！"于是，狠毒的曹操，竟杀害了马腾及其家人族人200余口。为了报仇，马超起兵再战，终因中曹操的离间计而惨败。无奈，他回羌地再积蓄力量，攻城略地与曹操再战，却因在冀城误用杨阜等将，致使自己妻儿亲人十几人被杀。冀城兵败，马超只得投奔汉中张鲁。刘备进攻成都的刘璋，张鲁派马超前去救援刘璋，李恢奉刘备之命，说服马超归降刘备，迫使刘璋向刘备投降。刘备称汉中王后，即封马超为左将军，为"五虎上将"之一。但在刘备手下，马超并不得志，他又因思念已亡亲人过度而患抑郁症，以致英年早逝（46岁去世），实乃悲剧人物。

东汉时期，马氏一门，还有功高无比的重臣马严，名将马贤，治水利民的马棱、马臻父子；三国时期，有著名科学家马钧、蜀汉名臣马良和名将马岱、马忠；唐代，有初唐名臣马周，唐中兴名将马燧、马璘；南宋时期，有右丞相兼枢密使马廷鸾、爱国忠义名将马暨；元代，有大戏剧家马致远；明代，有孝慈高皇后马氏、航海家郑和（本名马三宝）；民国年间，又有抗日名将马占山、抗日英雄杨靖宇（原名马尚德）、著名教育家刘青霞（本名马青霞）……尤值一提的是，马氏文化还与红色文化和中国革命息息相关，陕北米脂杨家沟的马氏，在杨家沟修建了既宜于居住又有军事价值的"扶风寨"，党中央、毛主席转战陕北时，在那里住了120天。"红色杨家沟 百年扶风寨"，马氏一门和扶风寨，为中国革命做出了巨大贡献。

也许，有人会感到奇怪：为什么《班氏演义》并未出自班氏后裔作家之手，《马氏演义》也未出自马氏后裔作家之后，却出自一位袁姓作家银波之手呢？这是因为，袁银波他就生在班氏世居的扶风班谷，长在"班马祠"旁的沣水畔，一种班固写《汉书》的坚韧精神，一种伏波将军"马革裹尸"的爱国精神在鼓舞着他、激励着他，故而他必欲完成"班马耿窦演义"这四部总计200余万字的长篇小说。对此，扶风籍的著名军旅作家王宗仁、窦孝鹏在《"班马耿窦演义"总序》中这样指出：

“读‘班马耿窦演义’，一个个惊心动魄的画面、一个个活灵活现的人物浮现在眼前。有朝廷的决断，也有皇帝的昏庸；有文臣的耿耿忠心，更有武将的热血杀敌；有小人的狡诈，也不乏权臣的骄横；有将士们金戈铁马在疆场的勠力拼搏，也有佞臣奸党在朝廷的弄权谋私。当班马耿窦的贤良们为国为民秉忠立功时，总有一些嫉贤妒能之辈找碴诬陷他们，致不少人入狱甚至丧命。”

“纵观班马耿窦四大家族，他们是随着东汉王朝的兴而兴、衰而衰的。班马耿窦四大家族的历史，不仅是四部真真实实、悲悲壮壮的家族史，也是一部轰轰烈烈、曲曲折折的中国东汉史，是中华民族历史十分耀眼闪光的一章。但是，就是这么一段辉煌的历史，一直未被深挖，未被升华。作家袁银波慧眼识宝，雕璞见玉，他多年研究班马耿窦文化，搜集班马耿窦史料，并奋笔疾书，飞文染翰，挑起创作‘班马耿窦演义’的重担，可贺可嘉。”

“实际上，班马耿窦文化，绝不只是宗族的，更是民族的；绝不只是扶风的，更是中国的；绝不只是陕西的，更是世界的。对于它的宣传，乃是一种对民族遗产的宣传；对它的弘扬，乃是一种对民族精神的弘扬。而它的文化内涵，也绝不只是一般的宗亲文化，更是优秀的民族文化。所以，这是需要积极提倡和大力发扬的。”

袁银波认为：陕西扶风，有着深厚的历史文化和地域文化；陕西扶风，有着众多的历史先贤和文才武将；陕西扶风，有着多个优秀的文化名人和军旅作家。“班马耿窦演义”的出版发行，必然会填补建立在史学基础上的扶风先贤人物群像文学创作的空白，它一定是富有意义的。相对而言，研究马氏家族的历史、歌颂马氏宗族的先贤、弘扬马氏优秀的文化更有意义，因为马氏家族的人才更多、后代更众、文化更兴、事业更盛，这是一个更为典型的姓氏、一群更为光辉的先贤、一种更为优秀的文化。

马建忠

江苏江阴旭初科技有限公司董事长

目录 MU LU

引 子

中华马氏，都公认马服君赵奢是他们的始祖。

赵奢开始并不十分有名，只是赵国的一个田部吏，负责征收田租的工作，也就是我们今天的税务工作者。但是，当赵奢来到平原君赵胜府征收田租时，平原君的家人却不肯按规定缴纳田租，并以暴力相抗。赵奢不畏强权，依法施罚，逮捕了平原君府一批闹事的人，并杀了几个主事者。平原君闻讯大怒，他命人前去赵奢家中，把赵奢绑缚起来，亲自进行质问："你一个小小的田部吏，竟敢蔑视我平原君，擅杀我的家人，这不是找死吗？"他准备杀赵奢以示报复。但是，赵奢虽被绑缚，却一点也不惊慌，他十分平静地对平原君说："您是赵国的贵公子，想杀死我，就如同捏死一只蚂蚁那么容易。可您应当知道，如果连阁下您也放任家臣不守国法，国家法令的尊严就会严重受损。法令受损，赵国的国势就会因而削弱，国势削弱了，那么诸侯的入侵必然随之而来。外患一到，赵国的危亡可就在旦夕之间。比如说，我们西边的秦国，他们一直对我们赵国虎视眈眈，对此，难道我们可以掉以轻心吗？到那个时候，敌人针对的首先会是你们这些权贵，您又怎能再安享现在这种富豪的生活呢？反之，以您这样的富贵之家能带头奉公守法，则可以促使全国上下一心，人人都会遵纪守法，这样，国家就会富强，民众就会幸福。国家富强了，民众幸福了，赵国的国际地位自然就会稳固，敌国也不敢轻易来犯。如能这样，您贵为一个富强的赵国的国戚，还怕被天下人轻视吗？"

平原君听了深受感动，他立即上前，亲自解开绑缚赵奢的绳子，赔情道歉说："听了先生的话，我真是醍醐灌顶茅塞顿开啊！先生真是一个深明大义而富有远见的贤者，你的话使我豁然开悟，我们赵国，很需要像你这样的人啊！"于是，他便向赵王讲了这件事，并把赵奢推荐给赵王。赵王一听十分高兴，便提升了赵奢的官职，让他担任负责全国赋税征收的官员。赵奢担任这一重要职务之后，对征收赋税的政策进行了一系列改革，使赵国赋税均平，民生富足，国库充盈，很快成为中原列国中最强大的国家。

周赧王三十四年（前 281），秦穰侯魏冉为了扩大自己定陶的封地，便派客卿越过韩魏两国，攻占齐国的刚、寿地区。当时，由魏入秦的谋士范雎向秦昭襄王提出，秦国进攻齐国刚、寿。这犯了一个战略错误，因为秦、齐两国的中间隔着韩、魏两个国家。这样，纵然秦国夺取了齐国的土地，却难以固守。他建议采用"远交近攻"的战略，即对与秦国距离远的国家以搞好外交为主，不要与他们发生战事；而对与秦国相邻的国家则以进攻为主，攻占的土地可以尽为秦有。只有这样，秦国才能越来越强大，最终能统一六国。他还认为，地处中原的韩、魏系天下的枢纽，欲兼并天下，应先用兵韩、魏，以"断山东之脊"，而后向中原用兵，便能逐步统一天下。秦昭襄王十分欣赏范雎的这一见解，便任命其为客卿，让他参与秦国的重大军事谋划。但是，北方强赵的存在，使秦对兼并韩、魏有所顾忌，他们便寻机打击赵国，以图达到削弱赵国之目的。经过几番争战，秦国攻取了赵地三城。赵国迫不得已，便以公子部为质于秦，并与秦签订了以焦、魏、牛狐交换秦所占领三城的协议，但后来又反悔，这便为秦国提供了给赵国找碴的口实。

周赧王四十六年（前 269），秦昭襄王以赵国不履行协议为理由，派中更胡阳率大军进攻赵国的阏与。

阏与吃紧时，赵惠文王本欲让老将军廉颇领兵救援阏与，特先征询廉颇的意见，他对廉颇这样说："今秦军进攻阏与，我们应当出兵救援，可你看，究竟怎样救援阏与才能获胜呢？"

廉颇说："阏与有危，应当救援，但从邯郸到阏与的这段路，既十分遥远又险峻狭阻，故救援非常困难，我们并没有多少取胜的把握。"

赵惠文王又问大将乐乘，乐乘说："是啊！廉颇老将军的话十分在理，救援阏与的确十分困难，我军取胜的把握不大，换言之，失败的可能性很大，我看还是不派兵了吧！"

听廉颇和乐乘都这样说，赵惠文王多少有些失望，他说："我们出兵救援阏与，为的就是能打败秦军，以解阏与之围，使我们赵国摆脱目前的困境。可如果救援会遭失败，阏与之围仍不能解，这又有什么意义呢？"于是，他们只能再想其他办法。

正当赵惠文王为难之际，上卿蔺相如向他建议说："要不，可以让赵奢领兵试试，说不定还有取胜的可能。”

赵惠文王一听，十分吃惊地说：“你开什么玩笑，那赵奢只是一个文弱书生，又怎么能领兵打仗呢？”

蔺相如说：“不然。起初，我也这么认为，后来才了解，赵奢的军事才能，远远大于他的治国才能，只是没有机会发挥罢了。”他还提起赵奢与田单论兵等事，说连齐国著名的军事将领田单，都十分佩服赵奢的军事才能，甘拜下风。

尽管如此，赵惠文王仍十分犹豫，不敢起用赵奢。他对蔺相如说：“出兵阏与，是件大事，不是小事，它甚至牵扯到了赵国的兴盛与衰亡。连廉颇和乐乘这样的名将，都不敢领兵救援阏与，那个文弱书生赵奢，又怎么能担当这样的大任呢？”

蔺相如十分坚定地说：“大王如不放心，我可以拿全家人的性命做担保，让赵奢领兵出战。如他不胜任打了败仗，大王可以斩杀我们全家。”

这样，赵惠文王才让人唤来赵奢，同他进行交谈。他问赵奢：“我们想出兵救援阏与，你对此有什么看法？”

赵奢说：“从邯郸到阏与，这段路十分绵长，且很险阻。我们要去救援，必然会遭遇秦军。秦赵两军，在险峻的地方相遇并交战，这就犹如两只老鼠，在小小的洞穴中打斗。那小小的老鼠都敢在洞穴中打斗，人怎么不可以争战呢？但是争战打斗的结果，一定是哪家将领有智谋、哪家兵将骁勇，哪家才能取胜，反之一定会失败。所以，对于阏与，并不是不能去救援，而是如何救援。赵军对于秦军，也不是不能与之争斗，而是如何争斗。”

听赵奢这样说，赵惠文王便有意让赵奢统军去救援阏与。但是，对于赵奢统军，却也众说纷纭，有人说：“赵奢本是文臣，只不过是一个征收赋税的官员罢了，怎么能让他领兵打仗呢？”也有人说：“连廉颇老将军和乐乘将军都没有把握去救援阏与，怎么能派一个从未带过兵打仗的赵奢去？他肯定会吃败仗的。”

听得众人的议论，赵惠文王稍有犹豫，便召来赵奢再行商议。赵奢一见赵惠文王对自己不太放心，便立下军令状，他说：“我此番去救援阏与，虽没有十分取胜的把握，但八九分把握还是有的。我如不能取胜，甘当军令，可以抄斩我家满门。”赵惠文王一见赵奢这样有信心，又立下这么严的军令，便安慰赵奢说：“同你一样，上卿蔺相如也以全家性命做担保举荐你，我这才敢让你统军。但请你放心，你只管领兵救援阏与，尽力夺取胜利就是。可胜败乃兵家常事，假若战败了，也不会株连你和蔺上卿两家人的。”他仍准赵奢统兵前行。当时，赵奢军出邯郸30里即筑垒扎营，按兵不动。为了隐蔽作战企图，他传令军中：“有敢于谈及军事者，一律斩首。”当时，秦军一部进屯武安（今河北武安市境内）西面，他们击鼓呐喊，欲诱赵军援救武安，钳制赵军，赵军有人蠢蠢欲动。赵奢闻知，立斩一名要求救援武安的士兵，他丝毫不为秦军叫战所动。赵军驻屯二十八天之久，继续加强营垒防御，造成一种赵军怯弱、唯求保邯郸的假象。秦胡阳派间谍潜入赵营打探虚实，有人报知赵奢，赵奢却佯作不知，令属下让秦军间谍任意活动，并放其回归秦营，以麻痹秦军。秦军间谍把赵军的情况告于胡阳，胡阳听罢大喜，认为阏与即可攻取，便放松了对赵国援军的戒备。乘此之机，赵奢率全军偃旗息鼓，疾驰两天一夜，赶到距阏与城50里处，在此筑垒设营。秦军因久攻阏与不克，今突闻赵援兵到来，便也倾巢出动，全军飞扑而来，欲与赵军交战。正在这时，有一位名叫许力的军士，他不顾赵奢“不让议论军事”的军令，前来帅帐找赵奢，说自己有上好的对敌之策。赵奢说：“好，请他进来。”

许力进了帅帐，对赵奢说：“今秦军初来，士气正旺，我们不能与之交战，以避其锋。但是，我们应当首先抢占阏与北山高地，居高才有利于破敌。将军一定要厚集兵力，严阵以待，不然的话，我们是要吃亏的啊！”

赵奢说：“好的，我知道了，你下去听候命令吧！”他并未过多评价许力的此举，既未奖励，也未责罚。

许力说：“我今进谏已违反军令，请您依法杀了我吧！”

赵奢说：“你固然违反了军令，但你所提的是十分有益的建议，就不奖也不罚了吧！一切，等回到邯郸再说。”

许力又要求继续陈述战略，他说：“如能先占据北山，我们便会稳操胜券；后到的，就一定要吃败仗了。”赵奢认为许力的建议可行，便立刻派出一万人先行占领北山。赵军刚刚占领了北山，秦兵随后也赶到攻山，于是，两军便激烈地争夺此山。可是，秦军毕竟晚到了一步，他们无法取胜，难以攻占北山。赵军先到，秦军后来，秦军便猛烈进攻北山，但攻山不下，伤亡十分严重。赵军居高临下，猛击秦军，阏与守军也出城配合作战。一时，秦军不支，死伤逃散过半，大败而归，阏与之围遂解。赵奢因阏与之战功高名重，赵惠文王欲为之加封，问群臣应加封赵奢什么官职。上卿蔺相如说：“我建议，可以封赵奢为马服君。”

赵惠文王问："这是何意？"

蔺相如说："距我赵都邯郸不远，有一山名紫山，系太行山余脉，它位于邯郸、武安和永年三县的交界处，为当地的至高点。紫山得名，可能与其山色有关。因其春夏有紫气蓊郁，石山生有菖蒲，岩间有紫石英，故名紫山。如封赵奢为马服君，便说他是像大山一般伟大的将军，这也名副其实。"

"可这紫山，与马服君又有何联系呢？"赵惠文王问。

"紫山又名马服山，故封赵奢为马服君十分合适。"蔺相如说。

"马服马服，会不会使人误以为，赵奢他只是一位善于养马驯马的将军呢？"赵惠文王说。

"不会的。"蔺相如说，"以后，我们可以将紫山叫马服山，不再叫紫山，人们便不会有这样的误解了。"

于是，赵惠文王听从蔺相如的建议，加封赵奢为马服君，并传令以后将紫山改名叫马服山。其实，蔺相如之所以极力主张封赵奢为马服君，与赵奢在儿子赵括"周岁试儿"之时所发生的一系列事情也有很大关系。于是，在他的心里，便暗暗萌发了"马服"二字，所以他力主封赵奢为马服君。当然，关于这方面的故事，我们在小说正文中自有表述。且说，赵奢被加封为马服君后，曾多次上过马服山，因山上有泉水，山清水秀，十分有名。他去世以后，便埋葬在了马服山。古时候，马服山风景秀丽，气候宜人，"紫峰晚霞"更引人入胜，曾被列为邯郸县十大美景之一，是一个旅游胜地。此山上，以前建有玉宝观，为游人的歇脚处。后来，因泉水干涸和历代的天灾人祸，山上景致衰败，建筑倒塌，它便变成了一座荒无生机的秃山。现在的马服山，到处红石裸露，土少而瘠薄，水源十分奇缺，仅有一些野生的酸枣树和白草一类的杂草。山下的岩石层中，蕴含着丰富的无烟煤矿藏，山脚下便拥有了许多小煤窑。煤矿的开采，使得这里水源更加缺乏，自然环境遭到了破坏，这当然是令人十分遗憾的了。

阏与之战是赵奢第一次领兵打仗，他却一战成名，成为战国八大名将之一，也成为"赵国七贤"之一。赵国有哪七贤呢？

先是韩厥，因其谥号献，亦称韩献子。他是韩武子韩万的玄孙，韩赇伯的曾孙，韩定伯韩简的孙子，春秋中期晋国卿大夫韩舆（亦称韩子舆）之子。韩厥始为晋国赵氏的家臣，后位列八卿之一，至晋悼公时，升任晋国执政，是战国时期的韩国先祖。周简王十三年（前 573），晋悼公重组四军八卿，任韩厥为执政大夫兼中军元帅。这时，韩厥迎来人生事业的巅峰，成为晋国一人之下万人之上的正卿。在政坛近四十年的韩厥，印证了赵盾昔日的预言。韩厥一生，侍奉了晋灵公、晋成公、晋景公、晋厉公、晋悼公五代国君，是一位十分稳健而卓有贡献的政治家。

韩厥一生历晋国五代国君，公正体国，作战勇猛有智；他政治上头脑清醒，多有远见；待人以宽，知恩图报；拒不落井下石，十分关怀遗孤，是一代贤臣良将。韩氏终三分晋国而有其一，乃韩厥之遗惠矣。

次是程婴，他是春秋时晋国义士。相传，程婴是古少梁邑（今陕西韩城西少梁附近程庄）人，为晋卿赵盾及其子赵朔的友人。晋景公三年（前597），大夫屠岸贾杀赵盾，灭其族，赵朔门客公孙杵臼与之谋，程婴便抱赵氏真孤匿养山中，故意告发令诸将杀死杵臼及冒充的孩儿，后来，晋景公听韩厥言，立赵氏后，诛杀屠岸贾，程婴则自杀以报公孙杵臼。后世淳祐二年（1242），宋理宗封程婴为忠济王。

后世这样评价程婴：中国历史上如果没有这段传奇故事，战国时期的名门望族赵氏何以能复兴？何以能有后来雄霸天下的赵简子、赵襄子？何以能有韩赵魏三分晋国？何以能有后世的"三晋"称谓？后世为纪念忠烈千秋的程婴、公孙杵臼，便在藏山立庙以祀，永为纪念。

再是公孙杵臼，春秋晋国人，是赵盾、赵朔父子的门客，其主要活动是在晋景公时期（前599—前581）。他是中国古代著名忠义故事《赵氏孤儿》的主角。晋景公三年（前597），公孙杵臼与程婴合谋，藏匿赵氏孤儿赵武，自己献出了生命。这一故事，被后世广为传颂，并且编成戏剧，出现在舞台之上，流传到海外异邦。

蔺相如是战国时期赵国上卿，赵国著名的政治家、外交家。他最重要的经历，有这样三个事件：完璧归赵、渑池之会与负荆请罪。

廉颇呢？他本嬴姓，是战国末期赵国名将、杰出的军事家。

赵惠文王十六年（前283），廉颇参与五国联军伐齐，击破齐军，取阳晋，被拜为上卿。他曾因蔺相如位居己上，深感不服，后因蔺相如屡屡谦让退避而感悟，特负荆请罪，二人遂深交为友。廉颇在长平抵御秦军时，用坚壁固守之策，使秦军劳而无功。他与乐乘率军大破燕军，杀燕将栗腹，燕割五城请和。于是，廉颇以功封信平君，为假相国。后世将廉颇与白起、王翦、李牧四人并称为"战国四大名将"。

李牧是赵国柏仁（今河北省邢台市隆尧县）人，战国时期赵国名将、著名军事家。

李牧起初一直在赵国北部边境抗击匈奴，后来以抵御秦国为主，因在宜安之战重创秦军，得到武安君的封号。战国末期，李牧是赵国赖以支撑危局的唯一良将，素有“李牧死，赵国亡”之称。秦始皇十八年（前229），赵王迁中了秦国的离间计，他轻信谗言，夺取了李牧的兵权，不久后将李牧杀害。

李牧是战国末年东方六国最杰出的将领，深得士兵和人民的爱戴，享有崇高的威望。在一系列作战中，他屡次重创敌军而未有败绩，显示了其高超的军事指挥艺术。尤其是赵破匈奴之战和肥之战，前者是中国战争史上以步兵大兵团全歼骑兵大兵团的典型战例，后者则是围歼战的范例。他的无辜被害，是赵国自毁长城的轻率之举，令后人无不扼腕叹息。

除了韩厥、程婴、公孙杵臼、蔺相如、廉颇、李牧六人，再就是赵奢，他们合称“赵国七贤”。这七位贤人在赵国人的心目中，仿佛是七位圣人，不，不仅仅是赵国，他们在中国人和世人的心目中，都享有十分崇高的威望。

而赵奢虽然很有军事才能，但他多处于一种“怀才不遇”的境地。他出战少而胜仗多，少统兵而谋略稠，不失之为赵国的一位名将、良将。正因为他有沉稳大气、内敛睿智的性格，大公无私、公正廉明的品性，有未雨绸缪、多谋善断的军事才能，作战时指挥若定，运筹帷幄，所以才赢得了赵国人的特别尊重，在宗亲后裔中深孚众望，这也是他们这一支赵姓人以后必欲改赵姓为马服姓继而又单为马姓的一个重要原因。

第一章　一代名臣　诸多故事少人知

对于赵国七贤，我在“引子”中简述了六贤，并着重写了马服君赵奢这样一位赵国名贤。但是，对于一代名臣蔺相如，我几乎是一笔带过的。那么，在这一章，我主要描写和叙述的，便是蔺相如这个人物了。更何况，对于蔺相如，他的“完璧归赵”和“将相和”故事，几乎人人皆知，却不能详知也未可尽知。难道蔺相如其人，就只有这两个故事吗？非也！其实，他的故事也还有很多很多。

这里，我还是先从老故事“完璧归赵”说起。再说，赵惠文王得到了楚国的和氏璧，这件事被秦昭王听说了，就派人给赵惠文王送了一封书信，说是自己很喜欢和氏璧，愿意用秦国的15座城来交换它。而其真实的目的，只不过是想在强压之下，让赵国把和氏璧赠送给秦国罢了。为此，赵惠文王便同大臣们进行商议，大家认为：秦乃虎狼之师，若把和氏璧送给秦国，其结果，秦国的城邑，恐怕连一座也不可能得到，却会白白受骗失掉国宝；要是不给呢？说不定，秦军会马上派兵来攻打赵国，一场战事不可避免。那么，究竟该怎么办呢？他们当时都没有主意。

有一位大臣说：“现在最好的办法，是选派一位大智大勇、能言善辩的使者，到秦国去谈判交涉这件事。”

赵惠文王说：“这主意很好，可派谁去才合适呢？”于是，他们一起讨论，挑选了很多人，却没有一个非常合适的人选。

这时，宦者令缪贤出班，他对赵惠文王说：“大王，依我看，我的门客蔺相如，完全可以担当这一使命。”

赵惠文王问：“你又怎么知道，他能担当这一使命呢？”

缪贤回答说：“臣以前犯过罪，私下里，我曾打算逃亡到燕国去。但是，蔺相如却阻拦了我，他问我：‘您与燕王熟悉吗？’我对他说：‘我曾随从大王，在国境上与燕王会见。当时，燕王紧紧握住我的手，十分热情地对我说，他很愿意跟我交朋友。以后有机会，希望我能来燕国做官，他会重用我的。这样看，我们应当很熟悉。我对燕王说："我也很高兴同大王交朋友。"他听了也很高兴。这样，我们就熟悉了。所以，我想我到了燕国，燕王一定不会慢待我的。'蔺相如却对我这样说：'正因为我们赵国强，燕国弱，而您又受宠于赵惠文王，所以燕王便想和您结交，他是想着以后也许会有让您帮忙的时候。可现在，您要逃出赵国奔往燕国，即为赵国的叛逆者，燕国又怎么敢收留您而得罪赵国呢？燕王是绝对不会收留您的。所以，您一到燕国，非但得不到重用，而且燕王会让人把您捆绑起来，很快送回赵国，听凭赵王对您的处置，他又怎么能善待您呢？'

"'似此，我到底该怎么办呢？'我当时毫无主意，便这样问蔺相如。

"蔺相如说：'您不如脱掉自己的上衣，露出自己的肩背，背负上荆条，诚恳地前去向大王请罪，以求得到大王的宽恕。'

"'如此，大王他果真能宽恕我吗？'我心里很不放心，又这样问他。

"'肯定能。'当时，蔺相如蛮有把握地说，'大王乃仁义之主，他最讨厌那些死不认错、顽固不化的人，而对于敢于认错、知错改错的人，他一般都会宽恕的。'"

"这我知道，你后来的确认错了。"赵惠文王说。

"罪臣正是听取了蔺相如的意见，便这样做了，大王真的开恩赦免了罪臣，而且步步提升，到了今天这样的高位。罪臣私下认为，蔺相如不仅很有智谋，而且富有忠心，还是个勇士，派他出使秦国最为合适。"缪贤说。

于是，赵惠文王立即召见了蔺相如，一见面，他先这样问蔺相如："秦昭王欲用十五座城交换我国的和氏璧，你说，我们该不该换呢？"

"该！"蔺相如十分干脆地说，"和氏璧虽然名贵，可它毕竟只是一块玉啊！以一块玉璧，便能换取十五座城池，这是多么划算的事啊！可是眼下，秦国强，赵国弱，人家出价这么高，咱们不能不答应，交换也就是了。"

赵惠文王说："可我担心，秦国会欺骗我们，他们一旦得到了和氏璧，却不交付我们城邑，我们又该怎么办呢？"

蔺相如说："秦国请求用十五座城换和氏璧，赵国如不答应，会让天下人耻笑我们，我们理亏；可是，赵国给了秦国和氏璧，而秦国却不给赵国城邑，那便是秦国理亏。这两种对策衡量一下，咱们宁可答应，看看他们秦国怎么做。我们要尽量让秦国来承担理亏的责任，让天下人耻笑他们，同情我们。"

赵惠文王说："你这主意挺好。可是，谁能担当这一使者呢？"

蔺相如说："既然时至今日，大王还没有做出决定，那想必还没有合适的人选。我虽然只是一个下人，可大王却亲自与我一起商量这么重要的事情，那一定有让我出使秦国的意思。如果大王确实无人可派，那微臣我愿捧着和氏璧，出使秦国。如果秦国的十五座城邑归属赵国了，我就把和氏璧留给秦王。可如果秦国这十五座城邑不能归赵国所有，那我一定会把和氏璧完好无损地带回赵国。"赵惠文王见蔺相如的态度这样坚决，就以蔺相如为正使，再配一副使，并有随行几人，让他们带着和氏璧，西行出使秦国。

蔺相如到了秦国，当时，秦昭王坐在章台宫接见了他。在章台宫，秦昭王甚至连王座离也未离，态度十分傲慢。蔺相如捧着和氏璧，十分恭敬地献给了秦昭王。秦昭王一见大喜，他当即让人唤来他的妻妾，把和氏璧让大臣、妻妾和侍从们传看。大家一看，全都称赞这真是块宝璧，并且高呼万岁，夸赞秦昭王惜宝识宝，十分英明，却没有一个人提如何给赵国交付城邑的事。蔺相如看出，秦昭王的真实心理，丝毫没有用城邑交换和氏璧的意思，只是想让赵国怯于秦国的强大，把和氏璧白白送给秦国罢了。但是，今已将和氏璧交给了秦王，到底该怎么办呢？

想了好一阵，蔺相如才有了主意。于是，他缓缓走到秦昭王跟前，说："大王，这和氏璧虽好，却有个小小的瑕疵，让我指给大王看。"

秦昭王信以为真，他也并未多想，便从传看者手中要来和氏璧，把它交给了蔺相如。蔺相如一旦接璧在手，便怒发冲冠，脸色突变，他捧着和氏璧，猛地后退了几步。待站定以后，他将身体靠在柱子上，大声对秦昭王说："大王为得到这块和氏璧，专门派人送信给我们赵惠文王。为此，我王召集全体大臣进行商议，大家都说：'秦国贪得无厌，倚仗他们的强大，想用空话骗得和氏璧。秦王答应给我们十五座城邑，恐怕一座也是得不到的。'商议的结果是，大家都不想把和氏璧交给你们秦国。但我认为，即使平民百姓的交往，尚且不互相欺骗，更何况是像您这样威震四海的大王。而像秦国这样一个大国家，岂能仅仅为了一块玉璧，就输掉国家的信誉，这是很不应该的。我王为此还斋戒了五天，专门派我捧着和氏璧来到秦都，我已在殿堂上恭敬地拜送了国书，并且把和氏璧送给大王看。为什么要这样做呢？这是我们尊重秦国的威望，也重视我们的国宝和氏璧，并表示我们对大王的敬意。可如今，我以赵国使者的名义来到贵国，大王却在一般的离宫接见我，礼节甚是不周，还显得十分傲慢；大王在得到宝璧后，先不说以城邑交换和氏璧的事情怎么办，却对它并不珍视，把珍贵的和氏璧传给大臣、妻妾和侍从们看，这样做合适吗？这不是在戏弄我、赵王和我们赵国吗？我通过观察可以看出，大王您根本就没有以十五座城邑交换和氏璧的诚意，只不过想白白得到和氏璧罢了。因此，我只能暂时收回和氏璧。今我就在秦国，在秦王您的大殿之上，大王也可以逼我，但如果逼得太紧了，那我的头今天就同这和氏璧一起，在这柱子上撞个粉碎！”蔺相如一边说，一边手持和氏璧，斜视庭柱，就要向庭柱上撞去。

秦昭王怕蔺相如真的把宝璧撞碎，也怕蔺相如真撞死会使秦国丢人，而他更佩服的还是蔺相如的忠义和勇敢，便向他道歉说：“先生万万不可如此。其实，我并非戏言，真是要拿十五座城邑来交换和氏宝璧呢！”

蔺相如并不相信，他说：“那么，大王所说，是哪十五座城邑呢？”

秦昭王十分无奈，便召来主管地图的官员，让他打开地图，装模作样地指明，是从某地到某地的十五座城邑。可蔺相如估计，秦昭王这样做的目的，只不过是想用欺诈手段，假装要给赵国城邑，实际仍是想白白得到和氏璧。那么，现在又该怎么办呢？这最好的办法，就是先保住和氏璧，再想其他办法。于是，他这样对秦昭王说：“和氏璧是天下公认的宝物，我们赵王惧怕秦国，不敢不奉献出来。但是，赵王在让我给您送和氏璧之前，专门在宫中斋戒了五天，而大王您也应该同样，在秦宫斋戒五天，而后在殿堂上安排九宾大典，接收和氏璧，我再献上和氏璧。如此这般，才能体现大王对和氏璧的珍爱，使它身价倍增啊！”

秦昭王见蔺相如态度这样强硬，他知道对和氏璧不可强力夺取，于是就答应自己也斋戒五天。他还把蔺相如等人，调换到秦都最高档的广成宾馆，以最高规格礼遇进行接待。蔺相如估计，秦昭王现在虽然态度有变，但如果和氏璧到手，他必定还会背约，态度也会因之大变。于是，蔺相如便对自己的副使说：“今秦王虽然答应斋戒，实则欲伺机夺取和氏璧。我们今待在秦都，犹如待在虎口，和氏璧在此难以保全。今你可带上和氏璧，速速回到邯郸，将它交给我们大王，这样方才保险。”

副使说：“还是您带上和氏璧回邯郸吧！如果我带上和氏璧走了，那您怎么办呢？闹不好，秦王会杀掉你啊！”

“糊涂！”蔺相如说，“我是正使，秦人的目光都盯着我，我怎么能走得脱呢！听我安排，你赶快走吧，再不走就来不及了！”于是，蔺相如让副使穿上粗麻布衣服，扮作一个普通人的样子，怀中藏好和氏璧，从小路悄悄逃走，把和氏璧安全送回赵国，交给了赵王。

秦昭王斋戒五天后，就在殿堂上安排了九宾大典，让人去请赵国使者蔺相如。蔺相如到后，秦昭王让其献和氏璧。蔺相如将双手一摊说："大王，实不相瞒，和氏璧我已经让人送回赵国交给赵王了。"

秦昭王说："你为什么要这样做，这难道不是在欺骗我吗？"

蔺相如说："秦国从穆公以来，共有二十几位君主，但从来没有一个坚守盟约的。我想来想去，实在怕被大王欺骗，被大王抢走和氏璧，对不起我们赵王，所以便派副使带着和氏璧回去，他已从小路回到了赵都邯郸。不过不要紧，因为秦强赵弱，大王如诚心交换，请先把十五座城邑割让给赵国，赵国又怎么敢留下和氏璧而得罪大王呢？对此，臣愿以性命担保。今臣恳请大王，先办理十五座城邑的交割，而后再派一位使臣去告知赵王，赵国会立即把和氏璧送来。我知道，我欺骗了大王，这是不对的，是死罪，当被诛杀。如果大王怪罪的话，我情愿下油锅被烹被炸。可如果大王真这样做了，既得不到和氏璧，也落下不好的名声，真的很不划算，希望大王和各位大臣能仔细考虑此事。"

一听蔺相如如此之说，秦昭王和群臣都面面相觑，并多有责怪之声。秦相范雎说："赵臣如此无理，蔑视秦国和大王，应当把他碎尸万段！"

大将军魏冉也说："赵臣竟敢欺骗大王，那就依他之言，把他下油锅煎炸。而后，再派人去赵国邯郸，追要和氏璧。如若不给，我们就派兵踏平赵国，这也是他们欺骗大王应付出的代价。"

谁知这时，秦昭王却挥了挥手说："如今，我即使杀了蔺相如，终归还是得不到和氏璧，反而会破坏了秦、赵两国的交情。不如好好款待他，让他安全回到赵国。再说，他赵惠文王难道真的会为了一块和氏璧，就敢欺骗我们秦国吗！"其实这时，秦昭王对于蔺相如这个人，早动了恻隐之心，他很欣赏蔺相如的才干和勇敢，很想将他留在秦国。

事后，范雎问秦昭王说："蔺相如如此无理，竟敢戏弄并欺骗大王，可大王为什么不杀掉他，甚至连他的罪责也不追究呢？"

秦昭王说："你以为，我所看中的，是那块和氏璧吗？"

"那，大王您还看中了什么呢？"范雎问。

"其实，真正的宝璧，就是蔺相如这个人啊！他远比那块和氏璧更有价值。"秦昭王说，"本来，我就是想假借以城换璧，让赵王把和氏璧白送给我们，可是那蔺相如却把我的心思猜得透透的。似此，不要那和氏璧也罢。但是，我真正想要的，还是蔺相如这个人啊！”

“那，大王的意思？”范雎试探地问。

“你可以去试一试，如能劝降蔺相如，那我们秦国，就算得到了真正的宝璧。再说，只要蔺相如他能事秦，那我们秦国，连整个赵国都可以得到，还怕得不到和氏璧吗？而我们秦国，也少有像蔺相如这样有胆有识、机智勇敢的贤臣啊！如能让蔺相如事秦，那以后我们秦国，文有蔺相如和你，武有白起和王翦，还怕哪个国家？还怕统一不了六国吗？”秦昭王说。

于是，范雎便去找蔺相如，他对蔺相如说：“你不来秦国，不知道我们大王的大人大量，宽广胸襟。你看看，你作为一个外国使臣，这般争辩他，戏弄他，甚至于欺骗他，可他却一没动怒，二没怪罪。你看看，天底下哪有这样宽容大度的大王呢？”

“我之所以争辩他，是因为他做的事情并不占理；我之所以戏弄他，是因为他戏弄我在先；我之所以欺骗他，是因为他一直在欺骗我，欺骗我们赵王和赵国，我只是出于报复的心理罢了。”蔺相如说，“似这样，我只是以其人之道，还治其人之身，难道有什么不妥吗？”

“这也对，也不对。”范雎说，“毕竟，他是君，你是臣嘛！欺君之罪，可是死罪啊！”

“可是，君无戏言，作为秦国的君王，他言而无信，我难道就不可以同他争辩吗？”要说，范雎平时极善舌辩，可今日碰到了蔺相如，却显得那么笨嘴拙舌，几乎连话都不会说了。

停了好一阵，范雎才说：“好了好了，今天，我不同你斗嘴。我此番来，还有一件正事要对你说。”

“那么，你刚才所说，全都是闲事了？”蔺相如说，“你说吧，什么正事？”

“如果可能的话，你能不能为我们秦国做事呢？”范雎问，“也就是说，你想不想成为秦臣呢？”

“那，这是秦王的意思，还是你的意思？”蔺相如问。

范雎一看有门，又赶紧说：“这正是我们大王的意思。秦王很赏识你，他专门派我来，就是让我劝你，你如果能在我们秦国做事，他是绝对会重用你的。他甚至说，你是比和氏璧更有价值的宝璧。当然，我也很赏识先生，你如果能成为秦臣，我们可以同朝做事，互帮互衬，那该有多好呢！”

“那我只能说谢了，谢谢秦王能对我如此看重。”蔺相如说，“可是此刻，我又怎么能背叛赵国呢？俗话说，好马不备双鞍，忠臣不事二主。我今作为赵国的使者，是奉赵王之命出使秦国，但作为赵国使者的我，却背叛了赵王，背叛了赵国，似此，我能不永远被赵国人唾骂吗？而秦国呢？你们所收留的，只是一个赵国的叛徒，他还有什么可利用的价值呢？而我本人，还有什么脸面活在人世上呢？”

稍停，蔺相如又反问范雎：“你刚说，秦王很赏识我，会重用我，那你就不怕会危及你的相位？不怕秦王会以我为相吗？”

一听蔺相如这样说，范雎便有些尴尬地说：“没什么，没什么，只要你能来秦国，我甘愿让贤，力荐你当相国。”

蔺相如冷笑着说：“恐怕未必吧！先生真是这般大胸怀的人吗？”

范雎继续苦劝，他这样说：“我劝你还是再好好想想。你可以不为自己现在着想，但要为以后着想。以后的天下，一定会是强秦的天下。秦将灭亡赵国，秦将统一天下，这是一个大的趋势，谁也阻挡不了。但到了那时，你再事秦，再为秦臣，恐怕已晚矣！你像我，如果我还待在魏国，又岂能有今天的富贵呢？”

听范雎这样说，蔺相如便长长地叹了一口气说：“人与人，经历各有不同，志向当然也不相同。我不似先生，先被须贾所诬，又差点被魏齐鞭笞致死，在郑安平的帮助下才得以入秦，又因被秦王赏识，才成了秦相。我呢？是因被缪贤推荐，即被赵王重用，一跃而成为赵国的使臣。我今于赵无有寸功，于秦更是欺骗秦王的逆臣，又怎么敢叛赵国而事秦呢？我并不否认您的看法，但世事无常，多有变化，眼下我还看不到秦能灭赵并统一天下的兆头。至于以后，我实在不敢多想，但我发誓不会背叛赵国，不会成为秦臣。我却不敢保证，我以后不再踏上秦土，除非到了秦行将灭赵那样一种时候。即使会那样，我也不会成为秦臣的。至少目下，我必须以完成自己的使命为主。”

范雎见怎么也劝不动蔺相如，只好如实去向秦昭王作了禀报，秦昭王听罢叹道：“这个蔺相如，他不仅是个忠臣，也是个贤臣，更是个能臣哟！赵国有幸，能出得赵国七贤，他们全都是难得的人才。赵惠文王，能有廉颇、赵奢、李牧和蔺相如这些贤臣的辅助，也真是他的幸事啊！”

范雎说：“大王真是高瞻远瞩、慧眼识珠。其他君王，谁又能有大王这样的远见卓识呢？”

秦昭王这时又说：“可你难道没有听出，蔺相如他话中有话啊！他说：‘至于以后，我实在不敢多想，但我发誓不会背叛赵国，不会成为秦臣。我却不敢保证，我以后不再踏上秦土，除非到了秦行将灭赵那样一种时候。’也就是说，以后，他蔺相如并不是没有来我秦国的可能，我们必须善待他，还要继续努力争取，让他成为秦臣。”第二天，秦昭王便在大殿上接待了蔺相如，并且设盛宴送行，仪式十分隆重。而以后，范雎本有许多让蔺相如来秦，并争取让他成为秦臣的机会，他却并未再继续争取。因为，蔺相如所说自己入秦会危及到范雎相位的话，对范雎不是没有震撼，他也担心啊！而且，他本身就是一个小人，又怎么能积极争取蔺相如来秦，危及以至取代自己的相位呢？

蔺相如回国以后，赵惠文王认为他是一位十分称职的大夫，夸赞他说："你身为使臣而不愿受诸侯的欺辱，行事果断而勇保国宝和氏璧，没有哪一个人的功劳，可以与你相比！"于是，赵惠文王便封蔺相如为上大夫。最终呢？秦国并没有把十五座城邑交给赵国，而赵国也没有把和氏璧给秦国，这事便不了了之。

秦昭王二十五年（前282），秦国派大将白起攻取了蔺（今山西离石西）、祁（今祁县东南）这两块地方。第二年，秦国又派兵攻占了赵国的石城（今山西离石）。又过了一年，秦再向赵发起进攻，两国交战，赵国损失了两万多军队，但秦军的攻势也暂时被遏止，两国那一段时间便少了战事。

秦昭王二十八年（前279），秦昭王想与赵国讲和，以便集中力量攻击楚国。于是，他便派遣使者来到赵国，约赵惠文王在西河外的渑池见面，以互修友好，共结友谊。渑池原属韩地，宜阳之战后，已被秦国占领，当时为秦地，是一个十分理想的谈判之地。可赵惠文王害怕秦国的强大，不想去渑池，怕有危险。廉颇说："今秦王正式相邀，大王如果不去，显得不合情理，也显得我们赵国十分软弱。"

蔺相如说："大王如果不去，就显得我们赵国既软弱又胆小，您不能不去！我估计，在和氏璧这件事上，秦王他吃了亏，一定想找大王您出气报复，您应有思想准备。但至少暂时他不会对大王您怎么样。因为，他们这次是同我们修好，目的是想集中力量对付楚国，并不想当下就与我们为敌啊。再说，对于秦王，我反复领教过了，我有对付他的办法，可以陪大王去，不会让大王吃亏的。"

于是，赵惠文王便决定让蔺相如陪同，亲自去渑池赴会。廉颇把赵惠文王和蔺相如送到了边境，他跟赵惠文王这样诀别说："大王此行，凶多吉少，我们不能不做最坏的打算。我估计，您赶路和会见礼仪结束，再加上返回的时间，不会超过一个月。可如果您三十天还没回来，那说不定就出了什么意外。万一如此，我们该怎么办呢？"

赵惠文王反问："你说该怎么办呢？"

廉颇说："如果真的出现了这种情况，那就请大王允许……"

蔺相如说："我知道廉老将军的意思，假使我们有什么意外，可以让廉老将军立太子为王，以断绝秦国企图灭亡我们赵国的妄想。"

赵惠文王说："这可以，还是廉老将军想得周到。再说，国不可一日无主，如真有什么意外，你们立太子为王也是对的。"

一切安排妥当，赵惠文王便来到渑池与秦昭王会见。到了渑池，秦昭王大宴相请赵惠文王，赵惠文王心里暗暗高兴。可秦昭王酒兴正浓时，突然说："寡人私下里听说，赵王爱好音乐，那就请您为我弹瑟吧！"这也正如蔺相如估计的那样，秦昭王确因在和氏璧一事上吃了亏，这次便要借机报复一下赵王，以挽回一些面子。当时，赵惠文王推辞不过，便当众弹起瑟来。秦国史官一见，立即上前写道："某年某月某日，秦王与赵王一起饮酒，令赵王弹瑟。"

不料，蔺相如这时突然上前，大声对秦昭王说："赵王私下里听说，秦王擅长秦地土乐，那就请秦王为赵王击缶，这样可以互相娱乐。"秦昭王一听发怒，拒不答应，他说："我堂堂一个秦王，怎么能给人击缶呢？"

这时，蔺相如上前，递上了瓦缶，并跪下来请秦昭王击缶，秦昭王仍不肯击。蔺相如说："今大王让我们赵王弹瑟，赵王已弹了，可赵王请大王击缶，大王为什么不击呢？这不平等啊！今我与大王，仅在五步之内，如果大王拒不击缶，那我蔺相如脖颈里的热血，就要溅在大王身上了！"他一边慷慨而言，一边捧缶于手，一副就要以缶砸向秦王的样子。

那些守卫在秦昭王旁边的秦军军士一见，都要杀蔺相如。可蔺相如圆睁双眼，便要捧缶扑向秦昭王，军士们都吓得直往后退。

秦昭王显得不大高兴，却也大惊失色，慌乱之间，他十分无奈地用筷子在蔺相如捧来的缶上敲了一下。蔺相如立即招呼赵国的史官，让他们写道："某年某月某日，秦王为赵王敲缶。"

秦国有大臣见此，气愤不过，上前说："那么，今我们秦王如此厚待赵王，并且肯为赵王击缶，那就请赵王，用赵国的十五座城向我们秦王献礼吧！"

蔺相如说："可以啊！我们赵国愿献十五座城给秦国，但只要秦国将一座城作为还礼就行了。"

有秦臣问："你们想要我们秦国哪座城呢？"

蔺相如说："那就是你们的国都咸阳城，这也是秦王向我们赵王的还礼。"

秦昭王和赵惠文王听得心烦，几乎在同一时间，两王都挥了挥手，阻拦自己的臣下说："算了算了，都别斗嘴了，说正事吧！"

…………

就这样，他们两国大臣一来一回，唇枪舌剑，互相交锋，可秦国大臣直到酒宴结束，也始终未能压倒蔺相如之势。再说呢？在赵、秦边境，赵国已部署了大批军队，秦国又想全力进攻楚国，便对赵王不敢有什么异常举动。

渑池会结束以后，由于蔺相如功劳特大，便被赵惠文王封为上卿并掌管相印，实际上成了赵国的宰相，其位竟在廉颇之上。对此，廉颇甚是不服，他对手下人说："我是赵国将军，南征北战，出生入死，因攻城野战立有多次大功，方才到了今天这样的位置。而蔺相如算什么东西，他只不过靠着能说会道，立了点功，可现在竟然当上了相国，地位已经在我之上。想他蔺相如原来只是一介平民，其职位，又怎么能一跃比我还高呢？对此，我实在难以忍受啊！"他甚至还扬言说："我如不见蔺相如还罢，一遇见他，一定会好好羞辱羞辱他！"

蔺相如听说此事以后，便一直不肯与廉颇相遇：每到上朝时，蔺相如常常会推说自己有病，故意回避廉颇，不愿和廉颇去争位次的先后。有一次，蔺相如外出，远远看见廉颇乘车而来，他就掉转车头回府而去，就像老鼠见了猫一般。蔺相如的门客见状，一起来向他进言："我们这些人，之所以离开亲人，前来侍奉您，就是仰慕您高尚的名声和节义呀！如今，您的官职已在廉颇之上，可廉将军口出恶言，不断攻击并污蔑您，您不仅不进行反击，反而因害怕而躲避他，这恐怕太过分了吧！对此，我们这些平庸的人尚且感到羞耻，更何况您这身为上卿的人呢！这么看来，我们这些人是没出息，那就请让我们告辞吧！"

"你们只知其一，不知其二。"蔺相如十分客气地挽留着他们，并发问说，"诸位，你们认为，廉颇将军与秦王相比，谁厉害呢？"

"当然秦王厉害哟！"众人回答，"廉将军怎么能比得了秦王呢？他可是天下的霸主啊！"

蔺相如说："是啊！可以秦王那样的威势，我都敢在朝堂上呵斥他、批评他，以至欺骗他、恐吓他，并羞辱他的群臣，与他们进行争辩。似此，我难道还怕廉将军吗？但是我想到，强秦之所以不敢对赵国用兵，就是因为有赵王和我两人的'将相和'呀！可如果我们两虎相斗，将相不和，势必不能共存。我之所以这样忍让，就是要把国家的急难摆在前面，而把个人的私怨放在后面，这又岂能是怕廉将军呢？"

蔺相如的话，终于传到了廉颇的耳朵里，廉颇听了十分感动，他无比感慨地对手下人说：“蔺相如虽只是一介文人，可是他却有宽广的胸襟；我虽然是一位将军，却是小肚鸡肠的小人。我这样难以容人，真是心里有愧啊！今事已至此，我确实有错。你们说，我该怎么办呢？”

一位门客说：“我闻得昔之时，蔺相如曾建议宦官令缪贤，让他负荆请罪，这才取得了赵王的宽恕，您为何不这样做呢？”

廉颇称赞说：“这真是个好主意。”于是，他立即脱去上衣，露出赤裸的上身，背负着荆条，由宾客带引，来到蔺相如府上请罪。见到蔺相如后，他说：“我是个十分粗野卑贱的人，对您多有冲撞冒犯，想不到您能如此宽厚，肯原谅我的过错，我真的无地自容啊！现在，我十分真诚地恳求您，请抽下我背负的荆条，狠狠地抽打我的身体，这样才能教训我，使我永远牢记自己的过失。”

蔺相如双目垂泪，赶紧用双手扶起廉颇，十分诚恳地说：“今在朝堂，我们都是同事；下朝以后，我们就是兄弟。兄弟之间，还有什么过不去的事呢？”于是，他安排酒宴，二人把酒言欢，相互和好，成为生死与共的好友。

第二章　齐燕之战　赵奢相如论田单

战国时期，齐燕相争，乃是大事，是要事。当时，齐国和燕国这两个相邻的仇国，先后打了三次大仗，每次都差点灭了对方，也因此诞生了像乐毅、田单这样的战国名将，而齐燕之战也成为战国群雄逐鹿的一个重要组成部分。

燕国当时只相当于现在的北京市及其周边地区，在战国时期只是一个小国。公元前320年，燕国发生了子之之乱，几年后，齐宣王趁火打劫，派兵攻打燕国，齐军只用了五十天时间，就攻破了燕国首都，使燕国几近灭国。齐国的将士攻进燕都以后，到处烧杀抢掠，无恶不作，两国因此结下了血海深仇。后来，因秦国联合韩国、魏国攻打齐国，燕国才躲过了灭顶之灾。当时，赵武灵王一听说燕国大乱，便从韩国招来燕公子职，立为燕昭王，派人送燕昭王回燕国即位。齐伐燕的战争，使本来就十分弱小的燕国更加衰落，到了行将灭亡的边缘。

这时，燕国来了苏秦。苏秦是历史上著名的纵横家和间谍，他和张仪、孙膑、庞涓都是鬼谷子的学生，在多国合纵抗秦时期，他曾佩带六国相印，乃是战国时期的风云人物。在齐伐燕之前，苏秦就来过燕国，被授以相印。齐伐燕后，苏秦又来到燕国，燕昭王有国仇家恨，苏秦有宏图大志，两人一拍即合。于是，由苏秦充当燕国的间谍，到齐国去搞垮齐国，他在齐国当了整整十六年的间谍。这十六年间，苏秦采用疲齐之策，他建议齐王大兴土木，并借齐国联合赵、魏、韩等国伐秦的机会，建议齐王私底下攻打肥沃的宋国，陷齐王于不义之地，结果惹怒了与齐国同盟的赵、魏、韩等国家。燕昭王二十年（前284），燕昭王任命乐毅为上将军，统率燕国、赵国、秦国、韩国、魏国五国联军攻打齐国。

乐毅率联军同齐军激战于济西，大败了齐军。乘胜，乐毅率军攻克齐七十二城，直入都城临淄，并烧毁齐都宫庙宗室，掠珍宝巨财一空，尽运于燕国。于是，燕昭王封乐毅为昌国君，燕国至此达到鼎盛时期。当时，齐国仅剩莒城（今山东莒县）、即墨（今山东平度县东南）两城仍在坚守。乐毅兵围莒城和即墨，不断进攻，但是他们一直攻打了三年，此二城却久攻不下。

有人妒忌乐毅，在燕昭王面前这样说："开始，乐毅能在半年之内就攻下齐国七十多座城，可今天，为什么费了三年时间，却攻不下莒城和即墨这两座城呢？要知道，并不是他没有这个能耐，而是为了收服齐人之心，让齐国人都归顺于他，他自己想当齐王呢！"

谁知，燕昭王十分大度，他听了这些闲言碎语却毫不在意，并对大臣们这样说："乐毅率军连取齐国七十二城，其功劳大得没法说，即使他真的做了齐王，那也是应该的，你们怎么能说他的坏话呢！"他甚至直接派遣使者，到临淄去见乐毅，封乐毅为齐王。乐毅对使者说："我很感谢大王对我的厚爱，但是，我宁死也不会接受将我封为齐王的命令。尽管，已经有人在大王跟前进谗言，说我想当齐王，大王不但不给我降罪，反而要加封我为齐王，这已是对进谗言者最大的驳斥和对我最大的信任了。我毕竟只是燕王的臣子，要一生拼死为大王效忠，又怎么敢当齐王，与大王平起平坐呢！"这样一来，燕昭王自然对乐毅更加信任，乐毅的威信反而更高了。

又过了两年，燕昭王死了。太子即位，他就是燕惠王。齐国留守大臣一听到这个消息，认为这是个极好的机会，于是，他便暗中派人去燕国，散布流言蜚语，说乐毅本来早就想当齐王了。可是，为了讨先王（指燕昭王）的好，才没有接受齐王的称号。如今，新王即位，乐毅的威信又那么高，他就要留在齐国做王，与燕王一争高下，新燕王又怎么能争得过乐毅呢！这正是他久拖而攻不下齐国二城的真正原因。要是燕国另派一个大将来，一定能很快攻下齐国的莒城和即墨二城。

原来，齐国在这危亡之际，莒城的齐国大夫拥立齐王儿子为新王，这就是齐襄王。当时，乐毅派兵进攻即墨，即墨的守城大夫出去抵抗，在战斗中也战死了。即墨城里没有守将，差点儿乱了起来。这时候，城里有一个齐王的远房亲戚，名叫田单，他曾经带过兵，只是没有经历过实战罢了。因为实在没有领兵的人，大家就公推田单做将军，让他带领大家守城。田单领兵以后，跟兵士们同甘共苦，还把本族人和自己的家属都编在队伍里，同将士们一起战斗，共同抵抗燕军。因此，即墨人都很钦佩他，守城的士气便旺盛了起来，这也是乐毅把莒城和即墨围困了三年，却没有攻下来的重要原因。

乐毅本来就瞧不起燕太子，他也曾经建议过燕昭王更换太子，燕昭王没有采纳。如今，太子却当了燕王，他大权在握，自然想给乐毅点颜色看看。今一听说乐毅想当齐王的谣言，他就派大将骑劫到齐国去，代替乐毅统兵攻齐。乐毅本来是赵国人，他被贬以后，就回到赵国去了。

骑劫并没有多少军事才能，不爱惜将士们的生命，尽管他接管了乐毅的军队，燕军将士们却不服他。可是，他毕竟是领兵之将，大伙儿都对他敢怒不敢言，但谁也不与他齐心，更不愿替他卖命了。

骑劫下令围攻即墨，一直围了好几层。可是城里的田单，早已把决战的步骤准备好了。隔了不多天，燕国的兵将，听到附近老百姓都在谈论，有人说："以前乐将军太好了，抓了俘虏都好好对待，城里人当然用不着怕。假若燕国人把俘虏的鼻子都削去，那齐国人还敢打仗吗？"

还有人说："我们祖宗的坟都在城外，要是燕国军队真的刨起坟来，我们可怎么办呢？"

这些议论，很快传到骑劫耳朵里，他并没有想到，这是田单的计策，是田单故意让手下人散布这些言论的。骑劫一听，便想：这好啊！我就这么干试试。于是，他命人把大批齐国俘虏的鼻子都削去，再把他们遣送回去，借以恐吓齐国将士。他又命令燕国兵士把齐国即墨城外的齐人祖先的坟都刨了，把那些老齐人的尸骨都撒到地面，其情其景惨不忍睹。

即墨城里的人一见燕军这样虐待俘虏，全都气愤极了。他们又在城头上瞧见，燕国的兵士正刨他们的祖坟，都恨得咬牙切齿，纷纷向田单请战，要跟燕国人拼个死活。

田单还打发几个人，装作即墨的富翁，偷偷给骑劫送去了不少金银财宝，并且说："即墨城里的粮食已经吃完了，不出几天，齐国的军民就会投降。如果贵国大军进城的时候，将军能保全我们的家小，我们将感恩不尽。"

骑劫十分高兴地接受了他们的财物，对于他们的要求，也十分爽快地答应下来。

这样一来，燕国的将士都再无斗志，一心等着即墨人投降，认为不用再打仗了。

谁知这时，田单却想出一个十分古怪的战法，他让人挑选了一千多头牛，把它们都巧饰打扮起来：在每头牛的身上，都披上一床被子，上面画着大红大绿、稀奇古怪的图案；在每头牛的角上，都捆上两把尖刀；而在每头牛的尾巴上，都绑上一捆浸透了油的苇束。一切都准备就绪，他就用这些牛来出战。

一天午夜，田单下令，凿开十几处城墙，把全副武装的牛群，都集中到各个城墙豁口处。而后，他们把这些牛的尾巴都点上火。那牛尾巴一旦烧着，一千多头牛都被烧得发起疯来，朝着燕军兵营方向猛冲过去。齐军还有五千人的“敢死队”，他们都手拿大刀长矛，紧跟着疯狂的牛群冲杀出来，见了齐军，真似滚瓜切菜一般，燕军的头颅，似离蔓的西瓜，满地滚动……在即墨城里，无数的老百姓站在城头，他们拿着铜壶、铜盆，狠命地敲打助威，喊声惊天动地，火牛越加疯狂，燕军又怎么阻挡……

一时间，震天的呐喊声夹杂着鼓声、铜器声，惊醒了燕军的美梦。他们全都睡眼蒙眬，不知所措，却只见火光一片，耀眼夺目，有上千脑袋上长着利刃的怪兽，向他们直冲而来。这般的猛兽，人哪敢阻挡呢？许多燕国将士一见，腿都吓软了，哪里还能进行抵抗呢？

不光是那一千多头牛的牛角上的利刃扎死了许多人，那五千名齐国敢死队队员也砍死了许多人。燕国的军队因牛的顶踩和齐军的砍杀，全都乱窜狂奔，被踩死的人不计其数。这样，齐军自然大胜，燕军自然大败。

骑劫坐着战车，想杀出一条活路，可他哪能冲得出去，竟被齐兵团团围住，死在乱军之中。齐军反败为胜，乘胜反攻，整个齐国都轰动起来。那些被燕国占领城池的将士百姓，都纷纷起兵，杀了燕国的守将，迎接田单的军队。田单的军队打到哪儿，哪儿的百姓都群起响应。不到几个月工夫，齐国就收复了被燕国和秦、赵、韩、魏四国占领的七十多座城池。于是，田单便把齐襄王从莒城迎回临淄，统领起全国军民，齐国这才从几乎亡国的境地中恢复过来。

齐国田单以“火牛阵”大胜燕军之际，赵国正是赵惠文王执政期间。当时，赵奢并未显山露水，他仍然只是管理全国赋税的官员。而蔺相如则不同，他因渑池之会立功，已成了赵国的上卿。赵奢很佩服蔺相如的机智勇敢，蔺相如也很欣赏赵奢的正直能干，他们二人便结拜成异姓兄弟，赵奢年长为兄，蔺相如稍小为弟，二人成了亲密无间的朋友。当时，他们对天盟誓说：“今赵奢、蔺相如二人，愿结为异姓兄弟。我们虽不是同年同月同日生，但是死后，我们将埋于同一墓地，也好互相帮衬，共同聊天，死后我们仍是兄弟。”就在这时，田单以“火牛阵”大破齐军的消息传到了赵国，蔺相如十分感叹地对赵奢说：“这个田单，真是一个军事奇才啊！他并非军事将领出身，但关键时候能挺身而出，出奇谋，用巧计，以火牛阵打败燕军，挽救齐国于危难之中，我们赵国如果能有像田单这样的将领，又怎么能惧怕虎狼秦国呢？”

“不然。”赵奢说，“齐国虽有田单，可我们赵国的廉颇、李牧都远比田单优秀。

田单能以火牛阵取胜，只是由于他突发的奇想偶尔得逞，更是由于燕军的麻痹大意，否则的话，齐军怎么能一胜再胜呢？试想，火牛阵只能胜得一阵，他还能再用火牛阵吗？其实，依我之见，他并非一位天才的军事将领，只是一个一般的统军将领罢了。更准确一点说，他只是一位福将或者幸运将军，碰上很好的运气罢了，那便是骑劫的愚蠢和燕军的大意。我并非自夸，就我的军事才能，也不见得比他田单差啊！”

蔺相如一听赵奢这话，不由得大吃一惊，他问：“难道，你也懂军事？”

赵奢说：“我每天要看很多书，但大半的书是军事书，小半的书是国家治理和赋税方面的书；我每天研究很多事情，但大半的事都是战争和军事，小半的事才是其他事情。”

蔺相如说：“可这些，都不是你的分内事哟！”

赵奢说：“俗话说，国家兴亡，匹夫有责。如今，我们这些人，就生活在这样一个战争不断、纷争不止、群雄争霸、强者为王的战国时期。我们每一个赵国人，都应该为赵国的命运而担忧，为国家的兴亡而尽责，尤其是每一个国家的官员，都应该关注各国战事的进展，关心自己国家的命运啊！如果连国家都灭亡了，我们还能有政治吗？有经济吗？有赋税吗？什么都会没有的。所以，对于国家兴亡这样的大事，我怎么能不关心呢？”

“对呀！那田单，不正是在国家危亡之际挺身而出，用火牛阵打败了燕国联军，这才改变了齐国的命运，而你却为什么要小瞧他呢？”蔺相如说。

“但那只能说明他幸运。”赵奢说，“所以我说，他只是一个福将，一个幸运将军。假使，即墨的守城大夫不死，那燕王必不会以骑劫替换乐毅，燕军也不会那么麻痹大意，他田单可就不会那么幸运了。要知道，我们打仗毕竟是用人的时候多，用牛的时候少。用兵取胜的时候多，用牛取胜的时候少。他田单还能再摆一次火牛阵吗？即使摆了，难道还会取胜吗？”

当时，对于同赵奢的谈话，蔺相如并不那么重视，以为只是笑谈罢了，但是他却有了“赵奢虽为一介文人却也懂军事”这么一点印象。不久，燕惠王封宋人荣蚠为高阳君，使其率众攻赵。赵惠文王见燕军势大，便令将赵国的济东令卢、高唐、平原三城及其周围五十七个邑市，全部割让与齐，而求齐之安平君田单率领赵军攻燕，以救赵国之危。

赵奢听到了这个消息，便去找蔺相如，让蔺相如推荐自己领兵出战，替代田单为将。可当时，蔺相如对赵奢的军事才能并不了解，不敢予以推荐，他委婉地让赵奢去找平原君赵胜，说让田单领兵是赵胜推荐的，让他向赵王建议更换领军之将为好。于是，赵奢便去见赵胜，他对赵胜这样说："老主人啊，难道我们赵国没有军队统帅，就到了今天这样可怜的地步了吗？我听说，是阁下引荐齐国之安平君，让他来统率赵国的军队，并且，我们是以割让济东令卢、高唐、平原三城及五十七个邑市给齐国为代价的。以这么高昂的代价，仅求安平君统率赵军攻燕。这样做，就好像是与敌国作战，赵国已经全军覆没，打了败仗，只能割让土地给敌国一样。可是，我们为什么一定要这样做呢？我们战还未战，阁下就将这么多城邑给齐国，难道真的是因为我们赵国没有军队统帅了吗？"

"是这样的。"平原君说，"眼下，廉颇老将军有病，李牧镇守边关，我们赵国真的没有优秀的军事将领来统兵攻燕啊！"

"可是，不还有我吗？"赵奢十分着急地说，"将军，您不是亲身经历过毛遂自荐的故事吗？今赵奢我也可以自荐，您为什么不举荐我做赵国的军队统帅呢？要知道，我赵奢曾因罪居燕地，燕国以我为上谷（郡名，在今河北怀来东南）郡守，对于燕国的山川地形、军事要塞，我赵奢了解得十分清楚。今百日之内，天下之兵尚未聚齐，如以我赵奢为将，我即可率领赵国的军队很快攻占燕国。对此，我们机会已到，胜券在握，可阁下为什么非要请安平君田单为赵国的军事统帅呢？"

赵胜说："先生本一文弱之人，怎么欲参与军国之事呢？对于你的治国才能，我一点儿也不怀疑。比方像征收赋税，你不就搞得很好嘛！你还是继续把这事搞好就是了。至于让安平君领兵抗燕，这事我已经对大王说过了。而且，在朝堂上，大王已经将这件事正式宣布了。俗话说，君无戏言，大王已在朝堂上宣布的事情，又怎么能随便更改呢？现在，这件事已经正式决定了，你就不要再说什么了。"

赵奢说："阁下您错了。阁下之所以求请安平君，是因为您看到燕曾破齐，在即墨城下，齐燕是有浴血奋战之深仇。可这事，我不这么看，如果安平君愚蠢，他会挡不住荣蚠的猛烈进攻；如果安平君聪明，他便不肯与燕人全力奋战，因为现在只牵扯到赵国的安危，并未关系到他们燕国的安危。或愚或智，安平君必居其一。假若安平君是个明智的人，他怎会愿意看到我们赵国强大起来呢？赵国强大了，齐国就不能称霸天下，齐国人怎么能高兴呢？连农家之人都这样说，嫉妒之人，是不愿看到别人家里冒青烟的，更何况是别的国家了。如今，以强赵之兵，去抗击燕之进犯，这样旷日持久地打下去，数年之间，将使士大夫们辛苦经营的国力，尽填于沟垒，车甲兵械大量消耗，国家府库仓廪空虚。赵燕两国轻率用兵，会使双方疲惫，两败俱伤，还不如各引其兵还国。如果还不罢手，会尽倾全国兵力而战，这能是高明的办法吗？依将军所说，我是应管理好我分管的赋税这一块，而这件事情，是一般人都可以做到的。但是，抗燕保赵就不同了，它事关国家的安危、人民的平安，非将帅之才而不能胜任。再说，如果连国家都灭亡了，征收再多的赋税，又有什么用呢？这些事情，孰轻孰重，阁下难道还不明白吗？那么，我既然有能力完成这一重任，朝廷却为什么要将我弃之不用呢！”

赵奢据理力争，平原君只是不允，因赵王已在朝堂上宣布以田单为将，故赵奢建议未被采纳。平原君当时对于赵奢的毛遂自荐，还不那么信任，这不仅使赵奢失去了一次展示军事才华的大好机会，也使赵国失去了一次大败燕国、富强赵国的极好机会。这年夏天，田单率赵国大军攻燕，因遇水害，赵军只能悬釜而炊（把锅挂起来做饭），劳师动众，仅得燕之三座小城，最大的也不过“百雉”（雉，古代计算城墙面积的单位，一雉长3丈。战国时1丈等于231厘米，300丈等于69300厘米，即693米，城周不到一公里，是很小的城），即得不偿失，这使赵奢的预言得到了很好的印证。通过此事，赵胜和蔺相如对赵奢有了新的认识，认为他的军事才能并非一般。

要说的话，田单当时乃功成名就之人，可赵奢对田单的军事才能却有一定看法，这事不能不传到田单的耳内。而其时，赵国已经阏与之战，赵奢也已展示了自己卓越的军事才能，并已被赵惠文王封为马服君。一个偶然的机会，赵奢与田单相遇，他们便谈起兵家之事。当时，田单对赵奢这样说：“我不喜欢将军您的兵法，所以我不能信服。但是有一点，就是将军领军打仗时，用兵的人数太多。国家用的兵士太多，会影响百姓的耕作，粮食、赋税、徭役也将供给不足。这种办法，是一种自伤国力的办法，对此，我是不愿意采取的。我听说，帝王之兵，多不过三万，国家方能承担得起。可今日将军必须十万、二十万之兵才用，这是我田单之所以不信服您的理由所在。”

赵奢说：“其实，这说明，阁下不但不明白用兵之理，也看不清当前的时势。吴国人干将所铸之剑，以肉试之可以宰杀牛马，以金属器试之可以截断水盆和酒杯。但是，如将它往铜柱上抛去，它不如柱之坚会断为三截；而用它去砍石板，它又不如石之硬会碎为百块。在今天的形势下，以三万之众去抗击强国之兵，就像是以剑搏铜柱、击石板一样。而且，以干将之剑材，无剑脊之厚，而剑锋就难以形成；无近刃处之薄，不会有锋利的剑刃。一把好剑，只有剑脊和剑刃还不够，如果没有剑柄、剑珥、剑绳、剑环，便手持剑刃去刺杀，结果未刺着敌人，自己的手臂就先断了。那么阁下，如果没有十万、二十万之兵力，就好像没有剑柄、剑环、剑珥、剑绳的锋利的剑刃一样，徒然以三万之众行于天下，又怎么能克敌制胜呢？自古以来，四海之内，有万国之多。城池虽大，阔不过三百丈；人口虽多，也不过三千家。众多这样的城池仅集兵三万，实在难以保全啊！以三万去敌数十万，那必然败亡，齐曾为燕所破就是例证。古之万国，今分为战国七雄，即使有数十万之兵，旷日持久，数年鏖战，也往往不能轻易取胜。齐曾以二十万之众攻荆，五年才得以罢兵。赵军曾以二十万之众攻中山，也用了整整五年时间。如今，齐韩交兵，两国或围或攻，谁敢说能以三万之众去解围准能成功？现今千丈之城、万家之邑相对峙，如果仅以三万之众，围攻千丈之城，城大而兵少，仅能占城之一角而已，不能合围，又怎么能战呢？又怎么能胜呢？处于这种形势，您说怎么办？”

田单听了，深为佩服，他十分诚恳地说：“我之考虑，还是远不及将军考虑得这么周到啊！我常常想，将军仅有阏与一战，便得以成名，成为著名的军事将领。对此，我以前还不信服。今听君一席话，胜读十年书，我对将军您完全信服了。如有机会，您再领兵出战，也是一定能取胜的。”

其实，也正如田单所说，赵奢确是因阏与之战，一战成名。但由于种种原因，他领兵征战很少，至少是少有记载。而对于他，著名纵横家苏秦也是有过论述的。

秦国进攻赵国时，苏秦曾对秦王（秦昭襄王）说：“我听说，英明的国君对于他的人民，广泛地选拔，然后根据不同的技术和能力任用他们，因此百官各尽其能，有用不完的才干。对他们的意见，多多听取，善于采用，因此，国家进行各种事业就不会失败，错误也不会明显。我希望大王审查我所说的，并在实践过程中加以验证。我听说，怀揣着珍宝的人不能在晚上行路，有大功劳的人不能对敌人掉以轻心。因此，贤能的人担负的工作愈重，他就愈加恭谨；聪明的人功劳愈大，他就愈加谦逊。所以，人们便不会憎恶他们尊贵的地位，世人也不会忌妒他们的功业。我听说，百倍于别国的大国，人民不再想有战争困扰；建立卓越功业的国家，国君就不想再劳烦百姓；人们已经精疲力竭，真正仁爱的国君是不愿再去动员他们的；要想有所要求而达到目的，反而不要去困扰百姓，这是圣贤的国君采取的办法；战功很大，要使人民得以休息，这是用兵应该遵守的原则。现在用兵，使人民终生不得休息，精疲力竭，还不休止。秦国恼怒赵国，一定会把赵国当作秦国国土的一部分，这样，赵国就所存无几了。然而，赵国四通八达，现在秦国即使占领了赵都邯郸，而自己兵困力尽，四方来攻，也不是秦国长久之利。或者，秦国占领了赵国，由于四方来攻，土地虽广，但不能耕种；人民疲困而不得休息，再加上用严刑峻法对待他们，虽然以力压服了他们，终究是待不住的。常言说：‘打了胜仗，可是国家仍然处境危险，这是因为战争不止；建立了卓越的功业，可是国家的统治权力仍然很小，这是因为虽然得到了大片土地，但人民不服，实际上土地还是没有真正为自己所有。’所以推行错误措施，父亲也不能要求于自己的儿子；提出没有止境的要求，国君也不能要求于自己的大臣。所以，知道由微弱不断地发展而至昭著的，可以使国家强盛；懂得使人民休息，善用民力，不致疲竭的，可以称霸于诸侯；明白了积微弱而至于举足轻重这个道理的，可以称王于天下。”

秦王说：“我停止出兵，使民休息，诸侯就一定会搞合纵联盟，来对抗秦国。”

苏秦说：“我可以断定，诸侯不可能组成合纵联盟来对抗秦国。我认为田单、如耳他们是大错特错了。岂只田单、如耳大错特错，天下的诸侯也都大错特错。大抵，去联合破败的齐、楚、魏三国，和那个存亡未可知的赵国，却想去困厄秦国，挫败韩国，我认为这是最愚蠢的做法。齐威王和宣王是当时诸侯中贤明的国君，德行广博，土地广阔，国家殷富，人民听命，将领勇武，士兵强悍。宣王凭借着这些条件而后进逼韩国，威胁魏国，南面伐楚，西面攻秦，秦军被齐军困阻在殽塞以西，十年来齐国开拓疆土，秦人退避，但心里不服，以致齐国终成废墟，人民惨遭屠杀。齐军之所以惨遭失败，而韩、魏却能保存，这是什么原因呢？是因为齐国讨伐楚国，进攻秦国，而后遭到他们祸害。现在诸侯没有威王、宣王时那样富饶；论兵器，也没有当初能够进逼韩国、威胁魏国时那样的武器库；而将领又没有田单、司马穰苴那样的谋略。所以，我认为合纵联盟是不可能组成的。

“从前秦国出兵进攻魏国的怀地，打败魏军。赵、齐、楚三国要去援救怀地，赵将赵奢、齐将鲍佞，加上楚国有两人也领兵前来援救。当大军接近怀地时，却不去援救；当秦军撤退时，又不去追击。不知这三国是憎恨秦国，怜惜怀地呢，还是憎恨怀地，怜惜秦国呢？秦军进攻却不去援救，秦军撤退又不去追击，这是因为三国之兵疲劳困窘了，而赵奢、鲍佞也无能为力啊！所以他们才答应割地献给秦国。田单是齐国的良将，领兵称雄于国内二十四年，然而终生不敢出兵进攻别国、挫败韩国，他只不过称雄于国内。这样，我不知合纵联盟又怎么能够组成。”

听了苏秦这番话，秦王松懈了战备，不出国境，诸侯因此得以休息，天下得以太平，二十九年以来诸侯不曾互相攻打。

这样一段文字，载于《战国策·赵策二·秦攻赵》，尽管，它重在写苏秦劝秦王，但后面赵奢也还是出场了。苏秦是这样说的："当秦国出兵进攻魏国的怀地时，赵、齐、楚三国出兵救援。当时，赵国的领兵将军是赵奢，齐国的领兵将军是鲍佞，加上楚国两位将军，四人领兵前去救援。”但是，这次作战，秦军进攻魏军时，赵奢所率的联军并没有救援魏军，而秦军撤退时，赵奢所率的联军也没有追击秦军，最后只能答应割地献给秦国，这场战事才告结束。这样做，并非因为别的什么，而是因为赵奢见秦军势大，联军势弱，他没有绝对取胜的把握，这才按兵不动罢了。这也说明，赵奢用兵，是十分谨慎的，在无绝对取胜把握的情况下，他是轻易不会出兵的。而这样做的结果是，诸国得以休息，天下得以太平，以后二十九年中，诸国不曾互相攻打，民众也便得以安宁。这其实也是一个“不战而求得和平”的很好战例。而且，苏秦对秦昭襄王也说了："田单是齐国的良将，领兵称雄于国内二十四年，然而终生不敢出兵进攻别国、挫败韩国，他只不过称雄于国内。”这也印证了赵奢并不十分佩服田单的军事才能，因为他的军事才能远在田单之上，这是连苏秦都谈及的。

第三章　神童降世　几家欢乐几家愁

这年正月改岁（后来的春节）期间，邯郸的赵奢府好不热闹：府中处处张灯结彩，大小屋子窗明几净，客人们来来往往，家人们忙忙碌碌，厨房内热气腾腾，客厅里茶果飘香……噢，这不仅仅因为改岁，更因为赵奢的大公子赵括要过周岁生日，双喜临门，大喜之日，这个赵府，哪能不热闹呢！

这时，在赵府庭院一处空旷的地方，铺有偌大的红红的地毯，有着浓浓的喜庆气氛。那大红地毯中央，一位身着大红衣服、相貌端庄的青年妇人，正怀抱一个全身红衣的幼儿，坐在一把精致的小椅之上，妇人一动不动，宛如一尊逼真的美人雕像。甚至连那幼儿，也老老实实，一动不肯动。在青年妇人和幼儿的周围，摆满了各种各样的东西：金、银、珠、宝、铜钱、裤币；绫、罗、绸、缎、锦衣、官帽；山珍、海味、鲜果、美食、人参、灵芝；刀、枪、棍、棒、弓、箭；黑墨、砚台、丝帛、刻刀、印章、简书……真是要多齐全，有多齐全，什么东西都准备了。那一围，站满了人，他们全都是赵奢的亲戚、朋友、同事、家丁、仆人。而在所有的来宾中，那最尊贵的客人，自然便是赵奢的结义兄弟上卿蔺相如了，他被安排在最显眼的位置。

一会儿，赵奢本人走了过来，他也红衣红袍，满面春风，满身喜庆。一见赵奢来到，众人便匆匆让出一条道来，让他走到人圈之中的妇人和幼儿身边。他刚一站定，先向坐在圈内的蔺相如行礼，再向大家拱手行礼，而后大声说："诸位亲戚朋友，诸位朝中同人，诸位贵客佳宾，今天是犬子括儿的周岁日，又恰值这热闹的改岁期间，某家特邀诸位来，只是想在府中试儿，试试他有什么爱好，看以后能有什么出息，是个什么样的材料，以图他能健康成长，成为一个人才，好为国出力，为民请命，别无他意。再说了，现在仍是改岁期间，大家来我府上坐一坐，聚一聚，也显得热闹嘛！"而后，他以手指了指在小椅上端坐的妇人和她怀抱的幼儿，说："这就是贱内和犬子赵括。那么，我们的试儿，现在就开始了。”

赵奢刚一说罢，夫人即将怀中的赵括，小心翼翼地放了下来，让他去抓自己喜欢的东西。谁知，那赵括刚一放下，便变成了另外一个样子，他不但什么东西也不抓，却放声大哭起来，又哭又闹，哭得声嘶力竭，哭个没完没了……众人都很诧异，这个说：“这孩子是怎么了？他怎会这么哭死哭活呢？”那个说：“这孩子这等哭法，莫不是中邪了，这可不是什么好的兆头。”孩子的哭闹，使得赵夫人有些手足无措，她不断哄劝赵括，却怎么也哄劝不下。赵奢也移步上前，对孩子进行哄劝，但赵括仍然继续哭闹。赵奢听得有些烦了，便训斥赵括说：“别哭了，快别哭了，再哭，我就揍你！”他甚至张开了大大的巴掌。

蔺相如急忙上前拦他，说：“孩子不懂事，他爱哭，就让他哭吧！”蔺相如这样一说，那赵括仿佛更加得势，哭闹得更厉害了。

正在这时，门口突然传来一阵吵闹之声。赵奢急忙赶了过去，看是怎么回事。原来，门口来了一位衣服破烂、形象邋遢、疯疯癫癫、神神经经的道人。他手中别无他物，只拿一把破旧的拂尘，硬要闯进府去，却被看门人挡住。

赵奢一见，便对看门人说：“大喜之日，凡来者皆为客人，让他进来吧！”

疯道人一听，即哧溜一下钻进府去，并钻进了人圈之中，他一进人圈就大呼小叫，唱道：

此儿天生就爱闹，
过周岁时嗷嗷叫。
不是什么都不抓，
他是等我疯老道。

赵奢一见，知道这疯道人非寻常之人，便紧紧跟了上去。这时，只见那疯道人刚一唱罢，即将手中的拂尘，朝着赵括的头顶，猛地拂了一拂，说道：“你说，是不是在等我疯老道？”令人奇怪的是，那赵括，当时不但不哭不闹，反而咧嘴笑了，表现出一种确实在等疯道人的样子。

众人全都吃惊，却见那疯道人，用拂尘指了指红地毯上的那些摆物，又唱道：

此儿本是一朵花，
生下人人都夸他，
哪知此花淡百物，
原来他只喜麻花。

这时，赵奢向疯道人施礼道：“方才匆忙，未及打问，不知道长何人？仙

方何处？道长今来，莫非是要为我赵家指点迷津，使我括儿不入迷途？”

疯道人说：“若问疯道是何人，我本天上一颗星；若问我从何处来，我本道家一疯人；若问是否指迷津，眼看饿得要发昏。快点快点，给我这个疯子，弄些填肚子的东西来。”

“快，快给这位道长上些吃的东西。”赵奢急忙吩咐。

一听赵奢吩咐，侍候丫鬟哪敢怠慢，便急急去那厨房，端来些凉热之菜，美味佳肴，鲜果食品，热菜点心。疯道人一见，忙说：“这些东西，却有何用？快端面来。”丫鬟便又去了厨房，端来了一碗煮熟的热腾腾的面条。疯道人一见，却又唱了起来：“我这人，有毛病，不吃熟，专吃生。”

丫鬟听得稀里糊涂，赵奢显然听懂了疯道人的意思，他对丫鬟说：“道长的意思，是要那生的和好的面，快取些和好的面来。”丫鬟急忙退下去办理，一阵即将一团和好的面用碗盛好，使盘端上。

“好好好，这面和得真不错，真不错！我来捏，先捏一个香麻花，保证此儿笑哈哈。”眼见，这疯道人切了些和好的面，三捏两不捏的，一下便捏出一根麻花，未曾油炸，已经变熟，黄脆脆的，香喷喷的，清香扑鼻，令人垂涎。他一手拿着拂尘，一手拿着麻花，走到赵括跟前，又唱道：

你莫哭，也莫闹，
你要甚物我知道。
百样摆物都不对，
一会我便让你笑。

他一边说，一边用手中的拂尘在赵括的头顶上拂了一拂。想不到，这个时候，那个赵括，竟然咯咯咯地笑了起来。

疯道人又继续唱：

我问你，还要啥，
又要将军又要马。
马上将军好威风，
小儿脸上笑开花。

他一边说，一边又用面捏弄起来，竟捏出一个威风凛凛的骑马将军来，那将军惟妙惟肖，威风凛凛；那战马奔腾跳跃，似在嘶鸣。而后，疯道人用手捏起那方才用软面捏成的骑马将军，骑马将军竟毫不变形。疯道人莫名其妙地问赵奢：“对此，君服不服？”

“服，服！”赵奢连声说，“道长仙法，令我眼界大开；道长手艺，真是天下无双。”

“服了就好，君服了就好！”疯道人说，“不过，此物并非你欣赏，要叫你儿来珍藏。”说罢，他即将方才用面捏的骑马将军，送到赵括的面前。谁知，那赵括一见这面捏的骑马将军，竟然喜不自禁，便伸出小手去捏拿，一下便捏住那骑马将军。可他一捏住那骑马将军，便又是捏又是弄，又是摔又是碰，但十分奇怪的是，那刚刚用软面捏成的骑马将军，竟似铁打铜铸一般，怎么也摔不坏、碰不烂。众人都深感奇怪。这时，那疯道人怪声怪气地唱道：

这将军，就是好，
千军万马他领导。
可惜是个面将军，
要想长久长不了。

也就在这时，那赵括又摆弄起了马上将军。不过，这阵不像方才，他刚一摆弄，那面捏的马上将军竟轰然倒下，变成了一个软软的面团。赵括一见马上将军倒下，便又向疯道人伸出手去，想再要些东西，疯道人急忙递过手中的麻花，那赵括却也喜欢，非要那麻花不可。可是，他一要过麻花，小手却捏它不住，在地下摔了个粉碎。对此，赵括显然生气了，便又用小手去抓那面捏的马，谁知那面马任他怎么捏拿，一点也不变形。也可能，赵括是嫌那面将军变成了面团，似乎他仍有气，便猛摔起了那个面马，谁知那马怎么也摔不坏。于是，那疯道人又唱道：

将军倒下马不倒，
这匹马儿就是好。
面团将军铜铁马，
将军是面马是宝。

这疯道人说的话唱的歌，其他人并未完全听清，但赵奢夫妇和坐在最前面的蔺相如，都听得一清二楚。赵奢早听出这疯道人话中有话，赶快再行施礼，向疯道人请教道：“这位仙长，我家孩儿，以后究竟能不能成才，还望仙长明示。”

疯道人笑道：“成才成才，你儿必成大才！大才大才，重在育才。有儿不育，难道他能成才吗？有树不修，难道它能成材吗？如若不育，大才也会变成小才，以至劣才；如若不修，栋梁也会长成畸材，长成硬材！大才大才，但愿他不成劣才；硬材硬材，唯有马复能成才！那么，对于我说的这些话，君服不服？”

"服，服！我太服了。"赵奢说，"但是，我刚才的问话，道长还未回答呢！"

那疯道人并未回答，只是又唱道：

让回答，难回答，

最好还是装哑巴。

你家神童你家喜，

但是别人不喜他。

听他唱罢，赵奢又问："还请道长明示，我家孩儿，究竟能不能成才？"

疯道长有些不耐烦地说："你呀，也是个榆木脑袋。我方才把话说到了什么地步？如若不育，大才也会变成小才，以至劣才；有树不修，栋梁也会长成畸材，长成硬材……你还要我怎么说呢？天机，不可泄露也！"

就在这时，那个赵括，似乎是嫌没了马上将军，便又哭闹起来。疯道人走上前来，又用拂尘在赵括的头顶上拂了一下，唱道：

你莫哭，也莫闹，

你哭邯郸全哭叫。

你莫哭，只管闹，

闹得赵国皆不笑。

他一边说，一边往出走，嘴里还不住在嘟囔些什么。赵奢急忙传话："快，快备仙长酬金。"这时，却听那疯道长说道："去也去也，此山去也！"这时，家人已将重金用盘端了上来，可那疯道人却已无影无踪……当时，赵奢不由发愣，蔺相如提醒他说："那道长，人已走了，你还愣什么，快料理家中的事吧！"赵奢这才回过神来，但这时他的怀中，却多了一块帛布，摊开那帛布看时，上边无任何痕迹。但赵奢也不怠慢，仍将帛布收好搁于书案之上，准备认真保存起来。而后，他才忙于其他事情。就赵奢试儿一事，不仅仅在赵府，在邯郸乃至整个赵国，都成为奇谈怪事一桩。

且说，赵奢试儿事毕，客人都纷纷离赵府而去，蔺相如也欲告辞赵奢，回家而去。赵奢忙说："相国且请留步，我有话说。"于是，他们二人来到了赵奢书房。蔺相如不来赵奢书房还罢，一来此书房，他见多是兵书战策，数不胜数，不由得十分感叹地说："我自以为了解先生，其实并不了解，您还是文武全才呢！"

赵奢说："此事，暂且不论，我只是想与上卿谈谈我家括儿的事。你说他会是福星，还是灾星呢？"

蔺相如说："这我不敢说，也不好说。但是，那位道长乃是高人，要么是神人，他的话，不可不信矣！”

“正是，正是。”赵奢说，“他的话，话里有话，我百思不得其解。尤其是他所唱之歌，其中寓意，深不可测。某家愚笨，特想请上卿解之。比如说，他一进人圈内即唱：‘此儿本是一朵花／生下人人都夸他／哪知此花淡百物／原来他只喜麻花。’而我那逆子，后来果然选中了麻花，却又将麻花在地上摔得粉碎，此乃大不祥啊！”

“这是有些不祥之兆，可你不必多想。”蔺相如安慰说，“那麻花无论谁拿着，只要掉在地上，肯定都会摔得粉碎，这是很自然的。不是那道长还唱，此儿是神童、大才、大材嘛！”

“他开始是这么唱的，后来却又说：‘大才也会变成小才，以至劣才；栋梁也会长成畸材，长成硬材！’这样，他最终还是不能成才啊！当时，道长还说：‘天机，不可泄露也！’莫非，这逆子会是灾星，他会给我们赵家带来无穷的灾祸？”赵奢说。

对于赵奢此说，蔺相如不能不有同感，他甚至还想说：“那道长不还这样唱：‘你莫哭，也莫闹／你哭邯郸全哭叫／你莫哭，只管闹／闹得赵国皆不笑。’说不定，他真的会给整个赵国，带来无穷的灾难呢！”但是，他想了又想，此话并未说出口来，因为毕竟这是改岁过节期间，这是义兄给周岁之子试儿之际，自己怎么能尽说些不吉利的话呢！于是，他只能这样安慰赵奢：“可那道长的原话是：‘成才成才，你儿必成大才！大才大才，重在育才。有儿不育，难道他能成才吗？有树不修，难道它能成材吗？如若不育，大才也会变成小才，以至劣才，如若不修，栋梁也会长成畸材，长成硬材！’到后来，你复问那道长时，他还怪你是榆木脑袋，又将以上话重复了一遍。可你呢？你断章取义，怎么能把‘有儿不育，难道他能成才吗？有树不修，难道它能成材吗？如若不育，大才也会变成小才，以至劣才；如若不修，栋梁也会长成畸材，长成硬材’这样一些重要的话忘了呢？我想，那道长的意思，无非是让你以后加强对儿子的培养教育罢了，别的再没什么意思。可是，话说回来，谁家的孩儿不好好培养教育，又怎么能成才呢？培养子女成才，也是我们的责任和义务啊！”

“那么，我这逆子，他单喜马上将军，可当他捏弄那马上将军时，马上将军却轰然倒下，变成了一个面团，这又作何解释？”赵奢说，“而那道长这时的所唱，其寓意更为深奥，他先唱：‘这将军，就是好／千军万马他领导／可惜是个面将军／要想长久长不了。’当逆子将那面将军摔成面团之后，道长又唱：

‘将军倒下马不倒／这匹马儿就是好／面团将军铜铁马／将军是面马是宝。’这又是什么意思呢？”

“那看来，你们赵家，似乎与马有着深深的渊源。说不定，赵家以后有难，而这马，却能救你们赵家呢！”蔺相如说。

“我猜，是有这样一种意思。”赵奢说，“那道长每每示马，必要问我服不服，并对我以君尊称，这样反复了多次。那，莫非我们赵家，以后会与马服有缘？马服马服，马服是什么呢？”赵奢自己也难以解释。

“马服马服，还有一个‘君’字，这不是马服君吗？”蔺相如突然拊掌大笑说：“马服君马服君，我猜出来了，你们赵家，以后定会出得一位马服君，这是一定的。如果说有缘，那你们赵家，以后与这个马服君，会有深深的缘呢！”

蔺相如这番说辞，初步说服了赵奢，打消了他心中的多个顾虑，但他仍心存许多困惑。

…………

正在这时，赵奢的书案之上，突然传来一阵莫名其妙的响声，赵奢仔细看时，见方才他搁在书案上干干净净的帛布，突然显出字体，那字竟是一首诗。诗曰：

赵家多富贵，
忽有大难至，
棋子上书后，
方将灾祸避。

木子家门事，
当为后代师，
为记前车鉴，
马革当裹诗。

赵奢看罢此诗，忙给蔺相如看，并说了此诗产生的神奇经过，不免又议论起了那疯道人。“他到底是谁呢？”赵奢仿佛自言自语，又像在问蔺相如。

“是啊，他到底是谁呢？”蔺相如也这样问。

“我让家人付他酬金时，他不是说：‘去也去也，此山去也！’这会不会与他的身份有关呢？”赵奢说。

“噢，我知道了，他一定是紫山之神，此山，不就是紫山吗？”蔺相如高兴得一拍大腿说。

“没错，你说得没错，他就是紫山之神。”赵奢也说。

蔺相如这时又说：“那么，此诗不会出自别人之手，正是那位假扮疯道人的紫山神留的？”两人又交流一番，觉此诗说是藏头诗并不是藏头诗，说是藏尾诗又不是藏尾诗，但到底是什么诗呢？他们也看不明白。蔺相如说：“我看，姑且就叫它寓言诗吧！这诗里定有玄机，要么是天机，你当认真研究并保管才是。”

赵奢说：“这既是寓言诗，也是预言诗，就待以后的验证吧！对此，不仅仅是我，而且我的子孙后代，亦当认真研究保管才是，你没看那诗中，不还有‘当为后代师’这样的诗句嘛。”此后，赵奢特意将此诗亲笔抄写了一份。而后，他将疯道长原诗，用锦缎盒装之，再用封条封之，供奉于赵氏祠堂之内。而将自己的手抄诗，亦用锦缎包之，欲传世后人，以为警示。

蔺相如说：“是的是的，是这样的。有可能，这诗里不仅仅有玄机，还有天机，只是那个神人，不敢泄露天机罢了。”再后，他们又说长论短，说东道西，也没说出个所以然来，也没论出个吉和凶来。但是，他们两人，都为这个赵括，在心里结下许多疑团。最后，他们共同决定：为感谢紫山神的点化之恩，他们便在紫山之上，修建了一座神庙，名为“紫山神庙”，塑一金身塑像，即为紫山神君像，也正是那位疯道人的形象。这件事，他们当年便办妥了。

第四章　论战牧野　口舌之功胜其父

斗转星移，岁月流逝，春夏秋冬，赵括成长。赵括成了神童，赵括成了奇才……

说赵括是个神童，一点也不过分。首先，他语言能力特强。别人家的孩子，都是一岁多的时候，才开始牙牙学语，到了两岁，才能与大人进行简单对话。可这赵括不同，他才刚满一岁，就已经似个小大人一般，不仅能很好地与大人对话，还能做一些连大人都意想不到的事情，比如他已经能说假话，比如他已经能戏弄比他大的孩子。

赵括很喜欢读书，而且如饥似渴地读，许多字他并不认识，却能知道其中的意思，这都是他自己推理出来的。因为他顺着书中前文的意思，就已经知道了后面大概的意思。早在10岁以前，他便读完了家里所有的书。最神奇的一点是，凡是他看过的书，他竟能过目不忘，这使所有的人都十分吃惊。比如有一次，他对自己的母亲说："妈，我要吃萝卜。"赵括母说："那萝卜辣，你小孩子家，不能吃。"但赵括笑了笑说："不，我不吃萝卜，要吃水果，水果怎么会辣呢？"赵括母说："方才，你明明说要吃萝卜。"赵括说："那是假的，不是真的，我骗你呢！"这虽是小事一桩，却令赵奢夫妇十分吃惊。因为，这个只有两岁多的孩子，怎么敢骗人、会骗人呢！但是，类似的例子还有很多。

赵括稍长，对一切都充满了好奇。不论父母说什么，他一定要刨根问底，了解事情的细节和来龙去脉，了解万事万物的真正起源，常常把父母都问烦了，但仍得耐心解答他的提问，因为培养自家的孩子，谁能够不用心呢？比如说，有一次，赵奢领赵括去一友人家，在其家门口，碰见一只拴着的狗，那狗嗷嗷直叫。赵括便问："父亲，您能听懂狗话吗？"赵奢说："听不懂。"赵括十分骄傲地说："但是，我能听懂。"

"那么你说，这只狗，现在叫什么呢？"赵奢问。

“它在问：你们是什么人？从什么地方来？干什么来了？”赵奢只能赞同地点了点头。

他们又向前走近了一些，那狗叫得更凶了。赵括又问父亲：“这只狗，现在在叫什么呢？”赵奢说：“它在乱叫。”赵括说：“不，因为，对于它的质问，我们并未回答，所以它更加生气了。它在警告我们，别再往前走了，一步也别走了！”

赵奢听得好奇，故意领着赵括再走前几步，那狗便声嘶力竭地紧叫起来，以至连拴它的绳索几乎都要绷断，他故意逗问赵括：“那么，这只狗，现在又叫什么呢？”

赵括说：“它在叫，你们太不像话了，叫你们别往前走，你们却一直往前走。若再走，我会挣断绳索，把你们咬得遍体鳞伤，体无完肤。”对于赵括这样一种解释，赵奢只能表示认可，除此而外，他还能怎么做呢？

此外，对于识物辨物，赵括有出奇的特长，比方说有一群十只一模一样的鸡，别人怎么也分辨不清，他却能一只一只将它们编号，从一到十编得一点不差，无论何时何地，你逮一只鸡来，他都能说出这是几号鸡。甚至连那鸡蛋，他也能够分辨，你拿来一枚鸡蛋，他会说是几号鸡下的蛋，说得一点不差。而且，他小小年纪，便能识别各种图案，以至连军事地图上的标志都能分辨。

他并不喜欢和同龄的孩子玩耍，而喜欢跟比他年龄大的孩子甚至成人玩耍，他老是说同龄孩子天真、幼稚、浅薄、无知。即使在私塾读书，他也一定要读高一两年级的书，并且能读懂读通。当教书先生考问时，别的学生回答不上的问题，他都能回答上来。纵使考试，他所得之分，一定是最高的。他还常常对教书先生有种种提问，使教书先生都回答不上，每每下不了台。

他最喜欢读的书还是兵书，什么《孙子兵法》《司马法》《尉缭子》《六韬》等，他都烂熟于心。到了12岁这样的年龄，他的逆反期也提前到来。这个时候，他连自己的父亲都不服了，每每和父亲辩论用兵之法。有一次，他这样问赵奢：“父亲，你说孙膑和孙武，他们两个人谁更伟大？”

“都伟大。”赵奢说。

“不，孙武更加伟大。”赵括说。

“为什么呢？”赵奢问。

“因为，孙武是孙膑的祖先，孙膑是孙武的后代，好多军事知识，只能是孙膑跟孙武学，而不会是孙武跟孙膑学啊！从这一角度讲，孙武应是孙膑的老

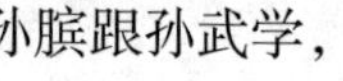

师，他当然比孙膑更加伟大。”

“你呀！这是谬理。”赵奢虽找不出赵括这话的毛病，但也不完全同意他的观点。

“怎么会是谬理呢？”赵括说，“那孙武早在春秋时期，就是著名的军事家、政治家，人们尊称他为兵圣或孙子（孙武子），又称‘兵家至圣’，被誉为‘兵家之师’‘兵学鼻祖’。他由齐至吴，经吴国重臣伍员（伍子胥）举荐，向吴王阖闾进呈所著兵法十三篇，受到重用为将。他曾率领吴国军队大败楚国军队，占领楚国都城郢城，几近覆亡楚国。他有《孙子兵法》十三篇，为后世兵法家所推崇，被誉为‘兵学圣典’。他撰著的《孙子兵法》，在中华军事史和哲学思想史上都占有极为重要的地位，并在政治、经济、军事、文化、哲学等领域广泛运用。更令人佩服的是，他还会训练女兵，这事您知也不知？”赵奢为了考验赵括，他便假说不知。赵括一听，便滔滔不绝，给父亲讲起了孙武训练女兵的故事：

“孙武觐见吴王之后，吴王为了考察孙武的统兵能力，故意给他出了一道难题，专门挑选了一百多名嫔妃和宫女，由孙武进行操练，欲把她们训练成女兵。

“当时，孙武把嫔妃宫女分为左右两队，指定吴王最为宠爱的两位美姬为左右队长，同时指派自己的驾车人和陪乘担任军吏，负责执行军法。但嫔妃宫女们不听号令，听到孙武的口令后都捧腹大笑，队形也十分混乱。孙武便召集军吏，根据兵法，欲斩首两位队长。

“吴王见孙武要杀掉自己的爱姬，十分着急，便亲自前去对孙武说：‘寡人已经知道将军能用兵了。可对两位美人队长，还请将军能赦免她们，因为，如果没有这两个美人侍候，寡人连吃饭也没有味道。’但是，孙武毫不留情地说：‘臣既然受命为将，将在军中，君命有所不受。两位队长违犯了军令，按军法必须处死，否则将士们不服。’于是，他执意杀掉了两位队长，任命两队的排头宫女充当队长，继续进行练兵。

“当孙武再次击鼓发令时，众嫔妃宫女前后左右，进退回旋，跪爬滚起，全都合乎规矩，阵形十分整齐。

“吴王失去爱姬，心中不快。孙武便亲见吴王说：‘令行禁止，赏罚分明，这是兵家的常法，为将治军的通则。对士卒一定要威严，只有这样，他们才会听从号令，打仗才能克敌制胜。大王既然让我训练女兵，我就应当像对待男兵一样对她们进行操练，而不能因为她们是嫔妃宫女，就必须特殊照顾，这样训

练出的女兵，怎么能符合要求呢？’

“听了孙武的解释，吴王才怒气消散，便拜孙武为将军。在孙武的训练下，吴军的军事素质有了明显提高，最终成为春秋五霸之一。”

讲完孙武训练女兵的故事后，赵括又说：“似此，当着吴王的面，在吴王一直阻拦的情况下，孙武都敢杀吴王的爱姬，我想如若换上孙膑，他却不一定能有这个胆量，也就是说，他不一定能训练女兵。还有，他也没有胆量杀吴王的爱姬。你再看看，那孙膑有多窝囊，他被庞涓一卖再卖，一骗再骗，还一直在感谢人家呢！而孙武、孙膑皆著兵书，但孙武著兵书在早，孙膑著兵书在晚，而孙武他不但著成了兵书，而且能够自保，这便是他的更伟大之处。孙膑呢？他虽然善于用兵，著成了兵书，却不能自保，每每被庞涓所欺骗、所利用，以至于还受了刖刑，这正是他不如孙武的地方。比如用兵，也是这样，为将者不但要善于用兵，能歼灭敌人，而且要能保存自己，尽量减少自己的牺牲。”对于赵括此说，赵奢几乎无言以对，便也没有进行反驳，赵括对此很是得意，自以为自己的用兵之道超过了父亲。而赵奢在当时,的确也是一种十分矛盾的心理：儿子是神童,这点自己也喜欢,但唯怕他长成以后,成为无用之才。可“养不教，父之过；教不严，师之惰”，对于儿子，自己又怎么能不教育呢？这教育自然是有批评，也有鼓励。他不禁想起了试儿之后，蔺相如与自己的那番对话，蔺相如说：“那道长的原话是：‘成才成才，你儿必成大才！大才大才，重在育才。有儿不育，难道他能成才吗？有树不修，难道它能成材吗？如若不育，大才也会变成小才，以至劣才；如若不修，栋梁也会长成畸材，长成硬材！’可你呢？你是断章取义，怎么能把人家道长这些重要的话忘了呢？”也确实的，自己在育儿一事上，用的心费的神都不够，还是应多下些功夫的。心里这样一想，他便对儿子的许多提问或逞能，多了一些耐心。

还有一次，赵括为了自我卖弄，竟首先发问于赵奢：“父亲，您知道西周之所以能替代殷商，那最关键的一战叫什么吗？”

“牧野之战，这谁不知道。”赵奢说。

“对，回答正确。”赵括当时几乎是以一种老师考问学生的口气，在与自己的父亲对话，“那么，您知道这次战役的经过和结果吗？”

“哦，知道一点，并不了解详情。”赵奢说。这话，若换作别人，肯定会遭到赵奢的训斥，你想，赵奢他作为一位领军的著名将领，又怎么能不知道牧野之战呢？可是，今是自家小儿在考问自己，自己又岂能放过这教育儿子的好机会。于是他说：“那，你了解此战的详情吗？”

“当然了解。”赵括一边说，一边夸夸其谈起来，“《诗经·大雅·大明》云：‘牧野洋洋，檀车煌煌，驷騵彭彭。维师尚父，时维鹰扬。凉彼武王，肆伐大商，会朝清明。’描写的就是牧野之战。

“商朝自商汤灭夏建立，经历五百多年后，传位至第31位国王帝辛（商纣王）。因为商纣王‘好酒淫乐，嬖于妇人’，耗巨资建鹿台、钜桥，造酒池肉林，使国库空虚。宠信爱妃妲己以及飞廉、恶来等一帮佞臣，妄杀王族重臣比干，囚禁箕子，造成诸侯臣属纷纷离叛。在军事上，商纣王致力于用兵东南夷族，虽然战争取得了胜利，俘虏了‘亿兆（上百万）夷人’，但商军主力因远征东夷，造成商都朝歌（今淇县）空虚，无兵可守。

“周本来是渭水中游的一个古老部落，居住在今陕西中部的一些地区，他们依靠优越的自然环境逐渐发展了起来。到姬昌时，他对内重用吕尚、散宜生、太颠、闳夭、南宫适等一帮贤臣，国力日渐强盛；他们对外宣扬德教，积极调停各国间的争端，使诸侯纷纷依附。姬昌还乘机大搞统一战线，各国由于要供应商朝攻打东夷的大量军队和物资，受到商纣王的猜忌和钳制，早已苦不堪言，便乐于向‘西伯’靠拢。

“周人讲‘天命无常，惟德是辅’，是说商纣王无德，西伯有德，所以天命已经转移到姬昌身上。商朝末年，姬昌对内称王，即周文王。尽管他称了王，但对商朝仍然小心翼翼，殷勤贡奉，甚至在自家祠堂里都祭祀商朝先王，借以麻痹商纣王的耳目。周文王被关在羑里时作了《周易》，自然深谙与时变化之道，知道如何把握出兵的最佳时机，一直在做着伐商的准备。

“周文王姬昌病逝后，周武王姬发继位，他仍秉承文王之天命，继续利用商朝暂时无暇西顾的良机，向东进行扩张。

“正在此时，商朝发生了激烈的内乱。因商纣王杀了叔父比干，囚禁了另一个叔父箕子，被牵连的贵族微子等人审时度势，投奔了西周。武王从来投奔的殷商贵族那里，得到了不少有关朝歌的机密情报。他见时机已经成熟，就决定出兵伐商，同时通知在孟津的与盟诸侯一起出兵。

“他们伐商的战略计划是：趁商朝主力军滞留东南之际，派精锐部队以迅雷不及掩耳之势，深入王畿，击溃朝歌守军，一举攻陷商都，占领商朝的政治中心，瓦解商政权，让残余的商人及其附属方国的势力群龙无首，然后各个击破。

“那年初，周武王亲率战车三百乘，虎贲（精锐武士）三千人，以及步兵数万人，出兵东征。周军抵达盂津，与庸、卢、彭、濮、蜀等部族会合，联军兵力并不很多，只有四万五千人。当时，不少方国的国君亲自领兵赶来，他们的士气十分高涨。联军布阵未完，天上就下起了雨，但他们冒雨继续东进，从汜地渡过黄河，兼程北上，至百泉折而东行。

“在牧地，周武王庄严誓师说：‘俗话说，母鸡司晨，是家中的不幸。现在纣王只听信妇人之言，连祖宗的祭祀也废弃了。他不任用自己的王族兄弟，却让逃亡的奴隶担任要职，让他们去危害贵族，扰乱商国。今天，我姬发是执行上天的惩罚……战士们，努力呀！’听到周武王这样的宣誓，周军将士们同仇敌忾，士气大振。

“朝歌方面，第一批紧急军情前脚刚刚传到，联军们后脚就跟着进攻而来，着实打了商军个措手不及。但是，因朝歌城内没有足够的兵力可以破敌，而且也没有可用的战车，单靠步兵，很难与冲击力强大的联军战车阵相抗衡。更何况联军士气正锐，简直势不可当。商纣王惊闻周军来袭，只好仓促武装了大批奴隶、战俘，连同守卫国都的军队，开赴牧野迎战，他们的总兵力号称七十万，实际并没有那么多人，而这些匆匆拼凑起来的军队，并没有什么战斗力。

“周军先由吕尚率领数百名精兵上前挑战，初战便斩杀了多名商军将士，震慑了商军并冲乱了他们的阵脚。然后，周武王亲率主力跟进冲杀，将对方的阵形彻底打乱。商军的组成全是奴隶和战俘，他们毫无斗志，纷纷倒戈，商纣王在商军后方，以亲信部队压阵，防止将士们反叛或逃跑。然而，前方的商军徒众，在周军的强大冲击下，慌不择路地往回跑，却遭到了后方精兵的阻拦。在洪水般退后人潮的冲击下，那些压阵的商军武士也阵脚不稳，只能渐渐后退。奴隶和战俘们为了逃命，加上被后面人潮的推动，于是便倒戈相向，乱打一气，以至商军自己也混战起来。再加上身后联军的战车、甲士、步兵一层层地进攻，商军的最后一道阵线也守不住了，他们不得不抓紧撤退，逃离战场。商军残余的部队继续抵抗了一天，但是，尽管他们拼死相搏，却无力挽回惨败的局面。商纣王见大势已去，只能节节败退，返回朝歌。回朝歌后，他登上鹿台，‘蒙衣其珠玉，自燔于火而死’。于是，伴随着商纣王的自焚，商朝正式宣告灭亡。周武王赶到鹿台后，用剑击刺商纣王的尸体，并亲斩其头悬旗示众。另外，有一百多个商朝的大臣贵族被俘，他们将被带回周京，作为武王祭祖的人牲而被杀死。

“第二天，武王在几位将帅的簇拥下，在商宫举行了盛大的‘受命’的仪式，表示伐纣成功。但是，攻克殷都并不意味着战争的结束，联军更重要的任务是消灭东方的商朝残余势力。按照事先制定的方略，联军随即兵分四路，向东南方进发，去征讨商的残部和忠于商的方国。剩下的商军，由于后方根据地已经失掉，前方又处于敌对夷人的包围下，实为两面受敌。又经过一番激烈的战斗，商军的残余部队也大部被击溃。

“牧野之战，周武王大获全胜，被杀死的商人有十八万之多，被掳为奴隶的有三十三万。这些奴隶，不仅有商朝军人，还有大量的商民。

“这一牧野之战，不到两个月，主要的战斗已经结束。于是，武王在商都建立祭室，向列祖列宗告捷。祭室的地点就选在牧野，正是在这个地方，奠定了周朝的基业。”

待赵括讲完牧野之战，赵奢因儿子讲得十分详细，不能不予以夸奖，他说：“对于牧野之战，你了解如此之详之细，为父亦不能及。”要说，平日里，赵奢对赵括都严格要求，严肃教育，很少有夸赞，今见父亲如此，赵括免不得得意，他又问赵奢：“父亲，你知道牧野之战的意义吗？”赵奢欲再试赵括，便推说不知。

一听父亲连牧野之战的意义都不知，赵括便又开始卖弄起来，他说：“牧野之战，是历史上以少胜多、以弱胜强、先发制人的著名战例，也是古代车战初期的著名战例。它终止了五百多年的商王朝，确立了西周王朝的统治，为西周时期礼乐文明的全面兴盛开辟了道路。牧野之战中所体现的谋略和作战艺术，对古代军事思想的发展，具有不可低估的意义。”

“对的对的。”赵奢赞同地说，“牧野之战，意义非凡啊！”

赵括仍在继续卖弄，他问赵奢：“父亲，你再说，牧野之战，周武王为何能以 4.5 万军队，打败商纣王 70 万大军呢？”

赵奢佯装不知，反问赵括：“你说呢？”

赵括以为父亲真的不知，他越发卖弄起来，而其卖弄还十分特别，他竟然背诵起了这样一段生僻而又熟悉的文章：

夫未战而庙算胜者，得算多也；未战而庙算不胜者，得算少也。多算胜少算，而况于无算乎！吾以此观之，胜负见矣。

兵者，诡道也。故能而示之不能，用而示之不用，近而示之远，远而示之近。利而诱之，乱而取之，实而备之，强而避之，怒而挠之，卑而骄之，佚而劳之，亲而离之。攻其无备，出其不意。此兵家之胜，不可先传也。

将听吾计，用之必胜，留之；将不听吾计，用之必败，去之。计利以听，乃为之势，以佐其外。势者，因利而制权也。

…………

赵括背诵完后，又考问赵奢："那么，您听懂我刚才话的意思了吗？"其实，赵奢何尝不知，儿子方才所背诵的，正是《孙子兵法·计》，但竟然倒着背诵下来，并且背得那么熟练，真是"倒背如流"了。他自个儿也有些吃惊，反过来又考问儿子："你方才背诵的，正是《孙子兵法·计》，只不过是倒过来背诵罢了。可是，你知道它的意思吗？"

"这，我怎么能不知道呢？"赵括说。

"那，你就讲讲它的意思，并要结合牧野之战讲。"赵奢增加了考问儿子问题的难度。

赵括毫不为难，便轻车熟路地讲了起来：

"孙子说，战争是一个国家的头等大事，关系到军民的生死，国家的存亡，是不能不慎重周密地观察、分析、研究的。关于这一点，作为进攻方的西周，他们考虑到了；而作为防守方的殷商，他们却没有考虑到，至少是考虑不周。因此，要从五个方面进行认真的比较分析，从而了解敌我双方的真实情况，来预测战争胜负的可能性。这五个方面，一是'道'，二是'天'，三是'地'，四是'将'，五是'法'。所谓道，就是要从政治思想上使人民与君主保持一致，这样，民众就可以与君主同生共死，而不会害怕任何危难。所谓天，是指用兵时的昼夜、晴雨，严寒、酷热，春夏秋冬等气候情况。所谓地，是指用兵打仗时道路的远近，地势的险厄平易，地域的宽阔与狭窄，是死地还是生地等地理条件。所谓将，就是要考察带兵将领是否足智多谋、诚实忠信、仁爱部下、勇猛果断、治军严明。所谓法，是指军队的组织编制和纪律法规，人员的权责分配和管理教育，武器装备和军需物资的掌管使用。而牧野之战时，殷商在'道、天、地、将、法'五个方面都不具备优势，商纣王又过于自负，他很自信地将大部队放在了对外战场上。哪怕王朝内部矛盾重重，他依旧没能将军队收回到自己身边，所以当战争爆发在自己身边时，他只能起用一些奴隶和战俘来抵御了。然而奴隶和战俘本身就和这些统治者不是一条心，很快就投降了，这也是商纣王输掉这场战争的重要原因。相反，西周却在以上五个方面占有绝对的优势。"

赵奢又问："那么，按照孙子的意思，怎样预测战争的胜负呢？"

赵括说："孙子的意思还有，对于'道、天、地、将、法'这五个方面，将领都不能不做深入了解。只有真正了解和掌握这些情况的人，才能取得战争的胜利。所以，必须再从以下七个方面进行比较分析，从而探索敌我双方胜败的情势。即比较敌我哪方的君主政治廉明，路线方针正确；哪方的将帅贤而有才；哪方占有天时、地利；哪方的军纪严明，法令能严格执行；哪方的兵力比较强大；哪方的士兵训练有素；哪方的军队管理有方、赏罚分明。根据这些情况就可以预测谁胜谁负了。

“将帅如能听从我的谋划，用他指挥作战，必然能取胜，那就把他留下；如不听从我的谋划，用他指挥作战，必然会失败，那就把他辞去。听从了有利于克敌制胜的计策，还要创造一种势态，作为协助我方军事行动的外部条件。所谓有利的态势，就是根据对我有利的情况而采取灵活机动的措施和行动以保持战略主动。

“用兵打仗就是运用诈谋奇计克敌制胜之道。所以，明明能征善战，却要对敌人装作软弱无能；本来准备用兵，却伪装成不准备打仗；明明要攻打近处的目标，却给敌人造成攻击远处的假象；本来要攻打远处的目标，相反却装作要在近处攻击。敌人贪利就用小利来引诱他上当；敌人混乱时就乘机攻取他；敌人实力雄厚时就要谨慎防备；敌人强大时就暂时避其锋芒；敌人暴躁易怒就可以撩拨他的怒火而让其失去理智；敌人自卑而谨慎就使他骄傲自大，丧失警惕性；敌人休整良好，就要设法骚扰他，使其劳累；敌人如果内部亲密团结，就要设法离间他，使之分裂。要在敌人疏于防备的时候突然袭击他们防备薄弱之处，在敌人意想不到的情况下采取行动。这些都是军事家用兵取胜的妙计，只能随机应变灵活运用，而无法事先规定或说明的。

“凡是作战以前在决策上就预计能取胜的，是因为有利条件多；作战以前在决策上就预计不能取胜的，是因为有利条件少，有利条件多的就能取胜，有利条件少的就不能取胜。何况不具备有利条件呢？我们根据这些来分析战争双方，那么胜负结果就可以预见了。”

赵奢又说：“对于殷商失败的原因，你还能找出来什么吗？”

赵括说：“其中一个原因，就是商纣王没能处理好内部矛盾，他昏庸好色，穷兵黩武，惨无人道，甚至将比干的心脏挖出来看看他是否是正义之士。这使得王朝内部矛盾重重，甚至使一些王族都不支持商纣王。所以战争爆发之后，只有商纣王一个人在抵御外敌。这自然也属于孙子所讲的，他们违背了‘道’和‘天’，又怎么能取得胜利呢！”

“还有呢？”赵奢说。

“还有就是，”赵括说，“商纣军队的构成过于复杂。他将大部队放在了对外战场上，忽视了内部矛盾，所以当周武王率领大部队来攻打商朝都城时，他被迫选了许多奴隶去抵抗，甚至还有一些俘虏也被临时用来充当部队使用。这些临时凑齐的杂牌军，不仅没有战斗力，而且和商朝不是一心，所以很容易就战败了！”

尽管此时赵奢对于儿子的轻浮、傲慢和卖弄有一些看法，他却也暗暗佩服儿子的聪明和机灵。但是，这是谈兵论战，他不敢有一丝马虎，便又对赵括说：“本篇是《孙子兵法》的首篇，它开宗明义首先指出：战争，是关系到国家生死存亡的大事，应持慎重态度。接着，孙子又论述了进行战争必须考察的‘道、天、地、将、法’这五个方面。在这五个方面，殷商都不具备，而商纣王又根本没意识到这一点，他们又怎么能不失败呢！”也确实的，在当时，赵奢既然看到儿子确有军事天赋，所以，以后在培养儿子军事才能方面，他没有少下功夫。

第五章　争论地形　幼稚赵括逞其能

就在赵奢父子“论战牧野”之后，赵括自以为自己的军事才能已超过父亲，所以他更加有恃无恐，常常故意提及一些军事问题，与自己的父亲进行辩论。对于赵括所提的这些问题，赵奢自然不能反感，因为这是在培养教育自己的儿子，哪个做父亲的，对于培养儿子，能缺乏耐心、能够烦呢？而赵奢当时的想法，他也有意想根据自己儿子的军事才能和天赋特长，在这方面加以引导和培养。

有一次，赵括问赵奢：“父亲，您知道《孙子兵法》第十篇是什么吗？”

“是《地形》啊！”赵奢说，“那么，你了解这一篇的意思吗？”为了培养儿子，赵奢当然要进行考问。

“了解，太了解了。”每逢这个时候，赵括他是最活跃的了，因为，谈论兵书战策，是他的最拿手之戏，也是展示他天赋和才能的最佳时机，他又怎么能轻易丧失这样的机会呢！于是，他便说：“地形有‘通’‘挂’‘支’‘隘’‘险’‘远’六种。我军可以去、敌军也可以来的地形，故称作‘通’。交战之时，在‘通’类地形上，应抢先占据开阔向阳的高地，并保持粮道畅通，这样对作战才能有利。那些可以前往但难以返回的地形称作‘挂’。在‘挂’型地域，假如敌人没有提前防备，我军就能突击取胜；假如敌人有所防备，出击不能取胜，加上难以回师，这种地形就会不利。那种我军出击不利、敌军也出击不利的地域称作‘支’。在‘支’型地域，即使敌人以利相诱，我军也千万不要出击，而应该率军假装退却，诱使敌人出击，待敌人出击到一半时，再回师反击，这样对我军才会比较有利。在‘隘’型地域，我军应该抢先占领并用重兵封锁隘口，等待敌军的到来；如果敌军已抢先占领了隘口，并有重兵把守，我军就不能进攻，进攻也很难取胜；如果敌军没有用重兵据守隘口，那我军还可以进攻，但也要视实际情况而定。在‘险’型地域，如果我军要抢先占领，就必须控制开阔向阳的高地，等待敌军来犯；如果敌军已抢先占据了有利地形，我军就应该主动撤退，千万不要进攻，进攻很难有胜算。在‘远’型地域，敌我双方实力相当时，这个时候就不宜挑战，如果勉强出战，就会处于不利地位。以上这六点，都是如何利用地形的原则，这也是作为将帅的重大责任所在。”

“我儿所说，是对的。如用通俗易懂的话说，所谓通型地形，即指地势平坦、四通八达的地形。而隘型地形，则指道路狭隘队伍展不开的地区，在这样一类地形作战时，必须抢先占领隘路口，先占之以待敌。遇到险型地形呢？就应抢先到达，占领制高点，等待敌人的到来。其实，用兵作战的方法很多，对作战地点的认识是很重要的，为此，孙武总结出这六种作战的地形，又针对性地提出了如何应对的办法，提出了多变的理由，更重要的是，对敌我双方官兵的心理，也进行了分析……”赵奢正苦口婆心地对赵括关于《孙子兵法》的理解进行补充和辅导，赵括却有些不耐烦了，他打断父亲的话说：“孙武不但总结出了进行作战的六种地形，讲明了在不同地形地段的作战方案，还指出了军队失利时的六种情况，即‘走’‘弛’‘陷’‘崩’‘乱’‘北’。这六种情况的发生，不是天时地利等自然条件造成的，而是将帅的过失造成的。双方实力相当，却要以一击十而导致失败的，叫作‘走’；士卒强悍，军官却懦弱，指挥不当而导致失败的，叫作‘弛’；军官强悍而士卒怯懦，战斗力差而导致失败的，叫作‘陷’；副将有怨仇而不服从指挥，遇到敌人擅自出战，主将又不了解他们能力，因而失败的，叫作‘崩’；由于将帅懦弱缺乏威严，治军没有章法，官兵关系紧张，列兵布阵杂乱无章，因而致败的，叫作‘乱’；将帅不能正确判断敌情，以少击众，以弱击强，作战又没有精锐先锋部队，因而落败的，叫作‘北’。因以上这六种情况，导致了作战的失利，这都是将帅的重大责任。

“地形是用兵作战的重要辅助条件。正确判断敌情，争取克敌制胜的主动权，考察地形险易，计算路程远近，这些都是高明的将帅必须懂得的道理和掌握的法则。明白这些道理并用于指挥作战，必定能够获胜，反之则必定失败。

“因此，根据一般作战规律，如有必胜把握，即使国君不让打，主将也可以坚持去打；如果根据分析判断没有必胜把握，即使国君坚持要打，主将也要拒绝出战。因此，身为将帅，进攻不是为了谋求胜利之名，撤退而不惧怕承担失利的罪责，只求保全百姓，符合国家利益，这样的将帅才是国家的宝贵财富。”

听到这里，赵奢补充说：“那么，孙武在这里所说的意思，就是说，‘将在外，君命有所不受’。因为，国君远在千里之外，他们并不了解两军对垒的实际情况，而统军将领不同，他们处在作战第一线，最了解实际情况，他们一定要根据实际情况下达进攻、坚守或者撤退的命令，而不能盲目听从国君的命令尤其是国君错误的命令。在这里，将领的主见和果断至为重要，关键时刻，一定要做出保全将士、保全百姓、符合国家利益的决策，而不能与之相反。否则，便会给国家和百姓带来巨大的灾难，他必将会成为国家和百姓的罪人，成为历史的罪人！”

本来，赵奢的这段话至关重要，但赵括仿佛听了进去，又仿佛没听进去。可是，在现在这表现和展示的舞台上，他急于表现和展示的是自己，而不是父亲，于是，他又急急抢过话头说：“孙武还说，对待士卒像对待婴儿那样百般呵护，士卒就能与将帅共患难；对待士卒像对待亲生儿子那样关怀疼爱，士卒便能与将帅同生共死。如果一味溺爱士卒却不用法令约束他们，厚待士卒而不使用他们，士卒违法乱纪又不惩治他们，那么，士卒就如同娇惯的孩子，是不能用来作战的。”

一听赵括这话，赵奢便不失时机地对赵括进行暗示教育，他说：“是啊，无论多么聪明的孩子，都不能溺爱和娇惯，那可是要误了他们、毁了他们啊！对待士兵也是这样。”

赵括他是何等聪明，一听赵奢这话，知道父亲又要给自己上课，要教训自己了，他却最不喜欢听父亲的教训，便急急说道：“您别打断我的话，让我把《孙子兵法·地形》讲完吧！后面，才是重点呢！”说罢，他便又继续解释《地形》篇：“只了解自己的军队，而不了解敌人的情况，取胜的可能性只有一半；只了解敌军的情况，而不了解自己的军队，取胜的可能性也只有一半；既了解敌人的情况，也了解自己的军队，但不了解地形不利于作战，取胜的可能性同样只有一半。所以，真正懂得用兵的将帅，行动起来不会迷惑，战术也能变化无穷。所以说，只有既了解敌人，也了解自己，才能克敌制胜；如果又了解天时、地利，胜利就能万无一失。”这样，作为父亲的赵奢，本想辅导一下儿子，不料，脑灵嘴快的儿子，却结结实实，给父亲上了一堂军事课。

直待赵括说完，赵奢才说：“你看看，地形对于作战，是多么的重要啊！用兵打仗的将领，一定要多多考察，同时又要了解敌方兵士和将领的情况，根据情况决定作战方案。有时候，地形看起来很简单，但可能敌人已设下了埋伏；有时候，地形看起来很复杂，可只要有了周密的计划，也是可以取胜的。”本来，赵奢的这些话，都是他经历了多次战斗的经验之谈，但赵括对于父亲的这些金玉良言却听之不进，置若罔闻。对此，赵奢看在眼里，急在心里。但是，他也没有什么好的办法，因为，作为自家的儿子，他只有教育和引导，却不能惩戒和训斥，更何况，儿子现在正处在青少年叛逆期，他的种种叛逆行为也属于正常，对此，自己也是无能为力，只能继续加强培养教育就是了。

而那阵子，赵奢见儿子喜谈论《孙子兵法》中的地形，便想因势利导，加强一下他有关地形方面的军事知识，便这样对赵括说："上次，我们谈论了《地形》，这是《孙子兵法》第十篇，那你知道，《孙子兵法》紧接着的，又是什么呢？"

"是《九地》啊！"赵括说，"这是第十一篇。"

"那，今天咱们就讨论一下《九地》吧！"赵奢说。

"孙子曰：用兵之法，有散地，有轻地，有争地，有交地，有衢地，有重地，有圮地，有围地，有死地。诸侯自战其地者，为散地。入人之地而不深者，为轻地。我得亦利，彼得亦利者，为争地。我可以往，彼可以来者，为交地。诸侯之地三属，先至而得天下之众者，为衢地。入人之地深，背城邑多者，为重地。山林、险阻、沮泽，凡难行之道者，为圮地。所由入者隘，所从归者迂，彼寡可以击吾之众者，为围地。疾战则存，不疾战则亡者，为死地。是故散地则无战，轻地则无止，争地则无攻，交地则无绝，衢地则合交，重地则掠，圮地则行，围地则谋，死地则战。"一听赵奢说要谈论《九地》，赵括便不失时机地抢先背诵起了《九地》，他接着又说，"按照《九地》的观点，古代善于指挥作战的人，能使敌军首尾不能相互策应，主力部队与非主力部队不能相互依靠，官兵之间不能相互救援，军中上下级之间不能互相统属，士卒溃散而不能集合，即使集合也无法展开统一行动。于我有利就战，于我不利就不战。或许有人会问：'如果敌军众多且又阵势严整前来进攻，该如何应付呢？'答案是：'先夺取敌人所必救的要害之处，这样敌人就不得不听任我们的摆布了。'用兵作战的原则贵在神速，要乘敌人措手不及的时机，从敌人意想不到的道路，攻击敌人防备虚懈的地方。

"进入敌国境内作战的一般规律是：越深入敌国腹地，我军军心就要越坚固，敌人就越难战胜我们。同时到敌国富饶的乡野掠取粮草，以保证我军的补给充足；要注意休整，使军队不过于劳顿，要保持士气，养精蓄锐；部署兵力要巧用计谋，使敌人无法揣测我军的虚实和意图。将部队置于无路可走的绝境，士卒就会宁死不退；士卒既然连死都不怕，还有什么事情不能做呢？那样，全军将士也必然会竭尽全力与敌人殊死作战。这样，当士卒真正身陷绝境时，就会无所畏惧；无路可走，军心反而会更加稳固；越是深入敌境，部队的凝聚力就越强；迫不得已时，将士们就会殊死战斗到底。在这种情况下，军队不用整治也会加强戒备，不用鼓励也能积极完成任务，不用约束也能亲密团结，不需要三令五申也能遵守法令。在军中禁止占卜迷信，要消除部属的疑虑，部属就至死也不会逃跑。士卒们不留多余的财物，并非他们不爱财物；士卒们将生死置之度外，并不是他们不想活命。作战命令下达时，坐着的士卒泪沾衣襟，躺着的士卒泪流满面，但一旦将他们置于无路可走的绝境，他们就会像专诸、曹刿一样勇敢了。”

当赵括刚一讲完这段，赵奢便问：“那么你说，这一段的重点是什么呢？”

“是置之死地而后生啊！”赵括说，“孙武的原文是：‘投之无所往，死且不北。死焉不得，士人尽力。兵士甚陷则不惧，无所往则固，深入则拘，不得已则斗。是故其兵不修而戒，不求而得，不约而亲，不令而信。禁祥去疑，至死无所之。吾士无余财，非恶货也；无余命，非恶寿也。令发之日，士卒坐者涕沾襟，偃卧者涕交颐，投之无所往者，诸、刿之勇也！’”

“那么，如果让你带兵，你会运用这一条吗？”当时，赵奢这样十分尖锐地问赵括。

“当然。”赵括说，“这一条至关重要。”

赵奢又十分严肃地说：“可是，你一定要留意孙武后面的话：‘将军之事，静以幽，正以治。能愚士卒之耳目，使之无知；易其事，革其谋，使人无识；易其居，迂其途，使民不得虑。帅与之期，如登高而去其梯，帅与之深入诸侯之地，而发其机，焚舟破釜。若驱群羊，驱而往，驱而来，莫知所之。聚三军之众，投之于险，此谓将军之事也。九地之变，屈伸之利，人情之理，不可不察也。’

“这也就是说，作为统帅，考虑谋略要做到沉着冷静而又幽深莫测，管理部队要公正严明而又有条不紊；要能蒙蔽士卒的耳目，使他们对军事行动一无所知；要能临时变更作战部署，改变原定计划，使人无法识破真实用意；要不时变换驻地，故意迂回前进，使人无从推测意图；向部属下达作战命令要像登高抽去梯子一样，使士卒有进无退；率众深入敌国领土作战要像弩机射出的箭一样，准确捕捉战机，焚舟砸锅一往无前。指挥士卒要像驱赶羊群一样，赶过来，驱过去，而不让他们知道究竟要到哪里去；集结全军要把他们置于险境，迫使全军拼死奋战，这是统帅的职责。各种地形的灵活运用，攻守进退的利害关系，士卒在不同环境中的心理变化规律，这些都是将帅必须认真考察研究的问题。”

讲完孙武的这一观点后，赵奢再行叮嘱说：“置之死地而后生，这固然是用兵之道，但不能轻易用之。至于究竟什么时候运用，那要看实际情况。而孙武还说了：‘故善用兵者，譬如率然。率然者，常山之蛇也。击其首则尾至，击其尾则首至，击其中则首尾俱至。敢问：“兵可使如率然乎？”曰：“可。”’这也就是说，善于指挥作战的人，能使部队自我策应，如同‘率然’蛇一样。率然是生活在恒山的一种灵蛇。这种蛇，打它的头，尾巴就会来救应；打它的尾巴，头就会来救应；打它的腹部，头尾都会来救应。有人问：‘军队有可能指挥得像率然蛇一样灵活吗？’答案是：‘可以。’所以说，统将领兵、指挥作战有一定规律，但机动用兵、灵活作战，才是最重要的啊！”

在这里，赵奢所说的话，是至关重要的，但赵括唯恐失去自己继续表现的机会，便又打断赵奢的话说：“这我知道，不是孙武还说，施行破格的奖赏，颁布打破常规的号令，指挥全军上下就能如同指挥一个人一样。向部属布置作战任务，不要向他们说明意图；只告诉他们有利的条件，不必指出不利因素。把士卒置于危亡境地，才有可能转危为安；使士卒陷入死地，才有可能起死回生。只有使士卒身陷绝境时，才可能转败为胜。

“所以，指挥作战的关键，在于摸清敌人的意图，迷惑敌人，然后集中精锐兵力攻击敌人的要害，这样即使奔袭千里也可斩杀敌将，这便是通常说的机智能成就大事。

“因此，在决定战争方略的时候，就要封锁关口，废除通行符证，停止与敌国使节往来；朝廷要反复计议考虑战争计划。一旦敌人出现可乘之机，就要迅速乘机攻取。首先夺取敌人最重要的战略要地，但不要轻易与敌约期决战。要灵活机动，依敌情来决定自己的作战计划和行动。因此，在战前要静若处子，不露声色，诱使敌人放松警惕，门户大开；一旦开战则要动如脱兔，迅速异常，使敌人措手不及，无从抵抗。”

应当说，以上，赵括对于《孙子兵法·九地》的认识和理解，还是比较深刻的，但是，他的这种“只顾表现，不听忠言；轻浮傲慢，目无他人；只管背书，不做理解；只谈理论，不讲实际”的做法，让赵奢产生了深深的反感。当时，赵奢眼见赵括仍滔滔不绝，夸夸其谈，也不好多说什么，只是不太高兴地说：“好了，咱们今天的讨论，就到此为止吧！”

回自己屋后，夫人问赵奢：“今天，你对括儿的辅导进行得怎么样？”

赵奢有些不满地说：“我哪能辅导人家，纯粹是人家在辅导我呢！”

夫人说：“这，你生什么气呢？咱括儿脑子灵、嘴快，我也被他辅导过多回了，这孩子聪明嘛！”听得出，对于自己的儿子，她这做母亲的，也是充满了爱意的，以至也渗透了一种“子胜其父”那样的自豪感。

“聪明可以，但他不能骄傲，不能目中无人啊！”赵奢仍有不满，说道，“否则，他只能聪明反被聪明误啊！”

“可他毕竟只是个孩子，你跟他计较什么？”夫人说，“自家孩子，你能烦吗？”

稍停，赵奢才平静下来，他问夫人：“你说，咱们两个儿子，谁能成才？”

“那当然是括儿了，他聪明伶俐，天赋又好，这么小的年纪，就那么喜学好读，尤喜兵书，说不定，他是你的一个好接班人呢！”夫人说。

“但愿不是。”赵奢有些无奈地说，“括儿天赋虽好，可他心高气傲；括儿口舌虽好，可他并不重实干；括儿虽懂理论，可他不会联系实际；括儿喜谈论兵事，可他并不深通用兵之道。这些，都是为将者之大忌啊！”

“那，你是他的父亲，就应该好好说说他啊！”夫人说。

“我怎么说呢？”赵奢说，“平时，我说一句，他说十句。别看他年纪小，可他那张嘴呀，我十张嘴也说不过。”

“那你也得说他。”夫人说，“毕竟，你是他的父亲，你不说，谁又能说他呢？”

“怕只怕，难啊！”赵奢说，“我真的说不过他。纵使说，他也不听啊！”

“那么，你对老二，对牧儿是怎么看的？”夫人问起赵奢对小儿子赵牧的看法。

“对牧儿，我倒蛮看好的。”赵奢说，“牧儿的性格，与括儿恰恰相反。他谦虚谨慎，不骄不躁，注重实际，不尚空谈。他的军事天赋和实际才能，一点也不比括儿差，只是没有展示的机会罢了。说不定，他才是咱们赵家的栋梁之材呢！我有一种预感，括儿将会为我们赵家带来灾难，而牧儿却能使我们赵家化险为夷，只不知，这种预感是否正确。”

“这，不好说。”夫人说，“我盼只盼，咱们赵家能一直平平安安，咱们的括儿和牧儿，都能够成才，成栋梁之材、将相之才，只有这样，我们做父母的，才能高兴啊！”

“但愿如此。”赵奢喃喃地说。

第六章　赵奢遗言　括母上书劝赵王

时在周赧王四十四年，秦昭王三十六年（前 271），范雎觐见秦昭襄王，阐述自己秦一统天下的战略。他认为，只有做到“得寸即王之寸，得尺亦王之尺”，才能真正消化秦国所取得的领地，主张采取“远交近攻”的策略。这一策略，得到秦昭王的认可，并任命范雎为秦国宰相，对这一策略进行推广和实施。

范雎这种“远交近攻”的策略，即先把斗争的重点放在离秦国较近的韩、赵、魏三家，而暂时对较远的齐、楚置之不顾，待以后再发起进攻。“远交近攻”的策略不仅巩固了秦国所攻取的土地，还破坏了东方诸侯国的“合纵联盟”，加快了秦国统一天下的步伐。

当时各国的情况是，秦国位于赵国的西面，是春秋战国时期的一个诸侯国。秦国最初的领地在秦（天水市），属于中国的边缘部分。秦穆公时，秦国开始参与中原争霸，逐步成为战国七雄之一。

秦昭王时，秦国加快了兼并六国的战争步伐：垂沙之战，秦军大败了楚军；伊阙之战，秦军战胜韩、魏两国，扫平了秦军的东进之路；鄢郢之战，秦国获得了楚国大量国土；华阳之战，秦军大败赵、魏联军，攻取了魏国的几座城池和赵国的观津。

而赵国呢，也是战国七雄之一，其国君的祖先原为赵侯。战国初期，韩国、赵国、魏国三国的国君，因被周天子承认，完成了三家分晋的最后一步，成为战国时期的新兴国家。

赵国自周赧王九年（前 306），赵武灵王进行“胡服骑射”军事改革以来，国势不断强盛，军力不断增强，对外战争胜多负少。赵武灵王更是亲自乔装成使者入秦，考察秦国地形，意图于九原进行出击，绕开函谷关攻灭秦国。

周赧王五十三年（前 262），秦国攻打并占领了韩国的野王（今河南沁阳），把韩国的上党郡与本土的联系完全截断，意在占领整个上党。当时，韩桓惠王十分惊恐，他欲不战而降，即派阳城君为使到秦国谢罪，声称愿意献出上党土地，以求秦国息兵。尽管韩桓惠王已有此意，可上党郡郡守冯亭却不愿降秦，他还同上党郡的百姓谋划，想利用赵国的力量抗秦，并愿意将上党郡的 17 座城池献给赵国。

赵孝成王与平阳君赵豹商议此事，赵豹说："这很明显是一个陷阱，我们怎么能接受韩国的上党郡呢？冯亭之所以不愿意将上党交给秦国，而要交给我们赵国，只是想嫁祸给赵国。如果我们接受了上党，它所带来的灾祸，要比得到的好处大得多，我们是万万不可以接受的。"赵孝成王说："容我同平原君再商议商议。"

于是，赵孝成王又召见平原君赵胜相商，赵胜却劝赵孝成王立即接受上党郡，他说："我们发动百万大军作战，经年累月地攻打，也攻不下一座城池。如今，我们既然可以坐享其成，就能得到送上门来的 17 座城池，有这么大的利益，我们为什么要丧失呢？"

赵孝成王说："可是，如果我们接受了上党的土地，秦国必定会派武安君白起率兵来进攻赵国。秦大军来犯，谁又能抵挡呢？"

平原君说："在我们赵国，固然别人难与白起争锋，但廉颇将军勇猛善战、爱惜将士，他野战虽不如白起，而守城却是完全可以胜任的。那么，就让廉颇来对付白起好了。"

赵孝成王听从了平原君赵胜的建议，即封冯亭为华阳君，派平原君去上党接收了这个郡的全部土地。同时，他遣派廉颇率军驻守长平（今山西省晋城高平市），以防秦军的进攻。

赵国接受了上党，秦国大为不满，便决定出兵攻赵。周赧王五十四年（前 261）初，秦昭王派兵攻占了韩国的缑氏（今河南偃师市南）和纶氏（今河南省登封市西南），以威慑韩国。

次年（前 260）初，秦昭王又命令左庶长王龁率领军队，攻打并占领了上党。当时，上党的百姓纷纷逃亡到赵国境内，赵国的军队便在长平接应上党的百姓。这样，上党之战虽告结束，但长平之战却因此拉开了序幕。

当年四月，长平之战爆发，秦将王龁率军，首先向长平的赵国军队发起进攻。赵孝成王命令廉颇率军迎战，赵军对秦军也展开进攻，他们击伤了秦军的侦察兵，秦国侦察兵也斩杀了赵军的一位裨将。两个月后，王龁再次率军进攻，他们攻破赵军阵地，击败赵军，斩杀了赵军四名都尉。同时，赵国的两个重要据点二樟城和光狼城均被秦军攻占。这样，秦军连胜，赵军连败，廉颇便让赵军高筑围墙，龟缩在营垒里不敢应战，处于被动地位。秦国军队再发起强攻，又攻占了赵军西边的一个营垒，斩杀了赵军两名都尉。在此情况下，廉颇只好率军败退至丹河东岸，继续修筑壁垒，怯而不战。赵孝成王对于廉颇这种畏惧秦军、久拖不决、只守不攻的做法颇为不满，几次派使者前去责备廉颇，让他不要只守不攻，要设法主动攻击秦军。

在赵军初战失利的情况下，赵孝成王与楼昌、虞卿等大臣商议，他想亲自率领部队与秦军决战。楼昌说："为了稳妥起见，国家的大王是轻易不能上前线的，如有意外，会影响国家的安定。似此，大王何必亲自领军出战呢？您即使这样做了，也是无济于事的，战局也还是不能改变的。您不如派一位地位高的使臣前去秦国，同他们进行议和，也能免一场战事啊！"

虞卿不同意这一议和的办法，他说："今秦国决心攻打赵国，秦、赵和议难成。与其议和秦国，还不如派遣使者，携带珍宝去楚国和魏国活动，再一次合纵抗秦，肯定会有好的效果。只有让秦国畏惧各国合纵抗秦这样一种巨大的压力，那和议才有成功的可能。"

赵孝成王考虑再三，最终采纳了楼昌的建议，准备遣派郑朱前去秦国议和。虞卿劝谏赵孝成王说："郑朱入秦，秦王与范雎必定会隆重接待，以示天下。而楚国、魏国却会因此以为赵与秦已经议和成功，后秦若犯赵，他们必定不会出兵救赵。这样，秦国知道天下都不救赵，则议和便不能成功。议和不成，赵军又怎么能取胜呢？"

可是最终，赵孝成王却没有采纳虞卿的建议，他坚持遣派郑朱到秦国求和。秦国呢？果然同虞卿预料的一样，他们为了麻痹赵国，防止各国合纵抗秦，并为了争取时间进行军事准备，以便给赵军以沉重的打击，便充分利用赵国前来求和的机会大做文章，他们表面上对赵国使者郑朱殷勤接待，还有意向各国传播秦、赵已经和解共结友好的消息，借以破坏他们的合纵计划，防止各国出兵救赵。秦国这种做法，使得各国反感赵国，而赵国的处境更加孤立。

这阵，秦相范雎已经派人携带千金，到赵都邯郸施行反间计，并到处散布流言说："廉颇很容易对付，他毕竟年龄大了，被秦军打怕了，他逢战必败，只能龟缩坚守，什么时候都不敢出战。其实，秦国最害怕的还是马服君赵奢的儿子马服子赵括。马服子是天生神童，他是将门虎子，年轻有为，能担当大任。一旦赵国以赵括为将，王龁必然会不战自败，秦军必然会不战而降。赵国有这样有勇有谋的青年将领，可赵王为什么不用呢？”

要说，这一阵子，赵国还是乏有将才：李牧固是将才，可他那时年轻，还未出头为将；乐毅弃燕投赵不久，被封于观津，其心并未归附，赵孝成王不敢起用。今只有廉颇，廉颇！可是，老将廉颇怯而不战，连个秦将王龁都斗不过，更不要说是对阵武安君白起了。如果秦王起用武安君，让白起领兵前来，那廉颇还不钻到老鼠窝里去。当然，赵国曾经有马服君赵奢，他只是阏与之战，便一战成名，成为战国名将之一。惜只惜，他虽然能战，却已经故去，好在他有子神童赵括，乃是一天才将领，邯郸谁人不知，赵国谁人不知！不是有这样一说：“龙生龙，凤生凤，老鼠儿子会打洞。”那么，马服君的儿子，又谁人不晓呢？又有这样一说：“老虎不吃人，威名在外。”还说是“青出于蓝而胜于蓝”。马服子还未领军，便有威名在外，真叫人羡慕呢！这阵“神化马服子”之风，不能不吹进赵孝成王耳内，值此急于用人之际，他又怎么能不急于起用马服子这样一个“天生大才，神勇将领”呢？又怎么能不产生“起用赵括，替代廉颇”的想法呢？为此，他先使人唤来赵括，亲自同他进行谈话。他先问赵括：“眼下，赵秦两军，正在长平对峙，你知道吗？”

“知道。”赵括说，“但我听说，形势对我军不利啊！要说的话，廉颇将军打了不少胜仗，可他长平这仗，打得有点窝囊。”

“是的。”赵孝成王说，“秦国领兵的是王龁，我国统军的是廉颇，几番交战，我军败多胜少，所以廉颇将军只能固守，久不敢出战，你说该怎么办呢？”

“《孙子兵法·作战》云：‘夫钝兵挫锐，屈力殚货，则诸侯乘其弊而起，虽有智者，不能善其后矣。故兵闻拙速，未睹巧之久也。夫兵久而国利者，未之有也。故不尽知用兵之害者，则不能尽知用兵之利也。’

“这就是说，军队作战就要力争速胜。旷日持久则军队必然疲惫，锐气受挫；强攻城池就会使兵力大量损耗；长期在外作战必然会使国家财力承受很大的负担。如果军队疲惫，锐气受挫，兵力损折，军资耗尽，那么，别的诸侯国就会趁火打劫。到那时，即使再足智多谋的人，也无法挽回危局了。在实际作战中，只听说过将领缺少高招难以速胜的，没有见过指挥高明巧于持久作战的。战争旷日持久而有利于国家的事，也从来没有过。因此，不完全了解用兵弊害的人，也就不可能真正认识到用兵的有利处。

“所以，作战最重要、最有利的方式是速战速决，最不宜的办法是旷日持久。真正懂得用兵之道、深知用兵利害的将帅，掌握着民众的生死，主宰着国家的安危啊！

“也许，廉颇将军年龄有点大了，他怯战是必然的。如果是我，定会与他不同，我是会力争速战速决的。如再这样拖下去，那我赵国的军力、人力、物力和财力，都是难以支撑的啊！”

尽管，这时赵括对于《孙子兵法》的引用，有些断章取义，可他所说的速战速决，正迎合了赵孝成王当时的想法，赵孝成王便更加坚定了“起用赵括，替代廉颇”的决心，他这样问赵括：“那么，如果以你替代廉颇为将，你能战胜王龁吗？”

“那王龁，不过是一个有勇无谋的平庸将领，我又怎么能战胜不了他呢？”赵括说，“再说，那王龁毕竟不同于武安君白起，如果是白起统军，我还需谨慎小心，可对付他王龁不在话下。”

他们又交谈了一番，赵括凭借自己过硬的口舌之功，一下便征服了赵孝成王，更使他决心让赵括至长平为将。于是，他对赵括这样说：“同你一番交谈，已深知你是为将之才。所以，我已准备以你为将，统领大军，但必须与大臣们进行商议。”

第二天设朝，赵孝成王便向群臣说了自己欲以赵括为将的想法。谁知，他刚一说起此事，上卿蔺相如便第一个站出来反对，他这样说：“大王，千万千万，不可以赵括为将，更不能让他替代廉颇，这小子的本事我知道，他充其量，只有嘴上功夫，没有真正本事。”

平原君赵胜却站出来替赵括辩解：“可他的嘴上功夫，主要还是谈兵书、讲战策啊！今我们欲让他领兵挂帅，不谈论兵书战策怎么行呢？”

赵胜这话，正好引起了赵孝成王的同感，他说：“是的，赵括对于兵法的理解，对于军事的娴熟，是别人所远远不能及的。更何况，他早就有‘天生神童，将门虎子’这样的美誉，又怎么不能领兵呢！

蔺相如说：“如果大王仅凭听说的那些虚的名声，便一定要重用赵括，这就好像用胶把调弦的柱粘死，而后再去弹瑟，那样不会变通，怎么能奏出好音乐呢？赵括呢？他只会死读他父亲赵奢留下的那些兵书，但不懂得灵活应变，况且他又没有什么实战经验，又怎么能担当赵军统帅这样的大任呢？像他这种只有军事理论、没有军事实践的将军，是不能指挥作战的啊！”尽管，蔺相如的话十分诚恳，可赵孝成王仍是不听。

当时，出来进言者还有多人，有人说赵括行，有人说赵括不行，一时难以定论。赵孝成王听得心烦，他有些生气地一拍桌案说：“今国家有难，大敌当前，挑兵选将，必须果断。似你们这等选法，选到牛年马月，才能选出一位良将来。今以赵括为将，让他替代廉颇，此事就这么定了。”

今见赵孝成王如此，蔺相如也没有办法，下朝之后，他便来到了马服君府中，将此事对赵括母说之。赵括母不由得想起三年之前，赵奢临去世时，对自己一再交代的，有这样几件事：一是赵王一旦以赵括为将，必须出面阻之；二是她出面阻止赵王不听时，就把自己的遗书呈上；三是赵王见自己遗信仍然不听，便恳求赵王如赵括兵败，不应牵连自己的家人族人；四是将那神人的寓言诗，必须在祠堂里世代保存；五是将自己抄写的寓言诗，务必让后人代代传看，以悟其中的玄机；六是多上紫山焚香朝拜，因自己后来悟出，昔日那位疯道人，应是紫山之神……听赵括母说到这里，蔺相如大惊道：“此事，你怎不早说，这对于我，一直是一个难解的谜。我记得括儿周岁那日，疯道人曾说：‘去也去也，此山去也！’当时，我和赵奢兄皆莫名其妙，现在想来，他不是分明在说：‘去也去也，紫山去也！’那他正是紫山神了。”

于是，蔺相如即和赵括母一起，去了那座紫山，先祭奠了马服君赵奢，又让人即日动工，修筑紫山神庙，欲塑紫山君金身塑像……一切安排停当，蔺相如便陪同着赵括母来到宫中，拜见赵孝成王，上书阻止赵孝成王让赵括挂帅统军，她还呈上马服君赵奢的遗书。至今，那遗书也是密封着的。赵孝成王拆开那份遗书，见是这样写的：

尊敬的大王：

邯郸人皆认为，犬子赵括是个神童，但我不这样认为；赵国人皆认为，犬子赵括是个奇才，但我不这样认为。所谓神童者，不仅儿时有过人之聪，长成更应有惊人之举；所谓奇才者，不仅儿时有百家之学，长成更应有将相之才。可我家括儿有的，只是空洞的理论，嘴上的功夫，似此，他是绝不可以担当高官大任的。

我对于括儿的看法，绝不是个人的偏见，而是早有神人的明示：我周岁试儿之时，有道长曾示意，括儿只是“易碎的麻花”“从马上倒下的将军”，他貌似很神，其实不神；貌似有才，其实无才；大不了，只是一朵插在瓶里的鲜花、搁在玉库里的劣玉罢了，是没有任何价值的。

俗话说，知子莫如其父。正因为他是我的亲生儿子，所以我一直在关注他、培养他。我并非没有尽力，而是尽了最大的努力；我并非没有教育，而是在竭力予以培养。但是，他一直眼高手低，目空一切，空谈理想，不看实际，他连我这当父亲的都看不起，又怎么能瞧得起别人呢？这也正是我最大的担忧啊！一个没有实践经验的人，怎么能治理国家呢？一个没有实战经验的人，怎么能领兵作战呢？

这份遗书，是我临终前写的，我并未让括儿知晓，也未让他母亲知晓，未让任何人知晓，因为我怕影响括儿的自尊和前程。我把它交给夫人，并反复向夫人交代：日后，朝廷如不重用括儿便罢，如欲重用，就一定要千方百计进行阻止，一定要把这份遗书交给赵王，不论是哪一位赵王。这不仅仅是为了我们整个赵氏家族，也是为了所有的庶民百姓，为了我们赵国整个国家。

假使，赵王一定要起用甚至重用括儿，那么我在这里请求，一旦括儿因高位失职或领军有败，请能原谅我们这个家族，或者留其一脉，让其得以延续，那我马服君赵奢在九泉之下，也一定会瞑目，也一定死而无憾了。

赵奢临终绝笔

赵孝成王看了赵奢的遗书，十分奇怪地问赵括母："天下父母，皆以子耀而为荣。今天，你们的儿子赵括，行将子承父业，同他的父亲马服君一样挂帅出征，要为国家建立功勋，可你却因何要来阻拦，又为什么还持着他父亲的遗书来阻拦呢？"

赵括母说："我这样做，哪里是因为个人，因为家庭，我之所以斗胆来劝阻大王以我家括儿为将，完全是为了大王，为了国家，为了我们赵国的全体庶民百姓啊！要知道，我家括儿，自小学兵法，谈战略，有'神童'之称，自以为天下没有人能比得上自己。他这样一种目中无人、自以为是的态度，必然决定了他临阵一定会轻敌，做出盲目的决定，最终一定会打败仗，这是肯定的。作为他的父亲，与他谈论牧野之战，却怎么也难不倒他，括儿因此还扬扬得意，他的父亲却因此忧心忡忡。当时，我曾经问过他的父亲，我说：'我们的括儿这样聪明，这样有才，今日谈兵论战，甚至连你这样的老将军都难不倒他，可你为什么还不高兴呢？'他父亲说：'战争，是关乎到多少人生死的大事，而我家括儿，竟说得这般轻松容易，他把战争当成了儿戏，临战又怎么能重视呢？不重视必会骄傲，不重视必会轻敌，又怎么能不打败仗呢？将来，赵国如不用括儿为将还罢，若果用了他，那使赵国惨败的，就一定是我家括儿了。'所以，千万不能以括儿为将，这不仅仅是我个人的想法，也是他父亲赵奢的意思。他父亲临终之时，对此依然不放心，便写下了这份遗书，让我在朝廷如重用括儿时，一定要交给大王，以免误了国家。因此，我这才向大王呈上他这份遗书。大王，臣妇再次恳求，千万千万，不能让括儿当将军啊！这便是我不仅要向大王面奏，还要上书进行劝阻的原因。”

虽然，赵括母说得极为认真，可赵孝成王却不以为然。赵括母又说：“我发现，他们父子有许多不一样的地方。当初，我侍奉他父亲时，他是将军，但由他亲自捧着饮食、侍候吃喝的人数以十计，被他当作朋友看待的人数以百计。每次，对于大王和王族们赏赐的东西，他全都分给军吏和僚属，自己什么也不留。他从接受朝廷命令的那天起，就不再过问任何家事。现在，括儿一下子做了将军，就面向东而接受朝见，一副无比高傲威严的样子，军吏们没人敢抬头看他。对于大王赏赐的金帛，他都带回家中收藏起来，还天天访查便宜合适的田地房产，能买的他就买下来，想着以后怎么过安逸舒适的日子。大王你看，他哪里像他的父亲？他们父子二人的心地不同，统兵作战的结果肯定不同。所以，我诚恳希望大王不要派括儿领兵，以免误了大王的大事、国家和人民的大事。我觉得对待战争的看法不同，对待将士的态度不同，那指挥作战的结果也一定不同。叫我怎么看，我家括儿，他都是败军之将啊！”

赵孝成王先时还在耐心听，可他越听越不耐烦了，他说：“我知道你爱儿心切，便不想让咱家儿子为将，前去承担风险，每一位做母亲的都会这样。可是，我们兵马未动，当有吉言，方才利之，你怎么光说丧气话呢？这件事，你最好别管了。因为，这已经是我和大臣们反复商议决定的事情。既然朝廷决定的事情，又怎么能朝令夕改呢？君王所颁布的命令，又怎么能成为戏言呢！”

一旁的蔺相如，这阵也忍不住插上话来，他说：“现在这种情景，倒使我想起一件事来。当初，燕昭王封宋人荣蚠为高阳君，使其率众攻赵。先王怯于燕军势大，便令将赵国济东令卢、高唐、平原三城及其周围五十七个邑市，全部割让与齐，而求齐之安平君田单带领全国赵军攻燕，以解除赵国之危。赵奢听到这个消息，他先来找我，让我禀报先王，让他代替田单，领兵攻击燕国，我因不知赵奢有军事才能，便让他去找平原君。平原君却以先王已在朝堂上宣布了让田单统军为由，没有把赵奢的意见告诉先王，这也使赵奢失去了一次统军出战的良机。其结果，正如赵奢预料的一样，赵军攻燕，只能悬釜而饮，仅得燕三座小小的城池，我们是很不划算的。如今的情况，跟当年一模一样啊！”

谁知，赵孝成王听了蔺相如这话，显得更不高兴了，他对蔺相如说：“好我的蔺上卿，赵括母只是一个妇人，她目光短浅倒还有情可原，可你堂堂一个上卿，乃是国相，怎么也是妇人之见呢？今大敌当前，气可鼓而不可泄，你这居于相位之人，怎么尽说泄气话呢？”

蔺相如听赵孝成王如此之说，还敢再说什么呢？而赵括母见怎么也劝不进赵孝成王，只好这样说：“如果大王一定要派我家括儿领兵，如果他因不称职而打了败仗，老身能够不受株连吗？我们家族能够不受株连吗？”

“可以！”赵孝成王十分痛快地说，“即使赵括以后真的打了败仗，也不会牵连到你和你们家族的。”

就这样，赵孝成王不顾蔺相如和赵括母的苦苦劝谏，仍坚持要让赵括去代替廉颇，让他担任了统领长平战场赵军的主将。

第七章　廉颇坚守　王龁虽勇难破敌

秦昭襄王四十五年（前262），秦将白起率军攻打韩国，夺取了野王（今河南沁阳），把韩国的上党郡与韩国的联系完全截断。

韩王因此十分惊恐，即派阳城君去了秦国，主动献出韩国的上党以求和。同时，韩王命上党郡守靳黈撤离上党，交付此郡于秦国。谁知，靳黈却不肯向秦国交付上党，韩王遂派冯亭任上党新郡守，让他替换靳黈。可是，冯亭接任新郡守后仍不愿降秦，他同上党军民谋划归附赵国，从而使“秦攻赵”，让秦赵相争，好使上党在秦赵的夹缝里以求存活。于是，他们便把上党郡献给了赵国。赵国虽然接收了上党郡，但恐怕遭到秦国的报复，也做了应对秦国讨伐的准备。

秦昭襄王四十七年（前260），秦国派遣大将王龁率军攻击上党，赵国派廉颇率军抵御，长平之战便拉开了序幕。秦赵两军主将的特点是，王龁以进攻而著称，廉颇以防守而闻名，两人真是将遇良才，棋逢对手，自然杀得腥风血雨，难解难分。当时，秦军沿沁河进行布防，赵军则在长平梯次布防。为了抵御秦军，赵国在长平设置了三道防线，分别为空仓岭防线、丹河防线和百里石长城防线。

第一道防线的重要地点分别是空仓岭山脉、高平关、二鄣城和光狼城。这道防线，以空仓岭为中心，北至今长治市长子县西的发鸠山，南至晋城市沁水、高平、泽州三县交界处的武神山一带，沿沁水县与高平市交界一线，南北长约80里。空仓岭位于沁水县胡底乡与高平市马村镇交界处，它南北走向，岭高崖陡，东西皆为峡谷大壑。其主峰位于高平市马村镇境内，中间有一陉口，即高平关。此关左有峭壁，右有陡涧，关西有玉洒河西去，关东有丹河支流许河的两源马村河、原村河东流而下，其水、陆交通极佳，它既是河东、上党之间的重要通道，又是扼守这一带防线的军事要隘。当时，赵军在马村河、原村河流经浩山南北两麓，构筑了两座鄣城，一名都尉城（今古寨村），一名故谷城（今秦城村），这里与高平关形成掎角之势，可以屯以重兵。马村河、原村河夹浩山而流，其交汇处有一座城名光狼城。此城的北面是皇王山余脉，这里群山环抱，三水汇流，易守难攻，可进可退，是秦、赵两军激烈相争的重点地区。廉颇统军期间，即将光狼城加固为坚不可摧的堡垒。这道空仓岭防线，是赵军抵抗秦军的前沿防线，也是赵军控制上党地区势力所及的最西边，他们在这道防线后又设有二障城，在二障城后，还设有光狼城，真可谓苦苦经营，费尽心机，道道设防，严防来犯。

赵军的第二道防线是丹河防线，即丹水壁垒或泫水壁垒。这一道防线在丹河东面，从南往北，分别是大粮山、小东仓河、韩王山、武讫岭。廉颇利用丹河两岸的开阔地，构筑成这第二道防线。这道防线内的大粮山又名米山，它得名于这里是廉颇囤积粮草之地。时到今日，山上仍有廉颇屯、廉颇庙等后人纪念之处。大粮山上，从东北往西南依次有官甲岭、七佛山，这里三山连麓，十分险峻。七佛山为高平市中部的最高山，这里可以设营屯兵，操练跑马，此为赵军的辎重粮草补给通道。那七佛、韩王两山，一南一北，居高临下，方圆几十里情势尽收眼底。韩王山和大粮山上，都有观察哨所，山上建有亭子。相传，廉颇当年曾在这里观察敌情，故韩王山一侧蔓延的山脉也称将军岭。还流传有这样一个故事，说是当年上党郡守冯亭，率领军民降赵后设帐于此，为赵军充当幕僚。长平之战时，冯亭战死沙场，当地居民为了纪念他，便尊称他为韩王。而后来，赵括被秦军射杀，就在这一防线内的围城村。当地村民同情赵括的遭遇，便将他的尸体安葬在岭南，赵村遂由此而得名。

长平关属于第二道防线，是长平战场北部终端的天堑重隘，此地的山岭原名丹朱岭，又称武讫岭。丹朱岭因尧封长子丹朱于此而得名，为东西走向，主峰在长子县与高平市寺庄镇交界处，东麓为长平关，它是上党北部南下河内（今河南沁阳市）的必经通道，也是丹河防线的最北端。长平关的东、西，皆为连绵山岭，关西即丹朱岭，中间为一圆形隘口，其南坡陡峭，有丹河向南而流，形成一道天然屏障。还有长平村，它位于丹河上游的河谷平川，被圣皇岭与丹河东西夹持，为丹朱岭与韩王山之间的交通孔道。廉颇即在此加固城防，屯以重兵，拱卫长平关。廉颇曾将赵军的指挥中心，就设在韩王山及其西麓的今三军村。这里为一处山前台地，它背靠韩王山，前临永禄河、丹河的河谷开阔地，既可登高瞭敌，又能纵兵长驱突击。廉颇让军士在险要之处皆修筑壁垒，这些壁垒面向丹河，背靠韩王山西麓，步步为营，层层递进，前后左右互相呼应，扼守于丹河易渡处，防范上下游的破防之敌。而那店上村呢？它处于韩王山与七佛山之间，正当小东仓河汇入丹河之处。廉颇视店上村为核心阵地，在此修筑城防，使其固若金汤。因此处为守泫氏城（今高平市）北的第一道大门，故名金门镇。由大粮山沿丹河南下 20 余里，便是泽州县的上、下城公村，这里为丹河防线的最南端，其形势险冲，易守难攻，廉颇在此设坚壁固垒，部署重兵把守。这样，赵军层层设关，道道把守，组成了坚不可摧的第二道防线。

第三道防线是以故关为核心的百里石长城。百里石长城沿今晋城市与临汾市安泽县、长治市为分界线，西起安泽县的马壁镇，往东北方向经宇峻山，至丹朱岭、长平关，逶迤往东偏南，经过南公山，至羊头山、故关，经过金泉山，至马鞍壑、关掌岭，沿山亘岭，依山就势，赵军就地取材，垒砌起长达 240 里的简易石长城，故得名百里石长城。它南面坡陡谷深，北面高平徐缓，其地势由北向南倾斜。这条防线，将上党分为南、北两部，此线以南为上党南部，属于丹河流域；以北为上党北部，属于浊漳河流域。上党北部实为赵国的后方，地处赵国的太岳山与太行山之间，能防御南来之敌，是保护赵国大后方及都城邯郸的最后一道巨大防线。在这道防线中,还有一"分水岭山",廉颇在此山岭上，筑有 60 余里的石长城，中间是壶口关（今长治市黎城县东阳关镇东畔太行山余脉皇后岭）、大河关、七盘关三道关隘。此外，在马鞍壑东北部的关掌岭（今壶关县树掌镇神北村），以及马鞍壑山麓（今壶关县东井岭乡的西马安村、东马安村），廉颇让赵军修筑有石长城和壁垒，牢牢地拱卫着马鞍壑三关。

廉颇真不愧是老谋深算、久经沙场的领军将领，他率军建造的百里石长城这浩大的工事，赵军和国人一直认为，他们占尽了地利人和的优势，秦军无论如何是攻不破这道防线的。因为，在崇山峻岭之间，这座百里石长城，真是一道坚不可摧的人造天堑啊！当时，廉颇亲自监工，赵国举全国之力，短短不到两年的时间，就将其修筑完成。为此，他们耗费了巨大的人力物力，也堪称军事防御的奇迹。更何况，他们还修了漫长的丹河壁垒，又在丹河壁垒前面修了多处关、鄣、垒、尉、城，这种惊人的投入规模，大约是力求万无一失，一定要抵御住秦军的进攻。在建造这些防御设施之时，他们考虑了整个秦国和秦军的威胁，但最终事与愿违，这是有诸多原因的。

廉颇主要规划并亲自参与构筑的这三道防线，南北数十里，东西数百里，其关隘、壁垒星罗棋布，互相连接，壁垒森严。当初，廉颇将赵军的大本营，设于第一道防线与第二道防线之间的韩王山和七佛山，并将整个大粮山作为赵军的粮草大营，欲与秦军打一场持久战，不断消磨秦军，使秦军失去战斗力，继而进行反攻，夺取最后的胜利。但是最终的结局，却是另一回事。

初之时，赵国以廉颇对阵秦将王龁，廉颇老将军能攻能守，他勇鸷而爱士，知难而忍耻，足以抵御王龁抑或是白起。而王龁是一员典型的秦国勇将，他虽然没有武安君白起那样耀眼，却能独挑大梁夺取胜利。当时，在秦国军队序列中，王龁是仅次于白起的一位统军将领。他不仅能征善战，而且敢于攻坚，敢啃硬骨头。在初与廉颇交锋战事不利时，他仍能临阵不乱，十分冷静，在大败之后还能反击取胜，稳住秦军的阵脚，并将大片的失地夺回，是完全能担当大任的知名将领。但是，他的对头是老将廉颇，相比之下，他便矮了半截，差了三分，正因为这“半截”和“三分”，赵国以廉颇对阵秦王龁，双方交战，互有胜负，相较而言，赵军尚有胜算。可是后来……

秦昭王四十七年，赵孝成王六年（前260），七月初，长期坚守的廉颇仍坚壁不出。秦军不断叫阵，或骂廉颇是“老乌龟”，或骂廉颇是“胆小鼠”，廉颇只是不理。有一赵军青年将领，因忍受不了秦军的叫骂，便领军一支出战，也取得了小小的胜利，却被廉颇以违抗军令而斩。这样，赵军将士虽有怨气，却没有一人敢出战了。那王龁呢？他一直命令秦军猛烈进攻，他们先取二尉，又破廉颇之阵，夺取了赵军西壁垒。在当时的背景下，秦军处于优势，赵军处于劣势。廉颇无奈，只好率军退守于丹河防线，继续固守不出，使战局陷入僵持状态。

当赵军的信使，将长平战报送到邯郸后，赵孝成王很不高兴，因他本想速战速决，不想这样长期僵持，廉颇他这是要干什么呢？于是，赵孝成王数次派使者责备廉颇，说：“你这样只守不攻，到底要守到什么时候呢？”

廉颇让使者代为回复赵孝成王：“今两军相持，贵在于持，我们难，秦军更难。因为，我们在守，他们在攻，如他们久攻不下，不退兵又能如何呢？待他们退兵时，我们再起兵进攻，定能大败秦军。”

这阵，秦昭王也召集文武大臣进行商议，看长平战事应如何推进。秦昭王先问经验丰富的白起：“武安君，你看长平目下的情况，咱们到底该怎么办呢？”

白起说：“如果廉颇仍坚壁不出，我军破敌也没有什么好的办法。但据我了解，对于廉颇只守不攻、长期相持的办法，赵孝成王已心生不满，这便为我们提供了好的机会。咱们能不能想出办法，让赵孝成王罢免廉颇，起用敢于进攻的大将，且能使楚、魏不来救援赵国，那我们就多了几分取胜的把握。”他们君臣商量再三，定下“派间谍携重金到邯郸行使反间计”“暗使武安君白起替代王龁”这样一个计策。

一切商议停当，秦昭王决定亲赴长平前线。范雎急忙劝阻说：“大王以万乘之躯，怎可轻往刀光剑影、生死攸关的战场去呢？我闻得，赵国君臣在商议长平战事时，赵孝成王便欲亲赴长平战场，但被大臣楼昌等人苦苦劝住，这才减少了许多危险。赵孝成王他都不去，大王何必一定要去冒这个险呢？”

秦昭王一听，有些不悦地说：“那赵孝成王不敢上长平前线，难道我也不敢去吗？要知道，此一战，乃是军运之战，国运之战。胜，则秦国盛，诸国衰；败，则秦国衰，以至于亡。值此关键时刻，我岂能只顾个人安危，而置战争的胜败、国家的命运而不顾呢！都别说了，去，我一定要去，即使发挥不了多大作用，总能给前线的将士们鼓鼓劲吧！”众人见秦昭王的态度如此坚决，便谁也不敢再说什么了。

为此，他们还专门放出风去，说武安君白起突然患病，而且病得很重，以至会有性命之危。这样，就使得赵国君臣，都少了秦国会让武安君白起去长平代替王龁领兵的担心。但就在这阵“白起病危”声中，秦昭王、白起却已悄悄动身，当天便赶往长平前线而去，这消息赵军却丝毫不知。

那一边呢？由秦相范雎亲自负责外交，他派人到赵国去实施反间计的阴谋正在实施。

秦昭王、白起从咸阳出发，他们先到达端氏，就在这距长平前线较近的地方安排诸事。这个时候，秦国间谍已经到达邯郸。他们一到邯郸，就到处散布“廉颇是个老乌龟，待在窝里不敢出”“秦军不惧老廉颇，只怕大将马服子”“秦国武安君白起病危，不能再领兵出战”等谣言，说是赵国一旦将老廉颇撤换，换上年轻有为的马服子赵括，那秦军就不战自溃，赵军会大获全胜。与此同时，他们又以重金收买赵国的好几位奸臣，让他们也给赵王猛吹“如以马服子为将，赵军必胜，秦军必败”之风。也正如“曾母投杼”的典故一样，贬廉颇、夸赵括的舆论多了，赵孝成王也不能不信。

于是，赵孝成王“罢免老将廉颇、起用马服子赵括”的想法又一次萌生并坚定起来，在再次议论群臣意见不一的情况下，他反而有些反感：难道，我堂堂一个赵王，连撤换一个将领的事都办不了吗？不，这一次，我一定要展示一下我的权威，让他们都知道我也是很有主见的。否则，我以后说话，还会有谁听呢！在这样一种思想的指导下，赵孝成王更加铁了心：罢免廉颇，起用赵括。他甚至对群臣这样说：“难道，你们都不记得阏与之战了吗？当时，先王曾问廉颇和乐乘，说救援阏与能不能取胜，二人皆言不能。先王又问马服君赵奢，赵奢说两军狭地相争，一定是将勇者胜，结果他大败了秦军。有其父必有其子，今马服君赵奢之子马服子，他幼为神童熟读兵书，承蒙家教精通战法，有勇有谋锐气可嘉，又怎么不可以代替廉颇为将呢！你看那廉颇将军，毕竟年纪大了，自他到了长平战场以后，只知道守守守，守守守，才跟秦军打了几次仗啊！而且，打的多是败仗啊！这事，就这样定了，你们谁也不要再阻拦了。”赵孝成王话已至此，谁还敢说什么呢！

在以赵括为将之前，赵孝成王与赵括还有过一次对话。当时，赵孝成王先问赵括：“今准备让你赴长平，替换老将军廉颇，代他领军抗秦，你敢担当这一重任吗？”

赵括说：“好男儿志在四方，以国家需要、民众安宁为己任，既然大王信任、国家需要，我赵括纵有千难万险也不顾，牺牲生命也不惜，又怎能不勇挑挽救赵国危亡这一重任呢！”

赵孝成王说：“那么，你如去长平，所面对的是秦国勇将王龁，你有能力对付他吗？”

赵括说：“兵在精而不在多，将在谋而不在勇，王龁他勇有余而谋不足，对付他我不敢说是小菜一碟，但战胜他我有十足的把握。秦国方面，如果是武安君白起统军，我还畏惧三分。可也是老天有眼，今白起病危，秦王无法以白起替代王龁，这也正是我们斩杀王龁、战胜秦军的最好机会啊！”

“好！”赵孝成王说，“那么，今让你统军为帅，你有什么要求吗？”

赵括说：“为将者，必须树威，无威而不能号令，无威而不能服众。我一来年轻，无有战功，臣民将士们对我都不信任，甚至我的母亲都不放心我，连我死了的父亲都用遗书来阻止我，我又怎么能取得他们的信服呢？又怎么能指挥动赵军的军队呢？应当说，这才是我最为担心的事。”

“那么，你说，如何为你树威呢？”赵孝成王问。

“拜将啊！”赵括说，“古今用兵，均须拜将，拜将之后，便能树威；树威之后，才能用兵；威将用兵，定能取胜。”

“好，你这话，甚是有理。”赵孝成王说，“那明日，就举行拜将仪式。”

果然，在第二天，赵孝成王即举行了隆重的拜将仪式。当时，赵孝成王离开正殿，在偏殿会见了赵括，对他说：“现在，国家有危难，需要你作为主将，到长平前线去应战秦军，你意下如何？”

赵括说：“国家有难，匹夫有责。更何况，我赵括乃马服君之子，将门之后，又有什么理由，不为国为民分忧呢？！所以，我愿意接受大王的厚爱，坚决完成这一重任。”

于是，赵孝成王让人唤来太史，让他予以占卜，选择吉日。太卜占卜之后，选择的吉日是三天以后，这三天内，赵孝成王为了以示自己的虔诚，他一直在进行斋戒。所选吉日那天，他们在太庙之内，当着诸位先王列祖列宗的灵牌，举行了立将仪式：赵孝成王进太庙后，他站在东面，面向西方；而赵括则是站在南面，面向北面（所谓北向称臣）。而后，赵孝成王手拿代表将军权柄的“钺”，先拿钺的头部，把柄递给赵括，说道：“从此，上至天者，将军制之。”这谓之授权，即生杀大权。然后，赵孝成王再次手拿钺的柄，把刀刃递给赵括，又说道：“从此，下至渊者，将军制之。”刀刃向着赵括而说的这句话，其实也是告诫他应自重。赵孝成王又向赵括交代作战原则：“见其虚则进，见其实则止。勿以三军之众而轻敌，勿以受命之重而必死，勿以身贵而贱人，勿以独见而违众，勿以辩说为必然。士未坐勿坐，士未食勿食，寒暑必同。如此，则士众必尽死力。”这话的意思是说，你切不可以轻敌，不要轻举冒进，不要自恃身份而鄙视他人，不要把自我意志强加给别人，不要固执己见，要与士卒同甘共苦。这样交代一番，赵孝成王的立将算是完成。赵括在接受了赵孝成王封受的斧钺后，说道：“今大王既然给了我这么大的权力，我就不敢怀有二心，我一定会以死报国。我只要求您，要授权就授我全权，不然我不敢为将。”

赵孝成王说：“你要什么样的全权呢？”

赵括说：“我一要尚方宝剑一把，以树我主将之威，也好让三军信服，令行禁止；二要大王亲笔书信一封，如以我为主将，原主将绝对不能留下，否则会将有二人，军生异心，我军又怎么能取胜呢？”这话说白了，也就是他自己若去了长平，断不能再留下廉颇，否则自己会指挥不灵。

对于赵括的这两点要求，赵孝成王一一答应，不但赐给了赵括尚方宝剑，又写了“马服子赵括到日，廉颇老将军务必离开军营、离开长平”的亲笔书信。这样，一切都已就绪，赵孝成王遂调集全国兵力 20 万，令赵括择吉日出兵。获悉这一消息，秦国间谍自然十分高兴，他们便快马加鞭，将这一消息报送给正在端氏的秦昭王。

与赵国方面热火朝天、极力张扬的做法截然相反，那赵孝成王一面举行隆重的仪式进行拜将，大树特树马服子赵括的威信，一面既赐给赵括尚方宝剑，又给他写了亲笔书信，命令赵括到长平以后，廉颇必须离开。而端氏那边，秦昭王则严格封锁武安君白起已到端氏的消息，甚至还让人在咸阳武安君府假扮成病入膏肓的白起，仿佛白起真的生命垂危的样子。就是这样一种操作，便给以后长平大战的胜负埋下了伏笔。当时，秦昭王又密召来长平的王龁，秘密任命白起为上将军，为长平战线的主将，降王龁为副将，但他名义上仍是长平战线主将。对于这一消息，秦昭王亲颁严令，旦有泄密者立斩。一切，都做得天衣无缝，滴水不漏。

眼见，长平赵军大营，新帅马服子赵括已统领着 20 万援军，浩浩荡荡来到。廉颇当时还蒙在鼓里，只以为赵括是援助之军，心里特别高兴。所以，一见赵括，他便十分兴奋地说："我真是日日想，夜夜盼，才把你们这些援军盼来了啊！"

"哼，援军，援军！老将军真是年龄大了，辨事十分不清。我们可不是什么援军，而是主力部队哟！"赵括十分不屑地说。

廉颇这才觉得不对，他不由得一愣，怔在了那里。只见，赵括将手一挥，即有赵孝成王特使站出，宣读了赵孝成王"以赵括替代廉颇为长平战场主将"的王命，廉颇只能跪拜听命。听罢赵孝成王的命令，廉颇对赵括说："既然大王有命，我廉颇不能不执行。但是我请求将军，仍将我留在长平前线军营，也好助将军一臂之力。"

赵括十分傲慢地说："你觉得，有这样的必要吗？有这样的可能吗？俗话说，一山不容二虎，今在这长平的军营、大战的前线，难道能容下两个赵军的指挥者吗？到时候，你说东，我说西，属下他们该怎么办呢？"他一边说，一边取出赵孝成王的亲笔书信，那信中清清楚楚地写有："马服子赵括到日，廉颇老将军务必离开军营，离开长平。"廉颇今见此信，不由得长叹一声道："我实在不敢相信，大王对我的信任，竟然如此浅薄。相反，大王对马服子的信任，竟然如此深厚。我是可以离开，但赵军从此危矣，赵国从此危矣！"而后，他又有些执拗地说："我闻得，将军熟读兵书，能够倒背如流，那你难道不晓《孙子兵法》中，有'将在外，君命有所不受'一说吗？！"

"如此简单的课文，我怎么能不知呢？"背诵兵书，自然是赵括的拿手戏了，他扬扬得意地说，"这不出于《孙子兵法·九变》吗？'城有所不攻，地有所不争，君命有所不受。'而老将军又有何理由，敢不受大王君命呢？"

廉颇说："我们都是当将领的，自然知道，今远征在外，需应急作战，胜败乃一瞬间之事，战机不可失耶！所以，我们不必事先请战或等待君主的命令再战，如再请命，只怕会贻误战机。现今这样的情况，我作为在长平战场与秦军对抗的主将，又怎么能随便离开战场呢？”他甚至有些恳求地对赵括说：“难道，我当你一个副将还不行吗？我至少可以给你出出主意，当当帮手，让你多了解一些战场情况和敌情情况。对此，你能不能向大王请示一下？”廉颇作为一个老将军，似他现在这样，对人低三下四、苦苦哀求的现象，是从来没有过的。好多将领早已看不下去，有些人，已把手按在剑柄之上。

“我可不是小媳妇，不需要婆婆哟！”赵括断然拒绝了廉颇这一请求。

廉颇见赵括无论如何也不挽留自己，便好心相劝赵括说：“将军，廉颇可以走，但原来的将领不能走；廉颇可以换，但原来的将领不能换；什么都可以变，但原来的战略战术不能变，一定要切记一个字——守！”

一听得廉颇的这个“守”字，赵括立即烦了，他十分烦躁地说：“守守守！你到底还要守到什么时候呢？知道你被替换的真正原因吗？那全都因为你老是在守啊！好了，好了，今军情如此紧急，你再别这么婆婆妈妈了。”

一旁众将见此，皆有不平之色，廉颇还待要说什么，却只见赵括猛地抽出了赵孝成王给他的尚方宝剑，喝斥廉颇说：“老将军，看看这是什么？如你再要啰唆，当以违背大王之命论处，当以违抗军令论处，不仅你是死罪，还会株连九族呢！你们大家，也都必须看清，我这里有尚方宝剑，违令者定斩不饶！”

廉颇见此，双目垂泪道：“苍天啊！你当有眼，眼看赵军危矣，赵国危矣！快救救赵军、救救赵国吧！”

赵括再次抽出尚方宝剑，大声喝斥廉颇说：“快走吧！休在这里妖言惑众，扰乱军心！”

廉颇呢？他只能含泪离开了军营。

第八章　纸上谈兵　长平之祸千古叹

再说，老将军廉颇一直领兵，在赵军中享有极高的威望。今赵括刚刚到来，便匆匆赶走了廉颇，以至连廉颇一再恳求都不予挽留。对此，将士们看在眼里，恨在心里,大家多有不服,几乎有兵变之危。哪知,赵括虽然年轻,但他很有心计，还有几个狗头军师在给他出谋划策，所以，廉颇刚一离开，他便迅速对将领们予以调整：那些他从邯郸带来援军中的青年将领，虽然还未征战，他却一律予以提拔,让他们担任重要职务。而对那些廉颇原来使用的将领,他都调整为副将，一律要听从那些青年将领的指挥。这样做的好处是，那些刚来增援新提拔的青年将领，当然乐于听从赵括的将令，而那些原来的一直跟着廉颇在长平厮杀作战的将领，反而全都降职，他们自然心里不服，士气因之不振，不能不有怨气产生。这样，赵括初来，便犯了一个"临阵换将，军心不稳"的错误，不能不影响部队的战斗力。

在对主要将领调整完毕之后，赵括召开了一个重要的高级将领会议，他对将领们说："我在邯郸，与大王有过一次交谈。大王问我：'在长平，我们赵军与秦军相持，为什么久久没有结果呢？'我说：'《孙子兵法》云：夫钝兵挫锐，屈力殚货，则诸侯乘其弊而起，虽有智者，不能善其后矣。'这就是说，军队作战要力求速胜。旷日持久则军队必然疲惫，锐气受挫。这对国力、军力、民心都有影响。廉颇老将军，他正好犯了这样一个错误。那么我呢？就不能再犯老将军的错误了，我将一改以往的作战方针，欲以快代慢，反守为攻，以集中兵力代替兵力分散，力争迅速攻击秦军，扭转战局，取得胜利。可以说，这不仅仅是我个人的意思，也是大王的意思。所以，我决定……"赵括向将领们交代了自己立即组织进攻的作战部署。

这阵，赵括刚抵长平，就想立以战功，好让赵孝成王脸上有光，所以他便紧锣密鼓地组织起了进攻。他的这样一种心理，同那种"新官上任三把火"的想法和做法是一模一样的。因为，他觉得自己既然替代了廉颇，就不能再跟廉颇一样一直坚守。他也很自信，真是“初生牛犊不怕虎”，他对秦军完全不惧，因为他认为自己并不亚于父亲赵奢，这是在多次父子谈兵论战时都证明了的。当年，父亲在阏与统兵时，年龄比现在的自己也大不了几岁，却能够大败秦军。那么，虎父无犬子，自己怎么就不能打败秦军呢！如今，有了长平这个战场，正好是自己表演的最好舞台，是自己的功成名就之地，可得好好表演哟！也真是天遂人愿，那武安君白起难以对付，可他病危了，说不定还会病死，现在自己的对手是秦将王龁，他可比白起好对付多了。如此，我怎能不借此机会，一举击败秦军，使赵军转败为胜呢！

但是，令赵括意想不到的是，正是这个时候，秦军已经悄然换将，由武安君白起替换了王龁。对手已经变了，赵括却浑然不知。他以为，自己所面对的，还是那个有勇少谋的王龁，打败王龁，自己稳操胜券。这阵，那白起初来，并未锋芒太露，而是采用了诱敌深入的办法，即以弱诱强，用佯败的手法来引诱赵括。而其时，赵括还比较谨慎，他虽然在大举进攻，但攻势安排得十分认真，井然有序,他在组织进攻的同时,赵军的侧翼和其他方向并没有纰漏。要说的话，这一段他也十分辛苦，因为他完全改变了廉颇的军事部署，其动作很大，也很果断，对于营垒、编制、岗防、组织等各个方面，他都有条不紊，计划得十分周密。

眼见，秦军已经败走，赵军正兵力集中，利于应敌作战，赵括哪能失去这样好的战机呢？于是，他便调集兵力，挥军猛追秦军。他们所追击的，是秦军的主力部队，这更加令赵括兴奋和激动，因为，一旦消灭了秦军的主力，王龁自然回天乏术。可对付敌军主力，一定得动用赵军的主力，赵括便调集了全部主力部队，还从各个防守点上，抽调了不少兵力，想一举打垮秦军，夺取辉煌的胜利。一位副将不太放心地对赵括说：“赵将军，秦军现在败退，这会不会是王龁的阴谋呢？万一，他要是再派兵马，对我军侧后进行袭击，我们该怎么办呢？”赵括十分自信地说：“那王龁是个莽汉，他只有阳谋，没有阴谋，攻击我军的侧后，他还没这个脑子。追！一路追击，咱们追击消灭的是秦军主力。这就像一棵大树一样，树的主干一旦倒下，至于它的枝叶，还能不枯萎吗？同样，如若我们消灭了秦军的主力，那各个防守点上的秦军，还能不投降吗！”

但是，令赵括万万没有料到的是，也就在这时，白起悄然用兵，在赵军的侧后方发起袭击，直击赵军的要害。当时，赵军的三十多万主力，一路追杀秦军的主力，一直追杀到秦军的壁垒。这时，秦军似乎难以抵挡，于是便转攻为守，他们只能依靠坚固的壁垒，进行顽强的抵御。赵军一直猛攻，但怎么也无法攻破壁垒。也就在这时，白起派出的一支二万五千人的精锐部队，已经占领了险要，切断了赵军主力的后路。又有一支五千人的秦军铁骑，从赵军主力中间突袭而出，硬生生地将赵国大军一分为二，使他们难以合兵一处，战斗力便大为减弱。同时，秦军又切断了赵军的粮道。秦军这时坚守的秦长垒，蜿蜒十几公里，虽有两国几十万大军聚集在此，但形成的战场极其广阔，很适于双方交战。一时间，兵对兵，将对将，两军对阵，拼命厮杀，激烈交锋，难解难分，惨烈异常，真是死尸堆山，血流成河，战争完全进入到白热化阶段。也就在这个时候，突有不幸的消息报告给赵括，说秦军断绝了赵军后路，并断了他们的粮道，这不能不乱了赵军的军心，自然也乱了他们的阵脚，但又鼓舞了秦军的士气，助长了他们的威风……这样，在士气方面，秦军便占了上风，赵军则处于下风。又有消息传来，说秦军现在的主将根本不是王龁，而是武安君白起。而从当下的秦军作战风格看来，赵括早已隐隐约约感到，有可能是白起替代了王龁，只是还未得到证实，眼下这种传说，令赵括不能不慌，不能不考虑调整自己的作战部署。但是，这般大的战役，这么长的战线，这么多的兵力，如要突然调整，全面改变原来的作战部署，也难啊！

从当初廉颇布防的情况看，长平关是秦军最难突防的第一个突破口，他曾在这里驻有重兵。但是，如果占领长平关以后，再沿长城疾进，就不再受天险之阻。长平关关前地势陡峭，不易攻破，但关后却十分平缓，原守军较多，倒也安全。但秦军的奇兵，正好利用了这一点，悄悄绕到了北面关后，又值赵括抽调了这边一部分兵力，秦军铁骑便神不知鬼不觉地袭取了长平关。当时，赵军总兵力虽然有四十多万，但大部分都在主战场作战并守卫第二道防线。那第三道防线便是百里石长城，这是他们的大后方。等到廉颇卸任，赵军的整个布局，被赵括调整为大举进攻姿态，百里石长城的驻守兵力就更薄弱了。白起自然知道这些，他便借以佯败诱敌，同时却给这支奇袭长平关的精兵，输送了后勤补给，助其得以成功。按照廉颇原来的安排，主力部队虽坐镇总局，但他们却行动灵活，运兵自如，这也正如《孙子兵法》所云的用兵如常山蛇一样，必须机动用兵，灵活作战，首尾能够相顾。这样，平时没事便罢，一旦长平关等地遭到攻击，主力的援救便可及时到达。但如今，赵括指挥主力正全力猛攻秦军，甚至连守卫长平城的赵军，也被抽调了不少参与对秦军的攻击。待秦军的那支奇兵突袭长平关时，秦赵两军在秦长垒厮杀正紧，交锋正烈，赵军主力根本腾不出什么兵力，怎么能救援长平关呢？这自然导致了秦军奇袭取长平关的一举成功。

白起遣派奇袭长平关的奇兵数并不很多，只有二万五千人，但这都是他从主力部队中优中选优、十里挑一、精心挑选出来的。他们完全可以以一当十，以十当百，人数虽少，却是一支可以改变战局的强军。这一边，白起遣派的奇兵，突袭长平关获得了成功，那一边，白起遣派五千名铁骑，又一举突破丹河防线，占领了小东仓河河谷一线，将韩王山、大粮山两个主要赵军壁垒分割开来。关键是，大粮山是赵军粮草辎重所在地，赵括所率的赵军主力部队，是从韩王山出发，猛烈攻击秦长垒的，只因久久攻不下秦长垒，只好又退回韩王山。但遗憾的是，这个时候，赵军从韩王山通往大粮山的路径，已经被秦军的那支铁骑切断，使赵军主力与粮草辎重地被完全断开。等到赵括率主力退回韩王山，由进攻转入防御时，这才突然发现，韩王山壁垒与大粮山壁垒之间，秦军已铸起一道坚不可摧的铁墙，完全阻隔了赵军主力部队通往大粮山的粮道，这是最要命的啊！当时，这支秦军铁骑，是从光狼城西北的秦军骑兵营出发，他们绕开秦长垒前杀声震天的主战场，攻破了赵军的丹河防线，进而占领了金门镇（今后上村）核心主阵地。秦军占领这一主阵地后，已实际完成了对韩王山、大粮山两壁垒通道的切割。而后，他们再向纵深发展，在完成清除敌对和布控后，赵军的分布情况是：赵括所率的赵军主力有三十万兵力，大粮山有九万兵力，后方百里石长城分布驻守的兵力只有数万。而这时，秦军主力集中在秦长垒。在这里，他们按照白起的部署，依托坚壁，顽强抵抗，顶住了赵括主力的进攻。值此时刻，作为两军的主将，白起和赵括都知道秦长垒防线的重要性：如果秦长垒被赵军攻破或夜间偷袭击破，那秦军主力就告失败，白起派出去偷袭的两支奇兵也会成孤军，会被赵军围而歼之，赵军便会赢得胜利。所以，白起当时对守卫秦长垒的秦军下以死令："人在，秦长垒在；人亡，秦长垒亦不能失。即使用死尸堆，也要堆起阻挡赵军的一堵铁墙。"所以，秦军宁死，也是要守住秦长垒的。赵括呢？他也将自己的赌注，完全押在了攻破秦长垒上，他相信自己集中了赵军全部主力，还有各个防守点上抽调的兵力，以对秦军绝对的优势，攻破秦长垒是很有把握的。但是，他今面对的是武安君白起，这可是百战百胜的战神啊！面对战神，虽然年轻气盛却没有实战经验的赵括，又怎么能是对手呢！这时，赵括不能不发怨气于白起："武安君啊武安君，白起啊白起，真想不到，你也是个小人，要战，你就大模大样地来，干吗偷偷摸摸地来，这非君子之举啊！”他又自我壮胆地对诸将说：“今武安君白起来，也没有什么，我们只要多加小心，也是一定能够打败秦军的。”好我的赵括，这是打仗，这是战争。孙子云：“兵者，诡道也！”今秦赵两军，是在打仗和对阵，还能不使用诡计嘛！

从长平战场秦赵双方出战的总兵力上讲，两军兵力基本相当，都是四十多万人。可眼下，赵军兵力集中，秦军则兵分三路，他们对付赵军就显得十分吃力，因为他们要保证三个方面都无任何疏漏，还要互相照应。更要紧的，是白起欲将秦军形成一个口袋，他是要把四十多万赵军，都死死地装在这样一个口袋里，还得扎紧口袋口，不能让一个赵军突围。当时，白起对秦军的几位高级将领这样说：“眼下，我们的压力很大，但只要能顶住这种压力，赵军就会全面失败，以至全军覆没。而我们呢？便会夺取全面胜利，反之则会全面失败。所以，我们关键是要顶过这阵压力。好就好在，今在百里石长城和小东仓河谷，我们的两支奇兵均已偷袭成功，并且已迅速转入坚守姿态。而小东仓河谷的部队，需要承受韩王山、大粮山两个方向赵军自高而下的冲击，而他们的兵力都十分薄弱，压力很大啊！我们秦长垒这里，一定要坚守住，让赵军腾不出兵力，不能有一兵一卒前去支援百里石长城和小东仓河谷交战的防守赵军。今我军这三方，都必须坚守，只有坚守不破，我们才能成功！”

当时，赵括正因久攻秦长垒不下而烦心，却又陆续传来长平关遭攻击前来求援的消息，以及店上村阵地失守的消息。他一听，心里不能不慌，因为，自己率领的这三十万大军，一旦没有了粮草，后果不堪设想，再没了退路，那可怎么办呢？对这一切，他都不能不予以考虑。于是，他赶紧勒兵，计划从全面进攻变为退回韩王山，可这需要一定时间。也正在这时，长平关因救援不及，已经失守，百里石长城因守军太少，也被秦军拿下，赵军立陷被动局面。在秦长垒方向，白起又派出多支精锐分队，主动进攻赵括的主力。秦军一面向赵军发起攻击，一面又有军士站在高处，他们高举着“白”字大旗，大声高喊并传播秦军已由武安君白起挂帅的消息，传播秦军已夺取长平关和百里石长城的消息，说秦军已经断了赵军的粮草。还有军士这样高喊：

赵括小儿太张狂，
敢来长平打硬仗，
本想对阵战王龁，
哪知秦军已易将。

来了战神武安君，
出动奇兵断草粮，
赵军已经无退路，
不如缴械早投降！

再说，这赵括怕的便是武安君，今偏偏来了武安君；这赵军怕的就是白起，却偏偏来了白起。一个武安君白起的大名，足以抵十万精兵，这真的吓坏了赵括和他所统领的赵军。在这种情况下，赵括只好指挥赵军，让各部先扎下营寨，安顿平稳下来，筑壁坚守，对抗秦军。而这阵，赵括自己则心乱如麻，失去了主意，他怎么也没有想到，自己所对阵的，原来真是战神白起啊！考虑再三，他不得不赶紧勒兵，计划从全面进攻改变为退回韩王山。他考虑到，韩王山与大粮山相近，退守韩王山后，一定先打通通往大粮山的道路，赵军的粮草，可都在大粮山啊！

在这一时段，从秦长垒到故关之间，整整上百平方公里的战场上，显得错综复杂，纷乱异常，但总体而言，秦军还是处于主动，赵军则处于被动，这样一种局面，愈来愈加明显。由于战线太长，战场太大，秦赵两军，都显得有些兵力不足。所以，秦军不只在防守，而且是卡点防守，即在重要关卡加大兵力防守，一是因兵力不足不得不如此，二是必须借助壁垒的防御，才能弥补兵力的不足。但秦军的卡点离不开壁垒，他们的运动受到限制，因为他们必须牢牢地箍住阵地。而赵军虽在包围圈内，但他们还比较自由，活动余地也大。这样，一天又一天，秦军似攻不攻，不攻却又进攻，与赵军在打消磨战，只是不准赵军突围，且有突围赵军，都会遭到秦军强烈的阻击，一个人也难以跑出。而赵军呢？他们也欲战不战，不战却也出击，因为他们再战也难突破秦军的包围圈。不战呢？也自知将陷入绝境，他们只想等待援军的到来。

白起不愧是战神，他该打速决战时打速决战，该打持久战时打持久战。在合围赵军的整一月内，他打的是持久战，这一时段，他让秦军尽量避免同赵军交战，这使得赵军并没有太大压力。而这一阵，赵军的粮草还不那么紧张，可以与秦军进行僵持。平时，赵括发动的只是一些试探性攻击，他认的就是这样一个死理，'置之死地而后生'，现在兵都在，将也在，还有些粮草，未到山穷水尽的时候。在这种时候，即使出击，将士们也不会尽全力。而只有等到了粮草已尽，危及生命的时候，再让大家出击，将士们才会尽全力。所以，他这时还考虑要养精蓄锐，并不想全力突围或攻击。所以平时大部分时间，几乎没有什么战事。但是，一月过后，秦军的包围圈渐渐缩小，与此同时，赵军的粮草也紧张起来。最要命的是，秦国的新军也到达长平战场，战局变得更加不利于赵军，可赵括这时也无力回天，他似乎只能听天由命。不，他还不想听天由命，因为他想置之死地而后生，到了这最后关头，自己再率将士拼死一搏，说不定，还真能扭转战局。

其实，也就在这一时段，白起连连向秦昭王紧急求援，秦昭王便在秦国紧张征兵，他让秦国 15 岁以上的男子，均应征赴长平战场，为了长平之战，他们的确全力以赴。赵国也一样，今见秦国在征发新卒，他们也紧急征兵。但是，他们的节奏，总是比秦国慢一个节拍，所以新兵到达长平战场的时间，也比秦国新兵晚了些时日。这些新征发的新卒，到了长平军营后，赵括对他们实行新老兵混搭，使之尽快投入战斗。同样是新兵，秦军新兵有长城傍身，等于多了一道护身符，而赵军新兵完全暴露于平地战场，只能进行猛烈进攻，便早早牺牲在了长平战场。可惜那百里石长城，本是赵国耗费无数钱粮而修筑的无比坚固的防线，今被秦军占领后，即为秦军所利用，这也是后来此关被改名为秦关（故关）、东半段山岭被改名为秦岭的原因，着实令人感慨叹息。

一月过去了，这一月还算平静，因为没有什么大的战事。又好几天过去了，这时的赵军，才真正感到了紧张，因为秦军的包围圈进一步压缩，而他们赵军严重缺粮，几乎已经断粮。又过了几天，时至九月，即秦军已围攻赵军整整四十六天。这时，赵军的缺粮，已严重到兵士们互相暗杀，军营里处处是人吃人的惨状。此时，那包围圈内，要水无水，要粮无粮，什么都没有，堪称人间地狱。也就在这时，秦军所征的新卒已全部到达百里石长城，战场的情况发生了极大变化：秦军新兵已到，又不缺粮草，所以士气如虹，便不再受缚于壁垒，他们还开始了主动出击。他们一面出击，一面将壁垒前推，不断蚕食赵军的阵地，进一步缩小了包围圈。赵括见这样被围困下去，只能是死路一条，便不断喃喃自语："置之死地而后生！置之死地而后生！现在，已到了最后的时候，我们赵军将士，已完全处于险地，如不杀出重围，谁也没有出路，只有突围这一条路了！愿老天保佑，我将亲自率军，拼死突围，请老天助我们得以成功！"在赵括看来，到了现在这种生死攸关的时候，如果自己亲自率兵突围，军士定会拼死而战，突围很可能成功。于是，他便亲自组织，准备全力突围。他纠集了很强的突击力量，编成四队，轮番冲击了四五次，却没能冲破秦军的阵地。无奈，赵括便使出最后的招数，他亲自带队，进行突围冲杀。虽然赵军将士极勇，其势极猛，但是，秦军早已严阵以待，一旦有赵军露头，他们便万箭齐发，箭如雨下。再勇敢的将士，他们也是肉身，谁又能抵挡住那猛烈的箭雨呢！一支利箭，终于射中了赵括，他身子一怔，仍继续冲锋，又有一支箭射中了他……一支又一支，可叹一代神童马服子赵括，虽有勃勃雄心，冲天壮志，只惜壮志未酬，即变鬼魂，那满身的乱箭，射得他如同刺猬一般。后人有诗曰：

学孙子，当认真，
莫在嘴上常谈兵，
纸上得来终觉浅，
还须实践见真功。

带兵人，万般精，
兵法灵活来运用，
世代常叹长平祸，
多少无辜变冤魂。

据说，当时秦军的阵地，已经推进至围城村500米的位置，这里比企甲院村更靠前。可那企甲院村、箭头村这时早已易手，成了秦军的阵地。那最后时刻，赵括他亲率锐卒，从赵军壁垒大门的石门村冲出，冲击企甲院村与围城村之间的秦军阵地，其攻势虽猛，冲击虽勇，只可惜秦军防守十分严密，因为这个时候，在这个地方，有秦军的上万名弓箭手正在守护，可怜马服子赵括，连同他一起突围的那些冲在前面的将士，均成了箭下亡魂。

而当时，赵括带兵突围，他欲去哪里呢？只能是大粮山。大粮山啊大粮山，有了你才有粮食，有了你才有生路，这是赵军最后的希望！那百里石长城，那长平关，那故关显然已经不可能去了，因为赵军已在秦长垒屡屡碰壁，他们是难以攻破秦长垒的。眼下，只有大粮山距离赵军主力的阵地最近，而赵军的旗帜还在大粮山飘扬，只要他们冲到距离最近的大粮山，就能够吃饭，就能够活命，大粮山可是他们的救命山哟！当时，赵括他这样计划，先冲出石门，突破围城村前的秦军阵地，进而冲击店上村阵地，突破店上村阵地后，便能冲锋至大粮山。因这是最后的鏖战，秦赵两军最后的力量，都全力以赴进行拼搏。大粮山的赵军守将，也只能站在山上，对惊心动魄的战斗进行观战，他们都把心提到了嗓子眼。这场激烈的战斗，最后因赵军主帅赵括被秦军射杀而停止……投降，投降，只有投降！如今，粮道已断，后路已断，主将也已战死，如不投降，还有什么出路呢！

一见主将战死，跟着赵括突围的赵军将士只好投降，秦长垒前的赵军也纷纷投降，守着粮仓的大粮山赵军也只能举旗投降。他们在秦军的严令之下，狼狈不堪地走出石门，来到秦军控制的阵地之内。其指定的弃甲之地便是弃甲院（今企甲院村）。在这院内,他们纷纷放下武器,向秦军投降了。当时投降的赵军，不是一万两万，也不是十万八万，而是整整三十五万人呢！

秦军受降赵军以后，白起对王龁说："今有这么多的赵国士兵投降，你说是好事还是坏事？"

王龁说："赵军投降，又怎么能是坏事呢？"

白起说："据我看来，赵军的投降，他们只是假降，而不是真降，他们是在主将被杀、没有粮草，且没有任何退路的情况下才被迫投降的，而不是真心实意投降啊！赵军在长平参战的总兵力，共有四十五万，战死之人大约十万，今投降将士多达三十五万，我军也有十万人战死，现存的只有三十万人。他们投降的这三十五万人万一哗变，我们又怎么对付呢？再说目下，我军粮食也缺，又怎能顾及他们这些投降的赵军呢？如供粮，那可是三十五万人之庞大急需；如不供粮，我估计，他们一定会生出事来。"

"可赵军的大粮山，也还囤有一些粮食，能让赵军坚持几天。"王龁说。

"那么，几天以后呢，我们怎么办？"白起问。

"那，将军的意思，您说该怎么办？"王龁问。

"生死阵前，难容妇人之仁。"白起说，"如今唯一的办法，只有将这些投降的赵军全部杀掉。如不杀掉他们，这可是我们攻取邯郸占领赵国的劲敌啊！但如要杀掉他们，最好能得到大王的允许。"

王龁说："那还不好办，将军可以写一份奏报，请示一下秦王，如秦王有旨，杀掉赵兵也就是了。"

白起说："这也可以试试。但我想，事情恐怕不会那么简单。因为，朝中也有小人，他们一定会从中作梗。而大王呢？他也一定不想背乱杀赵军降兵的恶名，所以估计事情不会那么顺利。"

"可不管怎样，您总得试试啊！"王龁说。

"试试就试试。"于是，白起便写了奏报，并附信请示秦昭王，看对赵国降兵如何处置。

白起的估计一点没错。也就在这时，赵国已给咸阳派了间谍，他们到处散布舆论，说白起在长平大胜赵军，他行将攻取邯郸，占领赵国，自己当赵王。更要命的是，他们买通一些秦国官员，通过这些官员，又将这些风声，传到秦昭王和相国范雎耳内。这范雎呢？此刻他的心里，一直打着自己的小算盘：那白起长平大胜，又将攻取邯郸，其功劳太大了，或许他会占领整个赵国。他有这么大的功劳，以后又怎么能不替代自己的相国之位？巧就巧在，正是这个时候，秦昭王接到了白起的奏报，问对赵国降兵如何处置，他特与范雎商议这件事情。范雎对秦昭王这样说："今长平战场，赵军降者甚多，甚至超过了我军人数，达三十五万之多。留吧，一来我们粮草不够，可还要养虎为患，因为他们最终会是我们秦军的劲敌。二来一旦他们生变，我们难以应付。不留吧！降兵三十五万，如果一旦杀之，会留下万世骂名，而大王您怎么能落这样的骂名呢！"

"那，该当如何？"秦昭王问。

"现在最好的办法，是叫白起下令，杀了全部投降的赵兵，让他背负骂名。"范雎说。

"可是，如果白起不想背这样的骂名呢？"秦昭王说。

"那就是他对大王的不忠。我听得有这样的说法，说白起长平大胜，已向邯郸进兵，他想夺取邯郸，占领赵国，自己当赵王。当然，这也只是人们的传言。"范雎说，"可我想，君叫臣死，臣不得不死。今大王只不过是让白起代背一点骂名，他又怎么敢不背呢？"

"好了，你不用兜圈子了，你就说具体怎么办吧？"秦昭王问。

"您可以这样办，"范雎说，"对于白起的功劳，您应当予以表彰；对于有功的将士，该晋升的晋升，该奖励的奖励。当然，那些该处罚的，自然要处罚了。但是，对于如何处置赵国降兵，大王却不表态，让白起自行处理。但是，大王可予以暗示，让白起处置赵国降兵。这样，大王便不背骂名，让白起代之，这样不是很妥善嘛！"

秦昭王笑了笑说："你呀，真是个狐狸精。"

范雎也奸笑着说："为臣者，当处处为君着想，我甘愿做大王的狐狸精，当大王一条忠实的狗也行啊！"

当时，秦昭王便欲依范雎之意，要给白起写一封亲笔信，让他如何如何。

范雎急忙对秦昭王说：“如您写信，只写对有功将士嘉奖一事，而后一件事，是万万不可以写信的。”

“不写信，又如何向白起挑明杀掉赵国降兵一事呢？”秦昭王问。

“口谕，口谕！”范雎说，“大王可以派遣使臣，向白起传达大王的口谕，这样才能天衣无缝，不留下任何把柄。”

在征求了范雎的意见以后，秦昭王就如何处置赵国降兵一事，又征求了另外几位大臣的意见，他们中间，亦不乏有与范雎相好者，他们全都支持范雎的意见。于是，秦昭王依范雎一伙人之计，即派使者来到长平，先向白起递交了秦昭王关于嘉奖有功将士的信，那信中，对于如何处置赵国降兵一事一字未提。“那，如何处置赵国降兵呢？”白起问使者。

“大王有口谕。”使者说罢，即向白起传达了秦昭王这样的口谕，“至于如何处置赵国降兵，由武安君自定。但是，武安君要考虑这样几点：今虽有长平大捷，我们还要攻取邯郸，不能留有隐患；今军粮紧缺，食之，当先保证我秦军，不宜喂养赵军，对待赵军降兵，切切不可养虎为患。”

听到秦昭王这一口谕，白起忙问：“对此，大王可有旨意或者书信？”

“没有。”使者双手一摊说，“于此一事，大王仅有口谕，无有书信。”

回到帅帐，白起向王龁传达了秦昭王的口谕，并再进行商议。白起问王龁：“你说，对于大王的这一口谕，我们应该如何执行？究竟怎么处置这些赵国降兵呢？”

王龁说：“这不明摆着的，是叫我们全部杀掉这些赵国降兵嘛！杀掉就杀掉，但大王他怎么不明说呢？”

“我想大王不会有这么多的心思，一定是相国范雎的主意。他和大王，是想叫我杀掉赵国降兵，代替大王背负骂名，这不是明摆的事嘛！”白起说，“罢罢罢，大王既想如此，我这当臣子的，又岂能违背大王的意愿呢！”

王龁说：“范雎，真小人也！我们今在前线作战，前赴后继，流血牺牲，可他们这些小人，却在背后搞阴谋诡计，在大王跟前搬弄是非，真是可恶极了，我真恨不能杀了他们。”

白起说：“其实，秦国的小人，又何止一个范雎，小人多矣！今范雎的鬼主意，不只代表他一个人，更是多个人都有这样的想法。古人云，功高不能盖主，盖主必有人忌，我似乎已经犯了这样一个大忌，惹得小人妒忌，这是一定的。我还闻得，小人并无朋党，只有君子才有。因为，小人所爱所贪的是薪俸钱财。

当他们利益相同的时候，暂时互相勾结成为朋党，那是虚假的；等到他们见到利益而争先恐后，或者利益已尽而交情淡漠之时，就会反过来互相残害，即使是兄弟亲戚，也不会互相保护，所以说小人并无朋党。君子就不是这样：他们坚持的是道义，履行的是忠信，珍惜的是名节。用这些来提高自身修养，那么志趣一致就能相互补益。用这些来为国家做事，那么观点相同就能共同前进。始终如一，这就是君子的朋党啊。所以做君主的，只要能斥退小人的假朋党，进用君子的真朋党，那么天下就可以安定了。

“唐尧的时候，小人共工、驩兜等四人结为一个朋党，君子八元、八恺等十六人结为一个朋党。舜辅佐尧，斥退‘四凶’的小人朋党，而进用‘元、恺’的君子朋党，唐尧的天下因此非常太平。等到虞舜自己做了天子，皋陶、夔、稷、契等二十二人同时列位于朝廷。他们互相推举，互相谦让，一共二十二人结为一个朋党。但是虞舜全都进用他们，天下也因此得到大治。商纣王的时候，亿万人各存异心，可以说不成朋党了，于是纣王因此而亡国。周武王的臣下，三千人结成一个大朋党，周朝因此而兴盛。

“前代的君主，能使人人异心不结为朋党的，谁也不及商纣王；互相推举谦让而不疑忌的，谁也不及虞舜的二十二位大臣，虞舜也毫不猜疑地进用他们。但是后世并不讥笑虞舜被二十二人的朋党所蒙骗，却赞美虞舜是聪明的圣主，原因就在于他能区别君子和小人。周武王时，全国所有的臣下三千人结成一个朋党，自古以来作为朋党又多又大的，谁也不及周朝；然而周朝因此而兴盛，原因就在于善良之士虽多却不感到满足。

“这些前代治乱兴亡的过程，为君主的本来可以作为借鉴，有些君主却不能。今我们的大王，也是一位明君，他能够对我如此，已经很不错了。这次长平之战，他也很有主见，是出了大力的。但现在明摆着的就是，大王欲杀掉所有赵国降兵，自己不想背负骂名，让我代而背之，我又何敢推辞呢！”

“只是这样，太委屈了将军。”王龁说。

“我们这些当臣子的，为君为国死尚不惜，还在乎什么委屈呢？”白起说。

“可具体，我们怎么办呢？”王龁问。

必须如此如此，白起向王龁详细交代了一番，王龁便急急予以安排。于是，在一个漆黑的夜里，白起下以密令，他让所有的秦军，全都头裹白巾，将没有头裹白巾且毫无准备的赵国降军，一律刀砍斧剁，全部杀死，并连夜将他们的尸体埋掉。据说，这是时至今日，陕北男子总喜在自己的头上裹条白毛巾的真正原因。最后呢，白起只让留下年纪尚小的二百四十名士兵，把他们放回赵国，给赵孝成王报信。

长平之战，秦国军队前后斩杀赵国士兵及赵上党民众四十五万人，使得赵国上下一片震惊。整个赵国，全都陷入一片恐慌之中。

第九章　燕赵之战　老将廉颇少胜多

长平战场的二百四十名还未成年、满带稚气的赵国降卒，被秦军释放归来，回到了赵都邯郸，向赵孝成王报告了四十五万赵军皆被秦军杀死或坑杀的消息。赵孝成王听罢，不由得一阵震惊，几乎昏了过去。噩耗先由宫廷传了出去，传遍整个邯郸，全邯郸一片哭号；又由邯郸传遍赵国，全赵国一片哭号……这个哭，那个哭，邯郸哭，赵国哭，只有一人未哭，那就是赵奢的夫人赵括的母亲。赵括母不但未哭，她反而在笑，她冷笑着说："可笑赵王，为什么要重用我那逆子呢？如不以此逆子替代廉颇老将军，哪有如今的长平之祸呢？"

赵括母正冷笑之间，突有一队宫廷卫卒闯进赵府，把赵括母和赵括弟赵牧全都绑缚起来。赵括母问："你们意欲何为？"

率领宫廷卫卒的一个头领说："难道你还不知，你那宝贝儿子赵括，率军在长平作战，打了大败战，致使我赵国四十五万人马，均被秦军斩杀和坑杀，这可是四十五万人啊！你们赵家，犯下了如此大罪，难道不应满门抄斩吗！"

"任用将帅，那是君王的事，我有何能，能以自己的儿子为将呢？而且，我与赵孝成王有约，如若我那逆子赵括战败，其罪与我赵家无关。"赵括母说。

"这我们不管。"那头领说，"我们是奉大王命令而来，只管逮人，不管其他，要说，你跟大王说去。"

"那好，我正要见大王。"赵括母说，"我有话问他，看他有何话说。"

于是，赵牧母子二人，被绑缚押送到了赵孝成王宫中。一见赵括母，赵孝成王就拍着桌案大喝："好你个马服君夫人，好你个马服子母亲，都是拜你所赐，养了这么个好儿子。就因为你这儿子，使我赵国四十五万人马，均被秦军斩杀和坑杀。似此，如不杀你赵家满门，怎能解赵国之恨、国民之恨？"

赵括母十分冷静地说："这才几天啊！难道大王您忘了，臣妇曾经持以夫君赵奢的遗书，苦苦规劝大王，切切不可以逆子赵括为将，大王只是不听，执意要委他以重任，让他替代廉颇为将，如今，怎么反倒怪起臣妾来了？”

听赵括母如此之说，赵孝成王自然口涩，可他仍强词夺理地说：“一个人，他可以犯错，但哪能犯这么大的错误呢？就这一仗，我赵国四十五万人、四十五万精壮的男子、四十五万精锐的将士，全都失去了啊！如今，即使杀掉你们母子二人，也不能弥补你那宝贝儿子给我们赵国带来的灭顶之灾啊！”

赵括母说：“大王您错了。我们夫妻一直把赵括视为逆子，看他是不祥之物，但他毕竟是我们的儿子，我们仍竭力培养他、教育他，力争使他成才。可只有大王您，才把他看成是宝贝，是栋梁之材、大将之才，让他统领长平大军。他打了败仗，只能说是大王您不慎，与臣妇又有何干呢？而且，我当时反复问过大王，说如果大王一定要派我家括儿领兵，他若因不称职而打了败仗，我能够不受株连吗？我们家族能够不受株连吗？大王说可以。难道对这，大王也忘了吗？”

“你这样问过我吗？我这样答应过你吗？”赵孝成王这阵，揣着明白装糊涂。再说，一直以来，都只有错误的大臣，错误的百姓，哪还有错误的君王？君王的错误，一般都是由大臣和百姓来顶替的。所以，赵孝成王也是这样，他必欲将自己业已铸成的大错，怪罪到别人头上。

“请大王仔细想想，臣妾的确这样问过，大王的确这样答应过。”赵夫人说。

“那，谁可以证明呢？”赵孝成王反问。

“我可以证明。”想不到，就在这个时候，上卿蔺相如不合时宜地站了出来，他对赵孝成王说，“赵括母的确这样问过大王，大王也的确这样答应过她。当时，臣也在场，还有好多人在场。大王既然答应了赵夫人，那便君无戏言，赵括之罪，不能株连赵牧母子。我想，大王很可能是因为长平噩耗，一时气昏了头脑，这才把这件事忘了。”聪明的蔺相如，他有意给了赵孝成王一个台阶。

“噢！我想起来了，想起来了！我确实因长平兵败，一时气糊涂了。赵夫人是这样问过我，我是答应过她，赵括如若战败，他们的家族可不受牵连。”赵孝成王一见蔺相如站出来证明，便知已无法抵赖，好在蔺相如也给了他台阶，他便借坡下驴，只好予以承认。

蔺相如又补充说：“当时，不仅赵夫人请示过大王，赵夫人所持马服君的遗书，也清清楚楚地写有‘一旦括儿因高位失职或领军有败，请能原谅我们这个家族，或者留其一脉，让其得以延续’，请大王念在马服君有大功于赵的分上，就饶过赵牧母子吧！”

“那，那好吧！”赵孝成王无可奈何地挥了挥手，说，“今看在马服君有功于赵，看在蔺上卿为之求情的分上，就饶了赵家母子。”

一听赵孝成王这话，便有士卒走了上去，解开了绑缚赵牧母子的绳子。赵牧母尽管满腹怨气，却不能不急忙领赵牧上前，跪于赵孝成王桌案之前，叩谢不杀之恩。此一事，尽管有了这样一个结局，但赵孝成王对于蔺相如极力保护赵牧母子一事，还是深有意见。须知，君王的逆鳞，哪能让人随便摸呢！

长平之战，秦军取得的巨大胜利，大大削弱了赵国的军力和国力，为秦完成统一大业创造了十分有利的条件。在长平之战后，白起又分秦军为三路，扩大战果：命王龁率一军攻占赵国的皮牢（地名）；命司马梗率一军北上，夺取太原（今山西中部地区）；自己则亲率大军准备攻打赵国首都邯郸，想一举灭亡赵国。赵国危在旦夕。

秦军东取武安、西取皮牢、北占太原的时候，韩国、赵国都异常恐惧，他们欲极力阻止秦国灭赵的步伐。于是，赵国与韩国合谋，派使者携带重金赴秦，巧言游说范雎，说是白起如若攻赵成功，必然功盖范雎，会取代范雎相位，甚至会自立为赵王，与秦王平起平坐，如何等情。范雎被赵国使者说服，便向秦昭王建议，应与赵国议和，秦昭王采纳了范雎的意见，允许韩国割垣雍，赵国割六城，达成和议，于周赧王五十六年（前 259）一月下令罢兵。白起得知此事，仰天长叹道：“如此，攻取韩赵之事，将不知推至猴年马月，大势去矣！范雎，真小人也！”因此，他与范雎产生了极大的矛盾。

秦昭王没有听从白起的建议，他在与赵议和被骗、赵国不愿给秦所答应的六城的情况下，仍派重兵攻打邯郸，结果后来的邯郸之战，秦军大败。

长平之战的结果，赵军固然全军覆没，可秦军亦伤亡惨重，死者达十几万人。此役，成为春秋战国时代一次持续最久、规模最大、最为惨烈的战争，诚如古人论及东周五百年的战争时，唯推晋阳、长平两役，所谓“晋阳之围，悬釜而炊；长平之战，血流漂橹”，说的就是这两场战役。

长平之战，从根本上削弱了当时秦国关东六国中最为强劲的对手赵国，也给关东其他诸侯国以极大的震慑。这场战争使得秦国取得全胜，由其统一天下的形势已不可逆转，从此以后，形势就一直朝着有利于秦国的趋势发展。长平之役，标志着以列国林立、兼并战争频发为时代特征的战国时代行将终结，一个史无前例的中央集权大帝国时代即将降临。

长平一役，为战国时代乃至整个中国封建史上最大的战争，其惨烈程度在世界冷兵器时代也十分罕见。这不仅仅有着列国中最主要国家最高决策层战略决策的成功与失败，也集中了战国一代最优秀、最杰出的军事战略家——廉颇、白起、王龁等将领的参与，包含着这群千古名将指挥如神的运筹帷幄。同时，它也造就了这样一个千古谈笑的人物——纸上谈兵的马服子赵括。在这里，我们也可以说，马服君赵奢和马服子赵括皆为名人，但马服君赵奢的得名，是因为他沉稳冷静运兵如神敢战善战而得美名，而马服子赵括的得名，是因为他轻敌误国纸上谈兵战而败之而获骂名。但是，无论如何，就是因为这对父子，他们为马服君一脉的“改赵姓马”，埋下了重重的伏笔。经长平之战，白起攻克邯郸，灭掉赵国的大计眼看就要实现。但是，树欲静而风不止，由于范雎等人的干扰破坏，白起的作战计划，又怎么能轻易获得成功呢！

在秦赵停战议和整整八个月以后，因赵国不讲信用，答应给秦国的六座城池不给了，秦军便再次开战，进攻邯郸。这阵，赵国已完成了秋收，粮食得到了补充，同时，邯郸城得到了加固，赵国也征了新兵，进行了抗秦准备。正如白起之言：“今秦破赵军于长平，不遂以时乘其振惧而灭之，畏而释之，使得耕稼以益蓄积，养孤长幼，以益其众，缮治兵甲以益其强，增城浚池以益其固。”

其实，功比天高的武安君白起，最终还是落得被秦昭王赐剑，自刎而亡的下场，这当然是一出悲剧。但是，这也验证了“功高震主”是一道魔咒，历史上，许多功劳大得出奇、威望超过国家君主的功臣将领，他们又有谁，能逃脱这一魔咒的诅咒呢！

长平之战后，赵国国力大大削弱，他们不仅受到秦国军队的屡次进犯，其他诸侯国亦想乘机侵赵获利。这是一块肥肉，谁若能割之，哪能不想割一块呢？燕国就是这样做的。时在赵孝成王十五年，燕王喜五年（前 251）年，燕国丞相栗腹以给赵孝成王祝寿为名，假作出使赵国，实则是刺探赵国的虚实。回国后，栗腹向燕王喜建议：“今赵国的青壮年男子，在长平之战中均被秦将白起斩杀和坑杀。现在，他们国内尽是孤儿寡妇，无力再战。我们何不乘此良机进攻赵国，以后哪还会有这样的机会呢？”

但是，燕国名将乐毅之子乐间不同意进攻赵国。他说：“昔之时，赵武灵王曾帮燕复国，于燕有恩，我们不应恩将仇报，在赵国有难时发兵攻赵，这于情于理都说不通。再说，这些年，赵国连年同秦作战，他们的百姓都熟悉军事，更不要说将士了，他们是全民皆兵啊！我们若兴兵攻赵，燕军一定会败，不会取得胜利。”

燕王喜不听乐间劝告，决意发兵攻赵。他说："栗腹所说，当属实情。今赵国的灾难、赵国的虚弱，是众人皆知、有目共睹的。如不借此机会出兵攻打赵国，夺取一些城池和土地，待以后，赵国恢复了元气，他们便会进攻燕国。到那时，我们悔之晚矣！"于是，他便以栗腹为将，起全国之兵，多达六十万，有战车二千乘，兵分两路，大举进攻赵国。栗腹令部将卿秦率一部兵马攻代，自率燕军主力攻赵，大军向赵境进发。

燕国大军进攻赵国的消息，早早传递给了邯郸的赵孝成王，赵孝成王怕引起国内混乱，先急急同上卿蔺相如进行商议。他向蔺相如说了燕大军来犯的实情，问蔺相如该如何应对。蔺相如说："昔赵曾帮燕复国，燕人不予感恩，反而恩将仇报，这于情理不通。今赵国有难，燕国不予相帮，反而发兵来犯，是可忍，孰不可忍！但是，他们既然来犯，我们就兵来将挡，水来土掩，出兵抵抗就是了。"

"派兵，谁来领兵呢？"赵孝成王说，"眼下，李牧守边，不能回邯郸；乐乘亦可为将，但他难抵栗腹的六十万大军。能用的大将，也只有廉颇老将军一个人了。但是，曾经，老将军在长平统军，朝廷以赵括替代，这才惹来了长平大祸，使赵几有亡国之危。对此，老将军一定有气，他如不愿领兵，我们又该如何呢？"

蔺相如说："廉老将军虽有怨气，但他胸怀宽广，气量大度，必不会计较以前的得失。如果大王涩于出口，待微臣前去见见廉老将军，试探一下他的口气。"

"可以。"赵孝成王说，"你先探探他的口气，我们再议下一步如何办。"

蔺相如不敢耽搁，急急来到廉颇府中。两人坐定，饮过几杯茶后，蔺相如问："燕国大军犯我赵境，老将军可否听说？"

"听说了如何，不听说又如何？"廉颇话中有话地说，"不是有马服子吗？不是有赵括吗？让马服子赵括出兵就是了，他准能胜燕国的。"

"可是，那马服子赵括不已战死了嘛！"蔺相如说。

"可他那张嘴，不知有多能，把死人都能说活。说不定，他会说活自己，又重新挂帅领兵呢！"廉颇满口都是怨气。

"您看看，您说的是哪里话。"蔺相如说，"实不相瞒，我是奉大王之命而来的。今燕军来犯，大王欲让您老将军出马，率兵抗燕，特让我来告之。"

"那你说，我能答应吗？"廉颇说，"我如再领兵，大王即使没赵括再派，却派个什么张括、李括来，那不又是个长平之战嘛！"

“不，不！”蔺相如连连摇头地说，“大王纵使再没记性，怎么能忘了长平之祸呢？今咱们大王，已经深悔误用赵括替代您所造成的重大损失，绝不会再犯长平之战的错误了。”

“可是，我已心灰意懒，且年龄又这般大了，无意再领兵作战。”廉颇说，“就让大王再找找，找些年轻有为的将领，他们可以速战速决嘛！”

蔺相如并不直接接廉颇的话茬，他这样说：“老将军您说，您的功劳，能比得上秦国的武安君吗？”

“比不上。”廉颇十分诚恳地说。

“可您知道白起的最终结局吗？”蔺相如问。

“被秦昭王赐剑，自刎而亡。”廉颇说。

“究其原因，还是他不听从秦昭王的命令，让他领兵而不领，让他攻赵而不攻，加之有范雎等人的谗言，故他才落得自刎而亡这样的下场。既然老将军的功劳比不上白起，却又执意不听从赵王的命令率军抗燕，那老将军的下场，还能比白起更好吗？”蔺相如说。

廉颇一听，不由得大吃一惊，说：“你之所说，不无道理。是我一时糊涂，说了许多气话，那么，依你之意，我眼下该当如何？”

“一要领兵，您不能不听从大王的命令，因为您是他的臣子；二要抗燕，今国难当头，匹夫尚且有责，老将军自然要出马；三不要有怨气，千万再勿提马服子，勿提纸上谈兵，那可是大王之痛，赵国之痛；四要获胜，您此次领兵抗燕，必须获得大胜，这才能一雪前耻；五要正名，只有您取得大胜，方显您强那马服子百倍，这既能涨赵军的士气，又能涨赵人的志气，也涨了大王的威风，更涨了老将军的荣耀啊！似此良机，老将军又怎么能不展示一下自己的壮志未酬、宝刀未老呢！”蔺相如十分诚恳地指出了这样几点。

廉颇一听，这才豁然开悟，他对蔺相如说：“谢谢你指点迷津，真是听君一席话，胜读十年书啊！那么，我就依上卿之言，领兵抗燕就是了。”

于是，蔺相如前去禀报了赵孝成王，赵孝成王即以廉颇为主将、乐乘副之，让二人领兵二十五万，前去抗击来犯的燕军。当时看来，燕国兵多，达六十多万，赵国兵少，仅二十五万，可经过长平之战，赵国几乎再无兵力，就这二十五万人马，也是他们从全国各地抽调的，他们实在无兵可用了。廉颇领军之后，即同乐乘商议军情，廉颇说：“今燕军虽众，可他们都是乌合之众，战斗力并不很强。他们单凭人多势众，且见我赵国经长平之祸国力衰弱，所以十分骄傲，自以为必能胜赵，所以全军都有轻敌思想。而那燕相栗腹，其实也等同马服子赵括，并无真才实学，更无实战经验，是纸上谈兵之辈。我们以逸待劳，又怎么能不打垮他们呢？关键，他们人多，我们人少，他们兵强，我们兵弱，所以不能同他们正面交锋、全面应战，而应各个击破。”于是，他令乐乘率军五万坚守于代，吸引攻代的燕军不能南下援助；自己亲自率军二十万，迎击燕军的主力。赵燕两军对阵之后，赵军同仇敌忾，他们个个奋勇冲杀，很快大败了燕军。

再说这个燕主将栗腹，他也真如廉颇所说，是个马服子赵括那样的纸上谈兵之辈，他现在眼见的只是赵国的外弱，却不知他们的内强；只看见燕军的势众，却没想到战斗力的薄弱。而他自己虽贵为燕国宰相，但提笔不能文，挥刀不能武，只有嘴上功夫而已。所以，今在战场与老将军廉颇相遇，也正如在长平战场，马服子赵括同武安君白起相遇一样，两军还未交战，胜负已见分晓。要说，人们常说的“姜还是老的辣”，这话不无道理。老将廉颇在这一鄗代之战中，论运筹帷幄和作战经验，他明显占了上风。当时，赵燕两军刚一交锋，廉颇便采用“打蛇七寸，擒将贼首”的办法，他让人画了大量栗腹的画像，交付给一队赵军的神箭手每人一幅，一旦开战，便专射这燕军的主将栗腹。果然，开战后，栗腹率先出马骂阵，但他骂阵未毕，廉颇即以手势代替命令，赵军的神箭手队便万箭齐发，箭如雨下，射死了栗腹。而后，廉颇再挥军进攻，燕军因无主将，无人指挥，自然阵脚大乱。而攻代的燕军闻听攻部军大败，主帅被杀，立时军心动摇，失去了战斗力。乐乘也属赵国名将，他率赵军趁机发起攻击，迅速取胜，俘燕将卿秦，两路燕军便都败退。廉颇率军追击500余里，直入燕境，进围燕都蓟（今北京城西南）。燕王喜惧燕都会被赵军攻破，只好答应割让五座城邑给赵以求和，赵军因兵力不足，便解围退还。可以说，这一鄗代之战，赵军在名将廉颇的指挥下，利用燕军轻敌、疲劳，赵军同仇敌忾，对来犯之敌予以痛击，这是中国历史上以少胜多的著名战例。

鄗代之战后，赵孝成王借以廉颇功高，欲封廉颇为信平君，假相国。借机，他想削去蔺相如的上卿之职。当时，廉颇拒不同意，他问：“您为什么要削蔺相如上卿之职呢？”

赵孝成王说：“老将军之职，是您南征北战立功打下来的。可蔺上卿呢？他不过是靠口舌之功，竟得以坐上上卿高位，还行使相国权力，这明显很不公平。再者，长平之战后，我很讨厌这些只动口、不动手，只卖嘴、不干实的人，似此，要他蔺相如还有什么用呢！”

“那么，其他呢？其他还有什么原因吗？”廉颇问。

“再就是对于赵牧母子，他一保再保，令我十分难堪，故他必须离职。”赵孝成王说。

廉颇已知赵孝成王的真实想法，便说自己考虑考虑再说。退朝后，廉颇见了蔺相如，对蔺相如说了赵孝成王的想法。谁知，蔺相如听后，对廉颇说：“对此，您应答应啊！为什么不答应呢？”

廉颇说：“你我本是朋友，我如答应大王，担任假相国之职，把你往哪里摆呢？那不是明摆着，在抢你的饭碗，要把你撵出朝吗？”

“可是，您不担任假相国，别人就不会来担任吗？比方像乐乘，最可怕的还是郭开，他可是个小人啊！”蔺相如说，“早在长平之战后，大王便违背诺言，欲斩杀赵牧母子，被我拦阻。他因此心生不满，欲将我贬职或辞之，只是没有机会。今您鄗代立功，他一下便找到了机会，让您将我取而代之，所以您不能推辞。我呢，多年担任上卿之职，每次都直言相犯大王，在他看来我已是多余之人，对他已没有什么用了。而我唯求早早退隐山村，辞官返乡，安享晚年，还有何求呢？只要您出任假相，我也好实现自己的愿望啊！”蔺相如再三劝解，廉颇方予应允。于是，他答应了赵孝成王对自己新的任命，被拜以信平君，并担任了假相国之职。

就在廉颇刚刚任职的同时，蔺相如便向赵孝成王递交了一份辞呈，那辞呈里这样写道：

臣有何能，仅凭三寸不烂之舌，却被先王高抬，任命为上卿高职，行使相国的权力。今再不会有秦、赵和氏璧之争，又不会有秦、赵二王的渑池之会，臣行将老朽，还有何用呢？臣已老矣，唯求退隐山林，回归乡里，余皆还有什么渴求呢！

再有，大王应当知道，我蔺相如和马服君赵奢可是结义兄弟啊！换言之，我即赵括的叔父，而赵括相当于是我的义子。既然我的义子惹了长平之祸，打了这么大的败仗，葬送了我们赵国的四十五万人马，那么他的叔父连一点责任都不担，这总说不过去吧！所以，我恳求大王，能免去我上卿一职，以示对我的责罚和对其他人的警诫。这样做，对我、对大王、对赵国都有好处，我们为什么不做呢？

还有，前有马服子替代廉颇，方有长平之祸，今有老将军廉颇再度出马，才有了鄗代赵、燕之战的大胜。今大王封廉老将军为信平君、假相国，应该是

奖之合理，赏之恰当，让其代理相国之职，是最为合适的人选。似此，要我这“上卿婆婆”又有何用呢？这也是为臣必欲辞职的一个理由。

还有，臣方才说了，马服君是我的结义兄弟，赵括母是我的嫂夫人，其子赵括、赵牧相当于是我的义子，故臣再次恳求，能保全他们母子的性命，保全他们赵氏一脉。说实在的，对于赵括一家，赵国人都恨不能杀其全家、生啮其肉，可大王您既然有言在先，那就请原谅与长平战事无关的赵牧母子，这会使国人皆晓大王的守诺诚信，天下人皆知大王的宽宏大量。

赵孝成王对蔺相如的辞呈即予准之。他本欲以廉颇为假相国，将蔺相如取而代之，可还未及下令，蔺相如就自己上书辞职，他自然十分高兴。于是，昔日一人之下万人之上的上卿蔺相如，一下被一撸到底，成了一介平民，可蔺相如对此看得很淡，因为他早就厌恶了腐朽的官场，欲回归自己的正直与平凡、自由与幸福，这正好合了他的心愿。

第十章　三代赵王　一代更比一代劣

马氏演义

赵国，在赵武灵王赵雍执政时期，经过“胡服骑射”，朝政改革，使赵国成为当时中原六国最强盛的国家。当时，赵国国力达到了前所未有的顶峰，以至于超过了秦国。赵武灵王也曾有过向西边消灭秦国的想法，只可惜他美好的愿望未能实现。

赵武灵王二十七年（前 299），他依王后吴娃遗言，废长子赵章太子之位，立次子赵何为太子，将自己的王位，正式禅让给太子赵何，为赵惠文王。那时，赵何年仅 13 岁。赵武灵王不愧是一个伟大的国君，他禅让王位以后，就极力淡化自己的影响，扩大儿子赵惠文王的影响，以树立儿子的权威，维护儿子的统治地位，避免赵惠文王只是笼罩在自己的光环之下，以后不会有什么作为。他甚至还以使臣的身份出使秦国，回国后，又欲根据秦国的治国经验，对赵国进行一番改革。他美好的构想是，培养长子赵章在外领兵，让次子赵何在国内当好国王，他们兄弟和睦，互相团结，治理好国家。但是，残酷的现实，往往与美好的愿望相反，赵武灵王本欲让赵惠文王兄弟团结相处，不料他们不但不能团结，反而因内部矛盾爆发，发生了宫廷之乱。赵惠文王先下手为强，他派兵包围了赵武灵王和赵章居住的沙丘宫。他这一围，不是一天两天、十天半月，而是长期久围，封锁消息，对沙丘宫不供应任何东西。可怜一代雄主赵武灵王，竟落得被活活饿死的下场，他的长子赵章，也只能落得和父亲一样的命运。这样，赵武灵王之后，赵国的大权，自然便落在赵惠文王手里。

赵惠文王在位时期，由于父亲赵武灵王留给自己的家产十分丰厚，所以赵国国力一直都很强盛。赵惠文王虽然未将国家治理得更加强大，但是也没有使赵国衰败。以至，在这一时期，还发生过战国时期最为有名的“完璧归赵”“负荆请罪”等故事。在赵惠文王时期，很多有才干的人得到提拔重用。像大家比较熟悉的赵奢（赵括之父）、廉颇、蔺相如、平原君赵胜等。公平地说，赵惠文王还是一位比较有作为的国君。

赵惠文王之后，赵孝成王立，他少了点气魄，误用了“纸上谈兵”的赵括，此错非彼错，以致伤了赵国的元气。在对待赵奢后代一事上，他虽然装过糊涂，有心杀害赵牧母子，但在蔺相如一番苦劝之后，他还是未杀赵牧母子，保全了他们的性命，也落实了自己当初答应过赵括母的“如若赵括兵败，不罪及他们家族”的承诺，事实上，他也真的未降罪这个家族，使赵括母和他的弟弟赵牧，都没有什么连带责任，使赵氏这一支留存延续了下来。赵孝成王去世后，其子赵偃继位，是为赵悼襄王。赵悼襄王刚一执政，即派李牧攻打燕国，夺取了燕国的武遂和方城。两年后，燕国派剧辛攻打赵国。赵悼襄王遂派庞煖率军抵抗燕军，结果，庞煖击败燕军，杀死剧辛，俘获燕军二万人。

当时，廉颇已代替蔺相如代理相国之职，他率军攻打并夺取了魏国的繁阳。但这时，又因郭开谗言，赵悼襄王欲派武襄君乐乘取代廉颇。廉颇因此十分愤怒，乐乘也已知之，他只好派人去试探廉颇，看看他是否愿意交出兵权。此刻，廉颇正在气头之上，乐乘派人一到，廉颇便大发雷霆地说：“好一个赵悼襄王，跟他老子赵孝成王一模一样。他父王硬以马服子赵括替代我廉颇，担任长平战场的主将。结果呢？赵括小儿一场大败，致使我赵国四十五万人马均被秦军杀死，损失多惨重啊！今又有赵悼襄王在学他的父王，又遣派乐乘来替代我，莫不又想惹场长平之祸吗？这一次，我不会再像长平战场一样，他赵王说啥就是啥，我不会把我的兵权，轻易交给乐乘的。”廉颇不但不交兵权，反而率军出击，主动攻击乐乘。乐乘一见大惊，想到自己根本不是廉颇的对手，便赶紧离职逃走。廉颇呢？因攻击乐乘闯祸，不便再留在赵国，便逃奔到了魏国的都城大梁。

廉颇在魏都大梁居住了很久，但得不到魏国国君的信任与重用，于是，他便很想回国。此时，赵悼襄王由于赵国军队多次遭秦军围困，想重新任用廉颇，廉颇也渴望再为赵国效力。当时，赵悼襄王派使者前往大梁，观察廉颇是否还能任职干事。与廉颇关系不和睦的郭开，则用重金贿赂那位使者，让他在赵悼襄王面前说廉颇的坏话。使者会见廉颇时，廉颇有意一餐饭吃下一斗米、十斤肉，然后披挂铠甲，跃上战马，以此显示自己还可以率军攻城陷阵。使者回到赵国后，向赵悼襄王这样报告说：“廉将军人虽然老了，但饭量挺好的。只是肠胃不好，他陪我坐着的时候，不一会就去拉了三次稀，身体很不好。”赵悼襄王由此认为，廉颇已经老迈不堪任用，便不再召他回国。自此，也便留下了“廉颇老矣，尚能饭否”这样的名言说辞。

赵悼襄王元年（前244），赵国行大备之礼，与魏国修好，想打通平邑、中牟的道路，但是没有成功。同年，赵悼襄王派将领李牧率军攻打燕国，夺取了燕国的武遂和方城。

赵悼襄王二年（前243），秦国国君秦王政召见赵国的春平君，并将他扣留在秦国。泄钧受春平君之托，替他向秦国的丞相、文信侯吕不韦求情说："春平君这个人，赵王很宠爱他，而赵王的近侍却很嫉妒他，所以他们互相合计说，'春平君进秦国，秦王一定会留下他'，他们还一起谋划把春平君送进秦国。现在，您扣留春平君，是断绝与赵王的关系，而让赵王近侍的阴谋能够得逞。所以，您不如释放春平君，留下平都侯。春平君的言行，深受赵王的信任，赵王一定会多割让赵国的土地，来赎回平都侯的。"吕不韦听了，觉得有道理，便释放春平君回赵国。同年，赵悼襄王下令修筑韩皋城。

当初，秦国将领剧辛在赵国时，与庞煖关系很好。后来，剧辛逃亡到燕国，受到燕国国君燕昭王的任用。赵悼襄王三年（前242），燕国国君燕王喜，见赵国的军队多次遭到秦军的围困，便想趁赵国衰败之机，出兵攻打赵国。而此时，廉颇已离开赵国，赵悼襄王便任命庞煖担任赵军统帅。为此，燕王喜询问剧辛的意见。剧辛回答说："那廉颇不好对付，但庞煖容易对付，我能够击败他。"于是，燕王喜便派剧辛率军攻打赵国，赵悼襄王派庞煖指挥军队抵抗燕军。由于庞煖指挥正确，也还由于剧辛的轻敌，最终，庞煖击败了燕军，杀死了剧辛，俘获燕军二万多人。

赵悼襄王四年（前241），庞煖借攻燕之胜的气势，竟组织了赵、楚、魏、燕四国精锐的联军，进攻秦国的蕞地，但是未能攻克。于是，他们转而攻打齐国，夺取了齐国的饶安。

同年，赵、韩、魏、卫、楚五国结成南北合纵联盟，共同讨伐秦国。当时，由楚国国君楚考烈王担任纵约长，春申君黄歇执掌军务，联军夺取了寿陵，挥师直逼函谷关。秦军出关迎战，五国联军大败而逃。

赵悼襄王九年（前236），赵悼襄王派兵攻打燕国，夺取了燕国的狸阳城。战事还未结束，秦国将领王翦、桓齮、杨端和趁机率军进攻赵国，夺取了赵国邺地的九座城邑。

起初，赵悼襄王纳妓女为妃，史称赵悼倡后。赵悼倡后生子赵迁。赵悼襄王非常宠爱赵悼倡后，又由于赵悼倡后常吹枕边风，所以赵悼襄王便废黜了成与正妻所生的长子，即很有德行的太子赵嘉，而将品行不端的赵迁立为太子。

同年，赵悼襄王去世，赵迁继位，史称赵王迁（赵幽缪王）。

公元前 235 年，赵王迁正式继位。应当说，赵王迁是历代赵王中最差的一个国君，那他自然也成了赵国的末代君主、亡国之君。赵王迁执政期间，赵国屡遭秦国攻打，接连丢失了许多城池和土地：

赵王迁二年（前 234），秦国派将领桓齮率军攻打赵国的平阳和武城，赵国将领扈辄率军前往援救，秦军在平阳击败赵军，杀死扈辄，并斩杀赵军十万人。同年十月，秦将桓齮再度率军攻打赵国。

赵王迁三年（前 233），秦军攻打赵国的赤丽和宜安，赵王迁任命将领李牧为大将军，率军前往抵抗秦军。李牧率军在宜安、肥下与秦军交战，大败秦军，桓齮逃回秦国。赵王迁因李牧击败秦军有功，于是封李牧为武安君。同年，秦军再度在平阳进攻赵军，大败赵军，杀死赵军将领，夺取宜安、平阳和武城。

赵王迁四年（前 232），秦国出动大军进攻赵国，一路军队抵达邺地，一路军队抵达太原，攻克狼孟和番吾。李牧率军击败秦军，秦军于是撤兵而回，之后，李牧率军向南抵御韩、魏两国的入侵。

赵王迁七年（前 229），秦国大举兴兵攻打赵国，王翦统率驻扎在上郡的军队攻下井陉，杨端和率领河内驻军一同进攻赵国。李牧和将军司马尚率军顽强抵抗秦军。秦国派人用重金收买赵王迁的宠臣郭开，让他在赵王迁面前诋毁李牧和司马尚，说他们企图兴兵反叛赵国，赵王迁便派赵葱和齐国将军颜聚取代他们。李牧不接受命令，赵王迁暗地里派人前往赵秦边境，趁李牧没有防备，将他抓住杀害，并撤免司马尚的官职。

赵王迁八年（前 228），王翦趁机猛攻赵国，大败赵军，杀死赵葱，颜聚逃走，秦军于是攻克邯郸，俘虏赵王迁，赵国灭亡。这个赵王迁，也不是一无是处，他多少还有点文采，昔日在位当赵王的时候，他因高高在上，作威作福，其文采并未得到发挥。今因居于房陵深山，他因久困寂寞，闲来无事，便兴致所使，竟然写起诗来。

赵王迁被俘虏后，秦王嬴政将他流放到房陵（今湖北房县）的深山之中。这首《山水》诗，却也令人吟之落泪，感怀至深：

房山为宫兮，沮水为浆；
不闻调琴奏瑟兮，惟闻流水之汤汤！
水之无情兮，犹能自致于汉江；
嗟余万乘之主兮，徒梦怀乎故乡！

水之无情兮，犹能自致于汉江；
嗟余万乘之主兮，徒梦怀乎故乡！
夫谁使余及此兮？乃谗言之孔张！
良臣淹没兮，社稷沦亡；
余听不聪兮！敢怨秦王？

看，昔日里呼风唤雨，不可一世，威震赵国的赵王迁，今日一旦赵被秦破，国家陷落，他便被流放在房陵城北这么一个简陋的石室里。在这里，他听到四周流水潺潺，便问身边随从：“这是什么地方？”随从回答：“楚有四水，江、汉、沮、漳，这条河名叫沮水，出自房山，最终到达汉江，这里是沮水啊！”

赵王迁听后，十分感慨地说：“水虽是无情之物，它虽经千曲百折，最终还能自己流入汉江。今寡人被囚禁在此，遥望千里之外的故乡，又怎么能回归自己的故乡呢？”他又想起自己由于轻信奸臣郭开，听信他的谗言，错杀了李牧，导致国破家亡，被流放到这深山老林之中，不禁悔恨交加，后悔莫及。

想那昔日，自己住着豪华的宫殿，有着百官的使唤，万民的拥戴，宫女的侍奉，那锦衣玉食、珍馐美味，要啥有啥，想干啥干啥，可是今日，自己却只能“房山为宫，沮水为浆”了。那昔日的歌舞升平，与今日的孤独凄凉，形成了多么鲜明的对比。看，那无情的流水，尚且能到达汉江，我作为万乘大国的君王，却只能在梦里怀念自己的故乡，却无论如何再不能回归，这是多么令人伤感啊！

仔细想来，究竟是谁让我沦落到这般田地？这全是因我听信奸臣的谗言而导致的啊！有多少赵国的良臣被我诛杀，这也正是导致赵国社稷灭亡的主要原因，是因为我偏听偏信造成的恶果，又怎么能怨恨人家秦王呢？

其实，就在房陵这个地方，赵王迁不仅想到了赵胜，想到了廉颇，想到了庞煖，想到了李牧，他还想到了蔺相如，这对他是记忆最深的了。当时，由于李牧被杀，司马尚被贬，但秦将王翦率大军来袭，赵国已经无人可用，无将可使。万般无奈之际，赵王迁便想起用蔺相如，并让他推荐将才，问他：“老相国，今秦大军来犯，赵国还有谁能统军呢？”

蔺相如说：“还有一人，尚能统军，我只怕大王不会起用。”

“谁？今危难之际，若真是将才，我必使用。”赵王迁十分焦急地说。

“此人姓赵名牧，他即马服君赵奢的次子，也是赵括的弟弟。”蔺相如说。

今不提赵括还罢，一提赵括，便激起赵王迁的满腹狐疑，他说：“不是说，

赵括一门，因其无后，不都绝后了吗？怎么还有个赵牧呢？”

“是的，因赵括年轻，他在长平中被乱箭射杀，的确无后。但是，赵奢他有二子，长子赵括虽死，可次子赵牧尚在。”蔺相如说。

“赵括有罪，罪大于天，唯因他纸上谈兵，葬送了我强赵大军四十五万，这才动摇了赵国的根基，以致才有了今天赵国这样的衰败。赵括他既然犯了这样的大罪，怎么还不株连他的家族呢？”赵王迁说。

“那是先王的恩赐。”蔺相如本欲推荐赵牧，但不想适得其反，竟惹起了赵王迁的一片疑心，甚至于是杀心，心里很是不安。于是他说：“初之时，先王必欲以赵括代替廉颇为将，赵括母曾持马服君赵奢的遗书进宫苦谏，说切不可以赵括为将，为将恐有败绩。但是，先王执意不从。于是，赵括母便有求于先王，说如果先王一定要以赵括为将，万一兵败，自己家族将不受株连，赵奢的遗书中也有这样的恳求，先王即予准之。后来，赵括果然长平大败，先王便信守自己的诺言，没有罪及赵括家族，赵括母和其弟赵牧及他们一家人便保全了下来。”

“赵括长平兵败，大罪未及他的家族，这确是孝成王的宽宏大量。即使先悼襄王，也没追究他们的罪责。可是，我为什么要原谅他们呢？今赵牧他能幸存，已是不幸中的万幸了，寡人又岂可以拜他为将呢？”赵王迁这时愤愤地说，“如以赵牧为将，那我们赵国，岂不又要遭长平之战那样的灭顶之灾、亡国之祸吗？”

“不，不！”蔺相如忙说，“这赵牧，与其兄赵括大是不同。昔马服君赵奢在日，其妻甚喜赵括，因赵括十分聪明，他是有名的神童。赵奢则不然，他不喜赵括，却爱次子赵牧。妻问其故，赵奢这样回答：‘括儿虽然聪颖，可他并不务实，只有嘴上功夫，没有真才实学，甚是缺乏内秀。牧儿则不然，正好与括儿相反，他虽然嘴上功夫不佳，可是却有内秀，也有真才实学。据我的观察，以后，咱们赵家，败家者括，兴家者牧也！’臣也认为，赵牧确有将帅之才，今赵国危难之际，大王如使用此人，必能挽救赵国于危亡之中。”

谁知，赵王迁听了此话，却这样说：“有这样的可能吗？他们既是同胞兄弟，却怎么能为兄者误国，为弟者救难呢？这不可能吧！”

“又怎么不可能呢？”蔺相如说，“古时，柳下惠是圣人，柳下跖却是强盗，他们不也是兄弟吗？兄弟截然相反的例子也还多呢！而今，他们赵氏兄弟，又怎么能一模一样呢？”

“不一模一样，那就让他们一模一样。”这时，赵王迁十分憎恶并仇恨地说，“对于赵括家族，必须斩草除根，其母其弟其族人皆不能例外，这方能雪吾之恨、国人之恨。”

今听赵王迁这样说，蔺相如不由得大吃一惊，他说：“不可不可，大王万万不可！想昔日，纵有长平之祸，孝成王也保全了赵牧一家，今日无缘无故，又怎么能株连整个赵牧家族呢？如果那样，大王可是要失掉赵国臣心民心的，失掉天下人的信任啊！”

“怎么会是无缘无故呢？”赵王迁说，“赵括的长平兵败，使我们赵国损失多大，那可是整整四十五万人马啊！他赵括给我们赵国造成了这么大的损失，却为什么还要保全他们这个家族呢？似此，还怎么体现有功者奖、有罪者罚呢！我闻得，纵使孝成王，他也并不是想真心实意保护赵牧母子，只不过是由于老相国的保护和苦劝，才使他改变主意罢了。他们母子，现在既然已多活了这么长时间，也到了他们该向国人谢罪的时候了。”

蔺相如见怎么也劝不进赵王迁，便十分无奈地说：“昔之时，臣与赵奢、廉颇、李牧、庞煖他们同朝为臣，他们皆为良将之才。有他们在，哪国对我赵国也不敢轻视。今赵奢先逝，廉颇出走，李牧被杀，庞煖被贬，赵国已无大将可用。现独有赵牧，大王却疑而不用，并欲杀之，那赵国还有什么人可用呢？臣今已退闲，难以为国出力，但臣一片苦心，在给大王进以忠言，还望大王三思。”

“这样吧，那待我问问郭爱卿再说。”赵王迁见蔺相如同自己意见不一，便以同郭开商议为由，欲推离蔺相如。蔺相如见已如此，自知再说无益。便借故离宫，回到自己府中。回府之后，他一刻也不敢停留，便急急来到马服君府中，同赵括母和赵牧进行密议。当蔺相如说了自己和赵王迁的对话后，赵括母说：“似此，我们一家，皆危矣！”

赵牧也说：“想那赵王不问郭开还罢，如问郭开，只会加速我们一家人的灾难，这可怎么办呢？”

“似此，只有一个办法，那就是逃。除此而外，还能有别的什么好办法呢？我和你们一起逃吧！”蔺相如说，“我们逃往哪里去？只能逃往秦国了。今秦灭韩国，只在旦夕之间；秦灭赵国，为期已不很远；其余魏、楚、燕、齐四国，也必遭灭亡的命运。若要生存，只能西往秦矣！”

“若要逃往西秦，就我们自己逃吧！怎么还能牵连到您呢？”赵括母说，“您毕竟曾经是一国之相，如果出逃，那是要遭人们耻笑的啊！”

“可我如不出走，眼看着国家的灭亡，人民的遭殃，生灵的涂炭，更是要遭受人们的耻笑的啊！”蔺相如说，“昔之时，我欲完璧归赵，秦相范雎曾劝我留秦，这其实正是秦昭王的意思。我是这样回答范雎的，我说：‘至于以后，我实在不敢多想，但我发誓不会背叛赵国，不会成为秦臣。我却不敢多想，也不敢保证，我以后，能不再踏秦土，这除非到了秦行将灭赵那样一种时候。’眼下，不是已到这样的时候了嘛！我想，今欲除你们一家，只我和赵王迁知之。可你们一旦出走，赵王迁又怎肯善罢甘休呢！好在，赵王迁和郭开的屠刀，还未架到我的脖子上，以我的名义，保护你们一家离赵，这才是唯一的生路啊！”

听得蔺相如如此说，赵牧母首先跪了下来，她说：“如此，您对于我们赵家，可是再造之恩啊！”

赵牧也跪了下来，他泪流满面地说：“老相国为救我们全家，弃平安而不顾，抛危险于脑后，大恩大德，我们赵家人怎么报答呢？”

蔺相如急急搀扶起赵括母和赵牧，说：“现在，事情这般紧急，并不是客套的时候。我与马服君赵奢，既是同朝臣友，又是结义兄弟，今他已归天，你们家族的安危，我怎么能弃而不顾呢？恐只恐，那昏王和奸臣郭开，已在做株连你们整个家族的准备了。今事不宜迟，你们和至亲先速至我的府上，其余人可不管不问。我也将速速回府，咱们要赶快出走，一刻也不能拖延！”于是，按照蔺相如的安排，赵括母和赵牧，领着赵牧妻子和儿子赵兴，先来到蔺相如府中。最令人费解的是，赵括母在逃离邯郸之时，竟舍弃家中的许多金银财产而不顾，只是带了些马服君赵奢生前衣服，并包了些赵奢陵墓上的坟土。

赵牧不解，他问母亲：“今去秦国，那般遥远，为什么还要带父亲的坟土呢？”

赵牧母说：“我儿有所不和，这子孙们的平安成长，必须得到先祖们的精心护佑，而子孙们要得到先祖的护佑，就一定要常常祭奠自己的祖先。今我们要远离赵地，逃往秦国，以后很难回赵祭奠你父亲，这就必须将他的坟地迁往秦地，你们也好祭奠。还有，你父亲和你蔺叔父是结义兄弟，他二人曾经有约，说是‘虽不是同年同月同日生，但是死后，我们将埋于同一墓地，也好互相帮衬，共同聊天，死后我们仍是兄弟’。似此，我们怎好违背你父亲的遗愿？待以后，我们又怎忍心将他与你蔺伯父分开，他们老弟兄又怎么聊天呢！”

赵牧一听，忙说：“还是母亲想得周到，这一点，孩儿我倒忽视了。”

这时，蔺相如已有准备，备好了车驾仆人，以回故乡省亲为由，速速出了邯郸，便往西南方向的秦地而去。开始，他们欲落脚于秦都城咸阳附近，但蔺相如说：“我们是为了避难，才逃往秦地，并不是为图享受而来。再往西行，离咸阳越远越好。”于是，他们一行，便一直来到了扶风龙泉（今扶风黄浦蔺家）

一带，龙泉龙泉，因那里一直有清清的泉水冒出，故称之为龙泉。一切安排停当，蔺相如才叹了一口气说：“有件大事，我还忘了向你们交代。”

赵牧问：“叔父何事？”

“你们离开邯郸时，一定要带些你父亲马服君坟上的坟土，可将他也安埋在这里，我们曾发誓死后同埋一墓地，也能好好聊天。我咋把这事忘记向你交代了。”蔺相如说，“更何况，如带来马服君的坟土，将他安埋在这里，也能保佑你们全家，保佑你们这些后代。当初，那仙家道长曾有预言，说是在你们赵家这一脉的后代中，是一定能出得许多栋梁之材的。”

“这件事情，母亲已令侄儿做了。”赵牧说，“我们临离开邯郸时，母亲便令侄儿取了父亲的坟土，又带了些父亲的生前衣物，一切都已准备好了。”

“好，好！”蔺相如连声叫好说，“这就好，这就好！如此，这里便是我们的居住地，也是我和你父亲的长眠地。你这样办，待我看一看这里，选一块风水佳地，先给你父亲建一衣冠之冢，作无名之墓。稍后，老天如收走了我，也将我埋在这里，再给你父亲坟上添土，让我们两个老兄弟，死后仍能互相帮衬、共同聊天，这也是我们当初的誓言。我希望，以后会有我们的后代，也能埋葬在这附近，不仅是给我们陪伴，也是为了保佑我们的后代，因为，这里的风水确实好啊！”

于是，赵牧便依蔺相如所说，待蔺相如看罢风水，选好坟地之后，便先给父亲马服君建了一座衣冠冢，衣冠冢内也埋下马服君邯郸的坟土，在墓地并未立碑，人称无名墓。这边的一切，都悄然进行，在邯郸方面，他们却甚是张扬。蔺相如先使人至邯郸，向赵王迁和郭开假说自己在故乡“病笃”，但他的故乡，他却说了多处，假说自己生于某地，长于某地，又被人收养于另一个地方，谁也闹不清他故乡具体在什么地方。他这样做的目的，既是为了保护自己，也是为了保护赵牧母子，保护赵氏家族，让谁也不知他们的真实去向。接着，他又说自己病故，并在河北邯郸曲阳、磁县，河南安阳、泽州，山西临汾，陕西临潼，以及湖南岳阳等多个地方，都埋以假墓，办以葬礼，这其实都是他生前就办的。这当然是出于躲避追杀、躲避寻访、避免闲事、求其平安、得以隐居的需要。

现如今，蔺相如共有九个墓葬和故里：一是河北保定曲阳县相如村，说是蔺相如是该村人，现有墓迹一处。二是河北邯郸磁县羌村，这里有赵上卿蔺相如墓，在州西北40里羌村，尚存大庙三楹，中有塑像，墓在庙后。三是邯郸县白村，这里既有蔺相如墓，也有庙故址。四是邯郸县蔺家河村，传为蔺相如故宅，蔺相如族人曾聚居此地，村旁有河名蔺家河。五是河南安阳县相村，相村在水冶西南，战国蔺相如故里，有碑文可考。世传蔺相如生于渐平岗村，后移此村，因以相名。六是临潼马崖道，这里亦有蔺相如墓。七是湖南宝丰村（今古县北平镇蔺子坪村），据说赵上卿蔺相如为该村人，其河曰蔺河，其村多蔺姓，其坟墓至今巍然独存。八是山西临汾县山西临汾古县东北蔺子坪村，村南 200 米处，有一墓高约 8 米，围 50 余米，墓前有一石碑，“赵上卿蔺相如墓”几个字清晰可见。九是河南泽州莒山，在泽州县城东北 450 米的莒山上有一座庙，本地人称蔺相如庙，此庙东南约 30 米处有一座墓，墓堆呈宝塔形，高 3 米，直径约 25 米，墓前石碑书有正楷阴文“周赵国上卿蔺大夫之墓”。

以上发现的各地蔺相如墓，大多有一个共同的特点，即这些墓原来大都是无主之墓，或因本地正好有姓蔺的家族，或因有相关传说，再或因有“蔺相如墓”的文字标识和文字记载，便将这些古墓认定为蔺相如之墓，应当说，这与当初蔺相如假说自已故乡多处有关，可与后人所为也不无关系。可以说，蔺相如是中国古代名贤墓最多的名人之一。

但是，真正的蔺相如墓呢？它不在别处，就在陕西扶风黄浦蔺家村，这才是真正的蔺相如墓所在地。至于蔺相如的后代呢？他们大都姓任，而蔺姓也不在少数，这一支即为蔺氏的后代，他们遵从蔺相如的交代，是由任姓重新恢复蔺姓而来的。

第十一章　改赵姓马　一支旺族名天下

在我们中国，有这样一句谚语，说是“真人不露相，露相不真人”。那么，在这一点上，蔺相如做得似乎是最完满的了。正如前面所说，蔺相如生前，人曾在多个地方，既说这里是自己的故乡，又给自己埋了多个坟茔。而他自己真正的坟冢，却在陕西扶风，在扶风黄浦龙泉村，现名蔺家，蔺家原来又名蔺家卫村。

所谓蔺家卫村，蔺即指蔺相如和他的后人所居住的地方。那卫呢，即指守护和保卫之意，是说一代名相蔺相如曾住在这里，埋葬在这里，对于这个地方和这个墓地，是要好好加以保护的，于是便有了蔺家卫村这个名字。蔺家卫村今名叫蔺家，因有蔺相如墓冢而得名。其墓冢原在村南，冢高约 9 米，周长 50 多米，是一个很大的土冢。那土冢上，植有一棵皂角树，经年累月之后，它便长得很高很大，其浓荫覆盖墓冢，树上有鸟巢多个，四季乌鸦盘旋鸣叫，显得神秘莫测，墓前勒有碑石。更令人奇怪的是，其墓冢并非一个，而是一双，相距仅 20 多米，东南、西北岔开，两墓冢大小一模一样，甚至连墓冢上的皂角树也同样大小。究其实，这两个墓冢，一个是蔺相如的，另一个是马服君赵奢的。原来，赵牧离开邯郸之时，赵牧母之所以要带已故丈夫的衣物和墓土，这是要在扶风建丈夫的衣冠冢用的。这位赵奢，他生前与蔺相如同朝为官，死后与蔺相如墓冢相连，这也算履行了他们生前“死后同埋一墓地”的诺言，体现了他们是生死相依的挚友。

当时，有族人问蔺相如，说以后我们的姓氏怎么办。蔺相如说：“容我想想。”原来，他们一路从邯郸逃至秦地扶风，一直不敢说他们姓蔺，而只说是姓林，以躲避赵王迁的抓捕和追杀，也为躲避秦王政的追寻和聘用。但是，蔺相如又考虑到，这“蔺”与“林”同音，很容易使人想到蔺姓，继续林姓还是多有不妥。于是，他便欲给自己的家族改姓。改姓，究竟改什么姓呢？他开始了苦苦的思索。

这一天，蔺相如把自己的族人召集到一起，准备召开宗族会议。奇怪的是，这次蔺氏宗族会议，他们特邀赵牧母子参加。蔺相如对大家这样说："至于我们这次召开宗族会议，想干什么呢？主要是研究改姓一事。这件事，我们已说得很久了，今天特意同大家商量一下。另外，我们为什么要特邀赵牧母子呢？因为，他们宗族马上也要召开同样的宗族会议，我们的宗族会，对于他们，也许还会有些借鉴。"

一族人说："那么，就请相国大人先说说您的想法。"

蔺相如一听，即十分严肃地斥道："我都说过多次了，以后对我的称呼，只称呼大人即可，千万别再相国大人、相国大人的。我们千里迢迢从邯郸逃到秦地扶风，为的是什么？就图个清静，图个安宁，如若让人知道我蔺相如就躲在这里，那我们还能有清静和安宁吗？所以，请大家以后一定注意这个问题。"

那位族人急忙道歉说："这件事情，大人以前多次交代过，可是我忘记了，以后一定改之。那么，关于改姓一事，请大人予以交代。"

"那好吧！"蔺相如说，"从邯郸来秦地一路，我们都以林为姓，这不太好，林姓，很容易使人想到蔺姓，不利于隐名埋姓。那么，我们到底改什么姓好呢？我想来想去，想到了一个姓。对于此姓，我先不说出，但我这里有一首猜谜诗，特先吟一下此诗，大家可以猜猜，看是什么姓。"说罢，他便高声吟起诗来：

蔺氏出逃悲泪伤，
隐名改姓是良方。
取草取门留佳在，
上土改撇任姓昌。
撇连下土先一半，
撇成平直方显王。
莫让子孙不识宗，
照地汉单岂可忘？

吟诗罢，蔺相如说："那么，大家猜一猜吧！看我们应改什么姓？"

好一阵，一位族人站起来说："大人，我猜出来了，大人让我们改为任姓。"

蔺相如考问："为什么呢？"

那族人说："因为，大人诗的前四句中，有'蔺改佳任'四字，这就是说，让我们改蔺姓为任姓，而且说，改任姓后，必然昌盛，这都说得很明确透彻了，我们岂敢不遵？"

又有一族人站起来说：“这诗的后四句的意思，我也猜到了。那后四句中，有‘先王不忘’四字，而在最后，还有‘赵地邯郸’这样的谐音字。似此，我们怎么能忘记赵国历代先王的丰功伟绩？怎能忘记赵武灵王的胡服骑射？怎能忘记赵惠文王的机智抗秦？也还有他知人善任，对于相国大人的重用，对于廉颇、赵奢、李牧、庞煖等人才的起用？”说到这里，他特意作以解释：“这里，我不得已提及相国大人，并非我忘了大人的交代。”

蔺相如说：“不要紧，这是在宗族内部议事，但说无妨。你继续说吧！”

那族人说：“听罢大人的吟诗，我仅肤浅知道大人之意，并未了解实质，还望大人明示。”

蔺相如说：“大家方才所说，不无道理。那么我呢？在此再做以补充。我想说的是，我们是应当牢记赵国先王的丰功伟绩，可也不能忘记赵国末代君王昏庸亡国的耻辱。试想，如果不因赵孝成王任用赵括，赵国何来长平之祸？如果不因赵王迁不用廉颇，杀害李牧，又岂能有赵国的灭亡呢？”

蔺相如刚说到这里，一位族人又站起来说：“还有，赵王迁如果不轻信奸臣郭开、不贬走大人，他哪会成为亡国之君呢？”

蔺相如说：“过去的事情，我们就不说了。今我要提醒你们和后代的是，你们应当知道，当初，我们的府第在赵国、在邯郸，我们也曾经是名门望族啊！只是，由于末代赵王的无能，致使赵国行将灭亡，我们蔺氏一脉，才不能不迁到秦地，迁到扶风龙泉这个地方。但是，我们要不忘故国，不忘家乡，不忘先王的恩德。可是，值此非常时期，要保护我们这个家族，我们只能隐姓埋名，夹着尾巴做人。所以，我现在的想法是，我们先改蔺姓为任姓。以后，在条件许可的情况下，再将任姓的一支，恢复成蔺姓，只要能保留我们蔺姓的传承就是了。我们蔺姓，只求保留，只求繁衍，只求传承，而不求显赫，不求庞大，不求尊贵，这是我建议先改蔺姓为任姓，再恢复任姓的一支为蔺姓的真正原因，这也是我现在的真实想法。”

一位老族人说：“大人想的，真是太周到了。”

蔺相如说：“我蔺相如无能，身为一国之相，却劝不进国家的大王，治理不好自己的国家，这自然是我的失职和耻辱。但是，我现在实际是蔺家的族长，可我如果连自己的家族都管理不善、治理不好，那就说明我蔺相如太无能了。所以，我现在重申一点，值此非常时期，要保护我们这个家族，我们只能隐姓埋名，夹着尾巴做人。否则，我们就会有灭族之危，亡种之祸。我方才说了，

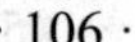

我们蔺姓，应先改为任姓，以后再伺机将其一恢复蔺姓。我为什么不主张以后将任姓全部恢复成蔺姓呢？这是因为，家族大有它的好处，也有它的坏处。一旦有什么祸事，就会牵连满门全族，今日我们蔺家的遭遇，便是一个沉痛的例子。还有一点，我们今到了秦国，秦法甚严，株连甚广，所以我们更应慎重。”

此次蔺氏宗族会议之后，蔺姓改为任姓。直到几代以后，差不多已到了东汉初年，他们才将任姓的一支，恢复成了蔺姓，这便是蔺姓改为任姓，后又有任姓一支恢复为蔺姓的故事，由于史书无有记载，仅是蔺、任两姓人家的口耳相传，我特在这里予以揭秘，也好还原一段历史的真实。

再说，蔺氏宗族会议之次日，赵牧的赵氏家族，他们也召开了宗族会议。从邯郸往秦地扶风这一路来，他们赵氏一脉，一直是以沼为姓的，意即他们家族遭灾，他们家族遇难，都走到了沼泽地里，但是这个沼，也只能是一过渡之姓。今日里，他们召开宗族会议，就是想要改换一个正式的姓氏，以使自己的家族得以传承和延续。而他们的宗族会议，也特邀蔺相如参加，以帮他们出主意、想办法。当时，因蔺相如德高望重，赵牧便先请蔺相如给自己的族人讲话。

蔺相如也不推辞，他站起来说：“对于你们这个赵氏家族，我既是外人，也不是外人。因为，我和你们始祖马服君赵奢，可是结义兄弟啊！今我们两个家族，能得以从赵都邯郸，平平安安逃亡到秦地扶风，那可是老天的安排，是马服君护佑的结果啊！昨天，我们蔺氏宗族开会，已经改蔺姓为任姓，计划以后伺机再将任姓一支恢复为蔺姓，这也是没有办法的办法，只是为了我们这个家族的保全和延续、生息和繁衍。而你们召开这个宗族会议的目的，也正在于此。你们应改什么姓呢？那个沼姓不行，陷入泥沼，又怎么能自拔，怎么能前行，怎么能兴旺呢？我意，你们当以马服为姓，那马服君是何等的光荣？那马服君是何等的伟大？有了马服君的护佑，你们这个家族，又怎么能不发达兴旺呢？”

蔺相如刚一说罢，赵牧第一个站起来拍手叫好，赵牧母也拍手叫好。再经一番赵氏族人的研究，他们便一改赵姓为马服复姓。而赵牧常以父亲马服君为荣，以哥哥赵括为耻。于是，他大声对自己的族人说：“我们的祖先马服君赵奢，他率军在阏与大败秦军，这是何等的荣耀！可是，那马服子赵括，他却因纸上谈兵导致长平大败，这又是何等的耻辱！所以，我认为，蔺叔父的提议很好，我们这个赵姓家族，可以祖先赵奢的‘马服’封号为姓，也就免去了再背负赵姓‘纸上谈兵’的耻辱，大家说怎么样呢？”

赵牧的提议，得到了大家的一致支持。于是，他们便齐聚于蔺家卫村相邻的一个村子，在赵氏祠堂里供奉起马服君赵奢的画像和牌位，焚香点烛，献以贡品，举行改姓仪式。他们在始祖赵奢画像和牌位之前，共同郑重宣誓，改赵姓为马服姓，同做马服君的好后人。

不久，蔺相如去世，蔺氏后人这些任姓之人，便将他埋葬在了距赵奢坟冢不远的地方。当时，马服君赵奢的后人，也再给蔺相如坟上添土植树。于是，这两个坟冢便修得一模一样，两棵皂角树大小一模一样，其实这也是他们有意而为之。即使连那墓碑，形状也一模一样，只是内容不同罢了。

再不久，赵被秦灭，赵牧即劝子马服兴去咸阳建功立业，他对儿子这样说："你爷爷马服君在世之日，也曾经看重为父，说我会是赵家的栋梁之材，只惜我无有机缘，没有展示自己才能的机会。蔺相如叔父曾向赵王迁推荐过我，可惜适得其反，赵王迁反而欲对我们加害，想灭了我们这个家族，逼迫我们不得不隐姓埋名，逃到了秦地扶风这个地方。我虽然无法让我们这个家族复兴，也无法使它兴旺，但是无论如何，我毕竟保全了我们这个家族，让一家人都平平安安，从邯郸逃到了这里。我很希望我的儿子成才，故将你起名赵兴，今为马服兴。马服如何得兴？只有你去秦都，去咸阳，为秦国建立功勋，让秦王看重你，这才能使我们马服一支，得以荣耀和复兴，这也是为父对你的期望。"

马服兴正欲向父亲表态，想说自己一定要如何如何，马服牧却拦住了他，说："你别只对我说，应该向你爷爷马服君表态才是。他今已位列仙班，是一定能护佑我们的。"

于是，他们父子进了祠堂，马服兴在马服君赵奢像前郑重立誓："孙儿此去咸阳，如不建立功勋，我决不回来见您，决不回马服村。"而后，他便去了咸阳，果然立了军功，被秦朝廷封为武安侯。一个由赵至秦之人，没有任何背景，却能被秦朝廷封侯，这已经是很了不起的事情了。于是，马服兴便回到了他们的村子，此村与蔺家卫村相邻，开始叫马服村，以后叫伏波村，时至今日并未更改。

据说，武安侯马服兴回村之后，再一次召开宗族会议，他说："曾子曾云：'古之欲明明德于天下者，先治其国；欲治其国者，先齐其家；欲齐其家者，先修其身；欲修其身者，先正其心；欲正其心者，先诚其意；欲诚其意者，先致其知，致知在格物。物格而后知至，知至而后意诚，意诚而后心正，心正而后身修，身修而后家齐，家齐而后国治，国治而后天下平。'这也就是说，古代那些要想在天下弘扬光明正大品德的人，先要治理好自己的国家；要想治理好自己的国家，先要管理好自己的家庭和家族；要想管理好自己的家庭和家族，先要修养自身的品性；要想修养自身的品性，先要端正自己的思想；要端正自己的思想，先要使自己的意念真诚；要想使自己的意念真诚，先要使自己获得知识，获得知识的途径在于认识研究万事万物。通过对万事万物的认识研究，才能获得知识；获得知识后，意念才能真诚；意念真诚后，心思才能端正；心思端正后，才能修养品性；品性修养后，才能管理好家庭家族；家庭家族管理好了，才能治理好国家；治理好国家后天下才能太平。

“还有一句名言是‘物格而后知至’，意思也是通过降低自己的欲望，减少自己的贪念，来让自己头脑清醒，是非曲直分明。正念分明后就要努力在待人处事的各个方面，要努力实践‘真诚’二字，努力断恶修善。这样，久而久之，自己的修养就起来了，有智慧了。这时，就可以把自己的家庭经营好了，把自己的宗族管理好了。家庭和宗族，都是国家的缩影啊！能把自己的家庭和宗族经营管理好的人，也一定可以把自己国家治理好。一个能把自己国家治理好的人，那么他（她）也一定能让人世充满和谐，让天下太平。那么，这些话，也可以作为我们的家训和祖训。我马服兴无能，不能成为治理国家的栋梁之材，但我希望能经营好我们马服家，管理好我们马服氏宗族。我相信，在上天的关照下，在马服君先祖和祖宗们的护佑下，我们马服氏家族，一定会兴旺发达起来。以后，我们马服氏家族，一定会人才辈出，代代兴旺，是一定能涌现许许多多的治国平天下的奇才的！”

其实，据昔时马服村今日伏波村的老人讲，正因为当初之时，赵牧母子带着邯郸马服君赵奢的坟土来到秦地，并将其坟土和马服君的衣物在扶风龙泉一带建起了衣冠冢，他们这个家族，才得到了上天的关照和马服君赵奢的护佑，所以世代兴旺，人才辈出，以至于成了中华一大名门望族。而到了马服兴这一代，他们索性将“服”字省去，单姓为马，很快便成为当地的一支大姓，这正是中华汉族马姓的由来。

如此而论，马服君赵奢应为马姓的始祖，当为一世。马服君次子赵牧，是马姓的二世。赵牧有子赵兴，是马姓的三世，正是由他这一代开始，他们这一支才改赵而姓马。马兴有三个儿子，分别是马珪、马琛、马嵩，也就是说，马珪便是马氏的四世。马氏四世以后，马嵩有子名述，是马氏的五世。马述有子名权，是马氏的六世，而他在西汉时任宁东将军。马权有三子，分别是马何罗、马通、马伦，他们为马氏的七世。马何罗在汉武帝时任侍中仆射，其弟马通任黄门郎、侍中，封为重合侯（重合县，属勃海郡，故城在今沧州乐陵县东），其小弟马伦虽未担任官职，但他们兄弟三人，都是俸禄二千石的高官，地位颇为显赫。

马通有子马宾，他是马氏的八世，马宾任议郎，汉元帝时以郎官为持节使，号称使君（绣衣使者）。马宾有三子，分别是马庆、马昌、马襄。唯因“马何罗事件”，影响到马通的儿子、孙子，所以以后，马家重要人物的地位，就不那么显贵了，官位也就不显达了。须知，“马何罗事件”与“巫蛊之祸”息息相关。“巫蛊之祸”开始时，马通的哥哥马何罗一直与巫蛊事件的主谋江充走得很近。而身为侍郎的马通呢？他识破了太子刘据假传圣旨，把持以假符节的如侯处死，阻止了刘据的征召调兵，受到了汉武帝的奖励，被加封为重合侯。但是，时隔不久，因壶关三老令狐茂苦苦相劝，汉武帝心生悔恨，后悔逼杀了太子刘据和他的两个儿子。于是，汉武帝便决定为太子报仇，杀了许多反对太子的官员。这一阵，那些反对和镇压太子之乱的功臣，便成了罪人。在这样一种背景下，马何罗、马通和马伦兄弟三人成天为此事提心吊胆，生怕汉武帝拿他们开刀。因为马何罗是汉武帝的侍从官（侍中仆射），他为了避难，竟对汉武帝起了杀心，便串通自己的兄弟马通和马伦，欲行刺汉武帝。可是，就在马何罗欲行刺汉武帝时，却被驸马都尉金日磾所阻。于是，马何罗兄弟三人，皆成了阶下之囚。

马氏的九世是马昌。马昌有子马仲，是马氏十世，他在西汉时任玄武司马，在军中管理军政，守卫皇宫玄武门。马仲有四子，分别是马况、马余、马员、马援。而马氏的东山再起，正是在他们这第十一世尤其是马援之时才兴起的。当时，正是新莽之世。马况四兄弟全都精明干练，才华出众，且因出于世宦之家，均被王莽授以俸禄二千石的高官：马况，西汉末年任河南太守，封为穷虏侯；马余，西汉末年任中垒校尉、扬州牧，封为致符子；马员，西汉末年任增山连率，连率为官名，意为太守。王莽法规定，出任郡守的长官，封爵为“公”者称“牧”，“侯”者称“卒正”，“伯”者称“连率”，没有爵号者称“尹”，马员当时为伯爵，任上郡太守，后又封为中水侯。马援，王莽时曾任新城大尹，东汉时任陇西太守、伏波将军，封为新息侯，他一生戎马倥偬，功勋卓著，为东汉王朝的建立和巩固立下了赫赫战功。

中华马氏，如以赵奢为始祖，那么马援就是他们的鼻祖了，他们同是中华马氏最伟大的祖先。所以，我们的《马氏演义》，除了演义他们的始祖马服君赵奢父子以外，下面的重点，乃从新息侯、伏波将军马援开始来进行演义了。

第十二章　督邮马援　侠肝义胆释囚工

自赵兴将自己的家族改为马姓之后，他们最为辉煌的时期，便是第七世马何罗时期。但是，这一时期，既是他们的荣耀，也是他们的灾祸，因为“巫蛊之祸”，马通、马何罗兄弟犯叛逆之罪，均被诛杀，使他们马氏家族，一下从顶峰跌入谷底，成了一个被人看不起的家族。而这个家族的再度兴起，则是第十一世马援时期。马援的起步并不那么容易，他起初只不过是故乡扶风郡的一个督邮。当时，王莽在洛阳称帝，为了正名分，称自己是黄帝的后人，便在洛阳大修特修神庙。他共修了九座祖庙：一曰黄帝太初祖庙，二曰帝虞始祖昭庙，三曰陈胡王统祖穆庙，四曰齐敬王世祖昭庙，五曰济北愍王王祖穆庙，六曰济南伯王尊祢昭庙，七曰元城孺王尊祢穆庙，八曰阳平顷王戚祢昭庙，九曰新都显王戚祢穆庙。这九座庙，以黄帝太初祖庙最高最大，但是劳工不够，王莽便下令，在全国各地广征囚徒，称之为囚工，让他们前往洛阳修建九庙。因洛阳遥远，工程浩大，劳役苦极，又值酷暑之季，死者不计其数。

这天，在秦东潼关一带的一处官路上，正行进着一队衣衫褴褛、形容憔悴的囚工。这队囚工，有好几十人，全都被麻绳所系，一个跟着一个。他们头顶烈日，十分艰难地行进在由潼关通往洛阳的官路上。他们也不是什么烧杀抢掠、杀人放火之徒，大多是因为缴不起赋税才沦为囚犯的穷苦人罢了。押解他们的，正是扶风督邮马援和十多个士兵。这时，一名年龄偏大的囚工对一名士兵说：“官爷，我要解手。”那士兵便解开了这名囚工的右手，这是同意他就在路边方便方便解小手的意思。可这名囚工说：“官爷，我解的是大手，不是小手。”解大手比较麻烦，不但要解开双手，还要去那比较隐蔽的地方，才能行方便之事。可是，囚工解大手的时候，必须有士兵跟着，以防他们逃跑。对此，士兵们自然很烦，他们本来人手就紧张，且解大手者需士兵监视，人手便会更加紧张。于是，那士兵发牢骚说：“真是懒驴懒马屎尿多，再走一程，到前面有合适的地方再说。”可这名囚工说：“官爷，我实在憋不住了啊！要不，我就拉裤子了。”那士兵没好气地说：“拉就拉吧！这不关我的事。”那囚工忍无可忍，便讥讽那士兵说：“你呀，也是猪鼻子插葱——装象。你就那么大点权力，只管个解手，也不给人方便。”那士兵一听火了，马上挥起手中的皮鞭，狠狠地抽打起那名囚工，边抽打边叫喊：“你敢骂我，看我敢不敢打死你！”那囚工也不相让，放声嘶喊：“你打吧！打死我算了。反正，都是个死，去洛阳是个死，在这半路上也是个死，迟死不如早死，你把我打死算了。”他们两人，一个打骂，一个喊叫，互不相让，十分热闹。

不知什么时候，有一个小伙子出面了。他并未动手，因为他双手被背绑着，只能伸出腿去，只见他使右腿，把那士兵一绊，便绊了个狗吃屎。“谁？这是谁？在给老子下绊！”士兵一从地上爬起，就赶忙寻找那个给自己使绊子的人。

“我！”那个给士兵使绊子的小伙子并不躲闪，他挺身站出来说，“就是老子给你使绊子，你能把老子怎么样？”

“怎么样？老子揍死你！”那士兵一边说，一边提着鞭子，向小伙子走了过来。而后，他挥起了鞭子。可是，那士兵的鞭子还未落下，他便扑通一声倒地上了。原来，是那小伙子又使了一个绊子，士兵便又摔倒了……就这样，他们吵吵闹闹，骂骂咧咧，骂得声嘶力竭，打得不可开交。不一阵，好几个士兵都聚了过来，他们欲给那个被绊倒的士兵帮忙，想收拾那个绊倒士兵的小伙子。可囚工们都向着小伙子，只听得他们全都发喊：“绊得好！绊得好！”“绊死他！绊死他！”而那名方才要求解手的囚工，或许是真憋不住了，或许是为了替那小伙子解围，便冲着士兵们直嚷嚷：“我要解手！我要解手！”他这一喊不要紧，有好几个囚工，也一起喊了起来：“我要解手！我要解手！”真是热闹极了。

正在这时，一位眉如远山、目如朗星、俊美刚毅、玉树临风、气宇轩昂、英气逼人的青年领军出现了，他不是别人，正是这一队囚工的总领队扶风督邮马援。“你们这是怎么了？”马援发问。

“他要解手。”那士兵指了指要求解手的囚工说。

“那就让他解吧！”马援说，“人嘛，吃的五谷杂粮，拉的屎尿发黄，谁又能不解手呢？”

“可他要解大手。”那位士兵又说。

“那你就解开他的双手，跟着去就是了。”马援说，“这种小事，还要问我吗？”

“但是，他给我使绊子，把我绊倒了。”那士兵又用手指了指绊他的小伙子，乘机向马援告起状来。

马援并不搭话，只是缓缓移步，来到那小伙子跟前，对小伙子说："是你绊了他？"

"是的。"小伙子说，"因为，他太不像话了，人家要解手，他不让解，还让人家拉到裤子里，也太欺负人了。"

"这就是你的不对了。"马援面对那个士兵说，"快，先解开人家的手，让人家去解手，这种事，哪能等呢？噢，对了，换个人去跟，你别去，我还有话要问你。"于是，那名年龄偏大的囚工被松了绑，去解大手了，另一个士兵跟了上去。

"还有他们，都要解手。"那个士兵指着那些吆喝解手的囚工说。

"那，你们都那么着急吗？"马援发问那些囚工。

"不那么急。"另一名囚工稍有点不好意思地说，"其实我们闹的原因，并不是真正想解手，只是在为那名想解手却不让解手的囚工鸣不平。"

"如不急，那就一个一个来吧！"马援说，"饭是一起吃的，屎却不一定一起拉。这解手，大家可别挤堆，因为纵有茅房，茅坑也没有那么多嘛！还有些人，他们占着茅坑不拉屎，那茅坑就更紧张了。"他这话，一下子把大家都逗笑了，气氛一下活跃了起来，那种方才剑拔弩张的气氛顿时也消失了。眼见，马援又指了指那位给士兵使绊子的小伙子，对士兵说："你把绑他的绳子解开。"士兵虽不明其意，但还是解开了那小伙子的双手。

这时，马援指了指那小伙子说："这样吧！方才，他不让人家解手，你看不惯，便绊了他，这没什么错。他想报仇，想用鞭子打你，也符合情理。但不公平的是，你的双手绑着，不能用手，只能用脚。现在，我让人将你的双手解开，你俩来一场公平的竞争，怎么样？"

"不必了，我看不必了。"那小伙子红着脸说。

"的确，没那个必要。"那士兵也说。

"你不是要报仇吗？"马援说，"今给你机会，你却怎么不报了呢？"

"不了不了，我们没什么仇，不报了。"那小伙子说。

"那，你们就比画比画，给大家凑个乐子，还不行吗？"马援又这样说。

"比画比画，凑乐凑乐！"囚工和士兵们都喊了起来。

这样，在马援和大家的鼓动下，那小伙子和士兵，展开了一番较量。尽管那士兵尽了全力，可他哪里是小伙子的对手，几番交手下来，他便被那小伙子摔得鼻青脸肿，狼狈不堪。“好，住手！”马援用手止住了他们的较量，笑着对那士兵说：“我看，你这仇就别报了，这明摆着，你打不过人家嘛！要说的话，你是经过训练的士兵，人家只不过是普通的百姓，可你还比画不过人家，丢人不！以后，可要好好训练哟！”说话之间，马援竟解衣脱帽，做起了动手的准备。而后，他对那小伙子说：“来，咱俩也比试比试。”

看着面前的马援，小伙子哪敢动手，他说：“算了吧，我岂敢跟大人您动手。”

马援说：“你不动手也得动手。他是我的士兵，我是他的首领，这打狗都得看主人，更不要说是人了。所以，我要为我的士兵报仇，怎么着也不能让他吃亏啊！”说话间，他便先伸出右腿，给小伙子使了个绊子，再左手上前，按住小伙子胸脯，就欲将他绊倒。谁知，那小伙子十分机灵，他见马援真动了手，便一个鲤鱼打挺，猛地往起一跃，再将身子站稳，双手用力，直向马援推去。可马援是何等样人，他见小伙子双臂推来，竟然将身一闪，人来到小伙子身后，也双手用力，去推那小伙子……他们二人，这样一来一往，较量了好一阵子，竟然都没有倒下。众人看着，不禁喝彩，马援这才收势，称赞那小伙子说：“好身手！”

小伙子也忙向马援跪下，说：“马督邮，我失礼了，献丑了！”

“那，你叫什么名字？”马援边扶那小伙子边问。

“姓贾，叫贾威。”小伙子站起来说。

“我看你不是假威，而是真威，连我们训练有素的士兵都不是你的对手，厉害啊！”马援开玩笑说。

“不敢不敢，大人谬奖了。”小伙子有点不好意思地说。

“那，你是哪里人？”马援又问。

“扶风郡城南贾家坡的人。”小伙子说。

“好！你有这等本事，自有为国效力的时候。”马援说。

“只要督邮招呼，我愿为您效命！”小伙子说。

“不，不是为我效命，而是为国效命。”马援纠正说。

这时，那名方才解手的囚工和看守他的士兵已经回来，看守的士兵告状说：“他呀，并不那么急，只拉了一点点。”

“那，也是拉嘛！”马援和稀泥地说，“有些时候，人拉一点点，也要赶快拉，要不会弄脏了裤子，比如像拉稀。”他这话，把大家都逗笑了。这时，马援又对方才那好几个吆喝要解手的囚工说：“现在，你们几个，可以去解手了。谁最急，就先去，不急的等一等。”但是，令人奇怪的是，这些囚工，却没一个人去。马援十分奇怪地问：“这是怎么了？没让你们解手时，你们都吆喝着要去，今让你们解手，却怎么没人去了？”

“这，有原因啊！”一名叫任伍的囚工说，“大人，您想不想知道真正的原因？”

马援说：“当然想知道。”

“您知道了，会不会怪罪我们？”任伍问。

“不会怪罪。”马援说，“我这人，就爱听实话。有什么事，实说就是了，可别藏着掖着。”

“我们想跑。”任伍真的实话实说了。可他这话一说，其他囚工都大吃一惊，马援却不慌不忙，他十分平静地问：“为什么呢？”

“像我吧，今年快40岁了。我的儿子只16岁，便被抓去从军，战死在了沙场。所剩全家五口，就我一个男丁，因交不起赋税被沦为囚徒，今又被抓了囚工。现在家里，就我老婆和儿媳，还有老母亲和女儿。就她们四个女人守家，你说我能放心吗？所以，我想跑回家去，照顾照顾家里。”任伍说。

任伍这么一说，便引起了大家的话题，这个囚工说：“我很快刑满出狱，准备结婚了，却被抓了囚工。但我父母都有病，我这么一走，谁来照料他们呢！”

那个囚工说：“我被判刑只三个月，马上就刑满了，媳妇也快生了。今我这么一走，他们母子的命能不能保住都是个问题，我怎么能放心得下呢？”

就这样，他们你一言我一语，都说起了各自的难处，说起了想跑的理由。这时，任伍说：“关键是，我还真担心，我们能不能安全到达洛阳？能不能按时到达洛阳？您看，天这么热的，万一谁中暑了，还怎么能走得动呢？或者，天下大雨了，我们又怎么走呢？可是，朝廷要求的时间紧啊！如不能按时到达洛阳，我们便就犯了法，也是个死啊！”

贾威这时接上话来，说：“其实，反正都是个死，那迟死还不如早死，窝囊死不如痛快死。以前那些囚工，他们即使到了洛阳，也死了好多人，说心里话，我也想跑，想轰轰烈烈干点事情，那样死了也无所谓。”

“你真的想跑？”半晌没有说话的马援，这阵才接上话来，说，“你还想干点事情，干什么事情呢？”

“我只是开个玩笑。”贾威不好意思地笑了笑说，“见大家都这么说，我也说出了自己的真心话。其实，真借我十个胆，我也不敢跑啊！我跑了，督邮怎么办？大家怎么办？那是会牵连大家的啊！”

"那么，我问你们，你们到底是真想跑，还是假想跑？"这一阵子，马援倒认真起来，他这样对大家说，"你们如果真的想跑，那就跑呗！"

"我们跑了，您怎么办？"任伍说，"您不仅会受到牵连，还会犯死罪呢！"

"那，我同你们一样，一起跑就是了。"马援说，"只要他们逮不住我，又怎么惩罚我呢？"

"跑，跑哪儿去呢？"任伍说，"我们都是囚工，这阵哪敢回家？一回家就会被官府抓住，个人犯死罪不说，还会牵连全家呢！"

"干脆，咱们学那陈胜、吴广得了，让马督邮当头，咱们都跟着他举事，反他个当今新朝，杀他个代理皇上王莽老贼。反正他这皇位也是篡夺的、代理的，又不是正统的、合法的，天下人都想杀他。"贾威的想法最是大胆。

"好主意。"任伍赞同地说，"反正王莽的江山，得来也不怎么光彩，今我们推翻他，也应该！"

"可就咱们这几十号人，能推翻当今新朝？能杀死代理皇上王莽？谈何容易？这不是笑话嘛！"马援说，"你们要逃，可以逃！要跑，可以跑！但是，那些异想天开的事情，你们就别想了。你们要我学陈胜、吴广，不行，我既不想当陈胜，也不想当吴广；至于靠咱们推翻王莽新朝政权，那不是拿鸡蛋碰石头嘛！自立为王呢？更不行，我没有那样的能耐，也没有那样的想法。只有一点，我们这次逃跑，只是为了活命。俗话说，留得青山在，不怕没柴烧，我们只有先把命保住了，才能干别的事情啊！"

"那，您真的敢让我们跑？"任伍问。

"这怎么不敢呢？你们跑呗！一起跑。"马援十分肯定地说。

"可是，您不怕受牵连吗？"任伍又问。

"可你们跑了，我还能不跑吗？"马援说，"我不跑，那不是等死吗？"

"那，您准备往哪儿跑呢？"贾威这时说，"您跑到哪儿，我们就跟到哪儿，行不？"

"不行！"马援十分坚决地说，"现在，我们只能分散行动，各自逃命，哪能一起逃呢？如果一起逃跑，只能是一起死罢了，叫官府一逮一个准，一逮一个死。"

"那以后呢？"任伍问。

"以后，就看缘分了。"马援说，"眼下，我们得先逃过这一劫，各自行动，分散逃跑，今后去向，听天由命，就看我们的造化了。"说罢，马援便唤来管路费伙食的小军官淮宾，对他说：“全部官银，按人分给，谁也不能多拿一两银子，可也不能少了谁的银子。”这样，按人平均下来，每人只有九两白银。马援分银到手，竟把那九两银子分给几名年长的囚工，说：“我这份银子，还是你们拿着吧！你们都年龄偏大，家口又重，分给你们的银子，是怎么也不够用的。”

但是，那些人怎肯接受这份银子，一位囚工含着泪说：“马督邮，您也是人，要吃要喝要住店，咋能把银子全都给我们？”

马援说：“是男儿必当自立，大丈夫何患无银？你们都年龄偏大，逃难必有难处，九两银子肯定不够，我这点银子只能给你们多少添补点。我呢，毕竟比你们年轻，身体比你们壮，跑起来比你们快。再说，我还有马，跑起来会更快。我不是叫马援吗？只要我骑着马，自然会有人来援助我，你们就放心吧！这点银子，你们就留着用吧！我不带这银子，身上吃饭的钱，还是有的。”说罢，马援即将官帽一丢，官服一脱，全都掷向沟里，再换上一身便服，而后，他抱拳向大家行礼，说：“各位保重，后会有期！”说罢，他便调转马头，打马一鞭，远远地西行而去。但是，令他意想不到的是，有十几个人、十几匹马，也随他而去。这些人中，既有他原来带领的押解囚工的士兵，也有他们押解的囚工，而像贾威、任伍等人自不会少。他们这些人，同马援虽只有短短的接触，但他们认准了，马援不是一般人，而是一个干大事的人，因为，他有大的抱负、大的胸襟、大的志向，跟着他，是一定能轰轰烈烈干一番大事业的，所以他们认准了他，也跟定了他。

第十三章　关山放牧　马氏文渊成富翁

且说，马援打马，一路狂奔，来到了一个地方——关山。这关山之地，是一片美丽富饶的大草原，它位于今陕西省宝鸡市陇县西南部，西邻甘肃省天水市张家川回族自治县马鹿乡，现今，是中国西北内陆地区唯一的以高山草甸为主体的具有欧式风情的省级风景名胜区。

这里历史十分悠久，早在西周初年，秦人先祖非子就在汧渭之间为周王室饲牧养马，“马大蕃息”，功绩卓著，周孝王时期被封为食邑，建城于今陇县牙科乡磨儿塬。公元前 776 年，秦襄公迁建汧邑，位于陇县东南乡郑家沟塬。公元前 770 年，襄公护送周王室东迁洛邑，有功于周平王，被正式封为诸侯，汧邑成为秦国第一个都城，持续到公元前 762 年，长达十四年，秦人在陇山山地草原由畜牧业起步，完成了从游牧向农业民族的转变；也正是在这千河平原建立了诸侯国，走向了关中平原，进而统一了全国。因此，陇山山地和千河流域是秦文化的发源地，也是中华民族统一的汉文化形成的发源地之一。

关山草原在秦统一后，陇山千河之地虽成为一普通的州县，但仍为西北之门户，岩疆重地，系全秦之安危，被视为“咽喉呼吸之关，锁钥关键之固”的兵家必争之地。汉王朝初期，北疆游牧民族统一于匈奴军事帝国，占有很大军事优势，汉王朝被迫采取“和亲”之策，以免其掠州夺郡。汉武帝时转为战略反攻，终于挫败匈奴，奠定了中国的疆域基业。汉匈之战是中国统一多民族国家形成的重要环节，而这一过程的实现与关山草原密切相连。汉王朝军事力量的强大，除得益于文景之治国力大增外，还凭借作战军队完成了由步兵为主向骑兵为主的转变，大范围的机动作战能力得以形成。而当时的陇山地区，是汉王朝向北扩展拥有的重要牧区，西域传入的良马佳驹在这里得以繁衍，满足了军事活动的需要。据说，汉代关山鼎盛时期，这一带牧养的马匹达三十多万匹。霍去病 20 岁时，第一次率万余精骑出击匈奴，就是过关山出陇西，沿祁连山直趋西北，长途奔袭，凯旋而归。

“关山六月犹凝霜，野老三春不见花”，高寒气候，使关山草原气温凉爽湿润。这里全年无明显夏季，春秋相连，冬季较长，降雨频繁。景区草甸丰茂，坡缓谷阔，山顶浑圆，山脊起伏，绿茵似毯，绵延广布，常年流水的渠道十余条，曲折蜿蜒于宽谷之中，没有任何人为污染。水质清澈，流量稳定，空气清新，气候宜人，形成了独具特色的自然旅游资源景观。那山势浑圆的峰丘、梁脊、宽谷、缓坡，构建出景区的景观骨架；那连片的林木和草甸草地构成景区的景观主色调，潺潺溪流和清澈潭池构成景区的景观脉搏；那蓝天白云以及各种天象构成景区的景观衬托，清新的空气和凉爽宜人的气候构成了独特的氛围。它相异于南部的秦岭山地和东、北、西部的黄土高原，山峦起伏无尖峰突兀之势，河谷开阔有柔和曲线之美，密林绵延尽显苍翠之色，绿草铺地呈送秀丽纯朴之风，溪流蛇曲，天蓝云白，空气清新，景观层次十分丰富，构图和谐，奇特优美。它处处呈现出协调之美、秀丽之韵。

关山草原的山峦地貌景观，虽无尖峰突兀之势，但倍有秀丽纯朴之风，它既不同于南部秦岭山地，也不同于周围黄土高原，被赞誉“陇坂满目皆千仞，唯有关山以秀媚”。其槽谷地貌呈现十分开阔和缓的 U 型剖面，无明显谷缘线和坡脚线，形态富含柔和曲线之美；森林观赏层次丰富，仰视山顶绿树戴帽郁郁葱葱，俯视山峦林海绵延层峦叠翠，近视林中藤密灌旺空气清新；草原景观最为独特，它集中于谷底山坡，连片分布，质优量大，气势恢宏。这种景观，在暖温带山地少见，在东部季风区罕见，如在这里驱马奔驰，草地漫步，席地小憩，妙不可言。河流、山谷与林草景观相得益彰，虽无涌泉急瀑，但曲流潺潺，妩媚优美，更添景观秀丽之色。这里的天象景观独特多样，关山雪“远接洮西千里白”，关山月“明月照关山，秋风人未还”，关山日“旭日喷薄洒金光”，关山雾“蒙罩山丘如仙境”，关山雨“如丝如竹倾情趣”，关山天“蓝草绿云显美景”，真个是风景独特，难言其美啊！

关山草原犹如“塞内边疆”，春季草原鹅黄，夏季山花烂漫，秋季层林尽染，冬季白雪皑皑，四季更替，景色秀丽，气象万千，恢宏壮观，实乃人间仙境。

又有群山竞秀，溪壑密布，林木参天，草场绵延不绝。其森林沿圆润柔和的山体，从上到下呈放射状分布，与广阔肥腴的草原相间，形成了独特的地理形态，其山峦重重叠叠，蜿蜒起伏，和舒缓宽阔的山谷坡地密切衔接，延绵不断。幽涧水泽穿行于腹地，或围积成片分布在大大小小的草坡上，或森林间，使得草原地面表层常年湿润无比。

再说这马援，他可不是一般人。马援字文渊，其祖父和父亲两代人都未担任什么显要的职务。马援的祖父名马宾，汉宣帝时以郎持节，号使君。马宾生马仲，官至玄武司马。马仲生马援，马援有三个哥哥，依次名马况、马余、马员，都有才能，王莽时都是俸禄为二千石的官。

马援12岁时，父亲即去世，他是跟着他的大哥马况长大成人的。他少有大志，被各位兄长赏识而看重。曾从颍川人满昌学汉初齐人辕固生所传的《诗经》(《齐诗》)，因不愿遵循经学家解说经义的剖章析句（句读训诂之学）的烦琐方法而辍学。这时，其兄马况出任河南太守，马余、马员均在京城长安做官。马援跟着长兄马况，见家用不足，即向马况告辞，欲去边郡从事畜牧。马况说："你是大才，将来一定能做成一番大的事业，不过大器晚成，你不能心急。手艺高强的工匠，是不会在人前夸耀未加工的原材料的。你要去从事畜牧业也可以，就按照你的想法去办吧！"

不久，马况去世，马援为兄丧服守陵，一年间不离墓所。他对寡嫂当母亲看待，对她十分尊敬，每见寡嫂必定衣帽整齐，方入室拜见，问候十分礼貌。

马援当时尽释囚工，发完官银，不带银钱，打马而走，看似十分盲目，其实他已有准备。因其祖父马宾曾经客居甘肃天水，其父马仲曾是管畜牧的牧师令，其兄马员又是护苑使者，故他在关山一带，还是有好几个知己和友朋的。最关键的是，他的妻子蔺氏的堂弟蔺思如，即在关山从事畜牧业，且有一定积蓄，他今来关山，就是冲着这位堂弟而来的。而这位蔺思如，也不是一般人，他博学多才，见识很广，也有一定谋略，还懂医药医术。初之时，蔺思如刚到关山，见在这里从事畜牧业很有前景，便三番五次相约马援，但马援就不肯来。今日里，也是形势所迫，马援不得已来到了关山，求到了蔺思如的门下。蔺思如屡请马援，马援不来，今日不请自来，他自然十分高兴。于是，他设以大宴，相请马援，宴席丰盛，礼节隆重。他们欲待开宴，陆续有人来到，这便是跟随马援押解那些囚工的十多名军士，他们因有马匹，全都尾随而来。马援一见惊问："你们因何而来？"

领头的小军官淮宾说："我们不来此地，又去何处呢？今不光我们，那些前往洛阳的囚工全都要来。只不过，他们没有马骑，全都步行，走得慢就是了。"

"你看看，我给大家惹了多大的麻烦。"马援有些过意不去地说。

"您哪里是给大家添麻烦，而是救我们于水火啊！"淮宾说，"今我们释放了囚工，犯的都是死罪；而他们这些囚工，回乡也是死罪。今只有来到这里，跟着您，不仅能够活命，也能有口饭吃啊！”

蔺思如插话说：“好！大家都来，我太欢迎了。来这里，不只有口饭吃，还有碗肉吃，咱们这里，可是菜少肉多哟！”

“菜少，咱们就种菜呗！”淮宾说，“咱们有这么多人，大都是庄稼汉，还怕种不出菜来，还怕没有菜吃。”

“只是，那些囚工步行，如等他们，得等到啥时候啊！”马援又担心起那些赶路的囚工。

“那就接他们吧！”蔺思如如此吩咐，他让人备了几十匹快马，一律上好马鞍，即让淮宾带此马队，前去半路接人。去时，他们还带了煮熟的牛肉羊肉马肉，还有腌制的咸菜和烙好的大饼，马队浩浩荡荡，直奔关山通往潼关的官路而去。而那些囚工，毕竟人数太多，动作也慢，待他们赶到关山，已是第二天中午了。人到饭熟，人齐开宴，人欢马叫，十分热闹。人员聚齐后，竟然一人不多，一人不少，那几十名囚工、十几名押解囚工的军士全都到了。任伍首先上前，跪拜马援说：“马督邮，我真的很感谢您，您先释放了我们，给了我们自由；今您又收留了我们，给了我们衣食；您就是我们的救命恩人，是我们的再生父母啊！”任伍跪拜，大家全都跪拜，也都七嘴八舌地说起了感谢马援的话。

马援笑了一笑，忙一把拉过蔺思如，把他推到大家面前说：“你们应当感谢的是他，而不是我。他叫蔺思如，既是我夫人的堂弟，更是一代名相蔺相如的后代，正因为他是蔺相国的后代，所以他一直追思先祖，欲立功业，这才起名叫蔺思如。我呢？是讨饭讨到了他的门上，没想到，却给大家都讨得了饭吃，讨得了肉吃，你们说，该不该感谢我这位堂弟呢？”

“感谢，感谢，感谢！感谢马督邮，感谢蔺大人，感谢我们的救命恩人！”大家全都欢呼了起来。

这时，蔺思如竟然走上前来，高声对大家说：“我知道，你们大家来，都是冲着马援来的，而不是冲着我蔺思如来的。我有何德何能，能请得这么多兄弟来呢？刚才，马援说了，说他是个讨饭的，他不是，绝不是！他才是我们的头，是我们大家的主心骨！我宣布，从今天开始，马援就是这里的主人，是我们的领头，大家愿意不愿意让他来领头呢？”

“愿意，愿意，愿意！一百个愿意，一千个愿意，一万个愿意！”大家全都高呼起来。

马援不防蔺思如有此一举，急忙对蔺思如说："兄弟，你还未曾喝酒，怎么就说起了疯话醉话。我初来乍到，咋能喧宾夺主，鸠占鹊巢，成为这里的主人呢？"

蔺思如说："古人云，天下非一人之天下，乃是天下人之天下，唯有德者居之。对待天下尚且如此，那么也可以这样说，关山非一人之关山，乃是天下人之关山，唯能者居之，当然也包括德。不就是几只羊、几头牛、几匹马嘛，归谁都行。我知道马兄的能耐，有了你，这一群羊会变成几十万只羊，一群牛会变成几万头牛，一群马会变成几千匹马。不只是马羊牛，还有人，只要有了你马兄，我们这几百人，也会变成几千人、几万人。我们要在你的带领下，干一番轰轰烈烈的事业。大家愿意吗？"

"愿意，愿意，愿意！一百个愿意，一千个愿意，一万个愿意！"大家又一次高呼起来。

马援一惊非同小可，赶忙又拉扯着蔺思如说："蔺兄蔺兄，你这样做万万不可！你是要陷我于不仁不义啊！不管你怎么说，我都不能平白无故接管你这么大的家业。"

谁也想不到，这个时候，蔺思如竟然跪了下来。马援一见大惊，说："兄弟，你又要如何？又要如何？"

一见蔺思如跪拜马援，大家全都下跪，在宴会厅里跪倒了一片。蔺思如说："今日，你不接受我的请求，我就跪地不起。"

大家也都跟学蔺思如的话说："今日，你不接受我们的请求，我们就跪地不起。"

"那，你到底是什么请求呢？"马援又好气又好笑地说。

"当头啊！当然是要你当我们的头。"任伍说。

"当什么头呢？"马援问。

"先叫关山牧主吧！"蔺思如说，"以后有好的名字，咱们再改。"

"那你呢？你叫什么？"马援说，"这明明是你的羊、你的牛、你的马，却叫我当这里的牧主，合适吗？"

"合适，太合适了。"蔺思如说，"至于我，完全可以给你当帮手嘛！"这算算账、喂喂牲口、干干杂事、搞搞后勤，总需要人吧！干这些事，我还是可以的。"

"那你先起来吧！你这样跪着，真是要折杀我了。"马援说。

"那，你答应了。"蔺思如并未起身，却把双手一摊，叩头行礼说，"关山牧主在上，请受蔺思如一拜。”他岂止一拜，而是拜了三拜，方才起身。这一阵，蔺思如仿佛导演，大家仿佛演员，他一拜大家一拜，他三拜大家三拜，他起身大家方起身。

“那么，现在请关山牧主给我们训话。”蔺思如又说。

“我这不叫训话，而是想给大家说几句掏心窝的话。我想说什么呢？刚才，我谈到了我的蔺兄，他可是一代名相蔺相如的后代啊！蔺相如的后代，同别人有何不同，那就是‘弃名利而不顾，视金钱如粪土’。那么，我们呢？我们大家怎么办？既然我的兄弟给我们创造了这么好的机会，提供了这么好的条件，我们就要利用好这一机会和条件，先养好牛羊和马匹，过好我们的小日子。以后呢？我们可能不只守着牛羊，而要守着马匹，那马当是战马，我们要驰骋疆场，东征西战，建功立业，封妻荫子，光宗耀祖。”马援顿了一顿，接着说，“既然我兄弟美意，让我当关山牧主，那他拥有的这几千头牛羊和马匹，就是我马援的了。今我马援，愿意将这些牛羊马匹，全部分发给大家，由大家分开喂养，其中的十分之三便是你们个人的，十分之七是我们大家的。以后，谁饲养的牛羊马匹增多了，我们就按这个比例进行分配，大家愿意不？”

“愿意，愿意，愿意！一百个愿意，一千个愿意，一万个愿意！”那震耳欲聋的愿意声，又喊了起来。

这时，马援又说：“刚才，我说了蔺弟的出身，他出身不凡，是名相蔺相如之后。我呢？也一样，是马服君赵奢之后。我有伟大的先祖马服君，他因阏与之战而成名，一举成为战国八大名将之一。可是，我也有夸夸其谈的祖先赵括，他因纸上谈兵经长平一战，葬送了赵国四十五万人马，这是我们赵氏家族最大的耻辱。我的先祖马服君，曾把家族的复兴和兴旺，寄托在次子赵牧身上，请注意，他的名字是牧，这仿佛也预示了我们的今天，我们不是来关山牧场了嘛！我祖先赵牧有子名兴，牧兴牧兴，这既是预言，又是现实，它是多么的奇妙啊！也真的，我们今天到关山放牧来了，我们放牧，一定能兴旺，这是老天早早的安排啊！而且，我们的赵牧祖先，一改我们宗族的赵姓为马服，是为了让我们这些后人，既要牢记先祖马服君的荣耀，也要牢记马服子的耻辱，千万不能只纸上谈兵、夸夸其谈，而要实干，要扎扎实实地干事情。所以，在我们这关山牧场，以后只兴实干，不兴空谈，实干者将获利，空谈者将受斥，这就是我马援对大家的提示，也可以叫训词……”马援最后还说：“还有一点，跟随我来的士兵和囚工，你们返乡回家多有不便，如非常需要的，也可以接家人来关山，以后，这关山牧场，便是我们大家的家啊！”就是马援这些掏心窝的话，说得大家都心潮澎湃，热泪盈眶。

任伍第一个站出来说：“今天，我们的关山牧主把话都说到这个份上，以后，我们大家如果谁不听关山牧主的话，做对不起关山牧主的事情，那可真是昧了良心，是要遭天打雷劈的啊！”

贾威也站了出来，说：“谁若昧了良心，敢做对不起关山牧主的事情，我贾威绝不答应，我会掏了他的心，剜了他的肺，吃了他的肝啊！”

淮宾也说：“大家一心，牛马成群；跟着牧主，关山繁荣；马援领头，事业昌盛啊！”

“牛马成群！关山繁荣！事业昌盛！”蔺思如说。

“牛马成群，牛马成群！关山繁荣，关山繁荣！事业昌盛，事业昌盛！”大家全都齐声喊了起来，气氛煞是热烈。

第十四章　富当守穷　千金散尽得人心

在关山牧场，由于马援的精心策划和运作，由于蔺思如的细心安排和管理，几年以后，他们的牧场便有了几万头牛羊和马匹，有了几万斛（十斗为一斛）粮食，还有金银财宝无数，绫罗绸缎满库。而同时，除了当初那些被释的囚工和士兵外，又有多人前来投奔，马援守家有人侍，出行车马拥，吃饭人端送，穿衣有女佣……真是衣来伸手，饭来张口，锦衣玉食，用人成群了。那个时候，人们既称马援为关山牧主，也有人称他为关山庄主，称蔺思如为关山总管。

这一天，蔺思如刚一进马援的书房，马援即将自己用帛抄写的一段文字递给蔺思如看。蔺思如看时，见是一则《财神发火》的寓言：

财神在路上碰见了一个饥寒交迫的人，他问："你需要点什么？"

那人说："我需要一两银子。"

财神给了他一两银子，接着往前走，又碰见了一个衣衫整齐的人，他问："你需要点什么？"

那人说："我需要一两金子。"

财神给了他一两金子，仍接着往前走，他碰见了一个显得挺阔气的人，他问："你需要点什么？"

那人说："我需要一个金元宝。"

财神给了他一个金元宝，接着再往前走，他碰见了一个老财主，他问："你需要点什么？"

老财主说："我需要一座金山。"

财神一听便火了，他喊道："给你吧，给你一座山！"立时，老财主的面前，果然出现了一座山，但不是金山，而只是座石山罢了。

蔺思如看后，十分奇怪地问："你让我看这，是什么意思？"

马援说："你觉得，咱们现在过的生活，有意思吗？"

“有啊！怎么没意思呢？”蔺思如说，“想当初，我们不就是想让大家过上好日子嘛！现在过上了，你还有什么不满意的呢？”

“你想过没有，粮食，只有送给那些没饭吃的人，他们才会感恩；衣服，只有送给那些没衣穿的人，他们才会珍惜；财产，只有分发给贫寒的朋友，他们才会感激。可是如今，我们的粮食多得发霉，绸布在库房里堆满，牛羊马匹多得数也数不清。而我们现在所过的，是一种守财奴的生活啊！我们每天吃的山珍海味，全都大腹便便还要减肥；我们每天穿的绫罗绸缎，对于练武锻炼极不方便；我们一人住好几间房子，收拾时都要几个用人帮忙；我们出门老坐着高档马车，眼看连马都不会骑了，以后还怎么建功立业呢？像这种生活，有什么意思呢？”马援说。

“那，你想要如何？”蔺思如问。

“我想把这些东西都交给你。”马援说，“因为，如没有你最初提供的条件，我们现在也不会有这么多东西啊！”

“你不想当守财奴，却让我当守财奴；你欲仗义疏财，却让我背负财产包袱，真是用心何其毒也！”蔺思如半开玩笑说，“而我原来，哪有这么多东西？还不是你来以后，才发展和积累起来的。所以，我不要。”

“你真不要？”马援问。

“真不要。”蔺思如十分坚定地说。

“那，就把它分发给最需要的人吧！”马援说。

“你自己就不留点？”蔺思如问。

“大丈夫立志，穷当益坚，老当益壮，我堂堂一个男儿，哪能老当守财奴呢？老守着这些牛马财物，我哪里还有什么志气？哪里还有什么锐气？哪里还有什么追求和向往呢？所以，我决定离开它，抛弃它，去寻找我的追求和向往。”马援说，“还有这样一首诗，我也想吟给你听听。”马援一边说，一边吟起诗来：

金银，你这个魔鬼，
我对你深感疑惑：
你诞生何年何月，
你父母姓啥名谁？
你明明来路不明，
却占有统治地位。

战事因你而生，
饥饿因你而起，
你带来贫富不均，
又带来各种犯罪，
你本是那万恶之源，
全人类应对你共诛。

你是可怕的毒品，
吸食者从不言悔，
为争你筋疲力尽，
为攒你尸骨成堆，
有人为你耗尽生命，
仍想让你陪伴骨灰。

你是无耻的娼妇，
最爱养贪官污吏，
滋长他们的贪婪，
培养他们的堕落，
可谁一旦毁于你手，
你即去把新伴追随。

你是传染的瘟疫，
在把病毒撒向人类，
多少美女为你献身，
多少英雄因你颓废，
你以神奇的力量，
在把全人类摧毁。

什么这个崇拜那个信仰，
在你面前全都是傀儡，
哪怕你出自敌人之手，

对手也会笑着将你收回，
因为你最没有血性属性，
不过是臭狗屎一堆。

什么这个贤君那个忠臣，
全都经不起你的诱惑，
因为你可以参与政治，
因为你可以为所欲为，
一个国家权力的改变，
对于你也十分轻而易举。

我常常为之感叹，
感叹我们不公的社会，
贪婪者甘为守财奴，
不舍弃任何敛财机会，
贫穷者常常身无分文，
会为金所困因银而受罪。

我为此而深感悲哀，
可悲这金银的社会，
有金就可以横行霸道，
有银就可以为所欲为，
英明的君主应该下令，
把惹祸的金银完全摧毁。

蔺思如听罢问：“这首诗，诗题是什么？”

“是《金银 你这个魔鬼》。”马援说。

“谁的大作？”蔺思如又问。

“不敢称大作，叫顺口溜诗就是了。”马援说，“诗是好几个人写的，但我把它凑到了一起，顺了一顺。可以这样说，我也是作者之一吧！”

“真想不到，你还是个诗人。”蔺思如十分惊讶地说。

“算不上诗人，我只不过是有感而发罢了。”马援说，“我经常深感困惑的是，那金银，能腐蚀人的灵魂，消磨人的意志，夭折人的志向，可人们为什么那么喜爱它呢？”

蔺思如说：“但也有这样一说，金银不是万能的，但没有金银却万万不能。因为，没有金银，人寸步难行啊！”

“到那时，金银多了，的确是个包袱，因为人极易贪婪啊！有这样一个故事，我说给你听听。”马援当即讲起了这个故事：

有一位农夫，壮年时丧了妻。他们有一个叫象的男孩，自农夫妻子死后，他们父子便相依为命，以打柴为生，苦度春秋。

有一年冬季，农夫上山打柴，发现一条冻僵的蛇，农夫很怜悯蛇，便把蛇拾起来，揣在怀里。回家后，他找了些棉花，给蛇垫了个窝。蛇感到温暖后，才苏醒了过来。

从此，蛇与农夫生活在一起，在农夫的精心护理下，蛇渐渐长大了，饭量也一天天大了起来。农夫为了养蛇，增加了负担，生活也越过越紧巴。

一天，农夫对蛇说：“我能力有限，实在喂不起你了，你还是自谋生路吧。”蛇说：“好吧。”蛇临走时说：“你救了我，我没什么好报答你的，但日后你们父子有了难处，可以到五台山来找我。”

有一年大旱，五谷歉收，农夫眼看家里都揭不开锅了，可是他想到蛇临走时说的话，便半信半疑地让象去五台山找那条蛇。

象翻山越岭，日行夜住，到了五台山，见到了那条蛇，并说明了自己的来意。这阵，那蛇已长成了一条巨蟒。蛇十分同情农夫父子，但它没有什么东西相助。

后来，蛇让象拔掉自己的门牙，变卖后好度过荒年。于是，蛇张大了嘴，忍痛让象拔它的牙。可是，象贪得无厌，他将蛇牙拔了一颗又一颗，并准备把蛇牙全部拔完。蛇一因疼痛难忍，二也想劝阻象别再拔自己的牙了，便不由得吸了一口气。可他这一吸不要紧，象便顺气进了蛇的腹中。蛇对此十分懊悔，可是却无济于事。

农夫在家里等候象，一个月过去了，两个月过去了，总不见象回家。实在没有办法，他便亲自上了五台山，找到了那条蛇。蛇流着泪，把象的遭遇说了一番，并诚恳地向农夫请罪。

农夫听罢，只能痛哭一场。当农夫要回家时，蛇说：“在西方有座金银山，山上有很多金银，我让老鹰带你去捡点，你以后也好过日子，但必须夜里去捡，可一定不要贪多，必须赶在太阳升起前离开，否则会有生命危险。”

立时，蛇便唤来一只巨大的老鹰，让农夫骑在老鹰背上，去那金银山捡宝。农夫也是有备而来，他来的时候，就带有一条大布袋。老鹰展翅飞翔，农夫只听见耳边风呼呼作响，霎时间便到了金银山。在这里，农夫看见遍地都是闪闪发光的金银，他见财自然贪心，光想着多捡些金子，连银子也瞧不上了，只一个劲地捡啊捡……捡了一阵，那布袋便装满了。他仍继续捡，把捡到的金子都堆放起来，接着又继续捡。老鹰催了他几次，说太阳已经快升起了。农夫只是说："别急别急，我再捡点。"他仍不顾一切地捡那散落的金子。老鹰问："你捡这么多金子，怎么带走呢？我可驮不动这么重的金子。"农夫说："这我再想办法，再想办法！"

霞光露头了，太阳快出来了，老鹰又一次催促农夫，农夫仍说："我再捡点！"他继续捡那金灿灿的金子……太阳出来了！太阳出来了！那太阳刚一露头，便带来几千摄氏度的炙热。老鹰一见，丝毫不敢停留，只能自己飞走了。农夫背着那沉重的金袋子，飞又飞不起，跑又跑不动，便被那大火球一样的太阳活活地烤死了。

"这呀，就是人们传说的'人心不足蛇吞象'和'人为财死，鸟为食亡'的故事，其寓意很深很深啊！"蔺思如说。

"所以，古人早有忠告，叫人们一定要忌财。"马援说，"庄周说过，贪财而取危，贪权而取竭。一般人虽然都知道'人为财死，鸟为食亡'的道理，但贪财却成了人的共性。应当说，不同的家庭，有不同的教育和人生理念，在'宁做有情无钱人，不做有钱无义人'和一切唯钱论，除却钱之外，其他对比中，也许很多人还是比较趋向后者。人如果贪财，就容易失去冷静的头脑和判断能力，不再理性地认识问题，容易利欲熏心，迷失在金钱带来的幻觉中。许多原本才华横溢、学识丰富的人才，因为从小生活在贫困的环境，成名后却难以抵御金钱带来的奢靡，最后葬身在贪财的欲念中，名节尽毁，人生会走向另一个极端。所以，人可以爱财，但'君子爱财，取之有道'，如贪财不择手段，必会招来灭顶之灾，是会自取其祸的。"

马援接着又说："二要忌色。孟子曰：'食色，性也。仁，内也，非外也。义，外也，非内也。'这就是告诫人，一定要讲礼义道德，这也是人和动物的区别。古人亦云，'"色"字头上一把刀'，'魔从心生'，所以，如不忌色，也一定会毁掉自己的前程。

"三要忌懒。勤奋和自律是一种习惯，勤奋的人，一天没事做，都会心慌；

而懒惰的人，只要一做事，就会想到休息。因为懒惰，青少年不好好读书，结果长大后一事无成，长期混迹在社会最底层；因为懒惰，父母不努力，随遇而安，结果生下来的子女也便和父母一样，重复着‘龙生龙，凤生凤，老鼠生的会打洞’这样的规律。因为懒惰，必会导致无作为，其最大的收获就是贫穷和没有尊严的人生。

“人活一世，要么青史留名，要么无愧于心，人一辈子就短短的几十年，长则百年，如因为做不到自律而陷入这‘三忌’的误区，那他的一生很可能满目疮痍，不胜唏嘘，会多走许多弯路呢！”

听罢马援的话，蔺思如说：“你呀，真是个奇人！可是，如能做到这‘三忌’的人，几乎都是圣人。”

马援说：“我不求当什么圣人，也不求全戒‘三忌’，但我应当忌之再忌之，戒之再戒之，不做那么庸俗的人罢了。”

蔺思如说：“似此，我虽赶不上你的境界，但的确不想背财富的包袱。对于关山牧场和所有牛马财物，你想怎么办，就怎么办吧！”

你想那马援，最终怎么办了呢？他竟将关山牧场的所有金银财宝，绫罗绸缎、牛羊马匹，全都分给了跟随自己待在关山牧场的人，还有自己的本家和亲朋故旧。他给自己只留了些路费和零用钱，其余什么也没有留。有人劝他：“你还是给自己多少留点东西吧！一是你自己外出，总得有花费吧。二是你万一归来，总得要生活吧。三是对于你自己的子女，你总不能一点都不考虑吧！”

马援一听，笑了笑说：“昔时我分文未带，从潼关打马跑到关山，才有了今天这偌大的家业。可我今天再带金带银，出去又能干成什么事业呢？至于回来，我肯定是要回来的。但我再次回来时，绝不只是一个关山牧场的守财奴，也绝不只是一个普通的畜牧业主。我要带兵统将，我要南征北战，我要干一番轰轰烈烈的大事业啊！至于子女吗？子女自有子女福，父母不必太发愁，我们何必考虑那么多呢！”

贾威一听，第一个站出来高喊：“我要去，带我去！”

任伍、淮宾、蔺思如等人都喊：“我们要去，带我们去！”

马援把右手往下压了压说：“去，都去！但不是现在，而是以后。我走以后，你们所有的人，都要服从蔺思如的管理，所有想学武艺的人，都可以跟着贾威学习。我呢？早则三月，晚则五载，还会回关山牧场。到那时，你们中间，凡是想建功立业的人，都可以跟我走，去沙场征战，为国家建立功业，你们愿意不愿意？”

“愿意，愿意，愿意！一百个愿意，一千个愿意，一万个愿意！”这些人，又全都喊了起来。

这时，淮宾上前问话，他说：“牧主刚才说了，您带我们出去，早则三月，晚则五载，这中间相隔的时间，怎么会这么长呢？”

马援说：“这是因为，当今天下，正逢乱世，到处割据，自立为王。那么，到底谁会成为天下之主呢？这就需要认真考察。我总不能带着大家，去误投一个暴君或者庸主，那不是把大家往火坑里带吗？所以，我先去探路，有危险我担着，有困难我顶着，有陷阱我踏着，我就这么担着、顶着、踏着，才好给大家找一条顺当的路，找一个英明的主，过一种安稳的生活，难道不好吗？”

淮宾说：“牧主考虑，真是周到。”

蔺思如说：“这样做，的确稳妥些。”

马援又向蔺思如作以交代，他说：“兄弟，我走以后，你就做关山牧主吧！可别再推辞了。你可以组织大家少养牛羊多养马，尤其是多养战马，以后一定会派上用场的。”

蔺思如赶忙点了点头，说：“你放心吧，我会认真安排的。”这样，一切安排停当，马援便打马而去。他离开关山牧场的时候，仅穿着一身普通的羊裘衣裤，只是骑的那匹马膘肥体壮，它可是一匹“日行千里，夜奔八百”的千里马啊！

第十五章　妄自尊大　马援冷眼看公孙

马援离开关山牧场后以后，径直去了洛阳。其时，仍属新莽年间，王莽为了笼络人心，以利自己的统治，宣布天下大赦，昔日马援释放囚工之罪也随之得到赦免。所以，他今去洛阳求取功名，也便名正言顺了。

马援到了洛阳，遇见同县人原涉（字巨先），他说自己今来洛阳，是特意来谋职的。原涉对马援说："我听说，王莽的堂弟卫将军王林，他现在正广招各地雄俊之士，我们不如去试一试。"马援说："可以啊！"于是，他们二人即来到王林府应招。王林见他二人均仪表堂堂，谈吐不凡，便把二人推荐给王莽。王莽一见他们，心里也十分喜欢，即对二人予以使用，任命原涉为镇戎大尹（天水太守）、马援为新成大尹（汉中太守）。当其时，马援长兄马况任河南太守，二兄马余任扬州牧、中垒校尉，三兄马员被任增山连率（榆林太守）。这时，马援同胞兄弟四人，均任太守之职，十分令人敬慕。但是，时隔不久，马援见四方兵起，战乱频繁，王莽政权，岌岌可危，他便自寻出路，以另谋出头之日，特依附于割据陇西一带的隗嚣。马援投奔隗嚣，是因隗嚣出身为陇右大族，知书通经，也是个人才。隗嚣初为天水郡吏，闻名于陇西，被国师刘歆推荐为国士。刘歆死后，隗嚣回归乡里起兵，趁机占领天水平襄（今甘肃通渭），被众人推为上将军。马援投奔隗嚣后，被任命为绥德将军，让他参与谋决重要的军政大事。

也就在这时，西部蜀地，出现了公孙述这样一个人物，他和马援是同乡。汉哀帝时期，公孙述被父亲公孙仁保任为郎。后来，公孙仁担任了河南都尉，公孙述就补为清水（今甘肃省清水县）县长。公孙仁觉得公孙述年少，便派遣门下掾随他到任。后来，太守因公孙述很有能力，便让他兼摄五县。结果，五县政事维护得很好，奸盗不再发生。王莽天凤年间（14—19），公孙述担任导江（原蜀郡）卒正（太守），治所在临邛（今四川邛崃），享有较高的声望。

更始元年（23），更始帝刘玄即位，建立更始政权，豪杰们各在所在的县起兵响应，南阳人宗成也在其列，他自称“虎牙将军”，侵入汉中；又有商人王岑起兵于雒县，自称“定汉将军”，他杀了王莽的庸部牧以响应宗成，聚众数万人。公孙述听说后，就派遣使者迎接宗成等。但宗成等到成都后，烧杀抢掠，暴虐无比，百姓苦不堪言。因之，公孙述对宗成部十分厌恶，于是便召集县中豪杰，对他们说：“天下同苦于王莽新室，思念刘氏很久了，所以一听说汉将军宗成到，我就派人前去迎接。可现在，无辜的百姓、妇女儿童都成了俘虏，他们的房屋都遭到焚烧，财产也被抢掠。现在看来，宗成他们也是寇贼，不是义兵。为此，我想保郡自守，以等待真主。你们愿意同我一起干的请留下，不愿意的可以走，绝不勉强。”豪杰们一听，全都叩头，说愿意跟随公孙述，效死抗击宗成。于是，公孙述使人诈称，说汉使者从东方来了，命公孙述暂时代理辅汉将军、蜀郡太守兼益州牧印绶。同时，他当即挑选精兵千余人，向东攻击宗成等人，等到达成都后，其部已发展到数千人，他们便对宗成发起攻击，大败了宗成。宗成败退之际，其部将垣副因怨恨他的暴虐杀死了他，遂率众向公孙述投降，公孙述势力更加壮大。

更始二年（24）秋天，更始帝派柱功侯李宝、益州刺史张忠，率兵万余人侵，抢掠蜀、汉之地。公孙述依靠蜀地地势险要、民众归附的优势，遂有自立为王之意。他遣派他的弟弟公孙恢，在绵竹大败李宝、张忠。由于以上之举，公孙述威震益郡。当时，功曹李熊对公孙述说：“现在四海汹涌不安，平民百姓肆意议论。将军割据千里，地方十倍于过去的商汤、周武王，如能奋威德以投合天时，就可以成就霸王之业。您应改名号，以镇抚百姓。”

公孙述说：“我也考虑过这事，只是没下决心。今你的话启发了我，我觉此事可行。”于是，他便自立为蜀王，定都于成都。

再说，蜀地肥沃富饶，兵力精强，远方的士民见公孙述势力强大，便纷纷前来归附，以至西南的邛、笮等部族的酋长都来进贡。

李熊见此，便再向公孙述建议：“现在山东饥馑，人庶相食；遭到兵灾的屠灭，城邑都成了丘墟。蜀地沃野千里，土壤肥腴，果实丰硕，虽不耕种也可饱腹。女工纺织之业，衣服可以覆盖天下。名贵木材，难以尽数，青青竹竿，处处遍布。器械之富饶，取之不尽，用之不竭。又有鱼盐铜银之利，浮水转漕运输之便。北面据有汉中，阻塞褒、斜的险要；东面扼守巴郡，拒扞关（今重庆市奉节县）之口；地方数千里，战士不下百万。看到有利时机，则出兵以扩大地盘；无利则坚守而从事于农业。东面可下汉水以窥秦地，南面顺着江流以震荆、扬。所谓拥有天时、地利等一切成功的条件。现在您蜀王的声名，已闻于天下，而名号未定，有志之士都在狐疑观望，您应当即大位，使远方之人有所依归。”

公孙述说：“帝王是天命所归，我怎么能承当得起呢？”李熊说：“天命没有一成不变的，老百姓均归附能者，能者自能承当起使命，您还有什么怀疑的呢！”公孙述称：“如此，亦可行。”

于是，东汉光武帝建武元年（25）四月，公孙述自立为帝，国号成家（一作大成或成），他们崇尚白色，建元龙兴。称帝后，公孙述以李熊为大司徒，以其弟公孙光为大司马，公孙恢为大司空。改益州为司隶校尉，蜀郡为成都尹。

当时，越嶲土著任贵，杀死了王莽时所任命的大尹枚根而占据其郡，随后降公孙述。公孙述就让将军侯丹率兵开赴白水关，北守南郑；将军任满从阆中下江州，东据扞关。这样，所有益州之地尽归公孙述所有。

当然，在与隗嚣谈论天下形势时，马援也多次向隗嚣提及公孙述。在公孙帝称帝后不久，隗嚣对马援这样说：“我听说，你和公孙述是同乡，你们从小就有交情。今公孙述在蜀地称帝，很有实力，说不定，以后他能统一天下呢！要不，你可以去趟蜀地，见一见公孙述，看看他那里的情况。如果可以，咱们也可同他联合，干一番大的事业。”

马援说：“是的，我和公孙述是十分熟悉，可那是在少年时代。到了青年时期，我们已很少联系了。人嘛，都是会变的，至于他现在变成了什么样子，我一点儿也不清楚。”

“不要紧，你可以先去看看。”隗嚣说，“能合则合，不能合仍各走各的，他走他的阳关道，咱过咱的独木桥，互不相干嘛！”

于是，马援便欲去西蜀见公孙述。出使前，他身上穿的，只是一身普普通通的便服。隗嚣对马援说：“你现在的身份，乃是我的使者，衣服穿着，还是得讲究一点，别让公孙述瞧不起。”

马援说：“在我们关中一带，到处都有椿树，那椿树上，满布一种飞虫，它有着通红色的身体，身体上有美丽的黑色和白色斑纹，其后翅基尾部也是红色，飞翔时十分漂亮，人们都叫它椿媳妇。它虽然看起来那么漂亮，可实际上什么用处也没有，只经过短短的几天，它就会死掉啊！所以，衣着并不重要，重要的是内在和人品，才能和本事。我越是穿着普通的衣服，才能让公孙述觉得我是有求于他，也便于了解公孙述的内在和人品啊！”

隗嚣听了，十分赞同地说：“我呢，还是没有将军想得那么周到，就按你的想法，去干吧！”

于是，马援来到了蜀地，见到了公孙述。本来，按照马援的想法，他们既然是少年时期的朋友，两人一见便会亲亲热热，互相倾吐衷肠，不会有过分的俗礼和客套。但是，公孙述的想法不一样，他想：自己今已当了皇帝，现在既然少年时期的老朋友来了，一定要摆摆样子，要要架子，可不能让老朋友小瞧了自己啊！而且，他并非不知，马援是个很有才能的人，一定要设法留住他为自己做事。可马援今来，他虽然未见，却听侍臣说马援衣着十分朴素，装扮十分普通，想来他在隗嚣那里一定混得不怎么样，便有心给老朋友一点惊喜。于是，他便让人通知马援，说是明日早朝之时，将在皇宫大殿里隆重接见他。马援听得，心里已有些不悦：这见老朋友，还必须隔夜吗？还必须设朝吗？还必须同文武大臣一起相见吗？真是脱裤子放屁——多此一举。

第二天早朝，公孙述即让人来到驿馆，引领马援前来见他，礼仪十分烦琐。要说，马援和公孙述，他们虽是少年时期的朋友，可是斗转星移，沧海桑田，日升日落，春去秋来，物是人非。今日的公孙述，已不是昔日的公孙述，他可是龙种天子大皇帝，也不是谁说见就能见的，马援他真是够荣幸了。

你看那公孙述，皇帝就是皇帝，一身的装扮，与常人大是不同：他头戴华丽而庄严的冕冠，冕冠的顶部有一块前圆后方的长方形冕板，冕板前后垂有“冕旒”。冕冠为十二旒（十二排），为玉制。冕冠以黑为主，辅以别的颜色，冕冠两侧，各有一孔，穿插有玉笄，与发髻拴结。在笄的两侧系有丝带，丝带在颔下系结。在丝带上的两耳处，还各垂一颗珠玉，名叫“允耳”。它未塞入耳内，只是系挂在耳旁，以提醒戴冠者切忌听信谗言。既戴冕冠，自然要穿冕服。冕服为玄上衣、朱色下裳，上下绘有章纹。此外还有蔽膝、佩绶、赤舄等。这是一套完整的帝王服饰。甚至连那脚上穿的鞋履，也不是什么普通的鞋履，而是方头朝靴。它颜色基本与冕服颜色相同，饰以黑色边饰，上面绣有草龙花纹。一切，似乎都是为了显示皇权的至尊、皇上的威严。要说的话，为了这身穿戴，公孙述可没少下功夫，有整整几十个侍女，为他穿戴了好几个时辰。他这般精心着装，一是为了体现对老友马援的尊重，二是为了向文武大臣展示自己皇帝的威严，颇有“一鸣惊人”这样一种意思。

次日，公孙述准时早朝，他安排了十分隆重的仪式，欲接见隗嚣的使者、自己的老友马援。当马援踏进宫殿的时候，两旁的卫士们都荷刀持戟，显得十分森严，而文武百官都站立两旁，更增添了其庄严的气氛。可以说，仪式隆重异常，礼仪也十分周全。

当时，公孙述端坐于高台龙椅之上，拖着浓浓的皇腔问道："听说，有隗嚣将军处的使者马援到了，是不是呢？"

"是的。"一位大臣赶忙跪前回答。

"传马援。"公孙述发话了。

马援正欲上前，却被几名军士拦住，对他进行了严格的搜身。因为，根据新成立的大成国的规定，任何人觐见皇帝，都必须予以搜身，不能携带任何武器，这样才能保证皇帝的安全，马援自不例外。搜身完毕，有侍臣领着马援，一步一个台阶，慢慢走到公孙述的龙座下面。而后，侍臣示意，让马援跪下，马援欲跪不跪，但也只能跪了下来。那龙座上，公孙述拖着浓浓的皇腔发问："下面跪的，可是上将军隗嚣的使者马援吗？"

"正是。"马援说。

"你就是那个释放囚工、分文不带，飞骑去关山牧场的马援吗？"公孙述问。

"是的。"马援说。

"你就是那个千金散尽、单身匹马去洛阳求职的马援吗？"公孙述又问。

"是的。"马援说。

"你就是那个在朝有官不做却辞职去陇西找隗嚣的马援吗？"公孙述继续问。

"是的。"马援已有些不耐烦了。

"你就是那个马服君赵奢的后代、能文能武的马援吗？"公孙述仍然发问。

"是的。"马援说。本来，公孙述也是一番好意，他是借在朝上问话，向文武百官夸耀一下自己的老友马援，并欲加以重用，可是他越问，马援越烦，烦得差不多都要吐了出来。

"那么，将军此来，所为何事？"好不容易，公孙述才问到了正题。

"依我们隗将军之意，看能不能与大成国联合，干一番轰轰烈烈的事业。"马援说。

"能啊能啊！"一听马援的话，公孙述就迫不及待地说，"当今天下，唯我大成和隗嚣将军的势力最为强大，如果我们强强联手，那消灭诸强不在话下。待统一天下之后，我当皇上，隗嚣将军自然是丞相，这是一定的。至于你吗？你肯定是大将军。这不必待以后再予加封，现在就可以。我已下令，为你制做好了将军服和盔甲，并有尚方宝剑。稍后，选一吉日，我便举行拜将仪式，让大将军统军领将。以后，咱们就兵合一处，将打一家，成一家人了。”公孙述也自作多情，还未问马援愿不愿意，就急于拜马援为大将军，并欲举行拜将仪式。马援虽觉诧异，可因这是朝堂之上，他也不好推辞和反驳。

公孙述与马援见过面后，就让马援到驿馆休息。随后，他又令匠作为马援制作官服、官帽，令百官会于宗庙，专为马援设老朋友之位，以示尊敬。他还让准备了高贵威严的仪仗队，那仪仗队中，有担任先驱的骑兵，还有警跸就车，所有经过的路途，都有侍卫警戒，军士们进行清道，禁止所有人通行。当时，公孙述被庞大的仪仗队簇拥着，那仪仗队的车上，插有赤色并编以羽毛上面绣有鸾鸟的旗，此为鸾旗；有鸾旗，自有旄骑，旄骑队伍十分威武。待十分安全后，公孙述方才登车起程，前往宗庙而来。到了宗庙以后，公孙述屈身如磬之曲折，以示对马援的敬意。当时，场面盛大至极，礼节隆重异常，公孙述欲授马援以封侯大将军之位。如此安排，公孙述自以为天衣无缝，马援会十分感激，于是，他便端端正正地坐在宗庙上首位置，专等马援前去谢恩任职。谁知，马援并不感激，反而十分反感，他对公孙述说：“感谢陛下信任，今马援无有寸功，陛下便欲以大将军之职授予，足以见陛下对马援的抬爱。只是，我乃出使之人，尚未复命，即接受您大成皇帝的任职，恐怕多有不妥，待我回复隗嚣将军以后再说。”本来，马援欲当场回绝，但因他人在大成，身不由己，也不便当众得罪公孙述，只能这样婉言谢绝。

“是的，是的，也是的！待你回复隗嚣将军以后，就速来我大成任职，寡人在盼着你呢！再说，下一步，咱们不是要合为一家嘛！”公孙述说。

“谢谢陛下抬爱。”马援此时，他只有礼节性回复，否则难以脱身。

马援退下之后，侍臣对马援悄言：“马将军，你可遇了个好乡党啊！想不到，我们皇上会对您如此器重！”

马援冷笑着说：“可你看我那乡党，他像个什么呢？”

“像皇帝啊！”侍臣说，“您看人家那穿戴、那架势、那威风，实实的一个皇帝，这还有假吗？”

马援说：“可在我看来，他正是一具木偶，木偶穿上皇帝的衣服，不也就成皇帝了吗！”

侍臣一听，赶忙自己以手捂口，借以让马援住嘴，以防被别人听见。马援所说的话，若是有人将此报告给公孙述，那可是杀头之罪啊！

宗庙拜将仪式之后，马援不想再作停留，便急于告辞公孙述欲回陇东。众宾客皆乐于让马援留下，纷纷前来相劝，马援对他们说：“如今天下纷争，雌雄未分，大局未定。周朝时周公曾一沐三握发，一食三吐哺，犹恐失天下士人之心。可公孙述不是这样，他不能如周公那样招揽与礼贤国士，反而一味修饰边幅，与他图谋大事，如始作俑者那样不得人心。这样的人，怎么能留得住智能之士为其效力，又怎么能成就一番大事业呢？”而公孙述呢？也因为自己一热情再热情，一殷勤再殷勤，却被马援拒之，自然心生不快，便同意让马援离开。于是，马援便打马而去，返回陇地，向隗嚣汇报去了。

马援离开蜀地回到陇地，隗嚣问他情况，马援说：“至于我那乡党公孙述，叫我如何评价呢？他正好比是一只青蛙，自己只守在一口井内，却误以为天只有筛子那么大，这种坐井观天的人，又怎么能干成大事呢？他虽然没有多大本事，也干不成什么大事，却盲目乐观，妄自尊大，还一定要当什么皇帝。这样的皇帝，又怎么能长久呢？”他又详细向隗嚣讲述了自己去西蜀以后的详细情况。

隗嚣听后笑道：“公孙述待将军如此，我自愧不如。”

马援也笑言：“可我乡党待我如此热情，我却受用不起啊！”

隗嚣问：“既然这西边的公孙述不行，那我们该当如何呢？”

“不是说太阳东方不亮西方亮嘛！”马援说，“可是，今天却是西方的太阳不亮，那我们就向东方吧！”马援这里所说的东方，就是指洛阳的光武帝刘秀。

第十六章　有只青蛙　欲与雄鹰争天下

建武四年（28）冬，隗嚣派马援去洛阳见光武帝。马援刚到洛阳，一进光武帝的宫殿，其时，光武帝正在自己的寝宫里洗脚，可他一听说马援前来求见，便连正式的衣服和鞋都未来得及换，只穿了一身便衣，趿着一双布鞋，连一个卫士也不带，就急急同马援在洛阳宫宣德殿相见。马援一见光武帝，不由得吃了一惊，他假装客气地问光武帝："真是不好意思，我匆匆而来，多有搅扰，害得您衣衫不整，就来与我相见，我真是心里有愧啊！"

光武帝说："有愧的不应是你，而是我，我是主人，你是客人，我这当主人的衣衫不整，就来会见客人，确属礼节不周。但是，我一听说你来，便急于相见，这才少了许多礼节，顾不上自己的着装，请你多加原谅。"

马援又说："可您见我，这样便装趿鞋，又不带一个卫士，就不担心自己的安全吗？"

"这有什么可担心的。"光武帝说，"我久闻先生大名，您乃正人君子，会见您，我还有什么可担心的呢？"

"可您就不想，万一我是刺客呢？"马援说。

"你是说客，哪里会是刺客呢？"光武帝说，"我如果连这一点都判断不准，那还当什么皇帝呢？我如果连一个有用的人才都判断不准，那怎么能让天下之才皆为我所用呢？当皇帝的，当的就是眼光，当的就是胸怀，当的就是肚量，那些胸怀狭窄、鸡肠小肚的人，又怎么能当皇帝呢？"

马援听罢，十分感叹地说："人与人，大不同，井蛙就是井蛙，雄鹰就是雄鹰啊！"

光武帝并未直接接马援的话茬，只是把话题一转说："你很辛苦，在两个皇帝之间奔波，太辛苦了。你如果发现我有什么做得不对的地方，希望及时指出来，以便我改正啊！"

马援叩头致谢说："看现在的形势，天下还没有定下来，不但做君王的要挑选臣下，做臣下的也得挑选挑选君王。我跟公孙述是同乡，从小就挺要好。可我这次去见他，他布置了多名武士，让我一步一步地走上台阶去跟他相见。他跟我对话，老是扎着皇势，拖着官腔，您想，作为乡党的我，看着听着能舒服吗？现在，我打老远刚到您这儿，我们素不相识，可您却便服趿鞋，就那么随随便便地来见我，同我谈话没一点隔阂，好像老朋友似的，我怎么能不感动呢？"

"我们虽素未谋面，可你的大名我早已听说，如雷贯耳啊！不曾见面的人，怎么不可以成为朋友呢？"光武帝说。

马援又说："现在天下乱糟糟的，出了不少皇帝，有冒名顶替的，有自立为帝的，有坐井观天的，有夜郎自大的。今天，见皇上您这般恢廓大度，气概豪爽，正像当年的高祖一样。我这才知道，帝王确实有真有假，有雄鹰也有井蛙啊！"光武帝对马援的话甚为赞许。两个人就这样谈着，前后一共谈了十多次，谈得很是投机，彼此都很尊敬。是年十二月，马援随光武帝巡幸黎丘（故城在今湖北宜城市西北）。建武五年八月，他又随光武帝巡幸东海郡（今山东郯城北）。当时，马援对光武帝说："今我这北方汉子，能随皇上到南国巡游，真是大开了眼界啊！"

光武帝话中有话地说："作为北方的将领，是应该到南方走走。说不定，以后在南国，我们还要开疆拓土呢！"马援点头称是。

十月，马援还京，以为待诏（等待任命），并使太中大夫来歙持节（使臣所持以作凭证的符节）送马援西归陇右。

回到陇右后，隗嚣向马援问及洛阳的状况，马援说："我到了朝廷，光武帝接见了我十数次，每次交谈，自晚至晓，通宵达旦，从不厌倦。据我观察，光武帝他才智超群，勇略过人，当今之世，无人能超过他。他待人以诚，处事以公，豪爽英明，行事果断，是个很了不起的皇帝。"

隗嚣问："那，他跟高祖比起来怎么样？"

马援说："那可不好相比，高祖文化知识并不很多，老那么随随便便；当今的皇上却既有知识，又有修养，虚心谦和，举动合适，他又不像高祖那样喜欢喝酒，品行更端啊！"

隗嚣听罢，很不高兴地说："你直说不就是了，照你这么说来，那他不是比高祖强多了，怎么说不好比呢？"

隗嚣虽然不大喜欢马援给光武帝那么高的评价，心里很不乐意，但他对马援还是照样非常尊重与信任。来歙当时也对隗嚣说："光听别人说不行，您最好还是亲自去洛阳，见一下光武帝。我估计，他也正值用人之际，您一去，他会给您很高的爵位。"

隗嚣说："我现在事情很多，脱不开身，但咱们也可以与他们合作。"于是，他便遣自己的长子隗恂为人质，随来歙赴洛阳，马援与家属亦随隗恂一起前往。马援在洛阳居数日，朝廷未任命他的职务，他以三辅（汉武帝太初元年，即公元前104年，以左右内史、主爵都尉改置为京兆尹、左冯翊、右扶风三个相当于郡的政区，因所辖皆京畿之地，故合称三辅，治所同在长安城中，辖境相当于今陕西中部地区）土地广阔、肥沃，自己所养的宾客又太多，乃上书朝廷，要求屯田上林苑（汉时皇家宫苑，周围300多里，故址在今西安西及周至、户县界），光武帝答应了他的请求。一直到这时，马援才回了趟关山牧场，请关山牧场的数百人来到上林苑，只留下少部分人仍留守关山牧场。很自然地，诸如蔺思如、贾威、淮宾等人，便又齐聚在马援身边。

再说隗嚣，他的本意是要做皇帝，班彪先写文章不要他与汉朝争天下，他不听，班彪便借口退休，离开了隗嚣。不仅班彪走了，马援也走了，郑兴、杜林等有才能的人都走了。他的部将王元见能者纷纷离开隗嚣，便催促隗嚣赶快即位。王元对隗嚣这样说："天水真是个好地方啊！美丽富饶，人马又强，您可以自立为王，何必去听别人的指挥呢？依附刘秀，终不是长久之计啊！"隗嚣听了很是得意，便打算自己称帝。但申屠刚却站起来表示反对，他说："连一个平民都要讲信义，更何况您是上将军！您既然答应做光武帝的臣子，怎么能背叛他？这样做，不但对不起国家，对不起臣民，也对不起自己的儿子！"

隗嚣听了申屠刚的话，心里虽然很不高兴，可是他毕竟还惦记着在洛阳做人质的儿子隗恂，不敢马上做皇帝。马援见此情景，数次写信责备隗嚣，劝他不要做这样的蠢事。隗嚣看了马援的信后，不仅不感谢马援，反而深怨马援背叛了自己，竟然不顾马援的劝阻，立即发兵拒汉。为此，马援便上书光武帝曰：

臣马援当初归身圣朝，奉事陛下，既无三公四辅之举荐，又无左右近臣为臣美言，臣若不当面向陛下陈情，陛下怎能知臣？臣以为，为人不知高低、轻重、优劣，给人带来祸患而招人怨，这是十分可耻的事情。今日敢触犯君上忌讳之罪，昧死向陛下表达忠诚：臣与隗嚣，原本乃朋友之好。当初，隗嚣遣臣东来，他对臣说："我本想投汉朝，请你先到洛阳去看看，如果你觉得汉朝廷可我的意，我就一心一意投汉了。”待臣回到陇右，把实情告诉他，以赤诚之心对他，实想引导他走向善路归顺汉朝廷，未敢以丝毫欺邪之心导隗嚣于非义。而隗嚣自己本存奸邪之心，反而怨恨正直之人，他把对朝廷怨恨之情，归之于臣。臣如果不把实情上奏朝廷，陛下岂能明其真相。据我的观察，这个隗嚣，和那西蜀的公孙述一样，也不过是一只井蛙而已。因此，臣愿朝见陛下，筹划灭除隗嚣的方略，尽倾我胸中之计谋。事成之后，臣即就耕亩，退居林泉，死无所恨。

光武帝看罢信后，即召马援前来议事。

当时，光武帝这样问马援：“我记得，咱们初次相见之时，你说过这样的话：‘人与人，大不同，井蛙就是井蛙，雄鹰就是雄鹰。’后来，你又几次提到井蛙和雄鹰。那么，公孙述可以说是只井蛙，而谁又是雄鹰呢？现在，你可以把这话说透，让我对隗嚣有个透彻的了解，也好对付他呀！”

马援说：“我曾对隗嚣说过，公孙述是只井蛙，只会坐井观天。而隗嚣呢？则是又一只青蛙，同样也是坐井观天。而您呢？正是雄鹰，您与他俩有天壤之别。”

“您这不是恭维话吧？”光武帝笑了笑问。

“不是。”马援说，“您与他的区别在哪里呢？如用我看过的一篇《井蛙与雄鹰》文章来作比喻，那是再形象不过了。”

“那么，你就说说这篇文章吧！”光武帝说。

“它有点长，我怕耽误您的时间。”马援说。

“不要紧，咱们不是在聊天嘛，正好我有空，咱们可以好好聊聊。”光武帝说。

马援不再客气，便讲了起来：

深深的井里，有一只青蛙。

高高的天上，有一只雄鹰。

一天，雄鹰从天上飞下，落在井边休息。借此机会，井蛙忙与雄鹰搭话。

井蛙先问雄鹰：“你为什么要飞在天上？”

雄鹰反问井蛙：“你为什么要住在井底？”

井蛙说：“因为我们有祖训。”

“你们的祖训是什么？”雄鹰问。

“那就是：吃得饱，穿得暖；住得好，要安全；不登高，不看远；不观天，不冒险；守住家，护财产；高唱歌，心情欢；子孙众，身体健；井外事，从不管。看，这是多么好的祖训啊！”井蛙这样说。

“可我们也有祖训，但与你们祖训的意思恰恰相反。”雄鹰说，“我们的祖训是：自觅食，从小练；高山顶，悬崖边；飞得高，看得远；经风雨，见世面；一身轻，无财产；群山高，我鸟瞰；求重生，自磨难；除强暴，救良善。你说，我们各自的祖训，差别咋就那么大呢？”

“是大！是大！大得简直没边没沿。”井蛙自言自语地说。

是雄鹰又问井蛙，说：“你们的祖先教育自己的后代，为什么要先教‘吃得饱，穿得暖’呢？”

“我们有得天独厚的条件啊！”井蛙说，“别看我们待在井底，可这里冬暖夏凉，四季如春。我们身上又有着厚厚的皮，很少有个头疼脑热什么的，穿的没什么问题。更何况，我们这井离地面也不高，就十几米的样子，除了井里有蚊虫、苍蝇、蝼蛄、蚯蚓，还常常会有飞蛾落下井来，吃的也没什么问题。用人类的话说，这不就叫‘吃得饱，穿得暖’吗？”

“这样教育后代，又有什么好呢？”雄鹰说，“我们从小接受的教育便是：自觅食，从小练。小小的雏鹰，自然是需要老鹰来喂养的。但是，即使老鹰把食物衔在嘴里，也不会轻易喂给雏鹰，以教育它们知道食物来之不易，要早早学会自己觅食，这才能不致挨饿。穿呢，我们各不相同，你们有光滑的蛙皮，我们有厚厚的皮毛，这正是我们的衣服。换了别的衣服，我们也穿不成啊！所以，对于穿衣，我们是从不讲究的。”

“区别是大，区别是大。”井蛙说，“对此，我也难以理解，咱们的祖训，区别怎么会如此大呢？”

“那好，咱们就相互探讨探讨。”雄鹰说。

“那么，咱们现在就说第二条祖训。”雄鹰说。

“我们的第二条祖训是：住得好，要安全。”井蛙说。

“你们真的就住得好、很安全吗？”雄鹰反问。

“我们又怎么会住得不好、不安全呢？”井蛙说，“在我们井水偏上不到一米处，有一个宽敞的井岸，绕井筒整整一圈，相当于我们一个锻炼的操场，这也是我们居住的偌大的宫殿，这能住不好吗？再说，我们家族住在这里已有百年，大旱我们有井水，大涝我们有井岸，这能不安全吗？似此，我们还有别的什么渴求呢？”

“可我们不是。”雄鹰说，“我们的第二条祖训是：高山顶，悬崖边。这正是我们雄鹰选择住处的必需条件。”

“为什么要选择这样危险的地方呢？”井蛙不解地问，“那高山顶多难爬啊！那悬崖边就不怕摔吗？”

“可我们不是爬，而是飞。”雄鹰说，“再高的山，我们也能飞上；再危险的崖，我们也能飞上。若不因我们世世代代牢记着这一祖训，我们雄鹰家族，怎么能存活延续下来呢？所以，在任何时候、任何一代，我们都必须牢记这一祖训，牢记这一住处选择的必需条件。否则，我们宁可不住！”

“你这种说法，也不是没有道理。”井蛙说。

“咱再说第三条祖训。”雄鹰说。

“不就是‘不登高，不看远’吗？”井蛙说，“这是我们的祖训。”

“为什么要这样呢？”雄鹰说，“这对教育后代并没有什么益处啊！”

“怎么能没有益处呢？”井蛙说，“我刚不是说吗？在我们这里，除了井水，还有井岸，井岸距井水不到一米。我们从井水里往上一蹦，就蹦上井岸了，一点危险也没有。可若再登高，爬井筒，那就不一样了，那就有摔伤以至摔死的危险，谁敢冒这个险呢！所以，我们的老祖宗，便留下了‘不登高，不看远’这样的祖训。”

“我们的祖先恰恰相反。”雄鹰说，“我们的第三条祖训是：飞得高，看得远。我们在任何时候都不能忘啊！”

“那，你们究竟能飞多高、看多远呢？”井蛙问。

“也就一万来米吧！”雄鹰说，“我最高飞过 15000 米，可是我的伙伴，也有飞过 20000 米的，但不多。至于视野，我看得不远，在千米以上的高空，我能看得清地面奔跑的兔子。但我的伙伴好厉害，10 公里以内的猎物，他们全看得一清二楚，一扑而下，猎物没的跑。敢问你呢？”

“惭愧！”井蛙说，“我的视觉范围也就一米左右，这是在水里。估计，上了井，我能看 10 米左右。而我们青蛙眼睛最好的，也就看 20 多米的样子。在这一点上，我们不服你们不行，你们的确是飞得高、看得远哟！可话说回来，飞这么高，看这么远，又有什么用呢？”

“太有用，太有用了！”雄鹰说，“在天上，我们能看见红红的日、白白的云、漂亮的霞，夜晚能看见明明的月、亮亮的星、飞逝的星；瞅地下，我们能看见高高的山、清清的水、红红的花、绿绿的草，还能看见田野、庄稼、草原、牛羊，那真个叫美呢！”

“这，又能咋的？”井蛙不屑地说。

“现在，我们再看第四条祖训。”雄鹰说。

“我们的第四条祖训是：不观天，不冒险。”井蛙说。

“这作何解释？”雄鹰问。

“不是有一‘坐井观天’的成语吗？说是青蛙坐在井里，他一直认为天只有井口那么大。而小鸟老在天上飞，他知道天大得无边无沿。后来，井蛙同河湾里的青蛙串亲戚，才知道了天的广大和坐井观天的可笑。故而，我们便留下了这样的祖训。”

雄鹰说：“我们呢？第四条祖训是‘经风雨，见世面’。我们世世代代都是这样遵循的。”

“可这多可怕、多危险啊！”井蛙说，“天上有狂风，有暴雨；有霹雳，有闪电；有烈日，有炙热；有冰雪，有严寒……你们随时都会有生命危险！”

“可我们不怕！”雄鹰说，“正是暴风雨激励了我们的斗志，惊雷闪电锻炼了我们的胆量，烈日严寒磨炼了我们的意志！”

“高调啊高调！”井蛙说，“正因为你们飞得高，所以你们便目空一切，唱的全是高调。再看看你们的这条祖训，那不是叫后代自找苦吃吗？”

“那么，我们再看看第五条祖训的区别：你们是‘守住家，护财产’，我们是‘一身轻，无财产’。这又相反。”雄鹰说。

“我们的这一条祖训太重要了。”井蛙说，“在这里，我可以告诉你一个秘密，这是我们祖祖辈辈守了上百年的秘密。就在我们这个井里，有一个不小的洞；就在这个洞里，有不少金银财宝。早先搁置财宝的人，全都死了，这就成了我们井蛙家族的财富。你说，守着这样的一洞财富，我们能轻易离开吗？”

雄鹰一听，哈哈大笑，他说：“纵有金钱财宝，你能花吗？能用吗？金钱财宝是人这种高级动物拥有的财富，他们拥有了它才可以投入事业、投资建设、扶贫帮困，要么是吃喝嫖赌、买宅置田、挥霍浪费，可你们井蛙要它有什么用呢？我们雄鹰要它也没有用啊！真的，一点用也没有！”

“那怎么办呢？”井蛙十分为难地说，“可是，为了这笔财富，我们祖祖辈辈，在这井里守护了上百年啊！”

“这叫我怎么说呢？只两个字。”雄鹰说，“白守！你再看看我们这条祖训，‘一身轻，无财产’。我们雄鹰最珍贵的，就是一身轻，如不一身轻，又怎么能飞得高呢？说实在的，我们金山见过，银山见过，珍珠堆见过，宝石库见过，可我们敢贪财吗？敢背负着金银珠宝到处飞吗？如若那样，我们是一定要丢性

命的。”

井蛙听了，默默无言。

“再说说第六条祖训吧！”雄鹰说。

“我们的第六条祖训是：高唱歌，心情欢。”井蛙说，“无论任何时候、任何情况下，谁能听不到我们的歌声呢？这歌声太欢畅了，太悦耳了，太动人了！只有这心情愉快的井蛙，才有这欢快动人的歌声；只有这欢快动人的歌声，才有这激动兴奋的蛙群！这也是我们的自娱自乐。”

“那般大的一个井底，你们也能自娱自乐吗？”雄鹰不解地说。

“能啊！怎么不能呢？”井蛙说，“我不是有爱妻吗？我们平时调调情、恋恋爱什么的，这不是很有情趣吗？我们不是有孩子吗？还可以抱抱娃、逗逗耍，这不是很有情趣吗？再说，自个儿瞪瞪眼、鼓鼓嘴、伸伸腰、蹬蹬腿，或者唱唱歌、哼哼曲，这都不是自娱自乐吗？”

“哦，你们原来是这样自娱自乐的。”雄鹰说。

“又怎么不是呢？”井蛙的语气里带有不满。

“可我们的第六条祖训是：群山高，我鸟瞰。”雄鹰说，“你知道我们一般盘旋的山巅有多高呢？那都是三四千米的高度啊！还有五六千米的，抑或有七八千米的……珠穆朗玛峰高不高？它不是有8848米，够高的了。可那有啥？我就飞过，盘旋过。每有群山，我就在最高的山顶上飞翔盘旋，一览众山小，那才叫美、叫好、叫壮观哟！似这样一种感受，你们又怎么能有体验呢？”

“似此，真让人羡慕啊！”井蛙十分向往地说。

“想试试吗？”雄鹰问。

“怎么试呢？”井蛙问。

“有朝一日，你趴在我的背上，我飞到珠穆朗玛峰飞翔盘旋，让你亲身感受一下‘一览众山小’的无限风光，你说怎么样？”雄鹰说。

“这，倒是一个不错的主意。”井蛙说。

“要试，现在就试。”雄鹰说着，便展开了有力的双翅。

“容我考虑考虑。”井蛙十分迟疑。

“现在，剩最后两条了。”雄鹰说，“你们的第七条祖训，好像是……”

“子孙众，身体健。”井蛙呢，他早已把每条祖训都背得滚瓜烂熟，这时便顺口回答。

“你们的子孙能众吗？”雄鹰问，“就那么大个井，那么一点水，又能养育多少井蛙呢？”

“这你就不懂了。”井蛙说，“别看我们这是一口井，可它通着一条地下河，到几十里地外便冒了出来，就成地上河了。所以，我们地下地上的河水是相通的。这样，我们在这里生息繁衍，子子孙孙无穷无尽，千千万万。井里住不下时，我们就有井蛙顺地下河游了出去，再游到地上河去，那里才是广阔的天地。我们可是一个很大的宗族呢！”

“我们不同。我们一窝小鹰，一般只有两个，但是活下来的只有一只。这是因为，无论是鹰哥还是鹰弟，也无论是鹰姐还是鹰妹，当老鹰外出觅食时，总有一只体型较大的小鹰，会把另一只小鹰推出巢去，落于树下或跌下悬崖，他们很少有活下来的希望！唯有强者，方能存活。”雄鹰说。

“这多残忍啊！”井蛙说，“同类相残，何止如此？”

“这也是我们雄鹰之所以稀少也之所以强健的原因。”雄鹰说，“所以，我们的第七条祖训是‘求重生，自磨难’。”

“可这与你方才所说不相符啊！这‘求重生、自磨难’又作何解释？”井蛙说。

“那么我先问你，你今年高寿？”雄鹰问。

“不敢谈高，我老人家今年 4 岁了。”井蛙说。

“嗨，把你个小娃娃，咋敢称老人家呢？”雄鹰说，“你真会开玩笑！”

“我哪里是开玩笑？”井蛙急忙辩解，“我们井蛙一生，只要不出意外，一般就活五年时间，我们一生五年，一年为一个时间段，也就是‘少、青、壮、老、衰’了。我今已到了老年，又怎么不可以称老人家呢？敢问，你们呢？”

“五十年，正好是你们寿命的十倍吧！”雄鹰说，“我们雄鹰的寿命，一般为 50 岁左右，也有活到 70 岁的。”

“啊！你们咋能活那么长？”井蛙十分惊讶，“该不是吹吧！”

“我怎么会吹呢？”雄鹰说，“我今年都 40 岁了，但是，我的喙已弯，变得脆弱，不能一击而制服猎物。所以，我准备飞到那山崖顶端，忍受饥饿和疼痛，磨掉我现有的喙，长出新的喙，苦熬一百五十天时间，便可以获得三十年的新生，再次翱翔于天空。”

“啊！纵然重生，你也能活三十年时间？”井蛙十分吃惊地问。

“是这样的。”雄鹰说，“这没有丝毫的夸张。所以说，你待在井底，不见得就很安全、寿命长，可我们飞在空中，却不见得不安全、寿命短。”

"但是，我们没有翅膀，又怎么能飞呢？"青蛙十分悲哀地说，"又怎么敢奢望有几十年的寿命呢？"

"这好不容易，才说到第八条祖训，也是最后一条祖训。"雄鹰说。

"我们的最后一条祖训是：井外事，从不管。这条祖训也十分重要，也是我们少惹是非、少有骚扰、少有争战的一个诀窍！"井蛙扬扬得意地说。

"对于你们这些井蛙，可以这样，但是河蛙呢？他们能不能这样？"雄鹰说，"比如说同类争食，他们怎么办？比如说天敌袭击，他们怎么办？比如说有人捕捉，他们又怎么办？他们没有井啊！该逃跑的时候，他们不能不逃跑；该反抗的时候，他们不能不反抗！所以说，这条祖训，在你们井蛙中行得通，在河蛙那里就行不通了。"

井蛙想了想说："你说的，不是没有道理。"

"反观我们的第八条祖训，那是'除强暴，救良善'，这才是值得提倡的呢！"雄鹰说。

"辩护词，辩护词！"井蛙说，"你看，那些弱羊小兔，它们有什么错啊？它们又那么善良，你们怎么老捕捉它们吃呢？"

"错！"雄鹰说，"正是那些羊和兔，几乎吃光了草原上的青草，还吃了不少人们栽培的树苗。如不减少羊和兔，草原便会变成荒原，荒原便会变成沙漠，难道不该把它们吃掉吗？再说，我们所食，专拣它们中老弱病残的。老天爷的分工就是如此，我们又有什么错呢？"

"但是，你们不是'除强暴，救良善'嘛！"井蛙反驳说，"这又怎么体现呢？"

"我举这样一个例子。"雄鹰说，"这是前几天刚刚发生的事情。在一片草原上，我在空中看见一只野狼，正在追逐一只怀了羔的母羊。本来，我捕食这只怀孕母羊，如探囊取物那般容易。但是我没有，我却捕杀了那只野狼，这难道不是除强暴、救良善吗？"

"真有此事？"井蛙惊奇发问。

"若有虚假，天打五雷轰！"雄鹰说得十分认真。

"似此，我这才找到我们井蛙与你们雄鹰的差距了：我们坐井观天，你们展翅万里，我们又怎么跟你们比呢！"井蛙十分感叹地说，"再说，我们从小接受的祖训和教育不同，所以我们的抱负和理想就大大不同，我们又怎敢有你们那样的冲天之志呢！"

"如果你愿意的话，我可以帮你，你快快爬上我的背吧！"雄鹰又一次张开了自己有力的翅膀。

“免了免了，我考虑过了，纵使我爬上你的背，纵使你飞在空中，盘旋于珠穆朗玛峰顶，你能一览百里，我却只能看10米，我又能看些什么呢？又能做些什么呢？还有危险，掉下来怎么办？那会有性命之忧啊！”井蛙说。

“这倒也是。”雄鹰说。

…………

听完马援所讲的《井蛙与雄鹰》的故事，光武帝不由得哈哈大笑，他说：“你拿井蛙与雄鹰来比喻公孙述与朕、比喻隗嚣与朕，说实在的，隗嚣和公孙述不一定有那么差，朕也不一定有那么好。但是，朕可以努力，努力做一只雄鹰，努力实践雄鹰的祖训：‘自觅食，从小练；高山顶，悬崖边；飞得高，看得远；经风雨，见世面；一身轻，无财产；群山高，我鸟瞰；求重生，自磨难；除强暴，救良善。’朕一定要高瞻远瞩，奋发努力，克服困难，战胜艰险，重用贤能，爱惜人才，富国强军，造福百姓，除强贼于战争乱世，救万民于水火之中，保国家回太平盛世，让万民均安居乐业。”

马援说：“如此，方是国家之幸、万民之福啊！”

第十七章　聚米为谷　文渊出谋征隗嚣

在议论完“井蛙与雄鹰”之后，光武帝与马援又谈论了一番当下形势，他们议定了破隗嚣之策。当时，光武帝即命马援率轻骑五千，假说征伐隗嚣，实则往来游说隗嚣的部将高峻、任禹和他们的下属，以及羌族的首领。向他们陈明祸福，晓以利害，让他们脱离隗嚣，依附东汉。当时，马援又奏明光武帝，即投书关山牧场蔺思如，让其与贾威、淮宾等人，率关山牧场五百精壮之士从军，使自己的队伍得到了加强。

马援又投书隗嚣的部将杨广，让杨广劝说隗嚣投降汉朝廷，不要与朝廷作对。书曰：

春卿（杨广字春卿）别来无恙。前次冀（天水郡冀县，故址在今甘肃甘谷东南）告别后，与你无音信往来。我自还长安后，留在上林屯田。如今四海已定，天下百姓，心向汉朝，而季孟（隗嚣字季孟）背叛前言，闭关抗拒，与汉为敌，为天下人指责。我常担心海内之人对他形成切齿之恨，以致兵戎相见，屠戮生灵，令人悲痛。念及旧好，出于同情，故而投书于他，劝其改弦更张。谁知季孟却归罪于我，而采纳王游翁（王元）谄媚邪佞之说，自以为函谷关以西举手可得，而今看来，事实并不是他想的那样美妙！近来，我曾到河内（郡名，故址在今河南武陟西南），探望伯春（隗恂字伯春），见到他的奴仆名叫吉刚的从陇右回来，说伯春的小弟仲舒看见吉刚，想问一问伯春的状况，他竟然一句话也讲不出来，日夜只是号啕大哭，在地上走来走去，辗转不定。又说到其家悲愁之状，我不忍对你明言。我以为，人与人之间如有怨仇，可以刺杀而不能败坏人的名声，毁坏人的肌体。我听到仲舒的遭遇，痛心地掉下泪来。我素来知道季孟孝亲爱士，有曾参、闵损（子骞）之遗风，岂能不慈爱于其子？然而，季孟之子恂尚为质于汉，怎能忍见自己的儿子身加三木（古代加在犯人颈、手、足上的三件刑具），却强横跋扈，妄自尊大，背叛朝廷，难道想效战国时中山君烹魏将乐羊之子分一杯羹给乐羊的故事吗？季孟平日自言拥兵甚多，足以保全父母之国，使祖宗坟墓完好无损，使百官俸禄丰厚。但今日之势，父母之国将要破亡而不能保全，祖宗坟墓将要毁伤而不能完好，百官将面临穷困不可能有丰厚的俸禄。昔日公孙述曾封季孟为大司空扶安王，季孟以臣服于公孙述为可耻，斩其来使，不受其爵，并出兵击败公孙述军。如今。事过数年，碌碌无为，却想投靠公孙述，不觉得难为情吗？如果公孙述责备季孟送儿子入汉为质之事，将如何回答？投靠公孙述，岂不是失掉儿子又辜负了皇帝吗？往时，公孙述以朔宁王之位待季孟，春卿你坚决拒绝，而今你已属辞官归老之年，难道甘愿低头忍辱与小儿们共槽而食，并肩侧身于冤家之朝吗？男子汉大丈夫宁可畅游于大江大河，即使淹死也在所不惜，怎能在小水潭中游泳，而受制于人！今日朝廷寄深厚的希望于春卿你的身上，准备派牛孺卿（牛邯）与往日在陇右的耆老豪杰去说服季孟，若季孟不从，将各领其徒众自去。我曾披览地图，见天下郡国有一百零六所，为什么要以陇西和天水两个区区小邦与华夏一百零四个郡国为敌呢？春卿你侍奉季孟，外有君臣之义，内有朋友之道。若论君臣，你应当陈明利害，据理谏诤：若言朋友，你应当详论祸福，仔细谋划。岂有明知无成，而软弱畏缩不敢进言，难道要等着束手待毙而致族灭吗？为今之计，望劝季孟速决向汉之策，仍不失为善举；如若错过这个时机，就像厌食而少味了。况且，来君叔（来歙）乃当今天下可信赖之人，朝廷十分看重于他，他对季孟的旧情，依依难以割舍，不忍见季孟离汉朝而去，此情常对季孟道及。我看朝廷谋划之策，亦在于立信于此，必不负约。我在此不得久留，望你尽快回复。

谁知，杨广看了马援的书信，虽有触动，却不回复，因他并不愿背叛隗嚣，却也难以回复。马援将实情告知光武帝，光武帝考虑一番后，决定征讨隗嚣。

建武八年（32），光武帝亲自西征隗嚣，至漆（今陕西彬县）后，诸将多有怯惧，称今有皇上亲临，出战更应当慎重，不宜远入险阻之地，战而恐有不利，故对进军之策犹豫未决。

其实，这也难怪他们，因为此前，汉军同隗嚣军，已有过一次交锋，结果他们失败了，虽然不是大败，却也败得很惨。东汉军将领最担心的，是这里的地形十分险要，因为这条虎视关中平原的陇山山脉，高度一般都上了千米，甚至有些山峰在两千米以上。幸运的是，在双方对峙期间，占据河西四郡的窦融积极响应光武帝，他引兵攻下金城，从后翼威胁隗嚣，这自然助了光武帝一臂之力。不仅如此，汉文帝使人在隗嚣内部，不断离间他们的部将，使他们军心不稳。

因陷被动，隗嚣遂与公孙述联合，被公孙述拜为朔宁王。当即，隗嚣引领三万大军南下，攻打安定、北地两郡。当隗嚣的主力军南下进抵阴槃时，冯异急忙引兵拦截，可北地、安定两郡的民众都积极响应隗嚣，两郡北部遂被隗嚣占据。而同时，隗嚣侧翼军南下进攻汧县未能得逞，遂引兵北撤。光武帝听闻两郡丢失，便急忙联络河西的窦融，准备联手前后夹击隗嚣。但是，联动作战，势必会有时间差，这时，光武帝、窦融早已经下令引兵撤退，回到了天水防守。但陇山是块占据绝佳位置的高地，实在太重要了，隗嚣军只要在这里死守，东汉军就休想攻上山去。所以，这一阵，隗嚣军处于主动，东汉军则处于被动局面。

汉建武七年（31）八月，来歙最初与祭遵一同攻略阳，行军途中，祭遵因病返还汧县。祭遵分拨一批精兵，与来歙合兵一处，扑向了略阳。大军逢山开道，遇水架桥，从番须一带翻山越岭，突入到了略阳城下。略阳城守将金梁猝不及防，被东汉军斩杀，来歙得以顺利进入略阳。略阳控制着陇山的四大据点，隗嚣的兵力调配全部要经过这里中转。今略阳被东汉军攻占，隗嚣怎肯甘心，他下令分兵在陇山山脉上增兵设防，摆了一道长蛇阵，以防止光武帝趁势进攻。

这时，巴蜀之地的公孙述也派遣部将李育、田弇前来驰援，隗嚣亲自统领大军来围攻略阳。隗嚣帐下将士，围攻略阳一月有余，仍旧无法攻克。隗嚣因之愤怒不已，他便下令引水灌城。当时，隗嚣的将士们在附近的山上凿石取材，在河岸筑坝截流，让河水沿着新筑的堤坝灌入略阳城。真个是“兵来将挡，水来土掩”，来歙和将士们拼死守城，拒不出战，他们弓箭耗尽，就拆毁城中房屋，拾取屋中木头削成箭头，继续守卫城池。这样，隗嚣军从春季进攻至秋季，大军猛攻半年，终究还是没能攻下略阳城。

那么，当隗嚣疯狂进攻略阳城的时候，光武帝究竟去了哪里？他率兵来到陇山最北边的高平第一城。光武帝最初听闻来歙抢占略阳城之后，并没有马上驰援略阳，他需要等待一个合适的时机：一旦来歙能够成功阻敌于城外，那隗嚣军士气必然受挫，自己如借此机会出兵，必然会赢得胜利。

也正是这次，大军行军至漆县，将领们众说纷纭，有说进兵的，有说退军的，一无定论。因众人议而不决，光武帝命召马援。马援听命，连夜赶至漆县。光武帝一见马援大喜，当即引入居室，告知马援诸将所议之策，一一征求马援的意见。马援说：“目前，隗嚣将帅有土崩瓦解之势，进兵即能破敌，我们又怎么能失去这样好的破敌之机呢？”

光武帝说："可是，大家所言，并非没有道理，这里山地太多，地形太险，我军从平原地区远道而来，因为地形不熟，难以用兵，不便开战，战则胜少败多，到底该怎么办呢？"

马援说："山地多，对我多，对敌亦多；地形险，对我险，对敌亦险。但贵在利用山地，贵在利用险要。昔时，我的先祖马服君赵奢，他在阏与之战时便有名言，'狭路相逢勇者胜'，后人又总结出了'勇者相逢智者胜'。那么，隗嚣同陛下相比，他既不是勇者，又不是智者，他只是只井蛙，却凭什么能取胜陛下呢？至于地形吗？你看我的。"说罢，停了停，他又说，"陛下可命人端上一盘大米来，尽量用个大盘。"

光武帝不解地问："端大米，干什么用呢？"

"一会儿，陛下就知道了。"马援说。

于是，光武帝命人，端上一大盘白花花的大米。那大米刚刚端来，马援就聚米为山，画米为河，山川地形，一目了然。当天，马援又让光武帝指示部下，弄些干净之沙和速干之胶，做得一个很大的沙盘，将陇右之地的山川河流、地形地貌标志得更加清楚。马援将这个沙盘拿给光武帝看，他指着沙盘指画地形，交战的战场即在目下。而后，他又向光武帝一一指明，进军应走哪里，退路应在哪里，主攻应在哪里，埋伏应在哪里。进退攻取，均予说明，挥军作战，心中有数。光武帝看罢听毕，十分高兴地说："将军这样聚米为谷，沙盘为图，我方战敌虏如在眼前，今我们对敌情有这样清晰的了解，还有什么可害怕的呢？"应当说，马援"聚米为谷"应是世界军事史上的一个创举，而他的沙盘制作，更是对军事地图鲜活的制作和应用，是功在千秋的啊！

今有了这一军事沙盘，光武帝便于次日清早发兵，遂进军至第一城（古县高平，汉时其城险固，号称"第一城"，在今宁夏回族自治区固原县）。由于马援向光武帝详细描述了陇西的地形，所以他统领的大军，绕过了隗嚣在陇山构筑的层层防御地段，顺利进抵第一城，成功抢占了陇山高地最高点。他们刚刚登上了这座高地，由于马援的劝降，镇守瓦亭的牛邯被顺利招降，他是隗嚣在陇山上安置的最后一个防卫据点的领军将领。光武帝奔袭至陇山第一城之后，这里便成了汉军南下驰援略阳的第一个据点。因马援的一再劝降，加之牛邯的首先投降，西北一带，隗嚣的十三名大将携同自己十六属县，共十余万民众都投降了光武帝。当其时，因攻略阳不下，第一城山头高地又被汉军拿下，隗嚣自知大事不妙，便下令全军马上分散后撤，以拱卫天水郡。

隗嚣的部将王元因形势危急，他便疾驰蜀地，向公孙述求援。这时，隗嚣退守西城，田弇、李育引兵退保上邽。光武帝大军顺利抵达略阳之后，他十分高兴地对指挥略阳之战的来歙说：“你真给我长脸啊！若真的让隗嚣攻下了略阳,那我们将是何等的被动,是一定要失败的啊！”他又用手指了指马援,说：“若不是你聚米为谷，我们怎能下定征讨隗嚣的决心；若不是你一再劝降，我们哪能瓦解隗嚣的军心；没有文渊，难胜隗嚣，文渊乃隗嚣之克星也！”

在进行了一番准备之后，光武帝大军开始进抵上邽。光武帝刚刚下令准备攻城，不料颍川、河东有人叛乱，他不得不引兵去平叛。光武帝离开上邽之际，特意前往西城，向主将吴汉交代一番：“如今，隗嚣已经穷途末路，但是我们自家粮食也不够用，你可以精简一下士兵，留下些精锐继续进攻，别保留庞大的兵力,防止闹粮荒。”可惜,吴汉并未听取光武帝的建议,他继续下令围攻西城,日久事多，西城无法攻下，士兵不断逃亡，士气一天比一天低落。正在这时，隗嚣的援军到了；王元、行巡、周宗他们，从蜀地公孙述那里，借兵五千余人，突然扑杀到西城下，一直攻进了西城。

王元援军进入西城之后，吴汉军的粮食已经耗尽，只能选择撤军。围攻上邽的汉军一见吴汉军退军，他们也只能一并撤退。但是后来，光武帝率军亲征隗嚣，窦融率步骑数万，辎重五千余辆，前来会合。大军所到之处，隗嚣军投降的很多，但隗嚣依然十分顽固，他拒不投降，并与杨广合守西城。隗嚣的死党田弇、李育也坚守上邽，相互支撑，作垂死挣扎，并派人四处求援。

汉军这边，光武帝先派吴汉、岑彭围西城，耿弇、盖延围上邽。因久攻不下，恰后方出现叛乱，危及京城，光武帝不得不亲自率军回援平叛。但是，汉军对两城的围困，依然毫不放松，就在汉军破城在即之际，公孙述派大将王元、行巡、周宗率蜀救兵五千及时赶到，拼死杀进城内，救出隗嚣。吴汉等费尽力气，好不容易困住隗嚣，现在一下子功败垂成，再加上连续征战，军士疲劳，后方粮食供应不上，不得不予撤军。隗嚣重整队伍，出兵尾追，幸得岑彭亲自断后，方保各路后撤大军有惊无险，安然东归。只有祭遵率部，依然坚守不退，其他被攻取的地方（安定、北地、天水、陇西）又重新被隗嚣占领。

隗嚣经此一役，身心皆受重创，不久就忧愤而死，儿子隗纯继立为王。这时，坚守的汉军将领祭遵也英勇战死，光武帝功业未成，先失一员大将，心里无比悲痛。祭遵为人，廉约小心，克己奉公，深得光武帝敬重。当此时，正是用人之际,损失这样的大将,光武帝怎能不痛心？安葬祭遵时,光武帝素服临丧,望哭哀恸，悲伤过度，这是真痛非假痛。要说，光武帝征战多年，靠的是一帮亲信将领。当初，光武帝派吴汉、王霸统兵六万讨伐贾览，匈奴来援，吴汉奋起神威，一并击走；冯异率兵与赵匡、田弇激战一年，大破其军，犹征战不息，直至病死沙场；耿弇、寇恂围困隗嚣手下大将高峻所部达一年之久，迫使其不得不开门投降；来歙率军穷追不舍，迫使隗纯投降，王元奔蜀；他与盖延联手，击破先零羌，平定陇右、凉州……正由此，他们君臣之间，亲密无间，感情深厚，这也是光武帝最终能夺得天下的一个重要原因。

当初，公孙述为了救援隗嚣，增兵上邽，牵制了汉军的大量兵力。光武帝见西城、上邽两城一时攻不下，便留了封诏书给岑彭，自己先回京城去了。岑彭接到诏书一看，上面写着："如果攻占了陇地两城，便可率军攻打蜀地的公孙述。人最痛苦的事情是总是不知足，我也一样，已经得到陇地，又希望得到蜀地，因此每一次发兵，头发双鬓都白了。"这样，便有了"得陇望蜀"的成语。"得陇望蜀"的本意，是指已经取得了陇右，还想攻取西蜀，但是，后来经过演绎，成为讽刺人不知满足，总想得到更多东西，却也更具讽刺意义。

岑彭看了光武帝的诏书，决定加速攻打西城。他观察了西城一带的地势，决定采用水淹的办法。他叫士兵每人背上一个布袋，装上泥土，将山谷间的水流堵住，将水引往西城。但这时，城内的地下水也涌出了，因城墙内外压力平衡，西城的城墙反而不坍，城中基本无事。

双方正在相持之际，去向公孙述讨救兵的隗嚣部将，带着大队蜀兵赶到。岑彭见敌兵众多，而汉军粮草已尽，只得下令退兵，并撤回了包围上邽的汉军。

汉军撤退，隗嚣带领兵马尾追袭击。岑彭亲自断后，掩护汉军顺利东归，避免了重大损失。

后来，隗嚣的儿子隗纯归顺了光武帝，岑彭奉命领兵攻蜀。岑彭率军首先拿下了荆门，接着攻破平曲，岑彭便吩咐部下坚守阵营，自己率精兵从水路攻入四川，一路势如破竹，直逼巴蜀腹地。

岑彭率军攻下武阳（今四川彭山东），又指挥精锐骑兵进袭成都。汉军攻势凌厉，蜀兵闻风溃散。

公孙述本以为汉军尚在千里之外，可听说岑彭离成都只有几十里了，不由得大惊失色，以杖敲地说："为何如此神速？"

再说，建武九年（33）三月，隗嚣灭亡前夕，公孙述又派田戎、任满、程汎率兵由江关（今重庆奉节东北瞿塘峡口）东下，夺取巫县（今重庆巫山北）、夷陵（今湖北宜昌东南）、夷道（今湖北宜都），占据长江天险的荆门、虎牙（今湖北宜昌东南隔江相望之二山）两山，阻汉军沿长江西进。北面则派王元、环安据守河池（今甘肃徽县西北），防汉军由天水南下进入蜀地。

建武十一年（35）三月，光武帝采取南北水陆并发的作战方略，命大司马吴汉率荆州兵六万，马五千匹，在荆门与岑彭会合，沿长江西上进入蜀地；来歙、盖延率诸军自陇西南下攻河池进入蜀地。南线岑彭军溯江西上，攻克荆门，俘获程汎，斩杀任满，田戎退守江州（今重庆市北嘉陵江北岸），岑彭遂由三峡，长驱直入江关。沿途郡县降附，大军直迫江州。

建武十一年六月，北路来歙军大败王元、环安军，攻破下辨（今甘肃成县西北）、河池，挺进蜀中，光武帝乃派将军刘尚继续率军南下。江州城固粮多，不易攻破，岑彭遂留兵围困，自率主力直指垫江（今重庆合川），攻破平曲（今重庆合川东）。公孙述令其将延岑、吕鲔、王元、公孙恢率军拒守广汉（郡治梓潼，今属四川）、资中（今四川资阳），另派侯丹率两万人拒守黄石（今重庆涪陵东北横石滩）。岑彭留臧宫于平曲拒蜀兵主力延岑，而自率军折回江州，溯江西上，袭破黄石，倍道兼程2000余里，迂回岷江中游，占领武阳（今四川彭山东），进击广都（今四川成都南，岷江东北岸）。公孙述派人刺杀岑彭。光武帝命吴汉率兵三万赶到前线，接替岑彭指挥。

建武十二年（36）正月，吴汉在鱼腹津（今四川眉山之岷江渡口）打败蜀军，进围武阳，歼灭蜀援军五千余人。西上再破广都，逼近成都。吴汉求胜心切，率两万步骑进攻成都，兵败。吴汉随即改变战术，乘夜秘撤到锦江南岸与副将刘尚合兵，并力对敌，转败为胜。此后，吴汉根据光武帝敌疲再攻的战术，与蜀军战于成都、广都之间，歼灭公孙述大量有生力量，兵临成都城下。

建武十二年十一月，臧宫攻克繁县（今四川彭县西北）、郫县（今四川郫县）与吴汉会师，合围成都。公孙述招募五千敢死士交延岑指挥，准备进行决战。结果，延岑在市桥（今四川成都市南郊）大败吴汉。但吴汉隐蔽精锐，示弱诱敌，公孙述贸然出击，蜀军大败，四散逃亡，公孙述重伤而死。延岑见大势已去，只好率成都守军投降。至此，光武帝便完成了东汉王朝的统一。

这样，正如马援最初所预见的那样：隗嚣、公孙述二人都不过是两只井底之蛙，他们坐井观天，目光短浅，最终都难以逃脱灭亡的命运。而光武帝呢？他才是雄鹰，真正的雄鹰，由于他高瞻远瞩，总揽全局，又怎能不成就大业、统一天下呢！

第十八章　镇守陇西　统率精兵破先零

早在汉宣帝年间，汉朝就有一位平叛先零羌之乱的名将赵充国。当时，光禄大夫义渠安国出使到了羌族，羌先零部落的酋长，向他表示自己的族人要北渡湟水，到汉民不种田的地方去畜牧。义渠安国同意了这一条件，并向朝廷报告了这个情况。赵充国表示坚决反对，并弹劾义渠安国，说他奉使失职，不应当答应羌人的这个要求，说以后必有祸乱。此后，羌人竟擅自渡过湟水，当地郡县长官都不能禁止。元康三年（前63），先零部落与各个羌族部落酋长二百多人“解仇交质”，订立盟约，打算共同侵扰汉朝。汉宣帝知道了这件事，问赵充国应如何对付。赵充国指出，如羌人为患，一是羌族原来各部落互相攻击，倒还可以利用他们的内部矛盾，易于控制。但近几年来，他们“解仇合约”，共同反汉，反倒不容易控制了。二是羌族与匈奴早就打算联合，他们如果联合，会对汉朝形成巨大威胁。三是羌族还可能“结联他种”，即与其他种族联合，仍会对汉朝构成威胁。所以，他提出“宜及未然为之备”的建议。过了一个多月，小月氏部落的羌侯狼何果，派人到匈奴借兵，打算攻击鄯善和敦煌，以切断汉朝与西域的通道。赵充国得知这一消息后，他估计事情并不那么简单，需要深谋远虑。于是，他向朝廷建议：一是应加强军事，巩固边防；二是应离间羌族各部落的关系，进行侦探活动，了解他们的预谋，采取必要的对策。

于是，赵充国推荐辛武贤担任使者，但两府（丞相、御史）却推荐义渠安国出使诸羌，了解其动向。义渠安国去了以后，他先召集先零部落的头领三十多人，说是有事商议，把他们哄骗聚集。但是，这些头领去后，义渠安国却以他们有逆而不顺之罪，将他们全部斩首。先零人对此深为不满，起兵反抗，义渠安国便调兵镇压先零之民，杀了一千多人。此举，使羌族各部落及归义羌侯杨玉等都感到震恐，于是，他们便离开其地，劫掠其他小族部落，犯汉边塞，攻城邑，杀长吏。义渠安国以骑都尉身份，带领三千骑兵守备羌人，但被羌人所击。他领兵退到令居，向朝廷报告此事，时为神爵元年（前 61）春天。

这时，赵充国已 70 多岁，汉宣帝以为他老了，便派遣御史大夫丙吉前去相问，说谁可以为将对抗羌人。不料，赵充国却充满自信地说："再没有比老臣更合适的人选了。"汉宣帝又派人来问："将军能否预测目前羌人的势力，你打算带多少兵马去？"赵充国答："百闻不如一见。打仗的事很难凭空设想。老臣想先到金城，再计划攻讨的方略。"这是说，用兵不能远离战场空想，而要亲临前线进行观察，然后做出对策。他要求汉宣帝交给他任务，不必有太多担忧，汉宣帝笑着答应了。

赵充国到了金城，集结了一万骑兵，打算渡过黄河，又恐被羌人截击，就在夜间派遣三支小分队骑马衔枚先渡，渡后安营置阵，到了天明，全都安排完毕。于是，大部队依次全部过渡。羌人有百来个骑兵前来，出现在汉军近旁。赵充国说："我军兵马刚渡河，已略有倦意，不必追击羌骑，攻击羌人要以消灭他们为目标，区区近百羌骑，不必着意贪求。"他命令汉军不要攻击，只派遣骑兵到四望峡中放哨，知道附近再没有羌骑，便没有采取任何行动。到了夜间，赵充国便带领汉军上了落都山，他召集来各个分队的校司马，对他们说："我就知道羌人不善用兵，如果他们调派几千人防守四望和狭中，我军哪能向前推进呢？"这也是赵充国一贯的作风，他用兵时，常常把派侦察兵到远处侦察作为重要事务，行军时一定要做好战斗准备，驻扎时一定要修好坚固壁垒，用兵特别慎重，也十分关爱士兵，先一定策划好计谋，然后再行出战。他先来到设在金城的西部都尉府，日日飨宴军士，士卒都希望为他效力立功。当时，羌骑多次前来挑战，赵充国命令坚守而不出。他亲自审问捉到的俘虏，供认羌人内部互有矛盾，各个头领互相埋怨说："如果我们没有造反，现在皇上哪能派遣赵将军前来？他虽然年龄都七八十岁了，但依旧被重用，因为他太会用兵了。现在交战，我们一定会灭亡，这真的好吗！"摸清情况后，赵充国即作安排，他先派儿子右曹中郎将赵印，带领一支队伍到了令居。羌兵立即出动，截断了这支汉军的粮道。赵印即向汉宣帝报告。汉宣帝下诏，让八校尉与骁骑都尉、金城太守联合共同搜捕山间的羌兵，以打通赵印军的粮道。

起初，羌族部落头领靡当儿派遣弟弟雕库，来向都尉报告先零部落谋反，几天后他们果然反汉。雕库那个部落的人，有一些人混在先零部落中，都尉就把雕库留下作为人质。赵充国认为此人无罪，就让他回去告诉该部落头领说："汉军前来是诛杀有罪的人，你自己应该知道，不要一起灭亡。皇上告诫诸羌人，犯法的人会被捕斩头，除去罪恶。斩杀了强盗恶霸一人，赏钱四十万，中等犯罪人十五万，下等犯人两万，堂堂男汉三千，小女子和老人小孩千钱，并且所收获的钱，本人和他的妻子都可以获得。”这就是说，汉军前来是诛羌族中有罪的人，无罪羌人另作对待。你们一定不要互相勾结，应当立功赎罪，还可论功行赏。赵充国是想凭威信招降部落及被掳掠者，瓦解羌族联合之谋，待其松懈时击破之。

赵充国还与长史董通年共同上书进谏，他们认为，估计匈奴与羌族必有预谋，打算大举侵扰，希望能阻塞张掖、酒泉以断绝汉朝与西域的交通，所以那里的郡兵尤不可调发。估计，先零部落会首先反叛，其他部落是被迫胁从。所以，他们建议：对羌族各部，应当根据主谋与胁从的不同情况区别对待，严惩主谋者，宽恕胁从者，选择了解羌俗的良吏抚慰羌民，这才是万全之策。汉宣帝将他的上书发给群臣议论。但公卿的意见完全与赵充国之策相反。

汉宣帝于是便任命任侍中、乐成侯的许延寿为强弩将军，任命酒泉太守辛武贤为破羌将军，发下玺书嘉纳其策。同时发书给赵充国，指责他迟迟不肯用兵，不顾士兵艰苦，不计国家开支；告诉他朝廷已按辛武贤对羌强硬之策行动，命令他带兵扰乱敌军，并说天道顺当，出兵必胜。

这样，赵充国虽然受到了皇上的指责，但他并不放弃自己的意见，他认为将军带兵在外，虽受诏命，但只要能安国家，就应便宜行事。于是，他又上书，表面上承认过错，实际上进一步陈述用兵利害。汉宣帝仔细看了赵充国的上书，觉得有道理，便采纳了赵充国之策。

赵充国领兵到了先零羌所在地。先零羌因长久驻扎在一个地方，思想上松懈，今突然看见汉军大部队到来，不由得惊慌，便抛弃车辆辎重，打算渡过湟水，但道路险隘，他们行动缓慢，赵充国便慢慢地驱逐他们。羌人逃跑之际，赴水溺死者数百人，投降及斩首五百多人，获得马、牛、羊十万余头，车四千多辆。汉军到了羌人地区，赵充国命令不得烧毁住所，不能损害农牧。羌人知道了这个消息，十分高兴地说：“汉军此来，果然不攻击我们。”他们的头领靡忘，还派人来对赵充国说：“我们愿意返还你们的失地。”

赵充国还未答复，靡忘已亲自前来，赵充国热情招待，让他回去告谕羌众，双方可以友善相处。护军以下的军官，对这件事都有争议，说对于这种反虏，不可以放他回去，其头领既然来了汉营，就当扣留他，处置他。赵充国说：“你们都是从自己的方面考虑，不是从国家方面考虑，这样做，羌人之心，怎么能服呢？”他的话还未说完，答复的玺书已经到达，命令对靡忘以将功赎罪论处。这样，这次的羌乱，不用出兵就平定了。

赵充国病后，汉宣帝下诏对他说：听说你有病，年老加疾，万一去世，我很担忧。今诏令破羌将军辛武贤到你的驻地，担任你的副手，你应赶快趁此天时地利，将士锐气，即于十二月击先零羌。你如果病得很严重，就驻守不动，只让破羌将军辛武贤、强弩将军许延寿领兵前去。这时，羌众来投降者已一万多人。赵充国估计，羌人内部已经动摇，便打算安排骑兵屯田，以待机破敌。可赵充国的奏书还未送上去，正好得到命令他进兵的玺书。赵充国之子、中郎将赵印闻讯十分害怕，便派人劝告赵充国说：“如果奉命出兵，纵然破军辱国，将军尚可保全。但您有病，为什么还与朝廷争议呢？如一旦不合皇上意思，便会派遣公公前来指责将军，将军性命必不能自保，国家又有什么安全可言？”

赵充国听罢，叹息说：“为什么要说这么不忠的话呢？如果朝廷早采用我的建议，羌患还能到这种程度？以前，皇上让我推举可以出使羌的人，我推举了辛武贤，可丞相和御史却荐举义渠安国，结果导致将羌事搞坏。如今，金城、湟中的谷物每斛八钱，我劝说司农中丞耿寿昌，籴200万斛谷，羌人就不敢乱动。耿中丞只申请籴100万斛，结果实际得到的只有40万斛。义渠安国再次出使，又耗去谷物一半。未采用这两个计策，羌人便叛逆了，多谷物而少战事，这方为良策；少谷物而多战事，这是很不划算的啊！现在，事情既然已闹到这个地步，我们只可设法固守，不可轻举妄动，如果‘四夷’猝然起兵，那就不只是羌患了，后果会非常严重。”于是，他便又上奏了屯田书。汉宣帝复书，要求赵充国再申明理由。赵充国申诉说，“留屯田得十二便，出兵失十二利”，他还详细分析了屯田与出兵的种种利弊得失，声称如若屯田，有战即可以应战，无战则可以止乱，使夷人皆不敢乱动。最终，汉宣帝认为赵充国所说有理，便采纳其策。

再说，那来歙，他一直是刘秀的得力干将。汉兵兴起后，王莽因来歙是刘氏姻亲，将他拘禁起来，经门客营救得以免罪。公元23年，更始帝即位，任用来歙为小吏。刘玄更始三年（25），更始帝失败，来歙与妹夫刘嘉归附刘秀，光武帝任命他为太中大夫。建武三年（27），来歙出使割据陇右的隗嚣。建武八年（32），来歙和征虏将军祭遵袭击略阳，杀死隗嚣守将金梁，据守略阳。隗嚣用所有精锐部队攻城，光武帝于是大举征兵，亲自率兵进军陇地，隗嚣部众溃散逃走，略阳之围立解。不久，来歙率领征西大将军冯异、建威大将军耿弇、虎牙大将军盖延、扬武将军马成等，打败了公孙述的部将田弇、赵匡。建武九年（33），来歙攻克落门，隗嚣余党及天水属县全部投降，陇右地区得以安宁，光武帝便让来歙镇守陇右。

建武十一年（35），来歙与盖延、马成在河池、下辨进攻公孙述部将王元、环安，他们攻破城池，乘胜前进。公孙述见来歙攻势凌厉，便派刺客来刺杀来歙并得以成功。来歙遭刺杀后，光武帝十分悲痛，特遣派中大夫追赠来歙为中郎将，赐给羌侯官印，谥号节侯。

当初，来歙镇守陇右之时，曾向光武帝上书，极力推荐马援。其书曰：

本始年间（前73—前70），赵充国担任蒲类将军，带领三万多骑兵，从酒泉出兵征讨匈奴。他本当与乌孙合击匈奴于蒲类泽，乌孙先期至而去，汉军没有赶到。赵充国便带兵出塞1800多里，西去候山，杀死匈奴数百人，俘虏牲畜七千多头，返朝后担任后将军、少府。匈奴大举反扑，发动十多万骑兵向汉塞开来，打算侵扰汉朝边区，到达时符奚庐山，准备入侵掠夺。此时，匈奴人题除梁堂投降汉朝后，说出这一情况，汉朝就派遣赵充国统领四万骑兵，驻守在边境的五原、朔方、云中、代郡、雁门、定襄、北平、上谷、渔阳等九个郡。匈奴单于一听到这个消息，便领兵退去，汉即罢兵。

当时，光禄大夫义渠安国出使，巡视各羌人部落，先零的酋长表示，希望在一定时节渡河到湟水北岸，寻找汉民所不耕种的地方放养牲畜。义渠安国把此事报告给汉宣帝。赵充国即弹劾义渠安国奉命出使的不敬之罪。这以后，羌人依凭前面所说，触犯汉律，渡过湟水，郡县阻挡不住。后来，便有了先零羌之乱。幸有赵充国的平叛和镇抚，这才有了多年的安宁。

到了王莽时期，羌人多有背叛的，但隗嚣积极招揽安抚他们的首领豪强，于是羌人得以听他使用。等到隗嚣失败后，五溪、先零各羌人部落屡次侵犯抢劫，并且都营筑壕沟守护，州郡无力征讨。来歙于是大规模修整攻城用具，准备进攻羌人。同年（34），先零羌部落和其他羌人部落侵犯金城、陇西。盖延、刘尚和太中大夫马援等多次进攻，大败羌人，杀死和俘虏几千人，缴获牛羊一万多头，谷物几十万斛。又打败了襄武流贼傅栗卿等。陇西虽然平定了，但百姓饥荒生乱，不得已又斩首及俘虏数千人。臣当时冒以死罪，拿出公家仓库的所有粮食，运送各县，来救济百姓，陇右地区才安定下来，而与凉州的交通也畅通了。所幸，臣虽有罪，但得到陛下的赦免，自感谢不尽。但可悲的是，时至今日，先零羌又予以作乱，他们的部落侵犯临洮，其势汹汹，不可阻挡，纵使微臣尽以全力，恐也难以阻挡先零羌之势。

为今之计，唯有派马援前来陇西镇守，除文渊外，别无他人能够胜任。臣之所以推荐马援，是因为臣对他十分了解。他长期担任我的副将，能文能武，很有谋略，是我最得力的助手。他对于陇西地理十分了解，山山水水，平原沟壑，皆在他的心中。他在陇西有崇高的威望，不亚于营平侯赵充国，其所到之处，多有敌不战而降，这当然也包括先零羌。此事，万不可有一日延误，望陛下速作决定。如马援早到一日，先零羌之乱便会早平定一日，马援迟到一日，先零羌之乱便会迟平定一日。今臣望眼欲穿，请让马援立即赴任，前来陇西。

于是，光武帝即任命马援为陇西太守，让他立即赴任。马援临行之前，光武帝问马援："你去陇西，将如何平定先零羌之乱？"

马援说："臣至陇西，不效他人，只愿做另一个赵充国。"

"为什么呢？"光武帝问。

马援说："赵充国善于治军，爱护士兵。行必有备，止必坚营，战必先谋，稳扎稳打。在平羌战事中，他坚决采取招抚与打击相结合、分化瓦解、集中打击顽固者的方针，能和平解决的，决不诉诸武力，这完全符合《孙子兵法》：'百战百胜非善之善者也；不战而屈人之兵，善之善者也。'尤为难能可贵的是，当时他的主张，受到朝廷大臣和汉宣帝的一致反对，但他无所畏惧，反复上书说明这一方针的正确性和必要性，终于为汉宣帝和大多数朝臣所接受。

"昔赵充国年逾七十，仍督兵西陲，挫败羌人进犯。回来以后，三向朝廷上书，详细分析了形势，建议防事变于未然，提出了'以兵屯田'的主张，得到汉宣帝的赞赏。当时，他带领骑兵不满万人，迅速出师，巧渡黄河，立稳阵脚，做好战斗准备。到达湟水岸边，羌人多次挑战，他坚守不出，只以威信招降，解散羌人各部落联合的计划。他又建议朝廷，屯田湟中（今青海省湟水两岸）作为持久之计，提出亦兵亦农、就地筹粮的办法，可以'因田致谷'，'居民得并作田，不失农业'；'将士坐得必胜之道'；'大费既省，徭役预息'等'十二便'。这对当时支援频繁的战争，减轻人民负担起到了很大的作用，一直影响到后世。

"当时，汉宣帝复书提到，屯田不一定能解决羌患，大开、小开还可能与先零联合，要求赵充国认真考虑然后再次报告。赵充国又报告上书。赵充国的报告每次送上朝廷，汉宣帝都交给公卿议论。赞成赵充国的计策的人开始不多，后来越来越多，丞相魏相也赞成他，这表达了当时大臣们对赵充国的信服。汉宣帝于是答复赵充国，肯定了他的计策。但汉宣帝因辛武贤、许延寿多次建议出击，又担心赵充国屯田可能受到侵扰，于是采取折中之法，'两从其计'，诏令辛武贤、许延寿与赵卬等出击，只取得小利；而赵充国不出兵，'所降复者得五千人'，也获了利。于是又诏令罢兵，只留下赵充国负责屯田。神爵二年（前60）五月，赵充国估计羌众伤亡及投降者甚多，力量削弱，请求罢战屯兵，得到汉宣帝的允准，于是振旅还朝。这年秋天，羌若零等部落共斩先零大豪犹非、杨玉之首，不少部落首领率众来降。"

光武帝听罢叹道："你对赵充国如此了解，可见，你早有平定先零羌乱之策也！怨不得，来将军有言，说你不亚于营平侯赵充国，看来确实如此。"

马援说："微臣才疏计穷，怎敢与营平侯相比？大不了，只能学赵充国一些皮毛罢了。不管怎样，臣当竭尽全力，去平定先零羌之乱。"

于是，光武帝便任命马援为陇西太守，让他即日赴任。马援赴陇西之前，光武帝问他："那么，你今去陇西，还有何求呢？"

"如有汉宣帝时那样的争议之事，请陛下能允许臣像赵充国一样，可以便宜行事。"马援说，"另外，如果在臣的某些意见被群臣否定，而臣又认为自己并没有错的情况下，请能允许臣复述，而大臣们也可以复议。"

"准。"光武帝点头答应了。

马援到陇西之后，来歙不愿影响马援，便远赴别的战场去了。当时，马援派步骑三千人，在临洮击败先零羌，斩首数百人，获马牛羊一万多头。守塞羌人八千多，望风归降。当时，羌族各个部落还有几万人，占据要隘进行抵抗，马援和扬武将军马成率兵进击，羌人将其家小和粮草辎重聚集起来在允吾谷阻挡汉军。马援率部暗中抄小路袭击羌人营地，羌人见汉军突如其来，大惊，远远地逃入唐翼谷中。

马援挥师追击，羌人率精兵聚集北山坚守。马援依山摆开阵势佯攻，吸引敌人，另派几百名骑兵绕到羌人背后，乘夜放火，并击鼓呐喊。羌人不知有多少汉军袭来，纷纷溃逃。马援大获全胜，斩首千余级。但因为兵少，便没有穷追敌人，只是把羌人的粮谷和牲畜等财物收为汉军所有。此战，马援身先士卒，飞箭将他的腿肚子都射穿了，他立即用剑砍断箭杆，继续指挥作战，同敌人进行拼杀。当时，多亏了贾威飞马上前，斩杀了羌军多名弓箭手，方解了马援之围，要不然，马援会有生命之危。这样，他们将士同心，奋力作战，终于取得了最后胜利。光武帝得知此事，便派人前来慰问，并赐给马援牛羊数千头。马援一接到这些赏赐，自己一点也不留，他仍像往常一样，又把这些东西全都分给了自己部下，将士们都十分感激。

当时，金城破羌以西，离汉廷道途遥远，又经常发生变乱，不好治理。朝廷大臣商议，要把该地区舍弃。马援不同意这种意见，他不但不让放弃这些地方，还提出了三条理由：第一，破羌以西的城堡都还完整牢固，适于固守；第二，那些地方土地肥沃，灌溉便利；第三，假如舍弃不管，任羌人占据湟中，那么，以后将有无穷的祸患。

光武帝听从了马援的意见，命武威太守把从金城迁来的三千多客民全都放回原籍。马援又奏明朝廷，为他们安排官吏，修治城郭，建造工事，开导水利。鼓励人们发展农牧业生产，郡中百姓从此安居乐业。马援还派羌族豪强杨封说服塞外羌人，让他们与塞内羌族结好，共同开发边疆。另外，对武都地方背叛公孙述前来归附的氐人，马援也以礼相待，他奏明朝廷，恢复他们的侯王君长之位，赐给他们印绶，并撤回马成的军队。

建武十年（34），先零等诸羌又攻掠金城（今甘肃永靖西北）、陇西（今甘肃临洮南）等地。中郎将来歙率盖延、刘尚、马援等进击，于金城大破羌兵，杀数千人，获牛羊万余头。同时，镇压了傅栗卿等反汉武装。

建武十三年（37），武都参狼羌与塞外各部联合，杀死官吏，发动叛乱。马援率四千人前去征剿，行至氐道县境时，发现羌人占据了山头。马援命令部队选择适宜地方驻扎，断绝羌人的水源，控制草地，并以逸待劳。羌人水草乏绝，陷入困境，首领们带领几十万户逃往塞外，剩下的一万多人也全部投降。从此，陇右得以安定。马援在陇西太守任上六年，他恩威并施，使得陇西兵戈渐息，人们也逐渐过上了和平安定的生活。

马援为人很重恩德信义，待下宽厚，作用官吏，务使其有职有权，自己总揽要务，不包揽下属官吏的职权。宾客帮人，争附其门下。太守衙门的各部门向其报告太守职权以外的事，马援说："此下级官员应办的事，何须烦我。如果有大户人家侵害小民，羌虏不服管辖，欲兴兵抗拒，此等事才是我太守该管的事。"一次，在靠近县城的地方，乡民们结伙械斗仇杀。人们误认为羌人要造反，惊慌失措，争先恐后涌入城来。狄道县县长闻变，赶到马援府门，请示关闭城门，整兵戒备。马援当时正与宾客饮酒，得此消息，大笑道："他们怎敢再来进犯我？晓谕狄道长回去守舍，胆小怕死的，可躲到床下去。"

一会儿，城中果然安定下来，才知是虚惊一场，大家越发佩服马援。对于马援在陇西的表现，光武帝深感满意，他称赞说："马援真是朕的营平侯也！"他也把马援像赵充国那样看待。

第十九章　前史之鉴　征服人心平岭南

建武十六年（40），岭南发生了“二征之乱”，二征是指征侧、征贰姐妹。二征是汉朝交趾郡麊泠县（今越南河内一带）人，她们的父亲是雒将，也就是部族首领。征氏姐妹二人相貌平常，但身材十分高大，都能力举千斤，独霸一方，无人能敌。征侧更为骁勇，她嫁给朱鸢人诗索为妻。虽为人妻，她却不安家室，唯与妹征贰玩刀耍枪，练习武艺，其刀枪纯熟，十分英勇了得。因此，她必欲做一个南方女大王，以展示自己的武艺和威风。她常常施以小恩小惠，笼络人心，号召徒众，待机起事。适逢交趾太守苏定，他执法相绳，缴械散众，警告二征姐妹，让她们不要生事。又恰值征侧的丈夫诗索犯罪，苏定便把他捉来，依法定罪，处以死刑。征侧、征贰借此契机，煽动土著起兵造反为诗索报仇，一举打败了当地的官军。眼见二征势大，官军难以抵挡，苏定自知情况不妙，便赶忙开溜。你想，连太守都偷偷逃跑了，交趾还能不乱吗？二征乘机攻占了交趾郡。当时，交趾的土著纷纷响应二征。九真、日南、合浦诸郡皆予反叛，二征很快便取得了六十多座城池。因为得胜，征侧干脆建立政府，自封为女王，她以征贰为大将，并任命了好多官员，这使朝廷十分震惊。为了平定二征之乱，光武帝召开朝会，询问谁愿意领兵南征。当时，主动请命的有奉车都尉窦友、中郎将耿舒、虎贲中郎将马援等人。当时，光武帝曾对卫尉窦融笑言：“你看看，这窦友、耿舒、马援，可全都是你们陕西扶风人啊！不让你们扶风人领兵南征都不行了。要说的话，你们扶风，可真是将才之乡啊！”

窦融颇为自豪地说：“我们扶风，的确是将才之乡，可也是文才之乡。像那班婕妤，像那班彪，可都是大文豪呢！”

“噢，是的是的，朕怎么把扶风班氏一门忘了呢？”光武帝说。

“在我们扶风，窦耿马班四大家族，一直负有盛名。可据我的观察，过时不久，这一顺序会颠倒过来，因为有这么一说，说是‘三十年河南，三十年河北’，还有一说是，‘风水轮流转，代有人才出’。而且，我们窦氏之后，似乎并不像班氏、马氏、耿氏的后代那样努力。”

“好了，咱不说这些了，只说眼下。那么你看，这窦友、耿舒、马援三人，派谁率兵南征更合适呢？”光武帝问。

“依我之意，还是马援更合适些。”窦融说，“但是，为了公平起见，陛下可以考考他们几个都愿意领兵南征的人，给他们出一道题，让他们各拿出一套南征方案来，谁的方案完善，就让谁领兵挂帅。”

“好，好！你这主意太好了。”光武帝对窦融的提议表示赞赏。于是，他就让窦融通知窦友、耿舒、马援三人，让他们各拿出一套南征的作战方案。

且不说窦友、耿舒二人如何准备南征作战方案，马援他可是下了大功夫的。他准备的重点，是先认真研究了“秦攻百越”这段历史。

远古至秦时，长江以南沿海一带为百越之地，这里居住的原住民部落被先秦中原人称为越人（“越”与“粤”通用，亦称粤人），因其支系部落众多，故称为“百越”，但百越本身并非民族共同体，其后裔族群的祖先不同，有大禹（汉族）、雄王（京族）、布洛陀（壮族）、袍隆扣（黎族）等。百越部落大体分为东越（又称东瓯或瓯越）部落、闽越部落、南越（亦称南粤）部落、西瓯部落（有说西瓯属南越的分支）、雒越部落等几个部分，其中东越部落、闽越部落、南越部落属汉族先民，而西瓯部落、雒越部落则是京族、黎族等民族的先民。东越部落居住在今浙江南部的瓯江流域，以温州一带为中心；闽越部落的势力范围以今福建的福州为中心；南越部落分布于今广东的南部、北部和西部地区；西瓯部落分布于今广西一带；雒越部落分布于广西南部、越南北部一带。百越部落居住的地区，气候温和，雨水充沛，物产丰富，幅员辽阔，但由于为山川五岭所阻隔，远离中原。

战国前后时期，在广西大部分地区，广东的部分地区出现了西瓯、雒越两大方国。这是岭南地区方国的鼎盛时期。古国时期，广东北部、西北部和西部，大致是苍梧古国统治地域，而广东的东部和东北部则是闽越族系和吴越族系所建古国。

早在秦灭六国以前，秦始皇就已经把百越之地作为统一的目标。秦灭六国后不久，秦始皇即以尉屠睢为主将、赵佗为副将，让他们率五十多万大军攻击百越。秦始皇任命赵佗为尉屠睢的副将，也是有其原因的。原来，秦王翦将军率六十万大军平楚之时，赵佗就是王翦的部将。当时，王翦大军抵楚，先斩杀楚将屈定，次败楚将项燕与景骐，又破楚都寿春，俘楚王负刍。景骐因见寿春已破，便自刎身亡。昌平君、项燕拼死抵抗，最终也归于失败：昌平君中箭身亡，项燕同景骐一样，也自刎而死，于是楚国灭亡。楚亡之后，王翦向秦始皇上书，询问班师之事。其上书称："我军以六十万之众，方才平定楚国。如若全军班师，那整个楚地，便会得而复失。依臣之意，为固南国之地，仍应有大军镇守，才有利于国家稳定，实乃造福千秋万代之大事。"秦始皇了解多方面情况后，他准予王翦只率几万人回朝，而将五十万大军仍留于江南，让他们继续在那里镇守。而尉屠睢、赵佗所指挥的五十万进攻百越的大军，其中有四十万人，就是王翦以前所统后来留驻江南的秦军。尉屠睢、赵佗针对百越各部居处分散的特点，采取多路分兵进军，遇有大敌再合兵进击的行动方针。秦军共分五路：一路由今江西向东进发，攻取东瓯和闽越；中间两路攻取南越，其一路经今南昌，越大庾岭入广东北部，另一路经今长沙，循骑田岭直抵番禺；其余两路入广西，攻西瓯，一路由萌渚岭入今贺县，一路经越城岭入今桂林。

第一路秦军战事顺利，进攻东瓯、闽越地区（主要在今福建）的十万秦军，当年就攻下了东瓯和闽越，这路秦军是五路中最晚加入两广战场的（攻下福建与浙江后留守驻军在闽浙当地），顺利地平定了东瓯和闽越后，他们在此区域设置了闽中郡。但其他四路秦军，因受地理自然因素、行军及粮道条件影响等原因，推进十分困难。百越地区人口稀少，但地域广阔，约有五十万人，适战青壮年仅有五万多人，其军队是一个多民族组成的联合体，以西瓯国为主。尽管百越土著人很少，武器也很落后，可他们抵抗情绪很高，所以战事异常激烈。

这样，战事进展缓慢，秦军死伤很大。因战事不顺，秦主将尉屠睢心情变得异常暴躁，便滥杀了一些无辜，引起当地人的愤慨，便欲对他进行暗杀。而秦军人数虽多，但因地理不熟，犹如陷入泥潭，举步维艰。后来，他们的粮道被百越军毁去，双方便进入对峙状态。此战，是秦与百越的第一次战争，也是最为激烈的一次，最终，秦军死亡人数达三十万，百越军死亡五万人。秦军这次战争动用的部队，是之前灭楚国部队的主力。但是，为了适应南方作战，秦大军中，也有部分原楚国的部队。

秦军的四路四十万大军，虽然在兵力上占有绝对优势，但是在战争推进过程中，他们却感到巨大的压力。战前，尉屠睢和赵佗也曾考虑到，与百越军交战之时，粮草很可能出现问题，也考虑到出生在北方的秦军士兵，会对南方炎热的气候不适应。但是，他们到了岭南后才发现，战场环境的恶劣、百越军的强大实力和顽强抵抗精神，都是他们战前始料未及的。特别是瓯雒军，他们在首领译吁宋的率领下，与秦军进行了凶悍惨烈的激战，使秦军步步艰难，节节受挫，损兵折将，迟迟不能进入广西及越南。译吁宋英勇战死后，瓯雒军马上推选出了新的首领桀骏，带领军队全线退入山地丛林，继续与秦军顽强作战。他们甚至不惜隐匿于深山老林，宁肯与野兽为伍，死也不投降秦军。同时，他们不断对秦军部队进行偷袭，切断了秦军的粮道，但是，尉屠睢被迫无奈，便写信给秦始皇，上报说粮道被敌切断，秦军粮草不足。但是，秦始皇征服百越的决心十分坚定，一闻南征军粮草不足，他立刻发布命令，征调大量民工开凿灵渠，以沟通湘江和漓江的水系，确保秦军的粮草运输。因秦军多为北部人，他们不适应南方炎热的气候，军士中瘟疫横行，死亡严重，这不能不影响部队的战斗力。

那瓯雒军新首领桀骏，也是个有勇有谋之人，一担任首领，他便急急筹备对秦军的反击。反击之前，他先派出武艺高强的刺客，刺杀了秦军主将尉屠睢。主将一被刺杀，秦军便群龙无首，一片混乱。桀骏乘机进行夜袭，秦军猝不及防，又因为没有主将，自然大败。此战后，迫使秦军“宿兵无用之地，进而不得退”，惶恐不可终日，就这样与百越军对峙了三四年时间。

首次进攻百越秦军还朝后，秦始皇曾问赵佗：“我强秦拥大军五十万，瓯雒军不过五万多人，我们人多，他们人少，为什么还打了败仗呢？”

赵佗说：“我闻得，在秦昭王时，范雎曾建议昭王采用‘远交近攻’的战略，即对与秦国距离远的国家以搞好外交为主，不要与他们发生战事，而对与秦国相邻的国家以进攻为主，攻占的土地尽为秦有，要‘得寸即王之寸，得尺即王之尺’，只有这样，秦国的土地才能越多，国家也才能越来越强大。昭王采纳了这一‘远交近攻’的策略，果然使秦国强大起来。那么，我们呢？我们进攻百越，是为了掠其地、服其民啊！是为了将这紧依我们的百越之地，都纳入秦国的版图；是为了让百越的庶民，都成为我们大秦的子民。所以，我们也应‘得寸即王之寸，得尺即王之尺’。否则，我们像猴子掰棒子一样，掰一个丢一个，得一地失一地，又有什么用呢？”

秦始皇说：“也许，好多人并不理解，朕为什么要动用五十万大军，争夺百越这蛮荒之地；为什么要以巨大的牺牲，来征服百越夷民。他们却不知，这可是为子孙万代造福的大事啊！须知，我们今天如多流一滴血，后辈们就会少流好多血；我们今天如多占一寸土地，后辈们就会多一寸土地，以至更多的土地；

我们今天如能增加一个人，后辈们便会多一群人，无论是中原人还是岭南人，这样就犹如百川之水纳入大海，我们才能成大国，才能有力量啊！而且，今这百越之地，看似蛮荒之地，但以后定会成富饶之地、鱼米之乡；今这百越之民，看似野蛮之人，但以后定会是聪慧子民、坚强战士……像这里的树，这里的林，这里的花，这里的草，这里的鱼，这里的米，我们中原、我们北方，可是没有的啊！一般人，都看不了这么远，因为他们都是俗人。可我们，却不能没有这样的远见啊！”

赵佗听了，十分佩服地说：“陛下所思，是千年万年以后；陛下所想，是子孙后代的福祉；陛下所谋，是大秦之国千秋万代的大业。一般的人，怎么能站得这么高，看得这么远呢？！”

“所以，我要告诉你的是，你们不仅要打好打胜进攻百越这一仗，而且一定要替朕治理好百越之地，管理好百越之民。这你懂吗？”秦始皇说。

“我懂，我懂！”赵佗连连点头说。

“这事，我现在不仅要对你说，以后谁为南征主将，我也要对他说，征越地，占越土，服越民，这才是我派兵攻击百越的真正目的。”秦始皇说。

“那似此，我们进攻百越，就不在军之众、兵之多，而要奉行‘杀戮为次，攻心为上’的策略。所以，我建议陛下，我们如要占领百越，就应先开通灵渠粮道。因为，我们上次进攻百越失败，关键是因为敌人破坏了我们的粮道。这个教训，我们应牢牢记取啊！在后勤补给得到保障后，我们即可再次进攻百越，定能获得胜利。而再次南征，兵力少点也行，不一定要那么多军队了。”

秦始皇说：“你之所说，很有道理，如再次南征，我们定想一万全之策。”

于是，四年以后，即秦始皇三十二年（前215），在灵渠粮道全面开通，秦军后勤补给得到保障后，秦始皇再次召集十万兵力，与剩下的二十万秦军合兵一处，任命任嚣为主将、赵佗为副将，再次进攻百越。出兵之前，对于任嚣，秦始皇自然又作了一番交代。因有首次进攻百越的经验教训，秦军此次进军，速度明显增快，而且，百越军此时仅剩数千人，所以秦军几乎没有遇到大的抵抗，就占领了岭南全境，并设置了南海、桂林、象郡等三郡。

根据秦始皇的命令，任嚣和赵佗他们，让那些曾经逃亡、流亡、潜逃、躲避、逃脱法律制裁的人，以及赘婿和商贾，都随大军行进，秦军每占领一地，便将部分移民留驻此处。这样做，不仅使秦军有了较稳定的后方根据地，也使秦军在人力消耗方面能得到补充，而大批商贾在岭南的经营，也给秦军在粮饷补给方面提供了极大的方便。秦军就是凭着丰厚的粮草和精良的武装设备，在百越战场上重新开始了大规模的征伐。大军所到之处，兵锋凌厉，势如破竹，没费多大力气,就击溃了西瓯部落的反抗力量,占领了今广西等地的西瓯地区。随后，任嚣、赵佗又挥戈南下，乘胜进击，一举击溃了雒越部落（文郎国），占领了今越南中、北部的雒越地区。

秦军占领岭南并设置三郡后，自然把岭南正式纳入秦王朝的版图。他们又采取军事管制性的戍守政策，并“置东南一尉，西北一候”，以加强对该地区的统治和防守。

所谓“东南一尉”，就是在岭南三郡“置南海尉以典之”，由掌兵的南海尉专断一方，加强其军事应变能力。南海尉驻南海郡治番禺。秦王朝任命的南海尉，就是继尉屠睢之后率兵进攻百越的主将任嚣。为了避免分散南海尉的权力，秦王朝决定新设的三郡都不设郡守，只设监御史一人，主管一郡事务。所谓“西北一候”，即在岭南西北方的交通孔道上建筑城堡，在城堡里驻扎重兵，以防西瓯人北窜。这里的“候”，是指探望敌情的哨所。

秦王朝还在岭南建立了郡县制，便于对岭南实行层层管理，并有组织地向岭南大量移民，以及开新道、凿灵渠等。秦统一以前，从中原到岭南，就没有人工开凿的道路。随着秦向岭南的进军，差遣大量戍卒、罪人及奇技淫巧辈（相当于今科技工作者）等贱民，修筑沟通岭南的道路。秦始皇三十四年（前213），秦朝发配有罪官吏在岭南从事苦役，修筑岭南“新道”，使之成为这里非常重要的交通要道。自此以后，“罪官”被贬岭南，似乎成为一种常态。

凿灵渠是在原有的基础上继续扩展，使长江上的船只可以经湘江，过灵渠，入漓江、桂江南下，取西江东行而抵达番禺，或溯浔江西行而抵布山、临尘，使水道纵横的岭南无所不通。秦始皇所采取的开新道和凿灵渠之举，不失为当时军事上的一项重大战略性措施。

第三次秦攻百越之战，即秦始皇三十七年（前210）赵佗攻瓯雒之战。战前，秦始皇曾向赵佗这样交代：“我军首次进攻百越，以攻为主，兵多反而遭败；二次进攻百越，是边攻边守，兵少反而获胜；这次呢？我们兵力更少，则要以守为主，攻心为上，抚民为上。只有占其地并得民心，我们方能永久占领百越之地，统治百越之民。所以，在征服百越后，你们一定不要急于撤军，可以将军士和工匠杂役等众都留于岭南，让他们与岭南人通婚杂居，这样才能使岭南人不反或少反，口服并且心服，此乃百年大计、千年大计也！请记住，以后，即使中原发生了天大的事，你们也不要撤兵回中原。因为岭南之地，得之很难，失之极易，这不仅仅因为距中原遥远，地形复杂，气候炎热，而且因其民心刁钻，难以降服。对此，你务必牢记。”

赵佗听罢，即跪拜领命说：“陛下所言，高屋建瓴，微臣至死，定当铭记，请陛下放心。”据说，为防以后出现意外，秦始皇还特意交付给赵佗一道密诏，里面有这样一些内容：以后，中原但有不测风云，南国之军切勿北上平乱，仍应固守南国之地，不使中原新局波及江南。秦始皇还一再对赵佗嘱咐：“老秦人如由南北上，则华夏从此无南国矣！”固然，这是否是事实还有待考证，我这里只是作以借用罢了。

正因为如此安排，所以秦军此次南征，动用兵力最少，但是收获最大。此后，百越之地尽入秦国版图。为保土安民，不再生乱，秦始皇命任嚣和赵佗所率领的大军，仍留守于百越之地。直至秦朝末年，当陈胜、吴广举行起义，刘邦、项羽举兵反秦，无论形势多么危急，秦王朝也没有召回在百越的驻军，这一举措，成为中国历史上的一大谜团。

第二十章　同为伏波　前后命运皆悲壮

众所周知，马援是伏波将军，而且是一位十分有名、很有作为的伏波将军。须知，“将军”是军事统帅之称，春秋战国时期，各国领军的卿、大夫即相当于将军。秦朝时设置将军，将其作为正式官职确定下来，但往往在战争结束之后就取消了任命。

西汉初沿承秦制，设置将军，但不常设。汉武帝时期，汉武帝励精图治，为平定边疆东征西讨、南征北伐，战事频繁，所以增设了大量将军。地位较高的有大将军、骠骑将军、卫将军、车骑将军，其次有前、后、左、右、中将军，这些将军大多属于常置将军。此外，汉武帝常常根据统兵征伐的需要，临时设置一些将军，如强弩将军、拔胡将军、浚稽将军、贰师将军、横海将军、伏波将军、楼船将军、戈船将军、下濑将军、游击将军、因杅将军等。“伏波将军”只是这众多封号将军中的一种，取意降伏波涛。它与横海将军、楼船将军一样，多与南方水战有关，差不多相当于今天的海军司令，但它却是千古流传的将军头衔了。

“伏波将军”作为一种官职加以设置，就意味着它不限定于某一个人。实际上，历朝各代，有多人曾被授予“伏波将军”封号。首位伏波将军便是汉武帝时期的路博德，他是西河平州（今山西离石）人；其次最著名的一位伏波将军，便是光武帝时期的马援；之后，还有汉末建安时期的陈登、曹魏的夏侯惇；曹魏立国后，则有满宠、甄像、孙礼、卢钦四人都担任过伏波将军。晋代有任期最长的伏波将军孙秀，炼丹术士葛洪和晋军都督陶侃的两位属将。南北朝时期，正史可考名姓的伏波将军多达四十人。而最后一位伏波将军就是南陈的王飞禽。这么多的伏波将军，唯有路博德和马援二人功绩最为显著，所以他们“伏波将军”的名号也响彻南北，分量十足。但自陈登以后，“伏波将军”的名号分量便每况愈下，以至渐渐黯然失色了。

且说，周赧王五十八年(前257)，蜀国末代王子蜀泮率领其族民，辗转到达现在的越南北部，建立了瓯雒国，并自称安阳王。周以后，秦统天下，那么，秦攻百越之战，我们在前面已经写到了，并写及秦朝往这一带大量移民，设立了三个郡，其中越南北部归属于象郡管理。

秦末（前203）战乱之际，由曾经三征百越、经验丰富的南海郡尉赵佗起兵，兼并了桂林郡和象郡，建立了南越国（或南粤）。秦在南越地区设置了桂林、南海、象郡三个郡，任命任嚣为南海郡尉，赵佗为南海郡龙川县县令。秦二世末，烽烟四起，陈胜、吴广起义，项羽、刘邦相继起兵，南海尉任嚣病重将死，便召来亲信赵佗，在未经秦皇认可的情况下，他果断将南海尉传位给赵佗。而当时，秦二世昏庸，赵高专权，秦行将灭亡，朝廷不能正常运转，也不具备下情上达、上令下行的正常条件。在这种情况下，任嚣便向赵佗告之天下形势，重言相托，让赵佗依据有利的地理位置和军事守备聚兵自守，自立为国，以保全华夏之国的万里疆土。对此，赵佗怎肯掉以轻心，因为‘保岭南之地，服岭南民心’，也是当初秦始皇对他的重重相托啊！可是，今天下大乱，战事不休，纷争不断，自己在岭南立国，也不失之为一权宜之计。于是，任嚣死后，赵佗便依其言，杀了秦朝设置的长吏，并封锁周边道路，聚兵自守。秦朝灭亡后，赵佗又兴兵兼并了桂林和象郡，建立了南越国，定都番禺(今广东省广州市)，自立为南越武王。南越国经赵佗创建后，历传赵眜、赵婴齐、赵兴、赵建德五世。

刘邦一统天下之后，南越国王赵佗经由陆贾劝说，曾前后两度臣服于汉朝，一为汉高祖时期，一为汉文帝时期。中间，因吕后对蛮夷的粗暴政策，使这种臣属关系一度中断。以后大部分时候，南越国都是作为汉朝的外藩属国而存在的。南越国与汉朝之间虽各有猜忌，但也一直相安而立。

建元六年(前135)，闽越王向南越国发动战争，南越国第二代王赵眜求助于汉武帝，最终虽得以免除祸乱，但也因此不得不将其太子赵婴齐作为人质送入汉朝。从此，赵婴齐开始了他在汉武帝身边做宿卫的人生，直至父亲赵眜去世后才回到南越，其间长达十二年。赵婴齐在入汉之前，曾娶越女为妻，生下长子赵建德。在长安时，又娶邯郸樛家的女儿为妻，生下儿子赵兴。赵婴齐回南越国继承王位，他在吕嘉等重臣的极力反对下，执意弃长立幼，立樛氏的儿子赵兴为太子。只为此举，为南越国埋下了政治大患。吕嘉本为越人首领，赵佗建南越国后，百越都重用吕嘉，并鼓励汉越通婚。所以吕嘉虽为丞相，但从某种程度上来说，他与赵佗是共坐天下，他的儿子、女儿们多与赵佗的子孙通婚，结为一家。南越国几十年来，其实一直是汉越共治。及至赵婴齐时祸端始出，赵婴齐常年在汉，不晓南越之事，回国继任王位本已地位堪忧，后又执意立汉人的儿子赵兴为太子，更使得汉越矛盾被激化。赵兴继位后，吕嘉在南越国的势力一度超过越王。此时的太后樛氏作为汉人，为巩固自身的地位，便积极地寻求汉廷的支撑。元鼎四年(前113)，汉武帝派使臣出使南越，宣召越王与太后入朝觐见，同时派卫尉路博德屯兵桂阳作为接应。但丞相吕嘉一直反对越王入朝，所以对待汉朝使者的态度十分冷淡。后来，太后樛氏与汉朝使者安国少季的私情被曝光，国内百姓大多不再相信太后。太后唯恐祸乱生起，最终想先下手为强，他与汉朝使者一道，摆设鸿门宴宴请吕嘉。因太后无力、汉使无能，他们没能制服吕嘉，反而激化了双方矛盾，致使吕嘉图谋叛乱。

在形势十分紧张的情况下，汉武帝派韩千秋和樛乐带兵前来南越国，本欲平息动乱，反而乱上加乱，终使南越国内剑拔弩张的紧张局势得以爆发。当时，吕嘉和他的弟弟一起杀了越王赵兴、太后和汉朝使者，立赵婴齐长子赵建德为王，并在韩千秋、樛乐的两千人马快到番禺时，用计大败了汉朝军队。汉武帝闻之大惊，即下令以十万兵前往征讨，正式掀开了汉武帝平南越的序幕。

元鼎五年(前112)秋，汉武帝采取大的军事行动征伐南越，他共派出四路“楼船铁马”。一路由伏波将军路博德领兵，从桂阳(今湖南境内)出发，下汇水(又作“湟水”)；一路由楼船将军杨仆领兵，从豫章(今江西境内)出发，下横浦；一路由投降汉朝被封侯的越人戈船将军郑严、下厉将军田甲领兵，出零陵(今湖南境内)，下离水或抵苍梧；一路由驰义侯何遗领巴蜀地区夜郎国的罪人，从贵州一带出发，下牂牁江。他们提前约定，四路大军定在南越国都番禺会合。

但是，这四路大军，郑严、田甲、何遗领军的两路兵马行动迟缓，他们还没到达南越，杨仆、路博德的军队已经抵达并攻陷了番禺，后擒得贼首平定了南越。所以，这浩浩荡荡的十万大军，在平定南越时，真正起作用的只有杨仆和路博德这两路大军。其中，楼船将军杨仆领兵更为迅猛，他于元鼎六年(前111)冬，迅速攻陷了赵佗在湞水上修筑的险要关口寻陕(又作“陋”)，攻破了石门，获得大量南越的船只和粮食。而后，杨仆带领数万人，继续向前等候伏波将军路博德的军队。路博德军因道远延期，待与杨仆军会合后，他们便一起往番禺前进。杨仆领兵在前，路博德统军在后，到达番禺后，他们驻守于城的东南，待夜幕降临时，杨仆军即攻克番禺并纵火烧城。而路博德的军队，在到达番禺后，驻守于城的西北，他们并不急于攻城，而是在此结营驻扎，派遣使者与城内越人沟通，欲招降越人并赐汉朝印章。杨仆、路博德两种截然不同的伐越手段，取得了不同的伐越效果，因路博德在桂阳屯兵时，在越人心目中建立了很高的威望，所以第二天清晨，城中越人都降服于路博德。所谓路伏波“兵不血刃而定全越”，所指即此。而逃亡西去的贼首吕嘉、赵建德，也在路博德的严厉追查下，分别被南越郎官都稽和路博德的校尉司马苏弘擒获。

要说，这位前伏波将军路博德，他的功劳，并不比马援小，甚至不比汉朝名将卫青、霍去病将军的功劳少。因为，他所夺取的疆土，远超卫青和霍去病所夺取的疆土。路博德 30 多岁时，就出任右北平太守，这是汉朝守卫北部边疆的一个重要职务，另一位曾任这一重要职务的将军，就是赫赫有名的“飞将军”李广。路博德守卫右北平期间，由于他有勇有谋，作战勇敢，匈奴人从不敢轻易入侵他的地盘。路博德年纪轻轻，就能担任右北平太守，这与他多有战功自然是分不开的，惜只惜，史书上没有给他立传，也少有记载。路博德 50 多岁时，修筑了居延城，担任第一任居延都尉。他在居延任职期间，匈奴进攻河西走廊时，怯于他的威名，不敢进攻居延。他修筑和守卫的居延城，是河西走廊防护体系中最坚固的一座城池，对华夏的巩固、汉朝的延续以及河西走廊的巩固发挥了重要作用。

路博德将军足智多谋，他威德兼施，一路南下，严守“智、信、仁、勇、严”的为将之道，总是不战而屈人之兵。他在兵不血刃平定全越后，便“饮马情耳，焚舟琼山”，挥师直指珠崖（今海南岛）。因路博德大军前往珠崖时，人们见那战船高大，队伍雄壮，甲士威武，全都十分胆怯，恐有战火之危。路博德闻知后，他为了安定人心，特将一些战船烧掉，并宣布说：“我们聚甲士、航战船的目的，只是斩杀逆贼，平息叛乱。今逆贼斩杀已尽，叛乱行将平息，我们要这么多战船已无用处。以后，我们在岭南这个地方，将船无所用，兵无所战，将士们可以好好休息庆贺了。待平息叛乱后，我们将不再用兵，军队全部屯田，百姓就可以安居乐业了。”如果追根溯源，此乃华夏直接统辖海南岛的开始。

元鼎六年（前 111），南越国人因怯于路博德的威名，都愿意降服于他。而吕嘉、建德等叛乱分子，他们共有数百人逃往海上。路博德从投诚的人那里，得知了吕嘉他们的去向，便派人前去追捕，很快便斩杀了吕嘉，南越国始得平定。对此，汉武帝十分高兴，便加封路博德六百户。当年，路博德领军南下，至雷州龙门镇羊觅村时，发现这里依山傍水，沃土肥野，便命令部队安营扎寨于此地。这期间，他开辟了演练场，办起了学堂，广泛传播中原文化。同时，他还令挖塘养殖，种粮放牧，得到当地民众的信赖和拥护。

时至太初元年（前 104），路博德因长子路安国犯下“大逆不道”之罪，汉武帝便以渎职罪将路博德削爵，其家族自然也受到了牵连。

太初三年（前 102），汉武帝命令路博德在居延泽修筑居延塞，以进一步加强这里的防御。而后，路博德以强弩都尉的身份，屯守在这里。在居延北侧，路博德还修筑了遮虏障，它是中国最早的防御设施之一。而居延最早的屯田也始于路博德，这种屯田养兵的国策，对于汉代以后的富国强民发挥了重要作用，以至延续到了近现代。路博德在修筑遮虏障的同时，也修筑了居延都尉府，它能总控遮虏障三城，便于统一指挥及相互协防。

天汉二年（前 99）夏五月，匈奴入侵边关，汉朝廷命贰师将军李广利率军攻击匈奴。李陵随军出发，他仅有五千步兵。路博德呢？他被命令为李陵的战事提供支持，作为援军。接受战斗任务后，路博德即向朝廷提出异议，他认为，秋天不是攻击匈奴的好时节，希望来年春天出战。因为匈奴军队的优势在于骑兵，而秋天时“匈奴马肥”，恰是匈奴兵强马壮的时候。而汉军呢？他们以步兵为主，李陵的部队全是步兵，故选择此时出征确不适宜。此前，卫青、霍去病等率军与匈奴作战，多是选择在春天出征的。路博德本来是很好的建议，只可惜汉武帝并未采纳，明明是秋天，他却命令李陵马上领兵出发，并指定了行军路线，也不给李陵派任何援军。李陵兵少将寡，但遭遇了匈奴大军，最终只能归于失败。

路博德将军一生南征北战，向北直抵贝尔加湖，向南直抵海南岛，在东镇守辽河流域，在西镇守居延湖畔；他先后与匈奴、南越国交战，所向披靡，每战必胜，开疆拓土 60 多万平方公里，立下不世之功。后元二年（前 87），他因病卒于居延，后陪葬汉武帝茂陵。

无独有偶，与路博德同时出兵南征的“楼船将军”杨仆，他同样也是一位悲剧人物，有着同样的悲剧命运。其实，杨仆的出身并不低微，其祖上是西汉公卿杨氏族裔，因被河南郡守推荐，他由军吏一下擢升为御史，被派到关东地区督察追捕盗贼，成了一名酷吏。在关东任上，杨仆做事雷厉风行，敢作敢为，逐渐被汉武帝赏识，迁升为御史后，朝廷让其督导关东，颇有政绩，一直迁至主爵都尉，列九卿。

西汉初年，关东诸王屡谋与朝廷抗争，地方豪强也企图乘机割据称霸，对西汉中央政权构成了严重威胁。为了加强中央集权，朝廷在中央常备军中，除增设八校尉、期门军、羽林军外，还专设楼船军（水军）。汉武帝因杨仆战功赫赫，且熟悉关东风土人情，便任命其为楼船将军，前往关东监督。关东是相对关中而言的，秦、西汉都是定都关中（含今陕西西安、渭南、咸阳、宝鸡地区）的王朝，人们都称函谷关或潼关以东地区为关东。为了拉拢人心，汉武帝把关中的土地分给了当朝有功之臣，唯独没有杨仆的份。汉武帝对杨仆这样说："现在，关内的土地都分完了，你就做一个关外侯吧。"家在关东的杨仆，并不情愿做一个让人耻笑的"关外侯"，便上书汉武帝，要求将函谷关东移至今新安县境。为扩大关中地盘，加强对关东的控制，汉武帝同意了他的请求。元鼎三年（前114），楼船将军杨仆带领他的部下及门人，将函谷关东移至300里外的今新安县境，称其为新关，"旧关"也因此而改置弘农县，南湾村就此归入了关中的地盘。

此时，恰逢南越发生了叛乱事件，汉武帝便命令杨仆率兵南下平叛。其进军路线是：出豫章（今南昌），下浈水，会师番禺（今广州）。元鼎五年（前112），杨仆按朝廷指定的进军路线到达豫章后，便溯赣江而上，经南康至南安，因为大庾岭所阻，全师只得弃舟登岸，从陆路越过大庾岭，来到浈、凌两江交汇处。在这里，他们便又伐木造船，重新建成楼船师。他们所造之船，高十余丈，旗帜加于其上，甚为威武壮观。杨仆南下平叛，历时一年有余，其足迹踏遍了今天的广州、香港、珠海、深圳和海南岛等大片土地。

杨仆的功劳，不仅仅是出征岭南，他还出征朝鲜。当初，燕王户绾叛变匈奴后，燕国人卫满收集燕国和齐国的流亡者，赶走箕子朝鲜政权后，建立了朝鲜，史称卫满朝鲜。卫氏朝鲜由于国力日盛，公然阻断朝鲜南部各部落派往汉朝的使节团。于是，朝鲜南部上书汉武帝，要求解决朝见阻碍问题。汉武帝便派涉何前往朝鲜，责备和告知卫右渠，卫右渠却予以拒绝，涉何无功而返。涉何怕回去得不到封赏，还有可能因有辱使命而获罪，便回到中朝边境线，杀死了护送他回国的裨小王，而后扬长而去。回朝后，涉何假说裨小王生乱，自己才杀了他。汉武帝并不知涉何骗功，却认为他杀死了裨小王，也是不辱使命，便任命他为辽东都尉。这时，朝鲜方面为了报仇，就偷袭了辽东，杀死了涉何。但是，汉武帝因此大怒，他立发五万兵，一路派楼船将军杨仆出渤海，跨海登陆至朝鲜作战，这是中国历史首次跨海登陆作战；一路派左将军荀彘出辽东，跨过鸭绿江，其作战意图是两军夹击朝鲜，使之受到毁灭性的打击。

但是这次，杨仆和荀彘，他们谁也没有把朝鲜放在眼里，都想抢占头功。结果，杨仆先锋部队七千人首先登陆，他们不等与荀彘部会合，集结还未完成，就开始攻击朝鲜都城王险城。卫右渠见杨仆兵少，便亲率大军直扑杨仆军，结果把杨仆军打得七零八落，溃败逃散，只能躲到山中重新集结。北路呢？荀彘作战也不顺利，他派先锋部队攻打朝鲜，结果也大败。迫不得已，汉武帝只能派卫山出使朝鲜，招降卫右渠。卫右渠答应投降，他让太子带着一万军士手拿武器，并献上五千匹马和大量军粮以示诚意，前去向汉军谢罪。但是，汉使者和荀彘见前来投降的朝鲜军士都带着武器，怕他们生乱，便让他们都放下武器再来投降。朝鲜太子见此生疑，怕汉军会有诡计，就干脆不投降了，带兵回到了朝鲜。卫山回去后，将实情报告了汉武帝，汉武帝责怪卫山有辱使命，没有办好招降一事，便杀了他。

在王险城战场，左将军荀彘打败了浿水的朝鲜军，包围了王险城的西北方向，杨仆也包围了王险城南。卫右渠一见，便组织兵力严守王险城。可是这次，汉军内部发生了内讧，那荀彘和杨仆约定好时间，一块攻击王险城，可是到了时间，杨仆却不配合行动，他想招降朝鲜。原来，杨仆吸取了进攻南越时的教训，他见路博德兵不血刃而定全越，获得了极好的名声，自己攻城略地，斩杀敌兵，却落得酷吏之名。因此，他也想学路博德，征服人心，以德服人，对朝鲜予以招降。但是，荀彘却不这样想，必欲攻城破城屠城，以征服整个朝鲜。由于两人想法不一，步调不一致，几个月过去了，他们依然拿不下朝鲜。汉武帝闻知，便派济南太守公孙隧前去朝鲜前线，统一指挥两军。公孙隧到了朝鲜前线，并未积极指挥打仗，却偏听偏信荀彘的诬告，说杨仆和朝鲜卫右渠眉来眼去，想要造反自称朝鲜王。公孙隧不予调查，便立即扣押了杨仆，并把杨仆的军队统一交给荀彘指挥。元封三年（前 108），朝鲜右渠王被叛变汉朝的臣属杀害，王险城终于被攻陷，卫满朝鲜即宣告灭亡。回到洛阳后，荀彘因对朝作战不力，立即被汉武帝下令杀掉。杨仆亦被判死罪，他难以申辩，只能花钱抵罪，变成了一介庶民。

这里，让我们的目光，还是从西汉回到东汉，从前伏波将军路博德的功绩，再回到后伏波将军马援身上。马援自回到洛阳京师后，曾被光武帝多次召见。马援其人身长七尺五寸（合 1.78 米），他的须发肌肤美好，眉目容貌如画。他口才也很好，反应十分灵敏，每次谒见光武帝时，都是有问必答，对答如流。他尤善于借古论今，讲浅显的故事，含深刻的寓意。谈及历史时，上自三辅，下至闾阎少年，都可以去听。每次马援讲授时，光武帝会让皇太子、诸王都去听讲，而他们也专心听讲，不知疲倦，有时会一直讲到深夜。马援更精于兵法，善于谋划制胜的军事行动。光武帝常言："伏波论兵，与我意合"，他每次谋划的军事方略，没有不被光武帝采纳的。

当初，卷（古县名，在今河南原阳县原武西北）人有一个名叫维汜的，他妖言称神，有弟子数百人，坐罪被杀。后来，维汜的弟子李广等人扬言，说维汜是神人，他并未身死，用以诳骗蛊惑百姓。建武十七年（41）李广等聚会徒党，他们攻破皖城（今安徽潜山县），杀死皖侯刘闵，自称"南岳大师"，大肆寻衅闹事。朝廷派遣谒者张宗率兵数千人进行讨伐，反为李广所败。于是，朝廷令马援发诸郡兵再行讨伐，结果马援很快攻破皖城，斩杀了李广，其徒党都作鸟兽散。要说，这一时期，正是伏波将军马援的辉煌时期，往后的几年亦是如此。

再说二征之乱后，窦友、耿舒、马援三人，都欲领兵南征。光武帝依照窦融所说的办法，让三人各拿出一套南征的作战方案。因马援把从古到今，每每出征岭南的历史都回顾了一遍，所以便写了一份十分成熟的奏疏，如此这样，马援再细细思量一番，提交了一份详细的南征作战方案，主张采取类似秦始皇进攻百越那样的边进攻边移民之法，主张采用路博德那样的"攻心为上，杀戮为下"之法，占领百越之地，征服百越之民……这样，他今虽未挂帅出征，但对于南征取胜，他已经心中有数，胜券在握，就单等光武帝的圣意之决定了。

恰是这时，那仍守在关山牧场的任伍，因得到一匹宝驹，便专门派人给马援送来。这是一匹白色的马，它的毛色雪白雪白，白得像披了一身白绸，似刷了一身白漆，只是那颈上的鬃毛，稍稍有些发灰，这更增添了它的特征和神气；它的四腿健壮有力，简直就像四根铁柱，且都是白色的铁柱，下面还有四个铁锤——四个白色的铁锤，一定能奔跑如飞，一奔千里；它的臀部滚圆滚圆，圆得就像两个白色的西瓜，嵌在它的身上，仿佛它能驮载千斤，威武无比，力量无穷；还有那尖尖的耳朵，闪电般的目光，硬硬的鬃毛，长长的尾巴，健美的体型，强壮的体魄……乍一看，它就是一匹银驹，一匹宝马，一匹千里之驹啊！听那嘶鸣，咴咴有声，高亢洪亮；看那奔驰，呼呼生风，快如闪电；动如脱兔，静如处子，洁如白雪，玉树临风……多么壮的驹、多么健的马啊！马援是何等识马爱马之人，一见这宝驹，自然便深深爱上了它。再骑得几天，奔得几回，已深知它确是千里宝驹。于是，激情之间，他特作《我的银驹》诗一首。诗曰——

啊，我的银驹，
裹披白绸，满身雪花，
咆哮时十里相闻，

腾跃时飞过涧峡。

听其哮令敌胆寒，
看其跃人人赞夸，
扬鬃时威似雄狮，
奔跑时猎豹落下。

啊，我的宝马，
四腿有力，钢铸铁打，
动如脱兔，静如处子，
把顽敌踩于蹄下。

有你我会长上双翅，
万里征程我不惧怕，
北国汉子奔驰南疆，
因为我有我的龙马。

当时，这首诗在汉军中广泛传诵。

第二十一章　出征交趾　二征退守缩穴中

正因为马援准备充分，研究透彻，其南征作战方案很符合光武帝的想法，他即被光武帝拜为伏波将军，作为南征的主将，扶乐侯刘隆为副将，督楼船将军段志配合，共率军万余人，去南方征讨二征。南征之前，光武帝同马援有过一次谈话。光武帝先问："这次南征，你有信心取胜吗？"

"有！怎么能没有信心呢？"马援说，"今有陛下的信任，将士们的奋力，大家都很有信心，我当然很有取胜的把握。"

"那么，你还有没有什么担心的事情？"光武帝问。

"我们的兵力，是不是有点少？"马援说，"我和刘隆、段志三人，所统之兵，仅有万余人，兵力还是有些不足。"

"那么，你知道你现在的身份吗？你是伏波将军啊！"光武帝笑了笑说，"还有段志，他是楼船将军。这也就是说，你们所统之军，全都是水军。我们大汉部队，不缺的是步兵、骑兵，缺的就是水军。就这万余人，正是我们大汉水军的精锐。而水军不同于步兵、骑兵，那步兵、骑兵动用，一兵一役或一马就够了，而水兵动用，得一兵五役才行呢！也就是说，你们一个水兵，必须有五个杂役进行侍候，什么划船工、修船工、养马工、搬草工、运粮工、军厨、军械、军需、郎中等，哪一类人也少不了。所以说，你们名为上万人，实则是五万人啊！可以说，这次也是动用了咱们大汉军水军的主要家底，可岭南各地还要防守，实在是没有水军可以动用了。"

马援一听，赶紧说："陛下这么一说，微臣自然明白。但如果根据南征的实战需要，仅仅以一万兵马，欲去征服南国，平息二征之叛，兵力还是比较欠缺的。不过，既然陛下已有解释，那就不必考虑为我们增兵的事了，但杂役人员，可多遣派些。"

"可以，尽管多予安排。"光武帝又说，"还有一说是，兵在精而不在多，

将在谋而不在勇，你们一定要注意，充分动用好这些水兵，充分发挥他们的作用，平息二征之乱，使岭南得以安宁。”

“这个自然。”马援说，“如不获胜，绝不回师。”

“好，朕要的，就是你这句话。”光武帝说。

“敢问陛下，我带走的这五万人，都必须返回吗？”马援又问。

“你什么意思？”光武帝问，“去打仗嘛，自然会有伤亡，亡者自然是为国捐躯，伤者也可以留在南方啊！还有那些杂役工，包括军士中年龄大的、不那么健壮的，都可以留在南方嘛！他们留在南方，还是我们的国人，还是我们的军士，还是我们的工匠，还是我们以后能用得上的人。有他们留在那里，对那里的文明和发展也大有好处。想当年，秦始皇征百越时的一些做法，我们也可以效仿嘛！”

马援听了，十分高兴地说：“微臣要的，就是陛下这句话。当初，秦始皇进攻百越，动用的是五十万大军。经过几次大战，这五十万人马，损失高达四十万，还有十万军士没有回中原，全部留在了岭南。秦始皇这样做的目的，就是因为岭南人十分刁野，应以攻心为上，不驻军他们会反叛，长期驻军则会对他们形成震慑。我们呢？可以采取一种折中的办法，今那里已经设郡，郡里可以驻军，而我们的南征军也可以留些人在那里，尤其是杂役人员，这比如掺沙子一样，在岭南人群中，掺入我们汉兵汉人，这也可以慢慢同化他们。还有就是，一定要提倡汉人与岭南各族人通婚，鼓励我们的汉族男人，多娶岭南各族的女人，这不仅仅利于沟通，也会使我们的后代，一直在那里镇守。”

这时，光武帝十分高兴地说：“你这想法很好，朕要的，是岭南那偌大的地方，都要成为我们大汉永久的疆土；岭南那千百万民众，都要成为我们大汉永久的子民；朕所看重的，是你们能打胜仗，开疆拓土，并不看重带多少人回来啊！再说，一旦汉人与岭南人通婚，留在岭南的人和他们的后代，也都会成为我们的人啊！”

“好，有了陛下这话，我也就放心了，就知道怎么做了。”马援说。

“好，你不是姓马嘛，祝你马到成功！”光武帝说。

“托陛下洪福，我们一定会马到成功！”马援说。

很自然的，此番出征，马援是一定要带上蔺思如、贾威和淮宾这三个好伙伴的。因为，有一句俗话是这么说的，“一个篱笆三个桩，一个好汉三个帮”，这位伏波将军马援，他即使本事再大，也是需要人来帮衬的啊！他们虽然和马援一样，年龄都有些偏大，但当当参谋，搞搞后勤，参与管理，也还是可以的。马援就把他们都安排在这些岗位上。可是，大军行至合浦，段志突然病故。马援将此上报朝廷后，光武帝便下诏让马援统领段志的兵马。马援挥军，缘海而进，他们随山开道千余里，一直向交趾进发。建武十八年（42）春，汉军到了浪泊（今越南仙山），很快便与二征军进行激战。两阵相交，金鼓连天，激烈异常。二征他们终是乌合之众，敌不过汉军这训练有素的百战雄师。他们一战即败，一败便走，势若散沙，难再聚集。两三个时辰后，二征因见难以抵挡汉军的进攻，只能觅路逃走。马援驱军追杀，毫不留情，斩首数千级，收降万余人。

马援指挥着汉军，一直进军至交趾城下，四面进行围攻。征侧一见，自觉孤危，难以保全，即与征贰商议说："前不久，我与汝振臂一呼，远近响应，不到数月，便攻克六十余城，满希望能杀往岭北，进据中原，哪知汉朝天子，遣派来精兵猛将，他们攻势凌厉，锐不可当。最是这领兵的马援，他多谋善断，用兵如神，使我们一败再败，我们的确不是他的对手。现今，我们困守危城，坐而待毙，该如何是好呢？"

征贰想了多时，才回答说："据妹子看来，我们力量单薄，此交趾城断不可守，指日便会被马援所破。为今之计，我们不如奔往金溪（锦溪，今越南永福省安乐县）穴中。那里有一独独的巨穴，只有一个穴口能够出进，别处都难以进入。如在那里扼险自固，即使汉军猛将如云，用兵数十万，亦不能捣破此穴。我们固守于穴中，待汉军粮尽之日，他们自会退军。待到那时，我军复出杀敌，定会消灭他们，重新占据此城。"

征侧听罢，点头称善，她说："妹妹所说，的确是一个很好的主意。我也去过此穴，那里的确十分险要，真是一夫当关，万夫莫开，易守难攻，利于固守，汉军必不能攻破。即使他们围困，那里山势险要，少有平地，又有瘴气，十分凶险，他们必不能久久围困，便会知难而退，回归中原，我们便不战而胜汉军。"于是，他们弃城夜遁而走，率军逃往金溪而去。

马援闻讯，便率军力追，一直追至金溪。在这里，双方连战数阵，二征部除被杀死者外，多半人马都已溃散。唯有二征率领残兵败将，拼命逃入金溪，钻入穴内。其穴确实巨大，深邃无比，它四周有大山包住，唯一能够出进的穴口十分险仄，仅能容数人出进。二征窜入此穴，让残众堵住穴口，汉兵无法攻进，他们便自以为万事大吉，平安无事。征侧十分得意地说："似此，我们就待在这穴中，看他马援能奈我何？汉军能奈我何？"

马援率兵来到了穴前，他察视四周，见除穴口外，竟然无缝可钻，不由得十分踌躇。那刘隆见此，即说："此地如此凶险，难以安营扎寨，我们又不能攻入穴中。如敌有援军，他们切断我们退路，我军会立陷危险当中，不如早早退军。"

马援说："今我军南征航海以来，费尽千辛万苦，方得入此地，倘若畏难即退，岂不尽弃前功？"刘隆又问："那么，你究竟想怎么办呢？"

马援苦苦思索一番后，他便有了活擒或斩杀二征的主意，说道："造栅栏吧！造好了栅栏，我们就守卫在这里，守株待兔也就是了。"于是，他下令，让军士随山伐木，在谷口筑起一个巨栅，容纳了全师人马；再命游骑巡弋四围，想截虏二征部下，能得到几个俘虏，询问路径，或有一线可通，可让俘兵作向导，直接捣杀穴中之敌。谁知他们一住半月，竟无一个二征兵出现。但马援抱定主意，不灭二征，誓不回师。他再次严令将士们围住谷口，又分兵略定各郡，收聚各地粮食，源源不断运至军前，做久困围穴之准备。

这阵，令马援最为头疼的不是别的，而是瘴气，这南方瘴气甚是厉害，军士们一不小心，便往往触瘴致疾。接触瘴气以后，会出现这样的症状：或是高热寒战，因那瘴气进入人体，能影响到人的血液和呼吸循环，早期人会出现浑身乏力、四肢酸痛、食欲降低、手脚末端冰凉、身体发冷、口唇发绀等症状。随着瘴气对人体的侵害加重，人的体温便会升高，面色会由之前的苍白色转为红色，打寒战现象也会增加；有人甚至会精神异常，因受瘴气危害严重者，他们的中枢神经系统会出现异常，以致会头痛剧烈、胡言乱语、四肢抽搐、辗转不安；还有人会全身中毒，那些长时间接触瘴气者，他们全身各处的毛细血管会发生损伤，面部、脖颈、四肢等部位的皮肤都会出现水肿、出血等；也还有人眼结膜会呈片状并出血，球结膜会出现水肿现象。除此之外，随着人的内部脏器受损，血压会持续下降，肝肾、泌尿系统、呼吸系统等多部位也会肿大、出血；会出现器官衰竭现象，因长时间大量吸入瘴气，导致人心、肺、肝、肾等脏器功能受损，严重者有可能会失去生命，这对于南征的汉军将士，是一种最大的威胁。

也正因为此，马援为之写了一首诗《武溪深》诗：

滔滔五溪——何深？

鸟飞不度，兽不敢临。

嗟哉五溪多毒淫。

看，滔滔的五溪啊！你怎么会如此深邃幽远、阴森恐怖？在你这可怕的地方，飞鸟都不敢飞临，走兽也不敢接近，人又怎么愿长久待在这个地方呢？这是因为，这里有古老的热带原始森林，动植物腐烂后会形成可怕的毒气，再加上这里气温过高，那毒气便变成了瘴气，它可是能致人于死地的毒气啊！据说，马援有一门生名叫爱寄生，他善于吹笛，其笛声悠扬动听，听罢令人陶醉，马援很疼爱他，常常鼓励他吹笛。爱寄生让马援为之作歌，马援便作此歌以合之。马援戎马一生，南征北战，疆场驰骋，唯有此诗，竟成了千古名句。而且，它独创了一种诗体，那便是三句诗。

他的这首诗，有些近似于西楚霸王的《垓下歌》，其诗云：

力拔山兮气盖世，

时不利兮骓不逝。

骓不逝兮可奈何！

虞兮虞兮奈若何！

所不同的是，《垓下歌》为人所常见的四句诗，而《武溪深》则为人们并不常见的三句诗。

就在马援领兵固守金溪穴中巨栅、单等二征军出穴、一举歼之的时候，有那么一天，蔺思如突然端来一碗特殊的粥，让马援品尝。此粥用米既同于大米又不同于大米，那米粒特大特大，十分饱满，一粒等同于好几粒大米。二是那煮熟的米粒更加好看，粒粒都似珍珠一般。马援惊问："这是什么粥？"

"是薏米粥啊！"蔺思如微笑着说，"这薏米，只南方有，咱们北方没有。北方人初见薏米饭或薏米粥时，见那薏米粒大饱满，宛如珍珠，都称它为珍珠饭呢！"

"可不是嘛，它太好看了，太像珍珠了。"马援说，"那么，它还有别的名字吗？"

"有啊！它其实叫薏苡，薏米是薏苡的种仁。薏苡属多年生植物，茎直立，叶披针形，它的子实为卵形，是白色或灰白色。薏米的营养价值很高，被誉为'禾本科植物之王'。薏米大多种于山地，有着悠久的栽培历史。人们一直把薏米看作自然之珍品，把它用以祭祀。它也是营养十分丰富的盛夏消暑佳品，既可食用，又可药用。

"薏米可以当作粮食吃，煮熟后味道和大米相似，且易于消化吸收，煮粥、做汤均可。夏秋季将薏米和冬瓜煮汤，既可佐餐食用，又能清暑利湿。由于薏米营养丰富，它对于久病体虚、病后恢复期的患者，对于老人、产妇、儿童都是较好的药用食物。它不论用于滋补还是用于治病，作用都较为缓和，微寒而不伤胃，益脾而不滋腻。它不仅具有滋补作用，还有降压、利尿、解热和驱蛔虫的效果，适用于高血压、尿路结石、尿路感染、蛔虫病等。薏米的叶，可煎水作茶饮，其味清香，饮之可以利尿。薏米粥还能治久风湿痹，补正气，利肠胃，消水肿，除胸中邪气，治筋脉拘挛。它除湿也特好，我们北方人到了南方，最不习惯的就是南方湿气太重，如常喝薏米粥，这大有好处，能除湿哟！"

"那，这东西好啊！"马援说，"只是，它只能熬粥，行军打仗时食用不方便啊！"

"哪里？"蔺思如说，"它不仅能熬粥，也能做薏米饭，还可以像炒豆一样炒着吃，似炒面一样炒熟磨面吃，怎么吃都行。"

"可它能不能抗瘴气呢？"马援又问。

"也许可以。"蔺思如说，"因为，它味甘气和，清中浊品，能健脾阴，大益肠胃。还可治上焦消渴，肺痈肠痈，并能治脚气肿痛，肠红崩漏等。似此，它有这么多的药用价值，对于抵御瘴气，肯定是有作用的。"

"那好，就先拿我来做试验吧！"马援说，"你这就安排，给我做薏米饭吃，熬薏米粥喝，再炒薏苡仁吃。一旦效果良好，就在全军推广，让大家都多吃这种食物。"

"薏米，的确是个好东西，如我们北方也有，多好呢！"蔺思如叹了口气说。

"可以种嘛！"马援说，"有好多南方的东西，我们不是移到北方都成活了嘛！也有好多北方的东西，我们移到南方，不也成活了嘛！无论如何，咱们可以试一试，就带些薏苡种子到北方去，到北方试种，也许能成功呢！这事，你安排好了。"

"可以。"蔺思如说。

"还有，你尽量多弄些薏米，把它像炒豆一样炒熟，分发给将士们食用，也可抵御湿气，抵御瘴气啊！"马援再作交代。

"行啊！"蔺思如说，"咱们关中一带，二月二时都兴吃炒豆，说这相当于吃炒熟的虫子，有着吃害虫这样一种寓意。那么，瘴气也相当于害虫，咱们大家吃炒熟的薏米，也相当于是吃害虫、除瘴气了。"

"好的。"蔺思如说。稍停，蔺思如像突然想起什么似的说："还有件事，特向将军汇报一下。我们的将士多是北方人，大家都爱吃面粉，爱吃面条，现在，咱们老吃米饭，北方将士不习惯，这该怎么办呢？"

“可不是么，不要说是将士们了，我吃米饭时间长了，也不习惯啊！这个米饭,把人吃得够够的。”马援一边说,一边在军帐里踱起了步子,他边踱步边说,“面条，面条，怎么能让将士们吃上面条呢？”

“惜只惜，从北方运面粉，太远了啊！”蔺思如叹息着说。

“那，能不能把大米也磨成粉呢？”马援试探着问，“将米粉做成面条让大家吃，行不行呢？”

“想来能行。”蔺思如说，“如把大米磨成粉用来做饭，恐怕与麦子面粉差不多吧！”

马援说：“不一定，如能行的话，恐怕南方人早就这么做了。咱们还是试一试，先把米磨成粉再说。”

“可以。”蔺思如答应了一声，认真办理去了。要说，这看似小事一件，实是大事一桩。人常说：“军马未动,粮草先行。”可是,先行的粮,怎么让将士食用,先行的草，怎么喂养军马，这也是大事中的大事啊！

第二十二章　薏苡立功　助力汉军斩二征

几天以后，蔺思如来找马援，他还带来一位老厨师。他们二人，一人端着半碗面粉，一个碗里盛的是米面粉，一个碗里盛的是麦面粉。一见面，蔺思如说："将军，这两种面，您能分清哪个是米面、哪个是麦面吗？"

马援只瞥了一眼，便说："这还不简单，颜色白的是米面，颜色深的是麦面。"

"这也对。"蔺思如说，"你再摸摸，看它们有什么区别？"

马援用手一摸，说："这摸起来，米面有点滑，麦面有点涩，区别并不是很大。问题是，这米面，到底能不能做面条呢？做成的面条能好吃吗？"

"这一点，我不好说，他最有发言权了。"蔺思如用手指了指老厨师。

老厨师立即搭上话说："要说的话，这米面同麦面一样，什么食品都可以做，比方做糕点、做饼、做馒头、包包子、捏饺子都行。但它终究不同于麦面粉，不那么黏，也不筋道，还是不太适合做馒头、包子和饺子。面条呢？很少有人用米面做过，想来也不太适合。"

"那有没有什么办法，能将米面同麦面一样，做成面条让将士们吃呢？"马援问。

"这办法肯定有。"老厨师说，"只是，我们得好好研究，好好实践，才能想出好办法来，但现在不行。"

"此事，就拜托你了。"马援这样对老厨师说，"这些天，你别的事不用干了，专门研究如何把米面食品变成麦面食品，变成我们北方将士爱吃的面条等食品。如要人、要钱、要东西，就找老蔺好了。老蔺呢？这也是你眼下最重要的任务。这可是件大事，不是小事，你们如果能让北方将士吃上米面面条，吃上大家喜食的米面食品，把大家的生活搞好，那你们可就立了功啊！"

"好的，请将军放心，我们一定把这件事办好。"蔺思如和老厨师异口同声地说。

几天后，蔺思如和老厨师一起来找马援，他们还带来一位酿酒师和一位老中医。一见马援，蔺思如便十分高兴地说："成了，成了，将军交代的事，我们办成了。"

"是将米面面条做成了吗？"马援含笑反问。

"成了，但做成的不是面条，而是米粉。"蔺思如说。原来，蔺思如和老厨师，他们一开始直接用米面做面条，做出来的面条毫无韧性，一下到锅里就煮烂了。后来，他们便挑选上好的大米，把大米先行浸泡，而后磨浆、压浆，再行揉团、蒸熟，最后是压丝，压丝以后晾干，使之成为像干面条一样的东西，他们把它称为米粉。他们又想办法，把米粉做得多种多样，或是条状，或是丝状，或是空心，或是实心，这米粉久放不坏，经特殊加工的米粉久煮不烂，特别筋道，十分好吃。再说，米粉质地柔韧，富有弹性，水煮不糊汤，干炒不易断，再配以各种蔬菜或汤料进行汤煮或干炒，吃起来爽滑入味，柔软可口，很像北方的面条。蔺思如和老厨师他们又想方设法，把米粉加工成排米粉、方块米粉、波纹米粉、银丝米粉、空心米粉、湿米粉和干米粉等，这就更受北方将士们的喜爱了，他们都品尝实践过了，效果确实不错。

马援一听十分高兴，也亲自品尝了蔺思如和老厨师做成的米粉，十分高兴地说："你们这次是立了大功，不是小功啊！这守后方同上前线一样重要，上前线要的是打打杀杀，守后方就是要解决将士们的吃喝拉撒，后方的生活保障如搞不好，将士们哪有心有劲到前线去拼杀呢？不知你们研究过没有，战国时期，秦国之所以能统一六国，与秦军将士简单快捷、方便实惠的饮食习惯是分不开的。你们想想，一驻营扎寨，秦国的将士便煮面条，吃牛羊肉泡馍，吃肉夹馍，咥锅盔蒸馍，三下两下就吃饱了、喝够了，所吃的东西又十分耐饱。一吃饱饭，他们就操刀持枪，冲向敌营拼杀，而这阵的敌军尤其是南国的敌军，菜还没炒好，饭还没吃毕，哪有力气同秦军交锋呢？这阵子，我们到了南方，就要设法把南方的饮食北方化，把复杂的饮食简单化，这才有利于我们军队饮食的快捷。时间的节约，就是战斗力的提升啊！现在，我们有了米粉，将士们就能吃饱吃好，就能打胜仗，过一阵，我们如打了胜仗，我会让立功将士和你们一起，同食庆功米粉，同饮庆功酒啊！"

"好，咱们的庆功酒不用喝别的，就喝咱们自酿的薏仁酒。"酿酒师这时一边搭话，一边捧上一坛酒来说，"这坛酒，便是我自酿的薏仁酒，它是用薏仁和白酒为材料酿制成的。当然，这可不是我一个人的功劳，还有他。"他放下酒坛，用手指了指老中医。

老中医这时补充说：“这薏仁酒具有良好的医疗功效，它不仅能健脾渗湿，除痹止泻，还能清热排脓。它不仅仅是酒，也是药，是药酒，能治下焦湿热型肾结石，治疗腰腹绞痛，尿频、尿痛、尿中带血等。”

“好东西，来一杯。”听老中医说罢，马援便欲品尝薏仁酒，酿酒师急急倒上一杯，马援一口饮下，连声称赞，“好酒，好酒！”而后又说：“我听说，还有米酒，它与薏仁酒有区别吗？”

“有区别。”酿酒师说，“严格地说，薏仁即薏米，薏米即薏仁。用薏仁酿制的酒就叫薏仁酒或薏米酒。而米酒呢？是用糯米酿制，经过选米、清洗、蒸熟、准备、酒曲、拌匀、密封发酵，便会酿出米酒。因它的颜色是黄的，又多称黄酒。薏仁酒与米酒的区别，一是用料不同，分别为薏仁与糯米；二是度数不同，薏仁酒的度数稍高一些，米酒的度数稍低一些，好似白酒与红酒的区别一般，但度数差别并不大。我们还用糯米酿制了一种度数很低的米酒，它其实是一种略带酒味的饮料，我们把它叫醪糟，挺好喝的。

“这东西好，这东西好！”马援说，“这就像我们北方人夏天喝的用大麦酿制的甜伏子，是很好喝的。”

“那，就请将军先品尝品尝。”酿酒师一边说，一边进了厨房，三下两下，给马援盛了一碗醪糟，还打了一个鸡蛋，端到马援面前。马援品尝后，连连称赞说：“这东西更好，它似酒非酒，既是饮料，又是食品，喝不伤人，多饮不醉，如加上鸡蛋和其他东西，营养会更加丰富，确实是好东西啊！”

老中医这时加以补充说：“应当说，无论是薏仁酒、米酒还是醪糟，都具有舒筋活血、提神去乏、滋补和提高机体免疫力的功效。当然，薏仁酒的功效会更好一些。”

“那么，这米酒酿出来了吗？”马援问。

“酿出来了。”酿酒师说着，又急急捧上一坛米酒来，给马援倒了一杯。马援尝罢米酒，说：“这也是好酒。”他又问，“酿米酒同薏仁酒，有什么区别吗？”

酿酒师说：“做米酒，要先选好酒曲，酒曲质量的好坏直接影响米酒的质量。其浸米、蒸煮、淋冷，具体操作和普通黄酒生产相同。再就是，落缸搭窝及发酵，将淋冷后的糯米与酒曲拌匀，在缸内搭成倒喇叭形的圆窝，盖好缸盖，让其进行糖化和发酵，在冬季酿造时，可以利用谷壳或稻草覆盖进行保温。搭窝后，在圆窝内开始产生酒酿，待圆窝内甜液已经充满，可投入碾碎的麦曲，搅拌均匀，让其更好地糖化和发酵，再投入一些糟烧，搅拌均匀，减慢酒精发酵的速度，再经发酵后，加入其余的糟烧，搅拌均匀后静置，让其继续糖化发酵。然后，再行发酵、压榨、煎酒。榨酒时，应除去酒脚，进行煎酒，再在大缸中静置澄清，吸取上清液进行装瓶。煎酒是为了让胶体物质凝结，使酒液清澈透明，并杀死酒中的有害微生物，这便是上好的米酒了。做薏仁酒，基本采取同样的酿制方法，但有些环节不尽相同，但原料必须是薏仁和白酒。薏仁酒的酿制，工艺上要求更严，酿制上要求更细，当然价值更高。做醪糟呢？其方法前面已经说了，同北方做甜伏子差不多，应当更简单一些。"

"那么，米酒有什么功效呢？"马援问。

老中医说："米酒有利水消肿、健脾去湿、舒筋除痹、清热排脓等功效，是常用的利水渗湿药。另外，它还有美白滋润、消斑、防止脱发、瘦脸、节食的效果。它可预防多种疾病，又是普遍常吃的食物。还有美容作用，可以使皮肤光滑，减少皱纹，消除色素斑点，长期饮用，不但能美白，还能治疗黄褐斑、雀斑、面疱，使斑点消失并滋润肌肤，对面部粉刺及皮肤粗糙也有明显的疗效。薏仁酒呢？不但具有米酒的这些功效，还有其他特殊的效用。"

"好东西，好东西啊！你们搞的这些吃的、喝的，全都是好东西啊！可以说，咱们这次南征，发现和利用的薏苡这个东西，可真是珍珠、宝贝啊！糯米呢？自然也是好东西了。现在，咱们先这么定了，以后庆功酒不喝别的，就喝薏仁酒、米酒和醪糟。在战场上临阵杀敌，咱们可以不喝白酒、红酒和米酒，但是，醪糟也可以喝啊，它是喝不醉人的。所以，你们得赶快酿，赶快酿薏仁酒、米酒和醪糟啊！"

"好，好！"蔺思如、老厨师、老中医全都笑着答应。

…………

据说，就是因为马援这次率兵南征，他不但给南方带来了文化，带来了文明，也带来了饮食习惯的巨大改变：米粉，人们从那时一直吃到了现在；薏仁酒，人们从那时一直喝到了现在；米酒和醪糟，人们也一直从那时喝到了现在。闻名于世的桂林米粉，就是从那时的米粉传承和发展而来的。

二征原来以为，汉军因为无法攻入穴中，且这里瘴气严重，必然会知难而退。于是，他们在穴中备有大量粮草，一年也用不完，所以他们并不惊慌，便教将士们安心耐守，说不久即可解围。不意，过了数月，汉兵却不见退；又过了数月，汉兵仍然不退；直至冬末，汉兵尚在谷外扼住，没有一丝退去的迹象。他们还听说，马援已让汉军用米面做出了好吃的米粉，用薏仁酿出了薏仁酒，还用糯米酿出了米酒和醪糟，这吃的喝的全改善了，他们一定是要进行长期围困的，这可怎么办呢？这时，穴内的粮食，已将告尽，二征不能不慌。最可悲的，是穴中的水道，亦被汉兵塞断，饮水很难流入。在这样一种情况下，二征和他们的残部，全都又饥又渴，难以为生。就这样，他们仍苦苦挣扎，终于熬过了残冬，但饿死、冻死、病死了不少士兵。

来年初春，征侧、征贰和她们的部下，实在难以再伏穴中，因为他们粮尽草光，水皆饮尽，士兵也被困死了三分之一，又靠什么来继续坚守呢？

这时，马援故意让蔺思如在那大穴洞口支以大锅，炒那薏米，说薏米豆多好吃多好吃，能除湿防瘴气；煮那米粉，说米粉有多好吃多好吃，比北方的面条都好吃；喝那醪糟，说醪糟有多好喝多好喝……把穴中的二征军士都闻得垂涎，听得嘴馋，更是在穴中待不下去了。这样，他们为了生存，只得驱众杀出，以求突围。但是此时，二征的这些残余部下，全都饥寒交加、困惫不堪，丧失了战斗能力。当他们都拼着性命，硬着头皮，冲出谷口时，汉兵们早已出栅等候，严阵以待。对于二征兵，他们见一个，杀一个，见两个，杀一双，吓得二征兵又复倒退，重回穴中。此时，马援见二征军早已兵无斗志，无力再战，便让将士们大声呼喊："投降者生，顽抗者死！""顽抗者死，投降者生！"一人引喊，大家响应，数万汉军，一起呼喊，那声音在山谷回响，声声震耳欲聋。

二征军听得，便都纷纷抛掉兵械，爬出穴口、匍匐乞降。唯有征侧、征贰二人，她们不顾死活，仍然拼命格斗，进行厮杀。最终，二征全都力尽，双双跌倒在地，几乎难以动弹，只能乖乖被擒。二征被汉军缚住，推至马援面前。马援喝道："你们降还是不降？"二人并不肯降。于是，马援即令刀斧手将两人推出，一同枭首，献入洛阳向光武帝报捷。

接着，马援率大小楼船两千多艘，战士两万多人，进击二征余党都羊等，他们从无功一直打到巨风，斩俘五千多人，彻底平定了岭南二征叛乱。当时，马援见西于县辖地十分辽阔，一个县拥有三万二千多户，其边远地方离治所有上千里，管理极为不便，他便上书光武帝，请求将西于一县分成封溪、望海二县，光武帝准之。以后，马援每到一处，就组织人力，为郡县修治城郭，并开渠引水，灌溉田地，极大地便利了百姓。他还参照汉代法律，对越律进行了整理，修正了越律与汉律相互矛盾的地方，并向当地人进行申明，以进行法纪约束。从此后，当地始终遵循马援所申的法律，即所谓"奉行马将军故事"。

马援军平定二征之后，并没有马上凯旋回师，而是率军往交趾南方前进，欲把二征的党羽悉数翦除。因为南征之前，光武帝一再向马援交代，一定要扫平南蛮，除恶务尽，不留后患。为此，他们还在当地立铜柱表功，以为汉界之极，共有四处：一在钦州之西为东界，二在凭祥州南界，三在林邑北为海界，四在林邑南为山界。那铜柱上刻着："铜柱折，交趾灭。"

建武二十年（44），马援在扫荡二征余孽之时，曾率兵到达珠崖（海南），他们在珠崖烈楼港登陆。登陆以后，他们来到一处海滩。时值盛夏，天气十分炎热，将士们都十分干渴，可四处都是咸咸的海水，就是找不到淡水喝。为此，马援心里十分着急，怎么办呢？正在这时，只见他的坐骑大白马竟脱手跑开，跑到一处"茆"地，那地上长有几株龙须草，显得十分特别。在那里，大白马仰天长啸，声声嘶鸣……接着，它三足立稳，用一前足刨沙，十分用力，竟很快刨出一个浅坑，还出现了一些水迹。马援感到十分奇怪，便让军士再行刨之，竟有一股清泉从这里喷出。马援首先以手掬水尝之，这竟是清洌甘甜的淡水。立时，这事传开，全军欢腾，遂人人饮之，马亦饮之，好不热闹。就因此事，便有了这里的"白马涌泉"。以后，人们便在此凿井饮用，还建起一座伏波庙，将马援塑像在庙内供奉，至今此庙仍信徒众多，香火不断。这里，因白马而得泉，复因清泉而掘井，便得名为白马井。这白马井水，千年不断，泉水不断涌出，惠及周边民众。如今，白马井已形成一个热闹的城镇，它是海南儋州第二大镇。

除了白马井，儋州的大城镇明德村附近，还有一座十分有名的"洗兵桥"。说是当年，马援率军来到白马井后，发现有少数逃走的叛军，跑到南部进入深山老林。马援闻讯，便带领军队，沿着儋州王五镇的九支龙岭、大城镇的打敖岭，以及南丰镇的纱帽岭、峨巴走岭一带追赶叛军，最终将叛军消灭在黎母山一带。在汉军沿原路返回时，军士因入山日久，水土不服，不少士兵生病，有些甚至死亡，那些幸存者，他们也都全身生疱疮，又痒又疼，肚胀黄肿，一身病症。路过打敖岭时，马援见有一处地方巨石嶙峋，绿树成荫，百花开绽，蜂醉蝶舞，十分迷人，又有一条长流不息的小溪，清澈见底，鱼虾悠游，景色十分独特美丽。于是，马援便下令，在此地安营扎寨，驻军休息。休息之后，将士们都因天气炎热，便纷纷下溪洗澡，洗涮并打磨兵器。却不料，此溪水竟有神奇功效，将士们下水洗后，身上的疥疮结疤立即痊愈，皮肤也不痒了，身上也不疼了，并且不发困了，全都十分精神。而那洗过的兵器，也都净光如新，磨后锋利无比。以至于，战马饮后，全都声声嘶鸣，活蹦乱跳，全似龙驹一般。

见此情景，马援自然高兴，他操起一把丈八长矛，对准一块光滑的大石壁，一用神力，一气刻下“洗兵桥”这三个大字。他又传令，将洗净的兵器，全都入库收藏，宣布在此地不再用兵，让广大民众都放心，过那太平幸福的日子。当时，当地山民，还用刚刚成熟的黄皮犒军，这黄皮是当地的一种水果，将士们吃了黄皮以后，他们的脸和身体都不再浮肿。马援品尝黄皮后，大加赞赏说：“此非黄皮，乃神药也！”

而在海口市海府路龙岐村，还有一座偌大的伏波庙。北宋年间，被谪贬海南的苏东坡，有《伏波庙记》云：“汉有两伏波，皆有功德于岭南之民，前伏波邳离路侯也，后伏波新息马侯也。”这两位伏波将军，即指路博德和马援。

这座伏波庙的庙门前，有一个不小的广场，广场四周有石栏杆围合，庙门上绘有路博德、马援两位伏波将军的画像。从庙门进去，正对着一扇红色木门。通过这扇木门，就进到了第一庭院，此庭院左侧，立有一六边形五层塔形香炉，称之为聚宝炉，人们都在此焚香点烛，纪念伏波将军。院子左右，各有一个六边形墙洞，通往两侧走廊，连接近端耳房。还有一个厅堂，这里装饰华丽，挂着四字匾额，两侧圆柱上写有楹联。第二座院落中间，有一拜亭，拜亭下有供奉香炉，这也是进行祭拜的地方。两侧有庭院，庭院有墙洞连接着走廊。再往后便是主殿，主殿正中央供奉着路博德、马援两位伏波将军的塑像，房间两侧摆放有各式兵器，处处刀光剑影、金鼓轰鸣，这正是在纪念前后伏波将军的丰功伟绩的神圣之地。

唐宋时期的贬官，因他们多有与两位伏波将军相同的悲壮命运，所以他们如来海南，是一定要观看白马井、拜谒伏波庙的。南宋李纲被贬琼州后，即有《渡海诗》曰：

威信昭然汉两公，旧于青史揖英风。
戈舡下濑勋猷壮，马革裹尸心胆雄。
顾我迂疏成远谪，赖神正直鉴孤忠。
病躯阻造祠庭下，幽显虽殊此意同。
夜半乘潮云海中，伏波肯借一帆风。
满天星月光芒碎，匝海波涛气象雄。
大舶凭陵真漭渺，寸心感格在精忠。
东坡去后何人继？奇绝斯游只我同。

看一看，身为南宋宰相的李纲，他对于前伏波将军路博德，而尤其是后伏波将军马援，他是何等的崇拜和尊敬啊！同样，明万历四十一年（1613），时任儋州知州的曾邦泰，他也有诗云：

亭高双屐动，海净一珠遗。
流水添新韵，繁花满故岐。
人怜汉武迹，井是伏波奇。
剩有清平调，牛樵处处吹。

而清乾隆七年（1742），时任儋州知州的伍斯宾亦有诗云：

伏波曾此饮官兵，旧井犹留新息名。
斥卤谁消千里渴，神驹蹙出一泓清。
须知露滴由天赐，不用醪投合众情。
道左至今行汲者，争思汉室古弁营。

这恐怕就是名垂青史、后代永记了吧！

第二十三章　军话军歌　岭南有支马留人

马援在斩二征、平交趾之后，即向朝廷这样上书：

孟子曾经说过，倚仗实力假装爱民的是霸道，行霸道就可以建立大的国家。依靠治理规律爱民的人是王道，行王道不一定要大国；商汤凭借七十里国土，周文王凭借百里国土就使人心归服。

倚仗实力使人民服从，并不能使人民心服，是因为实力不能供养人民。依靠治理规律使人民服从，人民就会心悦诚服。比如有七十多个弟子诚心诚意归服孔子。《诗经·大雅·文王有声》说："从西到东，从南到北，没有不心悦诚服的。"说的就是这个道理。

我奉命南征，侥幸获胜。今二征虽斩，交趾虽平，但贼首虽斩而余孽未除，交趾虽平而人心未定。若要使岭南长期平定，再不生乱，必须铲除二征余孽，使岭南人心归服。但是，平余孽易，收人心难。那么，如何才能收服岭南人心呢？这一要通话，如无语言的交流，又怎么知道岭南人的需要；二要同文，早在秦始皇时，就已经"书同文"了，但岭南乃蛮荒之地，汉文并未普及，今要大力补上这一课；三要同心，要让岭南人知道，我们汉军南征，只是为了讨伐叛逆之贼，给广大民众却带来了福祉；四要通婚，只有汉人与岭南人通婚，这样才能有利于通话、同文和同心，要使广大岭南之人，都永远臣服于我们大汉王朝。

臣在领兵南征之初，圣上已再三交代，对付岭南叛逆者，必须除恶务尽，而对于岭南民众，应以攻心为上，让他们都要心服，永为我们大汉的忠实臣民。臣又细想昔日的路博德、杨仆之所为，那杨仆在攻伐交趾时，他好功嗜杀，攻破番禺后纵火烧城已为残暴，而将投降者视为奴仆，甚至尽数杀掉，这让交趾人心多有不服。杨仆还让军士挖交趾人之坟，打开棺材，割下死人头颅作为战功，这些野蛮的举动，更使交趾人强烈不满。与之相反的是，路博德本在交趾叛乱之前，就已经屯居在交趾周边的桂阳，他在管辖桂阳期间，就与当地人友善相处，其威名早已远播交趾，所以“越素闻伏波名”。在平定交趾期间，路博德到达番禺城外后，他并不急于攻城，而是在西北面安营扎寨，派遣使者与城内沟通以招降越人。一边是烧杀掳掠逞淫威，一边是和降赐印服人心，越人他们选择的自是后者。所以，第二天黎明，番禺城中的人都降伏于路博德。这说明，以武压人莫若以德服人，路博德兵不血刃却更胜一筹。再有，擒贼先擒王，交趾祸乱的两大主首，是路博德询问投降者后，得知贼首的逃亡下落才追捕所得。由此论功，博德自是高于杨仆。所以，汉武帝在斥责杨仆时曾说：“将军之功，独有先破石门、寻陋，非有斩将搴旗之实，乌足以骄人哉！”后来，他又降杨仆之罪，险些将其斩杀。

臣南征出征之时，圣上还曾交代，如有必要，可以效仿秦始皇留兵岭南之举，我们也可以留部分军士和役工于岭南，以传播文明、文化和工艺，对此，微臣一直谨记，待我们平定孽乱、军队回撤之时，我一定照此办理，绝不遗忘。今臣既有伏波将军之名，当行伏波将军之实，臣宁做路博德，而不做杨仆矣！

奏疏写成，马援让飞马传书，送至洛阳，得光武帝回书，准予马援“便宜行事”。于是，马援便暂不回师，继续布军于岭南，征战于岭南，造福于岭南。

这一天，马援特意叫来刘隆和蔺思如，对他俩说：“我已向朝廷上书，说要征服岭南，必须与岭南人‘通话、同文、同心、通婚’，并得圣上回书，准予我们‘便宜行事’。那么，这通话是第一步，我们该怎么迈呢？”

刘隆说：“这通话看似简单，却并不简单。这岭南人说话，老呜哩哇啦的，咱一点儿也听不懂啊！”

“不，不是一点儿也听不懂。”蔺思如说，“有些话，我们倒也能听懂。岭南人中间，也有西汉初被汉朝廷所封的官员，有从中原而来的商贾和文人，他们是在各个时期，陆续到岭南来的，他们的人数虽然不多，但汉语官话是官场、学校、商业活动等公共交际的用语，这些人在岭南一直得到任用。路博德还在岭南办过学校，培养了一大批懂汉语识汉文的当地人，这些人可以成为我们的翻译。汉语官话，对岭南各种语言和地方方言产生了很大影响。古官话属于汉语北方方言，这种官话随着时间的推移，虽有一些变化，但基本也能听懂。有这样一些基础，我想与岭南人通话是能实现的。”

马援一听，十分高兴地说：“只要能与当地人通话，这第一步就算迈了出去。迈出了第一步，这第二步、第三步、第四步就好迈了。”

刘隆说：“光说迈，怎么迈呢？”

“想办法呗！”马援说，“咱们可以从当地人中，寻找那些懂汉语识汉文的人，再通过他们，与当地人耐心沟通，也让我们的将士学习当地语言，慢慢地，这语言障碍不就消除了？”

“那么，用唱的办法行不行呢？”蔺思如说，“我看，当地人都挺喜欢唱歌，唱山歌，唱民歌，几乎人人唱、个个唱。”

“可咱们唱的，是军歌啊！”刘隆说。

“那他们更爱听了。”蔺思如说，“他们唱歌，多是一个人唱，有时也是几个人合唱，可咱们唱军歌，那是成千上万人一起唱，气势十分宏大，自然更加震撼，影响也就更大了啊！”

“这话十分在理，唱军歌人数多，气势大，影响也大。有过这样一个笑话，说是一个结巴因为说话不便，吐字不清，便唱着说话，把意思才表达清了，更何况我们正常人呢！”马援说，“这办法，我看行。我以前在农村老家，听说过这样一件事：有一个结巴，他赶牛回家时，把牛掉到了沟里，回村给人叙说时，怎么也说不清。一老人让他唱着说，他这才说清楚了，于是，大家跟着他，把掉在沟里的牛救了起来。所以，用唱的办法通话，也不失为一个好办法。那么，咱们就先唱军歌，再说军话，不就能同当地人交流了？”

“好，就这么办。”刘隆和蔺思如异口同声地说。

几天以后，在一处两山之间川道的平地上，马援组织全体将士，集体唱起了军歌。当时，马援亲自指挥，让大家先唱东汉战歌《马踏燕然》：

披铁甲兮，挎长刀。与子征战兮，路漫长。

同敌忾兮，共死生。与子征战兮，心不怠。

踏燕然兮，逐胡儿。与子征战兮，歌无畏。

对于这一战歌，他们连唱了三遍。接着，马援又指挥大家，唱起了西汉战歌《大风歌》：

大风起兮云飞场，

威加海内兮归故乡，

安得猛士兮守四方。

因是主将亲自指挥，又是万人同声歌唱，且又是在两山之间川道这样的特殊地方，歌声如雷，滚滚而去，几十里皆闻。当地民众，闻歌陪唱，闻歌起舞，好不热闹。见此情景，马援更加上劲，便又指挥大家唱起了秦帝国战歌《无衣》：

岂曰无衣？与子同袍。王于兴师，修我戈矛。与子同仇！

岂曰无衣？与子同泽。王于兴师，修我矛戟。与子偕作！

岂曰无衣？与子同裳。王于兴师，修我甲兵。与子偕行！

可以说，这一次集体歌唱，轰动了整个珠崖地区。此后，当地人都自发地跟汉军将士学军歌，唱军歌，学唱之间，他们自觉或不自觉地，学起了汉语汉文，而汉军将士在这样的交流中，也学习了当地语言。渐渐地，大家就能进行简单的语言交流了。初步的语言交流问题解决以后，马援又通过那些懂汉语汉文的人，让当地人学习汉语汉文，又让汉军将士学习当地语言。渐渐地，汉军将士与当地人，便可以进行语言交流了，而且形成了一种独特的语言，那便是军话。

在平息完所有二征叛军之后，马援的军队，抵达岭西（今日广西），他们欲由此回师洛阳。回师之前，马援再与刘隆、蔺思如进行商议。马援说："如今，二征虽然被斩，余党虽然被除，但是，人心并未完全归服。要服岭南人之心，我们的'通话、同文、同心、通婚'乃是对的。如今，这通话、同文、同心我们是做了一些事情，但做得还很不够，还要继续做。但是，通婚这件事，我们还未做。所以，我想留下来一部分军士，特别是那些并非军士而搞杂役的人员，让他们与当地女子通婚，继续做通话、同文、同心的工作，继续传播汉德与汉威，传播天朝的先进与文明，只有这样，才能使岭南人心完全归服。你们说，这行不行呢？"

蔺思如说："行啊！这办法太好了。如果我们将部分汉军军士和杂役人员留下来，他们在岭南娶妻生子，世代繁衍，那他们便都是天朝的子民，是汉民的后代，他们又怎么不忠于汉朝呢？"

刘隆说："可这，要不要再请示一下朝廷呢？"

"我看，这就不必了吧！"马援说，"此一事，在我们出征之前，圣上已有交代，他同意我们这样做。而且，昔之时，前伏波将军路博德，从岭南回师时，已有留军士于岭南的先例，因之而得到了朝廷的奖赏。更何况，我早已向朝廷上书，圣上准予便宜行事。那么，我们留一部分军士和杂役人员于岭南，这也正是便宜行事了。"经他这样一番解释，刘隆也同意了"留一部分军士和杂役人员于岭南"的决定。

于是，马援便作出安排，他让全军将士和杂役人员自愿报名，愿留岭南者一一登记，给予他们一定生活补助和安居经费，让他们都留在岭南，登记者有上千人。回师之前，马援专门召集这些人开会，对他们说："你们要永远记住，你们是大汉的子民，你们是汉人的后代，你们是马援统领的军人或随军人员。

你们是为保卫大汉的疆土，保证岭南的平静，给岭南人造福而留在岭南的。今后，岭南便是你们的家乡，你们将在岭南拥有妻子儿女，拥有你们的后代。所以，你们一定要用自己善良的心、勤劳的手、坚强的意志、勇敢的精神，保卫好岭南家乡，建设好岭南家乡，这就是马援我对你们的希望！”

这时，负责统领留在岭南军士的领军王绵说：“敢问将军，我们这些人，有想随您而姓者，我们可不可以姓马呢？”

“可以啊！”马援十分爽快地答应说，“这样，也太抬举我了。”

“好！那我就改姓马了。”王绵首先表态。

“我也姓马，我也姓马！”好几个人争着表态。

“不一定都姓马。”马援说，“太大的姓氏，太大的宗族，易有祸事。”马援说。“所以，我建议你们，都可以称作马留人，却不一定都改姓马。”

“马留人，马留人，我们这些留在岭南的人，都是马留人。”刚刚改姓的马绵十分高兴地说。

“马留人，马留人，我们都是马留人！”一批决定留在岭南的军士首先喊了起来。

“马留人，马留人，我们都是马留人！”那些决定留在岭南的军士，他们全都喊了起来。

…………

我记得唐代的江南诗僧文秀，他写过一首《端午》诗：

渔歌一曲入江流，寄琴闲舟信步游。
汨罗江水沉忠骨，离骚诗韵续楚魂。
辜负胸中天下计，虽死犹存报国心。
恰逢满塘花开日，碧叶红荷正比君。

细诵这首诗，它饱含这样的深意：有些人虽然死了，可他们依然活着，比如像爱国诗人屈原。像屈原这样的人，后人都应当永远歌颂他、祭祀他、纪念他，他们会永远活在人们的心里。其实，伏波将军马援，就是这样的一个人。要说的话，马援所推行的军话军歌，它对于昔日珠崖今日的海南，影响是最大的了。如今，海南许多地方，当地群众在唱民歌的时候，习惯用军话，以军话语音为准。军歌经历了一个漫长的历史时期，逐渐形成海南民歌的一个品种，它同黎族民歌、儋州歌汇成海南“歌海”的三支主流。“军歌”不但有诉军谣，还有传统的演唱时节。而古时“军歌”，后来已普遍出现于青年男女对歌的场面，至今仍然保留。

应当说，军歌、军话与马援有着很深的渊源。比如在军话地区，从东汉开始，每年一年一度都进行军歌比赛，并有传统民俗节日——“下南”节，这也正是中国的传统节日端午节。说是当年五月五日，马援统领汉军渡海，他们从十所旁的古大南港(今东方市八所镇罗带河入海口处)登陆海南。为了庆贺大军顺利登陆，马援让将士们在此地热烈庆贺。汉军安驻三所、八所、十所、岭村等地便举行唱歌、游泳、放风筝、跑马、射箭、摸羊、打棒、撂团子等比赛活动，这些活动一直延续至今。久而久之，当地人也学着汉军将士唱起歌来，而且是军民联唱、军民联欢，汉军将士与当地姑娘们也通过唱歌来增进友谊、交流感情、谈情说爱，在这些情歌的歌词中，他们自己夹杂了一些爱情的内容，使当地唱情歌的现象十分活跃，这也成为一种社会风气，代代相传下来。

以后，每到“下南”即端午节时，当地人都会穿上节日盛装，提着粽子，从四面八方赶往十所水沟坡参加节庆。为了赶上这一重大节日，许多边远地区的人都要早早提前出发。昌化县(今昌江黎族自治县)的乌烈、俄港、昌城、昌化等地的军人因为距离较远，一般要在初四前到达十所，这样才不至于错过盛会。“下南”节的主要内容是对歌比赛，对歌比赛的场面很壮观，人山人海，热闹非凡。对歌比赛一旦开始，各村选出的男女歌手在歌台上大显身手，极尽其所能也要把对方对倒，直至选拔出一年一度的“歌王”。近年来，在海南省讲军话的地区，军歌对唱活动正在蓬勃开展。比方乌烈地区，大规模的“军歌”对唱活动，已成为群众自我表演、自我娱乐、自我教育的主要形式，随时可以看到群众编军歌、抄军歌、唱军歌、听军歌的热闹情景。

而马留人呢？他们则留在了如今的广西北部湾乃至广东一些地区，人数竟数以百万计。这些人，他们都相信自己是马援的后裔；即使不是马援的后裔，那他们的祖先，也一定是马援的部下。

现在的马留人，分布于广西环北部湾的防城港、钦州、北海市三市，在离海稍远的玉林市、南宁市辖的横县等也有分布。一些家族的分支达到广东省的三水、清远、肇庆、高要、佛冈、广宁、怀集、连南、封开、罗定等市县。这些马留人，只有一部分人姓马，还有姓禤的、姓韦的等好几个姓氏。

伏波将军马援的德、才、功业诸方面皆合于中国古代圣贤的标准，其人生遭际曲折离奇、丰富多彩，这些都奠定了造神坚实的事实基础，成为“源头活水”，诞生了一种特殊的文化——伏波文化，这是中华优秀传统文化的一个组成部分。

马援在建武二十年（44）九月胜利而归，所到之处，继续协助百姓疏浚渠道、治理城廓，还把农耕技术教授给当地百姓，促进岭南农业经济的发展。这成为一时佳话，也使马援在当地的声望达到了顶峰，受到很多百姓的热爱与推崇。在越南的顺化、清化、北宁等地，这些马援曾经战斗过的地方，多处修有伏波庙，庙内信徒众多，香火不断，马援成了神话人物。

等马援率军到了洛阳，归来的士兵还不到一半，死在战场上的并不多，死在瘴气（就是恶性疟疾）和疫病的倒占了十分之四五。朝廷因马援之功赐给兵车一乘，朝见皇帝时位仅次于九卿（古代中央政府的九个高级官职，汉以太常、光禄勋、卫尉、太仆、廷尉、大鸿胪、宗正、大司农、少府为九卿）。

马援曾在关山牧场当关山牧主多年，再加之，他一生兵马相戎，麾下良马坐骑，曾经不计其数，尤以马援亲自为之作诗而且能刨沙得泉的大白马最为有名，人们皆称它为宝马、龙驹、神驹，所以，后代祭奠马援所塑的胯下之马多为大白马。马援不但好骑，也极善识马，尤善于辨别名马，并享有马援“马伯乐”的美名。在交趾时，他们曾得雒越之铜鼓，这铜鼓特别大，为越人报警用铜鼓。马援便亲自绘图，先将那铜鼓烧化，以其铜汁改铸为马之姿式，铸造成了一匹健美的铜马。还朝后，马援上呈朝廷，上表说道：“在天上行走的莫如龙，在地上行走的莫如马，马乃国家军队之本，于国家大有用处。当国家安宁的时候，坐骑可以区别尊卑之序；当国家有难，需出兵靖难之时，用马则可接济、解除或远或近之难。昔日曾有马名骐骥，可日行千里，伯乐见之，明白无误地认为它是千里马。近世的西河人子舆，亦明相马之法，他将相马之法传于西河人仪长孺，长孺传茂陵人丁君都，君都传成纪人杨子阿，臣我曾师事子阿，蒙其传授相马骨法。经过实际相马考察，多有效验。臣愚意以为传闻不如亲见，看影不如察形。而今如果铸形于普通的马，则骨法形神难以具备，又不能传之于后世。孝武皇帝时，东门京善于相马，曾作铸铜马法献之朝廷，皇帝下诏去鲁班门外，将鲁班门更名为金马门。臣今谨依仪长孺的鞴（马络），中帛氏口齿，谢氏唇鬐，丁氏身中，备此数家骨相以为法，铸此铜马。”据史料记载，马援所铸的铜马，高三尺五寸，周长四尺五寸，此时的一尺，相当于现在的23厘米。依此类推，实际的铜像模型，体高大概在80厘米，体长从头到尾是103.5厘米，想象一下体格俊美、线条流畅的骏马，几乎皆是此规格。

光武帝看了马援的上表和他所铸铜马后十分高兴，便令将此铜马置于宣德殿下，以为名马之样式。

可惜的是，到了东汉末年，董卓进入洛阳后，把洛阳城内所有与“铜”有关的铜人、铜马以及其他青铜物件，都放置熔炉，铸成金钱。这件耗尽马援心血，线条流畅、体格极为标准的相马模型，也被毁掉了，这，不能不说是历史的遗憾。

当时，马援突发感慨，担心自己相马经验无人继承，想将自己的相马方法得以保存流传后世。于是，他凭借多年征战积累的养马、相马经验，写了一部《铜马相法》。

《铜马相法》是一部十分重要的相马著作，它讲述了如何根据马的外形，判断马的能力。其云：

水火欲分明，上唇欲急而方，口中欲红而有光，此马千里。颔下欲深，下唇欲缓。牙欲前向。牙去齿一寸则四百里，牙剑锋则千里。目欲满而泽。腹欲充，膁欲小，肋欲长，悬薄（股也）欲厚而缓。胁堂欲平满，汗沟欲深长，而膝本欲起，肘腋欲开，膝欲方，蹄欲厚三寸，坚如石，鬃欲戴，中骨主三寸（鬃，中股也），颊欲开，而膺下欲广一尺以上，能久走。欲方，胸欲直而出。凫间欲开，望视之如双凫。

这一相马经验流传至今，仍然被人借鉴、使用。《铜马相法》中，每一条查看马匹的外貌描写，每一处鉴别马匹的细节部位，皆是相马名言。比如马嘴的口唇形状最好是方形，马的舌头最好是鲜红色、有光亮，代表马的胃口好，体格强壮。马的牙齿越锋利、越坚硬越好，如此才能吃更多食物，跑更多路程。马的毛发也有许多讲究，鬃发毛色越好，长的部位越得当，马匹的体格越健壮……

由此足以可见，马援对马观察之细，研究之深，判断之准，少有人及。在向朝廷献铜马不久，马援还让贾威、任伍、淮宾三人，去了关山牧场，挑选来千匹精良战马，把这批马全部赠送给朝廷，增强了汉军的战力。光武帝和群臣对此十分赞赏，有人还曾笑言：“马援马援，军马来源。别怕军中马不够，识马赠马有马援。”

第二十四章　结怨梁松　终给薏祸留隐患

当初，在马援当陇西太守时，他发现币制混乱，使用不便。于是，他便给朝廷上书，建议应该像过去一样，铸造五铢钱，以五铢钱作为统一货币，这样才能制止货币乱象，有利国家，方便黎民。其上书曰：

秦朝的时候，秦始皇统一了货币，全国通用“半两钱”，俗称“秦半两”，这对于国家富强、民生改善、物资交流、经济发展等都发挥了积极的作用。

汉朝的很多制度都沿用秦朝，钱币制度也是如此，所以，秦半两依然是汉朝初年的主力货币。但是，秦半两在具体使用中，越来越多的人感到这种钱太重，使用不方便。所以，在汉高祖时期，开始铸造“荚钱”，这种钱的方孔很大，周边像四片榆钱，所以人们称它为“榆荚钱”。但荚钱在制作过程中，有人会偷工减料，这便导致了通货膨胀、物价飞涨。吕后执政时，开始铸造“八铢钱”，但此钱也太重，价值又过高，对小额贸易不利，于是，便又开铸“五分钱”，它其实是荚钱的新版。到了汉文帝时代，又铸造“四铢钱”，被称为“汉半两”。当时，市面上的流通货币包括秦半两、榆荚钱、八铢钱、五分钱、汉半两，其中有官方铸造的，也有私人铸造的。后来，这些货币被废止，但回收工作并不彻底，有些旧币依然在市面上流通，显得十分混乱。西汉时期的这种货币乱象，一直到汉武帝时代才得以改变。因为，汉武帝改革币制，铸造“五铢钱”，并且在打假、回收旧币上下了大力气。这样，各式各样的“半两钱”，才终于退出历史舞台。在确定五铢钱作为统一货币的同时，当时朝廷还明确规定，各地封国没有铸币的权力，一律由中央朝廷铸造货币并发行。其次，法定铸造钱币的机构为上林三官，分别是钟官负责铸造、技巧负责刻范、辨铜负责原材料，是为三令丞。同时，还销毁了各地封国的铸币，这对后来的货币制度产生了重要影响。

五铢钱是秦汉货币史上的一大转折，它的统一使用，实现了中央对货币铸造权的集中统一。西汉时期的五铢钱，枚重五铢，形制规整，重量标准，铸造精良，很受人们的欢迎，也代表了朝廷的权威。

但是，王莽篡汉以后，改国号为新朝，颁布了一系列改变币制的法令。新朝禁五铢，行新钱，先后规定使用的货币达30余种，其形式模仿周制，等级庞杂，制作粗糙，使用不便，又带来了货币使用的混乱。其时，不足值的大额货币到处泛滥，但王莽却苛法强制推行，对经济混乱不加强管理，不久即告失败。由于王莽禁汉，导致大量的汉五铢被集中销毁，这确实十分可惜。为了限制五铢钱，王莽还下令，凡使用五铢或收藏五铢的，重则极刑，轻则鞭刑，这使一度盛行的五铢钱，遭到了毁灭性的打击。

我今任陇西太守，见现在流行于市场的有半两钱、西汉五铢钱、王莽的货泉和大泉等，共计五十多种钱币，它们杂混在民间流通，各个封国也无此技术，显得混乱不堪。百姓买物购物，多有纠纷，价值标准，难得公平，纵使法律，也难截断。所以，我建议，我们应当像过去一样，铸造五铢钱，使用五铢钱，把它作为我们国家唯一的通用货币。这样做的好处是，由朝廷直接掌握铸币技术，不让铸币技术流入民间，并在原材料上进行严格管理，会避免和减少滥铸币现象的发生。我认为，重新铸造五铢钱，统一使用五铢钱，既有利于国家，也有利于庶民百姓，是百利而无一害之事。

光武帝把马援的这一建议，提交给三府进行审议。但三府审议后认为，马援的建议并不可行，便将这一结果奏明光武帝，这事因此便搁置下来。后来，马援回朝后，找回了自己的奏章，见奏章上批有十几条非难意见。他便针对这十几条意见，依据情理，结合事实，认真加以驳正和解释，重新写成表章上奏。光武帝仔细看了马援重新写的奏章，觉得他言之有理，切实可行，便采纳了他的意见。仅此一事，使天下获益良多。

虽然已经决定，但因重铸五铢钱的工作千头万绪，备料、刻范、铸造等工作都十分麻烦，所以推进也很缓慢，直到建武十六年（40），东汉才重铸出了五铢钱。其实，马援关于重铸五铢钱的建议，不仅对于光武中兴时，也对后世产生了重要影响。不过，从光武帝到汉明帝、汉章帝相当长的一段时间里，五铢钱没有显著变化。在汉灵帝中平三年(186)改铸“四出文”五铢钱。更有甚者，在汉献帝时，董卓铸无文小钱，致使原本混乱的币制一发不可收拾。建武以后，各朝的五铢钱均比西汉的五铢钱轻薄，也显得比较粗糙。其造型特点是，“五铢”二字宽肥圆柔，笔画较粗且浅，面文“五”字中间交笔弯曲，上下两横不出来，“铢”字“金”字头呈三角形，它比西汉五铢金字旁大，“金”字四点较长。那“朱”字头圆折，中间直笔，两端较细，制作精致，文字书体规范。其铜质为浅红色，还有各种记号，如星、横画、竖画等。“星”有一星与多星之别，或半圆点，或三角点等。依其位置而言，则有穿上星、穿下星、穿上下各一星，也有穿上横、穿下星，多星者多横排成列这样一些特征。建武年间铸造的五铢，还有纪年铜模盒传世。从此时起，东汉五铢的“朱”旁，上横圆折，已经成为明显特征。东汉五铢的断代，除“建武五铢”有传世的铜模盒以断定外，汉明帝以后，则很难区分具体年代。“四出五铢”又称“四出文钱”。所谓“四出”，是指钱幕从方孔的四角，向外引出一道阳纹直线到达外部，这也可能是为了防伪所做的一个防伪标志罢了。东汉灵帝中平三年（186）所铸的“四出五铢”，比一般“东汉五铢”铸造得要好，也稍重一些，人们对它的反映较好。

董卓本一凉州豪强，汉灵帝时曾任并州牧。黄巾起义时，董卓借何进征召之机，带兵进入洛阳：他先废汉少帝，立汉献帝，专断朝政；后来，他焚烧洛阳，挟天子，自封为太师。他生性贪婪，为了搜刮民财，于初平元年（190）毁“金人”（秦始皇所铸十二金人），铸成小钱，世人讽刺其为“无文钱”，因为这种无文小钱钱体轻小，制造粗劣，人们都很蔑视它，这也是东汉朝廷的最后一次铸钱，其流通地区十分狭小，仅限长安、洛阳一带。

三国两晋南北朝时期，又有了多种新生的五铢钱，诸如：蜀汉铸直百五铢，北魏孝文帝铸太和五铢，北魏宣武帝铸永平五铢，北魏孝庄帝铸永安五铢，西魏文帝铸大统五铢等。再后，又有萧梁初期铸大样五铢，北齐文宣帝铸常平五铢，直至隋文帝开皇元年（581）所铸的开皇五铢。这样，才结束了一百余年币制混乱的局面。唐武德四年（621），始铸开元通宝钱，才废止了五铢钱。屈指算来，五铢钱流通长达七百年，它是中国历史上铸造数量最多、流通时间最久的钱币。这虽然是后话，但由此足以看出，马援不仅有军事才能，是一位文武双全的军事将领，而且很有政治才能和经济才能，他不仅仅是中国东汉时期，也是中国历史上一位十分难得的治国奇才。

建武二十一年（45）秋，马援率精骑三千，出高柳（古县名，治所在今山西阳高），转雁门（郡名，东汉时治所在今山西代县西北）、代郡（东汉时治所在今山西阳高西南）、上谷（郡名，治所在今河北怀来）等边防重镇，乌桓前哨见汉军至，便报与统军将领，其统军将领获悉汉军由马援统率，便十分害怕地说：“汉将如是别人，我还可与之周旋。但来者是马援啊！我可不是他的对手。”于是，他便不战而逃，马援未能遇敌，只能统军而还。

有一次，马援在寻阳平定山林乱者，曾上表给光武帝，其中有这样的话：“破贼须灭巢，除掉山林竹木，敌人就没有藏身之地了。这就好比小孩头上生了虮虱，你捉不尽，挤不完，可你把小孩剃一个光头，虮虱也就无所依附了。”光武帝览书之后，觉得马援的比喻十分有趣，他也常常为宫中小黄门的头上有虱子而发愁。于是，他便下令，让宫中小黄门，一律都剃成了光头，这些小黄门的头上，便都没有了虱子，自然全都变干净了。

与马援同时期的，有一个名叫梁统的人，他既是一位军事家，又是法学家和思想家。其先祖是春秋时期的晋国大夫梁益耳、战国时期秦国卿大夫梁恪。梁统的高祖梁褚随从父亲迪国侯梁睦，将家族从河东迁到北地居住。梁统的曾祖父梁桥，曾凭借上千万的钱财迁居到茂陵。西汉哀帝、汉平帝末年，梁统的生父梁延，又将家族迁到安定乌氏居住。

梁统自小喜爱学习和研究法律，为人刚直果断，很有毅力。他最初在地方州郡供职，更始年间，由于关中大乱，刘玄的更始政权力量弱小，所以梁统主动要求到河西任职，担任了酒泉太守。

更始二年（24），梁统被刘玄征召补任中郎将，受命前往凉州安抚军民，又拜任酒泉太守。更始帝刘玄失败后，赤眉军攻入长安（今陕西西安），梁统与窦融以及各位郡守起兵保卫边境，并共同商议，推举统帅。开始是按官位推选，大家都推举梁统为统帅，但梁统却坚决推辞说：“从前陈婴不接受王位，是因为家有年迈的母亲。如今我内有双亲，需要照顾，而且又没有什么功德和才能，实在不配担此重任。”于是，大家就共同推举窦融为河西大将军，重新推举梁统为武威太守。梁统执政严厉，管理有方，他的威望波及到邻近的州郡，人们都很尊重他。

东汉政权建立之初，梁统等人各自派遣使者，跟随窦融的长史刘钧到光武帝的行宫进贡，归顺了东汉，光武帝便下诏加封梁统为宣德将军。光武帝亲自率军攻打隗嚣时，梁统与窦融等人率军与光武帝会合。隗嚣被打败后，光武帝封梁统为成义侯，梁统的胞兄梁巡、堂弟梁腾同封为关内侯，并任命梁腾为酒泉典农都尉，全都派回河西。梁统和窦融等人来到京城洛阳（今河南洛阳），以列侯的资格上朝参见，改封为高山侯，官拜太中大夫，梁统的四个儿子都被授任为郎官。

梁统在朝中，经常向光武帝提出有利于国家的建议。他认为现行法律宽松，致使犯罪现象层出不穷，因此应加重刑罚，以使遵循过去的典章制度，他便上疏道：“臣曾见汉元帝、汉哀帝二帝减轻一百二十三件本应斩首的判决，为亲手杀人的人减去死刑，因而从此以后，成为常规，所以人们轻视犯法，官吏则轻易杀人。臣听说人君执政之法，以仁义为主，仁就是爱护百姓，义就是为政之道，爱护百姓则务必消除残暴，政务治理则主要是清除混乱。刑罚的使用在于适当，而不是挑选轻的，所以五帝时有流、殛、放、杀的刑罚，三王时有大辟、刻肌的律法。因此孔子称他们为‘仁者必有勇’，又说‘治理财政修正辞令，禁止百姓做坏事叫作义’。汉高祖受天命诛除暴政，平定天下，制定律令，的确是十分适宜的。汉文帝宽宏仁爱，以柔和治政，又遇上太平时期，只除去肉刑、相坐的法律，其他全部遵从旧典，不作改革。汉武帝正值中原兴盛时期，财力有余，征伐远方国家，多次出兵，那些才智过人的人违犯禁令，奸猾的官吏玩弄权术，所以加重对谋首、藏匿罪犯的人的处罚，制定有关知道别人犯法而不检举告发的法令，来破除朋党，惩罚隐匿犯罪的人。汉宣帝聪明正直，统治天下，群臣守法，没有什么大的过失，且遵循前代的法典，国家得到治理。到汉哀帝、汉平帝继位，他们在位时间短，治理国家经验不多，丞相王嘉随意穿凿附会，删除先帝的典章制度，致使数年时间，有上百件案子，有的不便于审理，有的在处理上不服民心。臣谨表述它的特别不利于政体的情况如上。臣以为，陛下行善德，审时度势，拨乱反正，功绩超过周文王、周武王，功德与汉高祖相同，的确不应因循朝代衰落时的措施。您应回过头来仔细观察，思考、检查政策的得与失，诏告有司，认真选择好的部分。确定不变的典制，施行不会穷尽的法则，此为天下之人的幸事。这些事交给三公、廷尉审议，他们认为严酷刑法，不是英明之主的当务之急，而且原来的法律实行已久，岂是一朝一代所能改变？认为我现在所确定的，不该许可。”

梁统又上疏说：“有司认为我如今所说的，不能实行。我思考我所上奏的内容，并不是说要严刑。我认为从汉高祖之后，直到汉宣帝，他们所施行的政策，大多数是符合于经传的，我们应当将如今的事情，同以往的相比较，遵守从前的典制，事情没有什么难改的，只是难心甘情愿。我希望能得到陛下召见，能对尚书近臣当面陈述概要。”

光武帝命尚书询问具体情况，梁统回答说：“我听说圣帝明王，设制刑罚，因此就是在尧舜盛世，也有诛除四个凶恶之人的事。《尚书》上说：‘上天讨伐有罪之人，五种刑罚五次使用。’又说：‘以适当的刑罚治理。’孔子说：‘刑罚不适当，百姓则不知怎样去做。’其中的意思就是说不轻不重。《春秋》中的惩罚，并不回避亲戚，主要是为了防备祸患、制止混乱，保全安定黎民百姓，难道没有仁爱恩泽，重视断绝凶狠残暴者之路吗？自从汉高祖立国以来，直到汉宣帝时期，君王英明臣下忠诚，谋略深远广博，却仍然因循过去的典章，不轻易改革，天下得到治理，案件越来越少。到初元、建平年间，减少的刑罚达到一百多条，而盗贼逐渐增多，一年之中以万计。近来三辅地区，盗贼并起，直至烧毁茂陵，火烧未央宫。此后陇西、北地、西河的贼寇，跨越州郡，远道交结，攻占武器库抢走兵器，抢劫官吏，虽下诏书讨伐追捕他们，却一连几年没有捕获。那时因天下没有灾难，百姓安宁平静，而叛乱者的气势尚且到了这种程度，这都是刑罚不适当，使愚蠢之人轻易犯法造成的。由此可见，减轻刑罚的举动，反而会产生大的祸患；对坏人施加恩惠，反而会伤害善良的人。所以，我梁统希望，陛下您能采纳贤臣孔光、师丹等人的意见。”奏议呈上，却被上边扣住，没有给予回答。

梁统后来出任九江太守，最后封为陵乡侯。他在郡任上很有政绩，官吏百姓都很敬佩并服从他。当其时，梁统和马援十分友好，有事经常在一起商谈，好多想法也能达成一致。尤其是马援二次上奏“铸五铢钱”时，梁统他上书，支持马援铸造五铢钱的建议，促使光武帝下定了通用五铢钱的决心。

其实，那次夜梦始祖马服君之后，马援也还梦见过梁统。对于梦见梁统，他一点也不觉奇怪，思念自己的老朋友，那是很正常的事情。但是，由梁统，他不能不想到梁统的儿子梁松。梁统有子名松，他承袭了父亲梁统的爵位，并娶光武帝女舞阳公主为妻。正因为梁松是光武帝之婿、舞阳公主之夫，年纪轻轻便为郎官，又是当朝驸马，所以他平日里自然趾高气昂，显得十分骄贵，马援一直看不惯他，曾经指出过他的缺点和错误，可他对此不屑一顾，并对马援产生了怨恨心理。他也确有一定才华，聪明异常，博通经书，明习故事，与诸儒修明堂、辟雍、郊祀、封禅礼仪，常与人论议，所以深得光武帝的宠信。永平元年，他又迁太仆，便更加有权势，也更加骄横。

有一年正月，大过年的日子，马援因为有病，在家休养。梁松闻知，便特意前来探望，但他也动以小心思，想借此戏弄并要笑一下马援。因梁松知道马援的脾性，凡有人看望时，都不让带什么贵重礼物，这类礼物一概拒收。所以，他这次看望马援，只带了些干果水果。

梁松进了伏波将军府后，马援长子马廖急忙来迎接，见面即说：“今驸马亲临府中，使我们蓬荜生辉。可惜家父染病，不能出门亲迎，特让我代他前来迎接。”

梁松忙说：“不客气，不客气。我因闻马叔有病，特来看望他，哪能让他带病来迎接我呢？”

“马廖领着梁松，径直来到马援寝室。一进屋，马廖即对马援说：“父亲，梁松驸马亲自来看望您了。”

“噢，那好那好，来了就好。”马援的态度有些冷淡。

马廖见父亲未动，便靠近床前说：“驸马来时，还带有礼物。”

“什么礼物？你应该知道，我是不收礼的。”马援的身子动也未动。

梁松也急忙上前，对马援说：“算不上什么礼物，只是一些水果干果罢了。”他一边说，一边将果篮呈上，跪于马援床前。马援斜眼一看，见果篮里面有冻梨、柿饼和红枣这三种果品，不禁顿生厌恶之情，便说：“那，驸马的盛情我可以收下，礼物就不收了吧！”

梁松假装恳切地说：“听说马叔生病，晚生特意前来看望，因闻知马叔不收礼物，便只买了些果品，还望马叔收下。”

“那，就收下吧！”马援十分勉强地说。

梁松再拜并予问候：“马叔一向康健，今为何突然染恙？望马叔能安心养病，早日病愈，身体安康。”

“这，不劳驸马操心。”马援竟然冷冷回答，“人嘛，吃的五谷杂粮，自会有百病缠身，可死生自有天命，想我一时半会儿，还是死不了的，请驸马放心。”他只是嘴里搭话，人却一直未予起身。

马援小儿马腾这时进屋，来到马援床前说：“父亲，我母亲问您，今天驸马来了，咱们吃什么好饭招待？”

“不招待了。”马援十分干脆地说，“驸马金枝玉叶，咱们家的粗茶淡饭，驸马怎能吃得惯呢？”

“是的是的，我只是来看望一下马叔。饭嘛，就不吃了。”也真是“话不投机半句多”，见马援对自己态度一直这样冷淡，说话又多带刺，梁松自觉尴尬，便客套了几句，就急急告辞走了。

梁松走后，马廖说：“父亲，梁伯孙（梁松字伯孙）既是虎贲中郎将，又是皇帝的女婿，公卿以下都害怕他、巴结他。今番，他亲自来看望父亲的病情，可您为什么对他不搭理，又那么怠慢呢？”

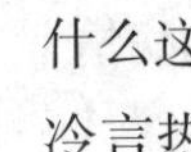

马援说：“我和梁松的父亲梁统是好朋友，我是他的长辈啊！今梁松虽然贵显，他也应以父辈之礼对待我，我若答之以礼，岂不是失了长幼之序？再说，他平日里老那么高高在上，夜郎自大，我作为长辈，总得劝诫他、教育他啊！我今对他的冷淡，也是一种变相的教育，这对他只有好处，没有坏处。我想，他父亲梁统的在天之灵，也会支持我这样做的。梁松如果聪明，就应该再来问我，为什么对他态度如此冷淡，来虚心听取我对他的教诲。梁松如果愚蠢，便不会来找我，可他自会吃亏。如今，他来是来了，不仅不来虚心请教，反而烦我来了，气我来了。”

“您这话又怎讲？梁驸马，他毕竟是好心看你来了啊！”马援次子马防这时插话说，“您要知道，梁松其人，为人十分高傲，心胸又十分狭窄，您这样对待他，他会记恨您的。”“那么，我问你，你知道‘黄鼠狼给鸡拜年——不怀好意’这句俗话吗？你知道那梁松，真是好意来探望我的吗？”马援说。

“父亲这话从何说起？”马防说。

“那么我问你，今天是初几？”马援问。

“初四。”马防说。

“你再看看梁松送的果品，都是些什么？”马援说。

马防便拎上果篮，一一向父亲报上果品的名称：“核桃、花生、红枣、柿饼、王瓜、冻梨……”报到这里，他十分惊喜地说，“这王瓜和冻梨，只有皇宫里的人才能吃上，我们一般人是吃不上的，梁驸马可真是个有心人啊！”

“是的，他的确是个有心人。他来看我这个病人，选的什么日子，初四初四，大忌之日，他为什么要来看望我呢？莫不是，他含有‘初死’这样一层意思，是盼望我早点死呢！”马援十分生气地说，“如果这只是一种猜测，那么你们再看看，他送的是什么果品？这红枣和冻梨，既有枣又有梨，那不是说让我‘早离’是什么？还有送王瓜，这显示了他这位驸马的高贵和与众不同，非皇宫的人，谁个现在又能吃上王瓜呢？所以我说，梁松他并不是来看我，纯粹是咒我、骂我的，他是盼着我早早死呢！”说到这里，马援竟然坐了起来，一副无比生气的样子，甚至连胡子都气得发抖。

见父亲如此生气，子女们无人敢吭声，只有蔺夫人走上前来，她说：“孩他爹，你一向都不讲究，可今天怎么这么多讲究？你一向宽以待人，可今天为什么这么斤斤计较？你一直对常人仆人都善言相待，可今天对人家皇家驸马却冷言热讽，不以礼相待，这是为什么呢？再说，那梁驸马老家是安定郡人氏，

他怎么能知我们秦地关中的许多讲究。也许是，送礼者无意，收礼者多心。”

“可是，你们不知，他送王瓜，还有另外一层恶毒意思。”马援人仍然愤愤不平地说。

“什么意思？”马廖问。

“他是骂人。”马援那年仅五岁的女儿突然插上话来，她说，“他骂爹爹是王八。”这位女儿，便是后来的马皇后。

听小妹妹这样一说，马援之子马光也生气了，他说：“梁松纵是驸马，也不应这样欺负人啊！我们找他辩理去，算账去！”

马廖毕竟年长一些，他这时上前说：“父亲，我觉得，母亲之言，深为有理。那梁驸马并非秦人，怎么知道我们秦地会有这多讲究。人家来看望您，送果品给您，全是一片好心，咱可别冤枉了人家。至于小妹所说，这也只能是巧合罢了，不一定是梁驸马的本意。”

听大家都这样相劝，马援方才消了消气，他无可奈何地说：“就算我方才猜的说的全是真的，我们小妹说的也是对的，我们又能把人家梁松怎么样呢？人家是驸马爷啊！这事，也只能到此为止了。你们以后也休再提这事，说出去让人笑话，以致会惹出祸来。以后若有机会，我还是会再规劝梁驸马的，毕竟他是晚辈，我不能跟他一般见识，也不能让他走得太远了啊！”

尽管，马援的本意只是如此，他还一直希望梁松能前来讨教，好给他再讲些为人处世的方法和道理，但梁松却一直未来。那梁松不但一直不来向马援讨教，还误以为他耍的小聪明，马援一家人丝毫未看出来。他对人说：“什么马文渊有预见，狗屁！他什么都预见不了。”以至于，他还很记恨马援，对好几个人说：“好个马文渊，我好心拜望他，他对我竟不理不睬，十分冷淡。他以后不犯我手便罢，如犯我手，我一定要好好治治他的病。”

当初，马援兄长之子马严、马敦都好论人长短，讥刺时政，与那些行为不加检点的侠客常相互往来。在外征战的马援闻知此事，即修家书劝诫他们：

我希望你们听见别人的过失，就像是听见自己父母的名字那样，耳可以听，口不能传。好议论别人的长短，讥讽时政，这是我深恶痛绝的事，我宁死不愿听到我的子孙有这样的行为。这一点你们是早就知道的，今天所以要重新提起父辈对子侄的教训（施衿结褵），一再表明父辈对你们的告诫，就是要你们不要忘记啊！龙伯高（龙述）为人敦厚，处事周密谨慎，说话适当得体，从不口出不合法度的议论。他待人谦恭和顺，生活节俭朴素，清廉为公，因廉有威。

我喜爱敬重这样的人，希望你们能够向他学习。杜保（季良）为人豪侠好义，他能忧人之忧，乐人之乐，处事轻重合宜。他的父亲去世，数郡的客人都来吊唁。我也喜爱和敬重这样的人，但不愿你们学习他。学伯高，如果学不到他的长处，仅仅学成一个言行谨慎小心的人，那就是所谓“刻鹄不成尚类鹜”，虽不逼真，却还相似，但终无成就；学季良，没有学到他的长处，反而陷于天下轻薄子的境地，那就是“画虎不成反类狗”，仿效失真，反而弄得不伦不类，终无成就，反贻笑柄。如今季良尚不知道，郡将们一提起他无不咬牙切齿，州郡官员向我诉说，我常常为此感到寒心，所以不愿子孙学他啊！

马援给马严、马敦写信的事，很快被光武帝知道了，他便从马严那里要来那封信，仔细进行阅读，并且让人抄写了一份，这才将原信退还给马严。马援信中的所说的季良名杜保，京兆人，时任越骑司马，他的仇人向朝廷控告他行为轻浮浅薄，乱群惑众，伏波将军马援从千里外寄来家书，告诫其兄之子，不能仿效他。而梁松、窦固却与杜保结交，煽动其轻伪之行为，败坏社会风气。光武帝看马援信后，即召梁松、窦固二人进宫，当面进行斥责，并将告状的奏文和马援的书信叫他们看。梁松、窦固看罢，便叩头流血，一再请罪，这才免于处罚。光武帝还下诏，免了杜保的官职。伯高名龙述，亦京兆人，当时为山都（县名，故城在今湖北襄阳西北）县令，就因为马援这封家书对他的称誉，光武帝便提升他为零陵（东汉郡治所在零陵，即今湖南永州市）太守。这也足以说明，在当时，光武帝对于马援的信任，达到了登峰造极的程度，伯高因他的信被光武帝提拔，梁松、窦固却因他的信遭光武帝痛批，真是天地两重天啊！要说，窦固看了马援之信，行为上稍有收敛。但是，正是这一时期窦固的傲慢、族人的骄横，为以后他们家族的“窦宪之案”埋下了深深的隐患。可梁松呢？却因此更加记恨马援，他甚至咬牙切齿地说：“好个马文渊，我去你家看望你，你冷淡我、怠慢我倒也罢了，可你给家人写信时，也攻击我、污蔑我，特别是你的家人，怎么也不该拿着你的信，跑到皇帝那里告我的状，让我差一点受到了处罚。真是是可忍，孰不可忍！我哪能咽得下这口气呢？咱们等着瞧吧！”他决心予以报复。

第二十五章　夜梦始祖　一身冷汗半惊魂

要说的话，马援其人自有他的天赋，他最明显的天赋之一便是很有预见性并且很准。但可悲的是，许多的事情，他即使预见到了却也无法预防。

要说的话，马援其人自有他的优点，他最明显的优点便是耿直，耿直得什么话都藏不下掖不住。但可悲的是，这种耿直既是他的优点，也是他的缺点。

马援兄女之婿王磐，字子石，是王莽堂兄平阿侯王仁之子。王莽败亡后，王磐因拥有大量的财富，便以富户居于本乡。他为人崇尚气节，赏爱有才能之人，特别乐善好施，喜积德行善，故在江淮间颇有名望。后来，他往游京师，与卫尉阴兴、大司空朱游、齐王章友善，常相往来。别人对王磐十分羡慕，认为他是一个干大事的人。但马援不这样认为，他对姐姐的儿子曹训说："乐善好施，交往有才能的人，本不是什么坏事，可子石并不适合做这样的事。因为，王姓原本是皇族望姓，现在却衰落了，它只是一个废姓。这样，子石本应当退隐独居，不多与客人往来，方能明哲保身，保证平安。可是，他反而遨游京师，与高官显宦往来，以私人义气行事，对他人多有欺凌。这种人，易招人妒忌，不会长久，是必然要败灭的。"果然，一年多以后，司隶校尉苏邺、丁鸿因罪下狱死，王磐亦因与他们关系密切，坐罪被捕，因受刑折磨，死于洛阳狱中。

王磐死后，王磐之子王肃本应吸取父亲的教训，但他并未吸取，依然喜欢出入于北宫（皇后所居之洛阳宫殿）及王侯宅第。马援知晓后，便对常与王肃交往的司马吕种说："建武年号，是为天下重归汉室而开的。自今以后，海内应当一日比一日安定，而应当少起或不起波澜。但令人忧虑的是，王室与诸侯子弟都已到壮年，而诸侯王子不得交往宾客之法未立，他们若与宾客多相往来，必然会生出事来，那是会进大狱的啊！关于这一点，你和王肃，都一定要注意，要引以为戒，千万谨慎行事。"

不久，光武帝的废皇后郭氏去世，有人即上书朝廷，告王肃等受诛之家，说他们常会诸王宾客，动机不纯，怀疑他们会因之生乱，这将危及朝廷。光武帝闻知大怒，便诏下郡县，立即收捕诸王宾客，这事相互牵引，死者以千数计。司马吕种亦因此而受到牵连，被处以死刑。临刑时，司马吕种仰天长叹道："悔不听马文渊之言，果有今日之祸。马将军真神人也！"由此足以看出，马援不仅识马，他更识人，他识人能通过他的现在，知道他的过去，看到他的未来，实属高人高见、贤人远见也！

还有一次，马援领兵出征时，朝廷命百官于都门外祭祀路神，为马援饮宴送行（祖道）。送行人中，有驸马梁松、卫尉窦固，二人权势，非同一般，所以他们常常目中无人，高傲自大。马援对前来送行的梁松、窦固这样说："凡人要知道进退，你们在身贵的时候，也要准备可能有身贱的那一天。如果你们只想富贵而不想贫贱，就一定要居高位而谨言慎行，自我克制，自我约束。鄙人这劝勉的话，请你们常想想。"这也是马援因知梁松在记恨自己，仍想先提醒一下梁松，待梁松来找自己时再好好劝诫，不料梁松却对马援更加记恨。到后来，梁松果然富贵至极，骄傲自大，贪求禄位，以诽谤朝廷罪被杀。而窦固呢？马援觉得同是扶风老乡，也是儿女亲家（起初，马皇后曾许配给窦家子弟），他也预见到窦固和窦氏家族以后的灾难，便好心予以劝诫。到后来，窦固果险遭杀身之祸，他去世后，不但封国被没收，爵位也随即被免除。当然了，这是后话。

这是东汉军从交趾凯旋回师的前一天晚上，刚刚入夜，马援因为忙碌操劳了一天，有些犯困，索性和衣早早躺下睡觉，想第二天起个大早干事情。可是，他翻来覆去，怎么也睡不着。也不知怎么的，他突然想到了始祖马服君赵奢所抄写的那份紫山神君的寓言诗。对于这首寓言诗，一直是他的一个心结，也是他们全族人的一个心结，他们大家都似知其意，却又不晓其意，似知其中的寓意，却又不解其中的深意，它到底是什么意思呢？为此，他对此诗熟背于心，常常在吟，常常在想。这时，他一阵又一阵想着，一遍又一遍背着，最后，他索性爬了起来，点亮蜡烛，借着烛光，伏在书案之上，把那首诗整整齐齐地书写下来：

赵家多富贵，
忽有大难至，
棋子上书后，
方将灾祸避。

木子家门事，

当为后代师，

为记前车鉴，

马革当裹诗。

而后，他在帅帐里来回踱步，一遍遍地吟着此诗，想着此诗：那始祖赵奢时期，始祖被封为马服君，人称其为“名将”“贤人”，其声名够显赫了。但那时，每有朝廷封赏，始祖必分发给部下，他本人并不敛财，家中似乎可以说“贵”，“富”倒不怎么样。始祖之后，赵括一旦被封为将，他便把朝廷的所有封赏都收留家中，对下属的送礼来者不拒，家中便积累了不少钱财，这个时候，赵家的确够富贵了。可这富贵刚来，又有大灾而至：长平之战，赵括兵败，不但他本人被乱箭射死，赵军的四十五万人全被秦军斩杀，这可是四十五万人啊！如此大罪，即使杀十个赵家满门也不为过。但好就好在，早在赵括出征之前，即有赵括母上书，她还向赵孝成王呈送了赵奢的临终遗书，赵括母的上书和赵奢的遗书，均不让赵括挂帅出征。那么，这里的“棋子”一定是指赵括母亲、赵奢妻子了。但赵孝成王一意孤行，对赵括母的上书和赵奢的遗书并不理睬，对赵括母的劝阻只是不听。赵括母无奈，便请求赵孝成王，如果赵括兵败，不要牵连自己家族。对此，赵孝成王答应了，这才使赵家躲过了一次灭族之祸。似此，这前四句诗已被事实验证，也没有什么问题和悬念了。可是，这后四句呢？“木子家门事，当为后代师，为记前车鉴，马革当裹诗。”这又是什么意思呢？他百思不得其解。他想啊想，想啊想，怎么也想不明白，竟伏在桌案之上，迷迷糊糊睡了起来……

这是一个月夜，弯弯的月牙下，淡淡的月光里，神秘的意境里，一位顶盔掼甲、威风凛凛的将军走了过来。马援细看这位将军，竟跟马氏祠堂里悬挂的始祖马服君的挂像一模一样，忙怯怯地探问：“敢问，您莫不是始祖马服君？”

“正是。”将军说。

“始祖在上，请受后人马援一拜。”马援急忙跪拜马服君。

“快快起来，莫要啰唆，我有正事要说。”马服君很快将马援扶起。

“始祖从何而来？”马援刚一站起，先这样发问。

“从紫山啊！”马服君说。而后，马服君说明了事情的原委。原来，赵括周岁抓周之时，那位来赵府的疯道人正是紫山神君，因他镇守紫山已有五千年之久，神位都是五千年一升迁。因他升迁在即，便急急来到赵府，化装成疯道人模样，点破一点天机，点化赵奢夫妇，因赵奢正是紫山神君离任后的下一任紫山之神，他欲让赵奢早早接替他的神位，自己也好升迁。所以，赵奢逝后，他便到了紫山，成了新的紫山之神。因赵王封赵奢为马服君，故人们便习惯于将紫山称马服山。而人们又觉原疯道人的神像有些不雅，便以赵奢的形象重塑了紫山神君金身……讲罢这些情况后，马服君说："今我从邯郸远道而来，确有重要事情要告诉你。"

"始祖请讲，快快请讲！"马援说。

马服君叹了一口气说："至于上一次，因我逆子赵括纸上谈兵，葬送了赵国四十五万人，那也是天意啊！"因这天下大势，分久必合，合久必分。周末七国分争，并入于秦。及秦灭之后，楚、汉分争，又并入于汉。汉朝自高祖斩白蛇而起义，一统天下，现在正光武中兴，难保后来再不分裂。这样，那次赵国的长平兵败，也是必然的。从某种意义上讲，它也加快了秦统一六国的步伐。再说这秦统一以后，结束了诸侯长期割据混战的局面，开创了中国历史上首次大一统的局面；建立了君主专制中央集权制度，统一文字、货币、度量衡等，巩固了统一，促进了各地区各民族之间的经济文化交流；通过统一战争，扩大了疆域，使秦朝成为中国历史上第一个统一的多民族的中央集权国家，这并不是什么坏事啊！当然了，这是从大的层面或国家的层面来说的。说到赵氏，那一次险遭灭门之祸，亏得我的贤妻蔺氏上书，才使赵氏躲过了一次大的灾难。"

"难道，始祖对我要说的，就这些吗？"马援有些不解地问。

"不，我还有更要紧之事要对你说。"马服君说。

"那么，如有需我办理之事，我会尽心尽力，万死不辞！"马援急急予以表态。

"我问你，你为什么要得罪人呢？"马服君问。

"没啊！我一向谨慎做事，谦虚待人，并没有得罪过什么人啊！"马援说。

"难道，你谁也没有得罪吗？"马服君问。

"可能，我得罪过一些人，可那都是些小人，我都不屑理他们。"马援想了想后说。他想列举梁松，但却没说名字。

"小人，就一定要得罪吗？"马服君反问。

"我的做人原则是，宁可得罪十个小人，也不得罪一个君子。因为，我瞧不起那些小人，他们说话吞吞吐吐，待人阴阴阳阳，做事鬼鬼祟祟，所以我很瞧不起他们，不想跟他们来往，便也不怯于得罪他们。"马援说。

"错！"马服君说，"你正好说错了，也做错了。这为人处世，应该是'宁可得罪十个君子，也不得罪一个小人'。那些小人，你可真得罪不起哟！"

“为什么呢？”马援问。

“因为，小人特别喜欢记仇，君子做事是‘你敬我一尺，我敬你一丈’；小人恰恰相反，他们是‘你贬我一尺，我贬你一丈’，非把你置于死地而绝不罢休。你即便是无心的得罪，也往往会招致他们有心的报复。因为，凡是小人都品性差，气量小，为达到自己的目的，他们会不择手段，会损人利己甚至于损人不利己。他们要么造谣生事，挑拨离间；要么会落井下石，恩将仇报；要么会暗箭伤人，致人死地。所以，要使小人远离自己，最好的做法就是不要轻易得罪这些小人。平日里，一定要善于应酬这些小人，对付这些小人，必要时还可以讨好小人，这并不是要和小人沆瀣一气，同流合污，而只是为了迷惑他们，麻痹他们，进而远离他们。因为，这些小人会不惜一切代价，用各种手段来算计人、陷害人，令人防不胜防。他们说不定在什么时候，会在背后给你一刀、射你一箭。所以，要想避免小人的伤害，就不要轻易得罪小人，不要给他们以报复你的理由，创造报复你的机会。

“要知道，对于小人，君子一般是斗不过的，这并不是因为小人比君子聪明，而是因为君子的心都在国家上、事业上，而小人的心却在自己上、家庭上，假如你不想采用小人的手段来对付小人，也不想与小人斗个你死我活，那对付小人就无妨睁只眼闭只眼，眼不见心不烦，不理不睬他们也就是了。而君子呢？他们做事光明正大，问心无愧，不畏流言，不畏攻击，往往不惧怕任何小人。但小人之所以是小人，是因为他们始终处在暗处，用的也始终是阴险狡诈的手段，而且不把你害惨绝不罢休。别说你不害怕小人，可历史上的斑斑血迹证明，有几个君子，能抵挡得住小人的陷害呢？再看看现实，那些得罪小人的人，不管你有多么厉害，又有几个君子能完全让小人无计可施，并因此不给自己带来祸患呢？所以，不到万不得已，一定不能得罪小人！可君子就大不同了，因为他们胸怀宽广，气度不凡，所以即使你说了不合适的话，做了不合适的事，哪怕冲撞了他们，也会原谅你的。”

“谢谢始祖教诲，晚生定当聆记。”马援说。

“那么，你知道你最大的天赋吗？”马服君话题一转问。

“有人说，我有一个特殊的天赋是预见，并且预见得比较准。”马援说。

“那么，你知道你最大的优点吗？”马服君又问。

“也有人说，我最大的优点便是耿直，有什么话从不藏着掖着，必须一吐为快。可有人却说，这也是我最大的缺点。我理解不了，耿直又怎么会是最大的缺点呢？”马援说。

“是的，这的确是你最大的缺点。”马服君说，“为什么呢？因为，凡属耿直的人，说话都直来直去，这却很容易伤害人。虽然，对于你的耿直，君子一般会原谅你，小人却不会，他们不仅不会原谅，反而会记恨，因为你的耿直的话语，他们听到会非常难受。说到别人的弱点，每个人都会有弱点，可这个弱点很可能是没办法或者并不想展示给其他人看的伤痕，但是，你却要在众人面前点破人家的弱点，这谁人能接受呢？比如说某一个人，他头上有一个疮疤，便戴了一顶帽子遮盖起来，可你却突然当众揭掉人家的帽子，让他头上的疮疤暴露于光天化日之下，那他会多么尴尬，又怎么能高兴呢？还有些人借以自己的耿直，可以在毫无了解的情况下，说出自己所看到的东西，却不料会给他人带来困扰，这种所谓的耿直，会给他人带来巨大压力，尽管那些耿直的人，他们的本意并非如此。

“那些耿直的人，有人会说他们‘没脑子’，尽管他们说话做事也出于善意，但真正的善意是不能伤害别人，自己看到的东西，只要是会给他人带来困扰的，就不能乱说。不是每个耿直的人都没有脑子，但他们应该知道什么话该说，什么话不该说。”

“我懂了，始祖。”马援已经听出，始祖这是在批评自己，便自我检讨地说，“这方面，我以前做得的确不好，我甚至还觉得自己的耿直是个优点，所以便不管是什么人，不管是什么场合，我都有什么就说什么。以后，我不会再这样了。”

“晚了，现在已经晚了。”马服君说，“你可知，就这一次，只因为得罪了小人，会给整个马氏家族带来多么大的灾难吗？”

“什么灾难？”马援仍有些不以为然。

“灭门之祸，灭门之祸啊！”马服君十分痛心地说。

“啊！我怎么会闯灭门之祸？”马援十分震惊地说。

“可不是么，你闯的是灭门之祸啊！”马服君十分肯定地说。

“您能不能说具体点？”马援恳求。

“那么，那首寓言诗，你读懂了吗？”马服君又这样问。

“半懂半不懂。”马援说，“前四句，我基本读懂了，可后四句，我怎么也读不懂。”

“这个自然。”马服君说，“前四句诗，因已有事实得到了验证，也都是些大白话，没什么不好懂的。可那后四句也很简单，你怎么就读不懂呢？”马服君继续说，“木子合而为李，李广家族的悲剧，你难道不知道吗？要知道，你所闯的祸，将使整个马氏家族，面临同李氏家族相似的灾难，如不赶快想法解决，马氏真的会有灭门之祸呢！”

马援听得心惊，吓出了一身冷汗，忙问：“可有什么避祸之法？”

“那避祸之法，全在诗里，‘为记前车鉴，马革当裹诗’，这马革裹诗，其实是‘马革裹尸’。如有一马姓之人，能够马革裹尸，马氏一门，方能逃过此劫；否则，马氏家族，在劫难逃啊！这也是我急急前来找你的原因。”马服君说，“可是，话说回来，我们马氏一门，如躲过了此次劫难，以后自会子孙繁衍，后代兴旺，人才辈出，令人仰慕。”

“那么，既然祸是我闯的，就由我来马革裹尸，让我代替全体族人受罚，让全族人躲过这次灾难吧！”马援说。

“事到如今，也只能如此了。”马服君说。

“那么，我族灾难的降临，应该在什么时候？”马援又问。

“天机，不可泄露也！”马服君此话说罢，顷刻便人影全无……马援不由得一愣，愣后便惊醒过来。

…………

第二天，南征军虽凯旋班师，但马援有些闷闷不乐。蔺思如问其原因，马援说：“今日班师，事情千头万绪，回头再与你聊。先搞好班师吧！”蔺思如见马援情绪不好，不便再问，就忙自己的事情去了。

再说，马援南征归来，还没有进洛阳城，朝中的文武百官就出城来迎接他，几乎人人夸奖，个个赞美，马援听了，心里并不舒服。其中有个名叫孟冀的平陵人，他本是马援的好朋友，见了马援后，大家都满口夸赞之词，他也只能说些客套话：“马将军，此番征交趾、斩二征，您立了不世之功啊！像您这样文武双全的将领、安邦治国的奇才，真是古今少有，世间罕见啊！”

马援一听，不仅不悦，反而有些反感，他对孟冀这样说：“我们都是老朋友了，本希望你能说些真实的话，交心的话，有善言来教导我，可你怎么也同众人一样，说起那些俗话套话来了？从前，伏波将军路博德开置了七个郡，才封了几百户。我今只有小小的功劳，就授给了这么高的职务，得到了这么多的赏赐，我功薄赏厚，怎么能长久保得住呢？须知，功薄赏厚，必然会招人嫉妒，有人会鸡蛋里挑骨头挑你的毛病，有人会暗地里陷害诬蔑你向上告状，有人会挑拨离间对你进行人身攻击，等等，这些问题，都是我以后必然要面对的。所以，尽管我现在被授了将、封了侯，可我的心里并不是高兴，而是担心，我真担心我功成名就之后，会遭什么祸殃呢！也正是人之常说：‘祸兮福所依，福兮祸所伏；忧喜聚门兮，吉凶同域。’福是祸因，祸是福根；忧与喜聚在一门之中，吉与凶同在一个区域。对于如何防止灾祸，还望你多多指教。”

孟冀说：“我真笨，这一层的问题，我怎么就没有想到呢？可是，你确实够辛苦了，交趾那么远，二征那么难以对付，而你领兵前去征战，取得了巨大的胜利，这是一般人难以做到的。可如今，你毕竟年纪也大了，该在家里好好休息休息了，就不要再轻易外出领兵打仗了啊！”

马援说：“我是国家的将领，不外出打仗，那怎么行呢？现在，匈奴和乌桓还在北方边疆扰乱，我正要向朝廷请求，让我去保卫国家的北方。男子汉大丈夫，死也应该死在杀敌保国的边疆，用马革裹着自己的尸首，送回家乡安葬，那才像个样。怎么能老待在家里吃闲饭，跟妻子儿女过那种四平八稳的日子？那又有什么意思呢？”

孟冀非常佩服马援这种为国守边的耿耿忠心，便说：“你说得很对，大丈夫就应该这样，宁可为保卫边疆马革裹尸还，也不能够安享太平老死于家中。我觉得，你这句‘马革裹尸’，说不定会成为千古名句呢！”

马援说：“我之所说，只是我个人的一种追求和向往罢了，并不追求什么千古名句。”其实，又有谁能够理解马援此刻的真实心情呢？

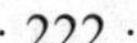

第二十六章　老当益壮　出师未捷人先泪

就在马援首次南征不久，南方那边，又有一个五溪蛮部族（今湖南、贵州交界的地方就是古代五溪的地方，武陵五溪指雄溪、樠溪、酉溪、沅溪、辰溪）发生了叛乱。建武十八年（42），夷人首领栋蚕同姑复、叶榆、弄栋、连然、滇池、建伶、昆明各部族反叛，他们杀害郡县官吏，抢占府库财物，杀害庶民百姓。益州太守繁胜与夷人交战失败，只好退守朱提。

光武帝闻讯，便下诏命武威将军刘尚出兵讨伐。刘尚征调广汉郡、犍为郡、蜀郡的军队和朱提的部队，合起来有一万多人，前去攻打夷人。刘尚率领大军路过越巂郡，越巂太守、邛谷王长贵也正准备起兵谋反。于是，他聚集军队，筑起营寨，酿制了大量毒酒，想借犒劳大军之机毒死刘尚及诸将，一举歼灭汉军。但刘尚洞察其奸，即刻分兵先取邛都，然后袭击长贵，将其诛杀，并把他的家人都迁到成都。刘尚在平定了长贵叛乱后，继续进兵。他率军渡过泸水，进入益州境内。各个部族的夷人，听说汉大军来到，都放弃堡垒逃走了，刘尚俘获了很多老弱夷人，得到许多粮食和牲畜。建武二十年（44）十二月，刘尚军与栋蚕部落叛军继续交战，连战连捷。一个月之后，刘尚追击叛军到不韦县，斩杀了栋蚕部落首领。至此，西南夷人地区的这次叛乱才被平定。

不久，南郡的潳山蛮雷迁等又发动叛乱，朝廷又遣派刘尚率领一万多军队前去征讨，打败了雷迁，将潳山蛮种族的七千多人迁移安置在江夏郡内。

尽管刘尚屡败五溪蛮，也是一个很有作为的将军，但是，他轻敌入险，进入五溪蛮伏击圈内。因山深水疾，舟船不能行，物资供应不上，使汉军陷入困境。五溪军知道汉军携带的粮食十分有限，今又深入边远之地，必然不能持久。而且，汉军又不晓路径，只能屯聚凭险。五溪军见汉军被动，便紧缩包围圈，团团进行围困。时隔不久，刘尚因军中粮尽，军士有多人饿死，他只能率军突围，不幸本人战死，全军覆没。

继刘尚惨败之后，朝廷又派马成、李嵩两个将军，让他们再次征讨五溪蛮，结果又惨遭失败。要说，这马成，也不是一般将领。他年少时为县吏。刘秀伐颍川时归顺，被任命为安集掾，后调任郏县（河南郏县）县令。刘秀讨伐河北，马成弃官步行，追随到蒲阳赶上刘秀，被任命为期门，跟随刘秀进行征伐。刘秀初登基称帝，改元建武，马成升任护军都尉。次年，他随盖延平定割据东部的刘永。

建武四年（28）秋，马成被拜为扬武将军，督诛虏将军刘隆、振威将军宋登、射声校尉王赏，征调会稽、丹阳、九江、六安四郡的军队，攻击割据江淮一带的李宪。当时，刘秀到寿春，设立坛场，按祖礼授马成兵权。马成进围李宪于舒（今安徽省庐江县），采用以逸待劳办法，他令诸军都深沟壁垒，坚守不出，待机破敌。李宪多次挑战，马成置之不理，只是一味坚守，围守一年多后，城中粮尽，才开始攻城。城终被攻破，马成便让屠杀舒城居民，斩杀了李宪，追杀其党羽，平定了江淮地区。于是，他被封为平舒侯。

建武八年（32），马成跟从光武帝大军，征伐割据陇西的隗嚣，四川的公孙述派兵救援隗嚣，马成与征西大将军冯异、建威大将军耿弇、虎牙大将军盖延、武威将军刘尚，在来歙的率领下攻占天水（今甘肃天水），击破公孙述部将田弇、赵匡。隗嚣被消灭后，马成出任天水太守，统率军队如故。入冬，他被征召回京师，代来歙掌管中郎将，率武威将军刘尚等破河池县，于是平定武都郡。

大司空李通罢官后，光武帝以马成代理大司空事，居大司空府办事，数月后复拜扬武将军。当时，西羌各族数万人，屯聚攻击掠夺，拒守浩亹隘。马成还与盖延随来歙进攻割据四川的公孙述，大败公孙述的部将王元、环安于河池、下辩，后因来歙遇刺而退兵。

建武十四年（38），马成屯兵常山、中山以警备北部边疆，并领建义大将军朱佑所部。次年，扬武将军马成、捕虏将军马武随大司马吴汉北击匈奴，徙雁门、代郡、上谷等地的官吏百姓六万余人，安置在居庸、常山关以东地区。骠骑大将军杜茂因指使军吏杀人，免职。马成又代骠骑大将军杜茂建筑工事，自西河至渭桥，自河上至安邑，自太原至井陉，自中山至邺，都建筑堡垒，修起烽火，十里建一个瞭望哨所。马成被征召回京后，边疆人士多有上书求其回边，光武帝因此再派遣马成还屯。等到匈奴南单于保塞自安，北方安宁无事，光武帝拜马成为中山太守，呈上将军印绶，仍领屯兵如故。

光武中兴以后，武陵蛮夷特别强盛。建武二十三年（47），精夫相单程等人凭借蛮夷的险要地形，大肆进攻郡县。朝廷即派中山太守马成、谒者李嵩攻打相单程，未能取胜。马成因此次率军南击五溪蛮，未建军功，便呈上太守印绶，代表谢罪。

以上两次南征，都以失败而告终。那么，这一次，派谁去南征，并一定能夺取胜利呢？这是光武帝苦苦思索的一个问题。他正在考虑时，有老将马援上书请求，说让派他去南征。那年，马援已经61岁了。光武帝瞧了瞧他，见他胡子白了，头发也白了，还怎么能领兵打仗呢？于是，光武帝便爱怜而同情地说："将军，你太老了，不便再领兵作战了吧！"可是，马援并不服老，他对光武帝说："臣虽老，身体尚健，还能披甲上马。"

"那，你可一试。"光武帝说。

马援一听，便在殿外穿上铠甲，跨上战马，他雄赳赳、气昂昂地在殿外跑了一阵，仍然汗不流，气不喘。光武帝瞧着他这架势，十分感叹地说："这个老将军，他真硬朗，就像个壮汉一样。"由此，便也演绎了"老当益壮"这一成语。于是，光武帝便欲派马援率军南征。

回到后宫中，光武帝对阴皇后说："这个马援，他都六十多岁的人了，身体还那么硬朗，并要求带兵出征，不服老哟！"

阴皇后说："这也足见他对皇上的忠心。"

光武帝正听得高兴，不料前来看望母后的舞阳公主却插上话来，她说："他那人，究竟是忠心是野心，还真分不清呢！我听说，就是这位马伏波将军，他在岭南那些地方，只宣传他个人功绩，树立他个人威望，让岭南人把他当神敬，给他到处修庙建祠、树碑立传。所以，岭南人只知道汉朝有个伏波将军，哪里知道什么汉朝天子呢！"她这一把火，在光武帝的心头，烧得可不轻。原来，就马援在岭南有庙祠一事，光武帝也听闻不少，但他未往这方面多想。今日里，听女儿这么一说，也不禁怀疑起了马援必欲请战南征的动机：难道，他一再请战南征，只是为了突出他个人吗？他有没有征服南方、自立为岭南王这样一种动机呢？对此，不能不防啊！他心里虽这样想，嘴里却说："你们女人家，不许议论朝政之事。"舞阳公主只好闭嘴。原来，那次梁松来到马援府中，看望马援遭到了冷落，回府便向妻子舞阳公主说及此事，但一字未提自己在耍小聪明戏弄马援一事。对此，舞阳公主自也为丈夫鸣不平。后来，梁松又跟她说了许多有关马援的是是非非，今一旦有了机会，她不能不说些有关马援的闲话。问题是，她这闲话，一下钻进了父皇光武帝的耳朵，这怎么能不对马援产生不好的影响呢！

也正在这时，中郎将、复胡将军耿舒（耿弇之弟）也请命南征，光武帝又想以耿舒为南征主将。为此，他征求了多个大臣的意见，大家都认为，“生姜还是老的辣”，因马援首次南征大胜，有丰富的作战经验，还是以他为主将好。于是，光武帝便以马援为主将，以耿舒、马武、刘匡、孙永为副将，率万人去攻打五溪蛮。马武也是中郎将，比耿舒更有战功。刘匡虽非名将，可他却是梁王，是诸侯王啊！尽管做了这样的安排，但光武帝仍不放心，他特与耿舒单独谈话，对耿舒说：“要论年龄、论才能、论武艺、论谋略，你作南征主将更为合适。但是，群臣都建议以马援做主将，也只能这样来任命了。今马援虽然担任主将，你是副将，但你们都是扶风老乡，互相多担待些，把这次仗打好。说实在话，对老将军马援，我还是多少有点不放心，因为他毕竟年龄大了，就怕有个意外，所以，你一定要多操些心。”耿舒当即叩头表态，说是此次南征，自己一定会竭尽全力，宁愿战死南疆，也决不辜负陛下的期望。

其实，这也是光武帝的一种管理策略，他不怕大臣们之间有矛盾，而在于他当皇帝的会利用这些矛盾：借用矛盾，他可以了解大臣们真实心理；调解矛盾，他可以博得大臣们的好感。为此，他甚至会不惜在大臣们之间制造矛盾。如今，他采取的就是这一手法。

而后，光武帝又唤来刘匡，对他说：“这次南征，我为什么要派你去呢？因为你是咱刘家人，那马援，那耿舒，那马武，那孙永，他们可都是外人啊！外人统兵，在数千里之外作战，我怎么能放心呢？而且，我已听到了一些马援有异心的传言，这就更需要你多操心了。所以，今派你去，打仗是一方面，这是次要的；而监督是另一方面，这才是主要的。所以，你一定要监督好他们，可不要出什么乱子。他们一旦有什么不轨的行为，你要立即向我朝廷报告，我会采取果断措施。”刘匡也赶紧向光武帝表了忠心，亮明了自己一切都会按光武帝意图办的态度。

最后，光武帝这才唤来了马援，对他说：“老将军这次南征，你责任重大啊！要知道，平叛五溪蛮，我们小的行动不算，大的军事行动，这可是第三次了。那么，前两次呢？都失败了。这一次，只能胜，不能败。否则，汉军的军威怎么显示？朝廷的威望怎么显示？你千万不能辜负我的期望啊！”

马援拍了拍自己的胸膛说：“请陛下放心，这一次，就是豁出我这把老骨头，也一定要把五溪蛮平定，把叛贼杀光。”

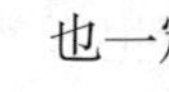

光武帝又问："那么，对这次南征，你还有什么要求吗？"

"要说的话，这次南征，兵力还是有点少。只一万人，有些不足。"马援说。

"关于这个问题，我上次不就对你说过了吗？"光武帝说，"上次南征时，你就曾提到了兵力太少这个问题。我对你说了，万余人，已几乎是我们大汉水军的全部。水军不同于步兵骑兵，那步兵骑兵动用，有一兵一役就够了，而水军动用，得一兵五役呢！所以，你们这次南征，不是只一万人，将士和杂役，一共是四五万人呢！上一次，你们不是打胜了嘛！"

"可是，这一次，同上次情况有些不同。这五溪的地形，比交趾的地形复杂得多。我们的对手，是狡猾透顶的相单程，他这人是很难对付的。而且，我们已有两次兵败，五溪蛮却有两次大胜。在士气上，他们似乎比我们高涨，因此，我们不能不予以重视。所以，为了慎重起见，我看还是能增加兵力更好。"

"那，要么这样吧！"光武帝说，"你们先出征吧！以后万一兵力不够，再增兵就是了。"

"那副将呢？还可不可以再做调整。"这阵，马援他也想到了耿舒和马武这二人都有些高傲，他恐自己会有些指挥不灵，便想请光武帝予以调整。

"这就不必了吧！"光武帝说，"你们这次出征，可以说兵是精兵，将是良将，特别是几员副将，我是挑了又挑，选了又选。像那耿舒，他深有谋略，武艺高强，不仅是将才，也是帅才，还是你的老乡，定能当好你的帮手。那么，你还有别的要求吗？"

"臣最后的要求就是，臣愿当灭中山国的乐羊，可陛下当为魏文侯啊！"马援说。

听得马援此说，光武帝先是愣了一愣，这才说："这请你放心，你南征之时，纵有不实的上书，我一定会像魏文侯一样，把它封存起来，而后全都交给你，你酌情处理也就是了。"

"真有这样的情况，我也会像乐羊一样，把那些不实的上书烧掉的。"在这里，光武帝他是假意，马援却是真心，君臣临出征前即不和，此乃是用兵之大忌。

一切准备就绪，马援便带领南征军准备出发。光武帝带着文武百官，前来给马援送行。

当时，光武帝十分严肃地对马援说："我再说一遍，此番南征，只许胜，不许败。"

马援说："这个自然！那么，我可以立军令状，如若失败，甘当死罪！"

光武帝又说：“这一次，对于五溪叛贼，只可斩杀，不能仁慈，除恶务尽，不留后患！你们一定要给刘尚报仇，给马成、李嵩雪耻啊！”

马援、耿舒、马武、刘匡、孙永异口同声地说：“不获全胜，决不收兵！除恶务尽，不留后患！”

可是，就在光武帝夸赞马援的同时，那梁松却私下跟自己相好的一位大臣在嘀咕：“你看那马老头，老了就是老了，总不服老，还逞什么能呢？他这次出征，肯定不会有什么好结果的。”

“可也不一定，上次南征，他不是打胜仗了嘛！”那官员说。

“那只是瞎猫逮了个死老鼠，他不过是碰巧打胜仗罢了。”梁松有些不屑地说，“可五溪蛮不同于交趾，相单程不同于二征。那刘尚，不比他马援强，不是都打败了吗？马成也一样，他也不比马援差，也打了败仗。马援呢？他既不比刘尚、马成强多少，又怎么能打胜仗呢？”

那位官员本是梁松的跟屁虫，今听梁松这样说，马上随声附和地说：“是的，是的，马援这次南征，是不会有什么好结果的。”原来，今梁松已知，妻子已按自己的授意，在父皇面前点了火，父皇已对马援有了戒心，非但派了与马援不睦的副将耿舒和马武，还派了监督他们的梁王刘匡，知道马援此番南征，必不会一帆风顺，所以便等着看马援的笑话。

按说，光武帝这话也没错，马援这次南征，的确兵是精兵，将是良将，几个副将都不同一般，可谓东汉名将。

先说耿舒，耿舒的父亲耿况是朔调连率（王莽时期改上谷郡为朔调郡，太守改称连率），是防御匈奴入侵的边郡长官，所以耿舒长于军营，熟知兵法。

王莽末年，天下大乱，在耿舒长兄耿弇的建议之下，耿况决定投靠刘秀。耿弇跟随刘秀征战，耿舒留在上谷郡，协助父亲耿况留守上谷。

更始二年（24），代郡太守赵永到邯郸拜见刘秀，代郡令张晔趁赵永不在家，占据城池，声称愿意追随刘玄的长安朝廷，不再接受刘秀的指挥。当时，光武帝的主力部队正在南线作战，光武帝就任命耿舒为复胡将军，命令他率领上谷骑兵去收复代郡。耿舒领命进军，很快就击败了张晔，把代郡给夺了回来。赵永这才得以回城，继续做他的太守。此战对巩固刘秀在北方诸郡的势力贡献很大。

刚刚平定了代郡，上谷本地却出了事。五校起义军二十多万人，在首领高扈的带领之下，大举北犯，直逼进上谷首府沮阴城。耿舒急忙率军回援。最终

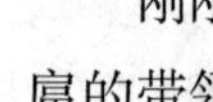

在耿况、耿舒父子的指挥之下，上谷军击退了五校起义军，保住了城池。

建武二年（26）春，曾经和耿家联手支持光武帝的彭宠起兵造反。建武四年（28），光武帝命令建威大将军耿弇为主将，出兵北上围剿彭宠叛军。彭宠派使者连夜北上，携以重金延请匈奴单于出兵相助。果然，匈奴派两个王起兵南下助战。彭宠派遣弟弟彭纯率领两千多匈奴骑兵为一路，自己率领数万兵马为另一路，分别进攻汉军。匈奴骑兵经过军都的时候，被耿氏父子侦知，耿舒马上带领上谷突骑狙击匈奴骑兵。双方接战，匈奴大败，两个王都被杀死，耿舒乘机率军攻占了军都。吓得彭宠慌忙率领主力撤回渔阳。此战之后彭宠军心涣散，彭宠也最终被家奴杀死。

建武五年（29）春，彭宠叛乱被平定，光武帝征召耿氏全家来洛阳定居，而且加封耿舒为牟平侯。

再说马武，他年轻时因避仇，移居江夏。王莽末年，竟陵、西阳三老起兵于郡界，马武也参加了，后来进入绿林军中，于是与汉军会合。更始立，以马武为侍郎，随刘秀在昆阳大战中破王寻等。由于刘秀在河北声威日盛，更始帝对他产生疑虑，于是，遣使册立刘秀为萧王，令他罢兵，与诸将中有功劳之人一起回归长安。另派尚书令谢躬率领六将军攻王郎，马武拜为振威将军，与尚书令谢躬共攻王郎。

刘秀首先攻克邯郸，请谢躬及马武等举行盛大酒会，想借此诛杀谢躬，没有成功。酒会既罢，刘秀独与马武登上丛台，十分从容地对马武说："我得到渔阳、上谷突击骑兵，想让你统率，怎么样？"马武说："我驽钝怯懦没有方略啊！"刘秀说："将军久为将帅，深习兵事，难道与我掾史相同吗？"马武见刘秀如此器重自己，心里已向刘秀。

谢躬被吴汉击杀后，马武得知消息，不去投奔近在咫尺的吴汉，而是骑快马到射犬去投奔刘秀。刘秀见了十分高兴，把他引到左右，每次慰劳宴会诸将，马武常常起身斟酌于前，为刘秀代酒，刘秀甚为高兴。再使马武率领其部队到邺，马武叩头推辞说不愿意，表示只愿跟随在刘秀身边，刘秀对他更加赏识，便让马武跟着自己进击诸群贼。

刘秀击尤来、五幡等，在慎水失败，马武独殿后军，返回去攻破敌军阵地，所以贼兵不敢追击。进军到了安次、小广阳，马武常为前锋，力战向前，威震敌胆，诸将都引军相随，所以屡破贼兵，他们穷追到平谷县、浚靡县才回师。刘秀即光武位，便以马武为侍中、骑都尉，封山都侯。

建武四年（28），虎牙将军盖延等讨伐刘永，马武另击济阴，攻下了成武、楚丘，拜捕虏将军。次年，庞萌造反，攻桃城，马武领前去讨伐，很快便击败了庞萌，恰好光武帝车驾到，马武借以威势，使庞萌再予败走。又一年，马武与建威大将军耿弇西击隗嚣，汉军不利，引军下陇。隗嚣追得很紧急，马武选精骑回军抵御隗嚣，他身披盔甲手持画戟奔击，杀数千人，隗嚣兵才退，诸军得还长安。建武十三年（37），马武被增加食邑，更封修侯，率领军队北屯下曲阳，防备匈奴。当时，他因杀军吏获罪，便接受诏命领妻子儿女往封国。马武直至洛阳，呈上将军印绶，削食邑五百户，定封为杨虚侯。

光武帝后来与功臣诸侯在宴会上交谈，从容说道："诸卿如果不遇到这样的机遇，你们自己估计能做多大的官呢？"高密侯邓禹先回答说："我年少时曾经学习过，可以做郡文学博士。"

光武帝说："你说话怎么这样谦虚呢？你是邓氏子弟，志气行为修整，为什么不能做州郡的功曹呢？"其余的一个个回答。

轮到马武时，他这样说："臣以武勇，可做军尉以督讨盗贼。"光武帝笑着说："且莫为盗贼，自己送到亭长手里，这样就可以了。"马武为人嗜喝酒，胸怀豁达敢说真话，常常喝醉了在皇上面前面折各功臣诸侯，评说他们的长短，无所回避忌讳。光武帝故意让他讲，以为笑乐。光武帝虽然制约驾御功臣，而每每能曲法宽容，原谅功臣们的小过。远方贡献来的珍宝甘味，他必先遍赐列侯，而皇帝的厨中却很少。有功，常增赏封邑，而不任以官职，所以都能保其福禄，少有诛杀谪降的。

马武还是民间传说和戏曲中最为百姓青睐的东汉大将。传说中的马武疾恶如仇、重情重义、勇猛刚强、质朴可爱，几乎是个完人。马武因武艺高强，人称"武瘟神"和"汉太岁"，并为左右武门神，通常贴在临街的大门上。而马武和尉迟恭颇有几分相似。两人都是黑脸，都使金鞭，都被后人敬为门神。后来，到了汉明帝年间，汉明帝追忆当年随父皇打下东汉江山的功臣宿将，命绘二十八位功臣的画像于洛阳南宫云台，马武位列其中，为云台二十八将之十一位。

而那刘匡和孙永，他们虽不是什么名将，可刘匡人家是汉宣帝五世孙，东平炀王刘云孙，严乡侯刘信之子，被封为梁王。更何况，他还负有监督诸将这样的"特殊任务"。因南方偏远，别人领兵，光武帝多少有点不太放心，有他们刘家人跟随，他心里方才踏实一些。所以，这一次，他便派来了梁王刘匡。再一点，也是为了锻炼，因为如今的天下是刘家的，可刘家的诸侯王，他们不会领兵打仗怎么行呢？于是，他便下意识让刘匡多锻炼锻炼。

再说，马援领命以后，夫人蔺氏有些不太放心，她对马援说："也不知为了什么，你此次出征，我心里怎么老咚咚直跳，该不会遇到什么不好的事吧？"

马援说："我知道，我每次出征，夫人都会担心，这次也一样。不过，请你放心，我这是第二次南征了，会同第一次南征一样，是一定能凯旋的。"

"可是，你万一出征不顺呢？我说的是万一。"蔺氏说，"再说，你毕竟年龄大了，不同于年轻的时候了。"

"这，我不是没有考虑。"马援说，"因此，在皇上面前，我是立了军令状的。我说了，如若失败，甘当死罪。但是，我并未说株连全家或全族这样的话，这请你放心。我觉得，人固有一死，只看是怎么个死法，而我马援所追求的，就是马革裹尸还啊！如真有那样的结果，你们可以设法将我的尸体，运回故乡扶风，埋在紧依蔺家卫村的那个地方，埋在马服村的土地上，那里正是你我老祖先蔺相如和马服君长眠的地方。在那里，我也可以向两个老前辈好好讨教讨教，也能伺候伺候他们两个老人家，还能护佑我们的后代，这样不挺好嘛！"

蔺氏听罢，热泪涌出，她说："你看看你看看，都说了些什么话啊，全说到边上去了。我觉着，你此番出师，跟以前不太一样，怎么老说不吉利的话呢？快别说了，好好出师就是了。"

…………

马援出发的时候，许多朋友都来送他，一直送到了洛阳郊外。临分手时，老朋友杜愔满斟一杯酒，端到马援跟前说："你我是老朋友了，虽然你们众将士已喝了皇家的壮行酒，我作为个人，也再敬你一杯壮行酒吧！"

马援接过杜愔的酒，一饮而尽，他捋了捋自己银白的长须，既高兴又难过地对杜愔说："我受了朝廷深厚的恩典，现在老了，常恐不能死于国事，马革裹尸而还。今天，我接受朝命往南方去，就是死了也甘心情愿。但我怕的，就是豪门子弟在皇上左右挑拨离间，搬弄是非。一想到这，我心里便很别扭，很难受，放心不下啊！"

杜愔安慰他说："君子坦荡荡，小人常戚戚。我们这些人，全都心胸开朗，思想上坦率洁净，外表自然也舒畅安宁，哪里会像那些小人，他们欲念太多，心理负担很重，常常忧虑和担心，所以老是忐忑不安，坐也坐不定，立也立不稳，他们也活得累啊！你就大胆出征吧！自己坦荡行事，为国尽忠，英勇作战，无愧天地无愧心，何惧那些戚戚小人呢！"

马援说："你这话倒是没错，但是明枪易躲，暗箭难防，我也怕他们射暗箭啊！"

马援身边的蔺思如，这时走上前来说："好了好了，马上就要出发了。今出兵之际，还是少说些不祥语，多说些吉利话吧！"

杜愔自然会意，便又劝慰了马援几句，让他保重身体，注意安全。马援就这么走了。

当天晚上，在帅帐里，马援因为烦闷，特唤来蔺思如一起聊天。马援先说："我离开洛阳的时候，同孟冀和杜愔都有谈话，当时你就在跟前。后来，你还劝我，让少说些不吉利的话，多说些吉利话，那么你觉得，我说的那些话，有不合适的吗？"

"你有些话合适，有些话并不合适。"蔺思如说。

"可那都是我的真实想法，我不能不说出来。"马援说，"真的，我不追求别的，就希望马革裹尸还，也希望落叶能归根，因为我是一位将领啊！这话，我不仅对孟冀和杜愔说了，对你妹也说了。今对你想说的，也还是这句话。以后，我倘若有个万一，你一定要设法让我马革裹尸还，把我埋葬在故乡马服村，那里是我早已看好的长眠之地，可也是个风水极佳、有利后代的地方啊！"

"马革裹尸，马革裹尸！"蔺思如不怎么高兴地说，"我想说的，就是你这个马革裹尸。若是平日，你说马革裹尸这没什么，可今日是出征，是作战，是数千里之外的南征作战啊！可你把个马革裹尸，说了有多少遍啊！值此之际，你就不能说点吉利的话吗？"

"但是，我怎么有一种预感，预感此番出征，不一定会那么顺利，也预感到有小人，会在皇帝面前说我的坏话，并且已有人那样做了。我恐只恐，即使连我马革裹尸这样一个小小的愿望，也不一定能那么顺畅地实现。对此，我才发出了那样的感叹。"马援说。

"有感叹或感慨，你心里知道就行，何必一定要说出来呢！"蔺思如提醒说。

"你说的，也有道理。可你知道，我这人，心里有话，藏不住啊！"马援叹了一口气，接着又说，"也许，这正是我铸成大错的原因。"

"你有什么大错呢？"蔺思如不解地问。

"这件事，说起来话长，可我又不能不说之。咱们还是以后再说吧！"马援说。

这时，蔺思如颇为自豪地说："要说的话，咱们都是扶风人，扶风人厉害呀！像窦家，那窦婴、窦融、窦友、窦林、窦穆、窦固，再像耿家，那耿况、耿弇、耿舒、耿国、耿广、耿举、耿霸父子六人，皆为大将之才，耿弇更为出类拔萃。而你们马家，昔日里就有声名显赫的马服君赵奢，他是战国八大名将之一。今天，你都六十多岁的人了，却仍然老当益壮领兵挂帅，也好威风呢！”

“嗯，威风是威风，但我不是没有担心。”马援意味深长地说，“一开始，我并不服老，可后来冷静一想，人还是要服老，不服老不行。现在，我觉得我的脑子、我的身子骨，都大不如以前了。”

“那么，这一次，你为什么还要主动请命出征呢？”蔺思如问。

“不是怕没有机会了吗！”马援说，“我今都年逾六旬的人了，还能有几次外出征战的机会呢？如不外出征战，我又怎么实现马革裹尸的愿望呢？”

蔺思如又说：“要说的话，这次南征，皇上给你配的副将也挺厉害，特别是耿舒，他不仅能文能武，还是咱们的老乡。”

听蔺思如这样说，马援便说：“可你知道，咱们扶风有一句古语，它是怎么说的——老乡见老乡，两眼泪汪汪，你知道这是什么意思吗？”

“不就是说，老乡见了老乡，会非常高兴，非常激动，就不由自主，热泪盈眶、泪流满面了吗？”蔺思如说。

“你这话，也对，也不对。你对于扶风的‘乡党见乡党，两眼泪汪汪’的理解，是只知其一，不知其二哟！它的另一层意思是，扶风人虽喜欢却也害怕同老乡共事，因为咱们扶风人有个最大的缺点，那就是‘不抱团，只单干；泼凉水，搞暗算；个人强，团队软；心难齐，事难干’。应当说，扶风人有多个个人英雄，却少有团体冠军。老乡在一起时，往往会互相拆台，窝里相斗，这也是我最头痛的了。同样，咱们的耿副将，也不是没有这一毛病。所以，在选派副将的时候，我欲以别人为副将，可皇上必欲指派耿舒，还对我说，‘像那耿舒，他深有谋略，武艺高强，不仅是将才，也是帅才，还是你的老乡，定能当好你的帮手’。这话猛一听也没有什么，但细思之，皇上真正的意思，不就是想利用我们扶风人在一起时会互相拆台（窝里斗）这毛病嘛！这样，他才好控制你呀！再就是，他还派梁王前来监督，还有马武，他也是皇上的心腹大将。似此，一个主将，三个婆婆，我这‘儿媳’可不好当哟！”

其实，马援的这些担心，并不是没有道理，也就在他正与蔺思如在帅帐拉话的时候，那一边的军帐里，马武正同耿舒在一起闲扯。马武说：“好啊，咱们的马主将，他不愧是马服君赵奢的后代，都 61 岁的人了，却仍然宝刀不老，老当益壮，令人佩服。”

“不，我同你的看法大不一样。”耿舒说，“我觉着，人老了，还是要服老，俗话说，人生七十古来稀，可像马老将军这样的年龄，却仍然挂帅领兵，怎能让人放心呢？连圣上也不太放心。与其让马援当主将，还不如让你当主将。”

“我不行，不行！”马武连连摇头说，“我有的是蛮力，可就是没脑子，论打打杀杀还可以，但是没有谋略，是将才而不是帅才哟！其实，你当主将更为合适，因为你能文能武，文能谋，武能战，又年富力强，却委屈你当副将，这有点不太公平。”

耿舒笑了笑说：“我不敢说比别人强，却比他马援强，这一点倒很自信。”

“可他上次南征，不是斩了二征，大胜而归了吗？”马武说。

“那是凭运气，不是靠本事，只斩杀了两个女人，那算什么本事？而那次南征，我本可以为主将，只是墨汁没人家喝得多，作战方案没人家写得好，帅印便被他夺去了。这次呢？本应我为主将，但没能像人家一样逞能，老当益壮嘛！这帅印，又被他夺走了。但不管怎么说，我都是不服他的。”这样看来，耿舒对马援确实不服，他接着又说，“可这一次，他就不一定就那么顺了，他的对头是精夫相单程，那可是个十分难缠的家伙，这就要看他的本事了。”

“那就走着看吧！”马武有些泄气地说，他本来信心满满，可让耿舒这凉水一泼，不敢说心里凉透，但劲头却小了许多。

要说的话，马援这二次南征，开始就有些不顺：首先是他确实年事已高，却主动请命出征；二是光武帝对他放心不下，安排了多人监督并制约他；三是将帅有些不和，这便给出征能否取胜打下了阴影；四是他本人开始很有信心，便仔细分析敌我双方的形势后，又分析了多方面的情况，也无绝对取胜的把握，便不断做着最坏的准备……这一切，都似乎说明：马援的预感超乎常人，他对此次南征，已有了一些不祥的预感，但这是他无法扭转的。

第二十七章　话说五溪　奇谈趣闻怪事多

行军路上，又一天晚上，蔺思如因为无聊，便又来马援帅帐闲谝，顺便，他还拉上贾威和淮宾。因为，他们四人从去洛阳的“囚工路”，再从陇西之地的关山牧场一路走来，却也实实不易，那感情深着呢！如今，能聚在一起谝谝闲儿，拉拉话儿，自然十分开心。于是，他们三人，便一起进了帅帐。

“好啊！好啊！”一见他们三人同来，马援自然十分高兴，便说，“我正想让人去请你们，可你们全都来了，这好啊！咱们好好谝谝。”

“不为谝，我们来干什么？”贾威说，“再说，现在不同于那囚工路上，也不同于在关山牧场，您现在是将军，是元帅。平日里，我们就不敢来，怕耽误您的军务。”

淮宾也说：“是的，我们就不敢私自来，是老蔺他硬拉我们来的。”

蔺思如笑了笑说：“是的，是我硬拉他们来的。”

“现在是行军，又不是打仗，也没什么要紧事。”马援笑着说，“再说，咱们几个，谁跟谁嘛！想谝，你们随时来，只要我有空，咱们随时都可以谝。”

“那么，谝什么呢？”蔺思如问。

“讲故事呗！”淮宾说。

“咱马帅的故事，可不是随便讲的。那是给皇上讲的，给太子讲的，给诸王讲的，我们能有资格听吗？”贾威看似不满，实则是在“激将”，他是在逼着马援给他们讲故事。

“废话少说，今天，我就给你们讲故事。”马援说，“你们想听什么故事，我就讲什么故事。”

“就讲五溪蛮吧！”淮宾说，“我也就奇了怪了，就说是五溪人得了，要么是五溪匪，怎么要叫五溪蛮呢？”

“是啊！我也搞不懂，不知道五溪蛮指什么，特别是这个蛮，蛮什么吗？”

贾威说。

“那好吧！我就给你们先讲这个五溪蛮。”马援说。

贾威一听，特别高兴，说：“既有先讲，就有后讲，待您讲罢五溪蛮的故事，再给我们讲别的故事，我们都伸长耳朵听就是了。”

“这好说。”马援说罢，便讲起了有关五溪蛮的故事：

古时，高辛氏时曾发生犬戎入侵，天子对犬戎的侵凌和残暴感到十分忧虑，但攻打犬戎又不能取胜，怎么办呢？他便向天下的人寻访招募，说凡是能得到犬戎的将领吴将军脑袋的人，便赏给他一千镒黄金、一万户的采邑，而且可以将天子最漂亮的小公主嫁给他。当时，天子养了一只狗，它身上的毛呈五彩色，十分漂亮，名叫槃瓠。天子下令后不久，那槃瓠就衔着一颗血淋淋的人头，来到宫阙之下。群臣都感到奇怪，但一察看，那人头竟然是吴将军的脑袋。

当时，天子又惊又喜，惊的是这槃瓠只是只狗，它虽然得到了吴将军的人头，却没法将女儿嫁给槃瓠，也没有将官爵封给狗这样一种道理；喜的是毕竟那吴将军已死，以后就少有犬戎的侵扰了。可究竟怎样奖赏槃瓠呢？他一时毫无主意，便与群臣进行商议，大家也都没有什么好的办法。小公主知道后，她便对天子和大臣们说：“既然天子已经下了命令，说是谁如果得到了吴将军的人头，就把我嫁给他。那么，今槃瓠已经得了吴将军的人头，那天子便不可违背信义，请把我嫁给槃瓠得了。”原来，小公主也特别喜欢槃瓠，今她自愿嫁给槃瓠，一是为了维护父亲的威望，二是为了不同槃瓠分离。天子迫不得已，便把小公主嫁给了槃瓠。

槃瓠和小公主举办了婚礼后，便驮着小公主跑到南山，住在一个十分隐密的石洞里。这个地方艰险隔绝，人迹不到。当时，小公主脱去衣裙，梳成侍女那样的发髻，换上十分普通的衣服，心甘情愿当起槃瓠的妻子。槃瓠呢？这时竟然变成了人形，也说起了人语，只是长相比较丑陋罢了。他对小公主说：“你本是美丽的天使、高贵的公主，却为什么要这样委屈自己，甘心当丑陋的槃瓠的妻子呢？”

小公主说：“你只是一只犬，我都愿意嫁给你。如今，你已经恢复了人形，我还有什么可后悔的呢？我甘心情愿当你的妻子。”

而这时，天子十分想念小公主，他很悲伤，便派使者到处去寻找，却怎么也找不到。使者怀疑槃瓠把小公主带进了南山，可他们想进南山时，总是遇到刮风下雨，响雷和天空昏黑，使者没法前进。过了三年，小公主生下十二个孩子，六个男孩，六个女孩。而这时，槃瓠却死了。槃瓠死后，他们的孩子互相结成了夫妻。他们用树皮织成衣服，用草木果实给衣服染上颜色，都喜欢穿五彩的衣服，衣服式样上都有尾巴的形状。这个时候，由于槃瓠已经不在，使者这才进了南山，见到了小公主。小公主这才向使者说明了真实情况。使者听后，赶忙回去向天子进行汇报。天子一听,赶忙派人,把小公主和她的孩子都接了回来。

天子见小公主的这些孩子，他们的衣服颜色错杂鲜明，说话语音难辨，都喜欢到高山深谷里去，不喜欢在平整空旷地带生活，真不知该如何安排他们。小公主请求说："这些孩子，他们都是在大山里出生的，还是让他们到大山里去吧！那样，他们才会生活得快乐！"

天子说："这可以，他们可以到大山里去，但是你不能去。你要一直留在父亲身边。"

小公主说："以前,我是槃瓠的妻子,他待在南山,我就必须守在南山。如今,槃瓠已经死了，我还守在南山里干什么呢？我是父亲的女儿，愿意一直守在父亲的身边。但是，我一定要看到我们的孩子得到幸福！"

于是，天子就顺应他们的心意，将名山大泽赐给他们。自此以后，他们的种族便繁衍开来，称为蛮夷。他们外表愚钝，内里聪慧，安居本土，看重旧有的习俗。他们由于先父有功绩，母亲是天子的女儿，所以他们种田做生意，不需要符信就可以出入关门桥梁，不需要上缴租税。凡是城邑的首领，朝廷都赐给他们印绶,冠用獭皮制成。他们称大首领为"精夫",彼此称呼对方叫"缺徒"。现在的长沙武陵蛮就是他们的后代。

在唐尧、虞舜的时代，与蛮夷立盟，所以称蛮夷为"要服"。夏、商时代，蛮夷逐渐成为边境的灾患。到周朝，蛮夷的种族逐渐强盛。周宣王中兴，于是命令方叔向南征伐蛮夷地区，蛮夷开始同华夏对敌抗衡。

周平王东迁，蛮夷于是入侵残害中原。晋文侯辅助朝政，于是率领蔡共侯打败了蛮夷。到楚武王时，蛮人同罗子一道打败了楚国的军队，杀了楚军将领屈瑕。楚庄王刚继位，百姓饥饿，军队弱小，再次遭到蛮人入侵。楚国军队强大以后，蛮夷这才顺服，自此蛮夷就归属楚国。到昱起辅佐楚悼王，向南吞并了蛮越，因而占据了洞庭、苍梧。秦昭王派白起攻打楚国，攻占了蛮夷，开始设立黔中郡。汉兴盛以后，将黔中郡改为武陵郡。每年要蛮夷成人缴纳一匹布，小孩子缴二丈布,这称为"贝布"。蛮夷虽然时常入侵,但不足以给郡国造成灾难。

《礼记》说："南方称为蛮，那里的人在额头雕刻花纹，男女杂处。"那里的习俗是男女同在河里洗沐，所以称为交吐。在交吐的西面有个瞰人国，这里的人，如生下第一个孩子，总是要将其肢解后吃掉，说这样做，对后面生的孩子有好处。如果吃的味道甘美，就要送给国君，国君如吃得高兴，就会赏赐孩子的父亲。他们当弟弟的，如果娶了漂亮的妻子，就会让给哥哥。今天的乌游人，就是瞰人的后裔。

交吐的南面有个越裳国。周公摄政六年，才给这里订立礼仪，制作音乐，于是天下太平。当时，越裳国的使者骑着三只象，经辗转翻译费尽周折，前来向周朝廷进献白色的野雉，使者对周成王这样说："因道路遥远，山川阻隔，音讯使者不通，所以我们国家的年长者，便派我们辗转翻译前来朝见。"

当时，周成王将白野雉送给周公。周公说："如果没有给他人施加恩德，那么有贤德的人就不享用他人的礼品；政令没有在那里推行，有贤德的人就不将那里的人作为臣民。我凭什么要得到这样的赏赐呢！"

越裳国的使者请求说："我们接受了我国年长者的命令，他们说：'天上没有暴风和雷雨已经很久了，大概中原出现了圣人吧？要是中原有圣人，何不去朝见呢？'我们是奉了年长者的吩咐，前来进献白野雉的，可你们不收，我们回去怎么向年长者交代呢？"

周公一听，他这样说："你们说的，也有道理。看来，只有我们的先王周文王，他才堪称圣人，那就把白野雉献给他吧！"于是，周公便又将白野雉送给天子周成王，称赞先王的神明感致，让将白野雉用来祭祀宗庙。周朝的德运衰弱以后，越裳国自此逐渐断绝了往来。楚国称霸时，使百越朝拜进贡，他们对楚国十分敬仰。

在五溪，有一板楯蛮夷。秦昭王时，这里有一只白虎，经常跟着其他老虎，多次来到秦、蜀、巴、汉境内活动，伤害了一千多人。秦昭王便以重赏，向国内进行招募，说是有谁能够将这白虎杀死，就赐给一万户的封邑、一百镒金。当时，巴郡阆中有位夷人，能够用白竹制成强弓，他登上高楼用箭射死了那只白虎。秦昭王便嘉奖了他，但因他是夷人，不想给他加封，就刻石约盟，优待夷人，封户一顷田不出租税，即使有十个妻子都不用缴纳税赋，伤了人不判其罪，杀了人可以出钱赎回死罪。双方约盟说："秦国侵犯夷人，给夷人一双黄铜制作的龙；夷人入侵秦国，送给一钟清醇的酒。"夷人因此而安守盟约。

秦朝吞并天下，用武力使蛮夷归顺，这才开拓了岭外的土地，设置南海、桂林、象郡。汉朝兴起后，尉佗立自己为南越王，传国传了五代。

五溪有一夜郎国。起初，有一位女子在遁水边洗涤，见一根三节大竹子流

到她的双脚中间，她听到竹子里面有哭声，女子削开竹子一看，里面有个男婴，就带回家中抚养。他长大后，能文能武，便自立为夜郎侯，以竹作为自己的姓氏。楚顷襄王时，派将领庄豪从沅水攻打夜郎，军队到了且兰，便钉木桩将船拴在岸边，而后步行作战。庄豪打败夜郎国以后，就将夜郎侯留在滇池。由于且兰有拴系船只的地方，于是将这里的地名改为牂牁。牂牁雨水很多，习俗喜欢巫术、神鬼和禁忌，很少饲养牲畜，又没有养蚕种桑，所以这个郡最贫穷。这里的句町县有一种桄榔树，可以做面粉，百姓靠此维持生计。汉武帝时，平定了南夷，设立了牂牁郡，夜郎侯迎接归顺，汉武帝赐给他国王的印绶，可最终还是杀了夜郎侯。夷人都觉得竹王不是人的血气所生，非常看重他，要求立他的后代。牂牁太守吴霸将这一情况禀告朝廷，汉武帝于是封竹王的三个儿子为侯。儿子死后，和他们的父亲一同被祭祀。现在夜郎县内的竹王三郎神，就是根据竹王三个儿子的传说才塑造的。

到元鼎五年（前112），汉武帝灭掉了南越，将其分开设立了九个郡，由交趾刺史进行管辖。其中珠崖、儋耳两个郡在海岛上，东西长1000里，南北长500里。那里的蛮人酋长以耳朵长为高贵，他们都穿了耳朵吊上东西，使耳朵垂到肩上，达三寸长，其族人都以耳长为美。

汉武帝末年，珠崖太守会稽人孙幸，征收宽幅布匹献给朝廷。蛮人受不了劳役，就攻打郡府，杀了孙幸。孙幸的儿子孙豹联合率善人打败了蛮人，自己负责郡内政事，征讨其余的叛党，连续几年才平定珠崖。孙豹派使者封好印绶，归还朝廷，上书说明情况，汉武帝下诏，随即任命孙豹为珠崖太守，汉朝的声威政令才得以普遍推行，使者每年都会将贡品送往洛阳。但是，后来的皇帝和官吏，都贪得珠崖送来的珍宝财物，逐渐对他们加以欺侮，所以珠崖每隔几年就有一次反叛。汉元帝初元三年（前46），汉朝廷便撤销了珠崖郡。这样，珠崖设郡时间一共有六十六年。

到高祖汉王时，曾征调夷人攻打三秦，但三秦地区已经平定，于是便打发夷人回到巴中，免除他们的首领罗、朴、督、鄂、度、夕、龚七个姓氏的租税，其他户每年都缴纳賨钱，每户四十钱。这一带的夷人，世代称之为板楯蛮夷。阆中那里有条渝水，夷人大都生活在渝水两岸。他们天性勇猛有力，起初作为汉军的前锋，多次冲入敌阵，作战十分勇敢。他们的习俗都喜欢歌舞，高祖观看了他们的歌舞后说："这是周武王伐纣时唱的歌。"于是，他要求善于歌舞的艺人向夷人学习，这就是《巴渝舞》。

到王莽辅佐朝政的元始二年（2），日南郡南边的黄支国，前来洛阳贡献犀牛。

当时，凡是交趾所统辖的地区，虽然设置了郡县，但语言各不相同，需辗转翻译才能交往。那里的人，他们像禽兽一样，没有长幼的分别。他们会把发髻梳在脖颈的位置，都赤着双脚，用布从头向下套在身上。后来，迁徙了中原不少罪犯到那里，让他们和当地人混杂居住，相互间有了语言交流，他们逐渐被开化，懂得了礼仪。

五溪有一巴郡南郡蛮。他们原有五支姓：巴氏、樊氏、晖氏、相氏、郑氏，他们都发源于武落钟离山。钟离山有一个红穴和一个黑穴，巴氏的孩子出生在红穴中，另外四支姓的孩子都出生在黑穴里面。他们没有首领，都事奉鬼神，于是一同向一个石洞里投掷剑，约定谁能投中，就拥戴他为国君。结果，只有巴氏的儿子务相投中，大家都很惊叹。他们又让各人乘坐用泥土做成的船只，约定谁能在水面上漂浮，将立他为国君。其他姓氏的孩子乘的船都沉没了，唯独务相的船仍浮在水面上。因而，大家一致立他为国君，就是廪君。廪君乘坐着用泥土制作的船，从夷水坐到盐阳。盐水那里有位神女盐神，她对廪君说："这地方十分广阔，是出产鱼和盐的地方，希望你留下来一同生活。"廪君没有答应。盐神晚上总是回来和廪君同宿，天明就变成虫子，与许多虫子一起飞，把阳光都遮蔽了，使天地一片昏暗。过了十多天，廪君借一机会，他用箭射杀了盐神。盐神死后，虫子才全部飞散。天空这才复见光明。在众人的拥立下，廪君在夷城当了国君，其他四姓都向他臣服。廪君死后，他的魂魄世代变为白虎，巴氏人因为虎吃人并饮血，就常用活人来祭祀廪君。

五溪还有哀牢人。他们都穿透鼻孔，下垂耳朵，首领中自称王的人，那耳到肩以下有三寸长，庶民百姓的耳朵仅到肩部而已。这里土地肥沃，适合种植五谷和种桑养蚕。哀牢人懂得将布帛染成彩色，给衣服和丝织品刺绣，他们还知道编织毛毡和用棉纱织布，知道编织兰干和细软的织品，所织成的花纹就像薄细精美的丝织品。当地还有一种梧桐树的丝，可以纺织成布，幅宽五尺，洁白不会污染。他们先是将这种白布给死人覆盖，而后再做成衣服穿上。那里的竹子十分高大，竹节相距达一丈长，名叫濮竹。那里出产铜、铁、铅、锡、金、银、光珠、琥珀、水晶、琉璃、海贝、珍珠、翡翠，有孔雀、犀牛、象、猩猩等禽兽，还有两头神鹿，能够吃有毒的草，但它们不会中毒。

五溪还有邛都夷、莋都夷、冉駹夷等夷地夷人，他们都是汉武帝时才开拓的。邛都夷即邛都县，设县没多长时间，那里地面下陷成为污泽，因此称之为邛池，南方的人称为邛河，后来邛都夷反叛。汉元鼎六年（前 111），汉兵越过雟水征讨邛都夷，将其改为越巂郡。这里土地平坦，有稻田，当地人多种稻谷。

青蛉县的禺同山上有金马社和碧鸡神，光影经常出现。这里人的习俗是人们大多游乐放荡，但喜欢唱歌，大致与牂牁人相似。邛都夷的酋豪首领喜自由放纵，汉朝的法律和制度很难控制驾驭他们。

莋都夷在汉武帝时改为莋都县。那里的人全都披着头发，他们的衣襟向左开，说话多喜欢比喻，生活环境大致同汶山夷相同。那里生长着一种能延年益寿的神药，并说是仙人山图君住的地方。后来，它并入蜀郡作为西部，朝廷曾设两名都尉，一个住在旄牛，管辖边境外的夷人，一个住在青衣，管辖汉人。

冉駹夷即汶山郡。西汉初，冉駹夷人反映租税太重，汉宣帝便将汶山郡并入蜀郡为北部都尉。那里山区有六个部族的夷人、七个部族的羌人、九个部族的氐人，他们各自有自己的部落。其王侯懂得不少文字，但法禁十分严峻。他们尊崇妇女，属母系氏族。他们部落人死后，会将尸体烧掉。那里的气候大都寒冷，盛夏时结的冰仍不融化。所以，夷人冬天为了避寒，就到蜀郡给人当佣工，夏天为了避暑，又回到自己村落。他们都靠山居住，用石头垒成房屋，房屋高的达十多丈，称之为“邛笼”。那里土地坚硬并含盐咸，不生长谷、粟、麻、豆类，他们仅靠收获麦子生活，但当地适合饲养牲畜和放牧。那里有一种旄牛，又叫童牛，它们没有角，体重上千斤，毛可以做成饰物。那里出产名马，并有羚羊。还有一种食药鹿，那怀了孕的母鹿，其肠中的粪便可以治疗中毒。又有五角羊、麝香。那里的人会制作旄毡、斑罽、青顿、毞毲、羊羧之类的毛织品，并有种类特别多的药材。其土地里有咸土，煮后可以制盐，那里的麢、羊、牛、马都长得很肥壮……

马援一口气就讲了五溪蛮这么多的历史地理、风土人情、逸闻趣事，讲到这里，他突然把话顿住，笑着说：“这五溪蛮要是详细讲啊，三天三夜也讲不完呢！”

“那就讲三天三夜呗！”贾威说。

“这可能吗？不干别的事了？”马援说，“你看看你们，我现在讲得舌敝唇焦、口干舌燥，你们却让人歇也不歇。”

贾威憨笑着说：“您讲得太好了，我们听得入迷了呗！”

“那茶呢？总得让人喝点茶吧！”马援说。

“茶，给，请喝茶！”淮宾急忙递上茶来。

“但是，咱们可是挂面调醋——有言（盐）在先。喝完茶，继续。”贾威说。

…………

第二十八章　马革裹尸　前人栽树后人凉

稍稍休息并闲谝了一阵，马援问大家："那么，我们接着谝什么呢？"

"就谝马革裹尸吧！"蔺思如说，"我对你讲过多次了，今是回师之际，你老一口一个马革裹尸，出师时你也常说此话，我说这是不祥之言，大家说呢？"

"是的。"淮宾说，"我也听得人说，但凡出师或者出行，还是多说吉言好。如说不吉之言，会惹灾祸呢！"

"好吧！"马援说，"我也正想同你们，说说这个话题。"于是，马援便给大家讲述了以前所发生的王磐、王肃父子不听自己之劝，因张扬而惹祸的故事，而后说，"尽管，我多少有些预知之能，有人即把我称为高人、贤人以至神人。我自知，我并不是什么高人、贤人和神人，但我确有一种预感能力，其实这就是不同于一般人的观察能力。我的预感告知我，我们这次出师，并不会那么顺利，所以我必须从最坏处打算，安顿好身后的事情，那就是马革裹尸还了，这其实也是我生平最大的愿望。"在这个时候，这样的情况下，马援还不便给大家完全道破自己之所以要马革裹尸的秘密。

淮宾偏偏发问："那么，我怎么也不理解，你为什么一定要马革裹尸呢？"

马援说："我以前并不知道，但上次南征时，我才知道了一种鱼，它叫三文鱼。三文鱼也称鲑鱼，它身体呈纺锤状，体背部呈现银蓝色，侧线上方有黑色斑点，腹部两侧自上而下由银色逐渐变成白色，这种鱼的鱼肉呈现特殊的橘红色。三文鱼发育成熟后，便会逆流而上，回到出生的河流中产卵。三文鱼幼时，它们摄食浮游生物，长大后显现为肉食性，摄食异常凶猛，常常群跃水面争掠食物。它洄游产卵，寿命较长，最长可达七年。三文鱼性平，具有补血养虚、降压清脂、平滑肌肤、疏经活络、健脾利肝、增强脑功能，防治老年痴呆、中风、视力减退等。三文鱼中含有丰富的营养价值，享有'水中珍品'的美誉，其口感软滑细腻，有入口即化的感觉。除了生食，还可烟熏食用，有独特的风味。但是，就是这种三文鱼，它有一个最大的特点，你们知道是什么吗？”

“不知道。”众人齐声道。

“为了自己的后代，它们都会死去。”马援说，“要说，这些三文鱼，它们会回到自己的出生地产卵，产完卵后，雌性的三文鱼很快便会死亡，而雄性的三文鱼，它们也会因为在淡水中生活，没有什么食物吃，便一边保护鱼卵，一边燃烧自己的脂肪，最后也全都会死去。”

蔺思如接过马援的话说：“那章鱼也同三文鱼一样，章鱼是一种一生只繁殖一次的动物，‘夫妇’俩完成繁殖后，‘章鱼丈夫’会扯断自己的生殖器，将其留在‘章鱼妻子’的体内，过后它就开始绝食，过不了几天，就悄无声息地死去，这样决绝的方式，真的令人既伤心又难过。‘章鱼丈夫’还有另外一个死法，那就是被‘章鱼妻子’吃掉。但不管它是怎么死的，‘章鱼妻子’过不了多久，也会追随‘章鱼丈夫’而去，只是时间不相同而已。‘而章鱼妻子’之所以要晚死，那是因为它还要产卵然后孵化，待小章鱼成功出生后，过不了几天，‘章鱼妻子’也会绝食，开启自杀模式，很快便会死掉。”

蔺思如刚一说罢，马援又说：“还有像螳螂、袋鼩、红鲑鱼、红背蜘蛛等动物，它们也都有这样的精神，为了繁衍自己的后代，不惜牺牲自己的生命。”

蔺思如接过马援的话茬说：“这次南征，我还知道了有一种名叫环颈鸻的鸟，它也是这样一种为了保护自己孩子甘愿牺牲自己的母亲。环颈鸻主要生活在岛屿、海边滩涂、盐湖等湿地当中，它们不在树上筑巢，而把鸟巢搭建在地面上，这让很多掠食者找到了机会。

“环颈鸻母亲会提前发现前来寻找食物的掠食者，随后它会主动出现在掠食者的面前，并佯装成身受重伤的模样，这种行为在动物界当中被称为拟伤伪装。环颈鸻妈妈会一瘸一拐地出现在掠食者面前，并把它吸引到巢穴的反方向上，在掠食者即将要猎杀它的时候会快速飞走，虽然这种行为成功的概率很大，但是一旦失败，面对它的只有死亡，不过为了保护自己的后代，环颈鸻它必须这样做，它们千百年来就这样生活和生存了下来。”

“你们想，动物尚且如此，那么我们人呢？我们人，难道不应该保护自己的后代吗？要知道，我必欲马革裹尸，正是为了我们马氏的后代。”马援这时显得有些激动。

“可你只有活着，子孙们才会高兴，才会幸福。而你一旦死了，子孙们只能悲伤，只能痛苦，那你马革裹尸，还有什么意义呢？”淮宾说。

“不，你们不知道，但我蔺兄他知道。”马援指了指蔺思如说，“昔日，我的始祖马服君赵奢，和蔺兄的祖先蔺相如一起，从遥远的赵都邯郸，逃亡到秦地扶风，选中了扶风龙泉那块风水宝地，他们死后都埋葬在了那里。他们说是自己埋葬在那里，会护佑他们的后代。那么，我们这些个人，也是得到他们护佑的了。我呢？不求别的，也只求同先祖马服君和蔺相如一样，如能护佑自己的后代，我做什么样的牺牲都甘心情愿。”

听马援这样一说，蔺思如才十分感慨地说：“在这一点上，我真的没你想得那么深远，没你想得那么周到啊！”

“你们见过春蚕吐丝吗？其丝不尽，它依然活着；其丝吐尽，它方才死去。你们知道蜡炬燃烧吗？其泪不干，它仍会燃烧；其泪燃尽，它方才消失。”马援接着又说，“还有这样一句话，那就更贴切了，说是前人栽树，后人乘凉。道家乐生恶死，主张超越生命极限，追求‘天长地久，长生久视’，最好能成为活在世上的活神仙。庄子就曾说：‘龟者，宁其死为留骨而贵乎？宁其生而曳尾于涂中乎？道教在依据‘天道循环说’，根据老子‘道设生以赏善，设死以威恶’的教义思想，提出‘承负’说作为自己的报应观，并用以解释自然和社会上的各种因果报应现象。道家认为：人世间的承负，把今人受到的福祸归结为祖先的善恶，祖先积德行善，泽被子孙后代；祖先有过失或作恶多端，结恶果于后代子孙。再是，自然、社会的承负，顺‘道’而行，自然、社会便昌盛发达；违‘道’而行，自然、社会就衰败枯萎。其承负说的核心内容是将天道、地道、人道置于‘承者为前，负者为后’的循环逻辑发展之中，用天道、地道来论证道。说明天灾之发、地祸之起的原因，在于违背自然之道的人道承负。社会动乱，王朝更迭，亦是人为所致。任何自然、社会现象都蕴含在‘前人种树，后人乘凉；前人惹祸，后人遭殃’的承负结局之中。

“对于家族、种群而言，生存优势就是善。不断为自己和后世人积累生存优势，让自己与后世人接下来少走弯路、歧路，少在原地打转，如此一天一天、一年一年、一代一代积累优势，才能确保人类在物竞天择的世界里得以存续，长久承受造化的恩典，直至由量变产生质变，达到更高的层次……我呢？今年已六十多岁了，这年龄说小不小，说老不老，我自个儿觉得差不多已经活够了。但是，我今已感到，我以后会有什么祸事。可是，真有祸事，我愿意一个人承担，不愿牵扯到我的家人和后代。我知道，一个人不能选择自己的出生，但可以选择自己的死亡，我们虽然平平淡淡生，却要轰轰烈烈死，因为这样会有利于我们的后代，这也正是我必欲马革裹尸还的真正原因。对此，我本不想说，也可以不说，但愿能有以后。可是，我还有以后吗？因为，我唯恐，我是少有以后的了，起码我以后的时间会很短暂，所以我要把我心里的话说出，也必须说出。我也希望，你们以后能帮助我实现自己的愿望。”

马援的这些话，说得十分真诚，却也十分悲壮，这便也给当时，带来一种十分悲壮的气氛，他们四个人，一时竟都沉默了下来。

建武二十五年（49）春，马援的南征大军抵达临乡。他们初战十分顺利，很快攻破了五溪兵把守的城池，斩杀、俘虏了两千余人。汉军便顺利进入武陵境，抵达了下隽。此时，有两条路可以深入五溪腹地：一是从壶头走水路，这是捷径，可以直捣五溪蛮的匪巢。二是绕道攻击充县，走陆路继续前进，也可以到达五溪蛮的营寨。选择这两条进击路线各有利弊：走水路虽然距离近，但是此处水势深险，前途难以预料。如果汉军由此前进，突然发动袭击，倒是可以迅速进入敌人腹地，能够将五溪蛮首领精夫相单程一举擒获。但是，汉军的行动，一旦被五溪蛮察觉，他们会将河道上的险关要隘守住，这会使汉军陷入进退两难的窘境，以至会全军覆没，原武威将军刘尚就吃了这样的亏，这是血的教训，马援不能不予记取。那么走陆路呢？陆路虽然地势平坦，但是运输线路太长，粮食转运十分困难，同样会有这样那样的风险，会遭到五溪人的多处伏击，所以马援不同意走这条路。

此时，汉军将领中形成了两种意见。副将耿舒主张走陆路，他的理由是：虽然这条路绕远了些，但是比较安全。即便无法顺利进入五溪蛮腹地，但部队撤退起来也很方便。马援则这样认为：如果这样绕道走远路，会延误时日、消耗军粮，不知何年何月才能抵达目的地。倒不如进军壶头，这样可以迅速扼住五溪人的咽喉，充县之敌会不攻自破。当时，马援与耿舒的意见产生了严重分歧。马武呢？他支持耿舒走陆路。孙永呢？他则支持马援走水路。这样，他们意见相互对立，双方僵持不下。这时候，马援也许因为年龄大了，作决策有些犹豫。无奈之下，他们只好将两种意见，书面上报朝廷，让光武帝亲自作以裁决。光武帝仔细看了他们的上报，选择支持马援的意见，南征军便取水路而进军壶头了。

于是，汉军乘船溯流而行，进军壶头。但是，由于他们决策的延误，进军的迟缓，使五溪蛮很快察觉了他们的意图。于是，相单程便命令各部落登高据险，把守住各处险关要隘。他们采用了坚守不战，以逸待劳，以守待攻之策。而沅江水流湍急，汉军舰船无法逆流而上，便被困在了途中，无法继续前进。此时，正值酷暑，汉军中的士兵，他们由于水土不服，受不了山林中的瘴气，纷纷染上了可怕的瘟疫，并在军中流行起来，大量的士兵也都死去。由于没有及时隔离，马援本人也被感染了瘴气。于是，他浑身乏力，头疼欲裂，昏昏沉沉，难以自理。蔺思如见状，便带领军士在河岸边上挖洞，将马援抬到里面乘凉避暑。谁知，马援刚一进洞，立有凉爽之感，他不禁心里一喜，十分高兴地说："这洞好啊！有了这种洞，一可以防身，二可以御敌，三可以避暑，四还可以避瘴气啊！"他即下令，让将士们大量挖洞，防瘴御敌，起到了较好的作用。据说，这也成了岭南最早的猫耳洞。以后，旦有战事，岭南人都喜挖猫耳洞，喜钻在猫耳洞里作战，这挖洞最早的历史应源于马援。所以，《后汉书·马援传》中，就有这样的记载，马援征讨武陵五溪人时，曾"夷穿岸为室，以避炎气"。说是在当地，至今仍存有多处石洞，有两处较大的相邻石洞，传说马援在里面待过，被命名为"马援石室"，其所在地亦被称为"马石"。那石室有门槛，门小洞大，室内地面低于外面，留有排水孔，大室高约一丈，宽约九尺，深丈余，室内正面壁上刻有佛龛，只是那些佛像早不知去哪儿了，洞内仿木结构，刻有柱檀、斗拱等梁架结构。如果进入洞里，会感觉空间很大。小室基本同大室结构，只是稍小一点。石室旁边依山建寺，如今仍有人摆摊占卜，香火倒也很旺。两石室周边的崖壁上，刻有"千佛头口"题词以及小洞、安装窟、柱洞和沟槽等。在石室附近的山体岩壁上，还分布有十余处同类型的石洞，只是这些石洞小多了，人在里面能感觉到寒意，这也许是对马援的一种特殊纪念。

由于汉军现在面临这种巨大危机，副将耿舒对马援产生了极大的不满，他给大哥耿弇写了一封信，在信中这样写道："当初，我曾上书建议，我军若先打充县，尽管粮草运输困难，但兵马前进无阻，大军数万，人人奋勇争先。只要能拿下充县，五溪蛮匪首一个也跑不了。但马援坚持进军壶头，走水路，如今，我大军便在壶头滞留，官兵忧愁抑郁，又有瘟疫流行，瘴气横行，大都行将病死，实在令人痛惜！此前在临乡，敌兵无故自来，如果乘夜出击，就可以将他们全歼。但马援他也许年龄大了，就像个做生意的西域商人，所到之处，处处停留，犹豫不决，这就是我军失利的原因所在！现在，士卒病死大半，毫无战斗力可言。甚至连他马援本人，也因感染瘴疫，久病难起，吉凶难料。一切，正如我之预料！还有一种说法是，马援对于此次战事，他并不想速战速决，也许他还有别的想法。

对此，我也不敢妄加揣测。恳请兄长转奏圣上，另作决策，适时定夺！”

汉军滞留壶头山，被五溪蛮层层包围，四面山岗上和树林里全是五溪人。而这里群山连绵，森林密布，溪水道道，根本就没有开阔地。汉军在这种地方，不要说是列队布阵了，连小小的作战队形都无法安排，又怎么能打仗呢？好不容易，他们找到一块比较大的地方，把军队驻扎下来。可是，因为天气太热，太阳狠毒，又有好些士兵因中暑和瘴气死去了。马援虽然病重，但他不能不带病起身，来到军中指挥作战。这时，相单程指挥的五溪人虽不敢正面进攻，却采用连续袭扰的办法，他们一会儿敲着鼓冲了下来，一会儿又打个呼哨跑了回去，即使汉军休息了，他们依样进行骚扰，使得汉军疲于奔命，不知所措，又无法交战。当时，几位副将，也不怎么积极配合。马援呢？他只能拖着沉重的病体，不管太阳多么毒，瘴气多么厉害，也不管五溪人来回骚扰有多少危险，他总是跑到外面来回指挥，或者踮着脚尖瞭望五溪人的动静。他将全部将士分作两队：一队守住营寨，对付前来进攻的五溪人；一队在山崖上凿窑洞，使士兵可以在里面避暑。他想用这个办法先应付一阵，只要五溪人到了平地，就可以设法打败他们。将士们瞧见马援年龄这般大了，又有重病在身，虽然他浑身流着汗，连白胡子上都挂着汗珠，仍然在指挥作战，都央求他到洞里去歇息。马援却笑着说：“我老头子爱害冷，不怕热。你们年轻人火大，也怕热，就进洞去吧！”他仍然继续坚持，指挥大家作战。他还把蔺思如安排人炒熟的薏米，亲自分发给多个将士，边分发边说：“这东西好！这东西好！吃了既防病，又管饱，你们赶快吃吧。我们关中有个风俗，二月二时，是一定要炒豆吃的。说是如吃了炒的豆子，地里不生虫，人也不害病。在五溪蛮这里，不兴吃炒豆，却兴吃炒薏米，各地习俗不同，这除虫除病的炒物也不同哟！”军士们见此，又听到这暖心的话，全都感动得哭了。

不幸的是，也就是在这一次，马援终因心力交瘁，劳累过度，瘴气中毒，重病在身，最终病死在了军中。马援临去世时，蔺思如、贾威、淮宾三人，一直守在他的身边。马援对三人说：“我已经对你们说了，这次出征后，我隐隐有一种不祥预感，所以我必欲马革裹尸还。可没想到，我将要死在五溪蛮这个地方。但是，我并不甘心，不能留在这个地方。我如留在这里，那将是大汉之耻、汉军之耻，五溪人会借此嘲笑我们，因为我是征讨五溪蛮的主将领，假若我真的走了，我还是要马革裹尸，还是要叶落归根，你们一定要设法把我的尸体，送回故乡扶风，埋在与我老祖先马服君墓相邻的地方！恐只恐，我的这一小小愿望，也是难以实现的了。”

贾威说：“这么个简单的愿望，又怎么不能实现呢？”

马援叹了口气说：“因为，这次出征，我是立了军令状的，当着皇帝的面，说要‘不获全胜，决不收兵！除恶务尽，不留后患！’但是，我没有做到啊！有句俗话是这么说的，‘胜者王侯败者贼’，到如今，我们还未胜，也许会落败，一旦落败，我便会成了贼，又怎么会有好结果呢？”

淮宾说：“但也许，我们会胜。不是还有马武将军、耿舒将军，他们都是身经百战的良将，会继续指挥汉军，打败五溪蛮的。”

“这又怎么可能呢？”马援说，“昔之时，耿舒和马武让走陆路攻击充县，我坚持让走水路进壶头，如今，却落得这样的境地，越是失败，才能越证明他们的正确和我的错误，他们又怎么肯全力以赴呢？愿只愿，他们不搞小动作也就是了。”

“可是，进兵壶头，这是皇帝他也同意的啊！”贾威说。

“这就使问题更复杂了。”马援叹了口气说，“历来，只有犯错的臣子，哪有犯错的皇帝？无论何时何地，无论在什么样的情况下，皇帝永远都是正确的。即使他有了错误，也一定要叫臣子背负罪名，我无疑是要替皇帝背罪名的人了。我可以替皇帝背负罪名，怎么背都可以，但我恐只恐，还有人会加盐调醋，甚至有人会火上泼油，因为墙倒众人推啊！我更恐怕，此事会牵连到我的夫人、子侄、族人和朋友，这才是我最为担心的。”

蔺思如说：“事到如今，你就别想那么多了，只好好养病，一旦身体恢复，就什么事都好办了。”

马援这时流下泪来，说：“恢复，恢复谈何容易？恐只恐，老天爷真的要叫我走了。”

贾威和淮宾，他们什么也没说，他们又能说些什么呢？他们只有流泪。但是，男人流泪，与女人大有不同，女人的泪常挂在脸上，男人的泪却流在心里。一种十分悲壮的气氛，笼罩在他们所有人的心头；一滴滴悲愤的泪水，全流在他们心里。

…………

第二十九章　李门之祸　马氏家族当永记

静静的夜晚，偌大的帅帐里，马援跟蔺思如、贾威、淮宾仍在继续攀谈。马援问：“你们知道此刻，我还想到了谁？”

“想到了谁？”贾威抢着问。

“李广。”马援说，“那李广，他本是西汉名将，在文、景二帝时，他一直率兵抗击匈奴，先后担任北部边域七郡太守。汉武帝时为未央宫卫尉，任骁骑将军，领万余骑兵出雁门（今山西右玉南）击匈奴，因众寡悬殊负伤被俘。匈奴军首领让将其置卧于两马间，再将绳索绑成网兜状，让李广躺于网索之上，李广佯死，于途中趁隙，突然飞身跃起，将一个匈奴将领踢下马来，自己再乘马而逃，仅凭一马一弓，他便飞马返回。匈奴人因之畏服，称其为‘飞将军’，数年不敢来犯。

“汉元狩四年（前119），漠北之战时，李广以郎中令的身份，率领四千骑兵从右北平出发，博望侯张骞率领一万骑兵和李广同行，分两路走。走了几百里，匈奴左贤王带领四万骑兵包围李广，李广的士兵都很恐惧。李广说：‘不就是来了些匈奴兵嘛,这有什么好可怕的？’他即派他的儿子李敢快马冲击敌人。李敢领命，便独自带了几十名骑兵飞奔而去，穿破匈奴骑兵的包围圈，抄出敌军的左右两翼安全而回。李敢返回后，大声报告李广说：‘匈奴人容易对付。’这样，士兵们这才安定下来。当时，李广将部队布成圆形阵势，面向四外冲锋，匈奴军猛攻他们，箭如雨下，汉兵纷纷倒下，死亡的超过了一半，汉军的箭也快用完了。这样，李广便命令士兵只拉空弓，不要放箭。可当匈奴兵再试探着发起进攻时，李广却亲自用大黄弩弓射向敌人，射死了几个副将，匈奴兵便后退了。匈奴人见汉军没有箭了，渐渐有些松懈，恰巧天黑了下来。这时，汉军将士全都惊慌失措，可是李广的神气同平常一样，更加镇静地指挥军队作战，将士们都很佩服他的勇敢精神。熬过了艰难的一夜，李广和将士们继续奋力战斗，张骞的军队这时才赶到，匈奴军队这才解围而去。汉军疲惫至极，不能前去追击。这时，李广几乎全军覆没，只好收兵回去。按照汉朝的法律，张骞因耽误了预定的日期，本当处以死刑，但他出钱赎罪，便将他降为平民。李广的军功和罪责相当，便既没有处罚他，也没有得到封赏。

“李广曾和星象家王朔私下闲谈说：‘自汉朝攻匈奴以来，我没有一次不参战，可各部队校尉以下军官，才能还不如中等人，然而因攻打匈奴立有军功，他们有几十人都被封侯了。我的武艺和谋略都不比别人差，但却没有一点功劳能得到封地，这是什么原因呢？难道，我的骨相是不该封侯，还是命该如此？’王朔说：‘那么，将军回想一下，你曾有过悔恨的事吗？’李广说：‘我任陇西太守时，羌人反叛，我诱骗他们来降的有 800 多人，可我采用欺诈的手段，一天内把他们全都杀光了。直到今天，我最大的悔恨只有这件事。’王朔说：‘能使人受祸的事，没有比杀死已投降的人更大的了，这也就是将军不能封侯的原因。’李广历任七个郡的太守，前后四十多年，得到赏赐后立即分给部下，饮食与士兵一样，家里没有多余财物，一生不谈购买产业的事。李广身材高大，长臂，具有善射箭的天赋，就是子孙和其他人跟他学习射箭，也全都赶不上他。李广寡言，不与人多说话，不和别人在一起住。他只喜在地上画作战阵图，跟人射箭比射的面宽窄，输了就罚酒喝，常以射箭作为游戏。他带兵行军，遇到断粮缺水时，如找见了水，士兵们不全喝到水时，他不会近到水边；士兵们不全吃上饭时，他也不会尝一口饭。他对待士兵宽厚不苛，士兵因此喜欢替他办事效力。他射箭时，看见敌人不到几十步之内，估计射不中就不射，一射就要应弦倒地，一箭毙命。因此，他带兵作战，多次被敌人围困，却能突围出去；他也曾连射猛兽，几次被伤害过，却能死里逃生。

“元狩四年（前 119），汉武帝发动漠北之战，由卫青、霍去病各率五万骑兵，由定襄、代郡出击，跨大漠远征匈奴本部，李广几次请求随行，汉武帝起初以他年老没有答应，后来经不起李广的请求，便同意他出任前将军。

“汉军出塞后，卫青捉到匈奴兵，知道了单于驻地，就自带精兵前去追逐单于，却命令李广和右将军队伍合并，从东路进行出击。东路迂回绕远，而且缺乏水草，势必不能并队行进。李广就请求说：‘我的职务是前将军，大将军却命令我从东路出兵，况且我从少年时就与匈奴作战，至今才得到与匈奴对阵的一次机会，我愿意做前锋，首先与单于决战。’卫青因为暗中受到汉武帝的警告，认为李广年龄大了，且命运不好，不能让他与单于对阵，恐不能实现俘获单于的愿望。当时，公孙敖刚刚丢掉了侯爵任中将军，跟随卫青出征，卫青也想让公孙敖跟自己一起与单于对敌，所以故意把李广调开。李广不是不知道内情，所以他坚决要求卫青改调令。可是，卫青就不答应，并命令长史写文书发到李广的幕府，对他说：'请赶快到右将军部队中去，就照文书上写的办。'李广十分生气，他不向卫青告辞就起程了，带着不满情绪前往军部，领兵与赵食其合兵后从东路出发。因军队没有向导，有时会迷路，结果落在卫青之后。卫青与单于交战，单于逃跑了，卫青并没能活捉单于，只好草草收兵。卫青南行渡过沙漠，才遇到李广与赵食其的军队。李广谒见大将军后，回到自己军中。卫青派长史送给李广干粮和酒，顺便向李广、赵食其询问军队迷路的情况，并要给汉武帝上书汇报军情，李广没有回答。卫青便派长史急令李广幕府人员前去受审对质。李广对长史说：'校尉们无罪，是我迷失了道路，我现在亲自到大将军幕府去受审对质。'到了大将军幕府，李广对自己的部下说：'我从少年起与匈奴作战七十多次，如今有幸随大将军出征同单于军队交战，可是大将军又调我的部队迂回绕远路而走，偏偏又迷了路，这难道不是天意吗？况且，我今已六十多岁，毕竟不能再受那些刀笔吏的污辱。'于是，他便拔刀自刎了。李广军中的将士，他们闻讯都为之痛哭。百姓听到这个消息，不论认识不认识李广的，许多人都为之落泪。"

听马援讲到这里，蔺思如插话说："那这么说，李广应是个悲剧人物。"

"可不是么。"马援说，"李广的悲剧，还影响到儿子李敢。李广死时，他长子李当户、次子李椒都已经过世，仅留下幼子李敢。李敢当时是霍去病的部下，因立有战功被封为关内侯。他听说了父亲的死讯，认为这是卫青任意调离李广的过错，因此便去打伤了卫青。对此，虽然卫青隐藏了李敢的打人行为，但卫青的外甥霍去病却不能接受，他认为部属不应该殴打身为大将军的舅舅。更为可悲的是，他后来竟然在甘泉宫狩猎时射杀了李敢。"

"悲剧啊！悲剧。"在讲述了李广的这一番经历后，马援十分感叹地说，"李广、李敢父子，全都是悲剧人物啊！"

"但是，他们的英名，却流传了下来。"蔺思如说。

"名归名，命归命。其实，何止李广、李敢父子，李广的孙子李陵，他更是一个悲剧人物呢！"马援接着又说，"骑都尉李陵，随大将军李广利率大军进攻匈奴人，汉武帝本来只是派李陵带领一股小部队帮大军押送粮草，但李陵却觉得这样的安排大材小用，于是上疏，请求另派一支军队给他，让他独当一面，而不仅仅是担任个押粮官。汉武帝对他说：‘军队倒是能派给你，只是没有多余的马匹给你，怎么办呢？’李陵想了想说：‘那就不用马匹了，五千步军就足够了。’于是，汉武帝同意了他的请求。

“谁知，李广利率领着大军，到处搜寻匈奴军队的主力想与之交战，却怎么也找不到，而李陵刚一出兵，就碰上了。在深入敌境的一个山谷里，李陵的这支五千人军队与匈奴三万大军狭路相逢。匈奴军队的主将，他看李陵部队人数少，便命令部队迅速将他们围了起来，然后拼命猛攻。但是，由于李陵指挥得当，匈奴军久攻不下。

“几日后，外围的匈奴人招来了援军，兵力接近十万。就在这样实力悬殊的对抗中，李陵率领着仅剩千余人的军队，也没有处于下风。他们奋力突出重围，且战且退，被匈奴大军一路追杀，一直退到又一个山谷里。匈奴军再次发起了猛攻，李陵指挥军队用弓箭射退了他们。

“匈奴单于开始疑惑，他对部将说：‘这是汉军的精锐部队，我们进攻不下，他们却且战且退，会不会是在引诱我们，让我军进入他们的伏击圈？’单于甚至开始有了放弃追击李陵部队的念头。但是，一位匈奴将军这样说：‘汉军如此少的人数，我们都不能拿下。今放走他们，他们今后必定会更加瞧不起我们，这会助长他们的气焰，也灭了我们的威风！况且，他们箭都快射完了，我们再加强攻势，一定会拿下他们。’单于觉得有道理，便继续对李陵军发起攻击。

“有一个叫管敢的汉军军士，他因不满上司的侮辱而投降了匈奴，便把李陵的艰难处境，一五一十都告诉了单于。单于听罢大喜，更加坚定了进攻的决心。双方又战了十几日，李陵等弹尽粮绝，实在无力再抵抗。李陵本要自杀，却被手下将领劝阻下来，他们给李陵出主意说：‘您可以假意投降匈奴，等到有机会再逃回故土。就以赵破奴为例，表面上投降匈奴，实则人心向汉，以后再反戈一击，不愁得不到皇帝的谅解。’

“李陵一听，觉得很有道理，他便诈降了匈奴。谁知，消息传回京城后，朝野一片震惊。一些文官不等弄清缘由，就在汉武帝面前诋毁李陵，一些抹黑李陵的假消息也不胫而走，汉武帝自然十分震怒。就是在这样的背景下，司马迁也向汉武帝给李陵求情，他说以李陵的为人品行来说，他不太可能会做出这样的事，真降诈降还未可知，建议汉武帝在调查清楚后再做决定。

“汉武帝本来都听从了司马迁的建议，但是经不住各种污蔑李陵的小道消息的刺激，便对李陵家族起了杀心。这一次，司马迁又替李陵说情，并且言辞比较激烈，甚至攻击大将军李广利，说因李广利没能及时救援李陵，才酿成后来的大祸。汉武帝一听，疑心司马迁参与了军中将领的权力斗争，便下令将其施以宫刑以示惩戒。

“汉武帝通过调查，终于知道了李陵诈降投敌的苦衷，便下令让将军公孙敖深入大漠去秘密迎接李陵归国。可是，公孙敖没有找到李陵，回来时却抓了一个匈奴兵。经过拷打审问，却得知李陵正在大漠深处，帮助匈奴练兵。其实，那位帮助匈奴练兵者，本是汉军降将李绪，只因李陵名重，传言皆说是李陵。公孙敖便把这个不实的消息，报告给了汉武帝。汉武帝再次震怒，便下令将李陵一家老小全部处死。

“李陵得知自己全家人被处死的消息，他肝肠寸断、悲痛欲绝，泣不成声地说：‘我忠心耿耿于大汉，且有功于汉，并无降匈奴之心，只是诈降而已。可是，汉皇为什么要这样对待我呢？’

“后来，汉使来拜见匈奴单于，李陵便拉着他追问说：‘我舍死浴血奋战，因得不到救援而不幸被俘，现在只是诈降，有什么对不起皇帝的地方，他为什么要杀我全家呢？’

“使者说：‘陛下听说，你在训练匈奴兵，盛怒之下，他才让杀了你们全家。’

“李陵哭着说：‘那帮助匈奴军进行训练的是李绪，不是我，我真是太冤枉了。’李绪原为汉将，匈奴人犯境时主动献降，投降后便为匈奴练兵。也正是这个李绪，影响了李陵家族的命运。

“使者听了，无言以对。回朝后，只能如实向汉武帝禀报。但汉武帝杀人如同捏死只蚂蚁，哪里还会有低头认错赔情道歉之说？他虽然心里也有些懊悔，但嘴上什么也不说。于是，李陵的冤案，便只能这样一冤到底了。这样，诈降的李陵，不料会弄假成真，他虽然一直心系故国，但并未被汉武帝原谅。匈奴单于待李陵甚厚，特将自己的女儿嫁给了他。但李陵也不愿做反复无常的小人，迫不得已，他只能一直待在匈奴。”

听马援讲完李广家族的悲剧故事，蔺思如只能安慰他说：“毕竟，今光武帝不同于汉武帝，而你又不同于李陵，尤其是，这小小的五溪蛮，难以同强大的匈奴相比，你又怎么会落得同李陵一样的下场呢！”

马援叹了口气说：“可是，天道无常，世事难料，谁知道以后会发生什么事情呢？我预感，我即使不会落得李广、李敢、李陵他们那样的命运，但也会是另一个悲剧人物。你一再埋怨我，说我出师之际，应说些吉利之言，但我觉得，还是实话实说的好。有这样一说，人不能选择自己如何生，但可以选择自己如何死；生可以平平常常，但死应当轰轰烈烈，这才是人生的意义。还有这样一说，祖宗多有磨难，后代才会荣耀，这也是我必欲马革裹尸还的原因。我还发现，有些人临走以前，他将后事未做安排，便会耿耿于怀，便会死不瞑目。我呢?不想留下这样的遗憾，所以想把后事提前安排。还有，你我老祖先藺相如和马服君，能从邯郸逃到秦地扶风，并相中藺家卫那块风水宝地，这不是没有原因的。我今必欲要长眠在那里，这将会有利于我的子孙后代。似此，我个人受点委屈，多点磨难，那又有什么呢！”

藺思如听得心酸，却只能安慰马援说：“人的命，天注定，就看老天爷怎么安排了。”

淮宾也说：“不管怎样，我们只有边走边看了，你不必有过多的担心。”

贾威却有些不平地说：“看来这皇帝老子，他们待人，也都是双重标准，对有的人特别严，对有的人特别宽，不公平哟！”

马援赶紧加以制止地说：“可别乱说，别乱说。”

藺思如说：“小心，隔墙有耳。”

淮宾说：“好在，咱们这里，没有外人。”

稍停，藺思如又对马援说：“反正，我觉得，你二次南征出师以来，老有些怪怪的，一直在说些不吉利的话，甚至做些不吉利的事。”

“好吧！都到这个时候了，我还是实话实说，连盘子连碗，我都端给你们吧！”马援说。于是，他便把当初紫山神君如何向始祖马服君赠寓言诗，始祖如何留诗，又如何给自己托梦一事，都一五一十对藺思如他们三人说了。藺思如他们听了，又怎么能不吃惊呢?

今故事讲到这里，我不能不说一个题外话了：据说，那是在1940年，当时苏联有一个建筑团队，计划在哈卡斯境内的阿巴坎南附近建一座农庄，农庄与阿巴坎南相距八公里。谁知道，在建筑团队进行施工的时候，突然发现土地下面有些异样，再继续挖下去，一座千年的建筑群便出现在施工人员的眼前。经过系统的挖掘，苏联的考古学家们通过考察和研究，确认这座千年宫殿就是中国人李陵的居所：阿巴坎宫殿遗址的真正主人，并不是游牧的匈奴人，这是一位中国将军的住宅。李陵是西汉时期著名将军李广的长孙，也是李当户的遗腹子，他的家族在中国历史上可是赫赫有名的。

翻阅历史资料发现，李陵的宫殿现在所处的阿巴坎地区，正是我国西汉时期匈奴境内的浚稽山。但是，这座山经历了千年的风吹雨打，现今的具体位置早已经不能确定了。而李陵葬在匈奴境内的土地上，也是很有渊源的，其渊源便是我前面讲到的故事。

当初，得知全家人都被处死的消息后，李陵绝望至极，便做出了和汉朝决裂的决定。匈奴的首领趁机拉拢他，并把自己的公主嫁给他，还以高官相待。但是，李陵至死却不真心投降匈奴，也不愿回归汉朝。直待他去世后，尸骨便埋在了匈奴境内。从他的这座宫殿的豪华程度来看，匈奴单于当初确实厚待李陵，连住宅都为他修建得如此富丽堂皇。说是在挖掘的过程中，除了许多珍贵的文物之外，还发现了不少有着“天子千秋万岁常乐未央”字迹的瓦片，“未央”是指未央宫，是西汉帝国的天朝正宫，这表明了李陵对故土深深的依恋。但是，历史就是如此的滑稽，纵有千年宫殿遗址在，难平当年冤枉案。当初马援预感的，会遭受像李广家族一样的冤情，这虽然能证明他预感的准确，但也说明他对此是多么无奈。

第三十章 薏苡之谤 一代名将千古恨

据说，南宋之时，秦桧同监察御史万卨俟商量，欲给岳飞定罪，苦于没有罪行和罪证，罪名也难以成立，两人为此很伤脑筋。突然，万俟卨想到了薏苡之谤，他便问秦桧："您知道马援吗？"

"东汉名将，谁人不知？"秦桧说。

"那么，对于马援，梁松是怎么给定罪的呢？"万俟卨反问。

"不就是薏苡之谤吗？"秦桧说，"当时，梁松借薏苡，大做了一番文章，这才撂倒了马援。"

"对呀，马援本来无罪，可他却常食薏仁，熬薏仁粥，做薏仁饭，制薏仁酒和米酒，并给将士们散发炒熟的薏仁，因为食薏仁能轻身省欲，以胜瘴气。而将士们见那薏仁粒大饱满，状似珍珠，都称薏仁饭为珍珠饭。马援呢？见那薏苡果实大，而且有医药作用，便想把它作为种子，引进到北方种植。所以，他南征回来时，便装了满满一车薏苡，把它运回了洛阳府中，想留待以后推广种植。薏苡即薏米，它本是一种粮食类植物，可北方人并不识得，误以为它是珍珠，便把它当作珍珠来对待了。而奉旨前去调查南征战事的代理监军梁松，因一直与马援有隙，便借此事大做文章，还不是定了马援之罪，不但使朝廷收缴了马援的新息侯印绶，也废了他的爵位，并差一点株连了马氏满门。咱们呢？在处理岳飞一事上，可以照搬梁松的薏苡之谤，不用再多费脑筋。"万俟卨说。

"可是，今岳飞的事就发生在南方，谁又能不知道薏米？咱们没法借薏米诽岳飞、谤岳飞啊！"秦桧说。

"南方人熟知薏米，咱们不能依此给岳飞定罪，但可以给他来个'莫须有'啊！"万俟卨说。

"什么是'莫须有'呢？"秦桧问。

"'莫须有'就是也许有、可能有之意。如果说岳飞也许有什么罪，可能有什么罪，那，他又怎么能没有罪呢？这样，咱们就可以想方设法无中生有，罗织罪名了。”

“好，好一个‘莫须有’。”秦桧说。

“可这也不是我的发明，我也是跟人家梁松学的。”万俟卨说。

“学得好，学得好。”秦桧说，“这个‘莫须有’，可比梁松那薏苡之谤高明多了啊！”秦桧说。

“不敢不敢，谢谢丞相夸奖。”万俟卨说，“不是有这么一说，说是青出于蓝胜于蓝嘛！”

于是，正是由于这“莫须有”的罪名，便给岳飞定了罪。可秦桧最明白宋高宗的意思，那高宗不只是要给岳飞定罪，还必须将他处死，这又该如何办呢？秦桧再与万俟卨相商。万俟卨说：“昔时，搞那薏苡之谤时，马援的副将马武、耿舒、刘匡、孙永不都参与了嘛！咱们呢？仍然可以效仿梁松的做法，再从岳飞的手下，拉拢收买几个证人来，确证他的‘莫须有’的罪名，还能不置岳飞于死地吗？”于是，秦桧便和万俟卨一道，向宋高宗呈上捏造岳飞抗金时拥兵不救、放弃阵地等许多“罪名”的奏折。此后，秦桧再收买张俊、王贵，让王俊诬告岳飞儿子岳云曾写信给张宪，欲与之共同发动兵变。于是，张宪先被捕入狱，岳飞、岳云父子也被骗入狱。

已经辞官在家、明哲保身的老将韩世忠见此，忍不住去问秦桧岳飞何罪，秦桧含糊地回答：“飞子云与张宪书虽不明，其事似莫须有。”韩世忠十分气愤地说：“‘莫须有’三字,何以服天下！”后来,有人把南宋时期的岳飞“莫须有”冤案，称为宋代的“薏苡之谤”。

据说，当初给岳飞定罪时，秦桧曾对万俟卨这样说：“咱们这样做，后世人会不会骂我们呢？”

“我们背负骂名，这是一定的。”万俟卨说，“但是眼下，摆在我们面前的只有两条路，一条是听高宗皇上的话，给岳飞定罪并把他弄死，我们方能活命并保住家族，但自会背负骂名；另一条是尊重事实，不给岳飞定罪并把他释放，我们就保不住性命并株连九族，但会落忠义之名。除此而外，我们没有别的路可以走啊！”

“唉，我们只能走第一条路了，还是先顾眼前，再说以后吧！我们这样做，也保护了皇上，保护了高宗，他自然也高兴啊！”秦桧说，“不还有这么一说，‘君叫臣死，臣不得不死’。那么，今君叫岳飞死，他怎么能不死呢？君叫我们背负骂名，我们怎么能不背负呢？”

“对，对！”万俟卨听到这里，马上抢过话说，“昔日里，那梁松就是这样做的。明明马援南征兵走壶头时，是给光武帝上奏并征得他同意的。可是，后来马援兵走壶头受阻，进军不十分顺利，那么这汉军受阻的责任，就只有让马援来承担，又怎么能怪光武帝呢？梁松正是借此，把一切责任和败因，都怪到了马援身上，洗清了光武帝的一切责任，所以马援便罪责难逃。今天呢？也一样，高宗主和，岳飞主战，我们听皇上的，还能有错吗？可岳飞他表面是跟我们对着干，而实际是跟皇上对着干，他能有好吗？按我的意见，眼下，我们只有按皇上的意思办，给岳飞定罪并杀了他，才能保全性命和家族，您说呢？”

“先顾当下，哪能顾后世，好汉不吃眼前亏嘛！”秦桧说，“当下十分现实，我们先力求保全自己的性命和家族。至于后世，会有种种的难以预测和变数，我们岂能想那么远呢？”

于是，他们二人再细商量一番，便将岳飞以“莫须有”定罪处死，同时论罪处死的，还有岳飞的儿子岳云和他的爱将张宪。

如此看来，正是这一东汉时期伏波将军的薏苡之谤，才引出了南宋时期爱国名将岳飞的“莫须有”罪名，冤案何其相似，手法也大致相同，这足以说明历史的滑稽。而后代人也因马援薏苡仁而蒙冤一事，称蒙冤被谤为“薏苡之谤”“薏苡之祸”“薏苡之谗”“薏苡明珠”等，究其实，这一是在借古讽今，二是在为伏波将军马援鸣不平。

再说，那耿弇接弟耿舒之信后，他信以为实，觉得事态十分严重，便立即将耿舒的来信交给光武帝看。光武帝看信之后，也想到当初马援曾上书，专门请示自己是兵走壶头还是走充县一事，自己是表态让走壶头的。那么，今走这条路线不对，自己怎么能担责呢？自己是皇上啊！所以，只能怪马援，完全怪马援，全是他马援的错。于是，他立即派太中大夫梁松乘驿车前去责问马援，并让他代理监军事务。要说，光武帝之所以要让梁松前去五溪处理马援一事，也有自己不可告人的目的：不久前，马援和耿舒征五溪蛮走不同线路的上报，不就是他自己亲自看、亲自定的吗？可如今，说是走水路进壶头这条路选错了，英明伟大的皇帝，怎么会有错呢？有错，一定是大臣的、马援的，朕必须将这个屎盆子，扣在他马援头上。那么，又由谁来给马援扣这个屎盆子呢？这个人，除了梁松，再没有更合适的人了。因为，这梁松与马援，他们二人一直有矛盾，而且矛盾不浅。当皇帝的窍门，就是要利用大臣之间的矛盾，进行挑拨离间或调解促和，自己的威信才能得以提高，权力才会得以巩固，这也正是光武帝的真实目的。由此看来，东汉马援的“薏苡之谤”，与南宋岳飞的“莫须有”之罪何其相似，而光武帝对于伏波将军马援的整治，与宋高宗赵构对于爱国名将岳飞的整治又何其相似！再说，梁松赶到壶头之时，马援早已因病重不治，死在军中了。

马援死后，刘匡和孙永让将马援就地安葬，耿舒和马武让将马援尸体装以棺木，运回洛阳安葬。但蔺思如、贾威和淮宾一再坚持说：“将军生前，一直想马革裹尸，叶落归根，还乡安葬，请能实现他的遗愿吧！”他们再三请求，耿舒和马武只好表示同意。

于是，便由蔺思如和贾威、淮宾三人一起，将马援尸体用马革包裹，飞马送往马援故乡扶风而去。到了洛阳，蔺思如他们去伏波府见了蔺夫人和马援的子侄，让他们看了马援的遗容，但是……

这时，光武帝接着又令谒者、南阳人宋均任征南大军监军，主持南征军的军务。宋均升帐议事，与耿舒、马武、刘匡、孙永诸将商议。宋均道：“我们如今道路遥远，官兵染疾，无法再战。本帅打算矫诏而招降敌人，诸位看怎么样？”

耿舒、马武、刘匡、孙永诸将大惊，都在心中盘算：“矫诏招降，这可是死罪啊！一旦事败，主谋者须人头落地，参与者也罪责不轻，这可怎么办呢？”更何况那耿舒，这时也有自己的小心思：本来，这次南征，应该让我担任主将，阴差阳错，让那马援当了主将。虽说马援他不如我，但毕竟还懂兵书战策，马援死了，皇上怎么不以我为主将，而派来这个窝囊废谒者宋均呢？宋均他屁也不懂，根本不敢打仗，也不懂打仗，来后一仗未打，便要矫诏招降，矫诏招降就矫诏招降吧！可是，怎样才能摆脱我们副将的连带责任呢？

只听这时，梁松又这样说：“法律再严，也难以惩处已死之人。那马援，他现在不已经死了嘛！他活着时就有罪，可那最多只是个死。好在，他现在已经死了，对于已死了的人，还有什么罪名担当不起呢？我知道大家的担心，一是担心战败的罪名，因为南征之前，马援和你们大家，都是立了军令状的，说是‘不获全胜，决不收兵！除恶务尽，不留后患！’但是，打胜仗你们并没有做到，可这不怪你们，要怪就怪马援，他是主将嘛，当然要承担主要责任。还有矫诏，假借皇帝的名义招降五溪蛮，这事也与你们无关，全都是马援干的。他因为战之不胜，除恶不尽，只能假借皇帝的名义，对五溪蛮采用矫诏招降的办法，这很合理，也很正常嘛！但这唯一所需要的，就是我们大家意见的一致、口径的统一。你们理解吗？”

“理解，理解！”耿舒、马武、刘匡、孙永、宋均他们全都点头。

梁松接着又说：“所以，我们必须设法，把战败和矫诏的责任，都推到马援身上，那我们大家不就都解脱了吗？”耿舒、马武、刘匡、孙永、宋均也都一一点头。

耿舒问：“可我们给马援，定什么罪名呢？”

“他不是把一车交趾的珍珠，都拉回自己府中去了吗？”梁松说，“他犯了这么大的罪，你们难道不知？”

“那是薏米,不是珍珠。”心直口快的马武,他抢先这样说,“那薏米形似珍珠，可它毕竟不是珍珠啊！”

“我们说它是珍珠，它不就成珍珠了嘛！”梁松说，“更何况，此事在京都洛阳传闻甚广,连皇上也知道了,说马援表面上不爱财,可他不爱小财却爱大财，他从交趾拉回来整整一车珍珠，全都运回了自己府中，咱们朝廷国库里，也没有这么多珍珠啊！为此，皇上都大发雷霆了。”

“皇上是怎么说的？”耿舒问。

“皇上说了，什么仗义疏财，马援他纯粹是发国难财！让他领兵打仗，他为的不是国家，而是他自己，谁能有他那么大的胆子，整整一车珍珠，全都运到了自己府中，他眼里还有国家吗？还有我这个皇上吗？”梁松说，“所以，皇上派我来,就是专门来调查此事的。咱们要做的,只是将此事认证一下就好了。”要说，梁松他绝就绝在这里，他先送这么个口讯，说皇帝现在很反感马援，谁人又敢护着马援呢！

“我觉着，这么做好是好，可多少有点不合适。”宋均说。

“那么，你们矫诏招降五溪蛮，这合适吗？”梁松说，“假传圣旨，这可是死罪哟！更何况，你还是主谋者，他们都是协同者。这些责任，你们担得起吗？如不推给马援，你们难道都要活活等死吗？”

“好！好！一切都听从驸马安排。”宋均一听也害怕了，他只好完全听从梁松的意见。

众人也都害怕，齐声说：“一切听从驸马安排。”

于是，梁松便给朝廷写了这样一份奏疏：

我奉朝廷之命，前来调查马援率军二次南征五溪蛮之事。其真实情况是，马援初次南征，虽然斩杀了二征，立有薄功，但他却得了二征穴中的大量宝物，全都据为己有。五溪人为了拉拢马援，让对他们施以宽厚仁爱之策，便给他送了大量珍珠。马援初次南征回洛阳，即把满满的一车珍珠和大量宝物，都运回了自己府中，一颗珍珠也未向国库上缴。

正因马援获得了五溪蛮的大量珍珠和宝物，所以他二次南征就只想败，不想胜。在选择进军路线时，副将耿舒欲走充县之路，但马援置之不理，故意不让走这条陆路，而坚持走壶头山水路，留给五溪蛮以逃跑的时间，给他们可乘之机，以利于他们逃命。大军到了壶头山以后，马援不思出兵讨伐，对阵杀敌，却让将士们挖洞，他首先钻洞乘凉，再让大家轮流钻洞乘凉。很难想象，不刀枪相撞，只钻洞乘凉，又怎么能消灭五溪蛮呢？可悲的是，正因为马援出于私心，延误了行军时间，致使万千军士死于瘴疫之疾。也是苍天有眼，马援任由军士们死于瘴疫，他自己也难逃此劫，因中瘴气，一病不起，难理军务，却又不放心其他副将，不放手让他们进行指挥。眼看南行日久，久战不决，马援又是立了军令状之人。他冥思苦想之后，便假传圣旨，以皇帝的名义，招降了五溪蛮，借以掩饰自己的失败，弥补自己的罪责。

人常说："路遥知马力，日久见人心。过去的马援，确有千金散尽之行、仗义疏财之举，但是他老了以后，对自己过去的这些行为很是后悔。他说：'我死了以后，总得给子女儿孙们留点东西，要不，他们是一定会埋怨我的。'其实，这也是马援他虽然老了，却一定要请命出征数千里南行的真正目的，他唯恐以后再难有聚财敛宝的机会。现在看来，马援的精忠爱国是假的，自私自利才是真的；英勇善战是假的，贪生怕死才是真的；仗义疏财是假的，以战敛财才是真的；多谋善断是假的，犹豫不决才是真的。也真是人算不如天算，正当马援借以南征，欲给自己和后代谋取更大利益之际，他却中了瘴气，死在了军中，这是天报啊！

现在，就让我们脱下马援的伪装，剥开他的画皮，看看这个伪君子的真实面目。更为可笑的是，马援他在生前，还积极谋划身后之事，说什么要"马革裹尸还，叶落能归根"，借以掩饰他的自私和贪婪，好落个公正廉洁的名声，可这对皇上和朝廷，却是一种极大的讽刺啊！他还说什么"生可以平平常常，死应当轰轰烈烈"，仿佛他比谁都伟大，比皇上都伟大。如此贪官、如此污将，难道朝廷能允许他成就这样的名声、实现这样的愿望吗？所以，我们建议朝廷，要严查马援其人。纵其已死，但必须收其印绶，免其爵位。对他所谓的"马革裹尸"，也要严查他的动机和目的。

奏疏写好，梁松便让大家一一签字画押，这自然包括梁松、宋均、耿舒、马武、刘匡、赵永六人。

且说，梁松的这一奏疏送到洛阳朝廷，光武帝看后十分生气，即传旨，废除马援新息侯爵位，免去他的一切官职，追办其生前的全部罪责，并严查他“马革裹尸”的动机和目的。必要时，也可追究其家人的连带责任。他还让扶风郡官府发送了朝廷严令：“马援之尸，暂不许安葬，待查清其罪行之后，再予安排。”扶风官府即将这一严令，传递到了马服村马援家中，故马援的丧事便无法举行。贾威、淮宾他们无奈，只好先将马援的尸体，搁在一井下洞穴之内，一为了防腐，二为了隐藏……古来多少被冤以至有罪之人，被朝廷责难，类似伏波将军马援这样的结局，确实少有。

再说，此时此刻，那贾威和淮宾，他们刚刚将“马革裹尸”的马援尸体送回故乡扶风，正欲待蔺思如、蔺夫人和子女们回来进行安葬，却总不见他们回来。正在这时，有洛阳飞骑传书，说马援遭人诬告陷害，已被收缴新息侯印绶，罢免一切官职，蔺夫人见朝廷如此对待马援，心里当然不服，便想去质问光武帝。蔺思如急急拦住她说：“不可，不可，万万不可！”

“为什么呢？”蔺夫人质问。

“汉军出征五溪蛮不利，皇上需要有人为他背锅，便全怪罪于马援，这你还看不出来，又怎么能质问皇上呢？”蔺思如说，“眼下，我们只有认错，再认错，方能走出目下的困境。”

“可这把人憋屈死了，如此，会毁了文渊一世的名声。我还是想跟皇上辩辩理，大不了一死！”蔺夫人说，“如今，文渊已经死了，我活着还有什么意思呢？我拼了这条命，也要同皇上辩个明白。”

“可纵使你死了，事情能辩明白吗？文渊能顺利安葬吗？冤屈能得到纠正吗？不能啊！”蔺思如说，“更何况，这么一来，只会是死你一个吗？这牵连的可是整个马氏家族啊！”

“那么，我们到底该怎么办呢？”蔺夫人流着泪问。

“你知道‘负荆请罪’吗？这一个老祖先和廉颇老将军曾经经历的故事，我们也应该重试一下了。”蔺思如说，“现在，唯一的办法就是，咱们只能揣着明白装糊涂，明知无罪装有罪，去向皇上请罪，方能躲过此劫，可不能硬来胡来，闹不好，会罪及满门呢！”

“好吧，一切听凭兄长安排。”蔺夫人说。于是，蔺思如便让人使根长长的绳子，把马援的子女、侄儿和自己全都绑缚起来，跟串糖葫芦似的，一路呼喊着自己有罪这样的话，一直来到宫中，假说向光武帝请罪，实则想探问究竟是怎么回事。光武帝此时已起杀心，想诛灭马氏全族，但因见马氏一门，如此狼狈而来，方动了恻隐之心。他只是把梁松的奏章交给蔺夫人，让她自己看。蔺夫人这才知道，丈夫究竟受了什么样的冤屈。于是，她便连续六次上书给光武帝，替马援申冤辩屈。她第六次上书是这样写的：

我不敢说夫君马援有什么功劳，但他的苦劳还是有的。他一个年逾六旬之人，却能顶盔南征，挂甲上阵，南征杀敌，唯因中了瘴气，不幸死于军中，但凡有怜悯之心的人，都应当对他表示同情。

至于说他把一车珍珠运回自己府中，那是薏仁，是薏米，并不是珍珠啊！称薏米饭为珍珠饭，只是南征将士的军中戏言。夫君原来的本意，因那薏苡能健脾利水、利湿除痹、清热排脓，故在军中熬薏米粥、做薏米糕、炒薏米豆、酿薏仁酒和米酒、醪糟，推而广之，食而用之，并且把它从南方运回以作为种子，想在北方推广种植，只惜他出师未捷身先死，薏苡未种死尸归，这本来已很遗憾了，谁知又有薏苡之谤，使死了的人难以瞑目，活着的人感到心痛。对于此，已有朝廷派人做了查证，又有多个南征将士出面做证，他们全都喝过熬煮的薏米粥，吃过炒熟的薏米，饮过酿造的薏仁酒、米酒和醪糟，这难道还不能辩白夫君之冤吗？

夫君为了平叛，为了南征，马革裹尸而还。可是，只因为不白之冤，他虽死尸得回，却无法安葬。臣妾以为，国虽有严法，但也应善待已死之人；人即使有罪，罪不及已死的躯体。想是夫君之躯体，从五溪马革裹尸而回，形将变，身将腐，陛下难道还不准将其安葬吗？

夫君生前发誓“马革裹尸”，这追求的并不是想千古流芳，表达的只是一种忠君思想、爱国精神和思乡情怀，想不到有人借此也做起了文章，说什么夫君此举是为了流芳千古，他其实根本不是这么想的。故今臣妾别无所求，唯请陛下能动以怜悯之心，先准我们将夫君之尸体予以安葬，让他入土为安，死也瞑目。至于他的所谓罪行，请朝廷再派人追之查之。如果夫君确实有罪，那可以罪及满门；如我家有一颗南方珍珠，便可诛灭我马氏全族。以至，还可将夫君之尸从墓中挖出，挫骨扬灰亦可。但如果夫君确属冤枉，我们只希望还他清白，其他一无所求。

恳请陛下，能原谅一可怜的已死之人，原谅他有罪的妻子和他们的后代吧！

无独有偶，这个时候，许多跟马援十分要好的朋友和宾客，没有一个敢上马家去吊孝的。即使同情马援要说几句公道话的人，也只能在背地里说说，并不敢正式声明。但是，与马援同郡、曾任过云阳县令、隐居农村的朱勃，他既不是马援的朋友，也不是他的宾客，却出来为马援抱不平。他来到皇宫，大胆地上书光武帝，替马援申诉冤屈。他书中说：

臣听说圣明的君王，不会忘记臣下的功劳，常记他的长处，而不求全责备。正因为这样，高祖赦免蒯通：蒯通曾劝韩信背汉，韩信被杀后，刘邦召蒯通来欲杀之，问蒯通："你为什么教唆韩信造反？"蒯通答道："狗咬的不是主人的人，那个时候，我只知道齐王，不知道陛下。秦亡后，豪杰共争天下，高才者得之。我是齐王的谋士，只能为齐王谋划，顾不了别的。"刘邦念其忠，赦免了他。以王礼葬田横：秦末齐人田横，本是齐王田荣之弟。田荣死，田横立荣之子田广为齐王。三年后，田广被韩信所俘，横自立为齐王，刘邦灭楚为帝，田横与其部下五百人逃入海岛。刘邦恐其为乱，召之，曰："田横来，大者王小者乃侯耳。不来，再举兵加诛焉。"横与其客二人乘船诣洛阳，横不愿事汉，至尸乡而自杀，刘邦以王者礼葬田横。大臣无后顾之忧，君臣互不猜疑。大将在外作战，只要有人在朝廷里边说坏话，进谗言，做君王的就很容易记住他的小过，忘记他的大功，这是君王所应该特别慎重的。秦将章邯派人向朝廷请事，使者到咸阳，赵高有不信任章邯的意思，不接见来使，使者回报章邯，章邯畏惧赵高进谗，遂降项羽；燕将攻下齐之聊城，有人却向燕王进谗言，燕将害怕被诛杀，守住聊城不敢回国。他们难道甘心选择下策，实在是因为恐惧谗言伤害啊！

故伏波将军、新息侯马援，是拔起自西州的俊才，他钦慕我大汉皇帝的圣德，不避艰险，冒着万死的危险，孤立于群贵之间，驰深渊，入虎口，充当朝廷使者往说隗嚣，不辱使命，他哪曾顾及自己一身的安危？他哪曾想到封侯之福？建武八年，御驾西行，亲征隗嚣，方略尚在犹疑之时，独有马援进破敌之策，使西州得以平定。及至羌人内扰，狄道独守，百姓饥困，时刻盼望王师解民之危。马援奉朝命西去伐羌，他安抚边地百姓，招集当地豪杰，以朝廷之恩威，晓谕羌戎，计谋如泉涌之态，势如陨石坠落万仞之山，遂救边民于倒悬之急，存几乎亡于羌戎之城池，兵全师进，陇右遂平，他独守陇西空郡，但兵动则有战功，师进即克敌制胜。与先零羌交战时，兵入山谷，奋勇力战，飞矢贯其胫骨。又出战交趾，鉴于当地多瘴气，恐生还无望，马援与妻子生决，毫无悔恨之心，出师顺利，斩杀二征，克平交趾一州。前者又复出南讨五溪，立陷临乡，已立战功，可惜五溪未平，身死军中，吏士虽遭疫病，而马援并未独存。臣以为，打仗之事，或者因久持而立功，或者因速决而致败，深入敌境并非必为得计，不进亦未必为非计，人心岂有乐于久屯绝地不愿生还的道理？他为朝廷出力二十二年，亲身尝遍了北边冰天雪地和南边毒热瘴气的滋味，末了为国家死于军营之中。他得到了什么呢？名誉完了，爵位绝了，天下人不知他有什么过错，百姓未闻他被谗毁的缘由，但凭三夫（指屡次、反复进谗之人）之言，横被谗言诬陷，致使亲属杜门不敢露面，亲戚朋友都害了怕，尸首不能好好地安葬。死人不能替自己辩护，活着的人不敢替他申冤，我真觉得痛心！

臣以为，明主应当重于用赏，约束用刑。高祖曾给陈平金四万斤，使其用于离间楚军，不问其出入所为的细节，哪里还怀疑他中饱私囊？孔子是十分重志节操守的人，他也未能免谗言之害。汉景帝时的邹阳是有名的学者，遭谗言之诬，亦曾下狱。《诗经》说："取彼谮人，投畀豺虎！豺虎不食，投畀有北！有北不受，投畀有昊！"（拿那个毁谤人的人，丢给豺狼老虎！豺狼老虎不吃，丢给那寒带北极！那寒带北极不受，丢给那老天爷追究！）进谗言之人，他的肉连豺虎都不愿意吃，严寒的北极也不愿意接受他，只有让上天去惩治他的罪恶。请陛下想一想我这个无用的读书人的话，不要使有功于国之臣怀恨黄泉之下。臣还听说《春秋》之义，臣子有罪，可以功消除，圣王制定祭祀之礼，臣有五义（五义是法施于人、以死勤事、以劳定国、能御大灾、能捍大患）则应祭祀。马援这个人，属于以死勤事之人。臣请陛下诏令公卿评议马援之功罪，非罪之事应当摒弃，有功之事应当继续褒扬，以满足天下人的希望。

臣年已六十，常年生活在田间，臣深感栾布当年因彭越冤死不惧杀身之祸哭祭彭越的义气，冒昧赴阙，备陈悲愤之情，诚惶诚恐。因栾布与彭越早年友善，后来栾布为燕将被刘邦军队俘虏，时彭越为汉之梁王，赎栾布为梁大夫，出使齐，未返，彭越以谋反罪被杀，夷三族，枭首洛阳，下诏有收视者逮捕之。栾布不惧，奏事于彭越头下，并哭祭。刘邦召布责骂，栾布据理陈述彭越立汉之功，未见反迹而诛杀，恐功臣人人自危，天下不服。刘邦乃释放栾布。

这一上书奏报进朝廷后，朱勃自知朝廷会予降罪，即返归田里。再说，这朱勃，字叔阳，他十二岁时即能背诵《诗》《书》。常来拜访马援之兄马况，穿着学者的服装，举动合乎规矩，言辞雍容高雅。那时，马援才知书识字，见了朱勃自愧不如。马况见此情景，劝慰马援说："朱勃小器速成，他的知识仅有这么一些，终究他是要从你受学的，现在你不要灰心。”朱勃年未到二十，右扶风郡请他试守（试用一年）渭城（故城在今咸阳东北）县令。后来，马援已是将军，封侯爵，而朱勃之位不过是个县令。马援后来虽然贵显，而以旧恩谦诚对待朱勃，朱勃与马援愈加亲近。如今，当马援遇谗，别人都畏惧不前，只有朱勃能够与之保持有始有终，并冒着杀头的危险，斗胆给光武帝上书，替马援辩冤，令人敬佩。后来，直到肃宗（汉章帝）即位后，赐朱勃之子谷二千斛，以表彰其父亲的忠勇正直。

光武帝先看了蔺夫人的六份上书，本来已经心动，今又接朱勃书奏，看后亦觉有理。于是，他便命人搜查伏波府，果无一粒南方珍珠，也无什么珍贵宝物，便收缴了那车惹祸的薏苡仁，又从南征将士们的手中，查找到薏米豆、薏仁酒、米酒、醪糟这些食物。光武帝亲自查看了薏苡仁，查看了薏米豆和薏仁酒，并亲自品尝了薏仁酒、米酒和醪糟，知道确实冤枉了马援，但碍于面子，他又不好立即澄清，只允许马家把马援的灵柩正式安葬，并不再追办马援之罪，并宽恕了马氏家族。

这阵，马援凿窑洞抵制五溪人的办法，也收到了好的效果。原来，五溪人在山岗上对抗了几个月，也有中暑死的，也有因瘴气害病的，粮草也不够了。起初，他们并不同意宋均、马武、耿舒他们的招降，但实在没法再坚持下去，他们只好下山。下了山，到了平地，他们与汉军交战，打不过汉军只好投降。这样一来，宋均他们本来矫诏招降有罪，现在却反而有功，显得十分滑稽。

因一场无端的风波，蔺夫人不敢大事操办马援的丧事，只是命人将马援的尸体从井洞中取出，简简单单予以安葬，葬在了马援生前相中的马服村的那块坟地上。起初，那只是一个小小的坟包。后来，马援统领过的将士，都争先恐后来祭奠马援，每次祭奠之时，他们都要给马援坟上添土，那坟包渐变成了一个巨大的坟冢。这个坟冢，人们都叫伏波墓；而那个马服村，也被伏波村所取代。时至今日，仍有为马援守墓的马氏后裔，他们仍留在伏波村里。

第三十一章　家教严谨　文渊自有贤惠女

马援共有七个儿女，四子：马廖、马防、马光、马客卿。另外，他还有三个女儿。

马援幼子马客卿幼年时十分聪慧，他六岁时，即能应接诸公，接待宾客。有一位路见不平、拔刀相助的勇士，打死了一位行凶的暴徒。情急之下，这位勇士，翻墙而入马援府中，向在府中读书的马客卿说明了情况，求其相助，马客卿竟立即将其藏匿，后又放其逃亡，不让人知，自己一直守口如瓶，保住了此人性命。他表面上沉默寡言，内心沉着敏慧，小小年纪就很有主见。当初，马援很看重他，认为他是将相之才，故效张仪、虞卿并为客卿的故事，为其取名客卿，盼望其以后能有大的作为。马援临终，曾对蔺夫人言道："我观咱们的子女，就年龄而言，大者即大，小者即小。可论以后的成就而言，当大为小，小为大呢！"

蔺夫人说："你这话,我似能听懂,却又听不懂,什么叫'大为小,小为大'呢?"

马援说："我说这话，不是有前提吗？我是说他们以后的成就。咱们的幼子幼女，以后的成就，会比他们的兄长和姐姐都大得多。"稍停，他又叹了一口气说："不过，客卿虽然聪明，但他身子骨弱，以后恐有大病之灾，如能躲过此灾便好；可如若躲不过此灾，便会有不测……万一有这样的事发生，那咱马家的希望，可就都寄托在了咱们小女的身上。咱家的小女，才是咱们真正的珍珠呢！你切记，对咱们的幼子幼女，一定要多加照料，好好培养教育。"

但不幸，马援逝后不久，客卿果然病重，且因治疗有所延误，便夭折了。马廖是马援的长子，字敬平。他年纪轻轻时，即被任命为虎贲中郎将，当时看来前途似乎不可估量。但是，马援征五溪蛮时，不幸死于军中，因被梁松等人所诬，马廖便无法袭其父之爵位，多年未得升迁。

那时的马廖，他为人质朴诚实，小心谨慎，不爱权势声名，为国事尽心效忠，对于毁谤或称誉之事均不屑一顾。朝廷主管官员据旧有典章，屡次上奏朝廷应封马廖为侯爵，但马廖多次推让，似乎并无什么兴趣。时至汉章帝建初四年（79），他才受封为顺阳侯，以特进（列侯中有特殊地位的官名，位在三公下）免职回家。当时，朝廷每有赏赐，马廖经常辞让拒收，深受京师人们的赞誉。

对于小儿子客卿，马援夫妇都十分疼爱，但他不幸因病早夭，其母蔺夫人悲伤无比，她这样哭道："客卿父临终，曾经再三交代，客卿虽然聪明，但他身子骨弱，以后恐有大病之灾，让我一定多加照料，好好培养教育。可我为母失职，没有照料好他，有病后没及时给他治疗，让他早早夭折了。似此，我以后离世，真愧见他的父亲啊！"哭毕，她便病倒，神志不清。当时，他们的小女儿才十岁，因母病重，她便照顾母亲料理家事，管束童仆，内外请示禀报，同成年人一样老练。这一情况，开始人们并不知晓，慢慢知道以后，大家都感到惊奇。小女儿还这样劝慰蔺夫人："母亲，您共有七个孩子，即使客卿哥是您的掌上明珠，可我们其他六个子女，也都是您身上掉下来的肉啊！今不为别的，单为了我们兄弟姐妹六人，您也要好好活着，保重好自己的身体，我们可全凭您的照料呢！"她这么一说，蔺夫人又想起马援临终又讲，马家以后的希望，都寄托在小女儿身上，便稍稍振作了一些，身体也好了许多。但蔺夫人身体恢复以后，小女儿却生病了，蔺夫人不禁又哭："客卿父在时，让我一定要照料好幼子幼女，只因我照料不周，致客卿已经离世，今小女又有病了。她万一有什么不测，我可怎么活啊！"有人劝她，可为小女儿卜筮看看，蔺夫人表示同意。于是，蔺夫人叫来占卜者，让其为小女儿卜筮，筮者说："此女目前虽然患病，但她以后是个大贵之人，预兆贵不可言。"后来，蔺夫人又叫来相面之人为女儿看相，看了以后，那相面之人大惊道："我们以后，都要向此女称臣呢！然而，她身虽富贵却少子，若养得别人的孩子得其助力，比自己亲生的儿子还要好呢！"换了好几位相面者，皆是如此之说。

马援率师征五溪时死于军中后，梁松等人多有污蔑，作为亲家的窦家恐受牵连，一直不敢与马家来往。见此，马廖便这样探问蔺夫人："母亲，像现在这种样子，我小妹与窦家的亲事，还能不能成呢？"

蔺夫人说："这事，得问问你小妹。当初，给她订婚的时候，她年龄太小，一切由大人说了算。现在，她毕竟长大了一些，得听听她的意见。因为，这是她的终身大事，要由她自己做主。"而后，她唤来小女儿，问她这门亲事该怎么办。

小女儿说："我们同窦家既是亲家，就应当有福同享，有难同当。如今，父亲去世，我们马家蒙难，这是最能考验人心的时候。那么，作为亲家的窦家，他们的态度怎么样呢？”

马廖说：“实不相瞒，那窦家的态度并不怎么样，似乎有点怕受到牵连，以至想同我们撇清关系。当朝廷派人询问黄门侍郎窦固，说父亲往府中是否运珍珠时，窦固说，可能运珍珠了，具体他也说不清。我曾奉父亲之命，给他们家送过薏苡仁，他们也熬粥喝了，窦固曾亲口对我说，薏苡仁这么好看，真像珍珠一般，熬的粥也挺好喝的。可是，他怎么就不敢向朝廷说明真实情况，还硬说薏苡仁是珍珠呢？”

小女儿一听，十分生气地说：“似这样的亲家，不结也罢。我还听说，他们窦家，对子女们管教不严，多有违法之事，不定以后会出什么祸事。我嫁给他们这样的子弟，岂不毁了我的终身，我才不愿进他们窦家门呢！”

蔺夫人也充满怨气地说：“我们同窦家，既是亲家，也是乡党，他们怎能如此对待我们呢？你父亲安葬之时，他们窦家一个人也未露面，我当时就感到奇怪，看来他们真是怕受到牵连。我们既是亲家，有难不帮，还落井下石，这算什么亲家？那么，咱们就退亲吧！”于是，蔺夫人就断绝了小女儿与窦家子弟的婚约。

马廖又问：“母亲，今小妹既已退婚，那就赶快给她另找个人家，免得窦家会来纠缠。”

蔺夫人说：“你小妹不进窦家，但可以进皇宫啊！准备进宫的女子会受保护，是不允许订婚和嫁娶的。这样吧，你去找一下你堂兄马严，我看他脑子灵活，文笔又好，就让他给朝廷上书，以促成你小妹进宫一事。”

于是，马廖即去找马严，让他代为上书，表达母亲和小妹的想法。马严上书曰：

臣叔父马援辜负圣恩，而妻子获皇上恩典特予保全，感戴景仰陛下如天如父。按人之常情，既然蒙恩不死，便欲求神赐福。臣私下听说太子、诸王之妃尚未全匹配，马援有三女，大的15岁，次的14岁，小的13岁，仪容相貌，头发皮肤，均在上中以上，都是事亲孝敬，谨恭小心，温顺娴静，待人有礼。臣愿下令相看之人，检验核实，以定可否。如能选进宫廷，亦可告慰马援于黄泉之下。还有马援的两个姑姑，均是汉成帝的婕妤，死后葬于延陵（汉成帝陵）。臣马严蒙恩获得新生，希望因缘先姑之成例，马援之女儿亦当选入后宫。

朝廷接马严上书，即令人至马援府挑选，三个女儿，只有小女儿得以选中。

于是，小女儿被选入太子刘庄宫，侍奉阴皇后。进宫以后，她与地位相当之宫人广为交接、应酬，受到大家的好评。她行为端正，不违礼仪，上上下下都很喜欢她。她也很得太子的宠爱，常居于后堂，陪伴太子读书写字，不离左右。

太子刘庄生于常山郡元氏县，他是光武帝第四子，母为光烈皇后阴丽华。太子少时聪悟，10 岁时就通晓《春秋》。建武十五年（39），刘庄受封东海公。当时，朝廷发现垦田亩数和人口不对，于是就开始重新清查田亩。各个州郡的官员进京汇报工作，光武帝看到陈留吏的牍上写有“颍川、弘农可问，河南、南阳不可问”。于是，就问陈留吏这是什么意思，陈留吏说他不知。这时，帐幄后面，只有 12 岁的刘庄站了出来，他插话说：“这是郡里的官吏，教陈留吏怎么核查土地。”

光武帝问：“既是核查土地，为什么河南、南阳不能问呢？”刘庄说：“这因河南是帝城，南阳是帝乡，这两个地方的田亩和宅第肯定逾制，所以不能认真核查。”光武帝听了，便让虎贲将诘问清查田亩的官员，其回复之言，果然跟刘庄所说的一模一样。正因此，光武帝对刘庄愈加青睐了，很快就将刘庄进封爵位为东海王。

建武十九年（43），单臣、傅镇等造反，占据原武城，劫持了该城的官吏。光武帝派大将臧宫等率兵围剿。由于单臣、傅镇他们粮草充足，所以臧宫虽然把他们困在城里，攻城时死伤了很多士兵，可就是攻不破城池。于是，光武帝召集大臣们研究对策，大家多提议加大兵力，加大攻城力度，还可以悬赏攻城。只有刘庄主张不要围城太紧、太急，他这样说：“急什么呢？城攻不下来，可以让反叛者出城逃跑嘛！他们一出城，一逃跑，我们再在半路上埋伏截杀，这样，就会事半功倍，有很少的兵力就够了。”结果，正如刘庄所料，汉军假装松懈，放松进攻时，叛军便分散突围。他们分散突围后，半路上遇见汉军的大队伏兵，很快就被平定消灭。

同年，刘庄被立为皇太子。光武帝想让刘庄的舅舅阴识担任太子太傅，博士张佚反对说：“今陛下立太子，为阴氏乎？为天下乎？既为阴氏，则阴侯可；为天下，则固宜用天下之贤才。”光武帝接受了他的意见，便拜张佚为太子太傅，桓荣为太子少傅。其后，刘庄又随桓荣学通《尚书》。同时，光武帝也让阴识辅导刘庄。当时，有乐人创作歌诗四首，以赞颂太子刘庄之德，分别为《日重光》《月重轮》《星重辉》《海重润》四篇。其大意是说，太子之德，光明如日，规轮如月，众耀如星，占润如海，是有着无比的贤德的。他继前王之功德，施恩于人民，造福于后世，其功绩如同日月一样辉煌。稍后，魏文帝曹丕对《月重轮》极为欣赏，他作《月重轮行》诗曰："三辰垂光，照临四海。焕哉何煌煌，悠悠与天地久长。愚见目前，圣睹万年。明暗相绝，何可胜言。"这是三国时期的一首名诗。后世，至唐宋元明清，这乐府四诗，仍有人不断书写，有着深刻而广泛的影响。

也正是这一时期，马援的小女儿入宫，成了宫女，待在太子刘庄宫中。她入宫以后，因为别的宫女都不善读书，少懂文墨，而马宫女知书达理，常识渊博，字又写得特好，刘庄便喜让她侍候自己伴读，还干些抄抄写写之事。有一次，刘庄读《诗经·小雅·十月之交》，他假作自己犯困，闭目养神，却让马宫女将这首诗给自己译成白话文。这事若是别的宫女，无疑是给她们出了一道难题。可是，这一难题，对于马宫女来说，乃是再简单不过的易题了。因为，她自幼熟背《诗经》，烂熟四书五经，今让她将《十月之交》译成白话文，那自然是小菜一碟了。于是，她便目不盯书，娓娓译吟：

正是十月的时候，初一这天是辛卯。天上日食忽发生，这是凶险的征兆。往日月蚀夜光微，今天日食天地黑。如今天下众黎民，大难将临令人悲。

日食月食示凶兆，运行常规不遵照。全因天下没善政，空有贤才用不了。平时月食也曾有，习以为常心不扰。现在日食又出现，叹息此事为凶耗。

雷电轰鸣又闪亮，天不安来地不宁。江河条条如沸腾，山峰座座尽坍崩。高岸竟然成深谷，深谷却又变高峰。可叹当世执政者，面对凶险不自警。

皇父显要为卿士，番氏官职是司徒。冢宰之职家伯掌，仲允御前做膳夫。内史聚子管人事，蹶氏身居趣马职。楀氏掌教官师氏，美妻惑王势正炽。

叹息一声这皇父，难道真不识时务？为何调我去服役，事先一点不告诉？折我墙来毁我屋，田被水淹终荒芜。还说"不是我残暴，礼法如此不合乎"。

皇父实在很圣明，远建向都避灾殃。选择亲信做三卿，真是富豪多珍藏。不愿留下一老臣，让他守卫我君王。有车马人被挑走，迁往新居地在向。

尽心竭力做公事，辛苦劳烦不敢言。本来无错更无罪，众口喧嚣将我谗。黎民百姓受灾难，灾难并非降自天。当面聚欢背后恨，罪责应由小人担。

绵绵愁思长又长，劳心伤神病恹恹。天下之人多欢欣，独我处在忧伤间。众人全都享安逸，唯我劳苦不敢闲。只要周朝天命在，不敢效友苟偷安。

刘庄听罢，自然欣喜，表面却装作十分平静，他又继续考问马宫女："那，你懂得此诗的意思吗？"

马宫女即刻作答：“此诗所讲述的，是周幽王统治时期，自然灾害频发、王国日益不堪的真实情况。在天灾人祸十分严重的情况下，出现了日月食，这些自然现象又发生在周人发祥地陕西地区，这有十分重要的警示意义。

“诗人将日食、月食、强烈地震同朝廷用人不善联系起来，抒发自己深沉的悲痛与忧虑。诗人认为，日食、月食、地震发生的原因，是上天对人类的警告，所以先说十月初一这天发生了日食。‘日者，君象也’，夏末老百姓即以日喻君。日而无光，是预示着有关君国的大的灾祸。诗人又将国家政治颓败、所用非人才同日食联系起来议论，连带叙述前不久发生的强烈地震，表现了他对于国家前途的无比担忧和恐惧。所以，作为帝王，一定要善于用人。

“接着，诗人又回顾与揭露当今执政者的无数罪行，描写自己所见到上天震怒的状况，在震惊与恐惧中又缠绕着诗人无限的忧伤。他不明白，当今执政者为何不行善政制止天灾。诗人开列了皇父诸党的清单，把他们钉在历史的耻辱柱上。这些人从里到外把持朝政，欺上瞒下。皇父卿士，他们不想怎样把国家治理好，而是强抓丁役，搜刮民财，扰民害民，并且还把这种行为说成是合乎礼法的。他们把聪明才智，全用在维护自己和家族利益上；他们看到国家岌岌可危，毫无悔罪之心，也没有一点责任感，却举家远迁于向邑，带去了许多贵族富豪，甚至不给周王留下一个有用的老臣。用这样的人当权，国家没有不亡之理。然而，是谁重用了这些人呢？那自然是躲于幕后的周幽王。诗人借此警示后世的帝王，为君者，一定要善于用人，如重用那些欺上瞒下、祸害黎民的人，是一定会给国家和民众带来灾难的，这是一定要牢牢记取的啊！

“最后，诗人又写到在天灾人祸面前自己的立身态度。他虽然清醒地看到了周朝的严重危机，但他不逃身远害，仍然兢兢业业、尽职尽公。在正直与邪恶两类臣子中，诗人永远属于正直的一类；在统治阶级内部斗争中，诗人又是属于失败的一类。所以，在一定程度上，诗人认为，自己的命运，同国家的命运是一致的。在这里，诗人既哀叹个人的不幸，也哀叹政治的腐败、黑暗与不公，实际上也是在哀叹国家的命运。这首诗，诗人重点表现了忧国忧民这一深刻主题。”

马宫女刚一说罢，刘庄便微笑着说道：“你是不是在给我上课呢？”

马宫女一听，急忙双膝跪地，惊恐回答：“太子殿下，小女子只是就诗论诗，怎敢给殿下上课？如有言语不周之处，还望殿下多加谅解。”

刘庄欲扶起马宫女，却又似觉不妥，便继续微笑着说：“其实，你的翻译和解释，比我那太傅老师张佚、桓荣讲得好多了，比我舅舅阴识也讲得好。也可以说，你给我上了很好的一堂课。”

马宫女一边起身一边说：“小女一谈论诗书，往往都很投入，以至会忘了自己的身份，今后一定改正。”

刘庄笑了笑说：“身份，人的身份，也是可以改变的嘛！”刘庄这话，话里有话，说明这时，他已对马宫女产生了强烈的好感。

马宫女自然也听出了刘庄的话中之意，心中不免暗喜，脸上也出现了一阵异样的绯红……

建武中元二年（57），光武帝驾崩，刘庄继位，是为汉明帝。刘庄登基后，继续奉行光武帝在位时期为巩固东汉统治而推行的各项政策。他首先注意整顿吏治，对地方官吏进行严格的考察和黜陟，慎重选举任用官吏。永平九年（66），汉明帝规定对地方官吏的考察黜陟制度，每年进行一次。在选官用人上，他严令杜绝权门请托。他的姐姐馆陶公主为子求郎，他并未准许，只是赐钱千万。他还多次下诏减免赋税徭役，减轻刑罚；他令官吏劝督农桑，治理病虫害；他将公田赐予或赋予贫民，让他们为朝廷耕种；他提倡节俭，宫廷生活不尚奢侈，一时之间，上行下效。所以，当时民安其业，户口滋殖，出现了繁荣的盛世局面，史称“明章之治”。

汉明帝即位后，马宫女遂成为贵人。这时，她姨娘的女儿贾氏亦选入后宫，她生有一子。汉明帝因为马贵人没有孩子，便命她抚养贾氏生的孩子，并对马贵人这样说：“人未必一定要有自己亲生的儿子，对于后代，怕的就是不能精心抚养，只有认真教导培养，他们才能成人，才能成才。你一定要把这孩子抚养成人，并让他成才，他肩上的担子重着呢！”马贵人没有辜负汉明帝的希望，对这孩子尽心抚育，胜过自己亲生的儿子。以后，这个孩子便成了太子。太子对马贵人也很孝敬，他们母子关系处得很好，始终没有发生过任何即使是十分细微的矛盾。马贵人常以皇子少而忧虑、感叹，她向皇上举荐宫人侍寝，犹恐不及，毫不妒忌。后宫宫人有进见皇上的，她便安慰接纳，如有谁多次荐引了皇上的爱宠，她会给予优厚的奖励。

汉明帝永平三年（60），大臣们请立皇后，汉明帝让去请示阴太后。阴太后毫不犹豫地说：“马贵人的品德，堪称后宫第一，不立她，还能立谁呢？”于是，汉明帝即立马贵人为皇后。

马皇后正位中宫以后，做事更加认真，谦虚谨慎，不骄不躁。她身高七尺二寸（1.71 米），口方，发美，容貌美丽端庄。她平时博览群书，能诵读《易经》，好读《春秋》《楚辞》，尤其喜爱《周官》《周礼》《董仲舒书》。她不仅好读，而且好记、善写，平时，她会把朝廷命令赦宥、礼乐法度、赏罚除授、群臣进对、祭祀宴飨、临幸引见、四时气候、户口增减、州县废置等事，皆按日详细记录。这样一种日记式的记录，当初看似平常，到后来，竟成为她编撰《显宗起居注》的重要资料。显宗即指汉明帝，其庙号为显宗，故亦称汉显宗。汉明帝驾崩后，她亲自编撰汉明帝起居注，开"起居注"这一史书体例之先河，以至被称为中国第一位女史家。她虽然才德俱佳，却不愿意露脸出名，在编撰《显宗起居注》时，她从不将自己的名字写下，所以，在史书上只留下"明德马皇后讳某"的记载，成为历史上少有的名字不详的皇后，她也是历史上第一位著书立说的皇后。汉章帝曾多次劝马太后，让她在《显宗起居注》中，署上自己的名字，马太后就是不肯。她这样说："你看，日为阳，它便白天升起，迸射出万丈光芒；月为阴，它便晚上升起，有那月缺月圆。假使白天的时候，月亮它也升起，不但自己暗淡无光，还会影响太阳的光焰。你的父皇，他本就是一轮太阳，而我呢？最多只能是一轮月亮，要么是一颗星星，我是陪衬他的，怎么能与他争辉争光争焰呢？我之所以不愿在《显宗起居注》中，署上自己的名字，那是为了突出你父皇啊！"

汉章帝听罢，十分感激地说："母后之意，儿这才心领神会。"于是，他便不再劝马太后。那么，马皇后编撰的《显宗起居注》，到底都有什么内容呢？这也就是显宗的言行录。它是历史上最早的专门记录皇帝日常言行的著作，自此，后世便有专人从事这一编撰工作，到了隋唐时，"起居舍人""起居郎"等，就是从事这一工作的。

汉明帝曾驾临苑囿离宫游玩，马皇后非常关心他的身体，要他注意风邪雾露的侵袭，劝解时语意委婉，十分关切。她对汉明帝的生活起居，安排得十分详尽周密，几乎没有一点漏洞。汉明帝幸临濯龙（皇家园林名，地近皇后居住的北宫）玩乐，并召诸位才人美女随侍，下邳王（汉明帝之子）以下诸王皆随皇上游乐。有人提议请马皇后来，汉明帝笑着说："别请了，她不好游乐，请她来她也不喜欢。"因此，马皇后极少与皇上一起外出游乐，她是怕这样做，会对汉明帝造成不好的影响。

永平十五年（72），汉明帝按地图，封皇子恭为巨鹿王、党为乐成王、衍为下邳王、畅为汝南王、昞为常山王、长为济阴王，汉明帝亲自划定封域，这些皇子的封地，只相当于楚、淮阳诸王封地的一半。一旁的马皇后插言说："给诸位王子所封仅数县之地，不觉得太少了吗？”

汉明帝一听，有些不悦地说：“我的儿子，岂能与先帝之子相等，他们每人每年收入二千万钱就足够了。”马皇后这才笑着说：“我是故意这么问的，诸子就是不该与上辈诸王比，何况给他们封地过广，容易滋养他们的骄奢淫逸之风，对他们有什么好处呢？”汉明帝一听也笑了，他说：“皇后老是一本正经，很少幽默，今日咋就开起玩笑来了？”马皇后说：“那就说明，我这人太死板了，以后，我应该多开点玩笑。”

那时，楚地连年发生大案，囚犯互相举证和攀引他人，因而受牵连的人很多。马皇后忧虑这会冤及无辜，趁着空闲的时间，她向汉明帝提到此事，充满哀怜与悲伤。汉明帝见此，颇受感动，他夜不能寐，反复考虑马皇后所进之言，觉得很有道理。于是，他便降旨，对牵连之人多有赦免，人们都为之欢欣鼓舞。

马皇后性情娴静，待人宽和，通达明理，又爱好读书，汉明帝与之相处，觉得有共同语言。汉明帝深知她的品性和政治才能，所以常与她谈论朝廷政事，每逢这时，她都会皱眉考虑片刻，然后一一分析，汉明帝听后，常频频颔首表示赞许。正由于此，汉明帝有时故意把大臣较难处理的章奏交给她看，问她的处理办法，马皇后还真能说得有条有理，各得所宜。每次，服侍皇上之时，汉明帝常常谈起政事，马皇后的见解对皇上处理政务多有裨益，汉明帝因之很佩服她。尽管如此，马皇后却从不干预朝政，也从不为自己家里的私事有求于汉明帝。所以，汉明帝对马皇后的宠爱与崇敬日益加深，始终未衰。

西汉平帝时，黄河、汴渠决口泛滥，其后战乱发生，一直没有整治。光武帝曾想修建堤防，但因天下初定，国力负担不了如此浩大的工程，而当时危害并不明显，因此只能作罢。到了汉明帝时，人口日益增多，决溢的黄河、汴渠危害日益严重，中原百姓治河的呼声越来越高。

永平十二年（69），汉明帝决意解决这个问题。就此事，汉明帝征求马皇后的意见，马皇后说：“这是善事、好事，我还能反对吗？对于这样有益于国家和百姓的好事，做就是了，还有什么可犹豫的呢！”她还向汉明帝推荐了王景。王景是乐浪郡（今朝鲜平壤一带）人，他博览群书，知识广博，对水利工程颇有研究。于是，汉明帝召来了王景，向他询问治水的各种难题。王景分析利害，应对敏捷，立有决策。汉明帝听罢，便下定了任用王景治理黄河、汴渠的决心，并赐给他《山海经》《河渠书》《禹贡图》等。同年夏天，汉明帝征集数十万士卒、民夫，派王景治水。王景“乃商度地势，凿山阜，破砥碛，直截沟涧，防遏冲要，疏决壅积”，修筑了从荥阳到千乘海口1000多里的黄河大堤。这次治水非常成功，后人有“王景治河千年无患”之说。此后九百多年，黄河没有改道，决溢次数也不多，积患已久的黄河问题得到彻底解决。

马皇后曾对汉明帝这样说：“您是皇上，我是皇后，那么您说，我们与平民百姓到底有什么区别呢？”汉明帝说：“最大的区别在于，我们处在上层，他们处在下层；我们读过书，有文化，他们大都没读过书，没有文化。”马皇后说：“这就对了，只有国民都有了文化，我们国民才能文明，国家才能强大。”于是此后，汉明帝便崇尚儒学，他甚至亲自讲经，群儒云集，在洛阳圜桥门观看、听讲的人数“盖亿万计”。他还命令皇太子、诸侯王及大臣子弟、功臣子弟，都要读经。

永平九年（66），汉明帝还为外戚樊氏、郭氏、阴氏、马氏诸子弟在南宫创办学校，号称“四姓小侯学”。同时设立五经师（教授五经的学官），聘任高明的经师传道授业。于是，期门、羽林的守卫士兵全都通达孝经；甚至于，连匈奴单于也派遣自己的王子们，来到东汉都城洛阳留学，这是中国历史上第一批外邦留学生。

有一次，汉明帝做了一个奇怪的梦：一个高大的金人，头顶上放射白光，降临在宫殿的中央。他正要开口询问，那金人却呼的一声腾起凌空，一直向西方飞去。梦醒后，他便将自己这奇怪的梦告诉马皇后，问是何意。马皇后说：“我也不解其意，但既梦金人，无疑是祥瑞之梦。您可再问问大臣们，他们中间，好多人见多识广，学识渊博，只有问他们方能破解。”第二天朝会时，汉明帝便向群臣讲述梦中所见，问大家这梦代表什么，大多数人都不知其由。有个博士傅毅说，这很可能是西域的佛陀，是佛陀在给陛下托梦。汉明帝这才知道，西域有神，其名曰佛陀。于是，他便派郎中蔡愔和博士秦景等十八人赴天竺，求得其书及沙门摄摩腾、竺法兰，并于洛阳（当时称雒阳）建立中国第一座佛教庙宇——白马寺。

东汉初年，由于国力不足，光武帝曾采用同匈奴和亲的办法，缓和了同匈奴的关系。汉明帝执政以后，基本上消除了周边游牧民族侵扰的威胁，使汉族和少数民族的友好关系得到了恢复和发展，并允许与北匈奴互市之请。但是，北匈奴却乘此机会，对汉境进行寇掠。北匈奴一开始抢掠，早已归附的南匈奴也开始动摇，他们蠢蠢欲动，也想行抢掠之事。就此，汉明帝也征求马皇后的意见。马皇后说：“我是皇后，主管后宫之事；您是皇上，应处理军国大事。

至于出兵作战的事，您还是多与大臣们商议的好，没有必要征求我的意见。不过，对于匈奴，如若他们闹事，那就敲打敲打，他们便会老实，因那夷狄之人太刁野了。人常说，柿子只能软了吃，可核桃却只能砸着吃。”汉明帝自然听懂了马皇后的意思，便与群臣进行了一番认真商议。于是，永平十六年（73），汉明帝命窦固、耿忠征伐北匈奴。汉军进抵天山，击呼衍王，斩首千余级，追至蒲类海（今新疆巴里坤湖），取伊吾卢地，同时派班超等经略西域以对抗匈奴。

经过东汉初年约三十年的休养生息，东汉的国力大为恢复，汉明帝便决定重新对匈奴采取强硬措施。他派耿秉（东汉名将耿弇的侄子）、窦固（东汉功臣窦融的侄子）率大军进攻北匈奴。耿秉、窦固各率一路，窦固军一直打到天山，耿秉军攻到三木楼山，两路军都大获全胜。两年后，耿秉、窦固又率兵出西域，进攻车师国。车师国后王和前王相继投降。

在击败北匈奴后，汉明帝派班超出使西域。他带领三十六人纵横于西域，在鄯善国袭击并全歼了北匈奴使团。班超在西域活动的结果，使西域都护得以重建，班超动辄带领西域诸国的部队，打击那些不肯听命的国家。这样，自王莽始建国元年（9）至此，西域与中原断绝关系六十五年，今又恢复了正常交往。汉明帝其时对北匈奴和西域的策略，也为后来彻底消灭北匈奴、控制西域打下了基础。

汉明帝永平年间，西南夷中，自汶山以西，都是汉人没有到达过的未知之地。在益州刺史朱辅到任后，他“宣示汉德，威怀远夷”，于是白狼、槃木、唐菆等百余国，户130余万，人口600万以上，“举种奉贡，称为臣仆”。白狼王作歌三章，越过邛崃山，亲赴洛阳朝见汉明帝，是为《白狼王歌》。

永平十二年（69），西南夷中的哀牢国王柳貌遣子内附，汉朝在其地设置哀牢、博南两县，又将益州郡西部都尉所领六县，合为永昌郡。

这就是说，在汉明帝执政期间，东汉领土在不断拓展，国力在不断增强，国民在不断增多，而民众的幸福指数也是在不断提高的。

第三十二章　云台列将　女儿力除父名牌

光武帝临终之前，曾与太子刘庄有过这样一段对话，他问太子："你说，为父为什么能得天下呢？"

"那是因为，父皇能顺天时，占地利，得人和，这才取得了天下。而关键还是，父皇您遇事有英明的预见，临战有正确的决策，待人有无限的魅力，这才夺得了天下。"太子说。

"你这话，也对，也不对。"光武帝说，"昔高祖称帝后，曾在洛阳南宫设宴与群臣纵论得天下之道。众臣纷纷称颂皆因高祖文韬武略，智勇盖世所致。高祖摇头曰：'夫运筹帷幄之中，决胜千里之外，吾不如子房；镇国家，抚百姓，给馈饷，不绝粮道，吾不如萧何；连百万之军，战必胜，攻必克，吾不如韩信。三人皆人杰，吾能用之，此吾所以取天下也。'

"最初，高祖并没有看重韩信，直到萧何向他极力推荐韩信后，高祖才想任命韩信为将军。但萧何认为这还不够，于是高祖任命韩信为大将军，统领全军。这表明高祖善于识人用人，尽管他最初没有重用韩信，但是听到萧何的推荐后，他立即任命韩信为大将军，指挥全军作战。

"韩信没有辜负高祖的信任，他通过'明修栈道，暗度陈仓''背水一战'以及'十面埋伏'等战术，展现了自己卓越的军事才华，为高祖夺得天下做出了巨大的贡献。可以说，正是因为高祖善于识人用人，才使得他能够夺得天下。

"还有就是，高祖他能虚怀纳谏，才夺得了天下。在攻下咸阳后，他面对无尽的财富和美女，原本想留下来享受富贵，但是谋士张良劝谏他不要沉迷于这些诱惑，应该退出咸阳。他便听从了张良的建议，封存了黄金白银，不沾女色，并率军撤退到灞上，与当地百姓约法三章。这表明高祖是能虚心接受建议的人。他的这个决定，赢得了灞上百姓的信任和支持，也为他占领关中、夺取天下打下了坚实的基础。

“萧何呢？他的长处则是管理国家，安抚百姓，能源源不断地保证国家和汉军的粮食和军队草料供应，也就是他善于做后勤保障工作。这三个人，各有所长，都是高祖能夺得天下最得力的帮手。

“此外，高祖非常重视民众的利益，推行了一些有益于民生的政策，使得他在庶民中得到了广泛的支持和爱戴。最后，他把握住了历史的机遇和幸运，比如与项羽在巨鹿之战的对决中获得的胜利，为他创造了崛起的契机。换到为父我呢？我能夺得天下，不能说我个人没有发挥作用，但不一定有那么大的作用。我是靠一帮兄弟，靠一群仁人志士、英雄豪杰才夺得天下的啊！”

太子说：“的确如此，孩儿愚钝，没父皇认识得这么深刻，理解得这么透彻，总结得这么精辟。那么，父皇这么说，又意欲如何呢？”

“我是想，可以在洛阳宫中找一块地方，一块十分显眼的地方，陈列功臣们的画像。这些功臣，不宜太多，也不宜太少，搞他二三十人，一为夸功，二为感恩，三为纪念。这对于前人是一种追忆，对于后辈乃是一种榜样。榜样的力量是无穷的，以使他们勿忘创业，学习楷模，不断奋斗啊！”光武帝说。

“那，我们办就是了。如果父皇放心，便由孩儿来操办此事。”太子说。

“现在不行，以后吧！”光武帝说，“目下我们内忧外患，困难重重，各种事情，千头万绪，还是待以后再办这件事吧！”

汉明帝登基，数年以后，便把这件事情提上议事日程，在朝会上与群臣正式商议。最后，他们决定，要在云台列将，即把对建立东汉王朝有突出贡献的将领，都画像并陈列于云台，以作永久纪念。他们再行商议，共列出优秀将领二十八人。这二十八人中，马援赫然醒目，被排在前列。汉明帝回到后宫，便向马皇后说明此事。谁知，马皇后听后，不但不悦，反而面露忧虑之色，她说：“今在云台列将，当然是好事，可将我父亲名列其中，恐怕多有不妥。”

“这有什么不妥？”汉明帝说，“这二十八人，都是群臣一一写名，再根据提名人的多少，大家经过公平推荐并反复筛选才列出来的。你父亲为东汉立下了汗马功劳，这是众所公认的，所以必须列入。”

“但是，您想到没有？我今为皇后，我父亲他是您的岳父，凭着我们皇上、皇后这样的高贵身份，把我父亲在云台列将，怎么能令人信服是公平的呢？即使当代人觉得公平，后代人可就不一定这么认为了。他们一定会觉得，我们是靠着皇权，才把我父亲纳入云台二十八将，反而会影响他的声誉。我父亲一生，正正直直，坦坦荡荡，但是他逝后，却遭人诽谤，被人污蔑，受到不公的待遇，因而，人们才同情他，纪念他。如今，他的名誉已经恢复，他的儿女也已成才，他已很知足、很欣慰了，何必再给他太高的荣誉呢！再说，因轻信而追究我父亲责任的人是谁？是先帝啊！可将我父亲列入云台二十八将的人是谁？是皇上您啊！似此，将我父亲一下由谷底推上峰巅，那臣民们又怎么能信服呢？这对先王的影响，也不那么好吧！所以，我认为，不必将我父亲的名字列入云台，您说呢？”

“可是，如不将你父亲列入，恐大臣和民众多有不服。”汉明帝说。

“那么，您考虑到没有，我父亲南征五溪蛮，的确是无功而亡的啊！单从这一点讲，先帝对他的处罚并没有错。”马皇后说，“只是，由于别人的污蔑诽谤，他受到了不公的待遇，这倒需要澄清。但是，如果您再给他很高的荣誉，是不是说，先帝对于我父亲做得太过分了？对此，群臣和民众能心服吗？还有，先帝当初也想限制外戚，但同时，他又想利用外戚来防范宗室。比如，大司马吴汉死后，先帝即想让自己的小舅子阴兴来接任大司马，因为大臣们的反对才做罢。但以后，他还是让自己的女婿梁松辅政，结果，梁松辅佐得并不怎么样啊！所以，今云台列将，不将我父亲纳入，只有好处，没有坏处。而且，您不是要限制和约束外戚吗？这样做的结果，正好开了个好头！”

这样，云台二十八将才得以陈列，他们分别是：

邓禹，字仲华，南阳新野人，东汉初年军事家。邓禹年轻时曾在长安学习，与刘秀交好。更始元年（23），刘秀巡行河北，邓禹前往追随，提出“延揽英雄，务悦民心，立高祖之业，救万民之命”的方略，被刘秀“恃之以为萧何”。邓禹协助刘秀建立东汉，“既定河北，复平关中”，功劳卓著。刘秀称帝后，任邓禹为大司徒，封酂侯。后改封高密侯，进位太傅。永平元年（58）去世，谥号元侯。

吴汉，字子颜，汉族，南阳宛县（今河南南阳）人，东汉开国名将、军事家。吴汉曾任新朝宛县亭长，后在渔阳郡以贩马为业。更始元年（23），被任命为安乐令。后归顺刘秀，封偏将军、建策侯。此后，吴汉斩杀苗曾、谢躬，平定铜马、青犊等起义军，协助刘秀建立东汉。刘秀称帝后，吴汉任大司马，封广平侯，先后扫灭刘永、董宪、公孙述、卢芳等割据势力。吴汉死后，谥号忠侯。太原郭泰赞曰：射马擒王，兵机莫测。出险履危，不动声色。儒雅彬彬，功名任职。图像云台，中兴辅翼。

贾复，字君文，汉族，南阳冠军（今河南邓州西北）人，东汉名将。贾复儒生出身，新朝末年聚众加入绿林军。归顺刘秀后，随其击信都，攻邯郸，战真定，破邺城，平定郾城、召陵、新息等地，战功赫赫。建武三年（27），贾复出任左将军。建武十三年（37），定封胶东侯，食邑六县。贾复虽然出身文士，但是临阵果敢，身先士卒，在东汉中兴功臣中以勇武见称。

耿弇，字伯昭，汉族，扶风茂陵（今陕西兴平东北）人，东汉开国名将、军事家。耿弇自幼喜好兵事，后劝父投奔刘秀，被任命为偏将军，跟随刘秀平定河北。刘秀称帝后，耿弇为建威大将军，封好畤侯。此后，耿弇败延岑，平齐鲁，攻陇右，为东汉的统一立下赫赫战功。建武十三年（37），耿弇辞去大将军职。永平元年（58），耿弇去世，谥号愍侯。

寇恂，字子翼，汉族，上谷昌平（今北京市）人，东汉开国名将。寇恂出身世家大族，原是新朝上谷功曹，后与耿弇一起投奔刘秀，被任命为偏将军，封承义侯。此后，寇恂镇守河内，治理颍川、汝南，协助刘秀建立东汉。刘秀称帝后，寇恂任执金吾，封雍奴侯。建武十二年（36）病逝，谥号威侯。

岑彭，字君然，东汉初年军事家，汉族，南阳棘阳（今河南新野县）人。岑彭原是新朝的棘阳县长，后无奈归降更始政权，被任命为归德侯，隶属于刘縯。刘縯被杀后，岑彭又成为大司马朱鲔的校尉，被荐为淮阳都尉，又迁任颍川太守。建武元年（25），岑彭归降光武帝，被任命为刺奸大将军，督察众营。刘秀称帝后，岑彭拜廷尉，行大将军事。建武二年（26），岑彭升任征南大将军，封舞阴侯。建武八年（32），岑彭随帝攻破天水，灭隗嚣。建武十一年（35），岑彭伐公孙述，阵战侯丹，直抵成都。公孙述派遣刺客，乘夜间将岑彭刺死。岑彭死后，谥号壮侯。

冯异，字公孙，汉族，颍川父城（今河南宝丰东）人，东汉开国名将、军事家。冯异原为新朝颍川郡掾，后归顺刘秀，随之征战，大破赤眉，平定关中。协助刘秀建立东汉。刘秀称帝后，冯异被任命为征西大将军，封阳夏侯。建武十年（34）病逝在军中，谥曰节侯。

朱祐，字仲先，汉族，南阳宛县（今河南南阳）人。原名朱祜，在汉代史书《东观汉记》之中，为避汉安帝（刘祜）讳把他的名字写作朱福，范晔写《后汉书》时已经不用避讳，却写作朱祐。朱祐自幼与刘秀相识，关系甚好，自刘秀起兵就一直跟随左右，虽曾被俘，但没有影响刘秀对他的信任，历任护军、偏将军、建义大将军，先后封为安阳侯、堵阳侯、鬲侯。

祭遵，字弟孙，汉族，颍川颍阳（今河南许昌西南）人。祭遵少爱读书，后为县吏，投奔刘秀后，平定渔阳，讨伐陇蜀，协助刘秀建立东汉，是东汉中兴名将。刘秀称帝后，任征虏将军，封颍阳侯。祭遵身为武将，却笃好儒学。他选拔人才，全用儒术，连饮酒时的娱乐，也只用儒家的雅歌投壶。他还建议朝廷为孔子立后，并奏请设置五经大夫。他虽然身在军旅，但从不忘俎豆之礼，确实是一个好礼悦乐，守死善道之人，是一员难得的儒将。

景丹，字孙卿，冯翊栎阳（今陕西省西安市阎良区武屯镇）人，东汉开国名将。景丹在王莽政权时期担任过固德侯国的相国、朔调连率副贰，更始政权建立之后被任命为上谷郡长史。刘秀和王郎争夺河北时，景丹与耿弇、寇恂、吴汉、王梁、盖延一起率领上谷、渔阳的精锐骑兵去支援刘秀，此后在追随刘秀平定河北的征战中屡立战功，历任偏将军、骠骑大将军，先后封为奉义侯、栎阳侯。建武二年（26），景丹病逝军中。

盖延，字巨卿，东汉初年将领。汉族，渔阳要阳（今河北滦平西北）人。盖延力大能挽硬弓，以勇力闻名边疆，原为彭宠部下，后与吴汉共投刘秀，久经战阵，参与消灭王郎、刘永、董宪、苏茂、周建、庞萌、隗嚣、公孙述等割据势力，协助刘秀建立东汉，是东汉中兴名将。刘秀称帝后，任虎牙大将军、左冯翊，封安平侯。

铫期，字次况，颍川郏县（今属河南郏县）人，东汉大将。铫期在冯异的举荐下投到刘秀门下，成为刘秀落难洛阳之时少数心腹之一，后随刘秀平定河北，消灭了王郎及铜马、青犊等起义军，并长期镇守魏郡，为东汉的建立立下赫赫功劳。历任偏将军、虎牙大将军、魏郡太守、太中大夫、卫尉，封安成侯。

耿纯，字伯山，汉族，巨鹿宋子（今河北赵县东北）人。耿氏为巨鹿大姓，耿纯曾先后担任过王莽、刘玄政权的官员，后投奔刘秀，参与消灭王郎、刘永等割据势力，镇压铜马、赤眉等起义军，协助刘秀建立东汉，是东汉中兴名将。刘秀称帝后，任东郡太守，封东光侯。

臧宫，字君翁，颍川郏县（今属河南郏县）人，东汉中兴名将。臧宫原为小吏，参加起义军后得以追随刘秀，南征北战，屡立战功，是平定蜀地的主将之一。先后受封为成安侯、期思侯、酇侯、朗陵侯。永元元年（58），臧宫去世，谥号愍侯。

马武，字子张，东汉初年将领，南阳湖阳（今河南唐河西南）人。马武少年时为避仇家，客居江夏。后入绿林军，为新市兵将领。更始二年（24）归顺刘秀，随其南征北战、平定四方。协助刘秀建立东汉，是东汉中兴名将。刘秀称帝后，任侍中、骑都尉、捕虏将军，封杨虚侯。

刘隆，字元伯，汉族，南阳（今河南南阳）人，汉朝安众侯的宗室，因父亲参加反王莽活动，被灭族，刘隆仅一身免。长大后，他参加反对王莽政权的活动，后投奔刘秀，久经战阵，协助刘秀建立东汉，是东汉中兴名将。任骠骑将军，封慎侯。

马成，字君迁。汉族，南阳棘阳（今河南南阳南）人。马成原是王莽政权的县吏，投奔刘秀后，久经战阵，参与消灭王郎、刘永、李宪、隗嚣、公孙述等割据势力，协助刘秀建立东汉，是东汉中兴名将。刘秀称帝后，任扬武将军，封平舒侯，后改封全椒侯。

王梁，字君严，渔阳要阳（今河北滦平西北）人。东汉名将。原为渔阳郡狐奴令，后投奔刘秀，被拜为偏将军。刘秀占领邯郸后，王梁任野王令，封为关内侯。刘秀称帝之后，王梁历大司空、河南尹、济南太守，先后被封为武强侯、阜成侯。建武十四年（38），王梁卒，有子王禹。

陈俊，字子昭，南阳西鄂（今河南南阳兆）人，东汉大将。一开始跟随刘嘉，后经刘嘉推荐投奔刘秀。参加了剿灭河北起义军，平定关东刘永、董宪、张步等割据势力的作战。历任强弩将军、强弩大将军、太山太守、琅琊太守，先后受封新处侯、祝阿侯。

杜茂，字诸公，汉族，南阳冠军（今河南邓州西北）人，在刘秀平定河北时投奔，随刘秀平定河北，剿灭五校起义军，消灭刘永余部，辅佐刘秀建立东汉王朝。历任中坚将军、大将军、骠骑大将军，先后受封为乐乡侯、脩侯、参蘧乡侯。建武十九年（43）卒。有子杜元嗣。

傅俊，字子卫，颍川襄城（今属河南）人，原为襄城的亭长，刘秀起兵之后，投奔刘秀，因此被灭族。傅俊随刘秀参加了昆阳大战，平定河北之战，讨伐董䜣、邓奉、秦丰、田戎的南征之战，还独自领军平定了江东六郡。傅俊忠心耿耿，屡立战功，历任骑都尉、侍中、积弩将军，被封为昆阳侯。建武七年（31），傅俊去世，谥威侯。

坚镡，字子伋，颍川襄城（今属河南）人。原为王莽政权官吏，后投奔刘秀，随刘秀平定河北，镇压大枪等起义军，协助刘秀建立东汉，是东汉中兴名将。刘秀称帝后，任扬化将军，先后封濦强侯、合肥侯。坚氏一门四世都陛合肥近百年间，忠君爱民，勤勉务实，组织民众开拓耕地，治理水患，并在各乡开设侯店（合肥地区仍有侯店地名），兴办侯学（“闻三代有道，乡里有教”），不仅使合肥的城市面貌发生了根本性的变化，合肥的政治、经济、文化等方面也在西汉的基础上得到了进一步的发展。

王霸，字元伯，汉族，颍川颍阳（今河南许昌西）人，东汉将领。新地皇四年（23），光武帝任大司马，以王霸为功曹令史。次年，王霸因杀王郎之功，封王乡侯。光武帝即位后，拜任王霸为偏将军。公元26年，又改封富波侯。他率军大败敌军苏茂、周建后，拜任讨虏将军。在攻打荥阳、中牟盗贼，全部攻克这些城池后，拜任上谷太守。他还与吴汉等四位将军率领六万人，打败卢芳部将贾览及匈奴联军。建武十三年（37），改封向侯。当时，卢芳和匈奴、乌桓联合，王霸总计和匈奴、乌桓大小几十上百次交战，很熟悉边疆军事，多次上书说应与匈奴结亲讲和，又建议由温水漕运运输，省去陆路运输辛劳，建议都得到实行。建武三十年（54），改封淮陵侯。永平二年（59），因病去世。

任光，字伯卿，南阳宛城人。原为宛城小吏，后加入绿林军，曾随刘秀参加了昆阳之战。刘玄称帝后封他为信都郡太守。王郎起兵之后，他据城迎接刘秀，使刘秀有了反攻的基地。刘秀称帝后封任光为阿陵侯。建武五年（29）冬，病逝。

李忠，字仲都，东莱黄县（今山东龙口东）人，东汉开国名将。更始二年（24），李忠和任光、万脩迎接刘秀入信都。被拜为右大将军，封武固侯。随刘秀灭王郎、平河北。刘秀称帝后，李忠任五官中郎将，封中水侯。此后又参加平定庞萌、董宪的战争。天下一统之后，李忠担任丹阳太守多年，治绩天下第一。建武十九年（43），李忠去世。

万脩，字君游，扶风茂陵（今陕西兴平东北）人，东汉大将。现一般写作"万修"，也有写作"万休"的。万脩在更始政权时期被任命为信都令，刘秀宣慰河北之时，王郎起兵追捕刘秀，当时河北的郡国大多投降王郎，只有万脩与信都太守任光、信都都尉李忠等人据守信都郡迎接刘秀，使刘秀有了反攻的基地。此后随刘秀击破邯郸、平定河北。历任偏将军、右将军，先后被封为造义侯、槐里侯。建武二年（26），万脩奉命与扬化将军坚镡共攻南阳郡，因病在军中去世。

刘植，字伯先，汉族，巨鹿昌城（今河北辛集南）人。王莽末年，据昌城自守，后归顺刘秀，并助其招降刘扬。此后久经战阵，协助刘秀建立东汉，是东汉中兴名将。刘秀称帝后，封昌城侯。后在密县阵亡。

邳彤，字伟君，汉族，信都（今河北衡水市冀州区）人。王莽政权时期邳彤担任和成卒正，刘玄称帝后任和成太守。王郎起兵之后，邳彤据城坚守，以待刘秀。此后随刘秀平定天下，历任和成太守、太常、少府、左曹侍中，先后受封为武义侯、灵寿侯。建武六年（30），邳彤病逝。在河北安国一带的传说中，邳彤被称为“药王”。

后人把云台二十八将与神话传说的天庭二十八星宿名称相对应，这就是“云台二十八宿”。

东方青龙：角木蛟邓禹 亢金龙吴汉 氐土貉贾复 房日兔耿弇 心月狐寇恂 尾火虎岑彭 箕水豹冯异

北方玄武：斗木獬朱祐 牛金牛祭遵 女土蝠景丹 虚日鼠盖延 危月燕坚镡 室火猪耿纯 壁水貐臧宫

西方白虎：奎木狼马武 娄金狗刘隆 胃土雉马成 昴日鸡王梁 毕月乌陈俊 觜火猴傅俊 参水猿杜茂

南方朱雀：井木犴铫期 鬼金羊王霸 柳土獐任光 星日马李忠 张月鹿万脩 翼火蛇邳彤 轸水蚓刘植

这样，就更增添了云台二十八将的神秘色彩。

史述赞《萧统文选卷五十 史论下》曰：

中兴二十八将，前世以为上应二十八宿，未之详也。然咸能感会风云，奋其智勇，称为佐命，亦各志能之士也。议者多非光武不以功臣任职，至使英姿茂绩，委而勿用。然原夫深图远算，固将有以焉尔。若乃王道既衰，降及霸德，犹能授受惟庸，勋贤皆序，如管、隰之迭升桓世，先、赵之同列文朝，可谓兼通矣。降自秦、汉，世资战力，至于翼扶王运，皆武人屈起。亦有鬻缯屠狗轻猾之徒，或崇以连城之赏，或任以阿衡之地，故执疑则隙生，力侔则乱起。萧、樊且犹缧绁，信、越终见菹戮，不其然乎。自兹以降，迄于孝武，宰辅五世，莫非公侯。遂使缙绅道塞，贤能蔽壅，朝有世及之私，下多抱关之怨。其怀道无闻，委身草莽者，亦何可胜言。

故光武鉴前事之违，存矫枉之志，虽寇、邓之高勋，耿、贾之鸿烈，分土不过大县数四，所加特进、朝请而已。观其治平临政，课职责咎，将所谓“导之以政，齐之以刑”者乎。若格之功臣，其伤已甚。何者，直绳则亏丧恩旧，桡情则违废禁典，选德则功不必厚，举劳则人或未贤，参任则群心难塞，并列则其敝未远。不得不校其胜否，即以事相权。故高秩厚礼，允答元功，峻文深宪，责成吏职。建武之世，侯者百余，若夫数公者，则与参国议，分均休咎，其余并优以宽科，完其封禄，莫不终以功名延庆于后。昔留侯以为高祖所封皆萧、曹故人，所诛皆生平仇怨，天下不平。而郭伋亦讥南阳多显，郑兴又戒功臣专任。

夫崇恩偏授，易启私溺之失，至公均被，必广招贤之路，意者不其然乎。

永平中，汉显宗追感前世功臣，显宗汉明帝，乃图画二十八将于洛阳南宫云台，其外又有王常、李通、窦融、卓茂，合三十二人。故依其本第，系之篇末，以志功臣之次云尔。

云台二十八将陈列之后，汉明帝就开始处理外戚和豪强们的威胁。大司空窦融不善于约束自己的家人和子弟，结果子孙多有不法。窦融从兄子窦林，因犯欺骗蒙蔽等罪，被投进了监狱，死于狱中。窦融的长子窦穆，是光武帝的驸马，因为封地离六安国比较近，就想占据六安，于是假传阴太后的旨意，让六安侯刘盱休妻而娶自己的女儿。后来，此事被汉明帝知道，窦穆即被免官。这一事件，牵连了窦氏满门，除了窦融留京，全被迁回故郡。窦融也被汉明帝斥责，吓得他也辞职回家养病。窦穆等后来被赦免，允许回京城居住，但汉明帝仍派人严格监视他们。窦穆心怀不满，便口出怨言并贿赂官吏，结果又犯罪，他和两个儿子窦宣、窦勋均被捕，都死在了狱中。

太后阴丽华的弟弟名叫阴就，他的儿子是驸马阴丰，但是他杀了公主，虽然阴太后还在，但汉明帝也不徇私情，将阴丰杀死，阴就夫妇也被迫自杀。

因梁松诬告并诽谤马援，汉明帝很想为马援出这一口恶气，便对如何处理梁松一事，征求马皇后的意见。马皇后说："梁松诬告并诽谤我父亲，的确做得太过分了，但是，不能是死罪，押狱教训教训就是了。可是，他如果还犯有新的罪行，那就必须严惩，因为这种恶人不除，臣民们难得安生，天下难得太平。"于是，汉明帝便派人严查，发现梁松曾多次写信给郡县，请求为自己办理私事，上报朝廷后，汉明帝便让免去他的太仆官职。他被免职以后，私下对人抱怨说："我之所以被免职，肯定是马皇后在皇上面前说了我的坏话，她是在为她父亲鸣不平，这才导致了我今天这样的结果，我不服。"他说的这些话，也被人汇报给了汉明帝。再说，那舞阳公主也有怨言。对此，汉明帝听了十分生气，又令人再行调查，见梁松多有飞书（匿名信），诽谤汉明帝、马皇后和朝廷。汉明帝派人查证落实了梁松的这些罪行，即令将他逮捕，判处死刑。他的宾客，也有很多人因为他被连坐而论罪，其弟梁竦、梁恭也受到牵连，被流放到九真，这是中国古代的一个行政区，位于今越南中部。这样，汉明帝秉公执法，杀了自己的姐夫梁松，除了汉朝廷的一大公害，这也足以告慰马援的在天之灵了。此举，对于那些权贵外戚，也起到一种震慑作用。

第三十三章　罪己诏书　朝廷政令焕然新

光武帝刘秀是东汉的开国皇帝，他逝世后，太子刘庄继位，是为汉明帝；汉明帝逝世后，太子刘炟继位，是为汉章帝。刘炟生于建武中元元年（56），是汉明帝的第五个儿子，其母为贾贵人。

永平三年（60）二月十九日，刘炟被立为皇太子，时年五岁。刘炟年少宽容，爱好儒术，很受父亲汉明帝的器重。

永平十八年（75）八月初六日，汉明帝去世，刘炟得以即位，时年仅19岁，是为汉章帝，他尊嫡母皇后马氏（明德皇后）为皇太后。当月，葬汉明帝于显节陵，并宣布大赦天下。

永平十八年（75）十一月，汉章帝诏征西将军耿秉驻扎于酒泉，以防备北匈奴的侵犯。此时，汉匈之间对西域展开了争夺战，汉章帝遂派酒泉太守段彭前去救援耿恭。当时，汉章帝虽然年纪轻轻，却展示了自己的政治才能和军事才能。但是，数月后，便发生了大瘟疫，伴随着的，是京师洛阳及三州大旱。眼见各地灾情严重，汉章帝下令免除兖、豫、徐州的田租、刍稿税，并将仓廪赈济灾民，以减轻这些地区民众的苦难。

次年，兖、豫、徐等州也发生了严重的旱灾，赤地千里，饥民遍野。在这连年灾荒的情况下，汉章帝只能调集国库粮食，紧急救援饥饿中的人民。谁知不久，山阳、东平又发生了地震。在接连不断的自然灾害面前，汉章帝对此有些困惑不解，他召集群臣聚会，一面寻找自然灾害发生的原因，一面商讨解决问题的办法。

当时，汉章帝对群臣这样说："这灾害，有一种两种也正常，怎么会有旱灾、瘟疫、地震等各种各样的自然灾害呢？既有多种自然灾害，应一年两年就过去了，可为什么还延续了多年，一直不间断呢？又为什么灾害面积这么大呢？其中必定有什么特殊的原因。希望大家都找一找，看看是不是我们做错了什么，特别是朕，如果朕有什么过错，你们一定要大胆指出来。”

于是，群臣都寻找自然灾害产生的原因。大多数人认为，水旱荒年是由于阴阳失调，而阴阳失调又与政事有关。司徒鲍昱当时十分激动地痛陈时弊，他说：“前几年，因楚王刘英谋反事件，抓人成百上千。这些人，并不是都有罪，因受牵连而坐监狱的人，恐怕有一半是冤枉的。那些被判处徒刑的人远离家乡，骨肉分离，他们即使死了，灵魂也不得安息。这就致使阴阳失调，水旱成灾。现今，不如赦免这些刑徒，解除监禁，让他们回家和亲人团聚，这样也许能致和气，使天降甘露，解除旱情，免除黎民百姓的痛苦。”

鲍昱这里所说的楚王刘英谋反事件，是汉明帝执政期间发生的一件大事。永平十三年（70），楚王（首都彭城，今江苏省徐州市）刘英（汉明帝刘庄的异母弟弟）让法术师制造金龟、玉鹤等器皿，上面刻上显示祥瑞的文字，预谋造反。

当时，彭城的百姓，根本不知道楚王会有谋反的举动，只有朝廷官员会有点风吹草动。这时，一个名叫燕广的男子，偷偷向廷尉检举刘英跟渔阳郡（北京市密云区）人王平、颜忠等有叛乱的阴谋。案件经廷尉调查后，证据充足，刘英、王平、颜忠等人确实有谋反的举动。于是，廷尉便奏报汉明帝：“刘英谋反，大逆不道，请求处以死刑。”汉明帝看到奏报后，他犹豫再三，实在不忍心诛杀自己的同胞兄弟，便没有批准。

同年 11 月，经过朝中大臣讨论，汉明帝下以诏书，撤销了刘英王爵，贬其到丹阳郡（安徽省宣城市）泾县（安徽省泾县）。刘英儿子中封侯爵的，女儿中封公主的，仍保留他们的采邑。许太后（刘英的娘亲）仍保持太后印信，继续居住于楚王王宫，对他们一家都采取了十分宽大的措施。

由于此前，有人跟宰相虞延说过，刘英有预谋叛变的举动。当时，虞延认为，刘英跟汉明帝有手足之情，不会有这样的事情发生，所以没有向汉明帝奏报。现在案件暴露，汉明帝也知道了宰相早已知道此事，所以非常生气，便严厉责备虞延，质问他当初为什么不予回报。虞延十分害怕，精神长期高度紧张，只能畏罪自杀，这反使汉明帝疑心重重，认为刘英可能还有更大的阴谋，虞延可能还隐瞒了什么。

楚王刘英被押到丹阳郡后，精神十分压抑，因害怕背负谋反的罪名，全族会被诛杀，他为了保全子女，最终也选择了自杀。汉明帝对于弟弟的自杀，自然表示同情，便下诏用侯爵的礼仪将他埋葬在泾县。对于检举人燕广，汉明帝也给予奖励，封他为折奸侯。

当时，有大臣对汉明帝说：“陛下，您对于楚王谋反事件，只这样一味宽大处理不行。您想想看，您的好几个兄弟，都有过预谋造反这样的事情，您都一一宽容，但得来的结果是什么呢？天下的诸王很多，但天下的皇上只有一个，诸王都对这个皇位虎视眈眈，他们都想坐一坐呢！这不，楚王他又谋反了。可是，您对他又予以宽容，那么以后，也许您的兄弟们预谋造反的事会层出不穷。可当他们争夺陛下皇位的时候，当他们把刀架到陛下脖子上的时候，他们会犹豫吗？他们会宽容吗？所以说，当断不断，反遭其乱，在处理这一类事情时，您一定要心狠一些，果断一些。只有这样，才能根除后患啊！”听了这位大臣的话，汉明帝也十分害怕，便决定加大案件的侦查力度，把所有关联人员都予以查处。这样，一年以来，因逼供而提供了不实口供的人越来越多，被牵连入狱的人也越来越多，从首都洛阳的皇亲国戚，到各州、各郡的乡绅豪杰，再加上审问官有心利用案件公报私仇，陷害平日与自己为敌的人，所有的加起来共诛杀了一千余人。而且，在监狱里关押还没定案的人，也多达数千。

当初，刘英想任用贤人，所以他把天下知名之士，记载在一个秘密的小册子上，认真保管起来，准备以后推荐或起用这些人。刘英事败后，这个小册子被破案官员所获，他们为了邀功，谎报说这就是嫌疑人名单。汉明帝翻阅这个小册子后，看到里面多次提到吴郡郡长尹兴的名字，于是就下令，逮捕了尹兴以及郡官员五百余人。刘英小册子上记录的好多人也被逮捕，汉明帝竟怀疑他们是一个参与刘英谋反的团伙。办案人员将这五百余人都囚禁在司法部监狱严刑拷打，反复审问。在监狱里，这些人便被逼死了一半以上。只有陆续、梁宏、驷勋三人受尽“五毒”拷打，仍然没有认罪。

当时，还发生了这样一件事：陆续的母亲从吴郡千里迢迢赶到首都洛阳，亲自为儿子做好饭菜，因不允许她探监，便让狱卒将饭菜送到了监狱，却不许狱卒说是陆续母亲做的饭菜。陆续虽然在监狱里受尽折磨，从来就没有哭过，可是，当他一看到母亲所做的饭菜时，便抱头大哭起来。审问官问他：“你为什么要哭呢？”

陆续说：“我娘亲今来到了洛阳，但是我们却不能相见。我娘亲从小教导我，人应当走端行正，千万不要做违法乱纪的事。我既没有违法，也没有乱纪，更没有参与刘英谋反的事，但是，今却锒铛入狱，无法向人诉说我的冤屈，也无法向娘亲辩明我的清白，所以我怎么能不哭呢？”

审问官问他：“那饭菜，是狱卒送进监狱里的，并不允许他告知你是你母亲做的饭菜，可你怎么知道你母亲来到了洛阳？”

陆续说：“我娘亲切肉，向来都方方正正；我娘亲切葱，一直都一寸有余；而且，她炒的菜里，有丝瓜、黄瓜、白菜、苦瓜、番茄、甘蓝这几种菜，我一看，就知道是我娘亲来京都了，并且知道必定是娘亲为我准备的饭菜。她是用这饭菜来质问我，娘亲让你堂堂正正做人，公公正正做事，可是你为什么会成了阶下囚呢？对此，我无法向娘亲说清楚啊！”

审问官听了陆续的话，心里也为之感动，就把此事报告给汉明帝，汉明帝又把这事说给了马皇后。

马皇后一边听汉明帝诉说陆续的事，一边眼泪唰唰流了下来，她一边流泪一边说：“陆续的母亲，真是一个伟大的母亲，了不起的母亲。”

“仅仅一顿饭，怎么能证明她是一个伟大的母亲呢？”汉明帝问。

“是这样的。”马皇后说，“陆续母切肉方方正正，那是教陆续一定要堂堂正正做事，公公正正做人；陆续母切葱一寸有余，那是说寸有所长，尺有所短，教陆续时时注意学习别人的长处；陆续母炒菜用丝瓜，那是说她对儿子十分思念；陆续母炒菜用黄瓜，那是说母亲教他为官清正廉洁，可他今天为什么会犯错；陆续母炒菜用白菜，那是说做人一定要清清白白，可他到底犯了什么错；陆续母炒菜用苦瓜，那是说他犯了错也不要紧，问题一定会澄清，他们一定会苦尽甜来；陆续母炒菜用番茄，那是说儿啊，你放心，你现在虽在狱中，可咱们以后的日子一定会好过，一定会红火，会幸福；陆续母炒菜用甘蓝，那是说你真的有错就认错，就改正，如确实没错，问题会得到公正的解决，咱们一定会家庭团圆并幸福的。一个母亲，仅仅通过一顿饭，几样菜，就给予自己儿子这么多、这么大的启发教育，你说她能不伟大吗？”

听了马皇后的话，汉明帝若有所思，好一阵才说：“我真是不知，陆续母这一顿饭，还有怎么多的讲究。”

“那么，就让我见见陆续母，见见这位伟大的母亲吧！”马皇后说。

“这，我看就不必了吧！”汉明帝有些为难地说，“毕竟，那陆续还是犯人，他现在还关在监狱里，其犯罪并没有澄清，你作为皇后，却要见一个犯人的母亲，这很不合适。”

“您所说，也有道理。”马皇后说，“那么，我希望您对刘英谋反案，一定要公正处理。据我看来，那陆续，他一定是被冤枉的。他即使编故事，也编不出这么逼真的故事。如果陆续是冤枉的，那么其他人也可能是冤枉的。这样，因尹兴所牵连的吴郡这五百人呢，会不会都是冤枉的呢？”

“也许，他们中会有被冤枉的，可也不会都被冤枉。”汉明帝这时的态度也有些犹豫。

马皇后又说：“我呢？还是很同情陆续母这个女人。换作是我，到了这个时候，遇见这样的事情，我一定会想起‘曾母投杼’的故事。据《战国策·秦策二》所载，曾参是孔子的贤弟子，在鲁国的费邑任职。费人有与曾子同姓名者杀人，有人告诉曾子母亲说，曾参杀了人。曾子母亲说：‘我的儿子不杀人。’说罢低头织布。过了一会儿，又一个人告诉曾母曾参杀人。曾母依然低头织布。可是，当第三个人告诉曾母曾参杀了人，他的母亲害怕了，扔了梭子翻墙跑了。当然，这指的是人言可畏。现在呢？陆续母就是曾母初闻‘曾参杀人’消息时的心理。听闻儿子犯了法，眼见儿子入了狱，可她还不清楚，儿子到底犯没犯法，儿子到底冤不冤屈，她很希望赶快澄清儿子犯罪的事实，她多么希望他们母子能够团聚啊！”

汉明帝听了，眼里也流下泪来，他说：“就冲着皇后这话，冲着陆续母，我一定要把这事处理好。可是现在，事情已闹得这么大了，该怎么收场呢？我这才真正知道，擒虎容易纵虎难啊！”

马皇后说：“但还有这样一说，解铃还需系铃人。现在，这串铃铛，是您系在虎脖子上的，必须由您去把它解下来。”

汉明帝听了马皇后的话，并没说什么，但是他心里一直想：此一事上，自己是不是做得太过分了？怎么能毫无证据，就把那么多人关押在监狱？于是，汉明帝便下令，把尹兴、陆续、梁宏、驷勋等人释放了。

两天后，汉明帝来到洛阳监狱，亲自审问囚犯，当天便释放一千余人。当时，正是大旱之际，等到汉明帝释放囚犯后，立即天降大雨。马皇后也因为“楚狱案”滥杀太多，心里一直感到不安，想再好好劝劝汉明帝，便借此机会，向汉明帝进言说：“现在，外边死了好多人，百姓也不知道到底发生了什么。洛阳监狱一下子关押那么多人，每天都有囚犯死亡，其中或许会有冤死的人。皇上一向仁慈，我希望你能够理性看待这个问题，处理好这件事情。以后呢？再不能发生这样的事情了。”汉明帝仔细想后，也感到这件事，自己的确打击面太广，未必有那么多人参与了“刘英案件”。随后，他立即下诏，赦免有关囚犯。

继鲍昱之后，尚书陈宠也上疏说：“治理国家大事就如调整琴瑟的弦一样，弦调得太紧就会崩断，刑罚太严也会激起人民的不满。建议陛下进一步宽缓刑罚。”汉章帝听从了他们的建议，便又大赦天下，宽缓刑罚。

在这样一种情况下，年轻的汉章帝，几乎承受不了来自各方面的压力。回到后宫以后，他问马太后：“母后，今有这么大这么多的天灾人祸，到底是什么原因造成的呢？当然，其中的原因很多，可我必须负主要责任，因为我是一国之主，是皇上啊！那么母后，您说说，我们现在到底该怎么办呢？”

马太后说：“人祸，可以避免，特别是掌握生杀大权的皇上，可你不已经宣布天下大赦了嘛！实行仁政，宽以待民，诚以待臣，这对于当皇上的人来说，是十分必要的。但是，天灾，那是上天对于人类的惩罚，我们却无法避免。在许多天灾面前，过去的帝王，又是怎么做的呢？他们会发布叫‘罪己诏’的文书，能收到较好的效果。罪己诏这是帝王自省或检讨自己过失的一种形式，它通常会在三种情况下出现：一是君臣错位，二是天灾造成灾难，三是政权危难之时。罪己诏的作用，一代表自责，连皇上都自责自己的错误，大臣们怎能不自责呢？二代表反思，就是总结经验教训，是经验即予以推广，是教训应牢牢记取。三还要表态，即皇上以后想干什么，朝廷要做什么，多少有点风向标的作用，也能使臣民们知道以后做什么、怎么做啊！

“罪己诏的起源，是从‘禹、汤罪己’就开始了的。大禹登上帝位后，有一次，他无意中看见了犯罪的人，就伤心地哭了起来。左右问其故，大禹说：‘尧舜之时，民皆用尧舜之心为心，而禹为君，百姓各以其心为心，是以痛之。禹见民心涣散，深感内疚，认为自己没有当好这个帝王，于是自省自责，主动承担失查和保护的责任。’商灭夏后，汤也布告天下，安抚民心，此布告史称《汤诰》。在《汤诰》中，汤检讨了他自己的过错。禹、汤‘罪己’，收到了良好的效果，后来经附会神化，遂成为后世皇帝效法的罪己诏。周成王平定管叔、蔡叔的叛乱之后，他担心‘家国多难不堪忍，又陷困境多烦恼’（《诗经·周颂·小毖》），就反思了祸乱产生的原因并作诗自诫。《尚书·秦誓》记述了秦穆公也曾在劳师远征惨遭败绩、付出数万将士的性命后，颁布罪己诏。西汉时期，汉文帝颁布过罪己诏。继汉文帝后，汉武帝也颁布过罪己诏，都发挥了很好的作用。那么，当下的灾难这么多，这么严重，皇儿可不可以效仿过去那些很有作为的皇帝，也颁发一个罪己诏呢？”

汉章帝说：“颁罪己诏可以，这也不失之为一个好办法。但是，这是件大事，咱们可以将许多事情都一揽子进行解决。像许多大臣谈及如今政严刑酷一事，我也一直想予以解决，不能再推延了。像鲍昱谈及的楚王刘英案，当时的确处理得太过了，为什么要牵连那么多人？今后，不能允许再有这样的事情发生。这在罪己诏内，也应该有所体现。”

马太后说：“当初，我和你父皇曾议论过这个问题。你父皇问我，是仁政好还是严政好？我对他说：‘你父皇光武帝施政时，对大臣比较宽松，可他的威望高，怎么着也能镇住群臣。你呢？没有你父皇那样的威信，单靠你的威望来驾驭那些老臣，显然是不行的。所以，对于那些官员，你还是严厉一些好。’但是，他做得却有些过了。特别是在处理楚王谋反一事上，他做得就更过分了，杀了那么多人，牵连了那么多人，这也是罪孽啊！”

汉章帝有些激动地说：“这不叫过分，而叫错误，并且是不小的错误，这便招致老天的惩罚，给我们降下许多灾来。既然父皇所犯的错误，他自己没来得及改正，我是他的儿子，就由我来改正吧！回头，我与群臣细细研究一个改‘政严刑酷’为‘政宽刑疏’的办法，并一定要拿出一套具体实施的方案来。”

马太后听了，十分高兴地说：“皇儿能认识到这些，母后我深感欣慰。那么，这个罪己诏的基调，可以奖功于臣，归罪于己，赐福于民，这也是一个贤明的帝王应有的做法。皇儿如若如此，一定会感动上苍，激励群臣，造福民众，会让我们汉廷和臣民早早度过灾难。如若这样，那光武先帝和你父皇的在天之灵，也是会深感欣慰的啊！”

汉章帝说：“母后吩咐，孩儿谨记。”

于是，汉章帝与群臣反复研究讨论后，便颁布了这样一份罪己诏：

《诗经·小雅·十月之交》云：

十月反常日月交，本月初一是辛卯。出现灾异有日食，这也真是大坏事。那月亮，昏无光，这太阳，昏无光；如今不幸众黎民，无比哀痛怨难申！

太阳月亮显凶兆，不合法度不循道。普天之下无善政，不用良臣用奸佞。这月食，虽不好，它比日食算平常；这日食，更不好，奈何坏事突然降！

烈电闪闪雷隆隆，天下受灾不安宁。百河千江洪波涌，崇山峻岭尽碎崩。高高崖岸陷为谷，深深山谷升作陵。可叹今日众奸佞，何不惩止这暴政！

当然，这说的是古时，是古时候的社会现象和自然现象。那么现在，有没有这样的社会现象呢？也有啊！即使我们没有暴政，却也有司法不公的地方，比如说先帝时的“楚王案”，因它而杀人太多，押人太多，受牵连的人更多，这不能不是一种错误，我们不能不予以纠正。尽管这是先帝的错误，但我是先帝的儿子，并且继承了他的帝位，就由我来承担这一责任吧！所以，如果老天降罪，请不要再怪罪于朕的父皇，也不要降罪于朕的臣民，一切都由我一人来承担。现在仔细想来，朕的确有很多疏漏、缺点和错误，比如像对大臣们要求过严，酷刑十分严重，黎民百姓负担过重，官员任用不够公平，等等。所有这一切，朕是皇上，当然得负主要责任。如果说，朕有责任，那朕自己会承担。那么，我们的大臣呢？你们有没有责任呢？所以，朕要求所有的大臣，你们既然不满意过去朝廷的“政严刑酷”，那么朕现在决定实行“政宽刑疏”的政策。可是，这样做了以后，你们一定要遵守法律，恪守法规，奉公守法，廉洁自律。对此，如果有人还不遵守，还要违法，那就必须严肃处理。对于那些违法乱纪之人，不论你职务多高，权力多大，不论你是皇亲国戚，还是王孙贵族，对于法律，我们都必须敬畏，必须遵守，法律面前应人人平等。

朕想，只有这样，才能给黎民百姓以安宁和幸福，也许老天才能原谅朕的过失和错误，原谅我们大家的过失和错误，减少我们的痛苦和灾难。朕也愿和臣民们一起，共渡难关，战胜灾难，迎接我们幸福美好的明天。

这些年来，我们国家出现了多种多样的天灾人祸，比如像旱灾，比如像水灾，比如像蝗灾，比如像瘟疫，比如像地震……这都是一些不祥之兆啊！这些灾祸的发生，肯定是老天在警示我这当皇上的，我应当进行自责。因此，我愿意接受老天的惩罚，接受大臣们的批评，接受黎民的指责。如果我这样做了，老天肯原谅我，让所有的灾难都赶快过去，让国家的平安赶快到来，让黎民的幸福赶快到来……只要能这样，我就深感欣慰，再也不受良心的指责了。

对于政宽刑疏，朝廷还推出了一些具体办法：根据朝廷旧制，如果官员贪污，要禁锢三世，即三代人都不准为官。现在，朝廷决定废除这项制度，因为这不利于人才的选拔使用。假使一个人的爷爷贪污了，连他的孙子都不能为官，这对他们的孙子，显然是很不公平的。但是，对于官员和贵族的赏赐，却一定会超过规定的限额。这样做的目的，还是以鼓励为主，处罚为辅，力求创造一个公平公正、积极努力、团结奋进的社会。

同时，朝廷将实行宽厚之政，废除以往“一人犯罪，全家受诛，或全族受诛，亲属和朋友皆受牵连”的法令。因为，其中有好多人都是无辜的啊！

对于罪人，我们还可以减刑，将他们迁到边境地区，让他们在那里进行开发，这对我们国家有百利而无一害。以后，我们将禁用酷刑。对此，朝廷采纳了尚书陈宠之议，废除了残酷刑罚的50多条条文。

我们将禁盐、铁私煮、私铸。同时，要注重选拔官吏，以得廉能之吏，作为我们政治清明的保证。

我们还要打击豪强地主兼并土地，采取优惠政策募民垦荒，鼓励人口增殖，减轻徭役赋税。

…………

这一罪己诏的颁发，发挥了很大作用，整个朝廷出现了一种“人人争清廉，个个讲奉献”的气氛，官为之清，风为之正，君臣和谐，官民和睦，好像换了一个世界一样。

在保国安民、开疆拓土方面，汉明帝也取得了不小的成就。就在当时，班超奉命出使西域，使西域诸部都予归服，汉朝廷在西域建立了都护府。不过，西域仍不断发生战乱，局势颇不平静。对此，汉章帝召群臣商议对策，众人皆欲暂缓，唯有司徒鲍昱力主马上增援。汉章帝采纳鲍昱的意见，派兵西进，解救了边关危机。不过对于是否继续经营西域,汉章帝举棋不定,大臣们也有争论，最终决定放弃西域，诏令滞留西域的汉朝人员回国。

这时,班超住在疏勒国,也接到了撤退的诏书。迫不得已,他只能收拾行装，备好马匹，准备返回久别的中原。但是，在西域生活多年，他真有些依依不舍，西域民众也千方百计挽留他。万般无奈，班超只好留了下来，并且上书汉章帝，请求让他留屯西域。汉章帝对此犹豫不决,便征求马太后的意见。马太后说：“今班超如此恳求，西域人如此挽留，那就让他继续留在西域吧！这对于我们，只有好处,并没有什么坏处啊！”于是,汉章帝便同意了班超继续留屯西域的请求，并提升班超为将兵长史，授予他代表东汉政府在西域行事的权力。这使班超在西域的威望大增，西域诸国都愿意接受班超的节制，为以后东汉朝廷再次打通同西域的密切交往铺平了道路。

第三十四章　位及太后　皇宫内外人人敬

汉明帝死后，汉章帝即位，尊马皇后为皇太后。当时，诸贵人将随帝徙居南宫。马太后有感北宫的离别之情，特赐给各王以赤绶，这是古代官服上的一种有印纽的赤色丝带，平时只用于诸侯王、天子贵人，差不多相当于现在的绶带；加安车驷马，这是古代一种可以坐乘的小车，并可以多用一马，礼尊者则用四马；白越（越布）三千端，端是古代布帛的长度单位，或二丈为一端，或六丈、八丈为一端；杂帛（各色布帛）二千匹，黄金十斤。也就是这时，马太后亲自动笔，开始撰写《显宗起居注》。

这天，汉章帝退朝回后宫后，见马太后仍在写《显宗起居注》，正好写到了马防参与治疗汉明帝病症一事。马防是马太后的二兄长，永平十二年（69），马防与三弟马光一同担任黄门侍郎。汉章帝刘炟继位后，任命马防为中郎将。后来，马防升任为城门校尉。

建初二年（77），金城、陇西边塞内的羌人全部反叛，朝廷任命马防代理车骑将军事务，以长水校尉耿恭为副官，率领北军五校部队以及各郡善射箭的士兵三万人攻打羌人。军队到达冀县，而羌人部落首领布桥等人把南部都尉包围在临洮。马防想援救临洮，但前往临洮的道路艰险，车马不能并排走，马防就另派两名司马率领几百名骑兵，分为前后军，距离临洮十多里处设下大军营，多树旗帜，扬言大军天亮进攻。羌人侦察兵看到后，跑回去向首领报告说，汉军人多势众，无法阻挡。第二天早晨，汉军就击鼓叫喊着向前进，羌人惊慌逃跑，马防乘机追击打败羌人，杀死羌人四千多人，最终解除了羌人对临洮的包围。

马防以恩威信誉待人，致使羌人烧当部落全部投降，只有布桥等两万多人仍留在临洮西南的望曲谷。

建初二年（77）十二月，羌人在和罗谷打败耿恭司马以及陇西长史，战死几百人。

建初三年（78）春天，马防派司马夏骏率领五千人，从大路抄向羌人前方，暗中派司马马彭率领五千人，从小路攻击羌人要害地区，同时命令将兵长史李调等人，率领四千人绕到羌人西侧，三路一起攻击，再次打败羌人，斩杀俘获一千多人，缴获牛羊十多万头。羌人退走，夏骏率兵追击，反而被羌人打败。马防一见，就领兵和羌人在索西交战，再一次打败羌人。布桥被逼无奈，便率领部落一万多人投降。朝廷下诏书召马防回朝，任命他为车骑将军，仍担任城门校尉。

马防位高受宠，和九卿座不接席。而其弟马光这时也予升职，从越骑校尉之职升任执金吾。

马防在汉章帝卧病时，曾入宫协助医治，又因平定西羌有功，于是增加食邑一千三百五十户。对此，马防多次上书辞职，都以特进返回府第。

当时，汉章帝看到马太后在《显宗起居注》中，删去有关马防参与照顾治疗汉明帝病症的内容时，他深感奇怪，便问：“母后，黄门舅（因马防曾任黄门侍郎，故汉章帝称之为黄门舅）参与给我父皇治疗病症这是事实，可您为什么要删去这些内容呢？当时，他日夜看护父皇，长达一年，没有任何怨言，这是一般人难以做到的，父皇曾经多有赞许。可如今，对他既无褒奖，又不升职，也不记录他的辛劳，这样做是不是太过分了。而且，前一段我卧病时，也是经他精心照料，无微不至，照顾得确实周到。所以我说，还是记录下他这些事吧！”

马太后说：“马防他是你父皇的小舅子，那他照料你有病的父皇，是分内之事，为什么还要加以褒奖并记录呢？你有病，他就更应该照料了，因为他是你的舅舅。亲人间相互照料，都是应该做的事，难道还一定要表扬和奖励吗？再说，皇上有病，老是让自己最亲近的家人看护，也不怎么好吧！我之所以不愿记录你舅舅在你父皇重病期间进行照料一事，是不想让后世人看出，先帝一直最为亲近后宫的家人，就连患病时的看护也不例外，所以不予列入。”

汉章帝听了，觉得有理，便对马太后说：“母后这样说，孩儿才明白了您的用意。但是，有多个大臣说，历来的规矩，国舅的地位相当重要，都是拜将封侯的。可是，我的几位舅舅均未封侯，官职也不是很高，这很不合适。谏官还为此专门上书，说天旱不下雨，就是因为不封外戚所致。所以，朝廷应依旧典，给外戚以恩泽封侯，我想给舅舅们封侯。”

马太后一听，脸色一下变了，她面带愠色对汉章帝说：“天上下不下雨，与给外戚封不封侯有什么关系呢？他们这简直是胡扯。让给你舅舅们封侯，那要看是谁说的，这些人都目的不纯，动机不一，他们有的为给你献殷勤，有的为巴结你舅舅，还不是为了他们的利益和攀升。如给你舅舅们封侯，那并不是为了他们好，而是把他们搁在火炉上烤，让他们往火坑里跳啊！对于你的舅舅，你又怎么能比我了解得多呢？我可是他们的亲妹妹啊！现在，他们三个人已全是将领，职务已经不低了，还封什么侯呢？有好几次了，我外出路过娘家住地濯龙门园门前，见到你的舅舅从外面回来，有拜候的、请安的，车子像流水那样不停地驶去，马匹往来不绝，好像一条游龙，招摇得很呢！他们的仆人，也都穿得整整齐齐，衣服绿色，领和袖雪白，我身为太后，尚且食不求甘，穿着简朴，左右宫妃也尽量节俭，他们却反而笑话我过于俭省，不知道享受。对这些，我竭力控制着自己，没有责备他们，因为他们都是我的兄长。似此，他们只知道自己享乐，根本不为国家和黎民忧愁，我怎么能同意给他们加官进爵呢？须知，给他们不封侯不要紧，一旦封了侯，他们的尾巴就会翘到天上，就不会好好控制自己，这对他们到底有什么好处呢？所以，你切切记住，对于你的舅舅，第一不要封侯，第二不要晋升，第三一定要严加管理，这表面上看是对不住他们，可实际上是为了他们。远的不说，咱说近的，像窦氏，一门之中，有多人封侯拜将，可这有什么好处呢？他们子弟中，有人不自律，有人不自强，甚至还有人违法乱纪。一旦有事，牵连了他们家族多少人啊！还有梁松，他既然是驸马，就好好当他的驸马，却一定要诽谤这诽谤那，今他一出事，梁氏一门，还不是死的死，押的押，贬的贬，散的散……似此，这官职高又有什么好处呢？这些教训，我们不能不记取啊！”

汉章帝听了，不能不佩服母亲的深思熟虑，便说：“母后教诲，孩儿谨记！以后，对于舅舅们的升迁一事，我一定会谨慎行事。”

再说，除了马防，那马廖和马光也非等闲之辈。马廖是马太后长兄，字敬平，少以父任为郎。明德皇后即立，马廖被拜为羽林左监、虎贲中郎将。汉明帝崩，马廖受遗诏典掌门禁，遂代赵熹为卫尉，汉章帝对他甚为尊重。因见明德皇太后躬履节俭，事从简约，马廖便上疏长乐宫以劝成德政，马太后纳之。这个时期，马廖确实也性格温和，待人诚实，但畏事谨慎，不爱权势声名，他尽心纳忠，不屑毁誉。有大臣据旧典，奏封马廖等，他也一再推辞谦让。马廖儿子马豫，时为步兵校尉。

马光是马太后的三兄长，永平十二年（69），他与哥哥马防一同任黄门侍郎。汉章帝即位后，马光升越骑校尉，又迁执金吾。兄弟三人，他虽然年龄最小，但是颇有心计。

为阻止给自己的兄长封侯一事，马太后还专门降诏：

凡上书之人都是故意谄媚以图自己的荣华富贵。汉成帝时，王谭、王商、王立、王根、王逢时等人同日而封关内侯。那时，黄雾四塞，天下大旱，舅氏封侯，没有听说过天降大雨以应封侯之兆。汉景帝时的武安侯田蚡、汉文帝时的魏其侯窦婴，身为皇亲恃宠而横行无忌，贪婪暴虐，结果都招致倾覆之祸，骂名传之后世。因此，先帝防患于未然，谨慎对待舅氏一门，不许位居皇上近要之官。对于皇家诸子，封地仅及楚、淮阳各国之半，且常说："我的儿子不应与先帝之子相等。"今天，朝廷的主管官员为什么要以马氏比阴氏（光武帝阴皇后）？我为天下之母，身穿粗布衣裙，食不求甘美，左右之人亦穿普通布料做的衣服，不用香熏等装扮，本意在于以自身的行动作天下之表率。前次，我经过濯龙园门前，看到外家来问安之人，车如流水，马如游龙，仆人都身穿绿色臂衣，领与袖雪白洁整，回头看为我御车之人，远远不如。当时，我没有发怒，也没有责备他们，但事后，停止了朝廷供给他们一年的费用，希望他们能从心里感到惭愧，不再懈怠，没有忧国忘家的忧虑。知臣莫若君，何况亲属？我岂能上负先帝之旨意，下亏先人之德行，不能让马氏重蹈西京外戚吕禄、吕产、窦婴、上官桀、上官安父子及霍禹等败亡杀身之覆辙！

汉章帝览诏后为之悲伤叹息，再次向马太后请求："汉朝自有天下，舅氏之封侯，像皇子之封王一样。太后诚然存有谦虚之心，为什么令儿臣独不加恩于三个舅呢？而且，卫尉（指马廖）年事已高，两校尉（指马防、马光）有大病，如有不讳（指死亡），将使臣长抱刻骨之遗恨。应于吉时加封，再也不可延迟了。"

对此，太后回书答之曰：

我反复考虑，舅氏不予封侯，乃两善之策，既利于朝廷，也利于马家。哪里是只图获得谦让之虚名，而使皇上受不外施于舅家之嫌呢？昔日窦太后（汉文帝之后）欲封王皇后（汉景帝之后）之兄，丞相条侯周亚夫上言：高帝曾与功臣约定，非刘氏不王，非有功不侯。今日之马氏，无功于国，岂能与阴后、郭后中兴有功之后人等同看待呢？常见那些富贵之家，禄位重重叠叠，就像那再实之木，其根必伤（指果树一年再次结实，根部一定损伤。比喻福中寓祸，利害相互依伏）。而且，人之所以愿封侯，就是想上奉祖先之祭祀，下求自己及子孙之温饱。如今马家之祭祀受四方贵重精美之物，衣食由皇家府库供应，这些岂能不够用，还一定要食邑一个县？我对这事的利害得失考虑得很成熟了，不要再有疑虑。至孝之行，使父母双亲安宁为上。今天下数遭变异，谷价数倍上涨，令人忧虑惶恐，昼夜不安于坐卧，这时怎能先营外封舅氏之事，违背慈母勤勉之意呢？我素来刚厉褊急，如果胸中有气，一定要使心怀顺畅。如果当今天下阴阳调和，边境清净，你就可按你的志向去治理国家。那时我将如含着饴糖逗小孙子玩，自娱晚年，不再关心朝廷的政事了。

对于马太后不让给自己的几个兄长封侯一事，马廖和马防虽有意见，但勉强还能想通，但马光怎么也想不通。

有一次，他们兄弟三人聚在一起，马光这样说："历来的国舅，就没有不封侯的。皇上多次想给我们封侯，可都被太后小妹制止了，她为什么要这样做呢？"

马廖说："她大概是怕影响不好，怕大臣们说外戚权力太大。"

马防说："她的确是这样考虑的，只是我怕以后，我们会失去封侯之机。"

马光说："那，咱们可以去找太后小妹，同她辩辩理，让她劝皇上给我们封侯。"

马廖说："我不敢去，怕太后会予降罪。"

马防说："是啊，别看她是咱们的小妹，可如今人家是太后，咱们见她劝她，还应慎重一点。"

马光不屑地说："她纵是太后，可我们依然是她的兄长，她依然是我们的小妹，我们岂有怕她之理？你们不敢去，我去！我要同她辩一辩理，为什么不给我们封侯？"

于是，马光径直来找马太后，假说是来探望，实则怀有私心。一见马光，马太后便问："兄长今来，有什么事？"

马光说："日久不见，思念皇妹，特来探望。"

马太后说："就这？"

"就这。"马光说，"还有就是……"他突然住口不语。

"就是想封侯，是不是？"马太后说。

"不是不是。"马光说，"不封侯也可以，但是，我的职务，还是动一动好。你像我，好赖也是个国舅，可现在只是个执金吾，是保卫京城的一般官员，总觉得低人一等，于皇妹也脸上无光嘛！"

马太后一听，脸上勃然变色，她说道："你是我的兄长，应当比我更加晓事，怎么能跑到宫中来要官呢？你要升官可以，那就去战场啊！只要你能建立功业，那自然是要升迁的。可是如今，你如靠妹妹的面子，升得一级或几级官职，心里能不有愧吗？别人能不笑话吗？”

马光听得，自然不悦，他说：“皇妹你说是说，又何必动气呢？我只想说，以后皇上再提给我们封侯，你不阻拦也就是了，别老坏我们的好事。”

马太后说：“你之此举，不能不让我动气。皇上几次欲给你们几个舅舅封侯，我确实每每予以阻止。今我贵为太后，你们几个皇上舅舅，全都是朝廷官员，名分已十分显赫。再若升职，必然会更加招人嫉妒，那是要招灾惹祸的啊！对此，你们怎么就不理解妹妹的一片苦心呢？”

“理解理解，我怎么能不理解，皇妹只为自己的好名声，哪管兄长们的仕途呢？”马光说罢，便很不高兴地离去了。

对此，马皇后也很生气。马光走后，马皇后便安排了四个武士，两人一班，手持大棍，守护于太后宫第一道院门之外，说是如有马氏宗亲前来求官的，一律乱棍驱走。如若有前来送礼之人，也一律扔掉礼品，赶走送礼者。马太后此举，当时在京都颇为轰动，一直传遍全国。

再说，为了配合汉章帝的罪己诏，马太后继续在后宫大力开展节俭活动，节省下来的东西都送给朝廷，以帮助朝廷和臣民度过灾年。平时，她衣着仍然十分朴素，总喜欢穿粗布衣服和粗布裙子，裙子也不缇边。后宫美女朝见马皇后时，瞧见她的粗布衣裙，还以为那是一种最讲究的绸缎做的，走过去仔细一瞧，才知是粗布，便都笑了。她们问马皇后为何喜穿粗布衣服，马皇后说：“这种衣料特别容易染色，所以我喜欢用它。”六宫美女听后，无不叹服，越发尊敬她。

有一次，朝廷举办大型庆典朝会，由汉章帝亲自主持。出席这样的盛会，皇亲权臣的贵妇们都竞相穿着华丽无比的衣服，人人绸缎裹身，个个珠光宝气。等到至为尊贵的马太后出场时，她们全都以为，像今天这种大型聚会，马太后的衣服一定会最为华丽，引人注目。可谁知，她身上穿的，依然是平时所穿的那件没有缇边的粗布裙子。马太后的这身装扮，使得那些贵妇都十分难堪，几乎无地自容，都恨不得钻进地缝里去。她们有的匆匆卸下脖子上的贵重项链，有的偷偷取下衣服上镶嵌的宝石，有的偷偷摘下衣服上悬挂的珍珠，甚至有的跑到僻静之处，急急换掉身上的着装……仅此一举，不仅仅使整个后宫、整个朝野，以至于全国，迅速掀起了一股节俭之风。

马太后躬行节俭，事事以简约为宗，其长兄马廖尽管心里也有想法，但还是积极配合了一下，特上书皇太后，曰：

臣曾查考前朝诏令，百姓之所以贫困，给用不足，根源在于世俗崇尚奢侈靡费之风，因此，汉元帝为了节约俭省，罢三服之官（三服指春献冠帻和束发之帛，以洁白精致的细绢为冬日服，以薄薄的轻纱为夏服，设官管理），汉成帝身穿多次洗过的旧衣，汉哀帝下诏去掉淫靡的郑卫之音，减轻郊祭及武乐等人数。然而侈费不能止息，以至于衰败混乱，百官互相仿效而置上命于不顾。改变风气习俗，应当从朝廷做起。古书上记载：吴王好剑客，百姓为求其赏识，练剑多有创伤。楚灵王好细腰，宫人为投其所好，宁饿不食，多有饿死之人。长安城中的谚语说："城中（朝廷和高官显宦）人喜欢梳高高耸起的发髻，四方仿效之人，会把发髻梳得一尺多高，城中人喜欢画宽阔的眉毛，四方仿效的人会把半个额头画成眉毛，城中人喜欢穿大袖衣服，四方仿效的人会把整匹布披在身上。"这些话看起来像是说笑话，却切合事实。朝廷前曾制戒奢崇俭的诏令，稍后即不能贯彻执行，虽有地方官吏不奉法之情，但主要是由京中高官怠慢所致。当今皇上自身穿着粗重的缯布做的衣服，去掉华丽的装饰，安于素简，这是圣明的皇帝的作为。此举上合天心，下顺民望，国之洪福，民之洪福，莫过于此。陛下既然自觉身体力行，还应不断勉励，效法太宗（汉文帝）之善始善终，高尚其德，切忌汉成帝、汉哀帝之有始无终。《易经》说："不恒其德，或承之羞。"（不能坚持德政的措施，将会受到后人的羞辱）如果陛下能将俭约之事坚持到底，四海之内，百姓将感恩戴德，美声如芳熏般流于天地之间，神明也会感动。此功将会刻碑记载，传之后世，这比之行仁心、颁政令作用大得多啊！臣愿陛下将此奏章置之坐侧，每于夜深人静时诵之，如盲者听夜诵之音也。

马太后览奏后，以为长兄对自己以前的铺张之举已有追悔，颇感欣慰，便采纳了马廖的意见，并令朝廷集会讨论。朝臣们纷纷前去拜访和征询马廖的意见，实行节俭之策，推行节俭之风。

也就在这时，新平公主家御车之人失火，延及北庭后殿。马太后认为，这是后宫发生的事故，是自己的过失，一时心情十分沉重，起居不欢不乐。汉章帝和王公大臣们都要去拜谒光武帝陵园，马太后则引咎自责，称因自己没有管理好后宫，以致使新平公主家失火，自己惭见先帝陵园，便推辞没有去谒陵。

当初，马太后母亲蔺夫人安葬时，起坟稍高。马太后说："我的母亲是母亲，别人的母亲也是母亲。为什么我的母亲，就一定要把坟加得那么高呢？"马廖闻得此事，赶快让人将母亲的坟加以削减。为了整顿家风，多出人才，诗书传家，如马家亲属有谦恭恬淡，有忠义或节义的行迹，马太后便温言慰问，赏以财物或官位；如有过失，即使很小，她先是怒形于色，继而加以谴责。若有奢侈无度，行为不轨，违反法度者，便除去马氏属籍，遣归田里。皇室的广平、巨鹿、乐成王，车骑朴素，不用金银装饰，汉章帝告知马太后，马太后便各赐钱五百万。于是，内外仿效、顺从，被服如一，诸家谦恭相处，倍于汉明帝永平年间。马太后还置办织布房，养蚕于濯龙园中，数次到园中去观看养蚕，以为娱乐。她还常与汉章帝日夜讨论政事，教授诸小王的学业，一起论议经书，叙述自己的生平，终日融洽、和睦。

汉章帝建初四年（79），天下五谷丰登，边陲无事，但马太后却生了病，并且十分严重。据御医给马太后至亲透露的信息，马太后也许会不久于人世。但是，对此消息，御医并未告知马太后，怕她有心理负担。也就是这个时候，马光同两个兄长一番商量，便由他直接去觐见汉章帝，对汉章帝说："陛下知不知道，太后为什么生病呢？"

汉章帝说："不知道。"

马光说："她是惦记我们这几个兄长啊！"

汉章帝问："她惦记你们什么呢？"

马光说："直到现在，我们都没有封侯，她怎么能放得下心呢？历朝各代，哪有国舅不封侯的？"

"可是,朕几次欲封侯舅舅们,母后就是不允,朕有什么办法呢？"汉章帝说。

"这，陛下您错了。"马光说，"女人嘛！都爱说反话，不能信以为真。比方说，女人会说，你很讨厌，实际上她是喜欢你。再比方说，女人说，你爱走就走吧！实际上，她是舍不得让你走，一定要让你留在她的身边。太后也一样，她表面上不让陛下您给自己的兄弟封侯，实际上她巴不得陛下您给我们封侯，这您怎么就不理解呢？而且，对于此事，她现在难以启齿，又怎么能不病呢？陛下您不妨一试，如若将我们三个舅舅都封了侯，太后的病即使不能痊愈，也会好许多。"

汉章帝一听，这才恍然大悟地说："噢，原来是这样。"

马光赶紧又说："但是，陛下千万不要对太后说，要求封侯是我们的主意。如果说了，她肯定生气，病情也会加重的。"

汉章帝说："好的。"于是，他便瞒着马太后，封三个舅舅马廖、马防、马光俱为列侯。马廖为顺阳侯，马防为颍阳侯，马光为许侯。而这件事，尽管马廖兄弟均已密谋，对封侯还假意辞让，但他们的心里，却乐得跟什么似的。

马太后知道这件事后，就唤来汉章帝进行质问："皇儿，你为什么要逆我之意，加封你三个舅舅为侯呢？"

汉章帝说："这一因旧规，二因臣谏，三因您有病，想着给舅舅们封侯，可以给您冲冲喜，您的病很快就会好了啊！"

马太后十分生气地说："你这哪里是给我冲喜，而是把我往死里气啊！我给你说过多少次了，不许给你舅舅封侯，你怎么就不听呢？"

汉章帝见马太后真的生了气，便有些害怕地说："我想，您以前所说，会不会是反话呢？因为，女人都爱说反话。"

马太后继续生气地说："从国家的角度来说，我是太后，你是皇上；从家庭的角度来说，我是母亲，你是儿子。所以，我对你说的话，向来一是一，二是二，哪里会说什么反话？你实话实说，是不是哪位舅舅向你要侯爵之封了？"

"没有，没有！"汉章帝支支吾吾地说。这时，正好来了一个太监，汉章帝忙问太监："是不是有急事？"说话之间，他特意给太监使了一个眼色。

太监自然会意，忙说："有急事，有急事！朝廷是有军国大事！"借此机会，汉章帝便急急脱身走了。

汉章帝走后，马太后长叹了一口气说："这，真是气死我了。"稍一阵，马太后冷静了下来，便从床上爬起坐于椅上，伏于书案，写下了这样一段话："圣人教化人民，各有各的方法，因为他们知道人的性情不可能整齐划一。我少壮时，只爱读古人的书，不顾及自己生命的长短。如今虽然已经年老，仍然时时告诫自己戒绝贪心，为此日夜警惕激励自己，常思谦恭自下，居不求安逸，食不念充足。希望以此行径，不负先帝。所以化导兄弟，作为共同志向，以使瞑目之日，无所遗恨。但今日，为什么对我已届老年之人的志向又不遵从呢？为什么一定要给几位很有权势的国舅封侯呢？这将造成我万年之长恨，我于此会死不瞑目。今兄长们皆予封侯，他们自以为是福，可这哪里是福，一定是灾祸。须知，人一旦有势，就不能过分有权，而一旦有权，就不能过分有势。弓满易折，弦坚易断，凡事切莫过度，过度了一定会出问题。我的皇儿，我的兄长，他们怎么就不知道这一道理呢？我恐只恐，此番封侯，会给马氏一门，带来无尽的灾祸。"

汉章帝散朝，再来探望马太后，见了她桌案上所写的这段话，不由得大吃一惊，他方知母后不让给舅舅们封侯，确是一片真心。于是，他便双膝跪地，连连叩头，向马太后谢罪。马太后连忙扶起汉章帝，对他说："今米已成粥，木已成舟，说什么都晚了。是君，那便无戏言，更何况是封侯大事。这样吧，他们仨，只能有侯的名义，而不给予封地，让退位回乡就是了。”

“行！我一定照此办理。”汉章帝说。

这时，马太后长叹了一口气，对汉章帝说：“皇儿，你知道母后为什么屡屡阻止你给舅舅们封侯吗？”

“知道一些，但不尽知。”汉章帝说。

“这事，还得从马家始祖马服君赵奢说起。”马太后说，“当初，那马服君为儿子赵括抓周，有那扮作疯道人的紫山神君，为马服君写了这样一首寓言诗：‘赵家多富贵 / 忽有大难至 / 棋子上书后 / 方将灾祸避 / 木子家门事 / 当为后代师 / 为记前车鉴 / 马革当裹诗。’对于这首寓言诗，马服君不仅将其抄写，而且将其珍藏，后代还把它在祠堂里供奉起来。我父亲第一次南征之时，因为夜梦始祖，经始祖点拨，又再三思索，方悟此诗寓意：那‘棋子上书’，即始祖老夫人上书，方使赵家免了一次灭门之祸；那‘木子家门事’，即指李陵满门抄斩的家门之祸；那‘马革当裹诗’，实为马革裹尸。父亲知道，只有自己马革裹尸，方能躲过一次马氏的灭门之祸。他真的这样做了，也使马氏躲过了这次灾难。我是父亲的女儿，难道我就不能这样做吗？我也力争像父亲一样，学那三文鱼，效那章鱼，为了自己的后代，宁可牺牲自己的一切。可是我的几位兄长，以及他们的后代，都不知我的良苦用心，这真可悲啊！须知，前车之鉴，后事之师，我们马氏，很难说不会再有这样的灾难，所以我一直谨谨慎慎，处处小心，严格要求自己的族人，处处约束自己的家人，但是，你的几个舅舅一直不能这样。今我在日，他们尚且不约束自己，更不约束家人族人，那么以后，他们怎能没有祸事呢？今母后病重，恐时日不多，我最不放心的，就是你几个舅舅，我恐只恐，马氏一门，会毁在他们手里。这便是我一直不让给他们封侯的真正原因。”

汉章帝听后，不禁落泪，他抽泣着对马太后说：“母后一片苦心，只有苍天日月可鉴。今后，我一定更严格要求几个舅舅，母后不必再为他们担心。”

马太后也郑重地说：“对此，你可一定要牢记，要做到啊！”说罢，她的眼里，也滚出两串豆大的泪珠。

…………

不久，马太后病情加重，她不信巫祝，也不信小医，数次敕令拒绝祷祀。临终，几位兄长要来看望她，她都拒而不见，因为她一直不满意他们接受了朝廷的封侯。六月，亡故，在位二十三年，终年四十余岁，与汉明帝合葬显节陵。

第三十五章　马严上书　章帝选贤贬庸臣

马援的二兄长马余，在王莽时为扬州牧，中垒校尉。马余的儿子叫马严，字威卿。马严七岁时父死，第二年母亡。他虽然从小父母双亡，但是他十分聪明，深受人们的喜爱。幼年的他，先后被平阿侯王述、梧安侯相曹贡抚养，后被叔父马援领归。13岁时，他来到洛阳，留寄在朱仲孙家中，学击剑，习骑射。年龄渐长，他从平原杨太伯讲学，专心于坟典（三坟即传说中的三皇之书、五典即传说中的五帝之书的并称，后成为古代典籍的通称），从司徒祭酒陈元学习并通晓《左氏春秋》。他广泛阅读百家典籍，交结当代著名学者贤才，深受京师长者之器重。他后任郡督邮之职，马援对其十分赏识，常与之谋划、商议诸事，并将家事委托其管理。马严之弟名敦，字孺卿，声名亦为后世所知。马援死后，马严与马敦俱归安陵（古县名，汉惠帝陵所在地，在今陕西咸阳市东北），居钜下，三辅之地广知其名，赞誉他们的节义行迹，争相效法，把他们称作“钜下二卿”。蔺夫人欲让幼女入宫，其上书便是马严写的。

汉明帝明德马皇后既立，马严非但不求官攀升，反而闭门自守，但他仍担心人们的讥议嫌恶，遂迁移到北地（故地在今宁夏吴忠市西南）居住，断绝与宾客之来往，人们都称赞他的美德。汉明帝永平十五年（72），马皇后对汉明帝说：“我有堂兄马严，他能文能武，是个奇才，并且有恩于我和我家。但自我立为皇后，他非但不来求官，反避而远之，这种人十分少有。”

汉明帝说：“既有这样的人才，又是皇亲，你为什么不推荐他呢？”

马皇后说：“正因为他是皇亲，我才不便于推荐。”

汉明帝说：“朝廷用人，不拘一格，只要是真正的人才，不管他是不是皇亲，我们都会使用。况且，现在真正的人才缺啊！”于是，他派使臣去接马严，让他移居洛阳。汉明帝召见了马严，与之交谈，马严答对简明扼要，文辞优雅，汉明帝认为他确实是一个很不平常的人，便下诏令其留在仁寿闼，与校书郎杜抚、班固共同审定《建武注记》。马严常与宗室近亲刘复等论议政事，甚得刘复宠爱。后来，朝廷任命马严为将军长史，率领北军五校士、羽林禁兵三千人，驻屯于西河（郡名，治所在今内蒙古自治区鄂尔多斯市东胜区）、美稷（古县名，治所在今内蒙古准格尔旗西北），捍卫保护匈奴南单于，司马、从事等官员，均由其自行任命。当地牧守官员对他十分尊敬，如同对待将军一般。汉明帝还曾颁诏令，让马严过武库，祭蚩尤，汉明帝亲临观其军容，这自然是一种很高的荣耀。

汉章帝即位后，征拜马严为侍御史中丞，并任命其子马鱄为郎，劝学（如后世之侍讲、侍读之类的官职）省中（禁中，王宫禁地）。马严具有马援那样的品质，眼里容不得沙子，他直言敢谏，看不惯贪官，容不得庸臣。有一年，天上发生了日食，马严即上书朝廷：

臣听说，太阳是众阳之长，日食发生，是阴侵阳之征象。《尚书》中说："不可用非才，而使百官荒废，失其职守，要选拔人才给以适当的官职。"（无旷庶官，天工人其代之）意思是说，为王之人是代表天帝选拔人才，授其官职以治理天下。所以对百官应当考其政绩，以定人才的进退，官吏的升降，以明褒贬。无功而不予贬降、罢退，将会造成阴邪奸佞之人，欺凌那些有才能的正人君子。臣见如今的刺史太守，专职于一州一郡之政务，却不能忠于职守、尽心为国，而督察下级官员时，往往偏袒不公，全以是否知己之人为转移，与他亲近之人，则举为优异；异己之人则施以刑法；对不远不近之人，表面装聋作哑，不闻不问，背地则勒索钱财。今益州刺史朱酺、扬州刺史倪说、凉州刺史尹业等，每行按察，都发生死人的事，选拔举用贤能失实，但曾无贬黜或坐罪之处罚，致使臣下得效尤作威作福。按过去的先例，州郡所举上奏，司直（官名，佐丞相举不法事）应考察鉴别虚实。今当加以防范和检束，效法与遵循前制。旧日丞相、御史亲治职事，唯有丙吉老年时重于优游，不察官吏之罪，于是宰相衙门习以为常，共为依违，以崇虚名。或者官员到任尚未明晓其职，便又调迁，这实在不是设官治事，赋予官员俸禄的本意，应当整顿百官，令其各职其责，州郡所举荐之人，必须是有才能的贤德之士。若不符实，以法制裁。《左传》曰："有德之君王，以为政宽厚而服民，其次莫如以严法治国。火性烈，人望之而畏惧，水性弱，人玩之如常。为政之道，应以宽弥补猛（严刑峻法）之不足，以猛弥补宽之不足。"若能这样做，安定抵御都能得体，灾殃祸患就可以消除。

汉章帝览奏，便采纳了马严的意见，罢免了朱酺等人的官职。

汉章帝建初元年（76），晋升马严为五官中郎将，三子为郎。马严数次举荐贤能之士，为其申解冤屈，多被采用，又以五官中郎将兼任长乐卫尉的职务。建初二年（77），他被拜为陈留太守。将赴任时，他向汉章帝告别，汉章帝问他："爱卿将予远离，至陈留赴任，那你还有什么事情要向朕交代吗？"

马严犹豫了一下，说："有些事情，至关重要，不知当说不当说。"

汉章帝说："现在，就你我二人，有话，但说无妨。"

马严想了想说："我觉得，对于外戚窦氏一门人的任用，陛下一定要慎重。当初，显亲侯窦固固然有功，但他恃功自傲的秉性不改，他曾误先帝出兵西域，设置伊吾庐屯，大量耗费而无益处。又因窦勋受朝廷诛戮，他们对朝廷有怨气，故其家人不宜亲近京师。现今，窦勋之女贵为皇后，又得权受宠，窦家的权力，又严重威胁到了陛下的权力。对此，大臣们都深感担忧。所以，对于窦家，陛下您不能不防啊！"

汉章帝听罢，叹了口气说："其实，对于窦家，我也听到了许多不好的议论；对于窦皇后，我也听到了她的许多是是非非；对于他们，的确不能不防，可又怎么防呢？窦家的势力，现在太大了啊！至于窦皇后，朕不让她参政就是了，其他又能怎么做呢？因此，现在还不是解决此事的时候，以后再说吧！"

马严说："窦家的贪权之危害，比如是一个毒瘤，开始这毒瘤还小，快刀切除即可。可是到了以后，这毒瘤越长越大，那便威胁到了朝廷的政权。今预防他们，并不是要加害他们，而是为了他们。因为，人一旦有了权力，就会产生野心，以至会野心膨胀，权力越大，野心就会越大。比如说，一个县吏，他谋求的只是一个县官；一个县官，他谋求的只是一个郡守；一个郡守，他谋求的只是一个朝臣；一个朝臣，他谋求的只是一个三公。而外戚一旦掌权，那绝不是小权，因为他们的起点职务就很高，权力就很大。他们一旦谋权，所谋求的权力就大了。他们窦家，是一个最爱谋求权力的家族。正因为此，他们已经遭受了几次几近灭族的大祸，现在更应严加约束，否则祸事不小。我是说，这不仅仅于他们家族，于朝廷，于国家，都是不小的祸事。"但是，马严他未曾料到，当他正向汉章帝进言之时，窦皇后让心腹宫女前来送茶，并特意让她留意皇帝那里的消息。宫女便将马严与汉章帝的对话予以偷听，并悄悄告诉了窦皇后。窦皇后因此发狠说："上次，我们窦家的祸事，还不是因马皇后所致。昔日你为皇后，今日我为皇后，本来就'三十年河东，三十年河西'，这轮流转的风水，已转到了我们窦氏家门，偏你这个马严，就爱多管闲事。你不让皇上重用我们

窦氏一门的人也就罢了，却凭什么不让我们窦家人留在京师。此仇我不能不报，此恨我不能不消。”窦皇后又将此事告知窦固。因此，窦固深恨马严，一直伺机报复。马严呢？他正直无私，到职后秉性不改，仍严明赏罚，揭发坏人坏事，郡内得以安定、太平。当时，京师有流言说，有贼从东方来，百姓闻讯，都奔走逃避，相互惊动，诸郡惶惶不安，纷纷向朝廷报告。马严察其乃虚妄之事，便不设防备，毫不在意。朝廷下诏书责问，驿使相继于道，络绎不绝。马严坚持己见，确认无贼。后来，果如马严之言，确实无贼，人们都十分佩服地说：“这个马严，确有伏波将军之风。”因为昔之时，马援任陇西太守，狄道县有羌人械斗，人皆以为是羌人进犯县城，县尉便急令关闭城门。有人急报马援，马援说羌人不敢来犯，后果然如此。马严任陈留太守四年，与宗正刘轶、少府丁鸿等相互请托事，征拜太中大夫；十余日后，晋升将作大匠。建初七年（82），他复坐事免职。后来，他因被窦氏所忌，未再任什么职务。汉章帝死后，窦太后临朝，马严便退居自守，训教子孙。汉和帝永元十年（98）死于其家，享年81岁。

与马援同时代并较有作为的，还有他的堂弟马棱。汉章帝建初时期，马棱任郡功曹，后举孝廉科。此时，马氏家族虽然已经衰败，而汉章帝因马棱为人忠义，仍任命他为谒者。章和元年（87），迁任广陵太守。当时，广陵（郡治在今江苏扬州西北）郡中粮食物品价格昂贵，民众多受饥荒之苦，马棱即上奏朝廷，废除盐官，使百姓得利，赈济贫困羸弱的人，减少赋税，兴修水利，使两万多顷农田得到灌溉。这些做法深受黎民百姓和下属官员的拥戴，众人刻石颂扬他的功绩。

永元二年（90），马棱转任汉阳太守，他在任以威严而闻名。大将军窦宪屯军武威，马棱为之筹集粮草军费，增加了百姓赋税，使百姓不堪其苦。窦宪死后，马棱受到株连，被免官抵罪。几年后，江南农民起义四起，朝廷用他为丹阳太守。一到任，马棱即发兵围剿，很快将农民起义镇压下去。以后又转任过会稽、河内太守。永初中，马棱因犯罪免官，卒于家。

再说，汉章帝刘炟的第四子叫刘肇，其母梁贵人是褒亲愍侯梁竦之女，建初二年（77）入宫。建初四年（79），生下刘肇。后来，梁贵人被窦皇后诬陷，忧郁而死。梁贵人死后，窦皇后亲自抚养刘肇，并隐瞒真情，说是己子，而她对待刘肇，也确如己子一般。建初七年（82）六月，汉章帝废皇太子刘庆为清河王，改立刘肇为皇太子。

章和二年（88）二月，汉章帝去世，皇太子刘肇继位，即为汉和帝，尊嫡母窦皇后为皇太后。因汉和帝年幼，便由窦太后临朝称制。

窦太后一旦有权，便大肆提拔窦家之人：她把哥哥窦宪由虎贲中郎将提升为侍中，掌管朝廷机密，负责发布诰命；又让弟弟窦笃任虎贲中郎将，统领皇帝的侍卫；让弟弟窦景、窦环均任中常侍，负责传达诏令和统理文书。这样，窦氏兄弟便都在皇帝周围身居要职，掌握了国家政治的中枢。同时，窦太后将政权统于自己一人之手，独断专横，强予决策。对于伐北匈奴，尚书、侍御史、骑都尉、议郎等都极力上谏，进行阻拦，窦太后就是不听。位列三公之一的重臣鲁恭甚至这样说："太后其人，简直是以一人之计，弃万人之命。"

鲁恭是陕西省扶风平陵（今陕西咸阳西北）人。建初初年，他做了中牟县县令。被皇帝授予《鲁诗》博士，到他家求学的人很多，故升任乐安相。他着重以道德风尚感化人，不依靠刑罚命令惩治人，遇有讼争，尽量说服，使犯法者自感愧悔，深受人民爱戴，有"鲁恭三异"（蝗不入境，化及禽兽，竖子有仁心）的传说。他在三公之位时，选拔征召才学优良者，大到各级卿相，小到郡守，多达几十人。他年寿极高，到 80 岁时，在家中去世。

尽管鲁恭等大臣苦谏，但窦太后权衡利弊，最终仍坚持让窦宪出兵。所幸，汉军在经过稽落山之战、伊吾之战、河云北之战、金微山之战四次战役后，重创了北匈奴。北单于因被震慑，只能撇弃蒙毡，遁走于乌孙之地，而漠北为之一空，北匈奴单于也不知所终。于是，北单于之弟右谷蠡王於除鞬自立为北匈奴单于，在蒲类海向汉军投降。蒲类海毗邻东汉的伊吾，窦宪利用这一时机，遂复更立北匈奴，让他们返其故庭，并恩加两护。对此，有大臣持有不同意见，但窦太后不顾这些大臣的反对，同意了窦宪的奏请。朝廷以耿夔、任尚二人为护匈奴中郎将，助於除鞬单于返回漠北匈奴故地，东汉都护南匈奴、西域的同时，都护北匈奴。

窦太后还把大批窦氏家族子弟和亲朋故友，任为朝官或地方官。因窦氏上下有人，他们便互相串通，专权放纵，报复打击，为所欲为。窦宪的弟弟窦景，甚至放纵奴仆胡作非为，欺凌百姓，强夺财物，夺取罪人，奸污霸占妇女。商贾躲避窦景和他的奴仆，就像躲避盗寇一样。但是，慑于窦家的权势，谁也不敢向朝廷举报。

窦太后的刚愎放纵，早已引起了一些正直朝臣的不满。他们不断上书进谏，有时甚至以死抗争，短短的五年时间，大臣就针对各种问题上书十五六次。

永元三年（91）正月，汉和帝采用曹褒所制定的新礼，加元服（皇帝冕服），这自然加重了这位少年皇帝的权力。

二月，窦宪派副将耿夔发动金微山之战，大破北匈奴，汉和帝便封耿夔为粟邑侯。窦宪因此威名更盛，地方刺史、守、令等争相向百姓征收赋税，拿来贿赂窦宪。大司徒袁安、大司空任隗上书弹劾这些官员，于是汉和帝罢免了袁安所奏的四十多名贿赂窦宪的地方官吏，窦氏一门对此极为痛恨。尚书仆射乐恢上疏，反对外戚干政，可窦太后就是不听。乐恢是京城长陵人，他幼年时，父亲是县里的小吏，得罪了县令，县令便拘禁了他，准备把他杀了。当时，乐恢才11岁,他常常伏在官署门前,白天黑夜号哭。县令听到这个消息,很同情他,就放了他的父亲。

乐恢喜好经学，跟随博士焦永学习。焦永做了河东太守，乐恢跟随他到了官府，他闭门精心诵读，不与外界人物交往。后来，焦永因事被劾查，其他弟子都因为替焦永疏通关系被拘禁，唯独乐恢保持自己的清白而不玷污法律，矢志成为有名的儒生。他性情廉洁正直,孤高独立,那些品行不与自己相投合的人,即使尊贵他也不肯与之交往。信阳侯暗中接近乐恢，多次送礼请乐恢，乐恢却拒绝了他，不予应答。

乐恢在本郡做官时，太守因犯法被杀，朋友中没有谁敢前往奔丧，只有乐恢为他服丧。回来后，他又做了功曹，但推选、举荐从不偏袒，别人的请求、托付也从来没有被他接受。同郡的杨政，多次当众诋毁乐恢，后来乐恢却举荐杨政的儿子做了孝廉，因此乡里的人都归附乐恢。

乐恢被征辟到司空牟融的府中。正赶上蜀郡太守第五伦代替牟融做司空，乐恢因为与第五伦是同乡，便不肯留下来，在举荐了颍川杜安之后就辞去了官职。许多人都称赞他的行为，朝廷接连几次征召他，他都没有答应。

乐恢征召做了议郎。正赶上车骑将军窦宪要出征匈奴，乐恢多次上书谏争，朝廷称道他的忠心，让他入朝担任尚书仆射。这时，河南尹王调、洛阳令李阜和窦宪关系密切，放纵家人胡作非为。乐恢便弹劾王调、李阜以及司隶校尉，因此，显贵的外戚们非常厌恶他。窦宪的弟弟夏阳侯窦瑰想要问候乐恢，乐恢谢绝了他，不与他交往，窦宪兄弟因此对乐恢十分记恨。

乐恢妻子常常劝谏他说："古人有保全自身躲避灾祸（的说法），你何必用自己的言论来招致别人的怨恨呢？"乐恢慨叹地说："我既然是皇上的臣子，拿着朝廷的俸禄，又怎么能够容忍朝廷中那些尸位素餐之人呢？"

于是，他又向朝廷上书劝谏说："我听说众多帝王的过失，都是由于权力下移造成的。国舅们不应该干预王室的政务，以此显示天下是个人的天下。政治有了过失，如果不加补救，其结果不可预测。当今应该做的，帝王应以大义为重，断绝这种联系，国舅应以谦逊为主，进行自我反思。”遗憾的是，他的上书没有得到朝廷回复。

此时，窦太后临朝，汉和帝没有亲政，乐恢因为主张没有能够施行，于是称病回乡。窦宪党羽趁此机会，迅速而又严厉地告知各州、郡，对乐恢进行逼迫、威胁。乐恢最后被逼无奈，只能饮药而死。乐恢死后，为之穿丧服守丧、哀悼的弟子有几百人，广大百姓非常悲痛。后来，窦氏被诛杀，汉和帝开始主持朝政，乐恢的门生何融等上书，陈述乐恢的忠心、气节，汉和帝遂任命乐恢的儿子乐己担任郎中。

乐恢死后，朝臣们十分震恐，皆跟风逢迎窦宪，无人敢予违抗，位列三公的大司徒袁安常为此呜咽流涕。而尚书仆射郅寿，同鲁恭、乐恢一样，大胆上书弹劾窦宪骄纵，并搬出王莽篡汉的故事让朝廷引以为戒，结果亦被窦宪党羽逼迫自杀。郅寿进行辩解抗拒，最终戴罪流放于合浦（今广西北海）。

郅寿字伯考，善文章，以廉能著名。后举为孝廉，渐渐升为冀州刺史。当时，冀部属郡多封给诸王，他们的宾客放纵，皆不加检点节制。郅寿案察之，无所宽容。并派部从事专住王国，又在王宫附近置都邮舍。诸王若有动静失德之事，立即派骑驿上言奏其罪并弹劾其傅相。于是藩国畏惧，不敢违遵法度。郅寿在职三年，冀土整肃清平。郅寿三迁为尚书令。朝廷每有疑议，常独召郅寿进见。汉章帝以其智策为奇，擢拔其为京兆尹。郡中多强豪之家，奸暴不可禁止。郅寿为京兆尹后，三辅强豪早闻其在冀州之事，皆怀震竦，各相检敕，没有人敢触犯法度。郅寿虽然威严，却推诚于下吏，下吏们皆愿为其效死，无人敢欺瞒他。后来，郅寿因公事免官。

几年后，郅寿又被征为尚书仆射。当时，大将军窦宪以外戚之宠，威倾天下。窦宪曾派门生持信到郅寿处，有所请托，郅寿立即前往诏狱，并前后上书陈诉窦宪的骄恣，引王莽之事以为国家之戒。当时，窦宪征匈奴，全国供其征役之费，而窦宪和其弟窦笃、窦景大建宅第，骄奢非法，百姓深受其苦。郅寿以为国家府藏空虚，而军旅不休，便借朝会之时讥刺窦宪等，声色俱厉，言辞甚切。窦宪因之大怒，让党羽整治郅寿，诬陷他以买公田诽谤之罪，押其入狱。侍御史何敞上疏为郅寿申辩说：“我听说圣王辟四门，开四聪，延其言之路，下不讳之诏，立敢谏之旗，听歌谣于路，有敢争之臣七人，以其为照己的镜子。考知政理，若有违失人心之处，即更改之。所以会天人并应，传福无穷。卑臣见尚书仆射郅寿坐于尚书台上，与诸尚书论击匈奴之事，言议过差，又上书请买公田，遂被下狱考劾其大不敬之罪。臣愚意以为郅寿是机密近臣，以匡救为职。若其怀默不言，倒有当诛之罪。现在郅寿违众正议，以安宗庙，岂是为他自己？再者台阁议事，本有纷争可否。即使像唐虞、三代那样的盛世，也说国家因士直言而昌，不以诽谤为罪。至于请买公田，是人情之小过，可以隐之容之。郅寿若被诛，我恐怕天下会认为国有对忠正直臣横加罪名，贼伤和气，忤逆阴阳。我之所以胆敢冒犯严威，不惧避夷灭，冒死进言，不是为了郅寿。忠臣尽节，视死如归。我虽不了解郅寿内心，料想他也会甘心尽忠。我之所以进言，真是不想让圣朝行诽谤之诛，以伤晏晏之化，杜塞忠直言路，遗讥笑于无穷之世。臣何敞蒙陛下谬爱而参与机密，若言有不当，罪名明白，当进牢狱，先郅寿而死，死者余辜。”书奏后，郅寿得以减罪免死，论罪应徙于合浦。郅寿未行自杀，家属得归乡里。

同年十月，汉和帝行幸长安，下诏寻求汉高祖功臣萧何、曹参的近亲，让他们继承封地，暗示群臣效仿二位功臣；同时诏令窦宪入长安伴驾，窦宪到达后，朝臣私下议论拜他时高呼“万岁”，尚书韩棱愤怒指责“礼无人臣称万岁之制”，才止住了这场闹剧。十一月，汉和帝祭祀汉高祖刘邦等西汉十一陵。十二月，班超制服西域的龟兹、姑墨、温宿等国的消息传来，汉和帝下令复置西域都护，命班超担任此职，同时册封随行的龟兹国侍子白霸为王，派人护送他回到龟兹国继承王位。同月，汉和帝从长安返回京师洛阳。

窦宪以邓叠、郭璜为心腹，永元四年（92），窦太后封邓叠为穰侯，而邓叠与弟弟邓磊、母亲邓夫人、郭举、郭璜相互勾结。其中，邓夫人是窦太后的闺密，郭璜在窦太后所居的长乐宫中任职，其子郭举时常入宫接受窦太后宠幸，他们便有谋权篡位之举。

汉和帝暗中了解到他们的阴谋，便和兄长清河王刘庆进行谋划，欲铲除窦氏一党。刘庆为宋贵人所生，由于宋贵人父亲宋杨的姑姑就是马太后的外祖母，得到了马太后的偏爱。建初四年（79）四月，马太后将刘庆立为太子，册封刘庆的外祖父宋杨为议郎，褒赐甚渥。

建初四年（79）六月，马太后崩逝。窦皇后联合母亲沘阳公主，谋害刘庆的生母宋贵人，窦宪兄弟搜罗宋家的罪过，内侍监视宋贵人的举动。后来，宋贵人生病，想吃生菟，便写信让家人帮忙找一些。而窦皇后在掖庭门拦下了宋贵人“病思生菟，令家求之”的书信，诬陷宋贵人想用蛊术害人，用“菟”来做厌胜之术，日夜诬蔑诽谤，使得汉章帝逐渐疏远了宋贵人，将刘庆移居于承禄观。几个月过去后，窦皇后暗示掖庭令捏造罪名，向汉章帝告发宋贵人，并请加以核实。

建初七年（82）夏六月甲寅，汉章帝下诏废黜刘庆的太子之位，改立刘肇为太子。诏书内容：“皇太子有失惑无常之性，不可以奉宗庙。大义灭亲，况降退乎。今废庆为清河王。皇子肇，保育皇后，承训怀衽，今以肇为皇太子。”

刘庆被废后，窦皇后将其母宋贵人姊妹移置于丙舍，让小黄门蔡伦查办此事，而蔡伦等人皆受窦皇后暗示而“验实”此事，继而导致宋贵人姐妹被送往暴室，二贵人同时服毒自尽。汉章帝对此非常哀伤，便让掖庭令将宋贵人姊妹，安葬于洛阳城北的樊濯聚。而刘庆的外祖父宋杨也被免职，遣回本郡。当地郡县因此事逮捕宋杨，宋杨的友人怀县令张峻、左冯翊刘均等奔走解释，帮助宋杨得以免罪。宋杨失志憔悴，最终卒于家中。

刘庆的生母宋贵人被逼自尽时，刘庆虽然年幼，却懂得躲避灾祸，说话从来不敢提及自己的母亲宋氏。汉章帝更加怜爱刘庆，便勒令窦皇后让他的衣着与太子刘肇平级。

太子刘肇十分亲爱刘庆，入则一同居住，出则乘坐同一辆车马。汉和帝刘肇即位，对刘庆的待遇更加优厚，经常与之共议私事，诸王都无法与他相比。随着刘庆逐渐年长，只好移居丙舍。

永元四年（92），刘肇移驾北宫章德殿，刘庆得以入内居住。刘肇计划诛杀窦氏外戚，想看《汉书·外戚传》，但害怕左右侍从不敢让他们去找，就让刘庆帮忙从汉章帝长子千乘王刘伉那里求得，并在夜里把刘庆单独接入内室。刘庆表面温顺，实则行事果断，又因他毕竟年长，考虑问题成熟，他和汉和帝多次密谋策划后，便诛杀了外戚窦宪及其党羽。

汉和帝诛杀窦宪后，刘庆到宫外建立了自己的府邸，汉和帝便赏赐给他无数珍宝。刘庆体弱多病，经常感到不适，汉和帝朝夕到他府上问候，亲自喂以药膳，关怀甚切。

汉和帝在位期间，无论大小政事，都常和刘庆商议。刘庆便更加小心谨慎，“夙夜战栗”。每当在朝会之上，刘庆就穿着侯爵级别的衣服，而且经常对旁边的人说：“我确实是一个国王，但车马器物已经足够了。”

永元十五年（103），发生日食，百官奏请让刘庆等王侯前往封地。汉和帝却说天降异象是自己个人过失，让刘庆继续留在京师洛阳。同年九月，汉和帝让刘庆跟随自己南巡狩猎。同年冬，刘庆跟着汉和帝到汉章帝陵寝祭祀，汉和帝下诏借给刘庆等亲王羽林骑各 40 人。

元兴元年（105）十二月，汉和帝驾崩于章德前殿。刘庆便在前殿号哭，吐血数升，因而发病。

延平元年（106），刘庆等诸位亲王回到清河封地，邓太后特许刘庆在自己的清河国内设立中尉、内史，赐什物皆取乘舆上御，让宋衍等人都担任清河王大夫。刘庆回到清河封地后，下令说："寡人生于深宫，长于朝廷，仰恃明主，垂拱受成。既以薄祐，早离顾复，属遭大忧，悲怀感伤。蒙恩大国，职惟籓辅，新去京师，忧心茕茕，夙夜屏营，未知所立。盖闻智不独理，必须明贤。今官属并居爵任，失得是均，庶望上遵策戒，下免悔咎。其纠督非枉，明察典禁，无令孤获怠慢之罪焉。"

后来，刘庆的儿子刘祜过继给汉和帝，做了皇帝，是为汉安帝。其时，刘庆尚未去世。汉安帝即位四个月后去世，谥号为孝。

永元四年（92）三月，大司徒袁安薨逝。当时，群臣不敢与窦氏抗议，唯独袁安坚定不移，在朝堂与窦氏顽固抗争十次以上，窦太后不听，群臣皆担心他的安危，而他却始终镇定自若。于是汉和帝和朝中大臣皆倚仗袁安。至此袁安薨逝，朝野痛惜。袁安死后，丁鸿接任大司徒，掌宰相之职，秩万石。

永元四年（92）四月丙辰，窦宪回到京师洛阳。六月戊戌，发生日食，大司徒丁鸿借机上书，暗示汉和帝可以铲除窦宪。十几天后，汉和帝以"到白虎观讲经"为理由，带着刘庆移驾北宫章德殿，并让丁鸿担任三公之首的太尉，同时让他兼任卫尉，统领宫中禁军，控制南宫、北宫，令执金吾和北军五校尉领兵备战，关闭城门，逮捕邓夫人、郭璜、郭举、邓叠、邓磊，将他们全部下狱处死。并派谒者仆射收回窦宪的大将军印信绶带，将他改封为冠军侯，同窦笃、窦景、窦瑰一并前往各自的封地。汉和帝顾及窦太后而没有明确处决窦宪，却选派严苛干练的封国宰相监督他。在确认窦宪、窦笃、窦景到达封地后，勒令他们自杀。

自此，汉和帝成功夺回政权。汉和帝执掌政权后，立即清理窦氏残党余孽，太尉宋由因为窦氏党而被罢免，后自杀。其他亲朋故旧，凡是依仗窦家的关系而做官的，统统被罢免回家。

第三十六章　劳谦有终　谦谦君主万民服

在扫平了外戚窦氏的强大势力后，汉和帝便开始亲理政事。他深知马严的品德和能力，便召来马严相问，询问治国良策。

马严说："国家自古以来，便有君君臣臣、父父子子这样的区分。遗憾的是，许多君主并不知道臣民的真实心理和需求，许多父亲并不了解子女真实的想法和需要。这究竟是什么原因呢？都是因为君主放不下自己的架子、父亲放不下自己的架子而造成的。可如果君主的架子能小一些，他便能亲近臣民，知道臣民的需要和疾苦，制定正确的方略和决策；而父亲的慈祥能增一些，他便能亲近儿女，知道儿女的想法和需要，能更好地解决他们的实际问题。古语云，'谦谦君子，温润如玉'，这就是说，一个人如果谦虚有礼，为人和善，那么他的品质，就会像玉一样温润而宝贵。那么，作为一个君主，他如果具有了这样的品质，就一定会亲民近臣，也会千臣千服、万民万服了。臣希望，陛下您能成为这样的帝王。"

汉和帝说："我一定尽力而为之。"于是，他以后便诚对大臣，虚心听取他们的意见；善待黎民，关心他们的生活和疾苦。他每日上朝听政，深夜批阅奏章，天天如此，从不懈怠，故有了"劳谦有终"之说。

永元二年（90），东汉拒绝与贵霜帝国和亲，贵霜国君主卡德菲兹二世（阎膏珍）便发兵七万攻打东汉，因班超固守边疆，贵霜久攻不下，便去向龟兹借军粮，却被埋伏在半路的汉军截杀，阎膏珍大惊，只好向东汉朝廷请罪求和，以后每年都向东汉纳贡。

永元三年（91），班超制服了西域的龟兹、姑墨、温宿等国，汉和帝任命班超为西域都护，同时册封随行的龟兹国侍子白霸为王，派司马姚光护送他回到龟兹国，姚光与班超联手废黜了龟兹老国王尤利多，拥立白霸为新一任国王。班超遂驻守于龟兹它乾城；汉和帝即位后，任命蔡伦为尚方令，主管皇宫制造业，并于永元九年（97）监作秘剑及各种器械，无不精致工巧、坚固致密，被后世效仿。

永元四年（92），东汉连续重创北匈奴后，北匈奴西迁，漠北地空。其中有部分北匈奴退居伊吾附近，其首领於除鞬自立为新一任北匈奴单于，到蒲类海请求归降东汉。于是，东汉在伊吾地区设立“护匈奴中郎将”，领护北匈奴，于是南北匈奴一并归东汉都护，东汉自此“并恩两护”。此后，南北匈奴时有叛乱，但均被讨平。

永元五年（93）二月，汉和帝下令将京师洛阳上林苑、广成苑的果园借给贫民，让他们随意采摘，不收税；汉和帝考虑到去年秋麦收成不好，担心百姓粮食不够，便要求各郡国上报贫困不能自给的户口人数，汉和帝还下旨查办，如有郡国长官不能亲自耕种，反而愁扰百姓，若有再犯的，二千石的长官先坐牢；当年，北匈奴於除鞬单于叛乱，汉和帝派护匈奴中郎将任尚将其讨灭，又有骨都侯喜斩杀了叛乱的南匈奴单于安国；护羌校尉贯友派兵出塞攻打烧当羌王迷唐于大小榆谷，斩首八百余，迫使其遁逃。

永元六年（94）七月，西域都护班超大破焉耆国、尉犁国、危须国、山国，并斩杀了焉耆与尉犁两国的国王，将其首级传送至京师洛阳，献于汉和帝。从此西域降服，汉朝的威势延及帕米尔高原以西的五十多个国家，这些国家纷纷向东汉送纳质子表示臣服。十一月，鲜卑大都护苏拔廆在任尚的统领下，大破北匈奴逢侯单于叛军，斩首一万七千余级。

永元七年（95），汉和帝为了表彰班超与苏拔廆的功勋，下诏封苏拔廆为率众王，班超为定远侯，食邑千户，史称“万里封侯”。

永元九年（97），甘英奉命出使大秦（罗马帝国），率领使团一行从龟兹（今新疆库车）出发，抵达条支（安条克城），至地中海东岸而返，进一步加强了东汉政府对中亚、西亚以及罗马帝国的了解，并将丝绸之路延伸至东地中海地区；当年八月，烧当羌王迷唐率众八千侵犯陇西，继而号召境内各羌造反，会合诸羌三万兵力，杀长史，汉和帝派征西将军刘尚、越骑校尉赵世等率兵三万征讨，最终将其攻破；同年，掸国王雍由调遣使向东汉奉上该国珍宝，汉和帝赐以金印紫绶，小君长皆加印绶、钱帛。

永元十一年（99）春二月，汉和帝派人巡视各郡国，下令让受灾不能养活自己的人，到山林池泽中捕捞采集食物，不收税；次年冬，蒙奇、兜勒二国（罗马帝国的马其顿行省和东方省推罗城）遣使内附，汉和帝赐其国王金印紫绶，这是汉朝与罗马的第一次直接接触，也是欧洲与中国有史可据的首次直接交往，“东洛阳,西罗马”之说便由此而来；同年,旄牛县境外的白狼国（今四川巴塘）、楼薄国王唐缯等，率领辖下十七万人口，归义内属东汉，汉和帝下诏赐其王金印紫绶。

永元十三年（101）,安息帝国国王满屈向汉和帝进献狮子和“条支大鸟”（鸵鸟），汉和帝让班昭作《大雀赋》记颂此事；当年，汉和帝亲自到东观，阅览书林典籍，广选有技艺的人到东观任职，汉和帝还让左右近臣皆诵读诗书，宫中掀起尚学之风。

永元十四年（102）春，安定郡兵攻灭了烧何羌，西海（青海湖）与大小榆谷之地不再有羌寇，汉和帝便在其地设立西海郡，发兵驻守，将青海湖及大小榆谷之地纳入东汉版图；当年，汉和帝采纳大臣曹凤的建议，修缮故西海郡，派金城西部都尉驻守西海郡，同时拜曹凤为新一任金城西部都尉，驻兵于龙耆城,于是东汉在青海湖一带广为屯田,沿河驻扎的兵营共34部,巩固了这片土地。

永元十五年（103），汉和帝采纳贾逵的建议，按照傅安提出的“用黄道坐标取代赤道坐标测算日月运行轨道”的构想，下诏让制造“太史黄道铜仪”，这是世界上第一台用黄道坐标测算日月运行轨道的天文仪器，对提高人们关于日月运动规律的认识具有一定的作用。

汉和帝十分体恤百姓疾苦，多次下诏理冤狱、恤鳏寡、矜孤弱、薄赋敛，告诫上下官吏反省造成天灾人祸的自身原因。他还下令广泛垦田，面积达732万顷，其时人口高达5325万人，国力达到鼎盛，时人称为“永元之隆”。

汉和帝深知吏治对一个政权的重要性，他非常重视官吏的选拔任用，曾四次专门下诏纳贤；他在法制上主张宽刑，任用的掌管刑狱的廷尉陈宠，便是一个富于同情心的仁爱之人，每次断案，都依据经典，要求务从宽恕，判刑从轻不从重。对于有过失之人，汉和帝也能根据情况，从宽处理。永元九年（97），窦太后去世。直到这时，汉和帝为梁贵人所生的事实才予公开，梁家才敢讨要说法，汉和帝也才知道了自己的真正身世。但在如何处置窦太后的问题上，三公上奏：“请依光武帝黜吕太后的故事,贬窦太后尊号,她不宜合葬先帝。”但是，汉和帝念及窦太后对自己的养育之恩，他说：“恩不忍离，义不忍亏，窦太后以前给予我的慈母之恩，我怎么能忘记呢？我作为她的儿子，又怎么能不善待母亲，怎忍心贬去她的太后尊号呢？过去的事情，都已经过去了，何必再将那些是是非非，闹得那么沸沸扬扬呢！”所以，便对窦太后没有降黜，仍保留尊号，追谥章德皇后。而对生母梁贵人、养母宋贵人，他都予妥善安置，追封梁贵人为皇太后。

汉和帝因得知班昭博古通今、学识过人，便下令班昭续写《汉书》，并允许她到皇家东观藏书阁内查阅史料，完成了我国第一部断代史《汉书》的编撰。他还多次召班昭入宫，为宫里的后妃讲学，后妃们敬仰她的学识，尊称她为“大家”，而嫔妃宫女又都尊称她为“大姑”。邓绥当时除了跟从曹大家（班昭）学习经书外，还兼修天文、算数。所以，班昭之墓，即为“曹大家墓”，时至今日，在陕西兴平市丰义镇，有一村名为“大姑村”，村边上，即有“曹大家墓”。

汉和帝发现五经的解说有异义，而且在文字书写上也不一样，便命贾逵修理旧文字。于是，永元八年（96），许慎采集史籀、李斯、扬雄的书，广泛访问民间，并请贾逵考证，历经二十多年，撰写了《说文解字》一书，著成后献于朝廷，这是世界第一部字典，它为汉字建立了理论体系，开了部首检字法的先河，对后世影响深远。

元兴元年（105），蔡伦将自己用树皮、麻头及敝布、渔网做成的纸献给汉和帝，汉和帝称赞他的才能，从此天下无不用焉，人们都称蔡伦的纸为“蔡侯纸”。

延平元年（106），汉和帝病死于京都洛阳的章德前殿，时年仅 27 岁。据说，汉和帝病危之时，曾经这样感叹：“如果有可能的话，老天爷再给我 27 年生命，我一定能建立一个强大的东汉王朝。”他还十分感念马严对自己关于预防窦氏外戚的提醒，使自己及早解决了窦氏外戚之患，免除了自己幼子继位后会遭受的危机；感念马严对于自己关于“谦谦君子”的提醒，使自己能亲近臣民，有了人皆称道的政绩。他又发感叹说：“如果我能身体康复，统领臣民，那么我一定会让马严辅政，马严马严，国之栋梁啊！”可惜的是，汉和帝的愿望并未实现。这也说明，国家的兴旺，事业的成功，只有千里马不行，可只有伯乐也不行，既要有千里马，也要有伯乐，只有那伯乐能识得千里马，充分发挥千里马的作用，千里马才能奔驰，事业才能成功。马严与汉和帝，正好像千里马和伯乐一样。惜只惜，只因汉和帝这个伯乐早早夭折，马严这匹千里马的作用，便没有得到很好发挥。延平元年（106），汉和帝被安葬于慎陵（位于今河南孟津），庙号穆宗，谥号孝和皇帝。

这里，我们再说马严，其弟马敦，官至虎贲中郎将。马严有七个儿子：马固、马伉、马歆、马鱄、马续、马融、马留。七子中，马续、马融最为知名。马续字季则，他自幼聪明好学，七岁时能理解《论语》，13 岁懂得《尚书》，16

岁学习《诗经》。他博览群书，还精通《九章算术》。

东汉永元二年（90）左右，马续开始研究《九章算术》。其时，因编著《汉书》的班固冤死狱中，《汉书》中的“八表”和《天文志》尚未完成。于是，汉和帝命班固的妹妹班昭补写“八表”，让马续补写《天文志》。

元初六年（119）秋天，鲜卑人进犯马城县边塞，杀害郡县官吏。当时，马续担任中郎将，度辽将军邓遵派出三千积射士（汉代寻迹而射的士兵），和马续率领南匈奴的军队，与辽西、右北平的兵马会合，出边塞追击并大败鲜卑人，获得很多人口和牛羊、财物。

后来，马续担任张掖太守。永建五年（130），马续代替韩皓担任护羌校尉。当时，西河地区的羌人各部落因东汉政府设置的屯田逼近他们，害怕汉朝廷会吞并他们，于是各部落便化解仇恨，结盟发誓，各自做戒备。马续到任后，为化解他们的紧张状态，亲自上书朝廷，请求将屯田移回湟中，以示东汉政府的恩义和诚信，羌人各部落这才安心。马续此举，确保了西河地区的和睦安定。

阳嘉三年（134）七月十七日，羌人钟羌部落的良封等人，进犯陇西和汉阳地区。同年十月，马续率军攻打良封等，斩杀数百人。

永和元年（136），马续代替耿晔担任度辽将军。

永和五年（140）五月，南匈奴左部句龙王吾斯、车纽等人反叛东汉，率领三千多骑兵入侵河西，接着又招引南匈奴右贤王，合起来有七八千骑兵包围美稷，杀害朔方郡（郡治临戎，今内蒙古磴口北）和代郡（郡治南柳，今山西阳高）的长史。马续与中郎将梁并、乌桓校尉王元征调边境的部队以及乌桓、鲜卑、羌胡（指羌人和匈奴）的兵力合起来有两万多人，出其不意，袭击并打败了吾斯等人。

当时，大将军梁商认为羌胡新近反叛，徒众刚刚聚合，最好用招降的办法，于是上奏汉顺帝说：“匈奴入侵反叛，知道自己犯了死罪，鸟兽走投无路的时候，都知道救自己的性命，何况匈奴种族繁衍兴旺，不可能全部消灭。现在粮食转运日益增多，三军疲惫劳苦，使国内空虚而用在境外，这对中原没有好处。臣看度辽将军马续一向有谋略，而且长期负责边境，深通用兵的精要，每次接到马续的信，他都与臣的计策相合。最好命令马续挖深壕沟，增高壁垒，用恩德和信义招降匈奴，公开悬赏，讲明共同信守的事项。这样，就能使这些种族归服，国家就可平安无事。”汉顺帝采纳他的意见，于是下诏书让马续招降反叛的匈奴人。

梁商又致信给马续等人说："中原安定，忘记打仗已经很长时间。精良的骑兵在野外会合，兵刃格斗，箭矢相接，当下决定胜负，这是戎狄的长处，却是中原士卒的短处。使用强劲的弓弩，登越城墙，凭借牢固的营垒进行坚守，等待敌人衰弱，这是中原士卒的擅长，却是戎狄的短处。应该先尽力发挥自己的长处，以观察对方的变化，设立悬赏并公开赏赐，向匈奴人宣明展示他们可以悔改，不要贪图小的功绩，而破坏大的谋略。"马续和各郡都按照梁商的话去做。这样，南匈奴右贤王的部属抑鞮等一万三千人前来向马续投降。

永和六年（141）春天，马续率领五千鲜卑骑兵到谷城（今内蒙古准格尔旗西南）攻打吾斯，杀死数百人。同年夏天，马续因频繁征召各部族人马，致使民族关系日趋紧张，反叛不断，被朝廷免去度辽将军之职，并以城门校尉吴武接任。

当初，马太后在世时，对于族人都加以约束，严格管理，有功者必奖，有过者必罚，所以家风很正，全族同乐，诗书传家，欣欣向荣。但是，马太后逝后，马氏宗族少了约束，无人管理，便多了许多骄横跋扈，骄奢淫逸，家风开始败坏，家道随之衰落。这个不好的头，应该是从马太后的长兄马廖开始的。马廖其人，虽然青年俭朴，中年谨慎，但是晚年十分奢侈。因为，他觉得，妹妹马太后在世时，对家人和族人要求太严了。现今，妹妹已经过世，自己已进入晚年，应该过几天好日子了。所以，他便开始放纵自己，过那奢侈豪华的生活。

建初七年（82），马廖的大兄弟马防因病请求退休，诏书命令赏赐给他先前中山王的田地房舍，以特进返回府第。

马防兄弟地位尊贵，奴婢各千人以上，财产极多，都购买京城附近肥沃土地，又大造宅第台观，楼阁在路边连成片，布满街区，多聚集歌曲音乐，规模可以和郊祀庙祭相比。宾客云集，四方都有，京兆人杜笃等数百人，常为食客，住在他家中。刺史、太守、县令多有出自他家。每年按季节赈济乡邻，熟人没有不周济的。马防又养了很多马匹牲口，向羌人、胡人收租税。汉章帝很不喜欢他的这些做法，多次责怪他，防范限制他的措施很完备，因此权势渐减，门客也少了。

马防后来因江南地势低下潮湿，上书请求回故乡，得到汉和帝的批准。永元十年（98），马防去世。

马廖秉性宽和松弛，但他不能管教约束子孙，其子马豫担任步兵校尉，他投书朝廷，发泄其怨恨和非议。而马防、马光此时也生活奢侈，好树同党之人。

汉章帝建初八年（83），朝廷免马豫官职，遣马廖、马防、马光俱归封地。马豫也随马廖归国，被拷打致死。后来，朝廷又诏还马廖回到京师，汉和帝永元四年（92）逝。汉和帝因马廖为先帝之舅，特厚赐财物，以办丧事，并派使者吊祭，由亲王主祭，谥曰安侯。

其子马遵嗣马廖侯位，改封程乡侯。且说，这位马遵并非别人，乃是《三国演义》中所写的天水太守，他本是姜维的旧主。诸葛亮初次领兵伐魏时，派赵云领兵攻取天水郡城，马遵依姜维之计，与姜维夹击赵云，以致使赵云大败而归，这也是赵云少有的败绩。马遵死后因无子，到了汉安帝元初三年（116），邓太后封马廖之孙马度为颍阳侯。

马防，字江平，汉明帝永平十二年（69），与其弟马光同为黄门侍郎。汉章帝（肃宗）即位后，拜马防为中郎将，稍后即晋升为城门校尉。

汉章帝建初二年（77），金城、陇西诸种羌反，朝廷拜马防为行车骑将军事，以长水校尉耿恭为副，率军三万人出击之。军队到冀（今甘肃甘谷东南），羌人首领布桥等围南部都尉于临洮（今甘肃岷县）。马防欲发兵去救，怎奈去临洮的道路多险阻，车骑不得方驾（两车并行），马防乃派两司马率数百名骑兵，分为前后军，到临洮城外十余里处布置一所大营，多竖旗帜，以为疑兵，扬言大军天亮即要攻城。羌人的侦察兵见此情景，飞马回营，报告汉军声势浩大，势不可当。第二天早上，汉军鼓声大振，摇旗呐喊，像有千军万马杀奔前来，羌人惊惧而逃，汉军乘势追击，斩首四千余人，遂解临洮之围。马防对羌人施以恩德信义，烧当羌皆投降，唯布桥等两万余人仍在临洮西南之望曲谷（在今甘肃岷县西南）抗拒。当年十二月，羌人又败耿恭司马及陇西长史于和罗谷，汉军死数百人。建初三年（78）春，马防遣司马夏骏率军五千从大道向前进，秘遣司马马彭率军五千从小道冲敌之心腹，又令将兵长史李调等率军四千从西边绕到敌后，三路夹击，又败羌人，斩获千余人，得牛羊十余万头。羌人败走，夏骏追击，反为所败。马防乃引兵与羌人战于索西（在今甘肃岷县北），又败羌人。布桥迫于形势率万余人投降。朝廷于是下诏命马防还朝，拜车骑将军，仍任城门校尉。

马防身贵且为朝廷宠信最盛，朝命与九卿不同席（绝席），以示尊显。马光自越骑校尉晋升执金吾。兄弟二人均被封侯，各食邑六千户。这一年，皇太后马氏崩逝。建初五年（80），拜马防为光禄勋，马光为卫尉。马防屡次言国家政事，多被采纳。这一年冬天，开始施行十二月（令）迎气乐，即是采纳了马防的意见。马防子名马钜，为常从（侍从）小侯（旧时称功臣子孙或外戚子弟之封侯者。以其非列侯，故称小侯）。建初六年正月，因为马钜已成年当加冠，朝廷拜其为黄门侍郎。汉章帝御驾章台下殿，陈鼎俎（古代祭祀、宴飨时陈置牲体或其他食物的礼器），自临加冠礼。建初七年，马防以病请求致仕（退休），朝廷下诏将故中山王田庐赐给马防，以特进回封他。

建初八年（83），因马防之子马豫怨谤朝廷事，有司上奏马防、马光兄弟奢侈，僭越国礼，扰乱圣人的教化，均免职回自己的封地。马防、马光临上路时，汉章帝下诏："舅氏一门，全回各自封地，马家的陵庙无人四时祭祀，朕甚伤情。令许侯马光留之于京，守田庐而思其过失。有司不要再请求，以慰朕甥舅之情。"

马光为人小心周密，母丧过于哀痛，为此皇上与其特别亲近、怜爱，复位特进。其子名马康，任黄门侍郎。汉和帝永元二年（90），马光为太仆，马康为侍中。窦宪被诛，马光因与窦宪关系亲密，交往深厚，受到牵连，免职回封地。后来，窦宪的奴仆诬告马光与窦宪曾共谋反，马光因而自杀，家属还故里。本郡官府又杀了马康，马防及马廖之子马遵俱受株连，改封丹阳（在今安徽当涂县东北）。马防为翟乡侯，每年租税收入限三百万钱，不得臣使（统治）官吏和百姓。后来，马防因为江南潮湿，上书朝廷归故里，汉和帝准其请求。这一时期，正是马氏的衰落时期。

第三十七章　官拜郎中　校勘书籍在东观

刘玄更始三年（25），刘秀在河北鄗县（今河北柏乡县固城店镇）即位称帝，光复汉室，史称东汉，这是继西汉之后又一个大一统的王朝。东汉传八世十四帝，历时195年，与西汉合称汉朝。两汉时间相近，环境类似，国力相仿。然而，东汉的历任皇帝，寿命明显较短，平均寿命只有二十六七岁，而西汉皇帝的平均寿命，比东汉皇帝的平均寿命长10岁。

在东汉时期，除了婴帝刘懿之外，十四位皇帝中，刘秀享年62岁，是年龄最长的。其次是刘协，享年53岁。刘庄排名第三，享年47岁。还有四位皇帝在30岁至39岁之间，三位在20岁至29岁之间，还有四位在20岁以下。这样，皇帝的早年夭折，便带来了幼年皇帝的接替，东汉幼年皇帝居历朝历代之首。其第四位皇帝汉和帝刘肇十岁时即位，此后历代皇帝都幼年即位，平均即位年龄为9岁。其中年龄最小的汉殇帝刘隆，即位时仅过百日，在位220天后便悄然离世，成为历史上寿命最短的皇帝。

东京皇统屡绝，遂权归女主，外立者四帝，临朝者六后。这四帝分别指的是汉安帝、质帝、桓帝和汉灵帝，而六后则是窦、邓、阎、梁、窦、何六人。自汉和帝逝世后，再度出现了“汉少帝在位，母后掌权”的政治格局。

那些皇后为了保持自己的政治地位，通常会选择让年幼的孩子继承皇位，专以打压有才干的人，重用自己宗族的人，以维持自己的权威，提升自己宗族的地位。这一点，汉和帝的皇后邓绥最为典型，她利用自己的太后身份，以长子刘胜有病为由，废掉了他，然后立婴儿刘隆为帝。刘隆早逝后，邓绥又立12岁的刘祜为帝。一个太后立了两个年幼的皇帝，掌握政权长达16年，这在历史上十分少见。

要说，这位邓绥，也是中国历史上最出色的女政治家之一，被后世史家誉为“皇后之冠”。她是东汉开国元勋邓禹的孙女、护羌校尉邓训的女儿。邓绥永元七年（95）入宫，次年封为贵人。永元十四年（102），汉和帝废黜阴皇后，改立邓绥为皇后。汉和帝驾崩后，邓绥先后拥立汉殇帝和汉安帝，以“女君”之名亲政。邓绥临朝期间，推行了一系列改革，她选贤任能，勤俭救灾，带领东汉克服了有史以来最严重的十年天灾。同时派兵平定羌乱，剿灭海盗，征服乌桓、鲜卑、南匈奴等外患，使危机四伏的东汉王朝转危为安；又设立西域副校尉，恢复东汉对西域的羁縻统治；并将九真郡外的夜郎蛮夷纳入版图，时人颂曰“兴灭国，继绝世”。她兼通天文、算数，曾引导蔡伦改进造纸术，任用张衡研制浑天仪、地动仪等仪器，创办史上最早的男女同校学堂，为女子提供学堂教育；又命许慎等人到东观矫正文字，使得世界第一部字典《说文解字》问世。

邓绥执政期间，其兄邓骘权倾朝野，是东汉朝廷一位至关重要的人物。邓骘字昭伯，南阳郡新野县（今河南新野南）人。他是东汉将领、太傅邓禹之孙，护羌校尉邓训之子。邓骘最初被大将军窦宪征辟，因其妹邓绥入宫为贵人，任郎中。永元十四年（102），邓绥被立为皇后，邓骘升任虎贲中郎将。汉殇帝即位后，邓绥临朝听政，邓骘担任车骑将军，仪同三司。汉殇帝驾崩，邓骘与邓绥册立汉安帝。永初元年（107），汉安帝封邓骘为上蔡侯，邓骘坚决推辞。次年冬，他被汉安帝拜为大将军，两年后被罢免大将军一职，回乡为母服丧。永初七年（113）回朝，改任奉朝请，后因其子邓凤私受贿赂，邓骘得知后，害怕朝廷追究，于是剃光儿子的头发以谢罪天下，被人们称赞。邓骘在东汉天灾严重、内忧外患的困境下，崇尚节俭，减轻徭役，推举天下贤士如何熙等列于朝廷，又征辟杨震等名士置于幕府，促使天下复安，受到百姓称颂。

建光元年（121），邓绥去世，汉安帝再封邓骘为上蔡侯，位特进。不久，邓骘为宦官李闰等人诬陷，改封罗侯。回到封国后，他绝食自杀。

我们本书笔下要写的马融，就生活在这样一个年代。马融，字季长，是将作大匠马严之子。其面貌英俊，口才很好，是个很有才能的人。当初，京兆人挚恂以儒家学说教授生徒，隐居于终南山，名重关西（汉时泛指函谷关以西之地），朝廷征召他出来做官他不肯。马融从挚恂学习，广泛地通晓儒家经典。挚恂很赏识马融的才能，便把女儿嫁给了他。

汉安帝永初二年（108），大将军邓骘听说马融是个颇有名望的人，便欲召他为舍人（大将军私门之官）。马融觉得，当舍人不能发挥自己的作用，便不应召命，客居于凉州武都（郡名，东汉时治所在今甘肃成县西）、汉阳（郡名，东汉时治所在冀县——今甘肃甘谷东南）境内。其时，适逢羌人扰边，米价昂贵，陇右一带，多有饿死之人。在这样一种背景下，马融自然受困，后悔当初不听邓骘之召，以至于此。他对友人说：“古人曾经说过这样的话，左手按着天下的地图，右手举刀刎颈自杀，连最愚蠢的人也不干这样的事。(《文子·上义》：左手据天下之图，右手刎其喉，愚夫不为。‘据图刎颈’意谓贪图未得的利益而断送自己的生命。）为什么呢？因为人的生命是十分宝贵的。如今我以鄙陋的习俗，计较微小的屈辱，而徒然毁灭无价的身躯，实有违于先贤老庄‘不以名害生’的教诲啊！”于是，他便前往京师，应邓骘之召，成为邓骘将军的舍人。

永初四年（110），马融被拜为校书郎，又拜郎中，到东观（东汉时洛阳南宫内观名，皇家藏书之所）校勘书籍。当时，汉安帝尚未成年，邓太后当政，代行皇帝职权，邓骘兄弟辅政。那些浅陋而迂腐的儒士，以为从此可以大兴礼乐教化，偃息武备征伐，于是废弃狩猎习武之礼，停止布阵征战之法，由此盗贼乘国家没有武备，横行无忌。马融有感于此，以为文治与武事，圣贤都不毁弃这个而偏重那个，五才（金、木、水、火、土）之用，没有哪一个可以废而不用，金即指武器。汉安帝元初二年（115），马融特给朝廷上《广成颂》予以讽谏。《广成颂》曰：

臣下马融闻知孔子说过：“奢侈豪华就显得骄傲，节俭素朴就显得寒伧。”(《论语·述而》）奢华与简朴的划分，以礼制为界。因此，《诗经·唐风》中的蟋蟀与《山枢》的作者，都在讽刺自己的国君晋僖公与晋昭公，以过度安乐与驰驱逐猎的节制为讽谏。至于行乐而不荒废，忧虞而不困惑，此即前代先王用来平和内心、保养精神，而能达到年寿无疆。所以演奏音乐、击钟鸣磬，记载于《虞谟》；《吉日》《车攻》描写周王田猎的诗篇，编列在《周诗》。圣明天子、贤明君王，用来增益润色盛美的鸿业，难道仅仅因为奢侈荒乐罢了！臣下谨见汉安帝即位元年（107）以来，遭逢厄运，陛下警戒忧惧灾害异常，食用微薄，自我做起，弃置皇家园林，废止悬钟之乐，勤忧深思，已有十多年了，而越过礼乐之制。再加上邓太后为了体现唐尧亲睦九族笃厚和谐的美德，陛下履行虞舜淳厚盛美的孝道，外戚诸家亲属，每有忧愁疾病，皇恩普降慰问，所遣使者络绎交错，很少间断。且常常想使天下安宁养息，又无暇自寻娱乐，恐此并非用来迎接天下和平，给国家带来各种幸福的办法。愚臣认为现在还有蝗灾，但今年五月以来，甘霖雨露及时滋润，吉祥福应将至。如今刚刚进入冬季，农业进入闲暇无事阶段，适宜临幸广成禁苑，游览平原湿地，查看过冬的麦苗，鼓励储藏秋粮，乘机讲习军事，较量逐猎，使众僚百姓，再睹羽猎旌旗之美，听到大型钟鼓之乐，欢腾欣喜，鼓舞边疆士气，以此迎来祥和气氛，招来嘉美喜庆。小臣如蚂蚁般微渺，然有不尽的拳拳之怀，由于执掌图书典籍，谨慎依据前代旧文规定，重新阐述逐猎之要义，作颂美文一篇，并密封呈上。文辞浅陋，识见鄙薄，卑之无甚高论，不值观览深思。

臣下听说往古命令部队装备好弓箭，在望气的灵台上宣布休战，有人对此嘉许称赞。他们本来不认识雷霆在天为习见，金刀革甲之发动系于君王昏妄与明智。在黄帝、炎帝之前，对此阐述的道理无有记载。三皇五帝以来，大约可有略闻。况且小小的酆都郊区，尚有广阔的七十里的苑林。盛行春秋狩猎的定制。《韩诗》中有"乐有甫草，驾言行狩"的歌咏，《周礼·大司乐》记载周天子大射则乐奏《驺虞》。因此大汉当初奠基之时，选择洛阳作为京都，此地总聚风雨之会合，交会阴阳之协调。考察灵囿之地，故营建于南郊。如果仅仅观看远郊广域，则感到宽宏辽远，广渺恍惚，空旷无际，放眼千里，天地苍莽。于是此地四周围绕山梁、深沟与大川，右望陆浑县的三涂山，左边以中岳嵩山为界限，南面依据南岳衡山北麓，北面背靠王屋山，浸灌以波水和溠水，深流着荥水与洛水。金山、石林山耸峙其中，矗矗峨峨，嶕峣崔巍，嶄岩嵾崖。神奇的泉水侧见间出，在丹水与涅池之中，奇形怪状的美石露出水面，或者光彩闪耀在水滨山坡。那里的土地长满密集的野草，还有芬芳的茹菜与甘甜的荼菜，以及可食的茈萁，形状如苜蓿的香芸与根可食用蕕草、菖蒲、生在深水中的深蒲，野草芝荋，开紫花的堇菜，与堇同类的荁草，叶苗似姜的蘘荷，叶子硕大的芋魁，一名芮草的桂荏，生于水中凫葵，又名山葱的格菜，韭菜、芭蕉，长在水中的轩于。那里的植物则有黑黝黝的树林与丛生的竹林，遮蔽冈陵高岭；珍贵的林木与名贵的嘉树，以及高大的乔木，成片丛生。还有椿树、梧桐、栝树、柏树、柜树、柳树、枫树、杨树，旺盛密茂，郁郁葱葱。煦徐春风，含津带滋，百花绽放，漫山遍野，叶润芭鲜，众色光辉，无论怎么描绘，都不能够劣形尽相！

到了凉冷的十月，阴气萧杀，百草凋零，职掌山林的林衡告请畋猎，焚除野草杂木，然后张布天罗地网，撒开伸向八方的大绳，捕捉各种薮泽中的动物，网罗平野的飞禽。把它们麇集于苑囿，兽如山聚拢，鸟如云飘动，群鸟鸣声啾啾，群兽奔突嚎叫，善于辨声的于野也会心里耸动而听觉失灵，视力过人的离朱目眩眼花，黄帝时精于算术的隶首也数不清它们的数量，长于计数的陈平，也会变得心慌意乱。正在此时，布置恢广的围猎，充斥于河川山沟，捕捉鸟兽的大小罗网，弥漫谷壑泽地，笼罩山陵冈阜，分布部队，前后屯兵把守，士兵依次排列，领兵者居中指挥。

皇帝起驾于吉利的十月初一，登上雕饰的金车，驾着六匹黑色名马，竖起彩虹般的大旗，举起绣有鸱鸟的旗帜之杆，曳着太白星那样闪亮的旗帜上飞动的羽饰，插着旗上绘有日月的天子大旗，居于招摇与玄戈二星之间，把枉矢星射向天狼星，羽旌纷然飘扬，马儿昂头扬起金马冠，拖着嵌玉的马带。在平原上聚集猎车，在高冈上分布围猎的士兵，指挥进攻的旗帜森然如林，五色错综舒张。清静的聚兵场地，尘埃不起，除去杂草，誓师六军，选择骏马。司徒布列士兵，司马检查队列端正，猎车坚固，战马齐聚，令行禁止，通达迅速，敲起大鼓，撞响华钟，猎手纵身疾驰，奔向密集的榛树林。急驰的声音如鸟急飞，分别惊奔，动乱迅疾，往来交错，纷纷扬扬，回旋杂沓，东西南北奔驰，如风行云飘，轰轰隆隆，黄尘腾起，昏暗得如浓雾弥漫，日月之光都被遮蔽，群星为之晦暗，勇捷的壮士于此考核才能，有力果敢的猛士于此衡量勇气。猎犬战马争相奋进，猎鹰猛鹑竞相展现威猛，骁勇的骑兵在两旁助攻，轻迅的战车排成横列猛奔，相互超越争驰，迅疾轻快地驰进在原野上。系缚野马，撞击小兽，射中野羊的脖腔，剖裂带鳞有甲的水中动物，分切大兽，捕捉成群的飞鸟。然后飞矛如雷电迅速，乱箭如雨坠落，各指向射击的目标，未加约定即同时倒地毙命，窜逃隐伏的野兽则为车轮压摧，挣扎在车轮之下，或被车轴撞杀。用削成竹枪狂烈击杀，头被戳陷而碎裂，走兽不得逃跑，飞鸟不及转瞬。有的不能跑而未死，颠狂失足，艰难蠕动，抖动不已，这些猎获物充斥大道，塞满了山洞，就像鲜花遍布，难以数计。

至于那些猛兽凶虫，曲牙黑口，大小并行，依附险阻，莫有人敢上前抓获。于是派像太叔段、冯妇那样的勇士挺身刺杀，袒胸露臂光着上身，冲向山桑柘林，砍到荆棘枳丛，探入幽谷，深入山洞，空手搏击大虎，擒斗似野牛的狂兕，拘捕疯狂的猛熊，劫持硕大的野猪。有的勇士轻捷迅猛，搜索山巅大岭，登上大小峰峦，攀援高松，登上修长的樠树，跳跃于大树长枝，一直踩到树的顶端，抓住似猴色灰名叫蜼的长尾，拖住黑色的猴子，把巢栖树上的鸟兽捕捉净尽，穴居的大兽也被捕获殆尽。大小网络收拢，渔网戈箭也开始聚收，分类进行，同时驱赶，如群星分布附属，队组部伍相互保护，各有分配布局。带线的羽箭与石弹飞流，纤细的网纷纷撒开，成群的野鸡发出惊鸣，野鸭成批急飞，霍然如云飘去，中箭击伤者如冰雹坠落。

畋猎既罢，然后才驰望远行，转车回辕，奔向广阔的原野，安抚河神，以册书祝告东方之神，精神越过遥远的上空，出入天空，跨迈银汉，横越天星。然后导入神区，进入神场，命令神巫灵保，召来驱疫的方相，赶走不祥的短狐，除去木石之怪魍魉，斫击凶神游光，给天狗戴上枷锁，拴住土怪坟羊。然后放缓行进的节奏，舒缓神情，从容徐步，来到地中之屋，掌管川泽禁令的川衡与职掌国泽政令的泽虞，布陈鲜鱼，摆列渔网。南国勇士兹飞、善于捕鱼的宿沙、齐景公的勇士田开与古治子，挥动大斧，除掉层冰，捅开蛰伏动物的洞穴，探抓潜藏的鱼类，搜寻甲介累的踪迹。逆水于湍急岸边捕鱼，纷纷跳入深潭大渊，左边擒拿夔龙，右边抓起长蛟、鳄鱼，春天奉献大鲔鱼，夏天呈上鳖鼋。于是周览遍观，穷尽变化的形态，上下追究，山谷空寂萧条，原野空旷愀然，天空没有飞鸟，地上无有走兽，主管山林的虞人在山野竖立旌旗，命获者献出猎物，猎者全部拿出所获，猎车停止，围猎结束，回车进入皇家苑林，停息在明亮之馆，憩息于高敞的台榭，凭栏远眺宏阔的大池。大池以玉石砌成而瑶台坐镇中心，周边的池岸围绕坚固大堤，缘堤栽满蒲柳，覆盖绿蓊蓊莎草，地水汪洋茫荡，伸向远方与天相接，盘绕曲折，水天一色澒洞无际，原本就没有涯际，太阳升起池水中的东方，月亮升起池水中的西滨。于是命令掌管除水虫的壶涿，驱赶水虫，逐赶魍魉螭龙，消灭鬼蜮，刺杀鲸鲵。然后并连余皇大船，连接小船艃舟，张起云朵般的玄帆，施挂蜺虹般的帷帐，顺着疾风，凌泛湍急的波流，高唱櫂歌，放声船曲，众鱼浮出而听，蓍龟也浮出水面，湘水女神从天而降，汉水女神也为之一游。水鸟鸿鹄、鸳鸯、水鸥、野鸭、鸧鸹、鸨鶂、鹔鸟、白鹭、大雁、野凫，于此寝息，敛翅水滨。鲂、鲇、鲟、鳊、鰋、鲤、鲙、鲨等各种鱼类，对我大汉纯粹美善的恩德，飞腾踊跃追随于后。虽然周天子灵沼的白鸟，黄河孟津渡口的跃鱼，比起广成苑都显得微不足道，不值一提。然而在《诗经》中还歌咏，在国家音乐中还演奏，在国家的史书大典中尚有陈述记载，难道不感到悲哀呀！

于是宗庙已经祭祀，厨房庖室已经充实，士兵已经检阅，兵器械杖已经精良。然后摆开兽物，布列禽鸟，厚赏犒劳功绩，军队部伍重重叠叠，将校千行，大杯赏注满酒，庖厨的案板上没有空余。掌管酒令的按队察检，掌管膳馐的膳夫往来巡查，清美的佳酒以车辐辏，香美的烤肉以马队运行，鼓声震骇，举起杯爵，钟鸣齐奏，一齐尽觞。至于舒缓谐欢的《阳阿》晋国所制之曲，舒放欢乐之南方歌曲，以此通达激荡胸臆，开张视听，疏导散发心中蕴蓄的郁积，震动宣导心中的滞积，钟鼓之音的锽锽锵锵，铿铿在农村田野的大道上奏响，与万民百姓同乐。因此这次带有军事演习性质的大猎，在华夏大地照耀昭彰的美德，神威赐达于四方边疆，东方的邻国航渡大海而来上供参祭，西邻远国翻越葱岭而来朝拜大汉天子，南方远塞借助多重翻而献奉贡品，北狄也带来翻译而来朝会。总之，平时不忘记危乱，太平盛世不忘记流离动荡，治国大道就在于此，这就是原本帝王之所以耀武扬威而能挫败远方敌人的进攻的原因。

如今大汉在多种教化的道德之林获得功效，在仁义的渊薮广泽中得到收获，却忽视国家大猎的礼制，缺乏快乐兴奋的田猎。犹如两眼黑暗者看不见日月的光明，两耳昏聋者听不见雷霆的震鸣。从汉安帝即位。至今十二年，为时长久。也将要修订宫中秘府里的典藏书籍，掌管祖庙的官员察看群吏之治理，按照契券上记载的旧业勋绩，遵循国家典章制度。采用春秋时晋国在清原的蒐猎，赞美周成王岐阳的大猎，登崇俊杰，任命贤良，举拔滞留未用者，擢用幽远遐荒的隐士。监察奢侈华美的虚誉，关注耿介特点的实际功劳。聘请隐于陇亩的众多高才雅士，推尊隐身深渊的潜龙式的人物。于是注目于薮林下，遍思大河沼泽，目光还投向厨房锅案间的厨师，耳朵要伸向四通八达的大道，在刑徒中可以营求到傅说那样的人才，在厨房里可以寻求到伊尹般的大才，在鱼盐小店里可以找到胶鬲似的贤良，在大车旁可以听到类似宁戚怀才不遇的歌唱。如能得到这些人才，使他们畅发言论，广开议论，就可以远迈三皇，高过五帝，会全看到吉祥，包括各种祥瑞。于是凤凰栖居于高大的梧桐，麒麟会止息于西园，接纳到僬侥氏贡物珍羽，接受西王母来献的白环。这样会永远自由自在地徜徉在天下。可以与天地一样长久，可以辅助后土大自然的造化，可参助上天的举措，超迈卓达而无可比，光彩焕发巍巍不可测之本原。使子孙成千上亿，经历万代而永远延续。礼仪与音乐已经结束，转回车辕，返回旗帜，来到河南郡新城县，又离开伊阙，返回洛阳。

应当说，马融的这篇《广成颂》的确笔墨生香，文采飞扬，是不可多得的美篇。但是，他的这一美篇上奏朝廷后，却引起了适得其反的效果。临朝执政的太后邓绥，便传唤马融，询问马融撰写《广成颂》的深意。她先让人领着马融去了牢房，次去了御厨坊，又去了小店，最后还去了马车坊，这才领他来到邓太后的书房。当时，邓太后早已将马融的《广成颂》摊在书案之上，意味深长地对马融说：“今先生如此转悠了一番，收获究竟如何呢？你今天去了牢房，见到像傅说那样的人才了吗？去了御厨坊，找到像伊尹那样的大才了吗？去了小店，看到像胶鬲那样的贤良了吗？去了马车坊，听到像宁戚那般的歌唱了吗？如果你看到了，或者听到了，那你便说出来，我完全可以重用他们，给他们高的官职，好的待遇，让朝廷人尽其才，物尽其用，也好使这些凤凰栖居于更高大的梧桐，麒麟止栖于美丽的西园，这样该多好呢！”

起初，马融不知邓太后所作所为何意，现在才明白了她的所指，这分明便是冲着自己的《广成颂》而来。于是，他连忙说：“臣下只是随便说说，随便写写，空发些议论，烂写些文章，并无所指，绝无他意。”

邓太后说：“说话，是可以随便说的吗？文章，是可以随便写的吗？我知道你们文人的特点，都清高，都孤傲，可是，你们就不怕你们的文章，能带来不好的影响吗？今就你这篇《广成颂》，判你个‘诽谤朝廷’之罪，也不为过。”

马融一听，这才诚惶诚恐地说：“臣下那文章确是随意写的，今天只是转了转，并未留心，不知太后用意。”

邓太后这时拍了拍马融的《广成颂》说：“你的大作里不是说：‘注目于薮林下，遍思大河沼泽，目光还投向厨房锅案间的厨师，耳朵要伸向四通八达的大道，在刑徒中可以营求到傅说那样的人才，在厨房里可以寻求到伊尹般的大才，在鱼盐小店里可以找到胶鬲似的贤良，在大车旁可以听到类似宁戚怀才不遇的歌唱。如能得到这些人才，使他们畅发言论，广开议论，就可以远迈三皇，高过五帝，会全看到吉祥，包括各种祥瑞。’你既然都这样写了，那么你到了这些地方，却为什么不知道为朝廷寻找栋梁之材呢？”

马融闻此，只好叩头谢罪道：“太后所言极是，那么今后，臣下一定注意。”

“今后，难道还有今后吗？你不知道，你的这篇美文，给我们邓氏带来了多大的被动。你甚至敢公开点我的名，批评我，说什么‘外戚诸家亲属，每有忧愁疾病，皇恩普降慰问，所遣使者络绎交错，很少间断’。你说这话，是什么意思呢？你不觉得，你操心的事太多了嘛！”邓太后面带愠色，又说，“你如果是正直的臣子，对朝廷有什么话，明说倒也无妨，不必含沙射影。你明明知道，当今是由我们邓氏执政，辅助皇上，可先皇刘隆他只是个幼儿，年龄太小了啊！当今的皇上刘祜，也是个少年，都不懂事，我不摄政行吗？邓骘不参政行吗？待以后皇上长大，我们再还政于他不行吗？可就是在这样一种情况下，你却说在刑徒中能寻求到傅说，在厨房里能寻求到伊尹，在鱼盐小店里能找到胶鬲，在大车旁能听到宁戚的歌唱，这是什么意思呢？是不是说，我们阻隔了贤路，我们用人不当，你是不是这样的意思？”

马融一听，冷汗直流，又辩解说：“臣下只是管窥之见，片面之语，并无太后所说的那样的用意。是不是，有人对太后说了些什么，太后才有这样的误解。”

邓太后冷冷地说：“也没人对我说些什么，这只是我个人的一点理解罢了。你记住，有一句话是——谨言慎行。那么，我也赠你一句话——谨言慎文。古人讲，祸从口出，可有多少文人，却是祸从笔出啊！人一定要谨言，也一定要慎文呢！要慎之又慎呢。因为，文要留存，要传世，是刀刻一般留存下来，传世之文，怎可以给后代留下谬误呢？你的《广成颂》，固然不失之为美篇，可是，你却是随便之文，轻率之篇，以至是虚假之篇。类似这样的文章，又有什么用呢？”

听邓太后如此之说，马融不能不予认错，再行谢罪：“谢谢太后教诲，臣下以后一定说话注意，笔下注意。”

唯因此事，马融开始沉抑、积滞在东观，十年未得升迁。马融兄马伉之子死于马融家，马融为此陈述自己的过失，请求辞官归家。邓太后听后大怒，对东观官员说：“曾有人说马融诽谤朝廷，讽喻邓氏，让将他判一重罪，处以死刑，我最终原谅了他，让他在东观就职。可如今，他分明是嫌我说了他，且嫌校书职务低微，羞于继续任职，以辞职回家为名，想去提任州郡长官，我能让他如愿吗？”于是，邓太后下令，免除了马融官职，并不许他入朝为官。这一下，便把正要登上峰巅的马融，一下子打入了谷底，这也开始了他人生的低谷时期。

第三十八章　绛帐传薪　一代名儒是马融

汉建光元年（121），邓太后死，汉安帝亲政。当时，有大臣向汉安帝推荐马融，汉安帝便欲召回马融。可是，又有人向汉安帝提及邓太后不让马融入朝为官一事。汉安帝笑了笑说："那只是太后的气话，不必当真。"于是，他便下诏，召马融还朝，任命为皇帝侍从进讲的官员，后又让出任河间王府长史（管理王府之事）。适逢汉安帝东巡泰山，马融便欲作《东巡颂》。有人劝马融："您难道不怕遭到像《广成颂》那样的不公评价吗？"

马融听罢，笑了笑说："我是堂堂大丈夫男子汉，岂能一朝被蛇咬，十年怕井绳呢？人的命，天注定，写东西的人，老是怕这怕那，又怎么能写出好作品呢？况且，人家邓太后对我的批评，并不是没道理啊！而且，她也并没有整我啊！当初，邓太后不准我再入朝为官，皇上却恩准我入朝，说明皇上比邓太后宽宏大量得多，我既有即兴美篇，岂能不先呈送皇上呢！"于是，他还是写了《东巡颂》并呈送给汉安帝。汉安帝看了马融的《东巡颂》极为欣赏，称这是一篇奇文，并任命马融为郎中。汉安帝虽然对马融极为赏识，有重用之意，只惜汉安帝寿命不长，延光四年（125）便离世，年仅31岁。汉安帝逝世后，北乡侯刘懿即帝位，马融因病离开朝廷，担任郡功曹。

汉顺帝阳嘉二年（133），朝廷下诏令，让各地荐举品行敦厚朴素的人才。当时，城门校尉岑起荐举马融，召往朝廷应试，经对策答问，任命为议郎（掌顾问应对的官员）。大将军梁商上表，请求任命马融为从事中郎，又转任武都（郡名，东汉时治所在今甘肃成县西）太守。那时，西羌反叛，征西将军马贤与护羌校尉胡畴率兵征讨，延迟日久并无进展。马融见其将败，便上书朝廷，表示自己愿意率兵讨伐羌人以报效朝廷。书中说："如今杂种诸羌反复骚扰，劫掠财物，为害百姓。当前急务，应趁其各种羌尚未联合之机，尽快深入，破其支党，而马贤等却处处迟滞不前，坐失战机。羌人凭其熟悉地理，百里望尘，千里听声，见大军来则逃匿避回，趁我之漏洞，潜出于我军之后，寇掠三辅之地，必将为百姓之大害。臣愿请朝廷准许将马贤不用之五千关东兵，尽力加以训练，激励士气，作战时坚守不退，领头之人身先士卒，不出一月，必能克敌致胜。臣自幼习学六艺，但未经过战阵之事，今斗胆陈言，领兵破羌，必然使人以为臣乃大言不惭，欺君罔上。昔日平原君赵胜的门客毛遂，受平原君供养，无所作为，被众人所耻笑。但当秦围邯郸，赵国危急之时，他自荐随平原君出使楚国，谈判中楚王犹豫不决，他拔剑上阶，慷慨陈词，说服楚王出兵救赵而解邯郸之围。臣所忧虑的是马贤等专守一城，官军向西进攻，羌人却出现于东方，如此迁延时日，恐有兵溃将叛之变。”这也说明，马融本是一文武全才，只是他的军事指挥才能没有机会发挥罢了。而这一次，马融之策并未被朝廷采纳，这不能不是一种遗憾。马融又上书说：“彗星出现于参、毕（参，星座名，二十八宿之一，西方白虎七宿的末一宿，即猎户座的七颗亮星。毕，毕星，二十八宿之一，古人以为主兵主雨，故亦借指雨师）。参为西方之宿，毕为边兵，其分野（古时以十二星次的位置划分地面上州、国的位置与之相对应。就天文说，称作分星；就地面说，称作分野）乃并州之地。西戎北狄恐怕都要起兵，两边都应加以防备。”不久，陇西羌人反，乌桓亦侵扰上郡（今陕北及内蒙古南部），这些都被马融言中。这也说明，马融亦有深厚的天文知识。

汉桓帝时，马融任南郡（郡名，治所在今湖北荆州市）太守。此前，马融曾违抗大将军梁冀的旨意，梁冀让他的党羽诬奏马融任郡守时贪污，免官，受剃发之刑，迁往朔方（今内蒙古自治区杭锦旗一带）。马融因不堪受辱，自杀未遂。遇赦还京，复任为议郎，在东观著述，后因病去官。

马融才高，学识渊博，为当时声望很高的古文经学家。他的门下生徒常有数百人或者千余人。今陕西省扶风县东南约 25 里的绛帐村，即为马融当初授徒之处。马融善于弹琴，喜好吹笛。他以参透人生、不受世事牵累的处世态度，听凭秉性行事，率真而不做作，不拘儒者礼节之束缚。其家用之器物服饰，多奢华艳丽。他常常坐在高大的堂屋之上，垂以绛纱帐，帐前教授生徒，帐后陈设女乐。他让学问深的弟子教授其他学生，门生很少有人能入室见到他的面。马融曾想训注《左氏春秋》，及至看到贾逵、郑众注释《左氏春秋》的著作，他说：“贾君精而不博，郑君博而不精，既有精又有博，我不必再去训注了。”于是，他仅著了一部《三传异同说》，注释了《孝经》《论语》《诗》《易》《周礼》《仪礼》《礼记》《尚书》《列女传》《老子》《淮南子》《离骚》，所著赋、颂、碑、诔、书、记、表、奏、七言、琴歌、对策、遗令，凡二十一篇。

当初，马融因受邓氏的压制，不敢再去违抗得罪权势之家。但是，他后来曾为梁冀迫害李固起草奏文，又作大将军《西第颂》，为梁冀歌功颂德，因此而遭到正直之人的非议。汉桓帝延熹九年（166），马融死，享年87岁。临终，他遗令薄葬。

马融有得意门生多人，首推卢植。卢植，字子干，涿郡涿县（今河北省涿州市）人。他身长八尺二寸，声如洪钟。性格刚毅，有高尚品德，常有匡扶社稷、救济世人的志向。他不喜欢作辞赋，性格豪爽，能饮酒一石。他年少时，即拜马融为师，并引荐郑玄为同门。他博古通今，喜欢钻研儒学经典而不局限于前人界定的章句。马融是外戚豪族，家中常有歌女表演歌舞，而卢植在马融家中学习多年，从未为此瞟过一眼，马融由此对卢植非常佩服。卢植学成之后，返回家乡涿县教学，门下弟子有刘备、刘德然、公孙瓒及高诱等。

建宁元年（168），窦皇后之父窦武，因为援立汉灵帝刘宏即位有功，被拜为大将军，开始掌控朝政。当时，窦武想要为其族人封爵，卢植以布衣身份上书窦武进行劝阻，可窦武不听。后来，窦武在当年九月辛亥发生政变时被杀。

此后，州郡屡次征辟卢植，他都不应。直到建宁年间（168—172），才被征为博士，开始步入仕途。熹平四年（175），扬州九江郡蛮族叛乱，朝廷认为卢植文武兼备，于是拜他为九江郡太守。卢植到任后，很快便平息了叛乱。之后，卢植因身体健康原因而辞职。同年，由蔡邕、李巡等人发起的校勘儒学经典书籍的建议得到朝廷批准，并且刻碑立在太学门口，史称“熹平石经”或“太学石经”。后来，庐江郡再次发生蛮族叛乱，朝廷因为卢植在九江郡担任太守时，对当地人有恩威信义，于是再次拜其为庐江郡太守。

一年多后，卢植又被召回朝廷担任议郎，与马日磾、蔡邕、杨彪、韩说等人一起在东观校勘儒学经典书籍，并参与续写《汉记》(史称《东观汉记》)的工作。他被拜为侍中、尚书。

光和七年（184）二月，冀州巨鹿郡人张角发动起义，史称“黄巾之乱”，天下有八州响应，朝野震动。经四府（大将军、太尉、司徒、司空），汉灵帝拜卢植为北中郎将，命护乌桓中郎将宗员任其副手，率领北军五校（屯骑、越骑、步兵、长水、射声五营）的将士，前往冀州平定黄巾军。卢植连战连胜，张角率军退守广宗县，据城死守。卢植率军包围广宗县城，并挖掘壕沟，制造攻城器械，准备攻城。而这时，刘宏派小黄门左丰到卢植军中检查工作，有人劝卢植向左丰行贿，被卢植拒绝。左丰因没讨到半点好处，于是怀恨在心，他返回洛阳后，向汉灵帝进谗言说："臣看广宗县城很容易攻破，卢植却按兵不动，难道他是想等老天来诛杀张角吗？"汉灵帝信以为真，便下诏免除卢植的职务，并用囚车将其押送回洛阳，判处无期徒刑（减死罪一等）。遂拜董卓为东中郎将，接替卢植在冀州平定黄巾军，但董卓战败。

同年八月，由左中郎将皇甫嵩统率的另一支政府军，平定了兖州东郡黄巾军，朝廷则改派皇甫嵩前往冀州平定黄巾军。皇甫嵩不负众望，最终凯旋。皇甫嵩返回洛阳后，上书汉灵帝，将平定冀州黄巾军的功劳推给卢植，于是卢植官复原职，仍任尚书。

中平六年（189），汉灵帝驾崩，大将军何进掌控朝政，何进听信袁绍等人的建议，意图铲除宦官，甚至征召并州牧董卓进京，卢植知道董卓必为后患，竭力劝阻，而何进不听。同年八月，发生政变，何进被杀，董卓进京，掌控朝政。董卓意欲废黜汉少帝刘辩，拥立陈留王刘协为帝，便召文武百官商讨，当时无人敢言，只有卢植独自一人出来反对，董卓大怒，下令将卢植处死，蔡邕和议郎彭伯为之求情，董卓这才作罢，遂将卢植免职。不久，卢植以年老身体不适为由，请求返回家乡涿县。等董卓批准后，卢植知董卓必心生后悔，便急急走小路离开洛阳。董卓果然后悔，派人前来追杀，未遂。此后卢植便隐居在幽州上谷郡，不问世事。卢植著有《尚书章句》《三礼解诂》（《礼记解诂》）二十卷，还有文集二卷，今已佚失。袁绍取得冀州后，拜卢植为军师。初平三年（192），卢植逝世。临终前，他让儿子挖土穴薄葬，不用棺木，仅留贴身单衣而已。

后世对卢植有极高的评价：贞观二十一年（647），唐太宗诏令历代先贤先儒二十二人配享孔庙，其中就包括卢植。而到了大中祥符二年（1009），宋真宗追封卢植为良乡伯，仍从祀孔庙。

马融的得意门生还有郑玄，他字康成，北海郡高密县（今山东省高密市）人，是东汉末年儒家学者、经学家。

郑玄出生时，郑氏家族已经败落，他的祖父郑明、父亲郑谨，都没有出仕，只在乡间务农，家中生活比较贫寒。他从小学习书数之学，到八九岁时就精通算术。十二三岁时，就能诵读和讲述《诗》《书》《易》《礼记》《春秋》这儒家五经了。同时，郑玄还喜欢钻研天文学，并掌握了"占候""风角""隐术"等一些以气象、风向的变化而推测吉凶的方术。

郑玄16岁时，不但精通儒家经典，详熟古代典制，而且通晓谶纬方术之学，又因写得一手好文章，被大家称为神童。他18岁那年，由于家境贫穷所迫，不得不出仕，充任乡啬夫之职。但他不安于乡吏的工作，不愿为吏以谋生，一心向往研究学术。因此，他在做乡吏时，还利用一切机会刻苦学习，每逢休假日也不回家，而到学校中向先生请教各种学术问题。到21岁时，他已经博览群书，具有了深厚的经学功底，并精于历数图纬之学，兼精算术。

当时的名士杜密任太山太守、北海相，把郑玄升调到郡里为吏录。到了北海郡不久，郑玄又辞去吏职，入太学授业。他的老师第五元先，曾任兖州刺史，是一位很有学问的经学博士。郑玄从师第五元先，先后学了《京氏易》《公羊春秋》《三统历》《九章算术》等，俱达到了通晓的程度。他又从东郡张恭祖学习《周官》《礼记》《左氏春秋》《韩诗》《古文尚书》等书，其中除《礼记》和《韩诗》外，其他均为古文经学的重要典籍。他又从陈球受业，学习了《律令》。在此期间，他还以明经学、表节操为目的，游学于幽、并、兖、豫各州，遍访名儒，转益多师，虚心向他们学习，共同探讨学术问题。读万卷书，行万里路，郑玄一直不辞劳苦，孜孜求道。到了而立之年后，郑玄已经成了一名有较深造诣的经学家。

郑玄虽然已经学富五车，但他自己毫不满足，他通过友人卢植的关系，离开故国，千里迢迢西入关中，拜扶风人马融为师，以求进一步深造。马融为人比较骄贵和讲究，虽然门徒众多，但他只亲自面授少数高材生，其余学生则由这些高材生转相授业。郑玄投学门下后，三年不为马融所看重，甚至一直没能见到他的面，只能听其高足弟子们的讲授。但郑玄并未因此而放松学习，仍旧日夜寻究诵习，毫无怠倦。有一次，马融和他的一些高足弟子在一起演算浑天问题，遇到了疑难而不能自解。有人说郑玄精于数学，于是就把他召来相见。郑玄当场很快就圆满地解决了问题，使马融与在场的弟子们都惊服不已。马融当时对卢植说："我和你都不如他呀！"自此以后，马融对郑玄十分看重，郑玄便把平时学习中发现而未解决的疑难问题一一向马融求教，对于篇籍的奥旨寻微探幽，无不精研，得到马融的称赞。

从马融那里学成回乡后，郑玄已经40多岁了，这时他已成为全国精通今古文经学的大师了。于是，远近有数百上千人投到他的门下，拜他为师，听他讲学。当时，他家里还很贫穷，便"客耕东莱"，一面种田维持生计，一面教授门徒。

汉灵帝建宁元年（168），朝廷下诏各州郡查究党人，凡"党人"及其门生、故吏、父子、兄弟现居官位者，一概免职禁锢，发生了第二次“党锢之祸”。郑玄曾为杜密故吏，受杜密的赏识与提携，所以也被视为党人，于建宁四年（171），他和同郡人孙嵩等四十余人俱被禁锢。

郑玄倾向于古文经学，但他并不遵守当时经学中师法、家法那一套，以自己渊博的学识遍注古文经，注中并不专用古文经学家的释义，以古文为主，兼采今文，择善而从。

郑玄从45岁被禁锢，到58岁时才蒙赦令，前后长达十三年。在此期间，他打破了经学的家法，注释与著书“几百余万言”，创立了“郑学”，使郑学逐渐成为“天下所宗”的儒学。黄巾起义爆发后，朝廷被迫大赦党人。解除党禁后，朝廷当政者对郑玄的大名早有所闻，于是争相聘请他入朝担任要职。但郑玄求名而不求官，羞与外戚阉寺为伍，绝不愿涉足仕途，乃屡拒征辟，一心一意从事著书讲学的学术工作。

中平二年（185），执掌朝廷权柄的外戚大将军何进为了笼络人心，首先征辟郑玄入朝为官。州郡官吏胁迫起行，郑玄不得已，只好入朝去见何进。何进为表示礼贤下士，对郑玄礼敬有加，设几、杖之礼以待之。郑玄为保其名士节操，拒不穿朝服，只穿普通儒者的便服与何进相见。仅隔了一夜，未等授予官职就逃走了。

汉灵帝中平四年（187），三府（太尉、司空、司徒）曾先后两次征辟郑玄，但他都借故婉言谢绝了。第二年，郑玄与荀爽、申屠蟠、襄楷、韩融、陈纪等14人并被征为博士，他因父丧而未去。后将军袁隗表举郑玄为侍中，他仍以居丧为理由而拒绝出仕。

中平六年（189），汉灵帝死，汉少帝刘辩继位，不久董卓废汉少帝而立汉献帝，迁都长安。这时，公卿们又举郑玄任赵王刘乾的国相，但因战乱道路不通，仍没有受召。郑玄屡拒征辟，其间除避乱于徐州外，大多在家乡隐居，聚徒讲学，专心经术，著书立说。他的弟子遍于天下，多有人自远方而投至门下，如赵商、崔琰、公孙方、王基、国渊、郗虑等即为著名者。他的学生常常超过千人，为一时之盛。

汉献帝初平二年（191），黄巾军攻占青州，郑玄只得逃到徐州避乱。徐州牧陶谦曾大破黄巾军，境内比较安定，他听说郑玄到来，即以师友之礼相接待。郑玄把自己安顿在南城之山栖迟岩下的一所石屋里，很少出头露面，仍然夜以继日、孜孜不倦地研究儒家经典，注释《孝经》。郑玄在徐州住了五六年，当时孔融为北海相，对郑玄特别尊崇，他一面为郑玄修葺故居庭院，一面再三派人敦请郑玄回郡。

建安元年（196），郑玄从徐州返回高密，在回高密的路上曾遇到大批黄巾军，但他们对郑玄十分尊重，见者皆拜，相约不敢侵入县境。正因为如此，在高密县，郑玄并未受黄巾抄掠。

回到高密后，孔融对郑玄待之甚厚，告诉手下僚属，皆称郑玄为郑君，不得直呼其名。这样，郑玄在70岁时结束了背井离乡的流亡生活，他老当益壮，仍终日精研经典，博稽六艺，并时常睹览秘书纬术。可在当年春夏之间，袁绍之子袁谭率黄巾降兵攻北海，围孔融于都昌（今山东昌邑），情势万分紧急。郑益恩受父命，率家兵前去营救，结果反被围杀，时年仅27岁。郑益恩死后，有遗腹子，郑玄为其取名小同。

建安三年（198），汉献帝征郑玄为大司农，位列九卿，给安车一乘，所过郡县长吏送迎。郑玄在家拜受后，便乘安车至许昌，但马上又借口有病，请求告老还乡。他虽然并未到任就职，但已经拜受此命，故世人称他为郑司农。

建安五年（200），郑玄已经73岁了，他饱经沧桑，身体常觉不适。这年春天，他梦见孔子对他说："起、起，今年岁在辰，来年岁在巳。"这一年是农历庚辰年，即龙年，而来年是辛巳年，也就是蛇年，旧说龙、蛇之年对圣贤不利。所以他醒来后很不高兴，认为自己当不久于人世了。这一年，袁绍与曹操的大军在官渡（今河南中牟县东北）会战。袁绍为壮声势，争取民心和士望，叫袁谭逼迫郑玄随军，郑玄无奈，只好抱病而行。走到元城（今河北大名县境），病势加重，不能再走了，同年六月病逝于该县。病重和临危之时，他还在注释《周易》。

郑玄死时，正值天下大战乱，所以葬礼十分简单，但自郡守以下的官员和受业弟子也有一千多人缞绖（披麻戴孝）送葬。最初葬于剧东（今山东青州），后又归葬于高密县西北50里刘宗山下的厉阜。而今此地仍存有唐代墓碑和郑玄祠庙。距此不远，则是孔融当年给他立的"郑公乡"。

郑玄的学生们为纪念恩师的教诲，把郑玄平时和弟子们问答五经的言论编辑为《郑志》，共有八篇。

再说马融，后世对他有极高的评价：唐贞观二十一年（647），唐太宗李世民诏令历代先贤先儒二十二人配享孔庙，其中就有马融。到了北宋时期，马融被追封为扶风伯，仍得以从祀孔庙。

对于马融，后世有多种评价，正面居多，负面亦有。马融之学，属于古文经学中的一种典型。在儒家经学的发展史上，马融开始了综合各家、遍注群经这种带有开创性的工作，他的经注成就，使古文经学开始达到成熟的境地。

正因为马融对于经学的巨大贡献，正因为马融著作颇丰，正因为马融培养了类似卢植、郑玄这样多个高才门生，所以后代都尊他为伟大的经学家、文学家和教育家。

第三十九章　马贤守边　马棱治水美名传

如果说，伏波将军马援是东汉一代名将的话，那么，与马援同时代的，还有一位马贤，他也是东汉时期的著名将领。汉安帝刘祜永初七年（113）夏天，安定郡先零羌部落叛乱。马贤时任骑都尉，奉命与护羌校尉侯霸领军征讨羌乱，大败羌人先零部落的分支牢羌之军，斩首俘获千余人，缴获驴、骡、骆驼、马、牛、羊两万余头，极大地震慑了羌人。

元初元年（114）三月，汉安帝下诏，派兵驻守河内郡关隘要冲36处，修筑堡寨，设置传警之鼓，以防备羌人进攻。五月，先零部落首领零昌进攻雍城。九月，羌人首领号多与当煎部落、勒姐部落头领分兵在武都、汉中郡掳掠抢劫。汉中郡五官掾程信率领郡兵与巴楣蛮兵打败羌军。号多逃归，与零昌部落合谋，切断陇西道路。马贤与侯霸率领湟中官吏百姓以及投降的羌人，在袍罕进攻号多，杀死叛兵二百多人，迫使其败逃。

朝廷又派遣屯骑校尉班雄屯驻“三辅”。诏令左冯翊司马钧为征西将军，督率右扶风仲光、安定太守杜恢、北地太守盛包、京兆虎牙都尉耿溥、右扶风都尉皇甫旗等，合共八千余人。同时令护羌校尉庞参率领羌胡兵七千余人，共同讨伐羌人叛军。庞参与司马钧等约定，分路向北进军，合击零昌羌人叛军的重要据点丁奚城（在今宁夏灵武市南）。

庞参一路人马到达勇士东时，被杜季贡叛军伏击战败。司马钧率军独进，攻拔丁奚城。派人向朝廷报捷，并报告庞参“兵败失期”之事。其实，这是杜季贡的骄兵之计。他看到汉军来势汹汹，难以守城，便提前将牛羊粮草运走，留下一座空城。汉军攻城时，他率兵撤退出城，假装溃不成军的样子，沿途丢弃财物，分散远逃，迷惑汉军。司马钧率军入城后，因大军缺乏粮草，特令仲光、杜恢、盛包等军抢收羌人庄稼，以充军粮，同时要他们警惕羌人叛军的偷袭。仲光、杜恢、盛包、耿溥、皇甫旗等认为羌兵溃逃远遁，不敢来战，便违背司马钧的命令，散兵深入羌地。这时，杜季贡率羌兵设下埋伏，截断汉军退路，分路猛击。司马钧在城中得知消息，怒而不救，城外分散的汉军将士战死三千余人。司马钧无奈，便悄悄溜回京城家中，朝廷派人逮捕他，他自杀而死。护羌校尉庞参也因“军败失期”罪，被捕下狱。

当时，度辽将军梁慬也因事获罪。马援侄孙、时任校书郎中的马融上书汉安帝刘祜，奏称：“庞参、梁慬有智能，边地不宁，可责令他们戴罪上阵，将功折过。”安帝采纳马融的建议，释放了庞参、梁慬，把他们归马贤调遣；诏令以骑都尉马贤代领护羌校尉事，任尚为中郎将，代班雄屯“三辅”。

元初四年（117），杜季贡因内讧被刺死，零昌羌部落由狼莫为将军。十二月二十五日，中郎将任尚率领各郡的部队，与骑都尉兼领护羌校尉马贤所部人马，一同进兵北地郡，攻打先零羌叛军。马贤率军先到安定郡青石岸，狼莫前来迎战。马贤初战失利，但只是小败。恰好，任尚的部队到达高平，两军便联合并进，发起猛烈攻击，狼莫军被击败。乘势，马贤等移动军营，迫近狼莫部落，到达北地郡。双方相持六十多天，在富平县黄河之畔大战一场，马贤、任尚联军大败狼莫军，斩杀五千人，缴获牛、马、驴、羊、骆驼十万多头，狼莫逃走，被羌人掳去的千余汉人得以归还。西河郡羌人虔人部落万余人，因见狼莫大败，便前往度辽将军邓遵处投降，陇右得以平定。

元初六年（119）春天，羌人勒姐部落与陇西部落的号良等人勾结谋反。马贤在安故迎战号良，杀死号良及羌人数百人，其余部众都予投降或逃走。

次年三月，上郡的羌人沈氏部落五千多人侵犯张掖郡。六月，马贤奉命率领一万兵马前往讨伐。第一次交战，马贤失利，牺牲几百人。第二天再战，马贤用计打败沈氏部落，斩杀一千八百余人，俘虏一千多人，余众全部投降。其实，这也是马贤的惯用战术，他每每初战，都是以弱小的兵力迎战，待探实敌人的虚实后，便集中兵力，向敌人发起猛烈攻击，夺取更大的胜利。另一支叛兵，是当煎部落首领饥五等人，他们见马贤的部队集中在张掖作战，便乘虚而入，攻打金城（今兰州）。马贤闻讯，迅速率军由张掖返回，击败饥五等叛军，一直追击到塞外，斩杀数千人，得胜班师。烧当、烧何二羌人部落，听说马贤大军返回金城，便趁机率领 3000 多人再次进攻张掖，杀害郡县官吏，当地百姓都十分恐慌。

起初，当煎部落的首领饥五在攻打金城时，和同部族的首领卢匆心、烧当部落忍良等千余户，留在允街，采取观望的态度。建光元年（121）春天，马贤率军斩杀卢匆心及其部族两千多人，迫使忍良等逃亡塞外。汉安帝因马贤多次大捷，封他为安亭侯，食邑千户。同年七月，忍良与烧当部落首领麻奴兄弟勾结，裹挟各部落三千人马，侵犯湟中金城郡各县。八月，马贤率领归顺的先零羌部落前往征讨，在牧马场遭遇，其战不利，死四百多人。麻奴等又在令居打败武威、张掖两郡汉兵，乘胜裹胁先零、沈氏各部落四千多户，沿山脉向西进发，进攻武威。马贤率军追到鸾乌县，招抚各部落数千户，迫使麻奴返回湟中。

延光元年（122）三月，马贤率军追击麻奴军，麻奴逃出边塞渡过黄河。马贤迅速渡河跟踪追击，大败麻奴，其部众溃散，许多人都到凉州刺史宗汉那里投降。至此，麻奴羌叛乱基本平定。

永建元年（126），汉顺帝刘保即位。不久，陇西钟羌部落反叛。马贤奉命率七千多人马前往征讨，在临洮斩杀钟羌叛兵千余人，其余全都归降，凉州重新安定，马贤进封都乡侯。

马贤因犀苦兄弟部落多次背叛，就将犀苦兄弟关押在令居做人质。这年冬天，马贤被朝廷征召回朝，免去官职。朝廷任命右扶风人韩皓接替马贤，任护羌校尉。

汉顺帝刘保阳嘉三年（134）七月，钟羌部落首领良封等再次进犯陇西郡和汉阳郡。汉顺帝下诏，任命前护羌校尉马贤为谒者，代表朝廷宣达政令，负责镇压招抚羌人各部叛兵。十月，马援侄曾孙、时任护羌校尉马续率军攻打良封，将其击败，斩杀几百人。

阳嘉四年春天，马贤、马续调派陇西的将士和羌胡的部队，再次进攻良封叛军，取得大胜，他们杀死良封，斩杀一千八百人，缴获马、牛、羊五千多头，余部全都投降。马贤、马续又指挥各军乘胜进兵，攻打钟羌的且昌部落，且昌率部落十万人归降。

永和元年（136），马续调任度辽将军，马贤再次任护羌校尉。次年春，马贤进军征讨武都边关连续多年反叛的羌人白马部落，杀死大首领饥指累祖等三百人，陇右再次平定。

不久，烧当部落首领那离等率三千多骑兵进犯金城。马贤率军赶赴金城，将其击败，斩杀四百多人，俘获战马一千四百多匹。次年三月，那离等又招引西部的羌人之兵，再次来犯。于是，马贤率领湟中志愿从军的士兵和一万多归附的羌人骑兵，出其不意，进攻那离等部落叛军，取得大胜。他们杀死首领那离，斩杀和俘虏一千二百余人。因屡屡立功，朝廷便诏令马贤任弘农郡太守。

永和五年（140）夏天，羌人且冻部落、傅难部落又予反叛，起兵攻掠金城、三辅地区，杀害汉人官吏、百姓。汉顺帝刘保下诏，拜马贤为征西将军，率军十万屯驻汉阳郡，筑坞壁三百处，以御叛军。且冻部落叛军慑于马贤声威，转而攻打武都、烧陇关（在今陕西陇县陇山东坡），掠夺东汉的苑马。

次年初，马贤亲率五千骑兵，主动出击寻敌，深入羌人腹地，在射姑山遭遇叛军主力，被且冻部落、傅难部落数万人马重重包围。在敌多数倍的情况下，马贤毫不畏惧，率领两个儿子和全部骑兵与叛军激战。当时，且冻、傅难多次劝降，但马贤父子拒不投降，继续战斗。部下见马贤父子如此英勇，全都坚持战斗，最后全部战死，无一生还。

马贤在大西北边地辗转征战30多年，身经百战，屡获大胜，最后与两子壮烈殉国，成为扶风马氏又一位安边名将。汉顺帝悼念马贤功绩，赐其家绸三千匹、粮食千斛；封马贤之孙马光为舞阳亭侯。

应当说，与马贤父子同代的，还有一对马氏父子名人，那就是马棱、马臻，他们父子虽非将相，但均因治水有功，被后世人世代纪念。

马棱幼年父母双亡，堂兄马毅将他抚养长大，并教他读书，学习十分刻苦，知识渊博。马毅曾任张掖都尉。汉章帝建初二年（77）六月，烧当羌部落叛军来犯，马毅和车骑将军马防等率军迎击，马毅不幸阵亡。马棱为马毅办理后事，痛哭如同儿子一般，他坚持守孝三年，并把儿子马臻过继马毅为嗣子，以孝亲闻名乡里。

建初五年（80），马棱被举为孝廉，担任郡功曹（秘书）。几年后，他的才学、政绩和孝义闻名于朝廷，汉章帝便召他入宫，拜为谒者。马棱代表朝廷到各地巡视，宣达政策、诏令。章和元年（87），升任广陵太守。广陵郡即今扬州市，既是东南名区，也是战略要地。马棱上任当年，适逢大旱灾，粮食歉收，粮价腾贵，百姓饥荒，纷纷流亡。马棱便奏请朝廷，开仓放粮，赈济百姓。他还奏请朝廷撤销盐税，以利百姓度荒，恢复和发展经济。马棱深入乡村调查灾情时，百姓向他诉说，广陵郡高岗十年九旱，河湖沿岸十年九涝，应治理水旱灾害。于是，马棱便采取以工代赈、发给口粮的办法，动员百姓兴修水利。他因地制宜，做出规划，先在高岗地区兴修塘坝，灌溉田地达两万多顷。他又在河湖沿岸低洼地区，疏浚河道，兴建圩田，推广栽植水稻，化水害为水利。他对沟通江淮的古邗沟进行疏浚整修，河岸可走车轿，河内可以行船，大大方便了交通。后来，古邗沟成为隋唐大运河的一段河道，沟通了南北交通，天旱少雨时，它可以提取河水灌溉农田,缓解了当地的旱情。通过兴修水利,广陵郡成为农业发达、百业兴旺的富庶名区。于是，当地官员百姓便刻石立碑，记载马棱的功德。

汉和帝刘肇永元二年（90），马棱转任汉阳太守，此郡原为天水郡。东汉永平十七年（74）改置，郡治冀县（今甘肃甘谷县东），隶属凉州刺史部。这里是羌、氐、南匈奴等民族居住区，民风强悍，土匪盗贼横行。马棱从东南一下子转任到西北，情势大变。在这样一种情况下，马棱的治民理政风格也不得不改变,他一改广陵郡任职时的风格,以威严而著称,以法治而闻名。在汉阳郡,他经常率兵剿匪，贼匪露头，他必镇压，还不断与侵犯边地烧杀抢掠的羌人部落打仗，号令严明，屡获胜利，保持了汉阳郡的安定。

有一年，大将军窦宪率军西征匈奴，驻扎武砘。马棱奉命，为窦宪军供应粮饷。为保证大军西征的军费开支，窦宪命令马棱对百姓超额征收赋税，马棱不得已而为之，结果引起了民怨。后来，窦宪获罪处死，马棱也受到牵连，被免职返乡。

几年后，江南一带盗匪猖獗，到处烧杀抢掠，社会动荡，百姓惶恐不安。朝廷下诏，起用马棱为丹阳郡（今芜湖、宣城一带）太守。马棱刚一上任，便率兵东征西讨，很快把匪徒剿灭，使江南恢复了安定。不久，朝廷任命马棱为会稽（今浙江绍兴）太守，他在会稽治理泗涌湖水患，声望颇著，朝廷又把他调任河内郡太守，也干得十分出色。

汉安帝刘祜永初年间，迎立刘祜即位的邓太后和哥哥大将军邓骘执掌政务大权，而邓太后所依靠的是宦官鄛乡侯郑众、尚方令蔡伦等人。当时，外戚与宦官互相利用，又互相争斗，朝政混乱。邓太后去世后，安帝亲政，其乳母王圣与中黄门李闰、江京为首的宦官集团，害死邓骘，执掌大权，朝政更加混乱、腐败。马棱眼见政局如此，不能不忧心忡忡，可是他有心改制，却没有这样的权力，又再次“因事抵罪免官”，不久便在家中去世。

马棱之子马臻，幼年被过继给堂叔马毅为嗣子，他自幼随父读书，后来入朝为官。汉顺帝刘保永和五年（140），马臻年过半百，被任命为会稽郡太守，这是其父马棱曾经工作的地方。马臻之妻就娶自会稽山阴县狮象山村（后世名大王庙村）。接到任命，马臻非常高兴，立即携妻小赶赴会稽上任。

据说，当年马棱规划修建泗涌湖时，马臻已有十五六岁，经常随父到工程现场察看，监督施工。那阵的观察实践，为他熟悉山阴地理环境、重视治水，奠定了基础。他到任之后，便深入各地，考察风俗民情，了解民间疾苦。会稽一带东临沧海，西部、中部、东部为山地丘陵，北部为山（阴）会（稽）平原，地势由西南向东北倾斜。山会平原之地有很多沼泽。每当山洪暴发或海潮上溯，平原即成茫茫泽国；而干旱之时，这里却水源缺少，无水灌溉田地。即使在这山川秀丽雨水充沛的江南水乡，普通百姓却屡受旱涝灾害的困扰，生活非常贫困。

马臻了解到这些情况后，决心像父亲马棱当年那样，通过兴修水利，发展农业生产，改善百姓生活。他与地方官员反复商讨，提出了修建镜湖（鉴湖）工程的规划方案：以会稽郡城为中心，在山会平原南部原有泗涌湖等湖河堤防的基础上，筑堤蓄水，汇纳会稽、山阴两县36条大小河流之水，把各个河流两岸大小湖泊、沼泽，合为一体，形成一个以蓄水为主、能排能灌的大湖，蓄水以利于灌溉。

马臻发动民众，有钱出钱，有力出力，合理负担，分工负责，分段包干，农忙务农，农闲施工。他和郡县官员亲临工地，督促施工进度，检查工程质量，历尽千难万险，终于完成这项会稽郡历史上最伟大的水利工程。修成的镜湖，东至曹娥江，西至钱清江，堤长127里，湖周长358里。湖堤设有闸、堰、斗门，控制出入水势。可以上蓄洪水，下拒咸潮，形成了科学的排灌体系——“水少则泄湖灌田；水多则闭湖，泄田中水入海”，使山（阴）会（稽）平原从此免遭洪水之害，曹娥江以西万顷良田旱涝保收，收成大增。这样，会稽便成为著名的鱼米之乡，经济日臻繁华。

马臻兴修镜湖，虽然利国利民，但湖水淹没了一些农田和坟墓，这本是古今水利工程都不可避免的事情，却得罪了豪门权贵，他们便上奏告状，到处生事。对此，马臻也制定了一定的补偿措施，但难以满足权贵们的贪欲。于是，当地一些豪强，便和马臻吵闹不休，可都被马臻顶了回去。这些人恼羞成怒，便勾结京城高官权贵，捏造事实，罗织罪名，诬告马臻，必欲置马臻于死地。他们甚至说，镜湖是死湖，是鬼湖，淹死的人已有千人之多。他们还罗列出死人的名字，其实大多都是迁移坟墓里的死人，或是些胡诌的假名。但是，因有高官权贵做后台，所捏造的罪名也得以成立。

汉顺帝刘保幼年登基，宦官和外戚梁氏集团控制皇权二十多年，政治腐败，官官相护，买官卖官，拉帮结派，官商勾结，利益交换，钱权交易，十分严重。当时，只要花钱行贿，就没有办不成的事。在这样一种情势下，马臻仍廉洁自律，一尘不染，他刚正不阿，公正无私，不畏权势，一心只是为了兴修水利，为了

百姓的利益，自然使那些当朝权贵更为愤怒。于是，永和六年（141）春，朝廷突然将马臻革职拿问，并不加审讯，即在京城洛阳处以极刑，将他五马分尸，抛尸野外，年仅54岁。

越中百姓对马臻冤案愤愤不平。他们冒着生命危险，将马臻遗骸收敛装棺，运回会稽，万人哭祭，礼葬于郡城偏门外镜湖之畔，立祠祭祀。正因为此，马棱马臻父子，一直被越中人民深深怀念。

应当说，马棱、马臻的治水功绩，如同秦代的李冰、李二郎父子，是应当被人们所永久纪念的。那么，马臻是诗人，自然写有诗歌，将自己的父亲马棱予以纪念。比如，他的《拜墓》：

一别松楸又一年，归来拜扫一茫然。
老乌下竹窥盘饤，稚子攀松挂纸钱。
心断野花春色里，愁生杜宇夕阳边。
东风不管流年事，只向西湖送管弦。

这首《拜墓》，是马臻归乡为父亲和先人们扫墓时的诗作，它通过细腻的笔触，描绘了自己拜祭先人墓地时的复杂情感与场景。

看，自己离开家乡已有一年，再次踏上故土，面对熟悉的松树与坟头，心中涌起的是一种既熟悉又陌生的茫然感。那老乌鸟儿从竹林中飞下，十分好奇地窥视着祭品，而孩子们则在松树上攀爬，挂上纸钱以示敬意。在这春天的野花中，自己的心灵被触动，思绪万千；而夕阳西下，杜鹃鸟的啼鸣更添了几分愁绪。尽管东风吹过，却并未理会人间的悲欢离合，只是向着西湖送去乐声，仿佛在提醒人们，生活还要继续，快乐与悲伤都是生命的一部分。

《拜墓》一诗，通过生动的场景描写和细腻的情感表达，展现了马臻对逝去的父亲和先人的怀念，对时光流逝的感慨以及对生命意义的思考，是一首富有哲理性和感染力的作品。它对于已逝的马臻的父亲——马棱，自然是一种很好的纪念了。

既然马臻是诗人，他可以写诗来纪念自己的父亲马棱，那么，对于马臻本人，又有什么样的文字纪念呢？说来也巧，我偶尔搜寻，见到在不久之前2023年的《绍兴日报》上，有陶剑刚所写的一篇散文——《马臻墓漫笔》，不妨删而简之，借而用之：

荷，自古以来被赋予崇高的含义；荷花为佛教圣花。花语有坚贞、纯洁、清正、无邪、信仰之意……

一道光……自公元140年永和五年的东汉深处照来，一直照到今天。那一年，为消除越地旱涝之灾，他登高一呼，毅然发动百姓，在以山会平原南部原有堤防、湖泊的基础上，筑堤蓄洪。遂成鉴湖后，总纳会稽、山阴两县（今上虞、柯桥和越城）三十六源之水于一湖，灌良田九千余顷，惠民造福浙东千余年。

老人说那时的鉴湖，水域面积相当于今天的三十个西湖。1800 多年的日日夜夜，人们不会忘记，历史铭刻在心：当年他为成就那一泓鉴湖清波而献身。他就是东汉会稽太守马臻。鉴湖之始，源于马臻。

…………

荷叶细语，荷花含笑，恰似歌他之功、颂他之德、记他之恩。那儿养眼，也可修心。

…………

伴随满池荷香，映入眼帘的是旁边马臻墓前的高大牌坊，上刻“利济王墓”四个大字，为嘉祐四年，即公元1059年，宋仁宗所赐封号。墓圈前方后圆，四周条石砌叠，正中置有墓碑，边框有浮雕双龙抢珠、卷云海水图案，上刻“敕封利济王东汉会稽太守马公之墓”。墓前撰有一副长联，其内容表达了后人对马太守操守功德之景仰：

作牧会稽，八百里堰曲陂深，永固鉴湖保障；奠灵窀穸，十万家春祈秋报，长留汉代衣冠。

墓旁东侧建有马太守庙，分前殿、大殿和左右厢。大殿东西两壁，绘有三十二幅彩图，栩栩如生地展现了马臻的治水功绩和民间传说，壁画迄今隐约可见。庙内颇多古碑文，宋代王十朋有《马太守庙》诗云：“会稽疏凿自东都，太守功从禹后无。能使越人怀旧德，至今庙食贺家湖。”

坐在荷塘，遥想当年，八百里鉴湖，湖光潋滟，湖水浩渺，湖面澄净如镜，是何等秀丽。被文人称之为“镜湖”的鉴湖风光，如醉如痴。少小离家老大回的贺知章面对这一方湖水，感慨“惟有门前镜湖水，春风不改旧时波”；坐于一叶“船头一束书，船后一壶酒”的乌篷船里，泛舟湖上的陆游，看到一路秀美的鉴湖风光，心潮澎湃，诗兴大发，他喝一盅老酒，不禁吟咏起来：千金不须买画图，听我长歌歌镜湖……

鉴湖，这是一座集灌溉、防洪及供水作用于一体的大型水利工程，也是我国最古老的大型蓄水和灌溉工程之一。

在满塘荷香里赏荷思古，深深感慨当年马太守的实干与伟大。没有马臻这样为越地百姓办实事的大智与大勇，很难成就后来鉴湖的那一泓清波。

似乎听到历史老人如是说，马太守造就了鉴湖，也造就了绍兴，使绍兴成了一方风水宝地。从此，绍兴有了发达的水产业、平原农业和著名的酿酒业。

鉴湖，水之魂；水，绍兴之魂也。

鉴湖筑成，本该喜悦，然悲剧降临。《嘉泰会稽志》记载，马臻创湖，蒙冤受戮。因创湖之始多淹冢宅，有千余人怨诉。臻遂被刑于市。

史家笔墨，冷淡冷峻，哪怕墨汁蘸血，搅碾研匀，亦不露声色。功也鉴湖，泪也鉴湖。一生伟业，寥寥数语，惨绝人寰。马臻被诬陷获罪，冤死于永和六年，终年54岁。

然公道自在人心。山会百姓悲愤万分，冒着生命危险将其在京师洛阳的遗骸运回会稽，归葬于郡城门外，鉴湖之畔。农历三月十四马臻生日那天，百姓更是纷纷涌向马臻墓，祭拜这位为民造福的好官。北宋宋仁宗取“利民济世”之意追封马臻为“利济王”，历代文人墨客对马臻对鉴湖的歌咏更是数不胜数。

“禹迹茫茫千载后，疏凿功归马太守。”绍兴儿女也以自己的方式纪念这位心系百姓、一心为民的父母官。他是“老百姓的一种希望，一种期待；也是官吏们的一种榜样，一面镜子”。

那一湾映日荷花是敬献给马太守的，而他的伟绩何尝不是在暗香浮动里，彰显出荷的品格？这也是今天的意义。

荷香氤氲。凝望着纯洁无瑕一尘不染的一池荷花，忽而想起鲁迅那句名言：我们从古以来，就有埋头苦干的人，有拼命硬干的人，有为民请命的人，有舍身求法的人……虽是为帝王将相作家谱的所谓“正史”，也往往掩不住他们的光耀，这就是中国的脊梁。

也正是，公道自在人心，马棱、马臻父子兴修水利，造福人民，中国的人民，尤其是越中的人民，不正在把他们父子永久纪念吗？

应当说，中国东汉时期，正是马氏家族的鼎盛时期。在这一时期，马氏家族涌现了不少文才武将、巾帼英雄，其人才可以说举不胜举。按理，三国时期也属于汉末，在这一时期，以马超为代表的马氏英雄豪杰更为知名，但是，我们为了历史准确、事件明确、人物清晰，还是把三国时期的马氏英雄豪杰单列出来，本章后，我们就讲讲他们的故事吧！

第四十章　凉州韩遂　联合马腾共起兵

中平元年（184），黄巾起义爆发，西北凉州金城郡的羌人北宫伯玉发动反叛，他们胁迫作为人质的凉州督军从事边允和凉州从事韩遂入伙，并推举边允为首领，带领叛军攻打盖勋防守的阿阳县。他们杀掉了金城太守陈懿，包围了凉州刺史左昌所在的治所冀县，还包围了护羌校尉夏育的部队，一时优势明显，官府难以阻挡。

次年三月，边允、韩遂打着诛杀宦官的旗号，他们东进三辅，对东汉政权构成了严重威胁。于是，朝廷派皇甫嵩、董卓对他们进行征讨，结果反为边允、韩遂所败。很快，边允、韩遂便拥有十万之众，他们声势浩大，使天下为之震惊。

待皇甫嵩退兵后，朝廷又派出张温、袁滂、董卓、周慎、孙坚等人，让他们率兵十几万驻守美阳（今陕西武功西北），与边允、韩遂军进行交战。当时，东汉军又处于不利地位。

当年十一月某夜，有流星如火，长十几丈，照亮边允、韩遂的军营。边允一见，即对韩遂说："这，恐怕是不好的兆头吧！"

韩遂说："是的，这是一个不好的兆头，非常不好的兆头。《易经》上说，'天垂象，见吉凶'，这就是说，天上要有什么异象，那么人间就一定会有变化，也就是天人合一。天体的变动，应对应人间的变革，天象即天文现象，它代表了天意，即宇宙不可改变的意志。这流星，预示着战祸和动乱，火流星则预示着更大的战祸和动乱。如今，有火流星照亮我们的军营，莫非预示着我们会有战败的可能？"

边允一听大惊，说："既然老天爷已经提醒，我们不能不有所行动。要么，我们就撤吧！"

他二人再商量一番，便决定退兵回老家金城。但是，就在他们退兵途中，张温军对他们发动了猛烈的追击，斩获了他们好几千人。荡寇将军周慎，率三万人追击边允、韩遂到金城郡，包围了他们退守的榆中（今兰州市东榆中县）。周慎满以为胜券稳操，却不料反被边允、韩遂军在葵园峡截断粮草，立时陷入被动。于是，周慎军只能丢弃辎重逃走，边允、韩遂军又获胜，便安全撤回金城。在金城，富有心计的韩遂火并了边允、北宫伯玉、李文侯等人，自己做了首领。这时，韩遂已拥兵十几万，势力十分强大，遂率军南下进军陇西郡。

当时，耿鄙接替了左昌，担任着凉州刺史。因金城和汉阳韩遂军闹腾得厉害，耿鄙就从全州各郡，征集勇猛之士，准备予以抵抗。在这些人中，有一人名叫马腾，他是一个不可多得的人才。马腾字寿成，扶风人，他是伏波将军马援的后代、甘肃天水兰干尉马平的儿子。马援当年义释囚工，飞马陇西，经营关山牧场，分发自己拥有的骡马牛羊，散尽自己拥有的万贯家产，所以在当地拥有极高的威望。后来，马平在陇西娶羌女为妻，生下马腾这么一个优秀的混血儿。当年，马援虽然牛马成群，家产丰厚，但他却将家产散尽，并未给儿女留下什么金钱财物，所以马腾年轻时家里贫穷，无任何产业，他只能经常从彰山砍伐木材，背到城里去变卖，以此来养活自己。但因他长八尺余（约合现今 1.85 米），身材高大，面鼻雄异，相貌堂堂，性格十分贤厚，人们都很敬佩他。中平四年（187）四月，因凉州刺史耿鄙任信奸吏，欺压百姓，导致狄道人王国以及氐、羌等民族共同造反。因之，州、郡征集勇士，欲讨伐叛乱之众。马腾为谋求出路，便予以应征，因被州、郡官员看重，他被任命为军从事，开始统领部队。后又因征战有功，被提升为军司马，迁偏将军。

这时，韩遂进军陇西，陇西太守李相如、酒泉太守黄衍都予以响应，他们反叛了朝廷，反而与韩遂联合起来。耿鄙因此大怒，便亲率六郡之兵来讨伐韩遂。可是，耿鄙平时为人奸诈，处事不周，所用多为奸吏，对部下民众多有欺诈，所以部下都十分痛恨他。当耿鄙的军队行至陇西郡治所狄道（今甘肃省临洮县）时，士兵发生了哗变，他们先杀了程球，又杀了耿鄙。借此良机，韩遂乘势东进汉阳郡，又与王国联合，包围了冀县城。那留守冀县城的，是与马腾十分熟悉的忠义之士、汉阳太守傅燮。而前来围城的，有几千名从傅燮老家北地郡来的匈奴骑兵。这些匈奴骑兵，都十分尊崇傅燮，一到冀县城下，他们便下得马来，在地下跪成一片，并向站在城上的傅燮磕头，请他出城投降。韩遂亲自上前喊话说："老将军，你已经无路可走，只有投降这一条路了。只要你投降，便可以成为我们的首领，我们拥戴你干一番事业。如果你不屑与我们为伍，那我们一定将你安全护送回故乡，你就安享晚年吧！"

同时，王国还派出酒泉太守黄衍前去劝降。面对黄衍，傅燮长叹了一口气说："我曾有誓言在先，国若破，吾身必死；城若破，吾命必亡。作为忠义之士，我岂能投降韩遂的叛军？"于是，他便领着一支军士，打开城门，冲杀而出，战死在了城外。傅燮既死，守军只有投降，马腾就是率部投降的将领之一。

冀县城既破，凉州军便共推王国为首领，号称"合众将军"。这样，马腾和韩遂便都成了王国的部下，那时，韩遂兵多势众，他自然比马腾地位、名声高得多了。

中平五年（188），王国率众再次寇掠三辅，又兵围陈仓（今陕西宝鸡市陈仓区）。汉灵帝再次任命皇甫嵩为左将军，督统前将军董卓各领二万人前往抵抗西凉军。王国围攻陈仓长达八十多天，仍旧攻打不下，只好于次年二月撤围退兵。结果，皇甫嵩带兵乘胜追击，西凉军大败。借以王国败迹，韩遂、马腾等人便共同废掉了王国，胁迫原来的信都县令、凉州名士阎忠担任新首领。阎忠同傅燮一样，亦不屑与"叛军"为伍，便愤恨而死。阎忠不死，众人皆服；阎忠一死，西凉军各派为争夺权力自相残杀，实力遭到很大削弱。也真是鹬蚌相争，渔翁得利，正是因西凉军的各派互争，才使韩遂、马腾成为两股最大的势力。当时，韩遂对马腾这样说："马将军，你有金字招牌，为何不用呢？"

马腾说："将军真会说笑，我乃樵夫一个，贫民一位，哪有什么金字招牌呢？"

韩遂说："你的祖先是伏波将军马援，他长期经营关山牧场，你的父亲马平曾经镇守过天水，他们在陇西和西凉有极高的威望。你只要打出他们的旗号，在我们西凉，还能有人不拜服你吗？"

马腾说："谢谢将军提醒，马某不妨一试。"于是，马腾便打出"马伏波后代马腾"的旗号，以此来聚拢名人，征召义士和兵源，果然收到很好的效果。时隔不久，他即与韩遂并驾齐驱，成为西凉的一个豪强。

中平六年（189），董卓入洛阳，次年退守长安。董卓因需要韩遂、马腾的帮助，以共同对付关东联军，便向他们发出了邀请。

一接到董卓邀请，韩遂便问马腾："今既有董卓相邀，你说我们去不去长安呢？"

马腾想了想说："俗话说，得长安者得天下，今既有这样的机会，我们是应当到长安去的。但是，董卓的名声不好，我们去了，会不会落个助纣为虐的不好名声呢？"

韩遂说："好名声也罢，坏名声也罢，只要对我们有利，我们便应当争取。

而现在，我们背有叛军之名，名声也不好啊！如去了长安，帮助了董卓，至少会取掉叛军之名。再就是，见了董卓后，我们能帮则帮，不能帮便不帮，以至于还可以进行征讨，其主动权在我们手里，这有什么可担心的呢？”

马腾说：“将军所言极是。”于是，他们便从西凉出兵，浩浩荡荡，进军长安。当他们在前往长安的路上，得到了确实的消息，董卓已被王允杀掉了，他们便只好先驻扎下来，进行观望，想根据事态的发展，好决定是进还是退。很快，李傕、郭汜便攻入长安，韩遂、马腾决定先攻打李傕、郭汜，以解救被围的汉献帝刘协。面对来势汹汹的西凉军，李傕担心难以战胜，便采用了安抚政策：特封韩遂为镇西将军，让他回镇金城；封马腾为征西将军，让他驻军右扶风郿县（今陕西宝鸡市眉县东南）。这样一种任命，使马腾的职务已经高于韩遂，对此，韩遂倒不怎么介意，因其时，马腾已比韩遂更有实力。

马腾屯驻郿县后，并不想放弃凉州，便常屯兵于汧水和陇（凉州东南部）之间。此时，凉州的治所，也从汉阳郡的冀县迁到了陇县（在今陇县往西）。兴平元年（194）正月，马腾带着军队从陇右赶到长安城东十二里的灞桥（灞水上的一座历史悠久的桥）驻扎。同时，因右扶风、凉州一带缺粮，自己军队人多，解决不了口粮，马援便私下里请求李傕，让允许他带军队到池阳（今陕西咸阳市泾阳县西北）一带，以解决军队的粮草问题。

但是，马腾的这一请求，并没得到李傕允许，马腾因此十分生气，就准备攻打李傕。时在金城的韩遂，听说马腾、李傕在长安有了矛盾，就打着前来调解马腾、李傕纠纷的名义，也带兵来到长安。他名曰前来调解，实则是想与马腾联合，干一番大的事业。与此同时，长安城内的谏议大夫种邵、侍中马宇、左中郎将刘范、中郎将杜禀等人，因不满李傕集团的统治，便合谋与马腾、韩遂里应外合，诛杀李傕等人。但是，这时的战局，对于马腾、韩遂联军不利，他们攻打李傕的营寨多日不下，只好把军队转移到池阳的长平观（今陕西泾阳县西南），以解决军队粮草的紧缺问题。当时，他们使人入长安，联结侍中马宇、谏议大夫种邵、左中郎将刘范三人为内应，欲共谋铲除李傕贼党。三人密奏汉献帝后，即封马腾为征西将军、韩遂为镇西将军，二人各受密诏，自然并力讨贼。当时，李傕、郭汜、张济、樊稠闻马腾、韩遂军至，便一同商议御敌之策。谋士贾诩说：“二军远来，只宜深沟高垒，坚守以拒之。西凉军远来，粮草缺乏，坚持不到百日，必将自退。然后，再引兵追之，他们必败。”

这时，李蒙、王方二人出列。李蒙说：“此非好计。愿借精兵万人出战，将立斩马腾、韩遂之头，献于麾下。”

贾诩说：“西凉军初来，气势正盛，今若出战，必当败矣。”

李蒙、王方齐声说：“若吾二人败，情愿斩首；若吾二人胜，公亦当输首级与我。”

贾诩对李傕、郭汜说：“为防万一，长安西200里有盩厔山，其路险峻，可使张济、樊稠两将军屯兵于此，坚壁守之，方可让李蒙、王方各自引兵迎敌。”李傕、郭汜从其言，点一万五千人马与李蒙、王方。二人领兵而去，离长安300里下寨。

马腾、韩遂率西凉兵到，李蒙、王方即引军迎战。西凉军马拦路摆开阵势。马腾、韩遂联辔而出，马腾指着李蒙、王方骂道：“反国之贼！谁去擒之？”

马腾话音刚落，只见一位少年将军，他手执长枪，骑一骏马，从阵中飞马而出。原来，此即马腾之长子马超，字孟起，年方17岁，英勇异常，凶猛无比。王方欺马超年幼，抢先跃马迎战。战不到数合，被马超一枪刺于马下。刺死王方后，马超勒马便回。李蒙一见，气愤不过，便飞马从马超背后赶来，马超仍不慌不忙而退。马腾在阵门下大叫：“超儿小心，背后有人追赶！”他喊声未绝，只见马超早已将李蒙擒在马上。原来，马超明知李蒙在后追赶，却故意装作不曾觉察，等李蒙马近举枪刺来，马超便将身子一闪，李蒙一下搠个空，两马便已相并，借此机会，马超便轻舒猿臂，如同老鹰抓小鸡一般，将李蒙生擒过来。现王方被刺死，李蒙被擒，李傕军中二将皆失，军士们无主，全都望风奔逃。马腾、韩遂乘势追杀，大获胜捷，便直逼隘口下寨，把李蒙斩首号令，这对李傕军震惊不小。

李傕、郭汜听知李蒙、王方皆被马超所杀，方信贾诩有先见之明，便重用其计，只是紧守关防，任由马腾、韩遂军搦战，并不出迎。果然，西凉军未及两月，粮草俱乏，商议回军。恰好，长安城中马宇家童出首家主与刘范、种邵，外连马腾、韩遂，欲为内应等情。李傕、郭汜因之大怒，便尽收马宇、刘范、种邵三家老少良贱斩于市。马腾、韩遂见军粮已尽，内应又泄，只得拔寨退军。李傕、郭汜见此，即令张济引军追赶马腾，樊稠引军赶韩遂，西凉军大败。马超在后死战，杀退了张济。樊稠去赶韩遂，即将赶上时已近陈仓，韩遂勒马对樊稠说：“吾与公乃同乡之人，今日何太无情？”

樊稠也勒住马答道：“上命不可违，不能不追。”

韩遂说：“吾此来亦为国家耳，公何故苦苦相逼？”

"那好吧，吾放你一马。"樊稠说罢，便拨转马头，收兵回寨，让韩遂去了。

…………

但就在这时，李傕对马腾行施了反间计，他派人对马腾的部将王承送以重礼，并对王承这样说："王将军难道不知，那马腾，对将军多有猜忌，一直存有戒心，并已动了杀心。"

王承说："我一直对马腾肝胆相照，忠心耿耿，他为什么还要对我存以戒心，并要动杀心呢？"

那人说："事情并不像将军想象的那么简单。马腾与韩遂，表面相好，实则不和，你过去是韩遂的人，马腾他怎么能相信你呢？现在，马腾正在实施一个很大的计划，那便是要铲除自己军中韩遂的亲信，你亦在其列，并且名列榜首，他怎么能不铲除你呢？"

王承一听大怒，吼道："我以诚心待他，他却以假意待我，是可忍，孰不可忍。是他不义在先，我虽不仁在后，他既不义，我也不仁。况且，俗话说，先下手为强，后下手遭殃，那，我们就先动手吧！"于是，他便暗里与李傕勾结，突然出兵突袭马腾的主营。马腾对此全然不知，所以完全没有防备，一被王承攻击，立时全军崩溃，被杀者上万，种邵、刘范等人均予战死。遭此内乱，马腾、韩遂在长安立足不住，只好往西逃回了凉州。李傕见此，又命樊稠、李利攻打槐里。樊稠军乘夜登城，一举攻取了槐里，砍下杜禀的首级悬挂示众。这样，此次大会战，遂以李傕集团的胜利而结束，马腾、韩遂归于失败。

获得了长平观之战的胜利，李傕即对凉州干了两件大事：分出凉州北部五郡新设雍州；赦免败退回金城的韩遂和回陇西的马腾，撤销他们的重号将军职务，封马腾为安狄将军，韩遂为安降将军，让他们负责平息金城、陇西一带的羌乱。

正在这时，长安一带连续发生了两次大地震，又逢百日大旱，长安一斛谷就要 50 万钱，人们开始人吃人了，既有天灾，又有人祸，汉献帝遂命侍御史侯汶用太仓的米给百姓煮粥。结果，由于侯汶从中贪污，饿死的人并没有减少。后来，有人揭露了侯汶的贪污现象，汉献帝撤换了侯汶，百姓才真正得到了救助。

第二年（195），李傕与樊稠起了矛盾，李傕杀掉了樊稠。接着，李傕又与郭汜打得不可开交，三辅之地大乱。马腾、韩遂乘此机会，积极恢复实力，不再东进。这段时间，是马腾与韩遂关系最好的时期。有一次，韩遂对马腾说："据我看，以后，我还要依靠你呢！"

马腾说："此话怎讲？"

韩遂说："第一，你身世比我好，因为你是伏波将军马援的后代；第二，你能力比我强，论文论武，你都比我强多了；第三，你势力比我大，昔日你手下的'西凉五虎仔'，今已长成了五只老虎，他们一只比一只猛，一个比一个强，有了他们，谁还能是你马腾的对手呢！"

马腾说："我的势力，就是你的势力；我手下的老虎，便是你的老虎。对此，咱们兄弟还有什么可区分的呢！"

韩遂说："刚才，你说咱们是兄弟，那咱们还不如成为真正的兄弟，要不，我们结为异姓兄弟如何？"

"可以啊！"马腾说，"这样，再好不过了。"

于是，他们二人，便跪拜天地，结为异姓兄弟，并起誓说："有福同享，有难同当，有利同分，共挡祸殃！"此时，韩遂已50多岁，他年长为兄，马腾稍小为弟。义结金兰的马腾和韩遂，度过了一段十分美好的时光。但是，现实是残酷的：没有永远的朋友，也没有永远的敌人，只有永远的利益。马腾和韩遂也是这样，时间久了，很多矛盾就暴露了出来。他们频繁地产生一些摩擦，矛盾逐渐加剧，衍化成了两军相互攻杀、反目成仇的局面。于是，双方连年交战，打得不可开交，胜负难分。

一直到了建安四年（199），曹操挟天子以令诸侯，与吕布、袁术、刘备等争雄山东。曹操派出钟繇为司隶校尉，持节全权处理关中事务。一提到钟繇，我们都知道他是赫赫有名的书法大家，可是，他的政治成就和军事才能，我们也不能抹杀。

钟繇出身颍川钟氏，幼时相貌不凡，聪慧过人，曾与族父钟瑜一起去洛阳，途中遇到一个相面者，相面者看到钟繇相貌，便对钟瑜说："这个孩子面相富贵，但是将有被水淹的厄运，请小心行走。"结果，走了不到十里路，在过桥时，钟繇所骑马匹突然惊慌，钟繇被掀翻到水里，差点被水淹死。钟瑜看到算命先生的话应验，便越来越欣赏钟繇，供给他钱财，让他专心读书学习。

后来，钟繇被察举为孝廉，任颍川功曹，受颍川太守阴修提拔。又任尚书郎、阳陵县令，后因病离职。又被三府征召，担任廷尉正、黄门侍郎。当时，汉献帝在西京长安，大将李傕、郭汜等专权，阻断了汉献帝与关东的联系。

初平三年（192），兖州牧曹操派遣王必为使者至长安上书。李傕、郭汜等人认为："关东想自立天子，现在曹操虽然派使者来，并非出于他的真意。"于是商议扣留使者，拒绝接受曹操的诚意。钟繇劝李傕、郭汜等人说："当今英雄并起，各自假托帝命辖制一方，只有曹兖州是心里想着王室，如果拒绝他的忠诚，这不是符合将来愿望的办法。"郭汜等人因为钟繇的这番话，加以优厚地报答，从此曹操才得以派使者和汉献帝取得联系。之前，曹操已多次听谋士荀彧称赞钟繇，又听说他劝说李傕、郭汜二人帮助自己的事，于是对他充满渴盼。

兴平二年（195），李傕胁迫汉献帝，钟繇与侍中杨琦、黄门侍郎丁冲、尚书左丞鲁充、尚书郎韩斌等联合李傕大将杨奉共谋诛杀李傕，又与杨琦共诱李傕部曲将叛变。六月，杨奉事败投靠郭汜，李傕势力衰弱。不久后，张济前来劝和，汉献帝得以离开长安。

同年，汉献帝成功东归，钟繇在其中起了一定的作用。钟繇后拜御史中丞，迁侍中、尚书仆射。

建安元年（196）八月，曹操入京，朝廷封尚书仆射钟繇等十三人为列侯，以赏有功之臣。钟繇根据之前的功劳封东武亭侯。

当时，凉州牧韦端忠于朝廷，也受曹操的制约。于是，曹操让钟繇、韦端调解马腾、韩遂的关系。

钟繇分别写信给马腾、韩遂二人，为他们分析祸福利害得失，劝说让他们和解。二人被其说服，皆同意归顺朝廷，并各自派出儿子入朝侍奉做质子。朝廷征马腾回右扶风屯驻槐里，留韩遂于金城。兄弟俩被分开后，关系开始缓和，但再也不是过去那样一种兄弟关系了。

马腾自中平四年（187）在凉州拥兵反叛以来，三次入寇三辅，两次长期屯驻右扶风，"西凉"马腾的军旅生涯，其实更多时间是在关中度过的。所以，在关中，人们看到的马腾，既防备北边的胡寇入侵为乱，又为人贤良宽厚，尊重士人，举荐贤才，怜悯救助百姓。所以马腾在关中，既能得到士人的拥护，也能得到三辅百姓的爱戴，其影响在三辅不断扩大，势力也在不断扩大。

第四十一章　英雄少年　西凉五虎人人奇

马腾之所以能起兵凉州，雄踞西凉；投奔韩遂，胜过韩遂；进军三辅，威震长安……这不仅是因为他拥有十几万战力强大的西凉军，也与他拥有“西凉五虎仔”是分不开的。那五虎仔呢？首推马腾长子马超，次推马腾部将庞德，还有马超的堂弟马岱，以至马腾次子马休和三子马铁。因这五虎仔都出生在西凉，此地土地贫瘠，天气寒冷，不如关中、中原富庶，自然条件比较恶劣，但是很能锻炼人。而此地汉人相对较少，而羌、氐等各族在这里杂居，所以民风十分彪悍，这样一种民风，自然也影响到“西凉五虎仔”彪悍性格的形成。

有一次，马腾对马超说：“超儿，我计划成立一个少年军团，怎么样？”

“好啊！”马超一听，便高兴得跳了起来。

“我还计划，让你当军团长。”马腾又说。

“可以啊！”马超说，“我们‘西凉五虎仔’常常比试武艺，我老是第一，庞德第二，马岱第三，马休和马铁，分别为第四和第五。不过，这也不很公平，因为我都 15 岁了，年龄最大嘛！他们几个，年龄都比我小，庞德和马岱同年，都 14 岁，不过庞德上半年生，马岱下半年生。马休呢？他才 13 岁，而马铁只有 12 岁。待以后，他们几个，也不一定胜不了我。”

“可是，要成为大将之才，不一定只打打杀杀，要能文能武，熟读兵书战策，懂得用兵谋略，也要精通武艺，十八般武艺皆能。父亲希望的，就是你能成长为这样的大将。”马腾说，“所以，我决定成立少年军团，让你当军团长。之所以成立这个少年军团，可不是只想让你们玩玩，而是想让你们这‘西凉五虎仔’，能成为五只老虎，成为五虎上将。只不知，你们是不是这样的材料。”

马超一听，十分兴奋地说：“放心吧，父亲，我们五个人，是一定会成为五只老虎，成为五虎上将的。”

于是，马援便成立了一个“少年军团”。这个少年军团，吸收的都是西凉那些从小在马背上长大的最勇敢无畏的孩子，他们都由马腾亲自挑选，亲自训练，亲自任命，全都马技箭术十分娴熟，十八般武艺样样皆能。就这样好中挑好、优中选优，挑选出了以“西凉五虎仔”为骨干的少年军团。马腾成立这个少年军团的目的，一是培养马超的军事指挥才能，二是培养“西凉五虎仔”的勇敢精神，三是培养多个优秀的西凉军将领。俗话说，千军易得，一将难求，在这一点上，马腾他高瞻远瞩，高屋建瓴，从长远考虑，早早着手培养西凉军的大将之才，这不能不说他高人一筹。少年军团的组成，共为三百六十九人，他们是取“三六九，往上走”之意。而马腾呢？自是盼他们能迅速成长并成为将才。毫无疑问，马超便成了这一少年军团的军团长，庞德和马岱二人分别为副军团长。虎仔渐渐长大，自然会成为老虎。可是，这“西凉五虎仔”初亮相时，毕竟还不能说是老虎，仍旧只是虎仔罢了。因为，他们首次出阵作战时的年龄，也只有十三四岁，马超最大也就 15 岁。他们几番出战，每战皆胜，便自以为天下无敌，每战必胜了。也就在这个时候，马腾与韩遂反目成仇，他们不得不兵戎相见。眼见，韩遂已向马腾下了战书，他们三日之后就要进行大战。大战前夜，马腾便聚集众将，一起商议第二天的作战方案。据马腾得到的情报，韩遂军将要出战的，很可能是勇将阎行。所以，商议之时，他便对众将这样说：“阎行之勇，无人能及，我看，只有我亲自出马了。”马超首先挺身而出，说：“父亲，杀鸡焉用宰牛刀，阎行有什么了不起的，由我来对付他得了，我一定会刺他于马下，何必劳父亲的大驾。”庞德、马岱、马休和马铁也都要求出战。

马腾看了看他们，摇了摇头说：“你们，以后自然都是英雄好汉。可是现在，你们都年龄太小，力气不足，还不是你们出战的时候。特别是阎行，我亲自出马，尚无取胜的绝对把握，更不要说你们了。”

马超十分固执地说：“父亲，您切不可长他人志气，灭自己威风。父亲常对我们讲，雏鹰要变成雄鹰，就必须经风雨、见世面，一定要多加磨炼；士卒要成为将军，必须练苦功、经战阵，一定要多经实战。今我与阎行，战还未战，父亲却怎么知道，我就不能与他对阵呢？咱们是骡子是马，得拉出来遛遛，让我先与阎行战一番再说。”

马腾说：“我深知阎行之勇，他是韩遂手下第一猛将。况且，他今年已 20 岁，你才 15 岁啊！他是个大人，你是个孩子，他是个小伙，你是个儿童，你怎么敢与他对阵呢？我真的不放心啊！”

一见父亲仍不放心，马超便说：“打仗的结果只有两种：一种是胜，一种是败，一种是进，一种是退，我如果打不赢阎行，那跑还不行吗？再说，正因为我年龄小，只是个孩子，阎行他一定瞧不起我，轻视我，我说不定还会赢了他呢！可话说回来，我即使赢不了他，也可以跑嘛！小孩子打不过大人，输了也无所谓，跑了也没人笑话。”

这时，庞德也上前说：“不要紧，还有我们哥四个。超哥如果赢不了阎行，我们哥四个便跟上，五打一，还怕打不过他阎行？”

听马超这样说，马腾心想也是：那好吧！的确，雏鹰要长成雄鹰，总要展翅飞翔，总要经历风雨，见见世面，不经战阵，哪能成大将呢！他也有心让马超锻炼锻炼。但是，他对此仍不放心，待到与众将议毕退帐以后，马腾即把马超领到马家祠堂，一番焚香点烛，一番跪拜祈祷，他最后领马超跪拜在自己的祖先马援像前，恳求马援的英灵，能够保佑后代即自己的儿子马超。他这样喃喃地对着马援像说：“明天，我们会有一场硬仗，您的后代马超，将要出战韩遂的勇将阎行。超儿虽勇，可他现在只是个孩子，而他的对手阎行，却是个小伙，是员猛将啊！我自知，超儿战而难胜，战而必败，但我还是想让他出战，也好锻炼锻炼他。但是，您的在天之灵，一定要保佑他，不能让他有什么意外。”

一旁的马超听得，满心不悦，他十分不满地说：“父亲岂可……”

可他话一开口，马腾就急急捂住他的嘴巴，斥道：“祠堂之内，祖宗面前，岂容你胡言乱语！”

马超一听，遂不敢再言语，他赶忙跟着父亲行跪拜之礼……最后，马腾领着马超，又一次来到始祖马服君赵奢像前，诚恳跪拜之后，马腾便祈求说：“伟大的始祖啊！请您保佑我们，保佑我们的超儿啊！”

眼见，马服君像前，搁有一个精致小箱，马超深感好奇，便问父亲：“那小箱内，装的什么？”

马腾说：“那是咱们马家的祖训啊！”于是，他移步上前，珍重地打开小箱，取出箱内帛布，拉着马超跪下，一字一句，严肃念道：

赵家多富贵，
忽有大难至，
棋子上书后，
方将灾祸避。

木子家门事，

当为后代师，
为记前车鉴，
马革当裹诗。

祭拜完马氏祖先，马腾领着马超，出了马家祠堂，来到自己的书房。在这里，马腾便向马超仔细讲了马氏祖训这一寓言诗的深意。他又讲了始祖马服君的阏与之战，讲了马服子赵括的长平之祸，讲了祖先马伏波老当益壮、马革裹尸、薏苡之祸等故事。听了马氏祖训，听了祖先们的故事，马超立时成熟了许多，他对马腾说："父亲深意，儿子领了。想我以前，也多是纸上谈兵，不知轻重，同那马服子一样。可是，一味空谈，那是必然要失败的啊！今后，孩儿一定牢记祖训，戒骄戒躁，脚踏实地，练好真功，要行稳致远，进而有为。"

停了停，马腾又以充满期望的目光，看了看马超说："咱们马家，既是一个多灾多难的家族，也是一个大有作为的家族，更是一个充满希望的家族，一个人才辈出的家族。想是始祖马服君时，祖先已十分荣耀，只因那马服子纸上谈兵引出的长平之祸，几乎毁了我们这个家族。巫蛊之祸呢？原本有功后却有罪的马通，以及被逼谋反的马日磾，二人均被处死，这又是一次灭族之危。薏苡之谤呢？不仅仅使我们的祖先马伏波被朝廷收缴了新息侯印绶，并且连葬礼也不许举办，以至差点有灭门之祸，这全因祖先伏波将军马援马革裹尸，才使我们马氏躲过了一次灭族之灾。眼下，似乎又是我们马氏的鼎盛时期，可往往是月盈则亏，水满则溢，人满则损，这是不可抗拒的自然规律。我们马家到了现在这个时候，是一定要小心谨慎行事啊！"

对于马腾的话，马超像是听了进去，又像是没有听进，他说："父亲教诲，孩儿谨记，今后一定谨慎行事。"

马腾继续叮嘱说："超儿，咱马家的希望，就寄托在你的身上。我们今有十几万西凉军，可你们五虎仔是我们西凉军的灵魂。惜只惜，你们都年龄太小，还未长成。待你们长成，是会成为五只老虎，成为五虎上将。到那时，还有谁再敢轻视我们西凉马家军呢？而你们五虎仔，你既是最大的虎仔，又是军团长。他们四个，可都看着你呢！甚至全西凉的马家军，也都看着你们呢！这，就是我对你出战阎行极不放心的原因，所以一定要慎之又慎。"

马超赶紧说："对此，我说过多少次了，出战阎行，我一定会慎之又慎。我不还说嘛，我能赢了阎行就赢，赢不了就跑，他能把我怎么样呢！"

当天夜里，马超忽做一梦：神秘的梦境里，一位顶盔掼甲、威风凛凛的将军走了过来。马超仔细看这位将军，竟跟马氏祠堂里悬挂的祖先马援的画像一模一样，忙怯怯地问：“敢问，您莫不是伏波祖先吗？”

“正是。”那将军说。

“请受后辈一拜。”马超急忙跪拜马援。

“听说你要出战阎行。”马援这样问马超。

“我一定要把他的枪挑于马下？”马超充满信心地说。

“好，好！初生牛犊不怕虎，勇气可嘉啊！”马援口气一转，突然变得冷冷地说，“可是，你知道后果吗？那鸡蛋同石头相碰，碰碎的一定是鸡蛋，石头依旧那么坚硬；老虎与虎仔相拼，老虎依旧是老虎，虎仔必然会受伤害以至丧命，这后果该多么严重呢！”

“那，孙儿一定小心，一定小心！”马超说。

“这，这不是小心不小心的事情，而是实力问题。你明明知道自己年龄太小，实力不及，却为什么一定要出战阎行呢？”马援说，“你一个小孩子家，却一定要迎战大人，并且是韩遂手下的第一猛将阎行，你不失败能行吗？失败其次，性命堪忧，这才是最重要的。可你知道，你的身上还担负着多少马家的重任、国家的重任呢！”稍停，马援又说，“咱们的祖训，你记住了吗？”

“记住了。”马超说，“赵家多富贵 / 忽有大难至 / 棋子上书后 / 方将灾祸避 / 木子家门事 / 当为后代师 / 为记前车鉴 / 马革当裹诗。”

“那么，其中的深意，你懂得吗？”马援问。

“懂得。”马超说，“父亲对我讲了。”

“他讲了，你就懂了吗？”马援说，“只怕你不一定真正的懂。须知，咱们马家，应有多次灭门之祸的灾难：第一次是长平之祸，因赵括母冒死给赵王上书，才将这次大祸避过；第二次是薏苡之谤，因有始祖马服君的提醒，我便马革裹尸，也将这次大祸躲过了；可是，还有两次灭门之祸，就看能不能躲过？恐只恐，它会应在你的身上。你啊你……”马援长叹了一声，顿时便悄然无影。

“伏波祖先，伏波祖先！”马超急忙哭喊，马援却再未出现。

于是，马超很想将自己的梦境告诉父亲，但想着大战在即，他便将此事压在了心底；他也很想将自己的梦境告诉给四位虎仔小兄弟，可又恐他们年龄太小，不想增加他们的心理负担，便继续把此事压在了心里。

很快，三天已满，大战来临；两军对阵，剑拔弩张；韩遂军与马腾军，要展开一场生死大战……那韩遂军首先出阵的，果然是勇将阎行。马腾军这边呢？

自然是马超出阵了。你看那首次出阵的马超，他白马银枪，银甲银盔，其面如冠玉，眼似流星，身佩宝剑，背负弯弓，从马腾阵中飞骑而来，宛如一个仙童一般。如此装扮，如此美少年，一旦出阵，即可成名，那“锦马超”之名，便也由此开始。而那韩遂阵前飞出的，正是勇将阎行。好一个阎行，他分明像活阎王一般：其身高丈余，形似铁塔；面如锅底，一脸漆黑；虎体猿臂，虎腹狼腰；声若巨雷，震聋发聩……人们一见，全都大吃一惊：这哪里是两军对阵、两将相搏，分明是大人对小孩，巨人对矬子。就在这时，马腾悄向庞德他们一伙虎仔使了个眼色，四人自然会意，便全都打马出列，冲到马腾军阵前，欲给马超当帮手。

阎行一见马超来到跟前，便笑言：“十几年前，我多次抱过你，你还给阎叔我身上撒过尿。所以，在阎叔眼里，你只是一个小屁孩，今出阵干什么？”

马超毫不畏惧，说道：“我今出阵，是要叫你尝尝小爷银枪的厉害。”

阎行继续笑着说：“人的辈分，可不是胡乱排的。昔日里，我一直是你的叔叔，今日你却成了我小爷，有你这么不知轻重、不讲辈分的人吗？”

马超说：“昔日你我一家，今日咱们成了仇家，只能刀枪分胜负，哪能辈分决输赢？快看枪！”说罢，便挺枪向阎行刺来。一旁的庞德他们见状，都催马挺刀挺枪，要来给马超帮忙。

阎行不慌不忙，先使长矛将马超的枪往边上一拨，问道：“超侄，叔问你，你今天是单独战呢？还是你们五个虎仔一齐上。”

“废话！与你交战，何须五人，我一人足矣！”马超说。他话音未落，庞德等四个虎仔已冲了上来，在阎行周围围了一圈。马超一见，竟然生气，便斥责庞德他们道：“下去下去，谁让你们来凑热闹添乱！两军相战，两将相搏，哪有五人战一人之理？你们这是给咱西凉马家军丢人，是给‘西凉五虎仔’丢人。”

庞德他们四人，听得马超这样说，只好准备退下。阎行却毫不在意，他说：“别退别退，你们五人，还是一齐上吧！你们五个，不是号称什么‘西凉五虎仔’吗？还是一起上得了，省得别人说我阎行只占你们小孩家的便宜。”

马超说：“这样，我们五人战你，即使我们获胜，却也胜之不武；即使我们赢了，却也赢之不公。他们四个，谁也不上，就我一人，看我如何取这黑草包性命。”

这时，阎行嘿嘿冷笑一声，说：“你阎叔我黑是黑，却不是什么草包。你要取我性命，这话再等个十年八年说也不迟。那时，你这虎仔长成了老虎，我对付你还得小心些。可是今天，只你一人出战，我肯定会要了你这虎仔的性命，你还怎么能长成老虎呢？然后，我再杀了你们这四只虎仔，叫你们一只老虎也长不成。”

阎行正口出狂言，马超已飞马而来，他唰唰唰一连几枪，几乎将阎行刺中。阎行挺矛挡枪，见马超的枪既快又猛，却也不敢大意，又连忙挺矛阻挡。好在他的力气大，只一阵便恢复了常态，与马超枪来矛往，一直战了一百多个回合。这时，阎行愈战愈勇，一矛狠似一矛；马超也不甘示弱，一枪快似一枪，但毕竟他年幼力怯，渐渐处于下风，那枪刺出去少了些狠劲……庞德他们一见，又欲催马上前。马超却放声高喊：“对付阎行贼人，只我一人足矣，你们不必插手！”阎行却也发喊：“来吧来吧，跟你们这群小虎仔要要，倒也挺好玩的，你们都上吧！”他两个这等喊法，使得庞德他们四人，上也不是，不上也不是，最终还是没有上前。马超呢？他自知自己战阎行不过，只能暗暗祈祷：伏波祖先，马援祖先，请你保佑一下后辈马超吧！

正在这时，阎行猛地一矛刺来，几乎刺中马超的咽喉。马超急忙一躲，将肩甲对准阎行的矛尖……眼见，奇怪的事情发生了：阎行那既粗而又锋利的长矛矛头，已穿透马超的肩甲，几乎穿透他的铠甲并刺中他的肩膀。可就在马超猛地扭身之间，似有一股看不见的神奇而巨大的力量，猛将阎行的矛头叭地折断，竟然断在马超的肩甲之上，马超方才脱险。一见阎行的矛头折断，马超立觉兴奋，他便回转身来，挺枪再刺阎行。不想，那阎行力大无比，他虽然矛头折断，却用断矛奋力拨开马超的枪头，再用那断矛戳向马超的脖子。马超原本以为，阎行矛头已断，一定会拍马败走，却不料他会用断矛狠命刺来，不由得吃了一惊，只能急忙躲闪……多亏马超躲得快，否则真会被阎行戳中。立时，马超又处于下风……那边，马腾将一切看得一清二楚，便急令鸣金收兵。马超趁势，急急退下，似乎并没有明显的败迹。此战，是马超一生中最惨的一次败仗，几乎有性命之危。有人讲，马超此战，多亏了祖先马援保佑他，否则，那阎行的矛头，好端端的铁矛头，又怎么会突然折断呢？而事实上，马超此次之所以战败，全是因为他年幼力怯之故。而到了后来，到了虎仔长成老虎以后，他哪里还有这样的败绩呢？还有一种说法，马超这次初出茅庐之战遭败，似乎预示着什么？那它究竟预示着什么呢？后面，也许会有答案。

建安七年（202），袁绍病死，曹操攻打袁尚的黎阳。袁尚为减缓黎阳的压力，命并州刺史高干出兵司隶河东郡。高干和郭援，对河东造成很大的压力。而此时的马腾他们，正持以观望态度，以至还准备支持郭援。曹操因抽不出精力予以对付，便让司隶校尉钟繇，派马腾的邻居——新丰县令张既前往槐里，以说服驻扎在那里的马腾为首的关中诸侯，让他们出兵阻击郭援。

马腾、韩遂诸将恃强居于关中，曹操一直为此而忧虑，正式命钟繇以侍中的身份领司隶校尉，持节督关中诸军，并授予他不受制度拘束的权力。钟繇到达长安后，致信马腾、韩遂等人，为他们陈述利弊祸福，这才说动了他们，有心投靠朝廷。

再说，对于张既，钟繇自然十分了解，他虽然出身平凡，但家境殷实，其才智和气度非同一般。他年仅16岁时，便在冯翊郡担任门下小吏，后来更是屡次晋升，被郡里推举为孝廉。建安元年（196），曹操迎接汉献帝归来，选才之际，张既被看中。不过，或许因曹操集团前途未卜，张既未随之前往许都。随后，他在雍凉地区担任县令等官职。

建安五年（200），曹操与袁绍爆发官渡之战。袁绍病逝后，他的几位儿子继续与曹操对抗。同年，袁尚派遣郭援和高干等攻取平阳，企图联合西部诸侯袭击曹操的后方。

得知这一消息后，钟繇派遣张既去说服马腾等诸侯。到了马腾营中，张既运用出色的口才分析利弊，使马腾深有触动，他对马腾这样说："如你依靠朝廷，你现在拥有的十几万雄兵，就是朝廷认可的十几万军队啊！谁个也不能小瞧了你。可是，你如果不依靠朝廷，那你这十几万将士，都会是流寇，人皆称为叛军，你们会有什么前途呢？再说，你的祖先马援，可是大名鼎鼎的伏波将军，是天下有名的忠义之士，他怎么会允许自己的后代成为流寇、成为叛军呢？听我一句劝，快快归顺朝廷吧！"

马腾有些担心地说："不是我不相信朝廷，而是当今朝廷的大权，完全掌握在丞相曹操之手。曹操其人，奸诈无比，我只怕我们一旦归顺朝廷，曹操会对我施以阴谋诡计。"

张既说："你的儿子马超，有勇有谋，英勇无敌，你怎么不注意培养他呢？你如果归顺了朝廷，你的儿子马超统领着西凉大军，那还不是你继续统领着西凉军，他曹丞相敢把你怎么样呢？"

马腾一听也是，于是，他便率众归服了朝廷。马腾部刚一归顺，曹操便命令马超率领一万多人马，与钟繇的部队联合，一举击败高干、郭援，使对方溃不成军。而庞德此次出战，他奋力刀斩郭援，令高干、郭援军无比震惊，只好纷纷投降。

正在这时，马腾的老友——傅燮的儿子傅干，也对马腾分析了利害得失，帮助张既说服了还有些犹豫的马腾，使马腾站到了曹操一边。于是，由马超统率韩遂等诸侯的联军出兵河东，在大败郭援大军之后，迫使匈奴南单于呼厨泉再次臣服。

马腾帮助曹操解除了西线危机，并使袁尚围魏救赵的计谋没能得逞，这才有了曹操黎阳会战的优势。因为此功，马腾又被重新升任为征南将军，韩遂也被再次任命为征西将军。

建安十年（205），在并州叛乱的高干，到曹操的后院——司隶的河东、弘农闹起事来。河东卫固、弘农张琰和活动在这一带的黑山军首领张白骑，都响应高干。而曹操此时在并州上党山区里围攻高干的壶关城，怎么也抽不开身。在这最紧要的时候，马腾与钟繇联合，先出兵河东消灭了卫固，再在弘农消灭了张琰，在两崤之间消灭了张白骑。这样，高干仅剩几骑人马，他们便逃往荆州，却被上洛都尉所杀。

马腾这次东出河东和弘农平叛，守土有功，又为曹操扫除了后顾之忧，为平定高干叛乱立下了大功。

因平定高干，马腾再立新功，便晋升为前将军、假节，封槐里侯。当时，马腾和孙权一样，虽然名义上忠于朝廷，但自己拥有独立的武装和野心，曹操对他仍有顾虑。建安十三年（208），曹操打算南征刘表，但他最担心槐里的马腾，于是，曹操便再派张既去说服马腾放弃部队，入朝为官，安享晚年。此时，韩遂已经70岁左右，马腾也老了。马腾听得张既游说，便也产生了入朝安度晚年的想法，但他答应先考虑再说。考虑之后，他仍有些犹豫，便与韩遂一起商议。马腾说："现在，我如交出兵权，那么以后，就是曹操任意宰割的羔羊，我对此很不放心。"

韩遂说："是啊，军队如在自己手上，万一有什么变故，我们还可以同曹操一搏。可一旦失去了兵权，又怎么应对意外呢？所以，对这事我们不能不加小心。"

张既自然知道马腾的心理，他赶紧去找曹操，让曹操立封马超为偏将军，让他继续留在槐里，统一指挥马腾的所有旧部，以至连韩遂的军队也归他指挥。而后，他匆匆来到槐里找马腾，对马腾说："你怕什么呢？你的儿子马超英雄无敌，勇冠三军，今又新任偏将军，统领着你的十几万军队，谁敢把你怎么样呢？

还有，你那‘西凉五虎仔’，今日确实都变成了老虎，谁个敢惹呢！所以，你没有什么不放心的。”这时，曹操早已传令从槐里至许都沿途各郡县，让务必做好接待马腾的工作。马腾每到一地，太守等二千石级别的官员都到城郊迎接。马腾这辈子，虽然多有风光，却少有这种处处受人尊敬的风光。就这样，他被曹操和张既连哄带骗，便和全家人欲进邺城。当时，曹操大败袁绍，占领了袁绍经营多年的邺城，便以此地作为自己实际的都城。后来，他实行五都制，即以洛阳、许都（许昌）、邺城、长安、谯城同为曹魏的都城。

令马腾最为放心的，还是曹操仍以马超为偏将军，继续留在槐里统率马腾的旧部。而自己如今在朝，还担任着九卿之一的卫尉，职务倒也十分显赫。临去邺城时，马腾对马超，又细作一番交代，他说："儿啊！为父今去许都，是有一定风险，可是，今将兵权交在你手，为父我也十分放心。但是，曹操老贼，阴险奸诈，狡猾无比，你对他一定要小心谨慎，百倍提防，要能识破他的阴谋诡计，千万不要中了他的圈套。”

马超说："父亲放心，曹操胆敢轻举妄动，我一定会抄了他的许都和邺城老巢，将他碎尸万段！”

马腾再行叮咛说："如今，我带领家人族人二百余口欲进邺城，你做事一定要小心再小心。须知，我们大家的性命，这下都交给你了。”

马超说："父亲放心，孩儿一定小心。”

这时，曹操已入洛阳为相，执掌了朝政大权，并加封了马腾另外两个儿子：马休为奉车都尉，马铁为骑都尉，都在洛阳任职。马腾呢？他也带着马家所有家眷和族人，同马休、马铁一起，搬迁到了邺城。

于是，马腾、马休、马铁均在邺城朝廷为高官，全家都在高门大院住着，马超在外掌管马家军为将，他们家族倒也显赫一时，人人都对他们十分敬慕。

第四十二章　祸从天降　马腾全族被灭门

就在曹操正处心积虑、煞费苦心来对付马腾和韩遂的时候，发生了这样一件意想不到的事情：

当初，在京都洛阳北掖门外，王允的连环计收尾，吕布成功地诛杀了董卓。随后，董卓手下李傕、郭汜、樊稠、张济四人，使人至长安上表求赦。王允却这样说："董卓的跋扈，皆此四人助之，别人赦得，独此四人，一人都不能赦。"

使者回报李傕。李傕听罢大惊，忙对郭汜等三人说："既然如此，咱们大家，只能各自逃命了。"

谋士贾诩不同意李傕的办法，他说："你们四人合力，便是一只雄狮，谁人也奈何你们不得。可如果各自行动，那便成了四只逃亡的老鼠，一只猫也能把你们逮住，吞而食之。依我之意，你们四人，不如合兵一起，再行招募，诱集陕甘之人，打着为董卓报仇的名义，杀奔长安，也许能变被动为主动，说不定还能夺得朝政大权，奉朝廷以正天下。"

李傕说："此言有理，不妨一试。"于是，他们四人先行合兵，已有几万之众。他们还到处放风，说是王允既除董卓，必定尽杀陕甘民众，复扫荡西凉，血洗西北。我们今以聚众，就是为了针对王允，反抗王允，不让他的罪恶阴谋得逞。闻此，陕甘之人和西北军民尽皆心惊，纷纷投降李傕他们，迅速集聚了十几万人，而后，他们兵分四路，由他们四人率领，全部杀奔长安而来。

王允赖吕布之勇，他引李肃率军打败了李傕。但是，又有郭汜、樊稠、张济三支军马杀到，势力十分强大。关键时刻，董卓余党王方等人在城内进行响应，他们偷开城门，使李傕等四路大军涌入长安，吕布只能败走，前去投降袁术。吕布败退时，让王允随行，王允硬是不肯。李傕军到，他们杀害了王允，一场动乱始告平息。从此，李傕、郭汜开始把持朝政。

第二年，黄巾军死灰复燃，迅速席卷很多州县，人数多达几十万。一时之间，李傕不知所措。太仆（主管皇帝车马的官员）朱儁见李傕，说道："在山东一地，有一个人叫曹操，他有兵有将，而且此人有勇有谋，可以让他统军围剿黄巾军。"李傕大喜，立刻草诏让曹操镇压黄巾军。曹操接到圣旨，立即起兵追杀黄巾军，他连战皆胜，一直率军杀到济北（今山东新泰附近），俘虏了好几万黄巾军。曹操接着继续追杀，仅仅一百多天，就招降黄巾军30多万，他在降兵中挑选精锐，组成了一支很有战斗力的部队，这就是后来很出名的"青州兵"。

捷报传到长安，李傕即封曹操为镇东将军，让其驻守兖州，招纳贤士，以利再战。一时之间，荀彧、荀攸、程昱、郭嘉、刘晔、满宠、吕虔、毛玠、于禁、典韦等有名谋士和武将都前来投靠。不久，曹操即迎汉献帝至许县，改许县为许都，强令汉献帝降旨，任命自己为丞相。他开始以汉献帝名义发号施令，总揽朝政大权。此时，曹操兵强马壮，权倾朝野，人人怯之。于是，他就给父亲曹嵩写了封信，让曹嵩带领全家来许都，以享受荣华富贵。当时，曹操全家正在琅琊避难。接到曹操的书信，曹嵩就急忙收拾家中金银钱财一百余车，全家老小及随从一百余人，前往许都出发。

从琅琊（今天的临沂）出发往许都，中途要经过徐州。当时，徐州太守是陶谦。陶谦为人宽厚仁慈，一直以来，他都想结交曹操，只惜没有好的时机。这次，曹嵩从此路过，真是天赐良机，他便亲自迎接，大摆筵宴，盛情款待。曹嵩离开徐州时，陶谦特派手下都尉张闿带兵护送。张闿曾经是凉州黄巾军首领北宫伯玉的部下，又因边允和韩遂被胁迫入伙，他便成了韩遂的部下。韩遂、马腾共同举事时，他又成了马腾的部下。因他觉在马腾部下并无出路，便辗转至徐州，投奔于陶谦，成了陶谦手下的一名都尉，颇得陶谦信任。因张闿的出身本就是黄巾军，做事以掠夺钱财为目的，所以，今曹嵩携带的钱财这么丰厚，他岂能不起邪念？更何况，那曹操当初镇压黄巾军时，手段是何等的残酷，他杀害了自己多少好兄弟，如今，这正是报仇的好机会啊！于是，他便有心对曹嵩一家人下手。正因为此，陶谦便好心办了坏事，他的热情款待并护送曹嵩一家人去许都的决定，竟然酿成了一场巨大的悲剧，把他自己也连累了进来。

且说，那张闿护送曹嵩一家，途中遇到了大雨，便投宿在一座古寺里。古寺破庙，没有几间房屋，当天夜里，张闿和手下五百余人的衣服全都被大雨淋湿，却只能夜宿于寺院的回廊。

当时，一军士发牢骚说："咱们的陶太守就爱管闲事，干吗让我们护送这曹老头呢？看受的这罪。"

又一军士说："这曹老头那么有钱，却又那么啬皮。你看看，我们为了护送他们一家人，衣服弄得又湿又脏不说，还吃不上一顿好饭，他也不给个赏钱。"

又有一军士说："你不晓得，那富人家就讲个财不外露，害怕招来横祸。我估摸着，曹老头不给赏钱，那曹丞相大概会给的，待我们把曹丞相的父亲送到许都后，他一定会给我们赏钱的。因为，咱们这趟差事，确实十分辛苦，他曹丞相总得表示表示，感谢一下我们啊！"

"感谢我们？你就等着吧！曹丞相那人，能是感谢别人的人吗？"另一军士这时接上话说，"你们还想要赏钱，休想！那曹操昔日里暗杀董卓不成，被追兵四处追赶，他一路逃亡，逃至他父亲的故交吕伯奢家中。眼见，追兵来到会要他性命，吕伯奢便好心让曹操在自己的府中住宿避难。吕伯奢一家人对曹操十分热情，盛情款待。特别是吕伯奢，因家中没有好酒，他便亲自外出沽酒，还准备与曹操畅饮一番。

"吕伯奢外出沽酒，曹操正在客房里休息，突然听得隔壁房里磨刀声声……他又听得有人说'捆上杀'之类的话，以为是吕伯奢一家，想杀了他再去朝廷请赏。因此，他干脆先下手为强，便杀了吕伯奢一家。

"后来，曹操看到了捆在地上的猪，才知道自己误杀了吕伯奢一家。对此，他不但不心生后悔，当他离开吕家时，在村口遇见了打酒回来的吕伯奢，他为了保护自己，不留任何后患，竟然又狠心杀死了吕伯奢。你看，像他这般坏心肠的人，哪会体谅咱们这些人呢？"

讲完吕伯奢一家人的悲惨遭遇后，这位军士叹了口气说："要知道，贼人有贼心啊！曹操他就是这样的狠角色，我们辛辛苦苦护送他们一家人，他不责怪我们对其父亲和家人照顾不周便罢了，哪里还能感念我们并给我们赏钱呢？到时候，只要他不处罚、责骂我们就行了。"

一时之间，埋怨声四起。见此，张闿便找来自己的几个亲信头目，聚在一起进行密议。张闿对他们说："我们本来都是黄巾军，参加造反，就是为了讨口饭吃，迫于无奈，才归顺了陶谦。归顺后，并没得到什么好处。现在，这可是个好机会啊！曹家这一百多车金银钱财，全是榨取穷苦人的血汗，这里面也有我们的份。今我们干脆一不做，二不休，杀了他们全家，抢了这些钱物，离开这个地方，也过一过那痛快潇洒的日子。"

一个头目十分赞同地说："行，就这么干！再说那曹操，他残酷镇压黄巾军，杀害了我们那么多好兄弟，今杀掉他们全家，也是他应得的报应，好替我们那些受害的兄弟报仇啊！”

一头目这时发问：“那么，我们如杀了曹嵩老贼，去投奔哪里呢？”

张闿想了想说：“我们可以前往槐里，怎么样？如今，我们的老上司韩遂在那里统兵，另一个老上司马腾的儿子马超也在那里，他们都与曹操面和心不和。我们投奔他们，拿些曹操家的钱财给他们充当军资，他们自然会收留我们。再说他们二人都拥有重兵，曹操虽然担心他们，却也奈何不了他们，咱们就去槐里投奔他们吧！”

另一头目说：“不可，万万不可！我们今去槐里，那不是自投罗网吗？毕竟那马超和韩遂，今日里都是曹操的部下，在为朝廷做事。我们如杀了曹操的父亲，却又去投奔曹操的部下，那岂不是自己绑缚自己，专往曹操的刀口上送吗？”

一头目觉得此话有理，忙问：“那，我们到底该怎么办呢？”

张闿这时已胸有成竹，他说：“我们可以这样办，先行逃命，躲过曹操的追杀。待过了这一阵，咱们便假说逃往槐里，叫曹操对马超和韩遂产生怀疑，说不定能引起一场大乱以至大战。而我们呢？假说往西，实则往东，我们就往许都以东跑，或阜阳，或合肥，或安庆，或金华，抑或温州和台州。反正我们有的是钱，跑到哪里都行。等以后若有变故，也可以前往槐里，投奔马超和韩遂。”最终，他们的想法达成一致，就按照张闿的意见行事。于是，当晚三更，张闿他们便一起动手，杀了曹嵩一家一百余口，抢了那一百多车金银钱财，东逃外地而去。

曹操听闻此事后，他悲愤不已，怒火中烧。于是，他让夏侯惇、于禁、典韦为先锋杀往徐州，一路上打下多个城池，杀光了所有百姓，仅为泄私愤而已。待曹操大军兵临徐州城下，这才引出《三国演义》中曹操、刘备争夺徐州，而陶谦三让徐州的故事，方避免了一场徐州的屠城之灾。当时，曹操又以朝廷的名义发布诏令，追杀张闿这伙强贼，说纵使他们逃到天涯海角，也要把他们缉拿归案，碎尸万段。可是，过了好长时间，却一直没有张闿他们一伙的任何消息。

曹操并不甘心，仍派人四处打听，却打听到了张闿一行前去投奔马超和韩遂的消息。在听到这一消息后，曹操即发狠说：“今张闿杀了我们一家百余口，如能逮住张闿，我一定要灭其九族出气。可如果逮不住张闿，我也可以杀马腾的家人族人出气。好就好在，他们满门全族，现在就握在我的手里，我岂能轻饶他们？偏偏，那张闿他们往马超那里跑，马超又屡屡同我作对，这是把他们家人族人，硬往我刀口上送啊！”于是，他便秘密下令，逮捕了马腾一家及族人二百余口，仅有马岱一人，因为在外领兵，闻讯立即行动，方逃得一条性命。

为此，曹操特与丞相仓曹属高柔商议此事，征求他的意见。高柔说：“这是好事，并非坏事啊！”

曹操一听，脸泛怒气，他说：“你怎么说话？我父亲和全家被杀，难道能是好事？”

高柔赶忙跪地说：“你我所说，并非同一件事。丞相全家遇害，自然是天大的坏事；可张闿投奔马超，却是天大的好事啊！”

“此话怎讲？”曹操问。

“丞相不是想除掉马超吗？现在可是除掉马超的极好机会哟！”高柔说。

“这又作何说？”曹操问。

“因为，马超现在与丞相是面和心不和，说其反而未反，说其不反而他又不听从丞相的命令。丞相如派兵讨伐没有正当理由，不派兵讨伐他以后必成危害，所以应逼其造反，再发兵攻之，以除后患。”

“那就是说，一可以给他扣上隐藏张闿等贼人的屎盆子，二嘛……”曹操想了想又说，“如要逼其造反，就应当诛其一家，他父亲马腾及家人族人二百余口的性命，今都握在我的手里，要不就先从这里开刀。”

“如此甚妙。”高柔说，“那么，敢问丞相，杀害你父亲和一家人的贼首张闿，他率众投奔马超，这消息确实吗？”

“不很确实。”曹操说，“但很有可能。”

“既然这样，那就把这个屎盆子，硬扣在他马超身上。”高柔说，“为什么呢？第一，马超他统以重兵，是对丞相和朝廷最大的威胁；第二，马超他成心与丞相作对，今聚众想予以造反；第三，马超既为危害，那迟除不如早除，可以及早除掉他，所以我说，现在正是一个极好的机会。再一点，马超他有勇无谋，脑子拐弯太慢。我刚才已经说了，应逼其造反，再发兵攻之，以除后患。现在，如对他父亲、家人族人下手，是最好的办法了。”

高柔的诡计，更促使了曹操对马腾和家人族人下手的决心。

…………

马腾稀里糊涂，一家人均被逮捕，便大声呼叫冤枉，并要亲自质问丞相。狱官说：“今逮捕你和家人族人，你说冤，却也不冤。曹丞相让逮捕你们，自有逮捕你们的道理，不杀掉你们就很不错了。”

"逮捕我们是何道理，你且说来听听。"马腾大声质问。

"那好，我亲自说给你听。"马腾与狱官正争论间，曹操突然来到狱中，跟马腾搭起话来。一见曹操，马腾即先发问："我有何罪，丞相为何要逮捕我，还逮捕我的家人族人？"

曹操眼睛红红地说："你今既有家人，也有族人，你们只是被逮捕了。你们虽身被捕，可命还在啊！那么，我呢？我的家人呢？我的族人呢？"

马腾一听，他丈二和尚摸不着头脑，忙问："丞相此话怎讲？丞相的家人族人，与我有何干系？"

曹操话中有话地说："他们都走了，全都走了！"

"这我也听说了。"马腾说，"丞相一家，不是被张闿等贼人所害了吗？"

"可是，这都是拜你所赐，拜你所赐啊！"曹操冷冷地说。

马腾一听更糊涂了，他说："丞相越说，我越发糊涂了。听丞相所说，莫非是我害了你的家人和族人不成？"

"他们虽不是你亲手所害，却是你的部下张闿一伙所害。"曹操一边说，一边流下泪来，说，"我的父亲，我的母亲，我的家人族人一百余口，全都死在了张闿一伙的刀下，惨哪！"

马腾一听，急忙进行辩解："纵使张闿他们有此举，这于我有何责任？"

"第一，你曾经是他们的上司，很难说你没给他们出谋划策；第二，即使你不指使张闿，也很难说韩遂和你儿子马超不予指使，因为韩遂也曾是张闿的上司，更是你的结义兄弟；第三，正是由于你和韩遂，以及你的儿子不断闹事，我得对付你们，便顾不及早点接回我的父亲家人，才使他们遇害；第四，既然我父亲和一家人遇害，总不能让我一个人有这样的痛苦，其他人也应分享这样的痛苦，那便是反对我的马超。"曹操停了停又说，"这第五嘛，最为关键，因为正是这个张闿，他杀了我们一家人之后，就逃往槐里，投奔你儿子马超和你义兄韩遂去了。他们逃往槐里，都已经过了这么长时间，可你儿子和韩遂没一人吭声，把他们严严实实地隐藏起来。似此，你还能说你与此事没任何干系吗？你还能说你和你的家人族人，被逮捕都是冤枉的吗？刚才，他说得也对。"曹操用手指了指那位狱官说，"的确，只逮捕你们，已经很不错了，本应将你们……"曹操本想说"全部斩杀"，但未说出口来。

马腾听得这话，不由得大吃一惊，他说："丞相，如果真有此事，我们务必弄清。但是十有八九，这只是道听途说。"

“还道听途说呢？”曹操说，“如今，我的老父亲及家人族人百余口人，都已过三周年了，这怎么会是道听途说呢？那张闿率众500人，俱已投奔你的儿子马超和韩遂去了，这又怎么会是道听途说呢？”

听曹操说得振振有词，马腾便说：“那好，丞相，请允许马某我前往槐里，将此事查个一清二楚。”

“这可能吗？”曹操冷笑着说，“你知道你那宝贝儿子马超，现在又干什么吗？”

“我不知晓。”马腾说。

原来，曹操他施以阴谋，派遣钟繇、夏侯渊率领的军队出河东，试图借道经过马超他们的领地，进攻汉中的张鲁，借机攻打凉州，而后再攻击马超、韩遂他们。可他们的这一计谋，被马超、韩遂他们识破：这是曹操的假道灭虢之计，对此不能不防。于是，他们非但不给曹军借道，还联合关中的张横、梁兴，安定的杨秋，以及河东的侯选、程银、李堪、马玩、成宜等，计十部共十余万人马起兵反曹。马超还试图拉拢刘雄鸣势力，但是遭到拒绝，马超便率兵大败刘雄鸣，刘雄鸣便投靠了曹操。曹操初闻张闿一伙投奔马超和韩遂的消息，便遣派使者前去劝说马超，让马超立即逮捕张闿一伙，送交自己处以极刑。马超说并未见到张闿一伙，曹操怎么也不肯相信。曹操又三番五次催问要人，马超百般辩解，他也确实不知张闿一伙的下落。可曹操其人，疑心极重，马超越是辩解，曹操越是怀疑，他认为马超欲蒙混过关，不料事情败露，更不敢交出张闿一伙，以免自己进行报复。为了发泄自己对于失去一家亲人的愤恨，曹操这时便对马腾一家及其族人起了杀心。今又因马超不同意借道，他便先安排秘密斩首仍在统兵的马休、马铁和马岱，又逮捕了马腾的家人族人。只有马岱闻讯，立即扮作客商逃走。曹操派出使者，对马超提出条件说，一要马超给自己进攻张鲁的曹军让道，二要马超缉拿张闿一伙贼人归案，如不满足自己的这两个条件，他便会杀了马腾及其家人族人。马超也派出使者，同曹操再三交涉，曹操又提出新的条件：马超可以自己绑缚自己，前往曹营负荆请罪，也可以饶了马腾及其家人族人。

当时，马超对曹操所提的条件十分犹豫，以至产生了自己去替换父亲及家人族人的想法。可是，韩遂却坚决反对说：“如今，我俩都破釜沉舟，我已弃子，你已弃父，这全是为了我们的反曹大业。你也曾经说过，你可以权当我是你的父亲，我可以把你当成自己的儿子。只要我们团结一心，共对曹贼，不但能共

图大业，也能真正保护我的儿子，保护你的父亲和家人族人，却怎么能自毁自己，前去曹营送死呢？”

张横、梁兴等那些关中将领也说：“今我们同曹操，已经势同水火，互不相容，而将军又是我们带头之人。你切不可以同情父亲的小仁，乱了我们对付曹贼的大谋啊！今你一旦自缚请降，我们都会成为曹操的刀下之鬼。而那曹贼，又焉能饶你不死？饶你父亲及家人族人不死？对此，你不能想不到啊！还有，我们一旦给曹军让道，他们也许会先平定张鲁，再讨伐我们，以至会首先攻击我们，尽占关西之地，这里处处是阴谋，处处是陷阱啊！更何况，你即使让道，却并未缉拿到张闿等贼人，依然满足不了曹操的条件，他又怎么会饶恕你的父亲和家人族人呢？”他们都不同意马超答应曹操的条件。

马超无奈，最终选择了这样一个折中方案，他说只要曹操释放了自己的父亲和家人族人，便可以给曹军让道，但张闿一伙的确不在自己这里，无法将他们缉拿。他又派出使者，将自己的这一意见告诉曹操。曹操闻讯，认为马超仍在隐瞒，便进一步以马腾和家人族人的性命相要挟。

…………

如今，面对马腾，曹操简单叙述了以上情况，反问马腾说：“似此，你觉得逮捕你和你的家人族人，冤还是不冤？”

马腾一听大惊，说：“丞相所说，若是实情，那逮捕我和我家人族人，一点也不冤枉。要么，我这就投书犬子马超，让他顺应天意，听命丞相，归顺朝廷，绑缚张闿贼众，并立即给丞相的大军让道。”

曹操又说：“如今，你儿子的事干大了，他们组成了关中联军，欲与我决一死战，他难道还能听你的话吗？”

“对此，我不敢说有十分把握，却也有七八成吧！”马腾说，“无论如何，我们不妨一试，我这就给犬子写信。”

“你记住，你如能劝马超给我们让道，并能绑缚张闿等贼人归案，让我亲手剁了他们，以泄我灭家灭族的心头之恨，那我便会免你和你的家人族人之罪，并会饶恕马超和韩遂他们。还有一个办法，我已经对马超说了，那就是马超自己绑缚自己，前来负荆请罪，我也会饶恕你们。”曹操继续发狠地说，“如其不然，那你和你的家人族人，便只能落得同我的家人族人一样的命运。”

对于曹操此说，马腾再也不好辩解，他只能违心应允：“那好吧，对于犬子，我一定尽力而劝，尽力而劝！”

于是，马腾便给马超，写了这样一封信，信中说：

自我和家人族人二百余口，进住邺城之际，我们便决定投奔曹丞相、依靠朝廷。同时，我们也就把自己的身家性命，都交给了你。可我听说，你竟然容纳了张阎等贼人。张阎逆贼，杀曹丞相之父曹嵩，屠曹丞相一家百余口，抢走他们百余车金银钱物，像这样的逆贼，当人神共讨，天理难容，你怎么能收容这样的贼人呢？所以，请听为父之言，速速将张阎等贼人绑缚，送往曹营，把他们都送上断头台，这当是你目下首先要做的事情。

我还听说，曹丞相欲平定汉中，讨伐张鲁，只是跟你们借个道而已，可你们为什么就不借道呢？我前面已经说了，我们已决定投奔曹丞相，依靠朝廷，既有了这样一种决定，那为什么要反悔呢？我们既已投奔曹丞相，那就得服从他的指挥，听从他的命令，他让我们让道，我们又怎能不让呢？我们既已依靠朝廷，那怎能违背皇上的旨意，与朝廷相对抗呢？

超儿，请听为父一句劝：昔你出战阎行之时，为父就以为，你之出战阎行，就如同用鸡蛋去碰石头，结果碰碎的一定是鸡蛋，石头依然那么坚硬。可你还是要用鸡蛋去碰石头，差点送了自己的性命。现在呢？依然是这样一种情况，你是鸡蛋，曹丞相是石头，你怎么能碰过他呢？又怎么可以与朝廷相对抗呢？

我还多次对你讲过咱们马家的祖训：赵家多富贵/忽有大难至/棋子上书后/方将灾祸避/木子家门事/当为后代师/为记前车鉴/马革当裹诗。难道，我们的祖先一直告诫的事情，你已经忘记了吗？它在你身上一定要应验吗？

我在临入邺城之前，曾向你叮咛：曹操老贼，阴险奸诈，狡猾无比，你对他一定要小心谨慎，百倍提防，要能识破他的阴谋诡计，千万不要中了他的圈套。你也答应我，曹操胆敢轻举妄动，一定抄了他的许都和邺城老巢，将他碎尸万段。我还对你叮咛：如今，我带领全家族二百余口人欲进邺城，你做事一定要小心再小心。须知，我们全家族人的性命，这下都交给你了。我们对你放心，你如何做事，也一定得使我们放心啊！如今，曹丞相讲，只要你能给他们讨伐张鲁的军队让道，能绑缚张阎等贼人归案，他便会免我和家人族人之罪，还会饶恕你和你韩伯父。再就是，你如能自己绑缚自己，上曹营负荆请罪，他也会饶恕我们。这是他亲口对我说的，至于他如何行事，我却不得而知。

你一定得想一个最周密最稳妥的办法，救救父亲，救救家人，救救族人吧！

…………

马腾将信写毕，便密封起来，托一可靠之人，将自己的这封信，快马送到了马超手中。

收到马腾的这封信，马超一点也不敢耽搁，他将信反复看后，又出示给韩遂、马岱，与二人进行商议。韩遂说："我呢，仍是原来的意见，只要我们有军权在握，与曹操势不两立，率军相抗，他就不能把我们怎么样，你的父亲和家人族人，也就有生存的希望。反之，你如若自缚而投奔曹营，那不仅是你父亲，你的家人族人，以至于你自己，都会有性命之忧。你想想，那曹操是何等样人？他是狐狸，是恶狼，是奸贼啊！你若退一步，他会进一尺，以至一丈。他啥时能不给人挖陷阱、施阴谋、使诡计？我们怎么能信他的话呢？"

马岱则忧心忡忡地说："可这个办法，也不一定周全，不一定稳妥啊！比方说，咱们可以给曹军让道，他就一定会释放叔父和家人族人吗？也不一定。可是，曹操还要求我们将张闾等贼人缉拿归案，我们根本就未见什么张闾及贼人，这又怎么能做到呢？我想，曹操也许知道，张闾一伙并不在我们这里，他却非要我们缉拿张闾一伙，硬给我们扣屎盆子，是故意给我们出难题，强加给我们罪名。这样，他可以据此而向我们马家撒气，屠杀我们马家整个家族，却将罪名完全扣在我们头上，真阴险啊！"

"可他不是还说，只要我能自己绑缚自己，前去曹营负荆请罪，他便会饶恕我们。对此，我真想一试。"马超这时接上话说，"这样，以我一人之死，换取父亲及全家族二百余口人的性命，也很值啊！"

"你怎么能相信曹操这样的鬼话呢？"马岱说，"如今，叔父等二百余口家人族人，全掌握在曹操的手里，可他们全都是待宰的羔羊。现今，只你我二人在外，我们还可以拼搏，可以厮杀，可以复仇。你看那猪，在被宰杀之前，都是经人绑缚被人宰杀才死掉的；你看那鸡，在人逮它进行捕杀之前，也一定要扑棱着翅膀逃跑。而你作为一个顶天立地的英雄，却怎么可以自缚自己，前往曹营送死呢？你也不细看叔父的信，那信里面不还这样说，'至于他如何行事，我却不得而知'，那是在提醒我们，一定要注意曹操的阴谋，防止落入他的陷阱，你为什么要违背叔父的真正意愿呢？"

"是的，我想也是这样，曹操他因逮不住张闾，杀不了贼人，便将气撒到了你们马家身上，所以要杀你父亲和家人族人。"韩遂也这样说，"他之所以诱骗你上钩，正是想把你们马家人斩尽杀绝啊！"

这时，马超十分着急地站了起来，他在屋里来回踱步说："那么，我们究竟如何是好？如何是好？"

“反正，左也是死，右也是死，不如与他拼个你死我活！”马岱说。

“只能如此，方为上策！”韩遂也说。

“既然如此，那我们就正式对曹操宣战，看他能把我父亲他们如何？能把我们如何？”马超说，“他如敢对我父亲他们动手，那咱们便大军直逼许都和邺城，杀他个人仰马翻，来他个寸草不留。”

于是，马超先简单给父亲回信，就说自己正积极想方设法，欲营救父亲和家人族人。对于曹操，他的复信虽十分简单，却也十分强硬。他说张阎等贼人并未在自己这里，无法将他们缉拿归案。并说自己根本无罪，也无须自己绑缚自己，前去曹营负荆请罪。唯有一条，那就是曹操如能释放自己的父亲和家人族人，他可以给讨伐张鲁的曹军让道。如其不然，那只能在战场上拼个你死我活，决个输赢胜负。

谁知，曹操一接到马超来信，什么也没说，只是遣人给马超送来一个漂亮的小箱，箱内装有两个精致匣子，并且装有一信。马超让人打开那个小箱，再打开两个精致匣子看，竟是自己两个兄弟马休和马铁的首级。他不看还罢，一看便怒火中烧，悲痛万分。再打开曹操的信看时，那信中这样写道：

看一看，这就是你对抗我、对抗朝廷的结果，特先给你送上马休、马铁两颗首级。为什么要先杀马休、马铁呢？因为他俩年轻，更是报仇的根、雪恨的火，我怎么能不铲除呢！今给你三日期限，如再不给我们平定汉中、讨伐张鲁的军队让道，如再不押来张阎等贼人，如你再不来负荆请罪，那么，你的父亲马腾和家人族人，便会同你这两位兄弟是一样的下场……试想，我今已有丧失父亲和家人的痛苦，可我这样一种痛苦，岂能不与你分享！

…………

原来，对于马休和马铁，曹操早已斩首，但他把消息压着，没有对外泄露。今一接马超的来信，他特让人把马休、马铁的首级给马超送来，以实现他逼反马超的目的。马超早已料到，曹操一定会对自己的父亲兄弟和家人族人下手，可怎么也没有想到，他这么快就下手了，今一见自己两个亲兄弟的首级，他立想把仇人曹操碎尸万段，只听他怒吼一声：“好一个曹贼，我定与你势不两立，让你死无葬身之地。”

于是，马超便立即起兵，浩浩荡荡，欲直扑许都和邺城……也就在马超起兵的同时，曹操便对马腾一家全族下了狠手，下令杀了马腾及其家人族人二百余口，未留一个活口，这一是为了报复马超，二是为了宣泄自己满门被杀之怒火。

世人之所以说曹操做事奸、做事狠，在他斩杀马腾满门一事上，表现得淋漓尽致，虽然张闿一伙杀害曹操满门，跟马腾、马超父子扯不上一点关系，但曹操必欲因张闿一伙杀害了自己全家百余口人，也一定要杀了马腾全家和族人二百余口，借以发泄自己心中之愤，这就是曹操的行事风格。

第四十三章　大战曹军　孟德险丧孟起手

却说那天夜里，马超忽做一梦：梦见自己身卧雪地，有群虎来咬。他因之惊惧而醒，心中无比疑惑。第二天，他便召集帐下将佐，告知自己梦中之事，问这预示着什么。帐下一人应声道："此梦，乃不祥之兆也。"众人看之，乃是庞德。

马超问："令明（庞德字令明）是如何看的？"庞德说："雪地遇虎，梦兆殊恶。莫非老将军在邺城有事？"

庞德话刚落音，一人踉踉跄跄而入，他哭拜于地说："哥哥，大事不好了，叔父与兄弟以及家人族人皆死矣！"

马超视之，来人正是马岱，他惊问道："兄弟此话怎讲？"

马岱说："那曹操老贼，一因你不让道，还起兵反叛于他，也未能将张闿等贼人缉拿归案，他便先秘密逮捕并处死了马休、马铁二位兄弟，唯有我在外领兵，闻讯即扮作客商，才得以走脱。那曹操今又再下狠手，已杀死了叔父和咱们家人族人二百余口，实实惨啦！"

马超闻言，即哭倒于地，晕厥过去。众将急急唤来郎中，他们和郎中好一番费神，才把他救了过来。马超醒过来后，他咬牙切齿，痛骂曹操，誓要将曹贼千刀万剐。忽报荆州皇叔刘备遣人送信至。马超拆信视之。信中说："伏念汉室不幸，操贼专权，欺君罔上，黎民凋残。汝父腾曾有意与备等联合，共灭曹贼。今汝父和兄弟马休马铁，以及家人族人共二百余口，皆丧于曹贼屠刀之下，此乃将军不共天地、不同日月之仇也。汝若能率西凉之兵，以攻曹之右，备当举荆襄之众，以遏曹之前，则逆曹可擒，奸党可灭，仇辱可报，汉室可兴矣。书不尽言，立待回音。"

马超看毕，即时挥涕回书，答应起兵，让使者先回。随后，他尽起本部军马，就欲进发。忽有韩遂使人请马超往见，说有大事相商。马超带着马岱即至韩遂军帐，刚刚坐定，韩遂便以曹操新来之书示之。内云："你若能将马超、马岱擒赴许都，即封汝为西凉侯，关西所有军队，皆可由你统领。"

马超一见大惊，即拜伏于地说："请伯父这就绑缚我们兄弟二人，解赴许都，亦免伯父戈戟之劳。"

韩遂连忙上前，扶起马超说："吾与汝父，结为异姓兄弟，安能忍心害汝？且我们早已相商，与曹贼势不两立。今汝兴兵反曹报仇，吾岂能不予相助？"马超赶紧拜谢。当时，韩遂立点手下八部军马，一同进发。哪八部呢？乃侯选、程银、李堪、张横、梁兴、成宜、马玩、杨秋也。当时，韩遂问马超："超侄，你今起兵，欲往何处？"

马超说："直赴中原，毁那曹贼许都，捣他邺城老巢。"

韩遂说："不可，直捣许都邺城，并非破敌之上策。中原地远，长安相近，如赴中原，须经长安，待我们进军之时，曹操如从长安发兵攻之，我们必定失败。所以，我们应先攻取长安，在长安立足根稳后，再发兵中原，先攻取洛阳，再捣其许都和邺城，将五都全取之，方为上上之策。"

马超说："可以。"于是，那八将随着韩遂，合马超手下庞德、马岱，共起20万大兵，杀奔长安而来。

眼见，马超、韩遂率西凉兵将到，长安郡守钟繇，一面向曹操飞报军情，一面引军布阵进行阻敌。马超之军，先锋马岱领兵先到，钟繇不敢退缩，只好出马迎战。那马岱，使有宝刀一口，钟繇挺枪相迎，只有一个回合，钟繇便几乎落马，只好拍马而逃。马岱提刀，急急赶来。钟繇先至城下，他刚一进城，守军便急急收起吊桥。待马岱赶到时，一有壕沟所阻，二有城中乱箭射下，他只好勒马返回。钟繇刚刚入城，马超、韩遂率西凉大军已到，他们团团围住了长安城，立即进行攻城。怎奈，长安乃西汉都城，城郭坚固异常，壕堑险深至极，急切间攻打不下。西凉军日夜不歇，一直攻打十余日，只是不能破城。眼见城不能破，马超、韩遂便聚集众将，一起进行商议，看如何才能破城。庞德说："须知，长安城中，土硬水碱，甚不堪食，更兼无柴火，难以长期固守。今已围城十日，城中军民全都饥荒，急待出城。咱们不如暂且收军，待机行事。"而后，他又走近马超，附耳低言，说了一番。

马超连连叫好，说："此计甚妙，甚妙。"

韩遂问："是甚妙计？"

马超说："待一会儿，我再对伯父说之。"安排一番后，马超便来到韩遂跟前，说以庞德之计，韩遂也不禁叫好。这时，马超传下军令：立即退军，一刻也不迟延。退军之际，马超亲自断后，各部军马，渐渐退去，没有一点慌乱。钟繇见此，唯恐有诈，并不敢出兵追击。

次日，探马报告钟繇，说西凉兵均已远去。钟繇不敢轻信，亲自登城遥望，见四周果然无西凉兵踪影，这才稍稍放心。又有官员来报，称城中军民急缺饮水柴火，须出城取水打柴，钟繇准之。于是，守城军大开城门，放人出入。时至第五日，马超突然率军又到，城中军民竞奔入城，钟繇仍令关闭城门进行坚守。那城之西门，是由钟繇弟钟进把守。是夜三更，城门里一把火起，众人便都呼喊起来。钟进听得呼喊，又见西城门火光冲天，便急急领兵前来救火。哪知，他刚刚来到西城门时，城边突然转过一人，举刀纵马大喝：“庞德在此，快拿命来！”钟进措手不及，早被砍于马下。原来，就在长安城中军民出城取水打柴时，庞德率一队军士，全都乔装打扮，化装成百姓模样，混入了长安城中。这阵，正当夜深人静，他们便在西城门放火，引诱守军并斩了钟进之首。而后，庞德便斩关断锁，放马超、韩遂大军入城。钟繇见大势已去，便从东门弃城而走，往潼关方向而去。马超、韩遂因得了长安城，便大摆盛宴，赏劳三军，甚是热闹。

钟繇率领三军，一直逃到潼关，即向曹操飞报长安失守、自己退守潼关的军情。曹操闻知长安失守，遂不敢复议南征之事，他急唤曹洪、徐晃二人至，对他们进行吩咐：“今长安已经失守，钟繇已退守潼关。你二人可带一万人马，火速驰援潼关，替钟繇守住潼关。给你们十日期限，十日内若失关隘，皆斩；十日后若失潼关，那不干你二人之事。”

徐晃问：“如逾十日，我二人守关不住，当何去何从？”

曹操说：“十日之后，我统大军必到。”

曹洪、徐晃领了将令，便带领军马，急奔潼关而去。他们走后，曹仁对曹操说：“曹洪性格急躁，我只怕他会误事。”

曹操说：“只这么几天，他还不至于误事。你与我押送粮草，我们随后接应，争取早日赶到潼关。”

却说曹洪、徐晃一赶到潼关，他们同钟繇只紧守关隘，并不出战。其时，马超同韩遂商议后，已让韩遂的部下留守长安，自己统领全部兵力，与韩遂一起，进兵来到潼关。马超见曹军紧闭关门不出，便让军士们在城下叫骂，曹洪、徐晃他们只是装作不听，不予理睬。后来，因骂得厉害了，曹洪忍不住，便要出战，却被徐晃苦苦拦住。这样，一直到了第九日。这一天，马超让一百名军

士，挑一杆“曹混混”并画有曹洪漫画像的大旗，另挑一杆“缩头乌龟”并画有曹洪乌龟头和大乌龟的大旗，其他军士手中，也各持有“我是曹混混”或“我是缩头乌龟”字样的小旗，在城下尽情谩骂戏耍，几乎骂遍了曹操和曹洪的八代祖宗。一围的军士，全都围拢着那百名军士，如同看戏一般在那里围观，并不时叫好呼喊。见得此情，曹洪哪里能忍耐得住，便带兵杀出关来。当时，徐晃正在关上点视粮草，忽闻曹洪出关厮杀，不由得大吃一惊，便带领一支军队，急忙杀出关来，大叫曹洪赶快回马。曹洪先是一愣，猛然间，他们背后喊声大震：先是马岱引军杀至，曹洪已知上当，与徐晃正回军之际，左有马超，右有庞德，各领大军骤至。双方展开厮杀，曹洪军不防，马超军有备，曹洪军兵少，马超军势众，曹洪军自然落于下风，被斩杀大半以上。更为可悲的是，曹洪军在败逃入关之际，马超军已有人冲入关内。这样，马超大军在外，又有军士在内，潼关难以保住。在此情况下，曹洪、徐晃不得不带领残兵败将，撤离潼关，去找寻曹操大军。马超既得潼关，便亲自守关，让庞德追杀曹洪、徐晃。庞德率军，追过潼关，遇见曹仁大队军马，方被拦住，曹洪、徐晃这才得救。两军又一阵厮杀，庞德见曹仁军队甚众，不敢轻敌，便撤军回关，马超将他们接入关内。

曹仁军马先到，曹操率大军后到。尽管曹洪失了潼关，但他也不能“丑媳妇不见公婆”，便硬着头皮来见曹操。曹操一见曹洪，便黑着脸问道：“我让你们守关十日，为何今才九日，你们便失了潼关？”

曹洪说：“那西凉军欺人太甚，他们戏耍于城下，百般辱骂，我难以忍耐，便出城厮杀，不料中了他们奸计。”

曹操又把脸转向徐晃，质问道：“曹洪年轻，易于急躁，你乃老将，怎么就不阻拦他呢？”

徐晃说：“他几次欲出城，都被我拦住。只这一次，我正在关上点粮草，小将军便已领兵出关。我知事情不妙，便急急领兵出关营救。若救援迟时，只怕小将军命早休矣！”

曹操又问曹洪：“这可是实情？”

曹洪说：“是实情，请丞相处罚我好了。”

“好，斩了他！”曹操大喝一声，便有刀斧手上前，就要斩那曹洪。

徐晃一见，急忙跪下，说：“小将军因一时急躁，才致潼关之失，不如让他戴罪立功，将功补过，请丞相能饶小将军性命。众将一见，全都跪下，替曹洪求饶。”

曹操一见，便欲落顺水人情，他大声呵斥曹洪道："今看在大家的分上，且先饶你不死。如再不立功，当两罪并罚，定斩不饶。"曹洪赶忙跪拜服罪，悻悻而退。

当时，曹操便急欲出关交战。曹仁劝道："我军远途而至，今已疲惫，不宜仓促攻战。不如先下定寨栅，然后攻关不迟。"

"好吧！"曹操说。于是，曹操便传令下去，让军士砍伐树木，起立排栅，全军分作三寨：左寨曹仁，右寨夏侯渊，中寨曹操自己。营寨扎好，将士们休息了一夜，次日曹操便统领三寨大小军校，杀奔潼关之下。

两军对阵，各显威势。曹操看那西凉军时，见他们人人勇健，个个威武，不由得暗自感叹。再看那主将马超，只见他面如敷粉，唇若抹朱，腰细膀圆，声威力猛，白袍银铠，胯下骏马，手执长枪，背负弓箭，威风凛凛。他的上首是猛将庞德，下首是堂弟马岱，三将一起出马，气势自然压人。曹操只顾欣赏，却忘了阵前发话。那马超在马上喝道："好个曹贼，你时至今日才来送死！"

曹操猛一愣神，这才大声说道："汝乃汉朝名将子孙，何故反叛，与朝廷为敌？今若顺从，不失高官厚禄，岂不比当流寇好！"

马超怒目圆睁，咬牙切齿骂道："曹贼！你欺君罔上，罪该万死！你害我父亲，灭我满门，杀我族人，吾恨不能啖汝之肉，饮汝之血，岂能成你这贼首之帮凶？"骂毕，便跃马挺枪，直刺曹操。

曹操背后，于禁出马，与马超斗了八九回合，便败退而下。于禁既败，张郃出迎，斗得二十余合，张郃也败走。又有李通出迎，战了数合，那马超一枪捅来，将李通刺死于马下。借势，马超将枪往后一招，西凉军一齐杀来。兵借将势，将借兵威，西凉兵借着马超的虎样威势，洪水般向曹操军压了过来，曹军大败，溃不成军。那马超又有庞德、马岱相助，犹如三只猛虎，率领百余勇士，直扑溃败的曹军。其时，曹操正在乱军之中。西凉军有人大叫："穿红袍的是曹操！"曹操一听大惊，便急忙脱下红袍。又有人叫道："留长髯者是曹操！"曹操又一阵惊慌，便拔出佩刀，自断其髯。马超一时还闹不清楚，到底谁是曹操？他跟前有军士说："曹操方为长髯，今已割断，现变成了短髯，将军何不杀他！"曹操也听得此说，便连忙割一旗角，使之包住颈部，便又匆匆逃去。对此，后人曾为之写诗："潼关战败望风逃，孟德仓惶脱锦袍。剑割髭髯应丧胆，马超身价盖天高。"

曹操正逃之间，马超飞马赶来，保护曹操的将校一见来了马超，无一人敢于迎战，全都各自逃命，只独独留下曹操。马超早已看见曹操，便厉声大叫："曹贼休走，快拿命来！"

曹操心惊，想打马快逃，马鞭却落于地下。即将赶上，马超从后一枪，直向曹操捅来，曹操急忙绕树而转。只因马超用力过猛，那枪竟刺于树上，把碗口粗的树几乎折断。待拔出枪来时，曹操已经跑远。马超再追曹操，却被曹洪挺刀拦住。曹洪武艺虽不及马超，但他急于救主，立功心切，只能与马超拼命厮杀。马超交战多时，连败数将，多少有些人困马乏，到如今迎战曹洪，他并不将对手放在眼里，战四五十合，曹洪气力不加，刀法散乱，只得拍马败走。马超欲追之际，又有夏侯渊引军来到。马超回顾左右，只自己单人独骑，恐遭曹军围困，只能拍马而回。夏侯渊惧马超之勇，也不予以追赶。

曹操回寨，见有曹仁死守着营寨，西凉军难以进攻，倒也没损失太多人马。曹操入帐，对众将叹道："今日多亏了曹洪，若不是曹洪拦住马超，吾几乎丧于其手。想是那天，如若杀了曹洪，吾今日命必休矣！"

徐晃笑言："丞相有言在先，称曹洪'再不立功，当两罪并罚，定斩不饶'。那么，曹洪今日，可立下救主之功了。"

曹洪也说："惭愧！如不为了争功，我难有今日的战绩，可毕竟还是败给了马超。究其实，全因丞相的洪福而已。"

曹操说："你败给马超，虽败犹荣；你立功救主，功大于过。因此，应重重赏你。"于是，曹操便对曹洪给予重赏。

当时，曹操整军休战，收拾败军，坚守寨栅，深沟高垒，不许出战。西凉军呢？他们因战败曹军，气势正盛，便每日轮番挑战，并在寨前辱骂曹操，曹操毫不搭理。有将领说："西凉之兵，尽使长枪，可以弓弩迎之，我们可以出战。"

曹操说："战与不战，皆在于我，非贼也！西凉兵纵有长枪，我们守于寨内，他们长枪岂能刺中我们？现在，他们挑战，他们辱骂，却又能奈我何？须知，谁笑在最后，那才叫胜利呢！"

…………

且说当时，曹操派徐晃、朱灵率领四千精兵北上，从蒲坂津（在今山西永济西蒲州镇，是河东通往关中的要冲）偷渡到河西，建立起巩固的营寨，以伺机对马超军发起进攻。徐晃渡河成功以后，曹操准备让大军再继续渡过河西，进入渭水以北，进行侧面作战，以迫使马超等撤离潼关，后退到渭水南岸的渭口（在今陕西省华阴市东），从而打乱西凉军的阻击作战计划。

当徐晃、朱灵按计划从蒲坂津到达河西后，马超已料到曹操的大军准备渡河，就对韩遂说："曹军如果到了渭水以北，我们难以和他作战，不如派兵把他们截住，让他们过不了河。这样，如等上二十来天，他们的粮食运不来，就只能撤退。那时，我们如乘势追击，定可以获得全胜。"

韩遂说："那何必多此一举，就等他们曹操大军渡河时，咱们来个'半渡而击'，就在河中间截杀他们，这岂不更好！"

马超说："这样也行。"于是，他们就按照这一作战方案行事，并派出探子打听曹操大军渡河的时间，以便进行突然袭击。

这一天，马超得到探子的报告，说曹军正在渡河。一闻此讯，马超便亲自带领一万多步骑兵，向着渭河边杀去。马超率军快到岸边时，曹军渡河已即将完成，只有曹操和百余名卫士还在南岸。这时，马超军的喊声越来越近，曹操自然心里发慌，却假装镇定，他对着那批留在最后的将士们说："你们先上船，我最后再走，由我亲自断后。"许褚一见就急了，他大声喊道："两军交战，生死相搏，哪有主帅亲自断后的道理？丞相千万小心，敌军已经来了，您快快上船啊！"

曹操为了稳定军心，仍故作不慌不忙地说："不要紧，不要慌，兵来将挡，水来土掩，咱们先设法挡住他们再说。"

许褚说："这都到了什么时候，您还要什么沉着冷静。再不上船，就来不及了。"他甚至不管什么体统不体统，一把拖起曹操，两人一起往船上跳去，差点没把曹操摔倒。一上船，许褚便急令开船。曹操的乘船刚刚离岸，马超的前队骑兵已经到了，他们对准曹操的乘船，纷纷弯弓射箭，箭如飞蝗一样。那箭射得一阵，船上的士兵纷纷落水，有的中箭倒在船上，已经没有了士兵划船。许褚一见，便左手举起马鞍子保护曹操，不让乱箭伤他，右手握着木篙撑船，并利用双腿夹着舵，掌握着船的航向。眼见，南岸的追兵越来越多，许褚的马鞍子挡不住那么多射来的箭，曹操已经十分危急……正在这时，不知什么原因，正在射箭的那些马超的士兵，突然纷纷转身，乱跑开来，谁也没有心思去射箭了，这便给了曹操一个很好的逃跑机会。原来，那渭南县令丁斐，因见战事紧张，便率领着县衙里的人，和一些高门大户，都携带财产，赶着牛羊马匹，正在南山上躲避，突然发现曹操面临的危险，他便发出命令，让那些在山上躲避的大户们赶快把大批牛、羊、马放下山，把马超军诱走。并答应这些损失，以后均由官府负责赔偿。此言一出，那些大户纷纷驱赶牛羊马匹，直涌向马超的军队。

曹操安全到达了北岸，先过河的众将纷纷前来问安。曹操笑着说："若不是仲康（许褚字仲康）救我，我几乎被马儿困住，又险些丢了性命。"许褚说："也多亏丁斐放出的无数牛马，吸引了追兵，否则我们定有危险！"再说，马超手下的西凉军，昔日多为牧羊养牛放马之人，今见了凭空跑来的牛羊马匹，哪有不喜之理？他们便忙逮马牵牛赶羊，自然放跑了曹操和许褚。丁斐此举，救了曹操一命，曹操当即下令，晋升丁斐为典军校尉，并给以厚赏。

却说当夜，两军混战，直到天明，方各自收兵。马超屯兵于渭口，他们日夜分兵，轮番作战，前后攻击。曹操军乘船在渭河内，将船筏锁链作浮桥三条，一直接连至南岸。曹仁引军，夹河立寨，他们将粮草车辆串联，以为屏障。马超闻之，便教军士各挟草一束，带着火种，与韩遂引军并力杀到寨前，又堆积草把，放起烈火，曹军的屏障都燃起火来。他们抵敌不住，只能弃寨而走。立时，那车乘、浮桥，尽被烧毁。西凉兵大胜，截住了渭河。曹操因立不起营寨，心中十分忧惧。谋士荀攸说："丞相勿慌，咱们可取渭河沙土，筑起土城，同样可以坚守。"于是，曹操便拨出三万军，日夜担土筑城。马超一见，便差庞德、马岱各引五百马军，往来冲突；更兼沙土不实，筑起便倒，这使曹操无计可施。

时当九月尽，天气暴冷，浓云密布，连日难见一丝日光。曹操见此天气，正在寨中纳闷。忽有军士来报："有一老人来见丞相，欲陈说筑城御敌之策。曹操让人将其请入。这位老人鹤骨松姿，形貌苍古。曹操问之，其乃京兆人也，隐居终南山，姓娄，名子伯，道号梦梅居士。曹操见其相貌不凡，便以客礼待之。子伯说："丞相欲跨渭河安营久矣，今何不抓紧筑之？"

曹操说："沙土之地，筑垒不成。隐士有何良策赐教？"

子伯说："丞相用兵如神，岂不知天时乎？今连日阴云布合，朔风一起，必大冻矣。待风起之后，可驱兵士运土泼水，比及天明，土城已就，如此良机，岂可失去。"曹操一听，恍然大悟，欲厚赏子伯，子伯却分文不受，告辞而去。

是夜，果然北风大作，曹操让全体兵士都担土泼水。因为无盛水之具，他们便作缣囊盛水浇之，这样，随筑随冻，冰墙层层增宽加高。一到天明，沙水冻紧，土城已经筑完。有细作报知马超，马超领兵观之，不禁大惊失色道："真想不到，曹军能一夜筑城，乃有神助也！"

次日，马超集大军击鼓而进。曹操亲自乘马出营，只有许褚一人随后。曹操扬鞭大呼道："孟德（曹操字孟德）单骑至此，请孟起出来答话。"

马超乘马挺枪而出。曹操说："汝欺我营寨不成，今一夜就已筑就，连神人都在助我，汝何不早降！”

马超闻得大怒，意欲突前擒拿曹操，忽见曹操背后闪出一人，他睁圆怪眼，手提钢刀，勒马而立。他疑是许褚，便扬鞭问道：“闻汝军中有虎侯，他在不在？”

那将正是许褚，他提刀大叫道：“吾即谯郡许褚也！”其目射神光，威风抖擞，令人生畏。

马超见果是许褚，便不敢轻动，乃勒马而回。曹操亦引许褚回寨，两军观之，无不骇然。

曹操对诸将说：“那马超，亦知仲康乃虎侯也！”自此，曹操军中，皆称许褚为虎侯。

许褚说：“某来日必擒马超。”

曹操说：“马超英勇，不可轻敌。”

许褚说：“某誓与他决一死战！”当即，他使人下战书，说虎侯单搦马超来日决战。马超接书阅罢，大怒道：“贼将许褚，何敢如此相欺耶！”即批，他誓杀虎痴。

次日，两军出营布成阵势。马超分庞德为左翼，马岱为右翼，韩遂押中军。马超挺枪纵马，立于阵前，高叫：“虎痴快出！”

曹操在门旗下，回顾众将道：“这个马超，他真的不减吕布之勇！”言未绝，许褚拍马舞刀而出，马超挺枪接战。二人斗了一百余合，仍然胜负不分。许褚对马超说：“我的马已困乏，待我换了战马，再来与你厮杀。”马超说：“吾亦有此意。”他们各回军中，换了自己的马匹，重新进行交战。又斗了一百余合，仍不分胜负。许褚杀得性起，他飞回阵中，卸了盔甲，浑身筋突，赤体提刀，翻身上马，又来与马超决战。两军将士见之，全都大骇。两人又斗到三十余合，许褚奋威举刀便砍马超。马超闪过，一枪往许褚心窝刺来。许褚弃刀，将枪挟住。两人在马上夺枪。许褚力大，一声响，他拗断了枪杆，各拿半节在马上乱打。曹操恐许褚有失，遂令夏侯渊、曹洪两将齐出夹攻马超。庞德、马岱见曹军二将齐出，便指挥两翼铁骑，横冲直撞，混杀而来。曹军抵挡不住，阵脚大乱。混战之中，许褚臂中两箭，诸将保护着他，慌忙退入寨内。马超指挥军队，一直杀到壕边，曹兵折伤大半。再败之后，曹操又令坚闭休出。马超回到渭口，对韩遂说：“吾见能恶战者莫如许褚，真虎痴也！”

却说曹操毕竟诡计多端，他密令徐晃、朱灵尽渡河西结营，以对马超军进行前后夹攻。一日，曹操于城上见马超引数百骑，直临寨前，往来如飞。他观察良久，掷兜鍪于地说："马儿不死，吾无葬地矣！"

夏侯渊听了，心中气愤，厉声说："吾宁死于此地，誓灭马贼！"遂引本部千余人，大开寨门，一直赶去。

曹操急止不住，恐其有失，慌忙亲自上马前来接应。马超见曹兵至，乃将前军作后队，后队作先锋，一字儿摆开。夏侯渊一到，马超便接往厮杀。正战之间，马超在乱军中遥见曹操，便撇了夏侯渊直取曹操。曹操一见大惊，拨马便走，边走边喊："这个死马儿，硬是盯上我了，非要跟我决生死不可。"他边喊边逃，曹军一片混乱。

正追之际，忽报曹操有一军，已在河西下了营寨。马超听了大惊，遂再无心追赶曹操，便急急收军回寨，与韩遂进行商议，他对韩遂说："今曹军乘虚已渡河西，我军将前后受敌，如之奈何？"韩遂说："如此，我军危矣！"

部将李堪说："现今，战之不胜，我军又临腹背受敌之危境，我们不如割地请和，两家且各罢兵，待过了冬天，到春暖之时，我们别作计议。"

韩遂说："李堪之言最善，可从之。恐只恐，今形势有利于曹军，曹操不会同意。"

马超犹豫未决，杨秋、侯选皆说先求和试试。于是，韩遂便遣杨秋为使，直往曹寨下书，言割地请和之事。曹操对杨秋说："汝且回寨，吾来日使人回报。"

杨秋辞去，贾诩入见曹操说："丞相主意若何？"

曹操说："公之意见呢？"

贾诩说："兵不厌诈，可假意许之；然后用反间计，令韩、马互相猜疑，则一鼓可破也。"

曹操拊掌大喜道："天下高见，多有相合。文和（贾诩字文和）之谋，正合吾心中所想。"于是，曹操便遣人回书，称："待我徐徐退兵，还汝河西之地。"他一面让人搭起浮桥，假作退军之状。马超得书，对韩遂说："曹操虽然许和，但其真伪难辨，我们如不防备，将反受其制。马超与伯父可轮流调兵，今日伯父领兵对付曹操，我对阵徐晃；明日我领兵对付曹操，伯父对阵徐晃；我们分头准备，并不松懈，以防其诈。"韩遂表示同意，他们便依计而行。

第四十四章　离间诡计　马超韩遂互生疑

却说，曹操渡河到了渭北，又向西前进，再趁马超与韩遂军不备，便渡河回到渭河以南。曹操两次渡河，绕了个大圈子，最后转到了西凉军的背后。韩遂与其余八部人马一见，全都慌了手脚，只有马超很不服气，他在当天黑夜，便率军去劫曹营，不料曹军多有准备，他反而中了埋伏，损失了许多兵马。

眼见败局已定，韩遂首先打起了退堂鼓，他对众将说："依我看，咱们纵使再战，怎么也胜不了曹军。要不，咱们就先退一步，割地求和吧！否则，我们会没有退路，那是很危险的。"其他将领也同意这一意见。

马超本还犹豫，一见大家都持这种态度，只好无可奈何地说："既然你们都持这种意见，那就这么办吧！"

于是，韩遂便派出使者，到曹营去进行谈判，说他们这方面答应割地求和。他们原本以为，对于这一条件，要经过艰难的谈判，没承想，曹操却一口答应了他们的求和请求。对此,众将和谋士们都很是不解。许褚大声质问道："眼看，我们就要取胜，丞相为何要答应马超、韩遂求和的条件呢？"众人也多有不同意和谈的意见。

曹操听了大家的议论,只是笑而不答。谋士贾诩这时站了起来,笑着说："讲和，自然比打仗好。丞相这样安排，自然有他的道理，咱们应该同意马超、韩遂的请求。那马超虽勇，可他有勇少谋，韩遂更是个泛泛之辈。现在，他们要求和谈，我们正好用计……"这时，曹操用一种奇异的目光，斜看了贾诩一眼，贾诩也会意地点了点头，他两人，自然心意相通，全都有了对付马超、韩遂的主意。

大家散后，曹操单独留下贾诩，问他破马超、韩遂的计策。贾诩说："马超并非无谋，但他的谋毕竟还欠缺一些，而韩遂却是个没脑子的人。既然如此，如果把他们离间，他们的力量便不够用了。所以，必须用离间计。这样，您只需如此如此……”

“那，咱们先从何处下手呢？”曹操问。

“从这里下手。”贾诩指了指曹操桌案上的笔墨纸砚，十分认真地说：“就从你给韩遂写亲笔信一事下手。”于是，在贾诩的授意下，他进行口授并指导，让曹操给韩遂写了这样一封亲笔信。其信云：

文约（韩遂字文约）吾兄：

我与韩兄，并非仇敌，乃老同事也，乃好兄弟也！

但是，张阎逆贼，因被马腾授意，杀我老父，灭我满门。此杀父之仇，不共戴天；灭门之恨，必须报之。对此，我都忍了。但是，张阎贼众，在灭我满门之后，竟将我家传世珍宝奉送给马儿，得其庇护，将他们藏匿于槐里某地，对此，我是可忍，孰不可忍，故一怒之下，才杀了马腾满门。这是因他们马氏父子不义在先，我不仁在后，难道这能怪我吗？正因为此，才引起一场天大的误会，导致了潼关之战，你和马儿损兵折将，我们损失自也不少，实乃悲剧也！

今时值寒冬，战虽不下，但已利于我方，因我军已在渭河南岸安营扎寨，对你们形成夹击之势。再战，你们必定惨败，以至兄会有性命之忧。如此结果，我怎忍心看到，大不忍也！幸喜，今兄遣使来，言可割地求和，诸将多有不允，我念兄弟之情，则力排众议，特允之。兄还言，春暖之后，可以再战，还用再战吗？战又有何好处呢？文约兄，请听弟一句善言，兄只需将张阎和马儿绑缚，送我营中，兄和诸将，多不失封侯之位，何苦再战呢？

今依兄之意，我已做退军打算，命人立即搭起浮桥，不日便予退军。对此，兄当言而有信，即言和，便切勿再战，切勿做不守信用之人。

至于马儿，他一直就是不守信用之人，我们不必同他一般见识。他要战即战，要和吾也不信，我们也已做好了交战的准备。

请文约兄一定好自为之，好自为之。

此信写好，曹操便立即遣人，将信送至韩遂营中，亲手交给了韩遂。韩遂看信之后，见那信字迹模模糊糊，多处看之不清，并且多有涂改。比如他信中的人名“马儿”，都是重笔写上却又涂成了淡墨疙瘩，但“马儿”的笔痕还隐约可见。对此，他怎么也看不懂，只能端详着细看。正在这时，马超闻讯赶来，要求看曹操之信，韩遂给也不是，不给也不是，最后只好嘟囔着说：“反正，我心里没冷病，不怕钻水瓮，你看就看吧！”他不那么情愿地把信递给了马超。

马超搭眼一看，见信上面多有涂改，便问韩遂：“这信上面，为何多有改抹涂写？”

“我怎么知道？”韩遂说，“原信即如此，不知何故。莫不是，那曹操误将信的草稿，给我们送来了。”

马超说：“曹操是何等精明奸诈之人，岂能以草稿送与人耶？必定是伯父怕我知道详情，有意改抹了此信。”

韩遂听得，很是不悦，他说：“你竟如此问我，我还有话问你。那么，你说，曹操信中说，张闿杀了他全家，是受了你父亲指示，你作何解释？”

“对此，难道伯父能信？”马超说。

“我可以不信，但也不了解真相。”韩遂说罢，又问，“曹操信中还说，张闿将他家的传世珍宝送给了你，你便把张闿他们藏匿于槐里，这又作何解释？”

“似这，难道伯父也相信？”马超说。

“我并不相信。”韩遂说，“但其中的真情，只有你自己清楚。”

这时，马超的脸上，已早有愠色，他说：“我可以对天发誓，我绝没有接受过张闿什么珍宝，更没有藏匿张闿一伙贼众。吾若有谎言，必天打五雷轰！”

韩遂说：“我也看出，这是曹操的离间之计，我们可不能上他的当啊！”

马超也显得十分不解地说：“今我与伯父，正合力杀贼，怎奈何伯父，与侄儿并非一心。”

韩遂说：“这话，正是我想对你说的话。汝若不信吾之真心，来日吾可在阵前赚曹操说话，汝可从阵内突出，一枪把他刺杀罢了。”

马超说：“若如此，方见伯父真心。”两人便约定了。

第二天，两军列队出营，曹操点名请韩遂将军相会。原来，曹操认识韩遂的父亲，还和韩遂一起当过官，有一点旧交，这时呼唤韩遂叙旧，倒也说得过去。韩遂一听到曹操呼唤，便列队出营。两边军马遥遥相对，曹操和韩遂两人并着马闲谈，谈的无非是当年的逸闻趣事，谈到高兴的时候，他二人竟还哈哈大笑起来。马超在军列中，只见他俩又说又笑，心中很是不悦。他本来想趁机飞马冲出，一枪刺死曹操。可是，他看见前些天那个救曹操下船的大将许褚，正横刀立马，怒目而视自己，像位天神恶煞一般，紧紧守护在曹操身旁，便不敢莽撞行事。

这时，曹操谈话的声音突然越来越低，韩遂几乎一点儿也听不见了，他便下意识地走近了曹操，想听听他到底在说些什么。可是此时的曹操，竟如演哑剧一般，只有神秘的手势，只有丰富的表情，却听不见他任何声音。这更使韩遂云里雾里，不知曹操在说些什么，不懂他是什么意思。

他二人谈话的时间一长，韩遂这边的军队，就显得有些乱了。因为，那些站在后边的士兵，也想挤上前来，看看这位神秘的朝廷曹丞相，到底是什么样子。曹操也发现韩遂的兵将，全都伸着脖子、踮着脚端详自己。他便扬起马鞭，大声对他们说："你们不都想看看我曹公吗？其实，曹公我跟你们没有什么两样，并不是马王爷的三只眼，也不是四只眼睛两张口。只不过，我的智慧和计谋多一些罢了！"说着，他就向韩遂拱拱手，提高嗓门说，"好了好了，你就按我交代的办就是了，我绝不违背自己的承诺。"于是，道别之后，曹操便回营去了，韩遂也回到了自己军中。

韩遂刚一回营，马超便来相见。韩遂先说："咱们约好的，我与曹操谈话，你便乘机来刺杀他，可你为什么不来呢？"

马超话中有话地说："你们谈得那么热火，我怎么好打搅呢？"他又问韩遂在阵前和曹操谈了些什么。

韩遂说："我们只是随便聊天，其他什么也没谈，根本没有谈什么军事上的事。"

"真的没有谈军事上什么事吗？"马超这样冷冷地说，"那么，曹操为什么说，让你按他交代的办，他绝不违背自己的承诺。我且问你，他对你交代了什么？他给你承诺了什么？你都说出来，摆出来啊！咱们大丈夫男子汉做事，有什么可遮遮掩掩的。"

"可他根本就没向我交代什么，我也未向他交代什么。"韩遂一见马超根本不相信自己，便也没好气地说，"你不相信人，我有什么办法呢？"

…………

可以说，自此以后，马超与韩遂便产生了隔阂，以至有了深深的矛盾。

再一日，两军再战。因马超决心和曹操再大战一场，便联合了成宜等两部人马，向曹营发动猛烈进攻。曹操先派出轻骑兵进行应战，眼看就要支撑不住……突然间，战鼓震天擂响，左右两翼杀出两支曹军主力军，一下子把马超的部队冲垮了，成宜等两部头目当场阵亡。但是，韩遂已对马超有了成见，他便只是观战，并不前来支援。这样，马超兵败，只得丢下大部分人马，向西逃窜而去。因此，马超对韩遂有了更大的隔阂。马超军败逃以后，曹军又采用各个击破的办法，突然对观战的韩遂军发起了猛烈进攻，韩遂军自然抵挡不住，不得不仓皇逃走。人言"兵败如山倒"，韩遂大军败逃，哪能不狼狈呢？他们的损失自然十分惨重。

这一战后，马超几乎确认韩遂已与曹操互相串通，欲伺机谋害自己；韩遂也恨马超无中生有，不能与自己同心。私下里，韩遂与侯选、李堪、梁兴、马玩、杨秋五将商议，看如何对付马超。杨秋说："马超自恃英勇，对主公多有欺凌，即使我们胜得了曹操，他又怎肯屈居于主公之下呢？依我之见，咱们不如投奔曹公，将军必不失封侯之位。"

韩遂说："可是，昔日我与马腾，共同结为异姓兄弟，今对于其子，我怎肯背之？"

杨秋说："昔为昔，今为今，昔马腾在日，主公已与其多有反目，今马腾已死，主公与其子岂能长久？况且，是马超怀疑主公在先，而主公背弃他在后，我们又怎么不可以自寻光明，投奔曹公呢？"

他们再行商量，侯选等四将也同意了杨秋的看法。于是，韩遂便给曹操写一密信，遣杨秋径往曹营，说以降曹大事，并愿将长安城交予曹操。曹操自然大喜，一面派人去接管长安城，一面约定与韩遂以放火为号，共破马超。不料，因马超见韩遂种种举动，已经多有提防，并使以重金，在韩遂营中设有暗探。后来，杨秋去曹营送信，韩遂向曹操献长安城，曹操让韩遂以放火为号，共破自己一事，马超俱已知晓。于是，他便先下手为强，特率领一队亲随，仗剑突入韩遂军帐，并让庞德、马岱随后接应。马超刚一入帐，见韩遂仍与五将正在密议。今马超突然闯进，他们全都愣在了那里。马超挥剑大喝："你们既然与我共事，岂敢谋害于我！"话音未落，他已挥剑直朝韩遂面门刺去。韩遂不及抽剑，只能以双手遮拦，拦挡之间，左手早被砍去。侯选等五将先都发愣，很快便回过神来，便都挥刀剑齐上，围住马超进行厮杀。那马超何等勇猛之人，他一人一剑，独敌五将，毫无惧色。只见剑光闪处，鲜血飞溅，先是马玩被一剑砍翻，再是梁兴被利剑刺倒，侯选、李堪、梁兴三人一见，不敢继续交战，全都各自逃生。乘此机会，马超再冲入帐中，寻找那带伤的韩遂，他早已被人抢救而去。惜只惜，此时，韩遂手下的阎行，早已死心塌地投靠曹操，还将自己的父亲留在曹操那里为质，他自己则奉曹操之命，前去管理西平郡（郡治在西都，今青海省西宁市）。韩遂手下，除阎行以外，其他人皆非马超对手。故此，面对马超的愤怒和拼杀，无人能够阻挡。

这时，庞德、马岱率军已到，韩遂军也围上攻杀马超军，两下里好一场混战，直杀得难解难分。马超、韩遂军正混战之间，曹操率领大军，潮水一般围攻而来。先是马超军对付韩遂军,两军势均力敌,还可平分秋色。今有曹操大军加入,韩遂军人多势众，自然占了上风；马超军自然不敌，很快落于下风。曹操又急急传令：“能得马超者，有重赏！得其首级者，赏千金；能生擒马超者，封大将军。务必生擒或杀死马超。”一闻此令，全军踊跃，千人百众，围住马超进行厮杀。纵然如此，马超毫无惧色，他枪剑并用，远者枪挑，近者剑刺，一连杀死曹营百余将士。

有一位曹将，见马超英勇无敌，便指挥一队军士，用乱箭齐射马超。也真是大将军不怕千军，就怕寸铁。马超一见乱箭射来，急忙枪挑剑拨，先护住自己身体,乱箭不能伤他分毫。却不料,他虽然护得了自己,却护不了自己的坐骑,那坐骑一旦中箭，只能轰然倒下，马超也随马倒于地下。曹军将士一见，便都一拥而上，欲生擒活捉马超，领取曹操宣布的重赏。危急时刻，庞德、马岱带兵赶到，他们死命拼杀一阵，方才救了马超。庞德急令一将官，将一匹备用战马给马超骑，他们三人合力，杀开一条血路，方才突围而去。在西退经过长安城时，长安已归曹操，城内有人马杀出，马超他们只能再行西奔。这样，曹操率军，一直追马超至甘肃安定，见马超军已经走远，方才收兵回到长安。再看那韩遂，他已成残废之人，曹操便安慰一番，授他西凉侯之职。对于杨秋、侯选二人，曹操也予以封侯。一切安排停当，他才领兵回许都而去。

第四十五章　冀城兵败　孟起令明已生隙

马、曹潼关大战的结果，以曹操惨胜、马超失败而告终。而马超的失败，并非由于他毫无智谋，乃是因为他碰上了谋略超群的贾诩，由于贾诩出奇谋，让曹操对马超、韩遂行施了反间之计，离间了他们的关系，使他们反目成仇相互争斗。马超战败之后，便同庞德、马岱相商："今遭失败，我们何去何从呢？"

马岱说："今我们损失惨重，战不能再战，全是残兵败将，已没有什么战斗力，只能做败退的打算了。"

马超问："退，退哪里去呢？"

庞德说："除非再西行入羌，补充力量，别无他法。"稍停，庞德又说，"我总觉得，我们现在没有依靠，以前还有韩遂，可自从同韩遂闹翻之后，我们又能依靠谁呢？再是没有目标，究竟该打谁，往哪里去，去干什么，就像无头苍蝇一样。"

马超说："对此，我也有同感。如今，天下已经三分，即曹操、刘备和孙权。我们与曹操有不共戴天之仇，说什么也不能依他。刘备呢？倒可以考虑，只是时机不够成熟。孙权江东太远，我们也难以联系。到底该怎么办呢？"

马岱说："要么，我们先回羌地吧。"

"好，那我们就先回羌地，休整一下再说。"马超说。

于是，马超便引领败军，西行来到羌地，在那里借了些羌兵，再行招兵买马，攻城略地，拔取陇西州郡。因马超在羌地有很高威望，所以他率军所到之处，尽皆归降，唯有冀城，硬是攻打不下。

此时，镇守冀城的，是凉州牧韦端的儿子冀城太守韦康。他字元将，既学文习武，还精通书法，待人温和，做事宽厚，爱护百姓，在西凉享有很高的威望。韦康身长八尺五寸，相貌端正，十分威严，给人一种不怒自威之感。他 15 岁时，被辟为郡主簿。名士杨彪这样评价他说："韦主簿年虽少，有老成之风，昂昂如千里之驹。”这当然是杨彪对韦康早期的评价，后来的韦康，自然更成熟老练了。再后，韦端被朝廷征为太仆，韦康在荀彧的推荐下接任凉州刺史；韦端离开官舍，到传舍时停下，韦康随后进入官舍，当时颇以为荣。韦康初任冀城太守时，即任命州人杨阜为别驾，故杨阜对韦康十分敬慕，更十分忠诚。

建安十七年（212），马超率诸戎渠帅攻击陇上郡县，诸郡县尽皆响应，独有这冀城一直在坚守。于是，马超兼并陇右之众后，又有张鲁也派遣大将杨昂领兵八千前来助战，总共有一万多人，猛力攻打冀城。马超先让人向城中喊话，说如果他们投降，可以一人不伤，一房不毁。如若抵抗，城若破，便将屠城，将全城人尽皆杀光，房全毁掉，鸡犬不留。尽管如此，韦康仍拒不投降，率领全城军民进行顽强抵抗。这样，他们从正月坚守到八月，救兵仍是不到，坚守了大半年时间，眼看难以坚持。于是，韦康就派遣别驾阎温沿水路而逃，他乘夜潜水出城。第二天，马超军发现阎温的踪迹，派人追踪拦截他，马超军在显亲界内追上了阎温，将他捉住去见马超。马超亲自解开阎温的捆绑，十分友善地对他说：“现在，胜败已经分明，我们必胜，你们必败，你为了冀城孤城去请救兵，结果救兵并未请到，却被捉到这儿，你又怎么尽忠，怎么施展自己的大义呢？请听我的好心劝告，你可以告诉城里，不要做无谓的抵抗了，东方不会有救兵前来。只有投降，才是你们唯一的转祸为福的办法。除此而外，你还能有别的什么好办法呢？如若不然，我现在就会把你杀掉。”

“可以。”阎温假装答应，马超便用车载着他来到冀城城下，忽听得阎温朝着城内这样大喊起来：“城内的军民们，援军不出三天就会赶来，你们一定要坚持守城。只要你们坚持，我们就一定会胜利！”城内人见此，都为阎温而哭泣，有人甚至高喊起了“阎温万岁”这样的口号。

马超见此，十分生气地责问阎温：“我让你喊让他们投降，你却喊让他们抵抗，难道你不要命了？”

阎温十分倔强地回答：“我生是冀城人，死是冀城鬼，城在我在，城破我亡。如若城破，我要这命有何用呢？”

尽管阎温态度如此坚决，马超仍慢慢诱导阎温，盼他能回心转意，又问他：“那么，城里的朋友，有想跟我们同心合力的人吗？”

阎温并不理睬，马超仍继续劝导。阎温说：“食君之禄，忠君之事，君让守城，城破我亡，今我唯有一死，您却要让长者说出不义的话，我难道是苟且偷生的人吗？”

正在这时，那杨昂却突然出手，他用利剑直刺阎温，边刺边说："如此死硬之徒，你还跟他啰唆什么？"他便用剑刺死了阎温。

马超想阻止，已经来之不及，只是这样叹道："他也是忠义之士，可怜如此下场。"

此前，韦康见出城寻找救援的阎温已死，便又派出人，前去向夏侯渊求救。夏侯渊因未接到曹操命令，未敢动兵，但派人向曹操报告了情况。韦康因见救兵不来，就与众人商议说："今守城不住，救兵又不至，我们不如投降马超吧！"

参军杨阜哭着说："马超等乃叛君之徒，杨昂更是凶残之人，他们全是朝廷逆贼，我们岂可投降他们？"

韦康说："我们已经尽力，但事势至此，不降又能如何？降之，还可挽救满城生灵。不降，如马超、杨昂将城攻破，便会进行屠城，那时生灵涂炭，全城遭殃，我们怎能接受这样的结果呢？"

杨阜又这样说："要降就应早降，今抵抗日久，出城降之，马超、杨昂必然认为我们非真心投降，也难免会保不住性命，难免会生灵涂炭啊！为今之计，我们还是死守城池，寻求外援，别无他法。"

韦康叹了口气说："我之所以决定今天才投降，哪里是为了保住自己和家人的性命，而是为了保住全城人的性命。如果只以我一个人的死，抑或我一家人的死，能换得全城人的活，那也值了。"于是，他先派出使者求和，答应可以开城投降，但马超军进城后不能大开杀戒，不能屠城，不能杀害城中的军民百姓。马超答应后，韦康才令大开城门，让马超的军队入城。为了显示诚心，韦康甚至绑缚了自己和全家人。

马超率军进城以后，喝问韦康："你为何现在才开城投降？"

"为了抵抗你们的军队攻入城内，以免城内生灵涂炭。"韦康说。

"你明知抵抗不住，却为什么还要拼死抵抗呢？"马超问。

"不作抵抗，又怎知抵抗不住？"韦康说，"今我已作抵抗，尽到了一个臣子应尽的职责。当我尽心尽职之后，实在难以御敌，为保护城中生命，今选择投降，也不为过。"

马超说："我早已命人向城内喊话，说如若早降，可以一人不伤，一房不毁。如若抵抗，城若破，便将屠城，将全城人尽皆杀光，房全毁掉，鸡犬不留。"

"可是，将军并未说，如若中途投降，你们会对我们怎么办啊！"韦康又这样说。

马超先是一愣，反问道：“那你说，像现在这个样子，该怎么办呢？”

韦康说：“按照承诺，将军既然说我们如开城投降，就不大开杀戒，不屠城，不杀害城中的军民百姓，将军应该兑现自己的承诺。”

“不行，坚决不行！”杨昂这时插上话来，他说，“两军交战，能是儿戏吗？就因为你们推迟投降，我们多死了多少将士？难道，能让他们白白死吗？”原来，正是这个杨昂，他与韦康曾有私怨，今日借故，必欲杀了韦康全家。

韦康见自己已犯杨昂之手，知道性命难逃，就说：“可如若你们非开杀戒不可，那可杀了我及全家，请饶恕全城军民。”

“全家，全家，全家！”马超这样喃喃地说，“你要知道，一个人如遇到全家人被杀，他会是一种什么样痛苦的心情吗？”因为，他想起了自己初闻父亲和全家及族人尽被曹操所杀时的痛苦心情，不由得心中绞痛。

“那一定生不如死。”韦康十分平静地说，“但我现在无路可走。”

一闻马超欲杀韦康和家人之说，杨阜首先跪上前来，对马超说：“将军，请您能饶恕韦康和他的家人，让我代他们一死。一见杨阜此举，城中的官吏将士跪倒了一大片，他们都愿意用自己的死，来保护韦康和他的家人。”马超见此，心里不禁暗暗吃惊：啊，这韦康在这冀城，竟然有这么高的威望，竟然会有这么多人，愿意代他去死，真是不可想象。

“那，我们就成全他吧！”这阵，马超还未说话，杨昂便已开口，喝叫手下的军士说，“还不赶快动手，杀掉韦康全家。”这阵，马超手下的将士，大部分都是杨昂带领的援军，他们自然听从杨昂的命令，全都做出了斩杀韦康一家人的准备。

马超急拦：“且慢，且慢，且慢动手！”

杨昂毫不相让，他说：“你看韦康，在冀城有这么高的威望，几乎能一呼百应，无人不听，你现在如不杀他，他以后还会听从你的指挥吗？难道不会反叛吗？”

想不到这时，庞德走上前来，也替韦康求情，他对马超说：“将军，韦康乃忠义之人，应当饶他性命，并应当饶恕他的家人。”

马岱也说：“咱们后来议和时，我们也同意，如韦康他们能投降，我们便不再屠城，不杀害城中的军民百姓。既然已这样决定，岂能不守信用呢？”

马超正欲表态，想饶了韦康和他的家人，杨昂却十分生气地说：“打蛇不死，必留后患，像韦康这种顽固不化的人，如留下他来，他必然会成为我们的死对头，现在是两军交战，不是你死，就是我活，我们岂能以妇人之仁，面对自己的仇敌呢？今杀了韦康一家人便罢，如若不然，那我就率兵回汉中了。”

“那，就按杨昂将军的意见办吧！”马超实在拗不过杨昂，只得让杨昂安排，杀了韦康全家四十余口。在杨昂的继续坚持下，他们又斩杀了当时坚持守城的杨岳等多人。杨岳是杨阜的堂弟，他和杨阜交往甚密，感情深厚。当时，杨阜力保杨岳，甚至愿以命相换，可马超只是不听，杨昂更是不允。在杀了韦康全家和杨岳等人之后，几乎全城白色——白衣、白车、白马、白幡……一片悲声，一片泪海，人们都为韦康和家人以及杨岳等人的死去而痛惜，他们举行了隆重的祭奠活动，这当然是事后了。

再说当时，庞德用手指着杨阜，问马超：“请问将军，对于杨阜，您欲如何处置？”

马超说：“此人守义，不可斩也。”

马岱插上话来，说：“可他守义，守的只是韦康这个人的义啊！之前，他曾力劝韦康休降，留下他必为后患。”

马超说：“两军交战，各为其主；守城攻城，各负其责。当初，杨阜他作为曹军将领，坚守冀城倒也没错。须知，忠义之人，必守信用，我们对他施以滴水之恩，他后来必当涌泉相报。对于杨阜，我相信我不会看走眼，这一点自信，我还是有的。”他当即下令，任命杨阜为参军，杨阜表示十分感激，他又向马超举荐了梁宽、赵衢二人，俱被马超任命为军官。

事后，庞德对马岱这样说：“我看你哥这个人，怎么现在越来越糊涂了，该杀的人不杀，不该杀的人却杀，该用的人不用，不该用的人却用，这会有重大后患啊！”

马岱说：“我觉得，他现在脑子有些发热，而且也糊涂了，他不知道自己要干什么、该干什么，而是自己想干什么就干什么，别人对他没有一点约束，咱们劝也劝不进去。还是等待时机，再慢慢劝他吧！”

庞德忧心忡忡地说：“怕就怕，已经没了这样的机会，咱们来不及了啊！”也就从这时开始，庞德对于马超，有了不好的看法，他们之间，已经有了裂隙。

…………

这样，开始一段时间，冀城表面平静，大家都相安无事。但是，谁能知道，就在这表面的平静中，会蕴藏着巨大的风浪；就在这表面的无事中，会隐藏天大的祸事……惜之惜，马超他全然不知。

忽一日，杨阜对马超说："今我的妻子突然死于临洮，乞告两个月假，我回去归葬亡妻，假满即回。"

马超说："归葬亡妻，乃人之常情，你回吧！"他准了杨阜之假。

对此，还是庞德多了个心眼，他暗里提醒马超说："杨阜发妻迟不死早不死，怎么会现在突然死了呢？对于杨阜，不能不防，他有没有借故出城搬救兵的可能呢？"

马超说："你这人，怎么老这么想呢？咱们用人不疑，疑人不用。对于杨阜，还是要信任的，他是个人才嘛！再说搬兵，他又能去哪儿搬呢？今曹操不让夏侯渊出兵，附近郡县已无兵可搬，他们没有救兵啊！"

庞德不满地说："他固然是个人才，但要看其才为谁所用，如用在对付我们身上，那他便是劲敌。"

马超轻描淡写地说："你呀，还是想多了。"

其实，庞德的看法没错，杨阜哪是因为亡妻之故才向马超告假，他纯粹是为了报仇才离开冀城，为了搬救兵才离开冀城的。现在，马超、杨昂既杀了他的爱主韦康及其家人，又杀了他的弟弟杨岳等人，他怎么能不时刻想着报仇雪恨呢？他先来到历城，来见抚彝将军姜叙。姜叙与杨阜是姑表兄弟，姜母是杨阜之姑，时年已82岁。当日，杨阜入姜叙内宅，拜见了姑母，他对姑母哭告说："我杨阜守城不能保，主亡不能死，真愧无面目来见姑母。马超叛君，杨昂妄杀郡守韦康和家人，还杀了我弟杨岳等人，一州士民，无不恨之。今吾兄坐据历城，竟无讨贼之心，此岂人臣之理乎？"言罢，他泪流出血，悲痛不已。

姜母闻言，急唤姜叙入，斥责道："韦康遇害，亦尔之罪也。"

姜叙惊问："此一事，我何罪之有？"

姜母说："你坐守历城，未出一兵一卒，才使冀城失守，韦康一家蒙难。对此，你难道没有责任吗？"姜叙默默领罪，只是低头不语。

姜母又对杨阜说："汝既降人，且食其禄，何故又兴心讨伐马超？"

杨阜说："吾从贼者，只是欲留残生，为国尽忠，为韦康主和堂弟报仇也。"

姜叙有些担心地说："但是，马超英勇，急难图之。"

"不然。"杨阜说，"他勇多谋少，易图也。吾已暗约梁宽、赵衢相助。兄若肯兴兵，他二人必为内应，内外合作，我们一定会成功。"

姜母说："似此，汝不早图，更待何时？大不了，只是个死，可谁不死？如死于忠义，死得其所也。"她又对姜叙说："你切勿以我为念，汝若不听义山（杨阜字义山）之言，吾当先死，以绝汝念。”

待杨阜与姜叙商量停当，姜叙即与统兵校尉尹奉、赵昂进行商议。原来，赵昂之子赵月，现随马超为裨将。赵昂当日应允，归见其妻王氏说：“吾今日与姜叙、杨阜、尹奉一起商议，欲报韦康之仇。但吾想咱们儿子赵月现跟随马超，今若兴兵，马超必先杀吾子，你说该怎么办呢？”

其妻厉声说道：“雪君父之大耻，虽丧身亦不惜，何况一子乎！君若顾子而不行，吾当先死矣！”赵昂见妻意如此，遂决心立下。次日，他即与姜叙、杨阜、尹奉共同起兵。当时，姜叙、杨阜兵屯历城，尹奉、赵昂兵屯祁山。赵昂妻王氏乃尽将自己的首饰资帛，亲自送往祁山军中，犒赏军士，以励其众。见赵昂夫妇如此，自然将士同心，众志成城。

马超一闻姜叙、杨阜会合尹奉、赵昂举事，便勃然大怒，即将赵月斩之。而后，他令庞德、马岱尽起军马，杀奔历城而来。姜叙、杨阜身着白袍，引兵而来，进行对阵。一见杨阜，马超便大声质问：“我待汝不薄，何故反我？”

杨阜骂道：“你背叛君主，反叛朝廷，本是反贼，我安能真心降你？我本欲代韦康和兄弟杨岳去死，你却不准。今你留我一命，留的就是冤家，留的就是对头，你我可在战场，拼个你死我活，吾死不足惜。”

马超大怒，指挥大军，冲将过来，两军混战，好一场厮杀。但是，姜叙和杨阜，他们如何能抵挡住马超？只拼杀一阵，便都大败而走。马超驱兵赶来，忽闻背后喊声四起，尹奉、赵昂又引军杀来。马超急忙分兵，两下对阵交战，僵持不下。不料这时，斜刺里有大队军马杀来。原来，那夏侯渊得了曹操军令，正领大军来破马超。马超虽勇，但他毕竟没有三头六臂，更没有分身之术，却如何能挡得三路军马，只得大败奔回。

马超率领败军，走了整整一夜，黎明时，才到得冀城。他使人叫门时，城上无人应声，却有乱箭射下。马超大吃一惊，见梁宽、赵衢立在城头，拒不开门，分明已反。

马超质问道：“你二人因何反我？”

梁宽说：“因你杀了韦康及其家人，我们要替他们报仇，不能不反你。”

赵衢说：“因你杀了杨岳等正直之士，我们要替他们报仇，不能不反你。这也是你应得的报应。”

他二人骂毕，便见城上军士，将绑缚的马超妻杨氏一刀砍了，把首级装笼，挂于城墙之上，只将其尸首撇了下来。又有军士将马超幼子三人，并至亲十余口，都从城上一刀一个，剁将下来。马超一见，气噎塞胸，几乎坠下马来。他正欲攻城，背后夏侯渊已引兵杀来。马超因见曹军势大，不敢恋战，便与庞德、马岱杀开一条路而走。走得一阵，前面撞见姜叙、杨阜，又杀了一阵；冲得过去，又撞着尹奉、赵昂，便再杀一阵；每有一战，必有伤亡，几次冲杀过后，零零落落，马超军仅剩得五六十骑，他们只能连夜奔逃。四更前后，马超他们来到历城下。马超悄令军士，只说是姜叙兵回，守门者信以为真，便大开城门，将他们接入。马超军刚一进城，便从城南门边杀起，尽洗城中百姓。至姜叙宅后，有军士押出姜叙老母。姜母全无惧色，指着马超大骂。马超大怒，欲以剑杀之，却又停手。尹奉、赵昂全家老幼，尽被马超所杀。赵昂妻王氏因在军中，得免于难。

而后，马超让人押来姜母，亲自进行质问："你因何不叫你儿与我共事，反而起兵反我？"

姜母说："你是害群之马，害人之精，挨你者死，依你者亡，我岂能让我儿与你共事？你看看，你那老父马腾和家人族人二百余口，究竟是怎么死的？还不是因你之故。你那妻子杨氏和你的三个幼子，以及至亲十多人，究竟是怎么死的？也是因你之故。因此，我哪能让我的儿子跟着你呢？要说，这就是报应，是老天爷对你的报应！"

将士们听得姜母之说，皆欲将其杀之，特别是那杨昂之剑，分明已抵姜母的胸口，但被马超极力阻之，并说道："她说得也对，我的确是害群之马，害人之精啊！"言毕，他两眼流泪，泪如雨下。

那姜母接着又骂："马超，想你先祖马援，是何等的英明伟大，可是到了你这一辈，却又是何等的卑鄙渺小！你乃不忠不孝、不仁不义之人：背叛朝廷，是为不忠；害死父亲和家人族人，是为不孝；残杀韦康、杨岳等正直之士，是为不仁；不守信用而屠杀降者和无辜军民，是为不义。人常说，钢刀虽快，不斩手无寸铁之人；宝剑虽利，不刺无缘无故之人。那么，你是怎么做的？你也杀了我，快杀了我呀！我正想死于你这不忠不孝、不仁不义之手，让你落个千古骂名，快动手吧！"

众军士又欲动手杀姜母，又被马超止之。他说："她说得也对，我正是那不忠不孝、不仁不义之人，我连遭灭门之祸，这确是报应，报应啊！想不到，我们走东往西，南征北战，可我们的认识，还不及一位老妇人矣！"马超正感叹间，那姜母却用尽全力，猛地向前一窜，一头撞上石柱，立时头破血流，鲜血飞溅，一命呜呼，气绝身亡……马超及众将士一见，全都唏嘘不已。马超传令，让将姜母厚葬。

次日，夏侯渊率大军至，团团围住历城。马超见曹军势众，又有援军源源不断而来，他只能弃城杀出，往西而逃。行了十几里地，前面一军摆开，正是杨阜拦路。马超一见，咬牙切齿，拍马挺枪刺之。杨阜宗弟七人，一齐前来助战。马岱、庞德忙敌住后军。宗弟七人，皆被马超杀死。杨阜身中五枪，犹然死战。后面夏侯渊大军赶来，马超遂走。只有庞德、马岱等十余骑后随而去。夏侯渊自行安抚陇西诸州人民，令姜叙等各个分守，用车载杨阜赴许都，来见曹操。

也就是这个杨阜，后来还有故事多多。陇右平定，曹操封赏讨伐马超的功臣，封侯者 11 人，杨阜被封为关内侯。杨阜推辞说："我杨阜没有保护好州君性命，他们死后，我也没有尽节报孝。在道义上我应被罢黜，在法律上我应被诛杀。而且，贼首马超又没有被杀死。我实在无脸也无权再受爵禄啊！"

曹操说："你与君臣共创大功，西部百姓至今都挂在嘴边，作为美谈。子贡辞让封赏，孔子认为不妥。你尽心报国可嘉。姜叙的母亲劝姜叙早日起兵，实在是明智之举，赵昂的妻子也是如此，实在贤能！实在贤能！有良史记录忠义，是不会忘记你们这些节义行为的。"

曹操征讨汉中后，即任杨阜为益州刺史。回洛阳后，杨阜又被任命为金城太守，还未去赴任，又被转任为武都太守。武都临近西蜀，杨阜请求依据龚遂的老办法，仅仅采取安抚政策。这时，刘备派张飞、马超等从沮道逼近下辩，氐族雷定等七个部落响应马超。曹操派都护曹洪抗击马超，一举击退马超的进犯。曹洪大摆酒宴，让歌女穿着很薄的衣服踏鼓，在场的人大笑。杨阜严厉斥责曹洪说："男女有别，这是国家的大节，怎么能在大庭广众面前让女人裸露形体！即使夏桀、商纣的败乱，也不及如此。"于是愤然辞出。曹洪亦知自己欠妥，马上下令女伎停演，又请杨阜还座，还向他认错，在场的人无不肃然起敬。

魏文帝时，曹丕曾问侍中刘晔等人："武都太守怎么样啊？"大家都一致称赞他是德才兼备的人，曹丕便欲重用杨阜，但曹丕却早逝。这样，杨阜在郡职待了十几年，才被召任为城门校尉，其成就虽多，职位却不那么显赫。

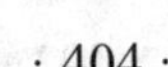

第四十六章　迫不得已　马超汉中投张鲁

这里，我们将要写到的一个重要人物名叫张鲁，一写到张鲁，又不能不提及天师张道陵。因为，张鲁为张道陵之孙。

相传，张道陵为西汉开国功臣张良的第八世孙，汉光武建武十年（34）正月十五日生于江苏丰县阿房村。张道陵的父亲叫张大顺，好神仙之术，自称“桐柏真人”，生下儿子，即取名为“陵”，希望他将来能追随先祖，远离尘世，登陵成仙。张道陵自幼聪慧过人，七岁便读通《道德经》。为太学书生时，博通《五经》，天文地理、河洛谶纬之书无不通晓，从其学者千余人。但常叹息所读之书无法解决生死问题，于是弃儒改学长生之道。张道陵 26 岁时，曾官拜江州（今重庆）令，但不久就辞官隐居到洛阳北邙山（今河南洛阳北）中，精思学道。汉章帝、汉和帝先后征召其为太傅、冀县侯等职，均辞。之后，张道陵开始云游名山大川、访道求仙。先是南游淮河，居桐柏太平山，后与弟子王长、赵升一起渡江南下，到了江西贵溪县云锦山。云锦山山清水秀，景色清幽，为古仙人栖息之所，张道陵就在山上结庐而居，并筑坛炼丹。传说三年后神丹成，龙虎出现，故此山又称龙虎山。时年张道陵 60 岁，听闻蜀中民风淳厚，易可教化，便移居四川鹤鸣山。

相传，汉顺帝汉安元年（142）正月十五日，太上老君降临蜀地，传授张道陵“正一盟威之道”，嘱其扫除妖魔，救护生民。张道陵就此创立了道教，尊老子为教祖，以“道”为最高信仰。永寿二年（156）升仙而去，时年 122 岁。唐玄宗、宋徽宗、宋理宗、元成宗、明崇祯皆为其加封神位，后世即对其以张天师尊称。

张鲁是张道陵之孙，五斗米道系师。张道陵死后，张鲁父张衡继行其道。张衡死，张鲁继为首领。其母好养生，“有少容”，“兼挟鬼道”，往来于益州牧刘焉家。张鲁通过其母与刘焉家的关系，得到了刘焉的信任。

初平二年（191），刘焉任命张鲁为督义司马，与别部司马张修带兵同击汉中太守苏固。张修杀苏固后，张鲁又杀了张修，夺其兵众，并截断斜谷道。在刘焉授意下，张鲁杀害了朝廷使者。

兴平元年（194），刘焉死，其子刘璋代立。刘璋以张鲁不顺从他的调遣为由，尽杀张鲁母及其家室，又遣其将庞羲等人攻张鲁，但多次为张鲁所破。张鲁的部属多在巴地，刘璋于是以庞羲为巴郡太守。张鲁袭取了巴郡。于是割据于汉中，以五斗米教教化人民，建立了政教合一的政权。

当时，曹操把持的东汉政权无暇顾及汉中，遂拜张鲁为镇民中郎将，领汉宁郡太守。张鲁统治巴、汉近三十年。

后来，有人在地下挖到了玉印，众人都想要尊张鲁为汉宁王。张鲁的功曹阎圃劝谏道："汉川的百姓，户口超过十万，财富很多而且土地肥沃，四面地势险固；上可以匡扶天子，那就成为齐桓公、晋文公之流，最差也是窦融之类的人，可以不失富贵。现在承制设置官署，势力足以决断事务，不用称王。希望您暂且不称王，不要先招来祸患。"张鲁听从了阎圃的意见。

建安二十年（215），曹操亲率十万大军西征汉中，抵达阳平关，张鲁想要投降曹操。但张鲁弟张卫不听，便率数万人马坚守阳平关，以阻挡曹军，结果为曹操所破。张鲁闻讯，便想磕头称降。阎圃又献计说："如今您被迫谒见，肯定得不到曹公的重用，不如先依靠巴中的杜濩、朴胡等人抵抗曹军一阵，然后再向曹公献礼称臣，这样才会得到曹公的重用。"张鲁依其所说，率军前往巴中。临行前，左右的人都想将仓库里的宝物全部焚毁，张鲁说："我已经有归顺朝廷的意愿，一直未尝如愿。今天我们离开，不过是为了避开锋芒，并没有别的意图。宝货仓库，应归国家所有。"于是，他安排将宝物都妥善藏好后，方才离去。

张鲁在汉中因袭张修教法，并"增饰之"。他自称"师君"，来学道者，初称"鬼卒"，受本道已信，则号称"祭酒"，各领部众；领众多者为"治头大祭酒"。张鲁不置长吏，以祭酒管理地方政务。他继承其祖的教法，教民诚信不欺诈，令病人自首其过；对犯法者宽宥三次，如果再犯，然后才加惩处；若为小过，则当修道路百步以赎罪。又依照《月令》，春夏两季万物生长之时禁止屠杀，又禁酗酒。他还创立义舍，置义米肉于内，免费供行路人量腹取食，并宣称，取得过多，将得罪鬼神而患病。

东汉末年，群雄蜂起，关中韩遂、马超起兵抗曹。在此情况下，不少人都逃往相对安定的汉中地区，仅关西民从子午谷逃奔汉中的就有数万家。

张鲁还得到巴夷少数民族首领杜濩、朴胡、袁约等人的支持。他采取宽惠的政策统治汉中，“民夷便乐之”“流移寄在其地者，不敢不奉”。这样，五斗米道凭借政权的力量扩大了影响，其信徒入道，只需交五斗米。张鲁在汉中20多年，其信徒众多，成为汉末一支颇有实力的割据势力。

再说，马超初与曹操在潼关展开大战，他那时壮志满怀，雄心勃勃，几乎有“打败曹操，战败群雄，夺取天下”之志。可是，随着时间的推移，惨败的经历，经验和教训的积累，他这才深深感到：世界何其大，英雄何其多，个人何其渺小，争雄何其不易……那么，下一步，自己到底该怎么办呢？为了解决自己的困惑，他便召来庞德、马岱和杨昂，一起进行商议。他先对庞德说：“这阵，我突然想起你对我说过的那句话：‘我总觉得，我们现在没有依靠，以前还有韩遂，可自从韩遂闹反以后，我们又能依靠谁呢？再是没有目标，究竟该打谁，往哪里去，去干什么，好像无头的苍蝇一样。’”一阵，马超又说，“对于这个问题，我并不是没有思考。我想过，论将才，咱们不比别人少；论兵力，咱们不比别人弱；论地盘，咱们不比别人小。可是，为什么我们老打败仗呢？这就是，我们少了些依靠，也没有目标啊！还有关键的一点，我们只有将才，没有谋士，没有一个智囊团，这就很难取胜，更难取得最终的胜利啊！你们说现在，我们到底何去何从呢？”

“何去何从？何去何从？”庞德说，“要靠大树，可如今的大树，到底有几棵呢？”庞德正说话间，却被杨昂突然打断，他说：“你们所说的这个靠山，远在山边，近在眼前，我们主公张鲁，他怎么能不是靠山、不是大树呢？我劝你们去投奔我主公张鲁好了。再说，对于马将军，我们主公可是佩服得五体投地。他曾言，我如得马超，则西可以吞益州，东可以拒曹操，普天之下，我们还有什么可畏惧的呢！马将军如去汉中，一定会得到我们主公重用的。”于是，马超与庞德、马岱三人又商议了一番，决定先临时投奔张鲁，以后再作他图。他们便随着杨昂，来汉中投奔了张鲁。张鲁一见马超率军来到，大喜不已。当他得知马超妻子杨氏在冀城被杀，便欲以女招马超为婿，并就此事与群臣进行商议。大将杨柏谏道：“前有马超父及家人族人200多人遇害，是因马超之故；后有马超妻、幼子和至亲十几人均遭惨祸，亦超之贻害，他的确是个害人精，主公岂能以女与之？”

张鲁听了，觉得有理，遂罢招婿之议。有人将杨柏之言，告知了马超，马超大怒道：“杨柏匹夫，安敢如此？张鲁愿嫁女与我，关你何事？待有机会，我必杀了这个匹夫。”

而马超发狠一事，又被杨柏知之，便与其兄杨松进行商议，他对杨松说：“今马超新来，已经与我结怨，甚至有杀我之心，你说该怎么办呢？”

“他欲杀你，你亦可宰他呀！”杨松说，“现在，我们可以对他多加提防，再等待机会，便要了他的性命。”其时，正值刘备兵逼益州，刘璋遣使黄权求救于张鲁，声称张鲁若出兵相救，刘璋当以西川二十州相酬。

对此，张鲁聚众商议时，马超出列，他对张鲁这样说：“超感主公之恩，无可回报，吾愿领一军攻取葭萌关，生擒刘备，务要刘璋割二十州奉还主公。”张鲁听得大喜，便先遣黄权从小路而回，随即点兵两万与马超。此时，庞德因患重病，不能与马超同行，只能继续留于汉中。于是，张鲁令杨柏做监军，让马超与弟马岱择日起程。

马超临出兵前，与马岱一起，前来向庞德辞别，并告知欲去西川救援刘璋一事。庞德说：“此一事，还望将军细细思量，至于刘璋该不该救，而刘备又该不该战，都是要认真考虑的事情。依我愚见，今日天下，虽群雄并立，但三国之势，已成定局，即曹操、刘备和孙权。这东川张鲁、西川刘璋，皆不能成大的气候。似此，我们又怎么可以轻易与刘备为敌呢？您还得留后路啊！”

马超说：“至于以后，那是以后，得先顾眼下。我们初来汉中，无有寸功，如不立功，又怎么能在这里立足呢？”

庞德又说：“想那刘备，也是人中之龙，并非泛泛之辈。他手下有关羽、张飞、赵云、黄忠、魏延，他们都是您真正的对手。而你、我和丁宁（马岱字丁宁），自小一起长大，比如亲兄弟一般。从来东杀西砍，南征北战，我俩又比如您的左膀右臂。可是此次出征，我却卧于病榻，不能与您同行，您将失去一臂，便少了许多力量。我怕只怕，您会有什么意外。所以我想，您能不能再等一等，等我病好后，咱们再出征呢！”

马超有些不屑地说：“现已经决定的事，怎么好更改呢？还是请令明放心，即使你不同往，我此番出征，也一定要生擒刘备，打败其军。”他说这话，却多少有点伤害庞德，因为这言语里面，显然低估了庞德的分量。

庞德听罢，满怀忧虑地说：“刘备手下多有高手，还有诸葛亮的智谋，所以，请将军切勿轻敌，一定要小心再小心，谨慎再谨慎。”

“好吧！令明如此叮咛，吾一定百倍小心。”马超这样答应。

“那，您多多保重。”庞德说这话时，眼里都噙有泪水。稍停，庞德又说：“我们曾多次论过形势，论过我们应当依靠的大树：曹操自然是大树，可他是我们的仇敌；刘备是大树，可他毕竟没有曹操那样的根基；孙权也是大树，可我们与他没有什么缘分。所以，对于未来，我们还应多思多想啊！”

“好，多多保重，多思多想。”马超这样轻描淡写地说，他大约只因急于出征，也未细细咀嚼庞德所说之话的深意，即刻转身而去。他之此举，也令庞德有些不满。

…………

再说，那刘备、诸葛亮领兵，来到绵竹城下，守将费观差李严迎战。两军交战，黄忠依诸葛亮之计，兵败李严，使其下马卸甲投降，军士不曾伤害一人。诸葛亮引李严来见刘备，刘备待之甚厚。李严见刘备仁慈宽厚，便对刘备说：“费观虽是刘璋亲戚，但与我交往甚密，我可以劝其投降。”

刘备说：“这样甚好，也免了兵灾之祸，生灵涂炭。”他便命李严回城招降费观。

李严入绵竹城后，对费观盛赞刘备如何仁德，并对费观说：“眼见，刘备占领西川，已在眼前。刘璋要么战败，要么投降，再没有别的路可走。您既跟随刘璋投降，又为什么不早降呢？”

费观听从李严之言，遂大开城门，予以投降。刘备率军入绵竹城后，即与诸葛亮商议，欲分兵取成都。

正在这时，有流星马急报：“那孟达、霍峻防守葭萌关，今被东川张鲁遣马超与杨柏、马岱领兵，张鲁军攻打甚急。早救，葭萌关得保；迟救，则关隘休矣，请速速予以救援。”

刘备闻讯大惊，对诸葛亮说：“那马超英勇，今攻关甚急，应如何对付？”

“是啊！这个马超，的确英勇无比，其之勇，并不在吕布之下。”诸葛亮说，“所以，必须是关、张、赵三人，方能与马超对敌，他人皆难以对阵。”

刘备说：“今云长（关羽字云长）镇守荆州，轻易不能来西川；子龙（赵云字子龙）引兵在外未回，也一时不能抵达。唯有翼德（张飞字翼德）在此，可以急遣，就让他来迎战马超吧！”

诸葛亮笑言：“这可是一场好戏，是龙虎斗啊！”

刘备有些担心地说：“不是龙虎斗，而是二虎斗。两虎相斗，必有一伤，真让人操心啊！”

诸葛亮又笑道：“那，主公之意，是既不想让翼德受伤，也不想让孟起受伤了。”

“是有这样的想法。”刘备说。

“那就是说，主公欲让孟起为我所用。”诸葛亮说。

“是的。”刘备说，“我念孟起骁勇，且有谋略，甚想将其得之。”

“那，待我为主公图之。”诸葛亮说。

次日天明，关下鼓声响处，马超率兵已到。刘备在关上看时，见那门旗影里，马超纵骑持枪而出，他狮盔兽带，银甲白袍，一来结束非凡，二者人才出众。刘备不禁叹道：“人言‘锦马超’，果真名不虚传！”

张飞一见，便要下关迎战。刘备急止之道：“且休出战，那马超甚是勇猛，先勿出战，避一避他的锐气。”

关下马超，威风凛凛，单搦张飞出马。关上张飞，何等性急之人，恨不得平吞马超，但三番五次皆被刘备挡住。看看到了午后，刘备望见马超阵上人马皆倦，遂选五百骑，跟着张飞，冲下关来。马超见张飞军到，把枪往后一招，约退军有一箭之地。张飞军马一齐扎住；关上军马，陆续下来。张飞执丈八蛇矛枪出马，大呼：“认得燕人张翼德吗？”

马超说：“吾家屡世公侯，岂识得村野匹夫！”

张飞大怒道：“马超小儿，敢如此轻视我？”他挺起长矛出阵。马超便也举枪，立即厮杀起来，战百余合，不分胜负。刘备观之，叹道：“真虎将也！”他恐张飞有失，急令鸣金收军。张飞回到阵中，埋怨刘备说：“吾与那马超，正杀得难解难分，为何却要收军？”

刘备说：“稍稍歇歇，再战便是。”于是，张飞歇马片时，他不用头盔，只裹包巾上马，又来到阵前，搦马超进行厮杀。马超自然出马，两人再战。刘备唯恐张飞有失，竟亲自披挂下关，直至阵前助战。再看那张飞，与马超又斗百余合，两个精神倍加振奋，拼杀更加激烈。刘备又教鸣金收军。二将分开，各回本阵。

是日，天色已晚，刘备对张飞说：“马超英勇，不可轻敌，且退上关，来日再战。”

张飞杀得性起，哪里肯休？大叫道：“吾誓死不回，必与马超决出胜负！”

刘备说："今日天晚，不可战矣。"张飞说："多点火把，安排夜战！"

这时，马超亦换了马，再出阵前，大叫道："张飞！敢夜战吗？"张飞性起，同刘备换了座下马，抢出阵来，叫道："我捉你不得，誓不上关！"

马超说："我胜你不得，誓不回寨！"两军呐喊，点起千百火把，照耀如同白日。两将又向阵前鏖战。到二十余合，马超拨回马便走。张飞大叫道："走哪里去！"原来，马超见赢不得张飞，心生一计：诈败佯输，赚张飞赶来，暗掣铜锤在手，扭回身觑着张飞便打将来。张飞见马超走，心中也提防；比及铜锤打来时，张飞一闪，从耳朵边飞了过去。张飞便勒回马走，马超却又赶来。张飞带住马，拈弓搭箭，回射马超；马超却闪过。二将各自回阵。刘备自于阵前叫道："吾以仁义待人。不施谲诈。马孟起，你收兵歇息，我不乘势赶你。"马超闻言，亲自断后，诸军渐退。刘备亦收军上关。

次日，张飞又欲下关战马超。刘备对诸葛亮说："吾曾对汝说过，今见马超英勇，甚爱之，如能促其降之，那是再好不过的了。"

"这个倒也不难。"诸葛亮说。

"军师有何计？"刘备问。

诸葛亮说："某闻东川张鲁，欲自立为'汉宁王'。他手下谋士杨松，极贪贿赂。主公可差人从小路径投汉中，先用金银结好杨松，后进书与张鲁云：'吾与刘璋争西川，是与汝报仇。你不可听信离间之语。事定之后，保汝为汉宁王。'令其撤回马超兵。待其来撤时，便可用计招降马超矣。"

刘备闻之大喜，即时修书，差孙乾携金珠从小路径至汉中，先来见杨松，说知此事，赠予不少金珠。杨松收金大喜，即引孙乾去见了张鲁，说以刘备将保张鲁为汉宁王一事。张鲁问："他刘备只是左将军，他如何保得我为汉宁王？"

杨松说："可他是大汉皇叔，正合保奏，皇上又哪能不听他的话呢？放心吧，此一事，刘皇叔他有绝对把握。"

张鲁闻之大喜，便差人至葭萌关，叫马超立即罢兵。孙乾只在杨松家听候回信。不一日，使者回报："那马超言：'今来初战，战而未决，胜负未分，怎么能退兵呢？这一番，我务必要实现自己诺言，生擒刘备，打败其军，又怎么能匆匆退兵呢？'"

张鲁又遣人去唤，马超仍不肯回，一连三次都是这样。监军杨柏甚是不满，他三番五次督促马超，让他执行张鲁命令，予以退兵，可马超只是不理。

杨松见此，即向张鲁进以谗言，他说："马超其人，素无信行，今不肯罢兵，其意必反。”同时，他又使人广传流言：“马超意欲夺西川，自为蜀主，与父报仇，怎肯臣于汉中？”

张鲁闻之大惊，便对杨松说：“今马超初来，便不听我的命令，已有反意，我们当如之奈何？”杨松说：“马超既不退兵，那他也可以再战，主公可一面差人去说与马超：‘汝既欲成功，可给汝一月限，要依我三件事。若依得，便有赏，否则必诛：一要取西川，二要刘璋首级，三要退荆州兵。三件事不成，可献头来。’另一方面，可叫张卫点守军把守关隘，防马超兵变。”

张鲁从之，便差人到马超寨中，说知以上三件事。马超听罢大惊，对马岱说：“如何变得这样快？我们不如罢兵。”

马岱说：“如此生变，必然有人跟张鲁进谗言。今退不退兵，也须谨慎。”最终，他们还是准备退军。

马超准备退兵的消息，由杨柏传给了杨松，杨松又让人散流言说：“马超回兵，必怀异心，要反了主公张鲁。”刘备、诸葛亮这边，少不了抱薪救火，火上浇油，使马超造反一事更加逼真。

于是，张鲁这边，那张卫共分七路军，坚守各个隘口，不放马超一兵一卒入汉中。马超进也不是，退也不得，无计可施。眼见时机成熟，诸葛亮便对刘备说：“今马超正在进退两难之际，亮愿凭三寸不烂之舌，亲往马超营寨，说他前来投降。”

刘备说：“马超今虽进退两难，但他是敌是友难以分辨。先生乃吾之股肱心腹，倘有疏虞，如之奈何？无论如何，先生不能亲往。”诸葛亮仍坚持要去，刘备再三不肯放去。正踌躇间，忽报赵云有书荐西川李恢来降。

李恢来到，主动向刘备、诸葛亮请命说：“今闻马超在进退两难之际。我昔日在陇西，与马超曾有一面之交，今愿往说马超，让他归降，若何？”

刘备说：“我们正欲得一人以往，先生欲往甚好。”

诸葛亮说：“愿闻公说辞。”

李恢便于诸葛亮耳畔，陈说如此如此。诸葛亮大喜，即时遣行。

李恢来到马超军寨，先使人通报姓名。马超说：“吾知那李恢乃一辩士，他此番来，必说我，我们应做以准备。”于是，他先唤20名刀斧手伏于帐下，嘱道：“我与那李恢，如若话不投机，令你们砍时，便一齐上，可将李恢砍为肉酱！”

须臾，李恢昂然而入。一丝不见怯惧。马超端坐帐中不动，一见李恢来到，即大声叱道：“今两军交战之际，汝来为何？”

李恢说：“不瞒将军，我此番来，是做说客。”

马超说：“吾匣中宝剑新磨，专斩逆者之头。汝试言之，其言不通，便请试剑！”

李恢笑道：“将军祸不远矣！恐只恐，你新磨之剑，不能砍吾之头，将欲自试也！”

马超说：“吾有何祸？又因何会自试利剑？”

李恢说：“吾闻越之西子，善毁者不能闭其美；齐之无盐，善美者不能掩其丑；日中则昃，月满则亏：此天下之常理也。今将军与曹操有杀父之仇，而陇西又有切齿之恨；前不能救刘璋而退荆州之兵，后不能制杨松而见张鲁之面；目下四海难容，一身无主；若复有渭桥之败，冀城之失，何面目见天下之人乎？”

马超闻言，便说：“君之所言，也属实情，愿闻下文。”

李恢说：“隔墙须有耳，窗外岂无人，商议重要之事，难道一定要说给众人听吗？”

马超自知其意，忙忙唤出刀斧手，让他们一律退下，又同李恢攀谈。李恢说：“公欲觅其主，今刘皇叔礼贤下士，吾知其必成，故舍刘璋而归之。公之父亲，昔年曾与皇叔相约，共讨曹贼，公何不弃暗投明，投靠刘皇叔，以图上报父仇，下立功名乎？”

马超听罢，沉吟一阵说：“先生言之有理，但仍有监军杨柏在，当如何处置？”

李恢说：“当断不断，反遭其乱；断而不断，必有后患。那杨柏兄弟，早已对你下手，时刻都想置你于死地，你还能容留他们吗？”

“言之有理。”马超说罢，便使人去唤杨柏来军帐议事。杨柏刚入军帐，马超正在帐后，突然冲出，将杨柏一剑斩之。而后，马超率军，将杨柏首级带上，同李恢一同上关来降刘备。

刘备亲自将马超接入，待以上宾之礼。马超顿首谢道：“今遇明主，如拨云雾而见青天！”

其时，孙乾已回。刘备复命霍峻、孟达守关，便撤兵来取成都。赵云、黄忠接入绵竹。人报蜀将刘晙、马汉引军到。赵云说：“某愿往擒此二人！”经刘备同意，赵云即上马引军出。刘备在城上管待马超吃酒。未曾安席，赵云已斩刘晙、马汉之头，献于筵前。马超亦惊，对刘备敬重有加，也深佩赵云之勇。

刘备同马超谈及刘璋，马超说：“不须主公军马厮杀，超自唤出刘璋来降。

如不肯降，超自与弟马岱径取成都，双手奉献。”刘备大喜，是日尽欢。

却说败兵回到益州，报告刘璋。刘璋大惊，遂闭门不出，待人报城北马超救兵到时，刘璋方敢登城望之。他见马超、马岱立于城下，大叫：“请刘璋答话。”

刘璋在城上问之。马超在马上以鞭指着刘璋说：“吾本领张鲁兵来救益州，谁想张鲁听信杨松谗言，反欲加害于我。吾今已归降刘皇叔，公可效仿，当纳士拜降，免致生灵受苦。如或执迷，吾先攻城矣！”

刘璋一听，惊得面如土色，气倒于城上，众官急急将其救醒。刘璋说：“吾之不明，悔之何及！不若开门投降，以救满城百姓。”

董和说：“城中尚有兵三万余人；钱帛粮草，可支一年，奈何此时便降？”

刘璋说：“吾父子在蜀二十余年，无恩德以加百姓；攻战三年，血肉捐于草野，皆我罪也。于此，我心何安？不如投降，以安百姓。”众人闻之，全都落泪。

忽一人上前，大声说道：“主公之言，正合天意。”众人视之，见是西川充国人谯周，此人素晓天文，他说：“某夜观乾象，见群星聚于蜀郡；其大星光如皓月，乃帝王之象也。况一载之前，小儿谣云：‘若要吃新饭，须待先主来。’此乃预兆。不可逆天道。”忽报：“蜀郡太守许靖，逾城出降矣。”刘璋听罢，大哭归府。

次日，人报刘皇叔遣幕宾简雍在城下唤门。璋令开门接入，简雍向刘璋说刘备宽宏大度，并无相害之意，刘璋便决意投降。次日，刘璋亲赍印绶文籍，与简雍同车出城投降。刘备进入成都，百姓香花灯烛，迎门而接。刘备到公厅，升堂坐定。郡内诸官，皆拜于堂下！

当日，刘备设一大宴，请刘璋收拾财物，佩领振威将军印绶，令将妻子良贱，尽赴南郡公安住歇，即日起行。刘备自领益州牧。其所降文武，尽皆重赏，定拟名爵。他还遣使赍黄金五百斤、白银一千斤、钱五千万、蜀锦一千匹，赐予云长。其余官将，给赏有差。杀牛宰马，大犒士卒。开仓赈济百姓，军民大悦。

第四十七章　挑战马超　傲气冲天关云长

我们前面已经写到，那魏王曹操手下，有一位名将夏侯渊。夏侯渊早年曾跟随曹操征伐四方，先后任骑都尉和陈留、颍川二郡太守。官渡之战时，他负责督运粮草，立有大功。他擅长千里奔袭，作战出其不意，先后平定昌豨、徐和、雷绪、商曜等叛乱。渭南之战后，夏侯渊率军剿灭关陇地区的韩遂余部以及羌、氐部落，威震关右地区。他凭借功勋，累迁征西将军，受封博昌亭侯。张鲁投降曹操后，曹操让夏侯渊负责镇守汉中。

建安二十三年（218），刘备向诸葛亮问及下一步的方略，诸葛亮对刘备说："要得天下，必争汉中，因为汉中是汉家的发祥地，当初秦惠文王首置汉中郡，以后汉王又在此处开创了汉业，他以汉中为发祥地，筑坛拜韩信为大将，明修栈道，暗度陈仓，逐鹿中原，平定三秦，终于统一了天下。现在，我们必须效仿高祖，全力夺取汉中，方能与曹魏争锋。"刘备依诸葛亮之言，便进军至阳平关，图谋夺取汉中。夏侯渊探知消息，急率张郃、徐晃等将与其相拒，以徐晃、陈武、张郃驻广石，刘备攻而不克，双方相持至第二年，难以分出胜负。当时，诸葛亮又对刘备说："《孙子兵法》云，两军交战，如遇险类地形，必须先控制开阔的向阳高地，等待敌军来犯，出击方能获胜。今定军山是汉中的高地、扼守的险地、杀敌的佳地，自古即有'得定军山者得汉中'之说，如占领此地，如敌军来犯，我军出击，必能获胜。"

刘备听取诸葛亮的建议，便率军自阳平渡过沔水，驻于定军山下，欲夺定军山。曹操呢？他仍以夏侯渊为主将，率军在定军山与刘军相持。起初，刘备率精锐万余人，分十部轮番夜袭张郃，张郃率军奋战反击，刘备不能克。夏侯渊又派张郃守备东围鹿角，自率精锐守备南围鹿角，刘备于是先全力猛攻张郃，张郃不敌，夏侯渊便分兵一半往救张郃。这时，刘备又依诸葛亮之计，在走马谷采用火烧东围鹿角之策，使曹军营寨到处起火，张郃自然着急。于是，夏侯渊便急急带领兵前去救火，修补东围鹿角，这对于刘军，已有了一个绝佳的歼敌之机。

当时，刘备问诸将："谁愿出战？"老将黄忠首先出列，说："我愿出战，斩下夏侯渊的首级。"赵云也予请战。军师诸葛亮说："夏侯渊并非等闲之辈，黄老将军毕竟年龄大了，我看还是赵将军出战比较稳妥。"

老黄忠一听，有些着急，他胡子一撅说："我愿立军令状，如砍不下夏侯渊的首级，我将自己的老脑袋奉上。"这时，诸葛亮以目示刘备，刘备自然会意，忙说："那么，就请老将军领兵出战。"原来，诸葛亮曾暗示过刘备，说如若老黄忠出战，激之多能成功，他便欲采用激将之法。

老黄忠领命，即同法正一起领兵，就欲出发。忽见刘备亲自捧酒，来到黄忠面前，说："这是壮行之酒，特请老将军饮之。"刘备连敬酒三杯，老黄忠一一饮尽。而后，他奋力将酒碗往地下摔碎，拱手抱拳，向刘备行礼说："主公放心，我此番出战，定斩夏侯渊于马下。"

一旁的诸葛亮，他又出言相激，说："老将军放心，胜败乃兵家常事，你虽立了军令状，但如出战失败，不致死罪。"老黄忠一听怒道："军中立状，岂是儿戏？我如不斩夏侯渊，定当死罪！"待黄忠、法正统军走后，诸葛亮又让赵云领兵随后，以便救援。

且说，那黄忠、法正统率的兵马，来到定军山后，他们先抢占了定军山对面的对山。而后，黄忠、法正便一起登上对山，站在山上，魏军的一举一动，皆能一目了然。夏侯渊一见，大怒道："黄忠老儿，这般小视我军，居高偷窥我军秘密，我岂能容得！"当时，他便急于领兵出战，张郃苦劝，夏侯渊只是不听。于是，夏侯渊领兵围住对山，几番叫战，黄忠、法正只是坚守，久不出战。原来，黄忠依法正之计，他们欲以逸待劳，大破曹军。这样，从早上到上午，从上午到中午，双方都在坚守。可正当人们习惯于午困之时，法正眼见曹军已经倦怠，丧失锐气，他们多下马坐息，有人吃食，有人饮水，有人休息闲聊。于是，他立将方才摇动的白旗换为红旗。那法正红旗一摇，立见黄忠军营，处处红旗招展，鼓角齐鸣，喊声大震……那黄忠呢？只见他一马当先，威风凛凛，驰下山来，犹如天崩地裂之势，猛虎下山之威。而他所瞅中的并非别人，正是曹军的统军之将夏侯渊。本来，夏侯渊看待对手黄忠，因其年迈，他多有轻视，今见刘军久不出战，他自己也有些松懈，故他人虽仍骑在马上，却将刀搁于马背，又因黄忠居高临下，飞马而来，顺风扬起的尘土，多少有点迷了夏侯渊的眼睛，今眼见那黄忠飞骑而来，他便急急拿刀，哪知措手不及，被黄忠赶到麾盖之下，大喝一声："夏侯渊,拿命来!"那声如雷吼,震耳欲聋。夏侯渊的刀还未曾拿稳，不及相迎，黄忠的宝刀已经落下，犹如快刀切瓜，将夏侯渊连头带肩，砍为两段。黄忠斩了夏侯渊，曹兵大溃，各自逃生。黄忠指挥大军，乘势去夺定军山。张郃领兵来迎，黄忠与陈式两下夹攻，混杀一阵，张郃败走，又有赵云、刘封、孟达领兵来援，张郃只能再败再走，定军山遂被刘军占领。

再说，那曹军失去主将，便公推张郃代主将抵御蜀军，军心始得稳定。当年三月，曹操亲自率军至汉中，与刘备进行相持，双方互有胜负；五月，诸葛亮多施计谋，使猛张飞智取了瓦口隘，蜀军在汉水大败了曹军，曹操只好北撤长安。于是，刘备得整个汉中。

是年秋，为抑曹魏之势，刘备属下的马超、许靖、庞羲、射援、诸葛亮、关羽、张飞、赵云、黄忠、赖恭、法正、李严等120余人，共向汉献帝呈了一封公推刘备为汉中王的表章，文中说："从前唐尧圣明到了极点而有四个恶人出现在朝廷，周成王仁慈贤德而有四个诸侯国作乱，我朝高祖的吕后代行皇帝职权而有吕氏家族成员窃取王侯的爵位，孝昭皇帝年幼而有上官桀图谋反逆，上列作乱者都凭借前世的恩宠，践踏国家的权力，穷凶极恶，天下几乎面临崩溃的危险。如果不是遇到大禹、周公、朱虚侯刘章、博陆侯霍光，肯定不可能把他们或者流放或者处死，从而去除危险恢复安定。陛下具有天生的圣德，君临天下却遭遇到厄运和不幸。董卓首先制造灾难，把京城洛阳全部破坏；曹操利用祸乱，窃据了王朝大权；皇后和太子，惨遭他们毒死；奸贼董卓和曹操还搅乱天下，残害民众。结果，陛下您长久流亡在外饱受忧患，独自一人悄悄住在虚设的京都许县。似此，人民和神灵都失去了君主，天子的命令被完全阻断。曹操还掩盖和抛弃皇家的准则，企图盗取天子的权位。左将军兼司隶校尉、豫州牧、荆州牧、益州牧，并封宜城亭侯的臣刘备，接受朝廷的爵位俸禄，念念不忘贡献力量，随时准备为平定祸乱而献出生命。他当初看到曹操反逆的征兆，就十分愤怒而采取行动，与车骑将军董承合谋诛杀曹操，以安定国家，恢复旧都。可惜董承做事不够机密，结果让曹操得以苟延残喘继续滋长罪恶，残害天下人民。微臣等常常担忧朝廷会发生大如阎乐逼杀秦二世那样的灾祸，小如王莽废黜皇帝为定安公那样的变故，所以日夜惴惴不安，战战兢兢而连连喘息。记载禹舜事迹的《尚书·皋陶谟》,说是要以宽厚的态度对待同姓宗族；周朝则向夏、商二朝看齐，分封同姓宗族，《诗经·板》一诗说明了这样做的意义，而周王朝因此能历时长久。汉朝建立之初，也分出领土，封子弟为尊贵的亲王，所以最终能挫败吕氏家族的阴谋，从而为孝文皇帝登位奠定了基础。微臣等认为刘备是皇室宗亲，朝廷的屏障，一心报效国家，念念不忘消除祸乱，自从他在汉中击破曹操，海内英雄纷纷赶来附从，然而他至今还没有显贵的爵位称号，也没有得到九种特殊赏赐物的恩赐，这不是能够捍卫天下、光照后世的办法。微臣等受命在外，而现今与朝廷的交通断绝。从前河西地区的酒泉郡太守梁统等人碰上光武皇帝中兴汉室，考虑到河西偏远而被山河限隔，彼此地位相同而权力均等，难以进行统率，所以都推荐窦融为主帅，最终建立大功，消灭了隗嚣。而今天下面临的凶恶敌人，比当初割据陇西的隗嚣、割据蜀中的公孙述还要厉害，这曹操对外吞并天下，对内残害百官，朝廷时刻面临内乱的危险，而抵御外来欺侮的皇室宗亲力量却还没有形成，真是令人心惊胆战。因此，微臣等自作主张，依据过去的典章，封刘备为汉中王，任大司马，并将监督整肃大军，聚集同盟者，以扫除凶恶反逆的曹操。汉中王以汉中、巴、蜀、犍等郡为封国，王国官员的设置依照汉初封宗室亲王时的规定。权宜的办法，如果对天下有利，那么自作主张采用实行是可以的。以后大功建立大业完成，微臣等再退下来承受假托诏命的罪责，虽死而无憾。”

于是，他们在沔阳县修建了土坛和广场，布列了整齐的军队，群臣都十分严肃地陪同刘备，站在规定的各自位置上，由诸葛亮宣读了上面这一通表章，遂把那金光闪闪的汉中王的王冠，戴在了刘备的头上。

刘备因推脱不过群臣，终被拥立为汉中王，但他内心很是不安，便又以个人名义，向汉献帝呈了这样一份表章，文中说：“微臣以滥竽充数的低劣才能，承担高级将领的职务，统领三军，奉命在外，不能扫清叛逆，扶助王朝，使陛下的神圣教诲长久得不到宣扬，四海之内动乱而不得安宁，心中的忧虑常使我辗转反侧，痛苦得像得了头痛病一般。当初，董卓是制造祸乱的开端，从此，群凶横行，残害天下。凭借陛下的圣德和神威，人民和神灵一同响应，这些凶贼有的遭到忠臣义士的讨伐，有的受到上天降下的惩罚，纷纷死亡，就像冰雪逐渐消融。唯独还有一个曹操，长久未能除掉，他窃据国家权力，随心所欲制造祸乱。微臣曾与车骑将军董承等图谋诛杀曹操，可惜未能成功。今微臣虽然召集同盟者，一心贡献力量，但因我为人懦弱而缺乏用武力平定祸乱的能力，所以奋斗多年却没有什么成效。我经常害怕自己突然死去，辜负了国家对我的恩情，日夜感叹不已，常常警告自己要不断努力……曹操厌恶和残害正直的人，他确实发展并拥有不少同党，他们都怀着邪恶的念头，企图篡夺帝位的征兆已很明显。可我们宗室力量微弱，皇族成员没有权位，所以微臣的下属们才参照古代典章，采取权宜办法，推举微臣为大司马、汉中王。微臣跪着再三思考，自己长期承受国家厚恩，受任治理一方，贡献力量还未取得效果，所得到的已经太多，不应当再忝居高位以加重我的罪过。但是下属们再三逼迫，用大义来要求我。微臣退下来细想，眼下凶贼未除，国难当头，宗庙倾危，天下将要崩溃，使得我不能不忧思自己应当承担的责任，甚至是粉碎头颅也难以抵偿的罪责。如果顺应权变，能够安定我大汉皇朝，那么即使是赴汤蹈火，微臣也不能推辞，不敢从常规来考虑，以免将来悔恨不已。所以我自行决定顺应众人的建议，跪拜接受大司马、汉中王的印玺，从而提高国家的权威。微臣抬起头时，就想到这些爵位称号是朝廷给我的重赏和厚爱，低下头时，更下决心报效国家，由于忧虑深而责任大，使我惊慌喘息，好像面临深谷一般。微臣将尽力贡献忠诚，勉励全军将士，率领并会同全国的义士，顺应天意和时势，消灭凶恶的逆贼，以便安定天下，报答陛下恩泽的万分之一。谨跪拜呈上表章，并通过驿站的传递上交我过去接受的左将军、宜城亭侯印绶。”

当天初夜，刘备先唤来马超，与他进行交谈。一开始，刘备这样说：“孟起啊！你知道不，我与你们马家，还有一段特殊的交情呢！”

马超说：“吾十分愚钝，对此不知。”

刘备说：“你的先辈中，有一人叫马融，马融是卢植的老师，而我是卢植的学生。那么，我也更是马融的学生了。似此，我们难道能没有特殊的交情吗？”

“如此看来，我们确有特殊的交情。”马超说，“今我能来到主公麾下，确实也是缘分。”

刘备又说：“我曾听说，你在西凉之时，就有五虎上将之说，那是怎么一回事呢？”

“那是我们闹着玩的。”马超说，“当初，父亲马腾为了锻炼我们，成立了一个少年军团，共369人，以我、庞德、马岱、马休、马铁五人为核心。我们五人，又号称‘西凉五虎仔’。当时，父亲说，‘你们这“西凉五虎仔”，以后能成为五只老虎，成为五虎上将’，他就是这样企望我们的。”

“五虎上将，这名称好啊！”刘备说，“听起来好威风啊！”

“可是，我们有其名，无其实啊！”马超说。

“有啊有啊！”刘备说，“你看你看，你马超能不是上将？那庞德能不是上将？

马岱能不是上将？如若马休和马铁不被曹操杀害，他们哪个能不是上将？”

“谢谢主公夸奖，我们这些人，较之您手下的大将，那可真是小巫见大巫了。”马超说。

“不，不！”刘备说，“那小巫学成以后，自然便成了大巫；那小将长成以后，自然便成了大将；那大将经过征战磨炼，便成了上将。那么，对于你们这五虎上将的名牌，我可是想借用了。”

正说话间，诸葛亮走进帐来。马超知道，刘备和军师定有要事商议，便告辞退出帐来。马超走后，刘备便对诸葛亮说：“我欲封关羽、张飞、赵云、马超、黄忠、魏延为六虎上将，军师以为如何？”

诸葛亮沉吟了一阵说：“云长、翼德是您兄弟，并且战功累累，作为虎将名副其实；子龙久随于您，有勇有谋，堪称虎将；孟起勇猛无比，战功显赫，且又是世代名家，亦是虎将一员；汉升倒也勇猛，但投靠您毕竟显迟，所立战功不多，做虎将有些勉强，但也说得过去。可文长（魏延字文长）凭什么？凭他的服从？凭他的军功？怎么也轮不着他当虎将啊！再说，即使封虎将也是奇数好，五虎上将多好！叫六虎上将十分绕口，还是封关张赵马黄五虎上将的好。”

刘备说：“军师所说，不无道理。但只封五虎上将，似乎有点屈了文长。”

“怎么会屈了他呢？”诸葛亮说，“以后再瞅个机会，任用他不就得了。”

次日，刘备在沔阳举行完汉中王就职仪式，立子刘禅为王世子；封许靖为太傅，法正为尚书令；诸葛亮为军师，总理军国要事；封关羽、张飞、赵云、马超、黄忠为五虎上将。其余各拟功勋定爵，众人一片欢腾。当其时，官民同乐，摆酒置宴，三军畅饮，热闹非凡。

刘备既称汉中王，便欲率文武百官前往成都，以在那里建立治所。临行，刘备与诸葛亮议让谁留守汉中之事。刘备先问诸葛亮：“军师以为，今我等欲归成都，却以谁留守汉中好呢？”

诸葛亮说：“恐只恐，没有比翼德更好的人选了。”

“为什么呢？”刘备反问。

“翼德是您义弟，对您最忠，这是其一；翼德勇猛非凡，无人可敌，这是其二；翼德他平西川时义释严颜，斩关夺将而立大功，尤其是此次夺汉中学会了用计，假装醉酒智取瓦口隘，大败了曹魏名将张郃，这是其三。似此，由他来镇守汉中，确是最合适不过的人选了。”诸葛亮说。

“这倒未必。”刘备说，“我与云长、翼德，固为结义兄弟，可是紧要之处，并不一定都要他们来镇守啊！前以云长镇守荆州，我每每都有些放心不下，因为云长虽勇而十分高傲，善谋而过于任性，这乃是他的致命弱点，我唯恐他难以固守孙刘联盟。翼德呢？他毕竟只是一勇之夫，勇余谋缺，威余德欠，所以，他并不是留守汉中的最佳人选。你再想想，除翼德以外，还有谁呢？”

诸葛亮想了想说：“那就只有子龙了。”

刘备仍不表态，只是微笑着说：“还有呢？”

诸葛亮苦思一阵，说：“我再想不出来了。”

“那么，文长呢？”刘备问。

“文长怎么行呢？”诸葛亮十分惊讶地说，“他现在不才是一个小小的牙门将军吗？”

“这倒没有什么，能力为主，职位其次，能力不足没有办法，职务偏低可以提升嘛！”刘备说，“再说，文长随我入益川多立战功，他能文能武，有勇有谋，又怎么不可以留守汉中呢？”

诸葛亮虽见刘备心意已决，但仍提醒道：“我并非不看重文长，但他脑后长有反骨，其久后必反，这乃是我不主张让他在汉中镇守的原因。”

刘备颇为不快地说：“人道宰相肚里能撑船，可军师的肚里，却怎么老容不下魏延这么一个人呢？我记得初之时，云长领兵攻长沙，黄忠因欲报云长马失前蹄不杀之恩，故箭射云长盔缨不射其人。这被太守刘玄看破，欲斩黄忠，幸被文长相救。文长当时有功，军师却欲斩之，我问其故，你即说他脑后有什么反骨，是我求情方才免其死。还有，我本欲封六虎上将，军师极力主张只封五虎上将，硬生生地把文长卡了下来。当时你不曾说，以后再瞅机会，任用文长不就得了。今日里，明明有着如此好的机会，咱们放着个栋梁之材文长不用，却又提起什么反骨，你何故对他有如此的偏见呢？我劝军师莫以相貌而取人，一旦取之必有失误，这倒是我们应该注意的呢！要不，我们明日还可以聚众再议。”

…………

次日，刘备聚会，再议让谁来留守汉中之事，仍是以提议张飞者最众，也还有推举赵云、马超、黄忠者。刘备一一听之，既不吭声，也不点头，待大家议论完毕，他才缓缓而言：“还有一个合适人选，你们怎么就没想到呢？”

“谁？”尚书杨仪先问。

“魏延。”刘备说。

“哦，魏延？他……”杨仪欲言又止，随即沉吟不语。

“是的，是魏延，他作为一位名将，随我出生入死，屡立战功，但职务仅为牙门将军，这明显是很不公平的。今我提议，可破格提拔魏延为镇远将军，兼汉中郡太守，指挥汉中各军。”刘备此言一出，全军为之震惊。

杨仪颇有顾虑地问：“您的这一决定，是否认真考虑过了？还要不要再议一议呢？”

刘备说：“我乃深思熟虑，无须再作议论。”于是，刘备即对魏延说：“而今委你以重任，让你任汉中郡太守，你在这个位置上打算怎么办呢？”

魏延朗声回答：“如果曹操统领天下的军队前来，微臣将替大王挡住他；如果他的偏将带领十万人马前来，微臣将为大王吞掉他！”

刘备一听，大声称赞道：“你们大家听到了吗？魏延将军的回答该是多么的雄壮啊！我相信，他绝对不会辜负我的重托，不会背弃自己的承诺，是一定能为我们镇守好汉中的。”众将领一听，全都为之振奋。一切安排就绪，刘备率众往成都而去。

却说汉中王刘备令魏延总督军马，守御东川，他自己引百官回到成都。差官起造宫廷，又置馆舍，自成都至白水，共建四百余处馆舍亭邮；并且广积粮草，多造军器，以图进取中原。这时，有细作探听得曹操联结东吴，欲取荆州，即飞报入蜀。汉中王忙请诸葛亮商议。诸葛亮说：“某已料曹操必有此谋；然吴中谋士极多，必教操令曹仁先兴兵矣。”

刘备说：“似此，如之奈何？”

诸葛亮说：“可差使命就送官诰与云长，令其先起兵取樊城，使敌军胆寒，自然瓦解矣。”

刘备大喜，即差前部司马费诗为使，赍捧诰命去投荆州。费诗临行，诸葛亮自是一番交代，说如若关羽对封赏不满时，一定要好好解释，消除他的不满，不能起什么矛盾。费诗自然答应。费诗一到荆州，关羽出城相迎，接费诗入城。至公廨礼毕住定后，关羽问道：“今主公已称汉中王，他封我何爵？”

费诗说：“五虎上将之首。”

关羽不解地问：“怎么突然冒出个五虎上将来？”

费诗说：“这还须从主公与马超的谈话说起。主公向马超谈及，马超的先辈马融是卢植的老师，而主公则是卢植的学生，照此而论，主公与马融也有一种师生情分。后来，主公又向马超问及他们昔日的少年军团‘西凉五虎仔’一事，即为马超、庞德、马岱、马休、马铁五人。马腾为了从小锻炼他们，让他们长大以后成为五只老虎、五虎上将。为此，主公借用其名，故才有了这‘五虎上将’之称。”

关羽听了，大为不悦，他说：“如此小儿戏称，岂能为我等冠名？难道，我们必欲与庞德、马岱、马休、马铁这些小儿为伍吗？”

费诗急忙解释：“那‘西凉五虎仔’，他们昔日是小儿，今日均已长成，只惜马休、马铁已被曹操所杀，马超、庞德、马岱三人，现都成了名将，不能等闲视之。”

关羽一听，仍面露不屑之色，他又问：“那么，你且说说主公所封，是哪五虎上将？”

费诗说：“关、张、赵、马、黄是也。”

云长一听，又怒道：“翼德吾弟也，自然可以与我平起平坐；子龙久随吾兄，即吾弟也，位与吾相并，可也。孟起世代名家，也可以与我为伍，但我得知，孟起武艺高强，却不知他能高到什么程度，所以，我必须与他比试一番，争个输赢胜负。可那黄忠，他是何等样人，怎能与吾等同列？大丈夫终不愿与老卒为伍！”遂不肯受印。

费诗笑道：“将军差矣。昔萧何、曹参与高祖同举大事，最为亲近，而韩信乃楚之亡将也；然信位为王，居萧、曹之上，丝毫未闻萧、曹以此为怨。今汉中王虽有五虎将之封，而与将军有兄弟之义，视同一体。将军即汉中王，汉中王即将军，那赵云也罢，马超也罢，黄忠也罢，他们征战打天下，既是替汉中王打天下，也是替将军打天下啊！所以，将军岂与诸人等哉？将军受汉中王厚恩，当与之同休戚、共祸福，不宜计较官号之高下，这便是对汉中王最大的忠心与支持。况且，马超新降，其心未稳，将军即要与之比试，这不是在逼他离心，不是在给主公添乱嘛！对此，愿将军熟思之。”

关羽听得费诗此言，方有醒悟，便说：“这样，确是某考虑有些不周了，言语多有狭隘之见，若非足下见教，仍陷迷雾之中，那么，与马超比试一事，就留待以后再说吧！”费诗看出，关羽对挑战马超之事，看得十分认真，知道一时半会儿自己也劝他不进，只是急于办妥自己给关羽授印一事，便说：“那，这样吧，我把您的想法，转告给主公和军师，看他们怎么安排。不过，我奉命授印，您还是先把印绶接受了吧！”

“可以。”关羽说。于是，他这才拜受了印绶。但是，他仍然坚持，让费诗给刘备带话，缓后一些，自己必欲与马超一战，自己方能口服心服，费诗只有答应。

待拜将一事说罢，费诗方才亮出王旨，令关羽领兵攻取樊城。关羽当时领命，一番领军出战，这才引出了关羽大战曹军的一段壮举，这也是关羽一生最辉煌的时期。

第四十八章　五虎上将　三国英雄数马超

对于马超这个人物，历史上有诸多争议。但是，我作为他的乡党（尽管我们远不是同一时代人），我还是要以公正的、平允的、肯定的态度来描写他。不管怎么说，他毕竟是三国时期蜀国的五虎上将之一；不管怎么说，他毕竟是马氏宗族里一位了不起的英雄。以至于，还有“三国英雄数马超”这样一说。持这种观点的人认为，马超的勇武，是不逊于吕布的。因为，马超有“锦马超”之称，他在潼关之战时，曾使曹操割须弃袍，感叹“马儿不死，吾无葬身之地”；他与曹操五子良将之一的于禁交战，曾多次击败他，曹操的五子良将分别为前将军张辽，右将军乐进，安远将军于禁，征西将军张郃，后将军徐晃；那王方、李蒙二人出战马超，先是王方被马超一枪刺于马下，李蒙再予出战，竟被马超生擒活捉；又有曹操的悍将李通与马超交战，未及几个回合，被马超一枪刺于马下；马超与韩遂反目成仇后，他一人力敌六将，先砍断韩遂左手，次砍死马玩，复刺死梁兴，又败侯选、李堪，人人为之敬畏。虽然，马超不是没有败绩，以至有过交战阎行差点被刺死这样的惨败，但那都是因为他青少年时期“初生牛犊不怕虎”冒失莽撞而导致的。而同时，对于马超，《三国志》和《三国演义》里的描写不尽相同。应当说，我们《马氏演义》中马超的形象，既有史书有载的马超的真实形象，也有《三国演义》中马超的艺术形象，我是根据小说的需要来描绘、刻画和演绎马超这一艺术人物的。

且说，尽管有潼关之战，尽管有马超之败，众将都来向曹操祝贺，但曹操看起来一点也不高兴，他说：“只不过打了点小小的胜仗，有什么好祝贺的，那马超，他毕竟还没有死嘛！”

一大臣说：“那马超虽然未死，可他跟死已经差不多了，因为，随着他的父亲、家人族人之死，他的心早已死了。败军之将，不足为虑，丞相还有什么可担心的呢？”

“胡说！”曹操斥道，“马超之勇，非一般将领可以相比；马超之谋，非一般仅持匹夫之勇的人能够拥有；马超的危害，比一般人所造成的危害更加巨大。不除掉马超，我吃不好，睡不好，永生都不得安宁啊！”

贾诩也十分赞同地说：“马超如继续同韩遂联手，我们无论如何，也是破不了他的。我看那马超，他武艺并不在吕布之下，更不在关张赵典许之下，他还有韩信那样的谋略，千万不可等闲视之。而且，他久居西州，深得羌人、氐人的拥戴，整个西州人都很敬畏他。他一回到西州，便会一呼百应，迅速集聚数万乃至十几万之众，会对我们构成巨大的威胁，对他，我们不能不防啊！”贾诩这里所说的关张赵典许，即指关羽、张飞、赵云、典韦、许褚五将。

一大臣又问曹操：“丞相，那马超虽勇，我们毕竟已破了他，他也败得很惨，可您为什么对他如此惊恐呢？想那吕布，也没有令丞相如此惊慌啊！”

曹操说：“马超之败，是因为他碰上了像文和（贾诩字文和）这样的高手，中了我们的离间计啊！再说，吕布已死，可马超还活着。正如文和所说，那马超之勇，并不在吕布之下，也不在关张赵典许之下，他还拥有韩信那样的谋略。再说，我与吕布，并无杀父之仇、灭族之恨；可与那马超，既有杀父之仇，又有灭族之恨，他对我真是恨之入骨。一想到他，我实实有些恐惧。你们一定要注意，多多给我打听马超的下落，我时时都得提防他。”正因为曹操此说，才引出了“三国英雄前期数吕布，后期数马超”，以及“三国英雄数马超”这样一些说法。

事情，就怕传，三传两不传的，把曹操对于马超的评价，传到了关羽耳内。关羽对此很是不服，他说：“曹公如此之说，那把我往哪里摆？我三弟往哪里摆？子龙往哪里摆？也还有曹公的典韦、许褚往哪里摆？待以后有机会，我一定要与他马超大战三百回合，分个输赢胜负。”

而关羽此话，又反传到马超耳内，马超冷笑着说：“那关羽，他有什么了不起的，他们当年战胜吕布，是由刘、关、张三人出马，才战胜了吕布的。如吕布还活着，我一人也敢单挑。今关羽挑战我，我随时都在恭候，就看他究竟有多大本事！”

那马超，他虽然心比天高，只可惜命比纸薄，虽然他的父亲和家人族人，都被曹操杀害，他为了报仇，便起兵反曹，只惜潼关一战，他最终大败。失败后，他不得已派使者送信给曹操，想割河西之地请和，但曹操拒不同意。于是，马超只好退兵回到了凉州上郡。

建安十七年（212），马超率各部羌人首领带兵攻击陇上诸郡，各郡纷纷响应，只有冀城一郡坚持固守。最终，因马超、杨昂错杀韦康，重用杨阜，这才导致了冀城兵败，马超的妻儿和至亲多人被杀，他又遭受了一次灭门之祸。

只因冀城之败，马超不得已才投奔张鲁。可又因杨松谗言，张鲁疑马超造反，迫使马超不得已投靠了刘备。再说，那马超受张鲁之命，率兵救援刘璋之时，庞德病重，未能跟随，故仍留于汉中为张鲁部下。不久，曹操领兵西征，进军汉中。张鲁先派杨昂、杨任出战，杨昂被张郃杀死，曹操遂得阳平关。又有夏侯渊大战杨任，夏侯渊用拖刀计将杨任斩于马下。杨昂、杨任连战连败，双双身亡，张鲁不由得大吃一惊。危急时刻，苗圃推荐了庞德，张鲁便让庞德领兵迎战曹军。当时，曹操因喜庞德之勇，想将其招降，便使张郃、夏侯渊、徐晃、许褚四将用车轮战法，大战庞德于南郑城下。庞德力战四将，毫无怯色。但是，又因曹操用计，买通了杨松，杨松便向张鲁假说庞德受了曹操贿赂，准备投降，致使张鲁不再信任庞德。曹操再行使计，引诱庞德出战，陷其于陷坑之内。庞德被绑缚于曹军营中，曹操亲解庞德之缚，苦苦劝之，庞德便投降了曹操。再后，便接上黄忠刀斩夏侯渊、刘备加封汉中王这样一些事件。那刘备为汉中王后，即封关羽、张飞、赵云、马超、黄忠为五虎上将，以示对这五位将领的高度重视。

俗话说，没有不透风的墙。就刘备询问马超关于“西凉五虎仔”的起因，马腾希望他们“西凉五虎仔”能成长为五只老虎、五虎上将一事，刘备受其启发，遂封关、张、赵、马、黄为五虎上将。后来，汉中王刘备差费诗为使，持官诰至荆州给关羽印绶，关羽却不肯受印，并十分轻视“西凉五虎仔”，还瞧不起黄忠、挑战马超等事，不能不传到马超耳内。马超听了，颇为激动，他对马岱说：“关羽有什么了不起的，难道我怕他不成？战就战，看我如何将他挑落马下。”

马岱一听，急急上前捂住马超的嘴说：“哥哥，你怎么这样糊涂，又怎能这样说话。那关羽是谁，他是咱们主公汉中王刘备的结义兄弟啊！实际上，那刘备即关羽，关羽即刘备，你怎么敢跟他计较呢？你还真的要跟人家挑战，还说什么要把人家挑落马下，你敢挑吗？能挑吗？这战败了丢人，战胜了得罪人，你又能怎么办呢？就算你真的把那关羽挑落马下，可那刘备，那张飞，他们还能不生吞活剥了你！如今，咱们所投靠的，就是刘备这棵大树啊！人常说，走到屋檐下，焉能不低头，咱们今已低着头，走到了刘备的屋檐之下，你还那么高昂着头干什么？你还跟人家主公义弟争什么？咱们还是老老实实，夹着尾巴做人吧！”

听了马岱这话，马超不由得低下头来，他说："你说得也对，我这人，就爱逞能，爱冲动。可我的逞能和冲动，害了多少人，误了多少事啊！我现在经常想起姜叙母骂我的话，她骂我是害群之马，害人之精，挨我者死，依我者亡，我父亲和家人族人二百余口，都是因我而死的，你嫂子和三个幼儿及至亲，也都是因我而死的。今我万般无奈，只能投奔到刘备旗下，却又怎么能再行逞能，迎战他的义弟关羽呢？罢罢罢，罢罢罢，这口气，只能忍了。"

"你这样想，就对了。"马岱说，"可那关羽，他虽然这样傲气冲天，但是最终，他是一定要付出代价的。"

"可是万一，那关羽一定要跟我比试，我该怎么办呢？"马超又问。

"那你败了也就败了，落他个手下败将也无所谓，因为人家本身就是五虎上将之首嘛！可是，你却不能胜了人家，大不了只能战个平手，大家都好收场，否则，以后的事情多着呢！"马岱说，"还有一个办法，那就是，如能由庞德出战关羽，庞德胜了更好，即使能与关羽打个平手，那不也证明，你是能够打败他关羽的嘛！惜之惜，咱们西征救援刘璋时，没能带上庞德，他今已被曹操所用，这真是太遗憾了。"

"那，就按你说的办吧！"马超无可奈何地说，"我只是，咽不下关羽侮辱我们这口气。"

"不这样办，又能如何呢？"马岱说，"可是，不还有一句话是这么说的，'人狂没好事，狗狂挨砖头'，他关羽那么张狂，会有什么好下场呢！"

"可也不是没有那样的可能。"马超说，"今我事刘备，庞德事曹操，我们都应各为其主。可就庞德那脾气，他怎么能服关羽呢？那关羽多有狂言，瞧不起我们'西凉五虎仔'，庞德听了能高兴吗？尽管，庞德已投曹操，他总不能忘记旧情，总不能让人小看了咱'西凉五虎仔'啊！说不定，有朝一日，关、庞二人真会有一战，我就盼着庞德能杀杀关羽的威风。"

再说，以上的话，又不能不传到曹操耳内，曹操便跟贾诩重提此事。曹操说："你听说刘备将关、张、赵、马、黄封为五虎上将的事了吗？"

"听说了。"贾诩说。

"那么，你对于五虎上将关、张、赵、马、黄这样的排列，有什么看法吗？"曹操问。

"公平而论，就武艺而言，应该是马、赵、关、张、黄；而就情义而论，应是关、张、赵、马、黄。因为，那关、张二人毕竟是刘备的义弟啊！"贾诩说，"众人皆知，马超之勇，不在吕布之下，他完全可以单挑吕布。刘、关、张他们，是三人联手才战败了吕布的。赵云呢？他比关、张二人的武艺也高不了多少。”

“可我听说，那关羽要挑战马超，如他二人交手，谁会赢呢？”曹操又问。

“这不可能。”贾诩说，“那马超又不是傻子，对于关羽的挑战，马超必不会应战。因为，他战也不是，不战也不是，赢也不是，败也不是。那刘备和诸葛亮，是不会给关羽、马超这样机会的。”

…………

果不其然，关羽挑战马超的事，也传到了庞德耳内，他这样对手下人说：“那关羽，他张狂什么？他如与我旧主马超对战，如二人都尽全力，关羽一定会归于失败。怕就怕，我的旧主不会尽全力哟！他又怎么敢得罪主公刘备的义弟呢？可我呢？我不怕！如有机会，我一定要与他关羽拼个你死我活，决个输赢胜负。”要说的话，庞德对于马超，依然十分念旧，心存感念，他也很瞧不起关羽的骄气和傲慢。

再说，关羽的傲慢之说，也不能不传到黄忠耳内，他便撅着胡子对魏延说：“这个关羽，也太欺负人了，说什么不愿与我同列，不愿与我为伍，我还不愿与他同列为伍呢？我与他，并不是没交过手。长沙之战时，我们先斗了百余回合，胜负未分，因那韩玄鸣金，我只好收兵。次日再战，我因马失前蹄，关羽并未乘机对我下手，让我换马再战，我是欠了他一个人情。可下一次交战时，我本能一箭射中关羽，却只是射中了他的盔缨，还了他那个人情。从三次交战总的情况看，我不但未输给关羽，还略占上风，可他怎能如此小看我呢？罢罢罢，我这便去交了这五虎上将之一的印绶，也免得再被他关羽羞辱。”

魏延说：“你怎么能如此做呢？那关羽，人家是主公刘备的义弟，谁个敢得罪他呢？你还好，算只老虎，是五虎上将之一。可我是什么呢？连点虎边也没沾上。再说那马超，他才窝囊受气，关羽非要与他比试，他敢比吗？能比吗？敢赢吗？似此，马超这口气都能咽下，你又争个什么劲呢？为今之计，你只能装傻子，装耳聋，不计较此事罢了。”黄忠听了魏延的话，便少了许多过分之举，未敢上交自己五虎上将的印绶。

再说，那刘备自领益州牧后，文臣武将，尽被加封，全州百姓，一片欢欣，对那镇守荆州的关羽，刘备自然少不了重重封赏。这一日，刘备正与诸葛亮闲叙，忽报关羽遣关平前来谢所赐金帛。刘备召入，关平拜罢，特呈上关羽的一封书信。刘备打了开来，见信中如是说：

欣闻主公吾兄先得马超，在马超协助之下，又降了刘璋，得了益州，对此，吾自然喜之不禁。这样看来，主公能得益州，乃仗马超之力也！这样看来，马超确是有勇有谋之人。

吾亦深佩马超，他世代公侯，并非草莽之辈，这不仅因为他是伏波将军马援的后代，更因为其之勇武少有人比。能得其人，确主公之幸也！

前些时，主公曾差费诗来荆州，告知授吾及张、赵、马、黄为五虎上将一事，并授吾以“五虎上将之首”印绶，吾实实愧不敢当：因为，既为其首，当德为其首，谋为其首，更应勇为其首，人方能信之服之。对于吾弟张飞、常山子龙，我当然喜与之同列，因为我们不但经战日久，感情深厚，彼此都很了解。可是，那黄忠，昔不过刘表属下一将领、韩玄统下一部属，乃平常之辈，又岂能与我等为伍呢？此事，我已对费诗讲了。话也许有些言重，但我这人就这样，心里有什么，是不会藏着掖着的。

对于马超，我前面已经说了，我也深为佩服其之勇武，但未经一战，又怎能将我的名次妄排在马超之前呢？对此，不要说马超不服，别人亦不服。我听闻，连那曹操，都对人这样说，那马超之勇，并不在吕布之下，更不在关、张、赵、典、许之下。不下是什么意思，即为上啊！特别是主公封什么五虎上将，又有人说，我全是凭吾兄主公的面子，才被封为五虎上将之首的，这使我愧于接受这样的称号。似此，我如不与马超一战，又怎么能使马超和别人信服呢？对此，当初我对费诗也讲了，让他给主公捎话。我当时便欲与马超一战，费诗劝我稍缓，我也这样做了。

现今，刘璋已降，益州已得，又无战事，我想择日起程，前往益州，一来看望一下吾兄、军师和诸将众人，二来了却一下与马超比试的心愿。此事，某已说之再三，众人尽皆知之，盼主公吾兄一定成全，切切！

…………

刘备看罢信后，不由得大惊失色道：“今云长要求入蜀，必欲与孟起进行比试，他二人相争，必然势不两立，两虎相斗，必有一伤，这可怎么办呢？”

“好办，好办。”诸葛亮不慌不忙地说，“这事无妨，待我作书回之，云长见信，自然安稳。”

刘备只恐关羽性急，一定要入川与马超比试，今闻诸葛亮之言，自然喜之不禁，便忙叫诸葛亮立即作书。诸葛亮将信写成，立即交付关平，刘备更显着急，他让关平星夜返回荆州，给关羽问安送信。关平回到荆州，关羽问：“我欲与马孟起比试，汝曾向主公说否？”

关平回答：“自然说了。”

“主公他作何说？”关羽问。

“主公特向军师授意，已让军师亲笔作书。”关平说，“军师之书在此。”

云长拆信视之。信中说：“费诗自荆回后，早已将将军欲与孟起分高下之事与主公说之，主公又对我说之，他确实难之又难，因他唯恐两虎相争，会有一伤。以亮度之：孟起虽雄烈过人，乃黥布、彭越之徒。他当与翼德并驱争先，怎能及美髯公之绝伦超群也。至于翼德，至于子龙，至于汉升，皆是在为主公做事，合其力而力量无穷，聚其众而众志成城，皆是为了主公制定的共灭曹贼、复兴汉室之大业。对此，将军怎能不为主公谋划之大业而着想呢！今公受任镇守荆州，任务何其重担子可不轻啊！倘一入川，若荆州有失，其罪莫大焉！故望将军以大局为重，切莫以小失大，以私误公。这，自然也是主公之意。请慎之，慎之。”

关羽看罢诸葛亮的信，自绰其髯笑道：“还是军师和主公知我心也。”然后，他将诸葛亮之信，遍示宾客，遂才罢入川之念。

也就在此后不久，于建安二十四年（219），曹操以为汉献帝在许都，与关羽军相近，便欲迁都避其锋芒，司马懿、蒋济等劝阻，认为孙权必然不愿看到关羽得志，可以答应将江南封给孙权作为条件，让他从背后出兵攻击关羽，对其两下夹攻，必能将其战胜。同时，曹操派遣徐晃、赵俨等率军救援樊城，更准备亲自征讨关羽。

当时，救援樊城的徐晃因兵力不足，认为很难与关羽抗衡。于是，曹操便先后派遣徐商、吕建等将领以及殷署、朱盖等十二营兵马增援徐晃。关羽在围头派有军队驻守，在四冢还有驻军。徐晃于是扬言将进攻围头，却秘密攻打四冢。关羽见四冢危急，便亲自率领步、骑兵五千人出战，徐晃迎击，关羽退走。关羽在堑壕前设围了十重鹿角，这本来是非常坚固的防线，但因为徐晃对关羽紧追不舍，其追兵和关羽的败兵一起进入了关羽对樊城的包围圈，包围圈立被打破，傅方、胡修等将领都被杀死。关羽只能撤围退走，然而他们的船只仍据守沔水，去襄阳的路隔绝不通。

起先，孙权曾派人为自己的儿子向关羽的女儿求婚，关羽辱骂来使，拒绝结亲，孙权因此十分恼恨。关羽素来善待士卒，但对士大夫们却很骄横。麋芳（刘备的小舅子）、傅士仁素来厌恶关羽的轻慢态度，当关羽领兵出征时，麋芳、傅士仁两处负责供应粮草军需，两人便不悉心救助关羽。关羽放出话说："自己回去之后，一定要惩治他们！"麋芳、傅士仁听闻后，全都恐惧不安。孙权听闻后，就暗中派人去诱麋芳、傅士仁投降。这时，孙权又命吕蒙为主帅偷袭荆州，并亲自率军为后援。荆州重镇江陵守将麋芳、公安守将傅士仁，他们因为与关羽有嫌隙，全都不战而降。

此时，关羽得知南郡失守后，立即向南回撤。他回师途中，多次派使者与吕蒙联系，吕蒙每次都厚待关羽的使者，允许他们在城中各种游览，并向关羽部下亲属各家表示慰问，有人还亲手写信托他们带走，作为平安的证明。使者返回，关羽部属私下向他们询问家中情况，尽知家中平安，所受对待超过以前，因此，关羽的将士都无心再战，士卒们渐渐溃散，退至麦城。

当年十二月下旬，关羽率十余骑出逃，一路突围至距益州不过一二十里的临沮，遇潘璋部将马忠的埋伏，被擒，他和长子关平都在临沮被害。

可怜一代名将关羽，竟轻易丧命于并不十分有名的东吴将领潘璋和马忠之手，他为自己的傲慢付出了代价——惨痛的生命的代价。更为可悲的是，就因为关羽之死，刘备必欲兴兵伐吴替关羽报仇，可一场彝陵大战，陆逊火烧连营，刘备蜀军惨败，这便使蜀汉迅速走向了衰落，一衰落再衰落，以至走向了灭亡，这实在是一出重大的历史悲剧。

第四十九章　大战关羽　庞德英名人人畏

要说，在这部《马氏演义》中，马超自然是一个重要人物。可是，一提到马超，自然少不了他的左膀右臂庞德和马岱。姑且，就以庞德作为马超的左膀，以马岱作为马超的右臂。这里，我们且先说说马超的左膀庞德吧！尽管，我们书中已经多次写到了庞德，可是，我梳理以后发现，其实，对于庞德的叙述和描写，还是远远不够的。

经查证发现，庞德少年时任郡吏及州从事，他跟着马腾进击反叛的羌、氐等外族，多有战功，迁至校尉。建安七年（202），曹操讨袁谭、袁尚于黎阳，袁尚遣郭援、高干等略取河东，曹操便使钟繇率关中诸将讨伐他们。庞德随马超在平阳抵御郭援、高干，庞德担任先锋，进攻郭援、高干，大获全胜，并亲斩郭援首级。据说，庞德亲手斩得一颗首级，他并不知这是郭援。战罢之后，众人皆说郭援已死而不能得其首。这时，庞德才从弓鞬中取出一颗头颅，正是郭援的首级。因这次战功，庞德被拜为中郎将，封都亭侯。后来，张白骑作叛于弘农，庞德复随马腾往征，于东西崤山之间击破叛军。每次交战，庞德常陷阵却敌，勇毅冠绝马腾军队。后来，马腾担任卫尉，庞德留在马超部下。

马超手下，多有战将，少有谋士，而庞德不但是战将，也是马超的智囊之一。当马腾被曹操杀害后，西凉军合共 20 万兵马，进军长安。先是钟繇同马岱作战，因钟繇不敌马岱，进入长安城坚守，当时城固而不能攻下，庞德便向马超献策："长安城坚固不能攻下，城里的水属碱性而不能进食，城中也没有柴。如果我们围城十天，便可使士卒和平民饥荒。这时，我们只要收兵，钟繇他们不备，长安城自然会被攻破。"事实正如庞德预料的那样，马超撤军之后，钟繇果然派人出城砍柴打水。五天后，马超军又来犯，钟繇收人归城，又闭城不出。三更时分，钟繇弟钟进把守的长安城西门被混入城内的马超军火攻，钟进赶来救援，措手不及，被庞德斩于马下。庞德砍断城门锁，斩首守城门的军校，放大军入城，钟繇只好退守潼关。

渭南之战时，庞德与马岱追击曹洪和徐晃，直到马超到来。曹操被西凉军打败，马超与庞德、马岱引军进击曹操。马超被接应曹操的许褚抵御，回寨后，马超派庞德跟随韩遂进攻渭南。在进攻时，庞德连人带马跌入陷阱，但他英勇地跳出陷阱，立斩数人，步行救援被围困的韩遂，并斩将夺马，带韩遂杀出一条血路逃了出去。

马超兵败渭南后，庞德随马超辗转冀城、汉中。刘璋被刘备攻打向张鲁求援，马超踊跃上前，希望到葭萌关击退刘备，但庞德卧病不能随行，便留在了汉中。不久，马超投降了刘备。曹操进攻得汉中后，因张鲁投降曹操，庞德便随张鲁归降曹操。究其实，庞德看得比马超更为长远，因为他认为，以后得天下者必是曹魏。

且说关羽奉汉中王刘备之命，领兵进攻樊城之时，曹操即让于禁领兵，前去救援樊城。当时，曹操问众将："今有关羽，领兵来犯樊城，我让于禁任主将对敌，你们谁愿作为先锋？"

曹操话音刚落，一将便挺身而出，说："某来投降，未立寸功，今愿作为先锋，与关羽决一死战，请魏王准之。"曹操视之，见是庞德，不禁大喜，说道："今令明一旦出马，必为其之劲敌，真可谓棋逢对手，将遇良才。"于是，他便加封于禁为征南将军，加封庞德为征西都先锋，大起七军，前往樊城。这七军，皆为北方强壮之士。两员领军将校，一名董衡，一名董超，都是智勇双全的将领。当日，各领军头目参拜于禁。董衡单独参拜于禁时，对他这样说："今将军提七支重兵，去解樊城之厄，期在必胜。可是，今却以庞德为先锋，岂能不误事？"

于禁问："这是为何？"

董衡说："这庞德，原系马超手下副将，不得已才降了魏王。今其故主在蜀，与关羽并列为五虎上将，他们自幼为友，犹如兄弟一般。又有其亲兄庞柔，亦在西川为官，深得刘备信任。今使他为先锋，他难道真的能同我们一条心吗？倘其生异心，引军投蜀，我军又怎能不败呢？因此故，将军何不启奏魏王，更换一人为先锋，这样方才稳妥。"

于禁闻得此言，遂连夜入府告知曹操。曹操其人，用人本来疑心就重，听得于禁之言，便说："不是文则（于禁字文则）提醒，险些误了大事。"于是，他即唤庞德至阶下，让他上缴先锋大印。庞德一听大惊，忙问："某正欲与大王出力，同关羽决一死战，何故不肯见用？为什么要收缴我的先锋大印呢？”

曹操说：“吾对你本无猜疑，但你的旧主马超现在西川，汝兄庞柔亦在西川为官，他们俱佐刘备。吾纵不疑，奈众人疑之，如以你为先锋，众人皆不服啊！”

庞德闻之，便脱掉其冠，叩头顿首，流血满面，乞告说：“某自汉中投降大王，每感厚恩，虽肝脑涂地，不能补报，大王何故疑庞德也？庞德昔在故乡时，与兄同居，嫂甚不贤，庞德乘醉杀之。兄因此恨庞德入骨髓，誓不相见，其恩已断，互为仇敌。故主马超，勇有余而谋不足，决策失误多多。昔在冀城，他杀害忠义之士冀城太守韦康，重用杨阜、梁宽、赵衢，我苦苦相劝，他只是不听，故才有冀城之败，使他又遭受一次灭门之祸。而他奉张鲁之命，前往西川救援刘璋之时，我曾苦求他等我几日，他就是不等，便领兵去了西川，后又投降了刘备。今我与马超都各事其主，旧义已绝。我感激大王恩遇，安敢萌发异志？对此，请大王细察。再说，就是这个关羽，他傲慢无比，多有狂言，甚是瞧不起我庞德。我早有心愿，必欲与关羽决个你死我活，又怎能失去这大好的机会呢？”

曹操听庞德言辞恳切，便上得前去，双手扶起庞德，抚慰他说：“吾素知卿之忠义，其所以能有前言，收缴汝先锋之印，是以安众人之心。今话已说明，汝便可放心，努力杀敌建功，不必有什么顾虑。汝不负孤，孤必不会负汝也。”

庞德拜谢曹操回家后，即令匠人给自己做了一口棺材。当即，他摆以盛宴，请诸友赴席，并且将棺材陈列于厅堂。众亲友见之，皆惊问：“将军马上出师，何故摆此不祥之物？”

庞德向亲友说：“吾受魏王厚恩，誓以死报。今欲去樊城，与关羽决战，我若不能杀他，便必为他所杀。我若战胜，此棺便是为关羽所备；我若战败，即使不被关羽所杀，我亦当自杀。故先备此棺材，以示无空回之理。”众人听罢，全都嗟叹不已。

当时，庞德又唤其妻李氏与其幼子庞会出，对其妻说：“吾今为先锋，志当效死疆场，对此你不必过分伤心。吾若死，你可好生看养会儿，务必让他长大成人。会儿有异相，长大必能成才，一定能替我报仇。”庞会听罢，当即跪拜在庞德面前，立誓说：“爹爹放心，您倘有意外，我一定为您报仇雪恨！关羽如若杀了您，我一定会杀掉他们全家。”李氏听罢，只有痛哭，她泪流满面，将庞德送别。

庞德横了横心，命令军士抬着这口棺材，一起来到军中。出战之前，他对部将这样说：“吾今去与关羽死战，我若被关羽所杀，汝等可将我的尸首置在此棺材之中；我若杀了关羽，亦可取其之首，置于此棺之中，回献魏王。”

部将说：“将军如此忠勇，某等安敢不竭力相助！”于是，他们便引军前进，来与关羽对阵。

有人将此事报知曹操。曹操喜道：“吾知庞德忠勇，但想不到能忠勇如此。今他出战关羽，吾有何忧。”

贾诩有些担心地说：“关羽智勇双全，难以抵挡。庞德仅凭血气之勇，欲与关羽决一死战，臣还是十分担心，他究竟有无取胜的把握。”

“这倒也是，待我提醒于他。”于是，曹操急令人转告庞德说：“关羽有勇有谋，并非泛泛之辈，切切不可以轻敌。对其，能取则取，不能取则宜谨守。”

庞德闻命，对众将说：“大王不知何故，如此重视关羽？吾此去，必挫关羽三十年之声望，令他声名扫地，颜面尽失。”

于禁说：“那关羽，确非等闲之辈。昔日里，关羽在我们曹营之时，魏王对他上马一提金，下马一提银。可是，他依然人在曹营心在汉，过五关斩六将去寻找刘备，魏王对此并未计较。今魏王让你不轻视关羽之言，一定有他的道理，我们不可不从。”

对此，庞德也不争辩，他只是挥军，以至来到樊城，急于与关羽进行交战。他一路耀武扬威，鸣锣击鼓，吆吆喝喝，并不把关羽放在眼里。这阵，关羽正坐在帐中，安排军务，忽有探马来飞报说：“今曹操差于禁为主将，领七支精壮兵到来。其前部先锋庞德，令军士抬一口棺材，口中多出不逊之言，誓与将军决一死战。其兵，离樊城仅三十里地矣。”

关羽闻言，勃然变色，大怒道：“天下英雄，闻吾之名，无不畏服；庞德竖子，安敢如此藐视关某，吾当亲自斩此匹夫，不斩杀他难雪吾恨！”

于是，关羽令廖化带兵进攻樊城，自己亲来迎敌庞德。两军阵前，他拍马向前，横刀而出，大叫道：“关云长在此，庞德何不前来受死！”

鼓声响处，庞德骑一匹白马，威风凛凛而出，他大声说道：“吾奉魏王旨，特来取汝之首！恐汝不信，特意将棺材为你备好。汝若怕死，可以不战，早早下马投降吧！”

关羽大骂道：“量汝一个匹夫，你有何能耐，敢对我说此大话？只可惜我的青龙偃月宝刀，本不斩无名之辈，今却要用来斩汝鼠辈，都有些辱没了它！”说罢，便纵马舞刀，来战庞德。

庞德见关羽杀来，丝毫不惧，抡刀便来迎战。二将交手，战有百余回合，全都精神倍长，输赢难分，两方军士全都看得呆了。又战得一阵，魏军恐庞德有失，急急鸣金收军。关平也恐父亲年老，亦急急鸣金。古代有军规：击鼓则进，鸣金则退，因之，关羽和庞德二人闻鸣金之声，全都领兵退下。

庞德归寨，对众人说："人言关羽英雄，果然名不虚传，今日方信也。不过，再战一阵，我一定要夺他性命。"正言间，于禁来到，他对庞德说："闻将军出战关羽，百合之上，未得任何便宜。我怀疑，那关羽并未尽全力。据我看来，如若再战，唯恐将军有失，故我们还是退军避之为好！"

庞德听罢，十分激动地说："魏王既命将军为大将，为何如此怯弱？你不能长他人志气，灭自己威风，休说他关羽未尽全力，我也未尽全力。待来日，吾与关羽共决一死，誓不退避，一定取胜！"于禁一听，也不敢再行劝阻，只能悻悻而回。

却说关羽回寨，他对关平道："那庞德刀法惯熟，实乃吾之敌手。闻那'西凉五虎仔'，马超武艺，一直在庞德之上。如吾战庞德不下，即代表胜不了马超，又有何颜面，位居五虎上将之首呢？"

关平说："俗云，初生之犊不惧虎，庞德他就是这样的牛犊。父亲纵然斩了此人，他只不过是西羌一小卒耳；但您倘有疏虞，出了什么意外，岂不辜负了伯父之所托，也落下败于马超部将之笑柄，百害而无一利。如若再战庞德，还是让孩儿出马，纵使失败，也不会有许多人笑话。父亲，您还是听我一句，多多保重为好。"

关羽说："对付庞德，吾亲自出战，也必须尽全力，你若出战，不一定是他的对手。可吾不杀此人，何以雪恨？今吾意已决，休再多言！"

次日，关羽上马领兵前进，庞德便引兵来迎。两阵对圆，二将同时出马，他们并不多言，放马便厮杀起来。斗至五十余合，忽见庞德拨回马来，拖刀便走。关羽随后追赶，毫不放松。关平恐关羽有失，立即赶了过去。关羽边追赶边骂："庞德逆贼，你真敢在关某面前耍大刀，欲使拖刀计害我，吾岂惧哉！"庞德并不搭话，依旧我行我素，按自己策略行事：他虚作拖刀之势，却把刀就鞍鞒挂住，只偷偷拽出雕弓，搭上箭，一箭飞射而来。关平眼快，他见庞德拽弓搭箭，便大叫："贼将休放冷箭，父亲务必小心！"

关羽听得关平喊叫，急睁眼看时，听那弓弦响处，快箭早已到来。他急忙予以躲闪，却已来之不及，庞德所射之箭，正中关羽左臂，他险些落下马来。多亏关平马到，急忙抢前护住关羽，掩护着父亲回营。庞德哪肯错过良机，他双目圆睁，抡圆了宝刀，飞马急追而来……这时，关羽中箭，疼痛难忍，关平救父，难以招架，父子二人都十分危险。正在这时，忽听得魏营锣声大震，召庞德速回。庞德误以为后军有失，只得急勒马而回。哪知，这是因为于禁见庞德射中了关羽，又飞马急追关羽父子，唯恐其成了大功，灭了自己主将的威风，便急急鸣金收军。

庞德回马后，问于禁："将军何故让鸣金？"

于禁说："关羽虽然中箭，但他并未落马，说明其伤势不重，只恐其中有诈。万一他是诱兵之计，将军定要吃大亏，故才鸣金收军。"

庞德十分痛惜地说："机不可失，时不再来，若不收军，吾早已斩杀了关羽，以致他们父子均会丧命。只可惜，再也没有这样的机会了。"

于禁说："紧行无好步，紧食无味素，对于关羽，只能缓缓图之，哪能那么快就战败他呢！"

庞德并不知于禁的真实意图，只是懊悔不已地说："斩杀关羽的好机会已经失去，再斩杀他，可就难了。"

却说关羽回营，拔了箭头。好在那箭射得并不很深，又因箭头无毒，他让郎中用金疮药敷之，倒也无甚大碍。但是，对于庞德，他却痛恨至极，对众将说："若不报这一箭之仇，吾誓不为人！"众将安慰关羽说："将军且暂安息几日，然后再战庞德不迟，一定能取他性命。"

次日，庞德又引军搦战。关羽立要出战，众将苦苦劝住。关平专门把关羽安顿在一个僻静之处，让他静养休息。庞德令小军不断叫战，百般毁骂。关平命令把住隘口，对庞德的挑战、魏军的辱骂，只是不予理睬，也不报知关羽。庞德搦战十余日，蜀营只是无人出迎，他便同于禁商议说："眼见关羽箭疮举发，难以出阵，且他们军心不稳，我们不如乘此机会，统七军一拥杀向蜀营，一能擒拿关羽父子，二可大破蜀军，还能解救樊城之围，一举多得，我们怎能不抓住这样的良机呢！"

于禁呢？他此时一门心思不想别的，只恐庞德成功，便说："小心没大错，粗心酿大祸，那关羽之勇，连魏王都让他三分。因此，魏王交代，让我们切不可轻敌，小心中了关羽的诡计。"于是，任凭庞德怎么催促，于禁就是不肯动兵。庞德每欲出兵，于禁只是不允，并且移七军转过山口，离樊城北十里依山下寨。同时，他还自领兵截断大路，强令庞德屯兵于谷后，使庞德不能进兵。庞德对此，深感无奈。

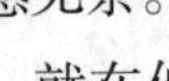

就在他们双方相持不下的时候，那樊城一带，下了一场大雨。大雨过后，

汉水猛涨，关羽一见，这是多好的机会啊！眼见，于禁的军营都扎在低洼的平地上。于是，关羽让军士乘机放水，那强大的洪水，便从四面八方冲来，把于禁七军的军营全部淹没。这样,于禁和他的将士,不得不泅水寻找高地以避水患。这时，关羽安排好一批大小船只，率领水军向于禁军发起进攻。他们先把主将于禁围住，叫他放下武器投降。于禁因被围在汉水中的一个小土堆上，逼得无路可退，只能乖乖投降。

庞德呢？他带领另一批军士，避水来到一处河堤上。关羽的水军即对他们猛烈围攻，船上的弓箭手，也一起向堤上的庞德一伙射箭。庞德手下有一位部将深感害怕，他对庞德这样说："将军，我听说，我们的主将于禁已经投降，现咱们势单力薄，抵抗是没有用的，还是投降吧！"

庞德一听，大声骂道："只有断头将军，哪有投降将军！于禁是软骨头，难道我们也是软骨头吗？死有何惧？纵是死，我们也不能当软骨头。"于是，他拔出剑来，一剑砍死了那位部将。军士们看到庞德这样坚决，也都跟着进行顽强抵抗。庞德见此，便也不慌不忙，他拿起弓箭进行回射。他的箭法很好，蜀军被他射死了不少，双方又僵持不下。就这样，他们从早上打到中午，从中午打到午后。庞德他们的箭射完了，就叫军士们一起，拔出短刀来进行搏斗。庞德对身边的将士说："我听说，良将不会为了怕死而逃命，烈士不会为了活命而失节。今天,只要我们拼死抵抗,即使战死了,我们也一定会落得好名声的。"

这时候，大水越涨越高，堤上露出的地面越来越小，关羽水军的大船进攻更加猛烈，魏军的将士纷纷投降，庞德的手下也不例外。眼见大势已去，庞德便趁着这乱哄哄的时候，带了三个将士，从蜀军兵士那里抢了一只小船，想乘机逃到樊城去。他们正划船之际，不料一个浪头袭来，把他们的小船掀翻，几个人全部落在水里。要说，庞德生在西凉，长在西凉，那里是戈壁滩，一直干旱无比，荒滩一片，多有沙石，少有水泊，所以他一点也不懂水性，今一旦落在水中，他只有喝水的份，哪有拼杀的力，一阵便精疲力竭，四肢无力。正在这时，周仓乘大船赶来，看见掉在水里的庞德，便跃身下船，跳到水里，与庞德在水中搏斗。因周仓力大无比，且又精通水性，只一阵，便将庞德呛了个腹满肚胀，四肢无力，硬生生把庞德活捉。

周仓带着军士，把紧紧捆绑的庞德带回关羽大营。关羽一见庞德，便好言好语相劝说："识时务者为俊杰，今于禁已降，你们已败，你还是投降了吧！"

庞德十分不服地说："我们二人交战，若不因于禁鸣金收军，我早已将你斩落马下；我建议七军一起进攻，那时，你伤势严重，哪有还手之力，可于禁就是不听，并且挡住我出兵之路，故才有今日之败。我今纵败，也不服你。”

关羽再劝：“对此，我并不否认。但是，你应当认清，那曹操奸诈，我主刘备仁慈，且你旧主马超和你兄俱在蜀汉，你为什么一定要追随曹贼呢？”

庞德说：“魏王手下有人马一百万，威震天下；你的主公刘备，不过是个庸碌的人，他怎能和魏王相敌？即使我的旧主马超，他若不因事出无奈，也不见得就投靠你家主公。我庞德宁可做国家的鬼，也不愿做你们的将军！”

关羽也不禁发怒，骂道：“好你个庞德，我一再好心相劝，你却只是不听。也真是，好言难劝该死的鬼，大慈悲难度自觉之人。我几番好心想饶你不死，你却一直恶语相向，这就怪不得我了。”于是，他一挥手，便命令武士把庞德推出斩首。

庞德毫不畏惧，他十分坦然地说：“我连棺材都备好了，还怕你杀我吗？你今日杀了我，恐怕以后，你一定要付出代价的。”

再说，关羽消灭了于禁七军，乘胜进攻樊城。樊城里里外外都是水，城墙也被洪水冲坏了好几处。曹仁手下的将士都害怕了。有人对曹仁说：“现在这个局面，我们也没法守了，趁现在关羽的水军还没合围，咱们赶快乘小船逃吧！”

曹仁也觉得守下去没希望，就跟一起守城的谋士满宠商量。满宠说：“这场大水，是由山洪暴发引起的，但不会很久。过几天后，大水就会退去。我听说，关羽已经派人在另一条道上向北进攻。他自己不敢进兵，是因为怕咱们截断他的后路。要是我们一逃，那么黄河以南，恐怕就不是我们的了。请将军再坚持一下吧。”

曹仁觉得满宠说得有理，就鼓励将士们继续坚守。这时，陆浑（今河南嵩县东北）百姓发动叛乱，杀了县里的官员，他们也响应关羽。许都以南，响应关羽的人也不少。关羽的威名，震动了整个中原。

魏王曹操到了洛阳，得到各方面的警报，他不由得有点紧张。他跟百官商议，认为汉献帝在许都离关羽军太近，准备将都城迁移到安全地方，以避关羽的势头。

谋士司马懿劝道：“大王不必担心。关羽其人，骄傲无比，但是骄兵必败。我看刘备和孙权两家，他们表面很亲热，实际上互相猜忌得厉害。这次，关羽胜了我军，孙权一定很不乐意。我们何不派人去游说孙权，答应把江东封给他，约他夹攻关羽。孙权若出兵，樊城之围自然便会解除。”

曹操听了司马懿的意见，便打发使者到孙权那里去，说动了孙权对关羽用兵。

要说，水淹七军固然是关羽一生中最为精彩的表现，却也是他最后的极佳表现。最终，关羽为自己的傲慢付出了惨痛的以致生命的代价。因为此后不久，吕蒙白衣渡江，兵不血刃而夺取了荆州；关羽因失荆州而败走麦城，终战败而亡。关键是，只因关羽之死，刘备起大军为关羽报仇，却又被陆逊火烧连营，几十万大军惨败，刘备因此也命丧于白帝城中。从此，蜀汉之势，一衰落再衰落，直至灭亡。如此看来，蜀汉的衰落和灭亡，关羽并不是没有连带责任。但是后来，关羽一再被抬高，被歌颂，被神化，这与他的历史形象和后世的神化塑造紧紧相关。同时，关羽的失败也不能不给人们以很好的警示，人们常常讽刺那些骄傲自大的人说：“你只说你过五关斩六将，不说你走麦城打败仗。”这也是对那些骄傲自大者长鸣的警钟。

庞德被关羽杀死后，曹操有感庞德的忠诚，便分封庞德的儿子庞会为列侯。后来，曹操去世，曹丕继位称王后，又再次赐给庞会关内侯的爵位。庞会被封关内侯后，他的重要功劳之一，便是参与了平息诸葛诞之乱。那是魏甘露二年（257）四月，司马昭召镇东将军、山阳侯诸葛诞入朝，诸葛诞不听从召命，并且起兵，称臣于吴。时为平寇将军、临魏亭侯的庞会，拒不听从诸葛诞的命令，他在平息诸葛诞之乱时立下大功，受到了朝廷的奖赏。

当时，蜀汉正越来越衰落，最终被邓艾大军攻破成都而覆灭。就在邓艾大军攻入成都之后，反叛的钟会和魏国的军队互相争战，场面一片混乱。借乱军在城中烧杀抢掠之机，一直对关羽怀有刻骨仇恨的庞会，他便利用当时的混乱，向关家下了狠手，他带领一支军队，闯入关府，将关羽一家几十口人全部杀死，为的就是实现自己当年的誓言，报那杀父之仇。此一事，尽管令人唏嘘不已，但就庞德当初寄希望于儿子庞会替自己报仇一事，也证明了庞德的智慧和预见。

第五十章　官渡大战　尚书卫觊荐马钧

今《马氏演义》写到这里，我又想起一个马氏名贤——马钧。马钧与马超是同时代人，只是所属的国家不同，当时，马钧是曹魏官员，马超是蜀汉大将。可一提到马钧，又不得不从他官渡大战初露才华的那个时候说起。当时，各地豪强大都表示独立，既不偏曹也不倚袁。只有荆州刘表例外，因为他自知曹操若胜，必然兵逼荆州，会对自己构成威胁，故对袁军之危颇有“唇亡齿寒”之感，因而他明确表示声援袁绍，并准备予以出兵。当时，刘表不仅占有荆州，还有长沙、零陵、桂阳三郡，控制了北面的汉水下游地区，拥有的地盘方圆数千里，精兵十几万，尤以水军实力无人可比。他真若出兵，曹操与袁绍的天平孰轻孰重立见分晓。曹操时在许都，即与留守许都的荀彧商议此事。曹操很是挠头，他说：“单是一个袁绍，就够我们对付的了，而且他的力量比我们强大得多。今又冒出个刘表，这不是面对着狮子又来了老虎吗？你说该怎么办呢？”

荀彧说：“益州刘璋与刘表素有矛盾，唯有刘璋能牵制于刘表。可派一人出使益州，如得刘璋出兵，刘表他必不敢轻举妄动。”

“这倒也是个办法。”曹操说，“可以谁为使呢？”

荀彧想了想说：“尚书郎卫觊，恐是最合适不过的人选了。此人才学高深，富有威望，又曾担任过茂陵县令，熟悉关中和益州民俗风情，就让他去吧。”卫觊字伯儒，河东郡安邑县人。他初为司空府掾属，后又担任茂县县令、尚书郎等职务，确是大才一个。

曹操亦知卫觊忠勇有加，智谋过人，便说：“可以，就让卫觊去吧。”

于是，曹操任命卫觊为治书侍御史，令他即日出使益州。偏是卫觊到了关中，前往益州的道路不通，他恐贻误军国大事，特返回许都向曹操和荀彧禀报不能抵达益州之事。他还上呈奏书说：“关中是个丰腴富饶的地方，但前不久因为兵荒马乱，关中百姓流浪到荆州的有十多万户。现在，他们听说老家已经

安定下来，就都盼望早日返回家乡。可是，那些返回来的人却找不到谋生的办法，各路将领便竞相招纳他们作为自己的部下。各郡县政府对此之所以听之任之，乃是因贫穷而力量不足，无法和他们抗争，所以各路军阀的势力就一天天强大起来。这是一种隐患，以至会后患无穷，不排除我军与袁绍争战之时，他们会倒向袁绍之可能。更何况，关中历来为兵家必争之地，但现在没有得到很好的管理。譬如说盐，它本是国家的重要宝物，但自战乱以来在关中失去了控制。我们应该像从前那样，在关中设立专门的官员来监督管理食盐销售，再拿盐业的收入买耕牛、农具。如果有回到关中的百姓，就把牛和农具发给他们，鼓励他们辛勤耕作，积累粮食，使关中重新富裕起来。似这样，远方的百姓听说了这些事，也一定会争先恐后返回故乡。我们还可以再派司隶校尉，让他们留下来充当治理关中的主官，那么就会逐渐削弱各路将领的势力，乃至于团结这些力量以对付敌人，使地方官府和百姓日益富强，这可是加强自己的根本并能削弱异己的力量。我认为，如果治理好了关中，胜似搬来刘璋的救兵，它既可免除我们的后顾之忧，也能对袁绍军构成巨大威胁，起码能起到很好的牵制作用啊！”

曹操看罢卫觊奏书，又问了卫觊一些情况，再问荀彧当如何办理。荀彧说：“您看这样办行不行？今关中前往益州的道路不通，刘表他并不知情。咱们可以放出风去，只说卫觊出使益州成功，刘璋已答应出兵，准备屯兵关中。只要荆州兵动，刘璋大军会直逼荆州，与曹军合击刘表。至于卫觊上奏的事情，朝廷可以派谒者仆射前往关中，监督管理那里的制盐工场，并派司隶校尉在关中设立治所，进行统一管理，不允许那里的将领们各行其是。至于耕畜农具，我们是应该给农民购买，这对恢复和发展关中农业不无裨益。但是，我们花在这里的钱不会白白扔掉，以后再增加赋税就是，那现在投入的钱财就可以收回了。似这样，关中很快就会稳定下来。”

曹操说：“可以，就这么办吧。还有最为重要的一点，那就是卫觊仍须前往关中，镇抚那个地方，管理那里的军队，同时再配合着施行我们的计谋，这不仅对我们牵制刘表、攻破袁绍至关重要，也是我们万一失败还能退归的关键，败退关中乃是我们唯一的退路啊！”

荀彧说：“如若这样，我们就做得更周全了。”

这时，曹操又问卫觊：“你还有什么事吗？”

卫觊试探地说：“还有一个重要人才的事，不知当讲不当讲？”

“说说看。”曹操说。

于是，卫觊便向曹操推荐了周原奇才马钧。马钧字德衡，系雍州扶风郡（今陕西兴平东南）人，他是东汉开国名臣、伏波将军马援的后代。

马援子孙极多，但大多都直系明确，记载清楚，可马钧是个例外，他没有明确的直系，对其父辈祖辈也没有明确的记载，只是说他是马援之后。马援以后几代，都十分富贵，可到了马钧这一代，却沦为一代平民。但是，马钧的父母绝不是那种目光短浅之人，他们宁肯自己忍饥挨饿，苦苦挣扎，也坚持让儿子读书识字，以使之成为有用的人才。马钧呢？他从小口吃，不善言谈，经常受到一些人的嘲笑，他因此也十分消极自卑。父亲鼓励他说：“自古英雄多磨难，纨绔子弟少伟男。虽然咱们家贫，但只要你能做出一番大事业，便称得上是真正的男子汉，你一定要为咱马家争气，为祖上争光啊！”马钧记住了父亲的话，他果然不负父母的厚望，一边读书，一边干活，还不断地搞发明创造，甚至做成了几件很有趣的玩具，在当地孩子们中间很是轰动。

马钧最早的成功发明是织布机。因为他上私塾的费用，大部分要依赖母亲织布换钱来维持，所以他从小立志，一定要为母亲做一台织布机。当时，织布机只有一综一脚踏，是单一的手织机，织起布来不仅十分费力，速度也很缓慢，只能织成白色或有简单花纹的布匹。马钧是在母亲的纺线车和织布机旁长大的，所以他从小就学会了纺线和织布。有人笑话他，说他是个男娃，却喜欢纺线织布，像个女孩子一样，长大了没什么出息。可他并不在意，他的纺线织布技术，比女孩子家更为熟练。他还爱摆弄织布机，把它拆了装，装了拆，常常因弄坏了母亲的织布机而挨骂。他长大懂事以后，便试着改进织布机。他对织布机进行仔细的分析和研究，发现织布机要完成纺织必须具备以下几个机构：一是使经纱根据织物组织图案作上下运动的开口机构，二是把经纱引入梭口和把经纱推向织口的引纬、打纬机构，三是把织物引离工作区和把经纱输入工作区的卷取、送经机构，而尤以开口机构最为重要。因为织布机要使经纬纱线交织成织物，必须首先将经纱分为上下两层，形成梭口，然后引入纬纱。开口机构不仅要使经纱形成梭口，同时还要根据上机纹样控制综片升降次序，使织物获得所设计的图样。知道了这些原理后，他先将一综一蹑的织布机改进成两综两蹑，再进行大胆改进，又将织布机增加至八综十蹑，这样织布虽然快多了，但单一手织就更费力了。于是，他又改单一手织为脚踏手织相结合，再将综蹑增至六十综六十蹑。但是，这种织布机的速度虽然提高了，可使用起来仍很费力。他再细细研究织机综、蹑的构成，发现改进后的织机之所以仍费工费时，是因为机器上的综、蹑数量太多。他又日夜苦心钻研，反复试验，把“五十综五十蹑”和“六十综六十蹑”旧织机统统改成十二蹑。改进后的织布机，不仅使用起来十分轻巧，效率也大为提高，而且可以织出多种多样花纹的布来。这种织机一机两用，既能织布，也可织绫，统称为织绫机。经马钧改进后的织绫机首先诞生于马钧的故乡扶风，所以，当时扶风的织艺在天下享有盛名……当然，卫觊他未曾料到的是，后来到了前秦苻坚时期，扶风出现了一位绝代才女苏若兰，她为了寄托对镇守边关的丈夫窦滔将军的思念，花了整整三年六个月时间，在一块八寸见方的手绢上，用红、黄、蓝、紫、黑五色彩线，织成了一幅色彩斑斓的图案。它五彩相宜，莹心辉目，共由八百四十一字组成，纵横各二十九行，形成一个方阵，纵横、回环、交叉跳跃相读，皆成美丽动人的诗篇，共可读诗七千九百五十八首。而且诗体繁多，有三言、五言、七言，还有四言、六言。有绝句，还有律诗。她的诗，首首诗美韵和，句句节奏铿锵，情真意切，诗味无穷，成为千古流芳的绮丽诗锦《璇玑图》。以至于到了盛唐时期，女皇武则天设场考女状元，即是以拆苏若兰《璇玑图》中的诗来选取定夺的，这足以可见《璇玑图》的影响之大了。但历朝各代，人们只注意研究才女苏若兰和她的《璇玑图》，却忽视了苏若兰正是利用马钧改进的织布机，才织成了万世留名的极品《璇玑图》的。民间的织布机到了富户、官家以至于皇家的作坊，便成了织绫机。当时的绫罗绸缎，也皆由马钧发明的织布机织成。而更富有意义的则是，现代的织布机，也是在马钧改进的织布机基础上发展起来的，马钧当称为纺织工业的鼻祖，这当然是后话了。

马钧出生于古周原，这里地处渭北旱塬，经常受到干旱的威胁，而当地取水使用的是十分原始的桔槔和辘轳。桔槔在春秋战国时已开始使用，它是在井旁的树上或木架上用绳子拴牢一根横木，木头的一端系桶，另一端坠一块圆石盘。当桶向上提水时，由于运用了杠杆和坠石原理，所以比较省力，这种工具一直使用到了民国年间。辘轳则更为普遍，它是利用轮轴原理而制成的取水工具，至今仍广为使用。只为周原黄土，土厚井深，用辘轳绞水也十分费劲，作为贫家子弟的马钧，从小也没少在辘轳上下力气，所以他早就立志要做成一种水车，使父老乡亲们绞水不再那么费劲。他想到做到，继改进织布机之后，即潜心于水车的研究制造。后来，他终于发明了一种类似车轮状的用脚踏的翻车。这种翻车，又叫踏车、水车或龙骨车。它是用木板做成一个长约两丈、宽约四寸到七寸、高约一尺的木槽，在木槽的一端安装有一个比较大的齿轮轴，轴的两端安装上可以踏动的踏板；在木槽的另一端再安装上一个比较小的齿轮轴，两个齿轮轴之间装上木链条（又谓之龙骨），木链条上拴上串板。灌溉的时候，把木槽的一端连同小齿轮轴一起放入河中，人踏动大齿轮轴上的踏板，就可以带动串板在槽里运动，刮水而上。而且，它的链条上装有刮板，是放在木槽中的，可以把水从低处带到高处，进行连续灌溉。它不仅可以直接在农田水利灌溉中应用，而且效率很高，使用起来十分轻巧，甚至连年幼的儿童都可以用它来脚踏翻水，进行灌溉，成人使用起来就更省力了，这也成了当时最先进的灌溉器械。水车的出现，大大改变了周原地区人们的灌溉条件，使千万亩旱田变成了水田，这里得以灌溉的土地便连年丰收。这种水车，今因电的普及，是普遍淘汰不用的了，但偶在某些旅游点上仍可窥见它的踪迹，实不失为一道亮丽的风景线。

对于马钧发明的织布机和翻车，卫觊亲自验证过，果然精奇无比。所以，他十分赞叹地对曹操说：“那马钧，也真是个奇人呢！”

听卫觊说完这些，曹操若有所思，他突然对卫觊说：“这马钧能在关中造织布机和翻车，难道他在中原就不能造吗？”稍停了停，他又说，“不，不能只让他造织布机和翻车，还应让他发挥更大的作用。这样吧，我今派人与你同往关中，可速速请得马钧前来，让他直抵官渡，我会派上用场。”

卫觊大惑不解地说：“官渡是战场，马钧是工匠，要他去做什么用呢？”

曹操说：“我如此吩咐，你照办就是了，问这么多干啥？不久，你自会知道其中的奥妙。说不定，一个马钧，能抵十万兵呢！”

最后，曹操对卫觊交代说：“须知，经营关中，至为重要。关中不仅仅是我们的大后方，也是我们基业的根本啊！一切，你照我的安排办就是了。”

卫觊领命告辞，曹操使人与卫觊同赴关中。到了关中，卫觊即把能聚集的兵马全集中起来，大张旗鼓，进行操练，并声称这即为刘璋所派之兵。他还以刘璋的名义四处发布文告，对曹操进行声援，对袁绍进行谴责，并说益州十万大军行将出发，先头部队已抵关中，并屯兵在此，时刻严阵以待，准备开拔荆州对敌。这消息很快传到了荆州，刘表遂不敢轻举妄动，以对付即将袭来的益州兵马。卫觊又依照曹操的安排，亲至扶风郡找到了马钧，安排他与曹操所遣之人同往官渡。

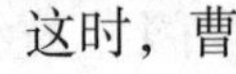

这时，曹操已离许都，来到了官渡军营。在军帐内，曹操亲自会见了新来

的马钧。其实，这只不过是一个二十出头的文文气气的年轻人。

“听说是你发明了织布机和翻车？”曹操暗暗打量着这个白面青年，有些怀疑地问。

“是的。”马钧说，“都是些雕虫小技，不足挂齿。”

“你能造织布机和翻车，难道就不能造军械吗？”曹操又问。

“我生在周原，长在农家，造军械作何用呢？”马钧说。

“是的，你是生在周原，长在农家，可农民最需要的还不是安宁太平？只有天下太平了，农民才能安安宁宁种田过日子。但今有袁绍大军直逼中原，欲进潼关，直袭关中，破坏关中父老乡亲的安宁太平，你说该怎么办呢？”曹操则这样说。

“抗击他。”马钧不假思索地说。

“可抗击势力强大的袁绍，不仅需要兵力，还需要军械，这就是我让卫觊从关中请你来官渡的原因。”

马钧想了想问：“只不知曹公想造什么军械，要么我可以试试。”

“刀枪棍棒，这都是些近距离交战的常用兵器，就不用你费心了。但你在箭上面可以做文章，它可以在较远的距离上交战使用，毙敌于千百步之外。也还有其他器械，譬如防守用物，譬如进攻器械，等等。”曹操说。

“那，让我先想想再说。”马钧并未立即表态。看来，这是一位不爱张扬脚踏实地的青年，曹操对他心里暗喜。

两人再叙得一阵，因有将领前来报告军机大事，马钧便予告辞。

当年九月，袁、曹两军，继续在官渡相峙。两军虽无大的交锋，但有过几次小战，均因袁绍兵多将猛，曹军败多胜少。兵少将寡，军力渐乏，最是粮草不济，令曹操大伤脑筋。也还有，百姓不堪赋税，纷纷投奔袁绍。诸多原因，使曹操不能不有撤出官渡返回许都的想法。偏是这时，袁绍依审配之计，在曹军营外堆起一座座土山，筑起一个个橹楼，让军士或是在那土山之上，或是在那橹楼之中，发弓射箭，直袭曹营，使曹军将士死伤不少。以至于他们在营中行走时，也不得不用盾牌蒙住身体，以免被箭射伤，士气因之大落。正由于此，曹操撤回许都心情更切，但为慎重起见，他专门书信一封，遣人送往许都，征询留守许都的荀彧的意见。

荀彧一接曹操来信，赶忙予以回信。信中说：“袁绍把所有的人马都聚集在官渡，要与您决一胜负。您现在以最弱来抵挡最强，如果不能取胜，袁绍必定乘虚而入，我军会一败涂地，这是您能否取得天下的重要关头啊！袁绍他只不过是一个普通平庸的领袖，他能有什么大的作为？他虽然到处搜罗人才，是聚集了一些有才能者，却不能很好地使用他们，甚至与之结怨，这便为他的失败埋下了隐患。袁绍怎能与您相比？以您的神威和智略，又辅有尊奉皇帝的优势，还有什么事情不能成功呢？目前我们粮食虽然少些，但还不像楚、汉在荥阳、成皋相争时那样困难。那时，刘邦、项羽都粮草困难，却没有一个肯先后退的，因为先退就会失势。现在，您只有袁绍的十分之一兵力，尚且能与他划地坚守，卡住他的咽喉，使他不能前进，已有了半年时间，这实际是您已经取得了胜利。从这些情况可以看出，袁绍的力量也已用尽，相持的局面很快将发生改变，这正是我们用奇谋最后取得胜利的时候了。机不可失，时不再来，曹公您千万不可以在这个时候撤回许都啊！”

曹操看了荀彧的信，深以为有理，便决定再行坚守，与袁绍军相持。

建安十八年（213），曹操进爵魏公，建立魏国，卫觊任侍中，与王粲一同主掌制度。

建安二十五年（220），曹丕继任魏王，卫觊任尚书，后回东汉朝廷任侍郎，准备禅让之事。曹丕同年称帝，卫觊再任尚书，封阳吉亭侯。

黄初七年（226），魏明帝曹叡继位，卫觊进封闅乡侯（《晋书》作“阌乡侯”）。卫觊向曹叡进言说：“九章刑律是从古时候遗留下来的。判断刑罚的标准、概念很细致，不容易把握。因此主管一方的官员，都应明晓法律。刑法，乃国家最重要最宝贵的一项制度，却得不到应有的重视；执掌刑法的官员，乃是掌握老百姓生死衰荣的重要人物，但他们被授予的官职往往很低下。国家政治的弊端，未必不是由此产生。故请您下令设置刑律博士，让他们向有关的官员教授刑律方面的知识。”这件事不久就正式实施了。

当时，老百姓的生活十分困苦，还要没完没了地服劳役。卫觊就上疏给明帝说：“要想让一个人改变性情，是很难强迫办到的。为臣的能给君主提意见已经很不容易了，做君主的要能接受意见就更难了。况且，人们追求的是富贵显荣，厌恶的是贫贱死亡，但是这四种境况，都是由君主掌握控制的。君主喜欢谁谁就飞黄腾达，君主厌恶谁谁就会贫贱死亡；喜欢来自顺从君主的旨意，厌恶来自违背君主的意志。因此做臣子的都争着顺君旨而避免逆君意，除了那些肯于破家为国、杀身成君的忠臣良将，谁敢顶撞君主，触犯忌讳，提意见建议，阐一家之言呢？请陛下悉心观察，那么我说的这种情况您就不难看出。如今发议论的大都爱说悦耳的话，他们说起政治教化来，就把陛下比作尧舜；说起征战杀敌，就把孙刘比作狸鼠。臣认为这样无济于国于君。想当初汉文帝时，诸侯强大，贾谊尚且恐惧得气喘吁吁，认为到了危急关头，何况现在天下三分，群臣尽力，各事其主。那些来归降的，也不愿意说是舍邪就正，都自称是迫于急困。这种状况，和当初六国分治，实在是没有什么区别啊！

“当今千里之内少见人烟，百姓饥寒交迫，穷困潦倒，陛下要是再不留意，国家就会凋敝败落，一蹶而不可复振。礼规定，天子所用的器具一定要有金玉的装饰，饮食的菜肴一定要有八珍等佳味。遇到荒年和战乱，就应减去佳肴和装饰。但是奢俭的程度，一定要看社会是丰饶还是贫困。武皇帝在世的时候，后宫里吃饭时只能有一种带肉的菜，衣服不用锦绣，褥垫不加花边，器物不涂丹漆，因此能够平定天下，造福子孙。这些都是陛下亲眼见过的啊。当前应该做的事，就是君臣上下，一起筹谋划策，统计核查国库里的物资，量入为出。深刻考虑勾践生聚百姓的办法，犹恐不及，何况尚方（主造皇室所用刀剑及玩赏器物的官署）所造的金银器物，数量和品种不断增加，工人们不停地劳作，奢靡的风气与日俱增，国库里的财富一天天枯竭。从前汉武帝相信并寻求神仙之道，说是服食天上降下的甘露就能长生不老，因此就树立承露盘承接甘露。陛下通达圣明，每每嘲笑这事做得没有道理。汉武帝有求于甘露，尚且被人指责不该树立承露盘，陛下不求甘露却空设承露盘，不能增添好处反而要花费很大的功夫，您实在应该好好考虑考虑以深谋远虑。”

卫觊经历过汉魏两朝，时常向皇帝进献忠言，如上书建议设立法律博士教授法律，让各官员都清楚法律，按律执法；又曾因百姓徭役频繁而要求曹叡少建宫室。

卫觊曾受命主管国史资料及撰述工作。他还写成了《魏官仪》，总共撰写了几十篇文章。他还喜好古文，鸟篆、隶草，样样精通。建安末年的尚书右丞河南潘勖，文帝时的散骑常侍河内王象，也和卫觊一同以文章显扬一时。卫觊死后，谥号敬侯。其子卫瓘继承了爵位，他比自己的父亲更有作为。

卫瓘历任尚书郎、散骑常侍、侍中、廷尉等职。后以镇西军司、监军身份参与伐蜀战争。蜀汉亡后，他与钟会一道逮捕邓艾；钟会谋反时，又成功平息叛乱，命田续杀邓艾父子。回师后，他转任督徐州诸军事、镇东将军，封菑阳侯。他是魏晋时期一位重要的政治家、军事家、书法艺术家。卫觊父子在魏晋时期，曾经做出了重要贡献。

第五十一章　水转百戏　巧匠德衡逞其能

延康元年（220），曹操病逝，曹叡之父曹丕继位魏王。同年五月，15岁的曹叡被封为武德侯，曹丕作《以侍中郑称为武德侯傅令》，亲自诏令时任侍中的笃学大儒郑称为曹叡的师父，教授他经学，以此明志。

黄初七年（226）五月，文帝驾崩。年轻的曹叡在洛阳即位，是为魏明帝，在曹真、曹休、陈群和司马懿等人的辅佐下，开始了他的执政生涯。

曹叡的母亲是文昭甄皇后，甄氏初为幽州刺史袁熙妻子，曹操打败袁绍后，被魏文帝曹丕所纳，甚为得宠，生有曹叡和东乡公主。曹叡从小相貌俊美，超凡脱俗，又年幼聪慧，博闻强识，过目不忘。祖父曹操对此十分惊异而倍加喜爱，常令他伴随左右，在朝会宴席上，也经常叫他与侍中近臣并列。曹操曾经评价道："我的家族基业有了你，就可以继承三代了。"曹叡好学多识，尤其留意研究律法。

建安二十一年（216），曹操封魏王，同年东征孙权，曹叡及妹妹东乡公主离开母亲甄氏，与祖母卞夫人、父亲曹丕一起随征江东。

黄初二年（221），曹叡被封为齐公。同年六月丁卯日（8月4日），其母甄氏因为怨言而被曹丕赐死，葬于邺城，曹叡因为母亲获罪，废为平原侯。

黄初三年（222）三月，曹丕又复曹叡爵位，晋封为平原王。

由于生母被赐死，曹叡受罚被废为平原侯。刚开始，其父魏文帝认为曹叡先前既有不满，便想立徐姬所生的京兆王曹礼为嗣，因此久不立太子。这期间，曹叡府中来往的家臣官吏，师长友伴，一律只取品行正直的人充任，互相匡扶，勉励矫正；处理事务小心谨慎，避免遭到责罚。曹叡在东宫时，与重臣卫臻私交甚好，经常一起讨论朝事和书籍，曹丕也曾旁敲侧击地询问卫臻关于曹叡的情况，卫臻只是称赞他明理而有德行，闭口不言其他。

据说，曹叡一次随曹丕狩猎，见到母子两鹿。文帝射杀了鹿母，命令曹叡射杀子鹿，曹叡不从，说："陛下已经杀掉了母鹿，臣实在不忍心再杀掉它的孩子。”说完哭泣不已。文帝于是放下弓箭，深感惊奇，而确定了立曹叡为太子的心意。

黄初三年（222）三月，曹叡又很快被立为平原王，后来曹丕下诏将其过继给郭皇后为子，进一步确定了他嫡长子的地位。然而曹叡因其母被赐死而非善终，内心愤愤不平，后来才开始恭敬地侍奉嫡母，每日早晚都往皇后宫中定省问安，郭皇后也因自己无子，对曹叡慈爱有加。除了曹丕为曹叡诏令郑称为师，平原王府中还配置高堂隆为平原王傅。黄初四年，曹丕为曹叡聘河内世家大族虞氏为平原王妃，又选河内毛氏入东宫，曹叡十分宠爱，出入都与其同乘舆辇。

黄初七年（226）五月，曹丕病笃，立曹叡为太子，遗诏曹真、司马懿、陈群、曹休共同辅政。

曹叡即位后，尊太后为太皇太后，皇后为皇太后，追谥其母甄夫人曰文昭皇后，封其弟曹蕤为阳平王。

同年八月，孙权进攻江夏，江夏太守文聘坚守。朝臣商议发兵救援，曹叡则认为孙权的军队擅长水战，这次之所以敢于不用水战而转到陆上攻城，不过趁文聘防守不严而突然袭击，可时下文聘已能够和他们抗衡，他们并不占有明显的优势，所以是不会坚持长久的。在这之前，曹叡曾派治书侍御史荀禹慰劳戍边将士，得知吴军进犯的消息，便在去江夏的路上沿途召集各县兵马，加上自己身边的骑从卫士共计步骑兵千余人。抵达江夏城外，荀禹指挥军队借山势举火向吴兵发起攻击，吴军果然撤退。

魏明帝曹叡初登基执政时，他只有十几岁。他这时虽然是中华独尊的独一无二的大魏皇帝，但是，他浑身还满带孩子气，尽管他反应灵敏，聪明好学而有心计。于是，对这么一位聪明幼稚的皇帝，有人送来了一组木偶，想讨得皇上欢心。魏明帝把木偶看了又看，见它们固然活灵活现，栩栩如生，但毕竟全是木偶，一个也不能动弹。于是，他对送木偶的人说：“你有没有办法能让这些木偶变活呢？”

那人说：“我没有办法，能有办法的人，恐怕只有马钧了。”

“马钧是谁呢？”魏明帝问。

“就是那个曾被太祖武帝大为赏识，发明了发石机大破袁绍的马钧啊！”那人说。

“噢，原来是他呀！”魏明帝十分惊喜地对身边侍从官员说，“快，快去唤马钧来。”

“马钧，马钧……”侍从官员嗫嚅地说，“怕只怕，他今不在洛阳。”原来，魏武帝曹操时期，曹真率大军攻蜀，被诸葛亮大败。曹真回朝，向魏武帝大讲特讲诸葛亮设计的连珠弩的威力，说若不是蜀军使用诸葛亮发明的连珠弩，自己这次完全可以击败蜀军。他还把连珠弩拿给曹操看，此连珠弩发射时一弩多箭，倍于人射，确是一种十分厉害的武器。曹操把连珠弩拿给马钧看，马钧说：“巧则巧矣，未尽善也。”他计划将这种连珠弩加以改造，可发挥五倍于它的威力。曹操把马钧的看法说给了曹真，并把马钧分拨在曹真帐下，让曹真支持马钧改造连珠弩。谁知，曹真安排在曹操身边的亲信高堂隆和秦朗，向曹真汇报了马钧对曹操之说，使曹真觉得很丢面子，遂与马钧结怨。所以，今马钧分拨于自己帐下，他这才有了出气报复的机会，只让马钧干杂务之事，对改造连珠弩事只字不提。

高堂隆何许人也？是西汉经学家高堂生的后代。他在少年时为诸生，被泰山郡太守薛悌任命为郡督邮。当时，郡里的督军和薛悌争强，直呼薛悌的名字并训斥他。高堂隆按剑怒斥督军说：“从前鲁定公受到侮辱，孔子登上高阶；赵王弹奏秦筝，蔺相如奉瓦缶让秦王演奏。当着臣下面而直称君名，按礼仪该责罚你。”督军大惊失色，薛悌也赶紧制止。后来，高堂隆辞职，至济南避难。

建安十八年（213），高堂隆被曹操任命为丞相军议掾，改任历城侯曹徽的文学（侍从之官），又转任历城国国相。曹操去世时，曹徽不但不哀痛，反而四处游猎，高堂隆严厉劝谏，尽到了职责。后担任堂阳县县长。

黄初三年（222），高堂隆被任命为平原王曹叡（魏明帝）的王傅。

太和元年（227），曹叡即位，任命高堂隆为给事中、博士、驸马都尉。曹叡登基伊始，群臣认为应该大摆筵宴。高堂隆说：“唐尧、虞舜有极静之癖，殷高宗有不言之癖，因此德行深厚，光被四海。”认为不宜大摆筵宴。曹叡敬纳了他的意见。

高堂隆后任陈留郡太守。陈留郡有一位牧民名为酉牧，已经70多岁，有品行，被高堂隆召为计曹掾，酉牧受曹叡赏识，被特别任命为郎中，以此作为对他的显宠。后来，朝廷征召高堂隆为散骑常侍，赐爵关内侯。

高堂隆因善占天象，博学多闻，而被曹叡授以推校《太和历》的重任，其间他多次与太史争论。高堂隆的意见虽然最终没被采纳，但其学识从此被认可。

秦朗呢？也非一般之人。他是秦宜禄和杜氏所生的儿子，秦宜禄在吕布麾下时，曾出使袁术，袁术把汉朝宗室女嫁给他，秦朗则和母亲被留在下邳。建安三年（198），曹操围攻吕布于下邳，城破后，曹操拒绝了关羽的请求，将杜氏据为已有，秦朗于是成为曹操的继子，随母亲住在曹府。当时，尹夫人所带来的孩子何晏也一同收养在曹府。与行事无所忌惮的何晏不同，秦朗言行则谨慎低调。曹操也很喜欢秦朗，曾经对宾客说："世上有人像我这样疼爱继子的吗？"

秦朗长大后四处游历，经历曹操、曹丕之时代一直都没有任官。直至太和元年（227），曹叡即位后，秦朗被召命为骁骑将军、给事中，并且经常伴随曹叡出行。当时，曹叡喜好举发人的罪行，甚至有数个罪犯因小过失就要被处死；秦朗见这些事都没有谏止曹叡，而且未曾为朝廷推荐一个贤才，但曹叡正是喜欢秦朗低调的这一点，每次询问、召见他，曹叡大多叫他的小名"阿苏"，又多次赏赐秦朗，更为他在京城建了一座大府第。也有人去贿赂秦朗，为人低调的秦朗，也不会在皇帝面前为他们说好话，但仍然因为他是皇帝亲近之人，还会有人经常去贿赂他，以至秦朗的财富比得上公爵、侯爵。

你想，有这么两个曹真的亲信、明帝的宠臣死盯着马钧，还有大将军曹真在给他找碴，马钧的日子自然很不好过。恰是这时，马钧母亲患病，他欲回关中老家探望，曹真便准其回家，并让马钧无事不得回洛阳。马钧身在洛阳之时，看不完那官场的明争暗斗，听不尽那小人的长舌谗言，他不想飞黄腾达，官运亨通，只求那安宁清净，创造发明，所以久有返乡之意。今又有与大将军曹真之间的矛盾，他也多多少少看出了端倪，便有了回乡避祸的念头。一边是想贬他入十八层地狱，另一边是想从天宫仙界下世当凡人，这个自然好办。于是，马钧从洛阳京城回到了扶风乡下，从官宦堆里回到了百姓群中，这倒也落得清闲痛快，自由自在。马钧回到家乡，因是卫觊已逝，他与官府人等再无联系，便继续以制作织布机和翻水车为主，很少再进行军械的发明。

忽一日，曹操想起了让马钧改进连珠弩一事，他问曹真："马钧呢？"

"回老家了。"曹真说。

"你怎么能让他回老家呢？他可是个奇才哟！"曹操说。

"哪是我让他回老家的？是他自个儿硬要回去的。他老母亲病重得快要死了，他不回去看看能行吗？"曹真说。

"若是这样，倒也应该。"曹操又问，"那么，他将连珠弩改造好了吗？"

"没有。"曹真说，"他改来改去，改了好几个月，那改造过的连珠弩，不但箭射得没以前多了，也没以前远了。"

“不可能吧？”曹操有些奇怪地说，“马钧可是一个不吹牛皮、有真才实学的人啊！他说能改进连珠弩，就一定能够改进，却又怎么能改坏呢？”

高堂隆这时插上话来，他说：“的确是这样的，我和秦朗都亲眼见了。”说话间，他向秦朗使了个眼色，秦朗立即转身而出。

“这可就奇怪了。”曹操不可理解地说，“马钧他既能发明发石机，却怎么改进不了连珠弩呢？”

高堂隆说：“他不过是凑巧罢了。马钧在故乡之时，得知别人的制作发石机之法，在大王面前才得以显露，实为滥竽充数之辈耶！今他夸下海口，要改进那连珠弩，不料弄巧成拙，又怕大王见怪，就不能不急急忙忙溜回家了。”

这时，秦朗拿着一副连珠弩，急急忙忙走了进来，他说这就是马钧改进过的连珠弩。曹操和曹真、高堂隆、秦朗并些军士一起来到靶场，带着未改进的和改进过的两种连珠弩进行试射，不料改进过的连珠弩果不如原来的，曹操不禁大失所望，只是长长地叹了一口气说：“昙花固然鲜艳，只在一瞬之间；彗星固然明亮，亦只一闪而过。孤以为马钧是永绽之花、永恒之星，不料却也是昙花和彗星啊！”遂不再提马钧之事。

…………

今魏明帝多方查问，方知道了马钧的去向。于是，他欲召马钧进京。高堂隆对魏明帝说：“这事，要不要告知大将军曹真？”

“告诉他干什么？”魏明帝不悦地说，“你们害得人家够惨的了，现在还想整人家？他不就一个小小的官吏嘛！此次，唤他进京，朕倒是要看看，马钧他到底有无真本事。”

高堂隆尴尬而退，传旨让马钧进京。马钧到了洛阳，被任以博士之职，这在当时只是工部里一个小小的官职。为了考验马钧有无一些真本事，魏明帝让人拿来那组木偶，他亲自对马钧说：“这是别人送我的一组木偶，它们好看是好看，只是死巴巴的，我需要它们都能像真人一样全活动起来，吹拉弹唱，各得其乐，那该有多好。似这，你有办法吗？”

马钧仔细瞅了瞅这组木偶，见做得果然小巧玲珑，姿态千秋，唯是这许多木偶，却又怎么能使其全部动起来呢？他看了又看，想了又想，终于想出了办法。于是，他便对魏明帝说：“行，有办法，不过这需要时间，需要资金，还需要有人手帮忙。”

“这好办。”魏明帝说。他命工部官员，凡是马钧所需，均应给予配合，要钱给钱，要物给物，要人给人。那马钧呢？他先让人搭起一个小戏台来。他在戏台下面装起一个个用木头做的轮子，再将轮子和戏台上的木偶机关相连接，又利用水力转动轮子，再利用轮子带动木偶。几番实验，失败了重来，最后终告成功。这下，真是有好戏看了，只要一经启动，但见那小戏台上，木偶们全都开始表演：有的敲锣，有的打鼓，有的吹笛，有的拉胡，还有的唱歌，有的跳舞，有的挥刀，有的舞剑……最有趣的，是有的木偶还在麻绳上倒立行走，不断变换动作，过来过去十分好看。魏明帝一见大喜，他问马钧："这该叫什么名字呢？"

马钧稍稍思索了一阵，说："我看，就叫它水转百戏好了，因为它全是靠水的力量来带动的啊！"

马钧发明的这"水转百戏"，使当时魏国的木偶杂耍十分走红，以致影响到吴、蜀，各国国民都十分喜欢看木偶剧。因此，魏明帝便封马钧为给事中，让他在工部供职，专以负责设计制造之事。

有一次，魏明帝在看一本古书，那里面有关于指南车的记载。一说是黄帝时期，黄帝和九黎部落的首领蚩尤在涿鹿大战，突然大雾漫天，方向难辨。但是，黄帝的军队，依靠一种能指示方向的车子，他们终于辨明了方向，打败了蚩尤的军队。另一记载是说周朝时，南方一个叫越赏衣氏的少数民族首领，派使者前来西周都城向周武王进贡。结果，他回去时迷了路，怎么走也走不回去，只好再返回来，请周武王给他们想办法。周武王让辅政的周公解决这一难题。周公先问越赏衣氏族的使者他们所居的方位，回答说只知是在东南方向的海边，其余什么也说不清了。周公听了，便亲自设计画图，叫人做成了一辆指南车。而后，他指着这辆车子对越赏衣氏族的使者说："请观看好这辆车子，它上面木人所指的方向，永远是南方。你们只要清楚哪个方位是南方，并面对南方，就自然清楚南的左边是东，右边是西，背后是北了。而你们越赏衣氏国在我们东南方向，你们就一直朝东南方向走，走到了大海边上，那里大概就是你们的国家了。"越赏衣氏使者听罢大喜。周公又专门派人进行护卫，他们依靠指南车指引方向，终于把越赏衣氏族的使者安安全全地送了回去……

次日，魏明帝在朝上先讲了这两个故事，又问马钧能否造出指南车来。马钧起初并未回答，因为他正好出生于古周原，小时候便听说过周公造指南车的故事，也有长大后造出指南车的愿望，可惜一直没有条件。如今……正当他沉吟之际，一向深深嫉妒马钧的高堂隆却发言了，他说："这一下，犯愁了吧？

再不敢逞能了吧？这指南车指南车，它是给军队打仗指方向和道路的重要军械，是牵扯到千军万马胜败存亡的大事，可不是戏台上戏耍的木偶，只能翻跟斗玩。也不是那老农民用的翻水车，更不是妇人家使的织布机，不是笨重家具而是灵巧物件，你难道能造出来吗？你也可以吹牛，但如果吹了牛却造不出来，该如何呢？如果造出来指不了南，又该如何呢？"

谁知，马钧十分平静地说："我想，既有史载，就有可能存在，古人都能造出来的东西，我们今人为什么造不出来呢？我们以前没见过指南车，对它不太了解，但如果进行认真研究的话，我想是可以造出来的。"

当时已贵为骁将军的秦朗这时插上话来，他说："哈哈，马钧啊马钧，你真能造指南车吗？如果你真造出来的话，我秦朗就跟你姓了。试想，这种车你连见都没见过，却怎么可以造出来呢？只怕造了出来，它不会专一指南，却会东南西北胡乱指呢！"

马钧平时就看不惯他二人，这阵更气愤他们那盛气凌人的架势，便不予理睬，却暗暗下定了做指南车的决心。魏明帝这时站了出来，亲自为马钧解围，他说现在且不作定论，只作为马钧与高堂隆和秦朗打赌：如果马钧造出了指南车，高堂隆和秦朗各输给马钧五十两黄金；如果马钧造不出指南车，马钧即输给高堂隆和秦朗各五十两黄金，但其所输将由官府支出。结果，马钧真的造出了指南车。这种车的两个大轮是用硬质木料制成的，直径为六尺；紧贴着大轮内侧的是和大轮同轴的两个附足立子轮，直径二尺四寸，上有 24 个齿，它和车轮同行同止；距附足立子轮半尺往里的轴上，竖起两根木杆，上有两个小平轮分置左右，直径一尺四寸，各有 12 个齿；小平轮上各有一个铁坠子，它们和小平轮一起能够沿杆上下滑动；车辕和小平轮之间装置有中心大平轮，直径四尺八寸，共有 48 个齿，它和车辕由一根大轴相连，并且能绕轴转动。那大轴的顶端站立着木雕仙人，和大平轮同行同止，车辕和车轴也有一根细轴相连；后端伸出两条绳索，绳索的另一端分别通过横杆架上的滑轮系住铁坠子。指南车之所以能确定方向，是要在出发前先调整木人，使它的手指向正南。当车直行的时候，由于左右的小平轮是用绳索悬挂起来的，因此它同附足立子轮以及中心大平轮不相接触，也不发生传动关系。一旦车子拐弯，比如车辕的前端向左转，它的后端必向右转。这时牵着左边小平轮的绳索被拉紧，把它向上提起，同时使系着右边小平轮的绳索松弛，由于铁坠子的重力作用，右边小平轮就沿木杆向下滑落，插在中心大平轮和右附足立子轮之间，使三者发生传动关系。

如果车子由向南行转向正东行（左转 90 度），右边的车轮恰好向前转动了半周，右附足立子轮（共 24 齿），却转过 12 个齿，右边小平轮也相应向左转 12 个齿，因而使中心大平轮向右转 12 个齿（中心大平轮共 48 个齿，转动 12 个齿，就是向右转动了 90 度），和它同行止的木人也就向右转了 90 度，结果木人的手指总是指向南方。

魏明帝一见，大喜过望，他冲着秦朗直喊："马朗，马朗！你可是真的输了，难道以后真的改'马朗'不成？"

马钧却为之解围说："算了吧，皇上，他当时只不过是说着玩罢了。"

魏明帝又说："不改姓可以，但得出金子。当初说好了的，如果马钧造出指南车，高堂隆和秦朗各输给马钧五十两黄金；如果马钧造不出指南车，即输给高堂隆和秦朗各五十两黄金。说话不能不算，打赌不能不干！"

"我们认，我们认！我们回家拿金子去。"高堂隆和秦朗连连认输地说。

魏明帝却转而替二人解围地说："好了，只要你二人认输，这一百两黄金我出。"他即命人从府库中支给马钧一百两黄金，作为赏赐并代高堂隆和秦朗之罚，二人方下了台阶。

马钧的发明创造，赢得了人们的广泛赞誉，但有一位名叫裴秀的儒士不服，他自恃能言善辩，欲与马钧进行辩论。马钧避而不辩，裴秀很是得意，便对魏国当时声誉极高的名士傅嘏说："那马钧真是只被窝里的猫，只能暖被窝而不能逮老鼠。他不是善发明吗？我只想和他辩辩，看他发明这些东西的原理是什么，他却不敢出面辩论，你说他还是男子汉吗？"傅嘏冷冷地笑着说："你正好说颠倒了，马钧他是只干事的猫，他只会逮老鼠而不会暖被窝，只会干事情而不会要嘴皮。世界上，会要嘴皮的人车载斗量，搞发明创造的人却寥若晨星。马钧不似你之空谈，却胜于你之实干，你却有什么可得意的呢？你甚至还侮辱人家不是男子汉，昔战国时期赵国将相和的故事你听说过吗？赵蔺相如不惧秦王，却避于廉颇，乃是他从赵国将相和睦国家安定的大局考虑。今马钧之避你，正犹如昔蔺相如之避廉颇。再举这样一个例子，你知道有一种花木树叫夹竹桃吗？它的花儿很繁很艳，开罢花却结不下一个桃子。还有一种树木叫无花果，它不会开花却只结果实。如果叫我说的话，你正好比那华而不实的夹竹桃，马钧却正是那无花却结果的无花果。似此，你还有什么可骄傲的呢？说到勇气，马钧他勇气才是最大的呢！当今圣上每每出些难题于马钧，马钧一无所怯，将这些难题一一破解，事情一一做成，譬如水转百戏，譬如指南车等，谁个又有他这样的胆量和能耐呢？难道说，你会比魏明帝更令人敬畏吗？须知，马钧之才，不是中才、小才，而是大才、是奇才啊！其所制东西做工之巧，虽古公输般、墨翟、王尔，乃至近汉世张平之等，他们均概莫能及。但是，马钧之所以没有他们出名，只不过是他仅仅担任博士、给事中这样小小的职务罢了。而且，马钧之所做，从不典工官巧，不考虑权贵们是否喜欢，而只注重实用，在为百姓和军士们谋益，不但有利于当世，更有益于后世。譬如他制造的翻水车、改进的织布机，这都是些民间用物，皇亲贵族们并不使用。再譬如他发明的发石机和指南车，在军中广为使用，帮魏军打了不少胜仗，但皇帝和将军们却从不重用他，甚至连他的名字提也不提，他的功劳便渐渐被湮没了。似此，只重视文才武将不重视发明创造，只重用说客辩士不重用能工巧匠，这是我们社会的风气、时代的悲剧，这是会阻碍我们社会发展的啊！想是不久的将来，这种局面必定会改变的。总之，对于马钧公正的评价，只能有待于历史，有待于后人。似马钧这般大才，不能被朝廷重用，这是十分遗憾的啊！”

傅嘏字兰石，他是北地郡泥阳县人，是汉朝傅介子的后代。他的伯父傅巽，黄初年间做过侍中、尚书。傅嘏二十来岁就已远近闻名，司空陈群聘他为自己的下属。当时散骑常侍刘劭正在制定《都官考课》，朝廷把有关文件下达到三公府进行评议，傅嘏就此提出反驳说：“我听说帝王制度宏大深远，圣人之道玄虚微妙，倘若不具备合适的才能，则圣人之道就难以体现，是否能够把神圣的制度表现出来，全在乎人的才能如何。现今王朝的基本制度有所荒废而且多年没有恢复，微言大义埋没，六经有的散失，有的出现毛病。这是为什么呢？是因为圣人之道宏大深远而众人的才能又无法弄明白。刘劭的考课，虽然想要追述前代考核官吏然后进行升降的制度，但是这些制度的条文都完全残缺散失了。现今能够从礼仪方面找到一点考课线索的只有《周礼》，它曾提到：外封诸侯，让全国各地护卫中央，内立百官，管理六个方面的政务，各地要交一定的贡品，官员要守一定的准则，百官各司其职，百姓各安其业，因此考核容易实行而官员的升降也易于决定。我们大魏国上继先帝，近承秦汉，在各项制度上，都没有重新建立或加入内容。自建安年间，武皇帝以非凡的军事天才平定祸乱，奠定皇朝基业，清扫凶逆，去除暴徒，军事行动不断，每天都忙不过来；等到先帝和陛下开始治理国家和军队时，权变和法规并用，百官军政兼通，根据需要采用政策，以应付政治需要。由于事务日益繁杂，而情况又有所改变，因此要把古代的典章制度施用于今日，就很难行得通了。其原因在于：制度的建立应该考虑长期适用，或许对近期的情况就不适合；而条令和制度是适应临时的需要，并不能流传后世。建立官位，分配职责，整顿治理百姓，这是治本；根据官职的名称来要求做出实际成绩，用现成的规章来纠察鼓励，这是治末。本还未治而先治末，不重视治国大政却把考课首先提上议程，恐怕是不容易区别贤愚，不容易划分界限的。从前的圣明帝王选拔人才，一律以他在本地的品行考察为依据，再让他在学校里讲解道理，品行完备的称为贤才，道理深广的称为能者。然后由乡官把贤才、能者推荐给君主，君主接纳他们后，让贤才出外担任地方行政长官，让能者在朝廷的机构中办理政事。这就是从前圣明帝王招收人才的标准和办法。当今从全国选拔人才时，都没有经过本地的举荐，而选拔人才的职责，也只由吏部尚书专门负责。吏部选拔人才的根据也只是中正提供的人才等级、评语和家庭出身，又忽视了个人的品德。在这样的基础上来实行《考课法》，很难反映人才的真实情况。制定朝廷的制度，确立国家的标准，很难做到正确和周详啊！”他的这一建议，当时引起了朝廷的重视，以后在依照《考课法》进行人才选拔时，也采取了一些比较重视实际德才的办法。

正始年间，傅嘏任尚书郎，后又任黄门侍郎。当时曹爽主持国政，何晏为吏部尚书，傅嘏对曹爽的弟弟曹羲说：“何晏外表宁静，但是内心喜欢投机取巧，贪图私利，不注意立身行事的根本。恐怕他一定会先迷惑你们兄弟，那时正直人士将会离开你们，而朝政也就会败坏衰微了。”何晏等人因此与傅嘏不和，借一点小事就把他的官职罢免了。后来傅嘏又被任命为荥阳郡太守，但没有去上任，太傅司马懿请他担任自己的下属从事中郎。傅嘏后来出任河南尹，后又调任尚书。傅嘏一直认为：“自从秦始皇开始废除分封诸侯实行郡县制后，设立官位分配职责，与古代的制度大不相同。汉、魏沿袭秦制，一直到今天。但是儒生学士，都想把夏、商、周三代的礼制糅合到现今的制度中去。然而礼制是要传之久远的，不一定适合临时的需要，具体事务常常和制度相违背，名和实不能相互吻合，历代都不能达到大治的原因，大概都在这一点。”他很想大规模改定官制，依据古代情况改正弊端，但是碰上朝廷连着发生大变故，未能如愿。

当时，征南大将军王昶、征东将军胡遵和镇南将军诸葛诞都建议朝廷委派自己出兵进攻孙吴，但是他们各自的计策并不相同。曹叡让傅嘏谈谈看法，傅嘏说：“想当年吴王夫差战胜齐、晋二国，威震中原，最终还是死在姑苏；齐愍王向外扩张，拓地千里，最终还是自取灭亡。有善始不一定有善终，这是古代的明证。孙权自从击破关羽夺取荆州之后，志得意满，穷凶极恶，因此宣文侯司马懿生前曾做出进攻孙吴的宏大计划。如今孙权已死，把儿子托付给诸葛恪。假如他能够矫正孙权的残暴，去除吴国的苛政，使老百姓免遭困苦，暂时得到新政策的实惠，内外官员又能齐心协力，竭力避免覆灭的危险，这样虽然不能保证吴国永远保持完好，也足以在长江以南苟延残喘了。现在朝廷议论纷纷，有的说要径自渡过长江，横行于长江以南，有的说要四路并进，攻击吴国的城垒，有的说要在边境大规模屯田，寻找敌人的破绽伺机而动，这些确实都是破敌的常用办法。但是自从下令训练大军准备讨伐孙吴以来，前后已有三个年头，声势早已张扬出去，我们已经收不到突然袭击的效果了。而吴国作为我们的仇敌，也将近六十年，他们自立为君臣，患难与共，又刚死了首领，上下忧虑，如果他们把战船部署在长江重要的渡口，修筑城池据守险要，那么所谓的泛舟渡江，横行于江南的计划，是很难实行的。只有在边境上驻军大规模屯田的办法，比较起来最可靠。屯田的军队进驻到前线，敌人就不敢来骚扰；前线军队吃自己生产的粮食，也不用派很多民工去运军粮；敌人一有破绽，前线军队就立即出击，又用不着远调大军出征。这是军事上的当务之急。从前樊哙声言可带十万大军，横行于匈奴之中，季布当面指责他说大话欺骗皇帝。如今有人想越长江，深入敌境，这很像从前樊哙的样子。不如严明法令训练士兵，制订万无一失的计划，做长远打算以对付苟延残喘的敌人，这才是必然成功的计划啊！”后来羊祜与陆抗相持，采用的就是傅嘏所说的办法，收到了明显的成效。正因为傅嘏出身名门，又博学多才，所以是当时的名士。正因为傅嘏名高位重，裴秀不能不洗耳恭听。听罢傅嘏所说，裴秀不禁满面羞愧，便主动去向马钧认错，并与之交上了朋友。这在当时被传为佳话。

第五十二章　孟起之死　英雄难有用武地

蜀汉章武元年四月丙午日（221年5月15日），刘备在曹丕篡汉建魏后，遂于成都武担山登基称帝，国号“汉”，史称蜀汉，年号章武。任命诸葛亮为丞相，许靖为司徒，一切安排就绪后，刘备问诸葛亮：“对于马超，我们应该如何安排呢？”

诸葛亮想了想说：“让他去镇守阳平关好了。”

“妥不妥呢？”刘备问，“马超有勇有谋，能征善战。下一步，我们要北伐曹魏，复兴汉室，成就大业，只让马超去镇守阳平关，是不是有点大材小用了呢？”

“不，这不是大材小用，而是人尽其才，才尽其用，那阳平关，非马超而难以镇守，别人都难当此任。”诸葛亮说。

“为什么呢？”刘备问。

“咱们先说地形，阳平关的北边是秦岭，南边是大巴山、米仓山，嘉陵江水依关而过，这一直是兵家必争之地。”诸葛亮说，“正由于此，所以让马超前去镇守最为合适。还有这样几点：马超长期经营关陇，与氐、羌等少数民族关系融洽，他若出秦陇，可以联结这些少数民族部落共同抵抗曹魏。同时，马超与曹操有不共戴天之仇，他曾在关中使曹操胆寒、魏将落魄，由他来镇守阳平关，对曹魏南进是极大的威胁和心理障碍。此后，一旦北伐时机成熟，马超便可一马当先，冲锋陷阵，建立功业。”稍停，诸葛亮又说，“我还有这样一层考虑，不知当说不当说。”

刘备说：“你我之间，还有什么不当说的。”

“那便是，由马超镇守阳平关，可以协防汉中。”诸葛亮说，“我一直对您说，汉中历来是蜀地乃至荆楚的门户，它的位置及条件与蜀楚关系密切。汉中之地，沿汉江可以下荆楚，越秦岭可以袭关陇、蹈中原，守关隘可以固疆界。进可取，退可守。楚汉战争时，刘邦便是在汉中成就帝业的。阳平关呢？是汉中最具战略位置的屏障，为咽喉要地，它北拒秦陇，南控巴蜀。阳平关固，则汉中保；阳平关失，则汉中危。我们与曹魏的汉中之争，关键便是阳平关。”

“那汉中，不是有魏延在镇守吗？”刘备说，“魏延把汉中不是守得好好的嘛！”

“不，正是由于魏延镇守汉中，这才必须由马超来镇守阳平关。”诸葛亮说。

“如此，我这才明白了丞相的用意。”刘备说，“让马超扼守阳平关，与汉中太守魏延相配合，能更好地保卫汉中之地。”

“还不止这些。”诸葛亮说，“让魏延当汉中太守，这是陛下您亲自任命的。可是对此，我仍有些不太放心。我多次提醒您，那魏延脑后有反骨，万一他生了异心，只有马超能够对付，别人谁个又能对付了魏延呢？我说的意思是，必要时，还可以让马超取代魏延，由他来镇守汉中。”

一听诸葛亮此话，刘备便有些不高兴了，他说：“丞相，对于魏延，你的成见为什么如此深呢？如说让马超协防魏延，朕同意此事，可如若说让马超替代魏延镇守汉中，朕便不同意此事，那魏延和马超，皆是我们难得的大将之才啊！”

“好，好！协防协防，就让马超协防魏延好了。”见刘备都有些生气了，诸葛亮只好这样说。于是，英勇善战的五虎上将之一马超，便只能来镇守阳平关了。马超素有雄心壮志，他乐于在疆场驰骋斩关夺将，今仅被任命为一个关隘守将，其关虽能固守，其人却不得志。尽管他还拥有骠骑将军、凉州牧、斄乡侯这样一些头衔，却并没有什么重要实职。要说，马超投靠刘备的真正目的，是想再与曹魏决一死战，以报自己的杀父之仇灭门之恨，可今只让自己镇守卫阳平关，哪能实现自己的这一愿望呢？他不能不为此感到忧虑。

对于马超的真实心理，别人并未看出，但有一个人却看了出来，那便是彭羕。彭羕字永年，广汉（今四川广汉北）人。他起初在益州任书佐，但后来其他人向益州牧刘璋诽谤他，刘璋于是以“髡钳”（剃去头发和胡须，并戴上刑具）的罪名来处罚他，并且把他贬为奴隶。此时刘备入蜀，彭羕想投靠刘备，于是去见了庞统。庞统和他会面后很欣赏他，而法正亦很清楚彭羕，于是二人共同向刘备推荐彭羕。刘备曾多次命令彭羕传递军情和指示给诸将，对他的表现十分满意，日渐被赏识。刘备入主益州，领益州牧后就任命他为治中从事。

彭羕身高约八尺，身材魁梧，但是性格十分高傲，对人大多轻视不睬，只敬重同乡好友秦宓。于是，彭羕便将秦宓推荐给太守许靖说：“从前，商王武丁做梦遇见傅说，周文王拜访吕尚求他出山，到了汉高祖刘邦，将百姓中的郦食其招收为己所用，这就是帝王之所以发展帝王功业维系王朝统治，光大积累功德的缘由。如今您考察古代帝王的法规，真诚执行神灵旨意，效法公刘的德行，推行召伯的惠政，《诗经·清庙》的歌颂治世的篇章即将产出，褒贬的评说即将兴起，然而您的势力尚未完备。我观察隐士秦宓，他服膺仲山甫的德行，践行隽不疑的直率，枕石而卧临溪漱盥，身着麻制衣袍吟咏山林之间，在仁义的道路上休息，于浩然的境界中恬淡，高风亮节，真诚不渝，即使古之高人隐士，也比不上他。如果您能招纳这个人，必然会有忠正豁达的声誉，丰功厚利，建立功勋，然后将在王府中记下功劳，名声流传到后世，岂不美哉！”许靖因此而录用了秦宓。

正逢刘备入蜀，沿江北上，彭羕想结交游说刘备，于是前往会见庞统。庞统与彭羕并无旧交，又正赶上当时有客在座，彭羕径直到庞统的榻上躺下，对庞统说：“等客人走后，我必须与您好好聊聊。”庞统会客完毕，回头坐到彭羕跟前，彭羕又要庞统先跟他一起吃好喝好后，才和他谈话，于是留宿在庞统那里，次日又谈了一天。庞统深为喜欢彭羕，而法正以前就很了解彭羕，于是，他和庞统两人一道向刘备推荐彭羕，刘备见后也认为，彭羕确非常人，而他以后的工作，也很合刘备心意，对他的赏识和待遇便日益加深。

成都平定后，刘备兼任益州牧，提拔彭羕为治中从事。彭羕徒手起家，权力很快在州人之上，举止便有些嚣张，沾沾自喜于自己地位的日益升变。诸葛亮看到了这些，虽说外表上对彭羕热情接待，但内心不以为然，多次向刘备秘密进言，说彭羕这人心大志高，难保他以后会做出什么事来。刘备既然敬重信任诸葛亮，对他的意见不能不尊重，加上自己通过观察彭羕的所作所为，也有些不满，于是对彭羕稍加疏远，调任他为江阳太守。

彭羕听说调自己远出任职，私下心里很不高兴，于是便去见马超，说了自己将去江阳任职的事。马超对彭羕说：“您的才干超群拔萃，主公对您十分器重，说您可与诸葛亮、法正等人并驾齐驱。可是，他怎么不把您留在朝中，而让您外任小郡呢？这太让人失望了啊！”

彭羕十分不满地说：“这个老兵痞子，荒唐无理，我还有什么可说的呢！”接着，他又压低了声音，对马超说，“难道，您不想成就一番大的事业吗？如想成就，今您是外放官，我做内应，天下不会平定不了。”

马超虽然勇猛，可他长期寄人篱下，归顺刘备以后，常心怀危惧之感，今听到彭羕说出这种话，他不由得大吃一惊，先是默不作声，后来又深恐因彭羕而惹祸，心里更是不安。不久，他又听说，有人向刘备密告，说自己与彭羕走得很近，有造反迹象。他听说后十分害怕，就将彭羕给自己说的话写成报告，上奏朝廷，于是彭羕被逮捕囚禁。

彭羕被捕后，在狱中写信给诸葛亮说："我过去与各路诸侯打过交道，认为曹操残暴狂虐，孙权不行正义，刘璋昏庸懦弱，唯有主公有霸王的姿质，可与他开创大业治理天下，故此才幡然改志做出飞升之变。正赶上主公前来西土，我因受到法正的夸奖和推荐，庞统也在中间参谋，于是才能在葭萌关与主公相见，挥手交谈，评论治理国家的急务，讲述霸王功业的道理，筹划进取益州的策略，您亦对此事原先有过深虑和明确计划，赞同我的意见，于是进兵举事。我在州里往日不过平庸之辈，经常担忧获罪受冤，幸好赶上风云变幻兵戈交侵的年月，找到了自己希望和爱戴的君主，志向得以抒发，名声由此显赫，从普通百姓之中被提升为国家大臣，窃居茂才之位。主公将爱子之情分施于我，这种厚恩谁能超越？彭羕我一时狂妄，自己找死，将成为不忠不义之鬼！祖先们有言，左手握有天下蓝图，右手拿刀自刎咽喉，傻子也不会这么做，况且我还能够分得清豆子和麦子呢。之所以有些怨言愤意，是不自量力，轻率地认为自己有首义的功绩，反被送往江阳，如此言语，是不理解主公的用意，心里有所激动，贪饮了几杯酒，故脱口失言'老'字。这是我的愚昧浅薄所招致，主公实际也非'老'。况且开创帝业，岂有老少之分？周文王年至九十，也无衰老之志，我有负慈父般的主公，真是罪有百死。至于'内外'之说，是鉴于只让马超守阳平关，有些大材小用，是想使马超建功业于北州，全力效忠主公，共同讨伐曹操罢了，岂敢有非分想法？孟起说的是真话，但他没有分别其中真实含义，太让人痛心了。从前我常和庞统共同发誓相约，希望追随您的足迹，尽心致力于主公的事业，追求古贤名声，为了青史留名。庞统不幸而死，我却身败取祸。自我失足毁灭，还能怨谁呢？您是当代伊尹、吕望，应当好好与主公共计大事，帮助他完成大业。天地明察，神祇有灵，还有什么可说啊！只是衷心希望您能理解我的真心本意。愿您努力奋斗，保重，保重！"彭羕给诸葛亮写信的目的，是想让诸葛亮能在刘备面前替自己求情，保自己性命。诸葛亮却并未在刘备面前替彭羕说话，使彭羕终被处死，时年仅36岁。

彭羕死后，马超变得更加忧郁，他成天情绪低沉，闷闷不乐，坐立不安，疲惫无比。他日觉疲劳，常常出现幻觉，时见父亲马腾和兄弟马休、马铁，看见妻子幼儿在冀城城楼上被一刀一个砍下脑袋的惨景；夜间难以入眠，那白日里所见父亲、兄弟和家人族人被害的幻觉又变成了梦境……也还有，报仇的希望变成了泡影，征战的愿望变成了守关，以及自己难以施展的才华和武艺，自己背负的种种曲解和骂名……这一切，都像一座座大山，直朝他身上压了下来，他的精神几近崩溃，他的身体几乎垮掉。他病了，真正病了，这一病，可是不轻。马超有病的消息被马岱知道了。于是，有一年马超临近生日之际，马岱特向刘备告假，从成都前往阳平关来看望马超。马超一见马岱，自然十分高兴，两人叙谈一番后，马超问马岱："兄只小恙，弟竟如此操心，你何必千里迢迢，来这阳平关呢？"

马岱说："我们兄弟日久不见，非常思念，特来看望，这是其一；闻兄有病，不能不来探视，这是其二；再有几日，便是兄之寿诞，特来给兄祝寿。兄寿之日，必须好好热闹一下。"

谁知，马超一听马岱这话，突然捶胸顿足，情绪大变，以至于，他的口里，竟然吐出了鲜血，十分气愤地说道："过寿，过寿，过寿！我马超，还过什么寿呢？我们老马家，原来有二百多人，皆被曹贼杀害，仅剩你我二人。时至今日，我杀父之仇未报，灭门之恨未除，哪还有心思过寿呢？"而后，他再捶打自己的胸部，又吐出一口血来……再一阵，便晕厥了过去。

等到马超醒来，只能躺于病榻，他不要别人，只跟马岱单独进行交谈。马超眼里含着泪说："兄弟，我恐只恐，时日不多了啊！"

马岱说："兄今年才 46 岁，正值英年，怎么能说时日不多这样的话呢！"

马超说："家仇族恨，一直未报；忧郁伤愁，积聚于胸；日间疲惫，夜不能寐，我真的很累了！似此，我怎么能活得久呢？"

"我只不知，兄长因何，身体能一下差到这样的地步？"马岱问。

马超说："高天雄鹰，只有翱翔于蓝天，它的翅膀才能舒展，它的心情才能舒坦；作为一个老马家的后代，作为一只高山上的猛虎，只有奔跑于山林，它的四肢才能强健，它的心性才能畅欢……千里之马，只有奔跑于草原，它的本领才能施展，它的身体才能矫健……可是，我呢？作为一个老马家的后代，一个南征北战的武将，今却默守在这阳平关上，过着这种衣来伸手、饭来张口的舒服日子，这有什么意义呢？记得，我们的祖先伏波将军马援初在关山牧场为大畜牧业主时，虽有锦衣玉食，成群仆人，但他不甘心过这种舒舒服服的日子，他竟将自己的金银财宝、马匹牛羊都散发给了自己的亲朋故旧和待在关山牧场里的人，自己却孑然一身，骑匹快马，离开关山牧场去闯天下，干了一番轰轰烈烈的事业。后来，他又说，‘男儿要当死于边疆，以马革裹尸还葬’，他一生都努力实现自己的这一愿望，最终也还是实现了，并护佑了整个马氏家族。可是我呢？我是老马家的罪人，我是历史的罪人，怎么就不能马革裹尸，不能以自己的沙场战死来赎罪呢？”

“你不能老这样想。”马岱说，“叔父和家人族人之死，是由多种原因造成的，也不完全是你一个人的责任。嫂子和三个侄子的死，与你有一定责任，但那也是没有办法的事情。过去的就让它过去，我们还是要面对今天，面对现实。据我的观察，主公和军师之所以安排你镇守阳平关，一是守此关隘十分重要，二是他们也想北伐曹魏，复兴汉室啊！到那时，你即可以策马扬鞭，斯杀曹魏，报仇雪恨啊！”

“你呀，想得还是太简单了。”马超说，“主公和军师让我镇守阳平关，哪里是准备北伐曹魏，复兴汉室，而是让我防魏延啊！要说的话，军师其人很聪明，但他聪明过了头，他初见魏延，就说其脑后有反骨，久后必反，必欲将其杀之。但是，由于主公保护，这才保全了魏延，并且委以重任，让他镇守汉中。可是，军师并不放心魏延，让我在阳平关监视他，并欲伺机将魏延取而代之。我今日的身份，大不了只是魏延的监督者而已，还能发挥什么作用呢！军师不相信魏延，难道就一定能相信我吗？也不一定。因为，我既不属于主公那一派，也不属于军师那一派，是另类啊！这正是他们必欲让我来镇守阳平关的真正原因。你想，军师不放心魏延，可魏延还有老主公的保护，可是我呢？就不一定那么幸运了，这也是我心情郁闷、身体不佳的一个原因。这是心病，心病无药可医，我的身体又怎么能好呢？最后，我对你还想说的一句话是，军师也不是神，对于军师之言，有的可以听，有的也可以不听，误听了会后悔终生。”

马岱一听，颇为伤感，便安慰马超说：“你既然把事情看得这么透，把问题看得这么深，那便只能采取得过且过、明哲保身的办法，不然，你还能怎么做呢？但是，不久之前，你为什么要上书揭发彭羕，并且致他于死地，对此，有人甚是不解，说彭羕狂士只是说了几句过头话，你不该如此对待他。”

“这也是不得已而为之。”马超说，“彭羕其人，心高气傲，既有反言，必有反心。其之反言，既对我说之，对他人也必会说之。他若对别人言之，说马超如何如何，岂能不牵连到我？与其被他牵连，不如设法制止其狂行。况且，已经有人告密，我便不得已而为之。如此，彭羕固然有罪，但还罪不至死，今已将其处死，足见主公和军师表面之仁，内心之狠，这也是我最为担心的事情。为兄确实已时日不多，只盼弟多多保重，一定要保重啊！”马超说罢，即铺帛布于案头，提起笔来，给刘备写了这样一封信：

吾随父自西凉起兵，本欲忠于朝廷，复兴汉室，不意被曹操逆贼所骗，他竟然害我父亲，杀我满门，此深仇大恨，不共戴天。为了报仇，我领军抗曹，决战渭南，误中其离间之计，以致兵败，不得已投汉中张鲁。幸有陛下派遣李恢，为我指以明路，才得遇您这明主，找到您这棵乘凉的大树。又得陛下信任，竟以侯相封，以五虎上将之一委任，并以阳平关军事要塞相托，似此，吾纵粉身碎骨，也难报知遇之恩；虽肝脑涂地，也难报主公信任。但是，不料天不作美，今吾心已死，身已残，病沉重矣！今恐时日不多，难久人世，所托者，唯吾之堂弟马岱。请念我马氏一门，仅剩我与岱兄弟二人，我若离世，仅有岱弟，望陛下对他多加担待，给予护佑，当为祖宗血食之继，特托陛下。

如今，我多么想跃马扬鞭，驰骋疆场，北伐中原，讨伐曹魏，复兴汉室，成就大业，同时也能报仇雪恨，只可惜已经不能。

望陛下保重，多多保重！

而后，马超对马岱说：“为兄欲将此信，作为你的一道护身符，只是它能不能起到这样一种作用，就看天意了。”于是，马岱将此信带至成都，亲手交给蜀汉先主刘备。刘备看罢，亦让诸葛亮阅之，二人全都唏嘘不已。刘备嘱诸葛亮代为复信，诸葛亮正欲回复，却有快马来报，马超已在阳平关去世。二人闻讯，悲痛不已。刘备十分痛苦地说：“本来，五虎上将仅剩子龙和孟起，今子龙虽在，孟起却亡，是天不佑我也！似此，我‘攻灭曹魏，复兴汉室’的大业，还怎么实现呢！”

而后来，马岱轻信诸葛亮之言，错杀了南郑侯魏延，以致只能辞官丢爵，解甲归田，回归乡里。到了这种时候，他细想当初自己同哥哥马超的对话，不能不心潮起伏，感慨万千。

…………

应当说，马超的一生，是曲折的，沧桑的，更是悲壮的！英雄的一生，没有充分展示自己的全部本领，最后却郁郁而终，这不能不说是一种历史的悲壮和遗憾。

马超死后，被葬在陕西勉县定军山附近的武侯镇继光村，与勉县武侯祠相距大约一公里，他和诸葛亮做了邻居，两位蜀汉的股肱之臣，死后相伴，却也令人欣慰。

马超墓冢为汉制覆斗型，周长大约 90 米，冢高大约 8 米，墓前有一碑，上刻隶书“汉征西将军马公超墓”，据说，此字为清朝乾隆年间兵部侍郎兼副都御史、陕西巡抚毕沅所书。

蜀汉建兴五年（227），诸葛亮上表后主刘禅，出师北伐曹魏，大军途经马超墓地时，诸葛亮令马岱挂孝，自己亲自到马超墓前致祭，借以激励三军将士。此举，也足以使九泉之下的马超得到慰藉了。

第五十三章 对抗蜀兵 协助郝昭守陈仓

魏太和二年（228）春，诸葛亮鉴于魏文帝曹丕逝世不久，年幼的曹叡刚刚即位，且魏诸多良将已故，其与吴国又多有战事，他认为出兵良机已到，便欲发动第一次伐魏战争。于是，他向后主刘禅上《出师表》称："今南方已定，兵甲已足，当奖率三军，北定中原，庶竭驽钝，攘除奸凶，兴复汉室，还于旧都，此臣所以报先帝而忠陛下之职分也。"

后主览表之后，对诸葛亮这样说："相父南征方归，并未过多安歇，骏马也少休整，军士又多疲惫，缘何又欲北征呢？"

诸葛亮说："臣受先帝托孤之重，无日无时不敢懈怠。今南方已经平定，我蜀汉可无内顾之忧。且喜曹魏旧主已亡，幼主刚立，人心不稳，国事不宁，正是我们出兵讨伐的良机，这样的机会不可失去啊！"

后主又说："今五虎上将，仅剩赵云一人，丞相出兵，少将可用啊！"

诸葛亮说："是的，今出兵伐魏，如久驻北方的马超还在，我军必有取胜的把握，只惜他已离去。但请陛下放心，毕竟赵云还在，魏延也在，我们也不是一无战将，还是可以取胜的。"

这时，太师谯周出班奏曰："不可，万万不可。臣夜观天象，见北方旺气正盛，星耀倍明，急切不可图也，图之必有折损。"

后主便据此问诸葛亮："相父，如依谯周太师之言，北方气势正旺，固伐魏不当其时，您不是精通天文嘛，缘何要违天道而行呢？"

诸葛亮说："天道变易无常，岂能一概而论，凡事尽在人为，人为亦可改变天道。纵然当今之时，天道于我不利，我们可以稳步进兵，缓缓图之。"

后主劝道："朕不是不知先帝之托，也不是不支持相父伐魏，但依朕的笨想：既然魏大蜀小，我们缘何要以小伐大；既然魏强蜀弱，我们缘何要以弱伐强；既然当今三国都相安无事，我们何必要惹人家魏国呢？相父不是常讲三国鼎立之势嘛，今三足都立得好好的，我们缘何欲砍其一足呢？似这样，我们先攻伐人家，用之以兵输之以理，这不是自取祸事吗？”

诸葛亮说：“蜀汉虽小虽弱，但是正义之师，因为我们打着复兴汉室的旗号；曹魏虽大虽强，但是叛逆之贼，因为他们背叛了汉室的正统；我们以正义之师去讨伐叛逆之部，是一定可以赢得包括魏国内部许多怀念汉朝的大臣的支持的，是一定能取得胜利的。而欲砍三国鼎立即曹魏这一足，也正是先帝为我们制定的战略目标，我们就是要消灭他们不正统的曹魏，以恢复固有的汉朝的统治啊！”

见如此苦劝，诸葛亮仍是不听，后主便又引经据典地说：“朕的学识，当然远不及相父的百分之一，可是我却知道春秋时期所发生的一件事。周襄王二十五年（前627），郑、晋两国皆丧国君，秦穆公欲乘机发大军攻郑。当时，秦左、右相蹇叔和百里奚全都表示反对，他们说：‘郑国和晋国刚死了国君，已经够倒霉的了，咱们不去吊祭，反倒趁火打劫去侵犯人家，这不是太不合理吗？郑国离咱们一千多里，即使打了胜仗，也没多大好处，可如果打了败仗，损失可就大了！这种不仁、不义、不智、不信的事我们还是不干为好。’但是，秦穆公硬是不听，坚决派孟明视、西乞术、白乙丙三人统军伐郑。结果，秦军行至崤山，中了晋国大军的埋伏。晋军全都身穿孝服，把秦军打得落花流水，全军覆没，并把孟明视、西乞术、白乙丙三个秦将全都活捉。我们今天的行径，与当年秦军伐郑似乎并没什么两样，因为人家魏国的旧主曹丕不是刚死了嘛！曹丕刚死，人家的儿子曹叡刚坐到皇帝位上，借着这个时候，咱们去打人家，道理上都说不过去，却怎么可以取得胜利呢？”

诸葛亮说：“当年，孟明视他们之所以惨败，是由于他们未防备晋军伏击的缘故。今我们事事谨慎，步步为营，又怎么会落得崤山之战那样的惨败呢？臣今再次恳请陛下能恩准臣出兵的请求，而我也一定是非出兵不可的。假使我不能在讨伐奸贼扶兴汉室方面有什么作为，那么就请陛下追查愚臣的罪责，然后启禀先皇帝的神灵，让他也对臣予以谴责。”

闻得此话，后主无可奈何地说：“既然相父一再要求，朕也无话可说。”他只好同意诸葛亮出兵伐魏。当时，蜀军从汉中北进，有东、中、西三个方向可以选择：一是东路，由汉中沿汉水东下，迂回到武关（今陕西商县东南），再直逼洛阳。二是中路，出秦岭而入关中，利用东边的子午谷，中间的傥骆谷，西边的褒斜谷，依靠这三条谷道都可以出兵。除了这三条谷道外，褒斜谷西面还有一条故道，即韩信暗度陈仓的那条路。三是西路，向西北迂回由祁山（今甘肃礼县东北）出陇西，再从长安东攻洛阳。诸葛亮虽已倾向于兵出祁山，但仍聚众进行商议。

魏延抢先说：“丞相，今魏国镇守长安的是曹操的女婿夏侯楙，其人谨慎胆怯，无勇无谋，是最容易对付的了。所以，请丞相自率大军行褒斜谷，可给我五千精兵，我们带上干粮，从褒中出发，轻装前进，沿秦岭而东，出子午谷而北上。这样，我们不过十天，就可兵临长安城下，夏侯楙一见我军突来，必然不敢抵抗，定会弃城而逃，那么长安城不就唾手可得了吗？纵使曹叡闻讯，他从洛阳发出救兵，但差不多要二十多天才能抵达。可那时，丞相大军已由褒斜谷赶到，转锋向东，我们会师于长安，不就可以合兵消灭前来增援的魏军了吗？这样的军事行动，比我们全军迂回陇西再东进快多了。”

赵云当时也表示赞同地说：“这一方案可行，它实是一个出奇制胜的方案。”

诸葛亮却这样说：“从这两个谷道用兵，都有很大风险，不仅运输困难，而且易受袭击。纵使能从谷道胜利出兵，而长安城池十分坚固，万一突袭不成，夏侯楙以死拒守，我军屯兵城下，进退两难，却如何是好？这时，魏从洛阳发出的援军一到，我们这支所谓的奇兵就会被消灭，这是少有成功希望的。头次出兵，即予失利，我们还谈什么消灭曹魏，复兴汉室？这恐只能成一句空话了。”

魏延继续坚持地说：“正因为我们这是对曹魏第一次用兵，所以他们并没有什么提防。我们出其不意，攻其不备，兵出子午谷的成功率极高，是一举可以破长安、得关中，再进逼洛阳而消灭曹魏的。到以后，魏国一旦有了防范，这一路线就必然难取了。所以，请丞相慎重考虑，千万不要错过这次良机。”

诸葛亮再行否定地说：“假使你们这支军队失败，陇西的大军也将被击破，还有什么东进而至洛阳的可能呢？即使你们能一举攻破长安，洛阳方面也必然倾全力前来争夺。魏国兵多将广，我军兵力很少，军需补给又十分困难，却怎么能够胜敌呢？我已对后主表了态，我们此次出兵，一定要稳扎稳打，步步为营，所以说，你这一冒险从谷道出兵的计划，是断然不可以取的。”他彻底否定了魏延的用兵计划，魏延颇为不快。

赵云说：“如不出兵子午谷和褒斜谷，那我们可以沿汉水东上，迂回到武关，从武关进兵，直逼洛阳。”赵云提出的是另一条用兵路线。

诸葛亮说：“这一出兵路线，我不是没有想过，但这里山高路险，不利行军，且距魏境相近，易被截断归路，也很冒险啊！须知，我们此次出兵，因为兵力有限，可以说是一次试探性的军事行动，即使没有大的收获，也不能有大的挫折，应平平安安地回到蜀境。最根本的，是方经彝陵之战，我国力军力十分薄弱，良将多有折损，我们经营多年，方集结了这十几万人马北伐，岂能孤注一掷？所以，我考虑再三，选定的还是从西路进兵。我们不走子午谷的捷径，而要迂回陇西，利用陇西的资源，一步步地推进到魏境。万一失败，我们再从陇西退兵，这样既保住实力，也守住国门，这才是万全之策啊！”他也未采用赵云的东路出兵计划。

于是，诸葛亮命赵云率一队兵马，大张旗鼓地出褒斜谷，假装要从这里出兵伐魏，借以迷惑魏军，自己则亲率十几万大军，至陇西出祁山伐魏。

再说，蜀军刚一攻魏，陇西之地震动，魏属天水（今甘肃甘谷东南）等三郡都先后降蜀，最使诸葛亮感到欣慰的是他收降了姜维。姜维字伯约，天水郡冀县人。其父姜冏过去担任天水郡功曹，因羌人叛乱，姜冏为保卫郡太守死在了战场。姜维长成，喜好郑玄的学问。最初，他在本郡当计掾，凉州府聘他任从事，后任中郎，为郡军事参谋。此次，诸葛亮率大军进攻祁山，当时，魏的天水郡太守马遵正好外出巡视，姜维与功曹梁绪、主簿尹赏、主记梁虔等都跟随着他。对于马遵，我们前面已经写及，他与马超同宗同族，也是马援之后。当时，马遵听说蜀国大军就要杀到，郡内各县纷纷响应，竟怀疑姜维等人有投靠蜀军的心思，便连夜逃到上邽县城去保护自己。姜维等人发觉后，前去追他已来不及了。他们赶到上邽城下，但城门紧闭，太守拒不接纳他们。姜维等人无奈，只好一起回到天水郡的治所冀县，冀县守军也将他们拒之城外。在此情况下，姜维别无去路，只好率众向诸葛亮投降。诸葛亮喜得姜维，即聘他为丞相府的仓曹掾，加任奉义将军，封当阳亭侯，并向成都丞相留守府的长史张裔、参军蒋琬写信说：“姜伯约办理政事忠诚勤勉，思虑精密，考察他所具有的才能，李永南、马季常诸人都比不上。这个人，是凉州的上等人才啊。他擅长军事，具有胆量义气，很懂得用兵之道。此人心中思念汉朝，而才能强过别人一倍，所以，我让他先教练统率部直属精锐部队中的步兵五六千人。在他完成军事教练任务后，我派他前往成都朝见陛下，他是完全可以委以重任的。”甚至于，诸葛亮还欲将生平所学尽传姜维，以姜维做自己的继承人。

魏延闻知此事，即来找诸葛亮。他对诸葛亮这样说：“丞相，我当初在长沙斩韩玄而救黄忠，随先主和丞相进入益州，一直忠心耿耿，也曾多立战功，故深得先主信任，升任镇北将军。后主即位，封我为都亭侯。我自思不才，但论文论武，论忠论义，都不在姜伯约之下。可丞相缘何只轻信那从魏营投降而来的姜伯约，却不相信我这一直紧随先主和丞相的人呢？据说，丞相欲将生平所学尽传授于姜维，却为什么不肯传授于我呢？如得丞相真传，而且只要丞相您真的相信我，我后必继承先主和丞相之志，统三军而踏曹魏，平天下而兴汉室，这也是我的能力所能做到的，故请丞相三思。”

常言说：“酒逢知己千杯少，话不投机半句多。”诸葛亮对魏延向无好感，因见其后脑枕骨突出，他称为反骨，就十分固执地认为魏延久后必反，今魏延来找他倾心交谈，他却更加深了对“魏延必反”的这样一种认识，对其更加反感，甚至以唇反讥地说：“我庙门极小，小神敢请，大圣难敬哟！其实，文长之所学，不仅强伯约许多，也强我多矣，我焉敢教授于你呀！”

魏延一片诚心，被泼了凉水一盆，只好悻悻走出诸葛亮军帐，心中自然郁闷。回到军帐，他私下对马岱这样说：“我原以为丞相他精通兵法，其实并不怎么善于用兵。我兵出子午谷的计划，本来是一奇谋，丞相却弃之不用。赵云的兵出武关，也不失是一良策，丞相仍不采用。今日里，他却似老牛拖破车一般，慢腾腾地西进而至祁山，喊什么伐魏伐魏，让人家魏国早有了准备，这难道还有什么取胜的希望吗？无意之中，他偶得姜维，即视同宝贝一般。那姜伯约有何德能，却如此讨丞相欢心？我等跟随丞相多年，他却总有戒心，这叫人如何服气？”马岱原本与魏延有隙。初之时，马岱随兄马超均为汉中张鲁部下。刘备欲取汉中，张鲁遣马超兄弟领兵至葭萌关破敌。当时，魏延抢先出战，先战败马超手下杨柏，又错把马岱当成马超，与之交战，十合之内即把马岱杀得大败，差一点要了马岱性命。马岱逃命之际，却用冷箭射伤魏延，魏延欲追杀马岱，两人因此结怨。魏延为人正直，胸怀宽广，后马岱随马超投奔刘备后，魏延于前嫌并不计较。马岱则不然，他老是记恨魏延，对此耿耿于怀，所以今闻魏延对诸葛亮不恭的言语，即去向诸葛亮禀报。诸葛亮则悄嘱马岱说：“魏延与你结怨很深，他一直都想杀你，只是没有机会，而我也不会给他这样的机会。且他脑后长有反骨，其人久后会反，只是他有一身武艺，仍可为我蜀汉立功，我不忍此时害他性命。你以后可假装与其相好，他如发怨言，你即禀报于我，我以后自会处置于他，也好为你出气报仇。”马岱领命，后依计而行，果然取得了魏延的信任，故魏延的一举一动、一言一行，尽在诸葛亮的掌握之中，这却也埋下了悲剧的祸根。而诸葛亮的此举，还在于他有一种深深埋藏的心理，即一定要让人认识自己有未见先知、料事如神、凡事皆有先见之明的本领，从而使将士和臣民们都尊他敬他，服他认他，服从他的指挥，听从他的安排，故坚持说“魏延必反”，这也是他所走的一步征服人心的棋。

蜀有大军犯境，且有三郡降敌，魏国一片惊慌，但年幼的明帝曹叡十分镇静，他对大臣们这样说：“诸葛亮是治国奇才，却并非用兵良师，他此番用兵，实际是犯了大忌。他如果以蜀地险要自己固守，我们拿他真没办法。可他偏自己送上门来，我们又怎么能不大破蜀军呢？”于是，他令魏军兵分两路，一路由大将曹真统领守卫陈仓（今陕西宝鸡东），以拒褒斜谷赵云所领的蜀军；另一路由右将军张郃统领，有步骑兵十余万人，从长安西进以抗拒诸葛亮亲率的来自陇西的蜀军。

张郃的军马，在陇西与诸葛亮率领的蜀军主力相遇。诸葛亮为了保障侧翼的安全，决定派出一支劲旅，进驻渭河与麦积山之间的街亭，扼守关中至陇西的通道。他把这一重任交给了马谡，叫他与副将王平一起率军进驻街亭。结果，马谡既不遵诸葛亮的指示，又不听取王平的规劝，不扎营山下路口，而驻军山上高处，被魏军切断了水源，以致遭到惨败，使街亭很快失守。最后，诸葛亮不得已斩了马谡，自己也向后主上奏疏说：“为臣才能劣弱，很惭愧占据了不该我拥有的位置，亲自秉持节杖、黄钺以勉励三军，却不能向部下训示规章申明法令，也不能临事谨慎小心，以至于发生街亭战将不遵守命令、箕谷守军不听从告诫的过失，错误都是因为为臣在选任人才上没有方法。为臣对人和事的观察能力不足以充分了解人，考虑事情多有糊涂的地方，《春秋》中认为战争失利首先要追究主帅的责任，我的职务使我应当承担这次战败的责任，为臣请求把自己的官职贬低三等，以督促我改正自己的过失。”后主便下旨，降诸葛亮为右将军，代行丞相职权，依旧总领各路军队。总归，诸葛亮初次兵出祁山伐魏，乃以失败而告终。

这时，与诸葛亮相抗衡的，主要是魏军将领曹真。诸葛亮对曹真多有轻视，而他却正是诸葛亮的劲敌。曹真字子丹，他是曹操同族兄弟的儿子。曹操起兵讨伐董卓时，曹真的父亲曹邵也招募人马，被本州郡的官员杀死。曹操怜悯曹真从小失去父亲，便收养了他并视同自己的儿子一般，让他与曹丕同住。曹真十分勇猛，有一次打猎时，一条猛虎向他扑来，他回身一箭，猛虎应声倒地。曹操看重他的骁勇，让他率领虎、豹骑兵队。他带兵前往灵丘县讨伐叛军，大获全胜，被封为灵丘亭侯。他又以偏将军的身份带兵去下辩攻打刘备的部将，一举击败对方，遂被任命为中坚将军，到长安后兼任中领军。夏侯渊在阳平关阵亡，曹操便以曹真为征蜀护军，让他指挥徐晃等将在阳平关反击刘备的部将高详。曹丕继魏王位，任命曹真为镇西将军，授予节杖，晋封为东乡侯，让他指挥雍州、凉州各路军队。曹真率军平酒泉张进等叛乱后，曹丕又任命他为上军大将军，指挥京城内外各路军队，授予节杖、斧钺。继而又转任中军大将军，加授给事中职务。明帝即位，晋封曹真为邵陵侯，升任大将军。

诸葛亮第一次伐魏失败，明帝急派曹真指挥诸军镇守眉县。曹真袭击马谡大获全胜后，定安郡的百姓杨条等人挟持了一些官吏。这些造反的百姓，他们据守在月支城内，曹真进军包围了月支城，又派出人去劝降。杨条过去十分佩服曹真，今见曹真亲率大军进攻，便对部下这样说："既然曹大军亲自前来，又诚心希望我们归降，我当然愿意早点投降。"于是，他自己捆绑着自己，出城请罪，曹真宽恕了他。月支城既破，倒向蜀汉的三郡即全部平定。

三郡虽然平定，可曹真知道诸葛亮绝不肯就此善罢甘休，他即命名将郝昭镇守陈仓。郝昭字伯道，太原人。郝昭为人雄壮，少年从军，担任部曲督，后屡立战功，逐渐晋升为杂号将军。延康元年（220）五月，西平的麹演勾结附近几郡制造动乱，抗拒邹岐；张掖郡的张进把太守杜通抓了起来，酒泉郡的黄华则拒绝太守辛机赴郡就任，他们都自称太守响应麹演。武威郡的三个部落的胡人也再度反叛。武威太守毌丘兴，向金城太守、护羌校尉苏则告急，苏则要率兵相救，郡中官员认为叛军的势力正盛，救援武威需要大批军队。

当时，将军郝昭、魏平，驻扎在金城，但奉令不得西渡。苏则召集郡中主要官员以及郝昭等人计议说："如今叛军气焰虽盛，然而都是刚刚拼凑起来的，其中有些人被元凶裹胁，未必和贼人一条心；应该利用贼人的内部矛盾，乘机进攻，他们中的善良之辈必然脱离叛军，归附我们，这样，我们增强了力量，叛军的势力也就减弱了。我们既获得增加兵员的实力，又使气势倍增，率兵进讨，一定能够将叛军击溃。如果等待大军到来，需要很长时间，敌军中善良的人没有归宿，必然与邪恶之徒同流合污，善、恶两种人混合在一起，在短期内很难分开。虽然有命令不得西渡，为权宜之计而暂时违背，自己做决定也是可以的。"

郝昭等人同意了，于是调集军队救援武威，三个部落的胡人被降服了。苏则、郝昭等人又和毌丘兴一起进攻张掖郡的张进。麹演听说这一消息，率领步、骑兵三千人来迎苏则，声称前来助战，实际上是准备发动突然袭击，苏则借机引诱麹演会面，将其斩首，并把尸体拖出来展示给他的部属，麹演的党羽便都散走了。于是，苏则率兵和各路军队包围了张掖，攻克张掖城，杀了张进。黄华恐惧，请求投降。河西各郡全部平定了。之后，郝昭镇守河西地区十余年，当地人民和外族都服从他。

太和元年（227），麹英叛乱，杀临羌县县令和西都县县长，郝昭与鹿磐前往讨伐，斩杀麹英。

太和二年（228）年初，张郃在街亭之战中获胜，与此同时，曹真与郭淮率军在箕谷打败赵云、邓芝的偏师，诸葛亮撤军后，曹真认为诸葛亮不久必进攻陈仓，于是派郝昭和王生守陈仓，并修筑陈仓城。

郝昭赴任之时，曹真让他至陈仓应加固城墙，多备守城器械，以防蜀军来犯。郝昭要求让马钧来帮助守城，尽管曹真与马钧有隙，他仍奏请明帝，降诏把马钧由洛阳遣到了陈仓。果不出曹真所料，当年十二月间，诸葛亮再次击魏，出军路线正是当年韩信由汉中入关中的陈仓故道。诸葛亮指挥大军先包围了陈仓，大有一夜拿下陈仓之势。而深一层的原因，则是蜀军此次人马虽众，但粮草不多，故只宜速战而不宜久持。

当时，郝昭手下只有三千人，但他备战充分，又有马钧相助，所以毫不惊慌。诸葛亮先行劝降，郝昭坚决拒绝，于是诸葛亮下令强攻。一声令下，蜀军架起云梯，士兵们蜂拥爬城。郝昭和马钧命令士兵用火箭射云梯，火箭纷纷落下，那云梯上的蜀兵不是被火烧死，就是跌下坠死……蜀军又调来冲车，士兵们推车奔跑，猛烈地冲撞城墙。郝昭则依马钧所教之法，命令军士们在城头搭起木架，架上装滑轮，滑轮上再绑好粗绳，粗绳下面绑有巨大的石磨。当蜀军的冲车一接近城墙，魏军就突然放松绳索，坠下那近千斤的大石磨，砸压蜀军的冲车。那木制的冲车，哪经得起近千斤的大石磨的砸压，一个个都砸垮了，蜀军攻城又告失败。见冲车撞城失败，诸葛亮又令蜀军把木头横一层竖一层地搭成高达百尺的井阑，让士兵们爬到井阑上向守城的魏军射箭。郝昭和马钧则让军士们都躲在城墙的雉堞里，借以雉堞的掩护与蜀军对射，砖垒的雉堞自然要比木头搭成的井阑管用多了，两军对射的结果，蜀军占不到一点便宜，只好又败下阵来。诸葛亮再令士兵们头顶着盾牌，把一筐筐泥土背到城前，倒在堑壕之中，企图渐渐把它填没。郝昭和马钧则下令把城墙加高，蜀军填堑壕的速度远远赶不上魏军加高城墙的速度，这一方法仍是难以取胜。见填堑壕不成，诸葛亮又令蜀军挖地道进攻。马钧一见笑道："这办法有什么稀罕的？当年官渡之战，袁绍军用此法来进攻我官渡大营，太祖武皇帝就是用挖长沟的方法来破敌的。"郝昭一听，即命士兵在城内挖掘横沟，使得蜀军所挖的地道根本无法通进城内……就这样，蜀魏两军，一个强攻，一个硬守，在陈仓内外激战了二十多天。不久，蜀军的粮草用尽，诸葛亮只好退军。魏将王双一见诸葛亮退军，便带领骑兵穷追，诸葛亮回头与之交战，大破敌人，魏延出阵斩了王双。

建兴七年（229），诸葛亮派陈式去进攻曹魏的武都、阴平二郡。曹魏的雍州刺史郭淮准备出兵进攻陈式，诸葛亮亲自领兵推进到建威牵制魏军，郭淮只好退回，陈式便顺利平定了两郡。后主借此机会，向诸葛亮下诏书说："街亭一战失利，罪在马谡身上，而您主动承担过失，深深贬低压抑自己，因为不好违背您的意愿，所以听从了您坚持执行的处置措施。您前年出动军队，已充分显示了我军的威力，把敌将王双予以斩首，大败了魏军；今年再次出征，一战即使郭淮逃走，接受氐、羌百姓的投降并安抚他们，收复了武都、阴平二郡，威势震慑了凶恶残暴的敌人，功勋显著。如今天下骚动，元凶曹叡还没有被诛杀，您接受了重任，承担着国家的军政要务，而长久抑制贬损自己，这不是使伟大事业发扬光大的办法。现今恢复您的丞相职务，您可不要推辞。"后主的诏书，不失为对诸葛亮的一种很好的安慰。

次年秋，曹真与司马懿、张郃各领一军，分三路兵进攻汉中。诸葛亮自率大军驻守子午谷南口拒敌，另派魏延带一队轻骑，出祁山联络羌人扰乱魏军的后方。其时，正逢秋雨不止，山洪暴发，魏军未曾接战先死了许多人，只好全师撤回；其右翼因遭到魏延与诸葛亮的两面夹击，损失了不少人马。当时，魏延向诸葛亮建议："我愿率军万人，从西路出击，与丞相大军配合进攻，会师于长安以东，就如当年韩信配合汉高祖灭楚一样，我们能出其不意地取得胜利。"但诸葛亮却批评魏延说："你的想法，怎么总这么离奇呢？你的用兵，怎么总这么冒险呢？连我都怯张郃三分，你难道能是他的对手吗？我们人马太少，只宜集中兵力，而不宜分散兵力，你这样做，肯定是要自取失败的。"他又一次武断地否定了魏延的用兵计划，使得蜀军又失去一次绝好的大败魏军的战机。

第五十四章　千古之憾　马岱深悔斩魏延

应当说，诸葛亮之所以被称为“千古一相”，是以其智谋和忠诚而著称，他是中国历史上著名的政治家和军事家。他起初躬耕陇亩，隆中隐居；刘备拜访，隆中对策；初出茅庐，结盟孙权；赤壁斗智，大败曹军；定鼎荆益，建立蜀汉。这一时期，也是诸葛亮一生最辉煌的时期。

蜀汉建兴三年（225）春天，诸葛亮率军南征，临行前，刘禅赐诸葛亮金铁钺一具，曲盖一个，前后羽葆鼓吹各一部，虎贲六十人。后诸葛亮深入不毛之地讨伐雍闿、孟获，他采取参军马谡的建议，以攻心为主，先打败雍闿军，再七擒七纵孟获，至秋天平定所有乱事，十二月班师成都。诸葛亮这次南征，他“五月渡泸，深入不毛”的故事，发生在会无县（今四川会理市）。当时，会无县辖区很大，包括现在的会理、会东、宁南、米易，以及德昌、攀枝花的部分地区。蜀汉南征军从成都南下会无至三绛县（今会理市黎溪镇），五月渡金沙江到青蛉（今云南省大姚县）、弄栋（今云南省姚安县）。诸葛亮率军南征，马岱奉蜀汉后主刘禅之命从成都解粮食至诸葛亮军前。诸葛亮率兵取小路入越西郡，一路往南，马岱随之到达摩挲营（今会理市云甸镇）。诸葛亮察看前面的地形，只见崇山峻岭，危峰兀立，巉岩峻峭，沟壑幽深，林木茂密。为了防止敌军偷袭，诸葛亮派马岱跟随前往前马村（今孔明寨村）安营扎寨。当时，诸葛亮在前马村的河滩上推演兵法，作八阵图，动用了马岱从成都带来的三千兵马。马岱积极配合，没有任何懈怠，深得诸葛亮的赏识。

此后，马岱参与南征战斗，作战十分勇敢，常受诸葛亮密计行事，能妥善完成任务。他首次出战时，只一个回合便斩杀蛮将忙牙长，并掩杀败退的蛮将董荼那，董荼那因感诸葛亮释放之恩，刻意战败，向蛮王孟获表示“马岱英雄，抵敌不住”。

“五月渡泸”的“泸”，即是金沙江。孟获凭借泸水之险据守。五月的金沙江气候炎热，水中含有瘴气。诸葛亮欲先断孟获粮道，令其军自乱，便派马岱率三千军渡泸水。

马岱初次渡泸时，因不识泸水的凶险，看到江水不深，大半士兵不下筏，只裸衣而过，结果士兵只半渡皆中毒，口鼻出血而死。马岱大惊，连夜回告诸葛亮。诸葛亮很快唤来向导士人询问，才得知需夜静水冷，毒气不起时，饱食后渡水，方可无事。于是，马岱按照士人所说，在夜间再次渡水，果然取得成功。马岱领着两千壮兵，截断了孟获的夹山粮道，这为后来擒拿孟获创造了有利条件。

诸葛亮第三次擒拿孟获时，马岱不畏泸水周边地区的环境恶劣，在波涛汹涌的泸水，他假扮蛮兵撑船，克服艰险，参与擒住孟获的行动，出色地完成了自己的任务，在擒拿孟获的军事行动中立有大功。

第四次擒拿孟获时，马岱按照诸葛亮的计策，带人拆除浮桥。这一行动有效地阻断了孟获的退路，为成功擒拿孟获创造了有利条件。浮桥的拆除，对孟获的军心和战略部署产生了重大影响，使他们陷入更加被动的局面。

第六次擒拿孟获时，马岱绊倒祝融夫人。祝融夫人是孟获的妻子，也是南蛮部落的一名勇将。马岱能够战败祝融夫人，不仅展示了他的机智和敏捷，也为蜀汉军队在此次战役中取得胜利增添了砝码。

第七次擒拿孟获时，马岱负责运送地雷火炮等作战物资，为战争提供了有力的后勤保障。在当时的战争环境下，这些物资对于蜀汉军队的作战具有重要意义。

在诸葛亮七擒孟获的战役中，马岱表现得尤为出色，他多次完成了重要任务，为蜀汉军队的胜利做出了重要贡献。他的南征经历，使得他在蜀汉军队中的地位得到了进一步的提升，并深得诸葛亮的器重，称赞他是“忠谅死节之士，久经战阵，多负勤劳，堪可委用”。

诸葛亮南征，使蜀汉稳定了南中，获得了大量的资源，并且组建了无当飞军这支劲旅。经过长期积累，他们有了北伐的基础。

次年，魏文帝曹丕死，其子曹叡继位，因其年幼，缺乏统治经验，诸葛亮抓住这一有利时机，决定出师北伐。北伐期间，马岱又随军出征，官阶为“兼管运粮左军领兵使平北将军陈仓侯”。当时，他多次与魏延、姜维、王平、张翼、张嶷等将领一道，共同出战，屡立战功。

蜀汉建兴十一年（233）冬，诸葛亮派遣诸军运米，集结大军于斜谷口，治斜谷邸阁。次年二月，诸葛亮经过三年劝农讲武的准备，率大军出斜谷道，据武功五丈原（今陕西省岐山南），屯田于渭滨。同时，他派使臣到东吴，希望孙权能同时攻魏。四月，蜀军到达郿县，在渭水南岸的五丈原下扎营寨。司马懿则率领魏军背水筑营，想再次以持久战消耗蜀军粮草，迫使蜀军自行撤退。诸葛亮乃分兵屯田，在魏国境内与魏国百姓共同种粮自给自足，打算长期驻扎下去，但不幸的是，诸葛亮却因过于操劳而病重，以至于病危。他临终留下遗言，命令部下将自己安葬在汉中定军山，依山势修建坟墓，墓穴仅能容纳下棺材。蜀汉各地，多上书请立诸葛亮庙，但蜀汉朝廷以此违背礼制不予采纳，可百姓在四时的节日都于道路上私祭诸葛亮。直至蜀汉景耀六年（263），在习隆、向充的建议下，刘禅才在沔阳为诸葛亮立庙。

且说蜀汉伐魏之师，因诸葛亮之逝，便由杨仪统领全军，他与费祎、姜维等人共同商议，做出了退兵部署，将姜维安排在大军之后魏延军之前，让魏延领所率部断后。他们商议后还决定，如果魏延不服从命令，大军就自行出发。于是，杨仪让费祎去向魏延传达命令，顺便探察魏延的动静。

魏延一见费祎，即问："今丞相已逝，谁代丞相？"

费祎说："丞相临终，已将大事托付于杨仪，这兵符即是杨仪的命令，他令将军断后。"

魏延一闻此说，立时横眉怒目，他按剑高喊道："丞相虽亡，可我魏延还在，我是征西大将军南郑侯啊！今不让我代丞相之职主持军务，却将这般大事托付于一个小小的长史，是何道理？杨仪是个小人，他无勇无谋，怎能当此大任？"稍静后，他又对费祎这样说，"其实，我的所言所行，你们大约都会以为这是我与杨仪的个人恩怨，但完全不是这样。因那杨仪府上，也有我的耳目，据他们密报，杨仪前段时间见丞相病体沉重，便欲待丞相逝后篡夺兵权，以投降曹魏得高官厚禄。对其人，不可不防啊！"

费祎此时偏向杨仪，他认定魏延这是泄私愤之语，根本听不进耳内。魏延十分着急，当即与费祎一起商议，推翻了杨仪的撤军方案，对蜀军重新作了部署安排。他还让费祎亲自书写这一新的方案，二人共同署名，并且立即公布了出去。岂不知，费祎当时只不过是假装服从而已，内心却极为抵制魏延。当时，魏延回顾左右，见得力之人仅有马岱，便问道："丁宁能否助我？"

马岱说："能，吾亦深恨杨仪，他不过一个小小的长史，也不知靠什么手段，骗取了丞相信任，故丞相才将重任托付于他，他又怎么能完成这一重任呢？杨仪哪里比得上将军，将军深谋远虑，能文能武，堪当大任。所以，某绝不听命于杨仪，只愿跟随将军。”

魏延闻之大喜，说：“你我二人合作，必能成就大事。”可是，魏延怎能知道，正是此刻，自己深陷在一个巨大的阴谋里。原来，诸葛亮临终曾密嘱马岱，说是自己逝后，魏延必反，马岱可以假装依从魏延，出其不意，将其斩之。在诸葛亮的一再说服下，马岱只有依允。诸葛亮怕马岱对此犹豫或者反悔，便要马岱立下重誓：“不杀魏延，即不忠义，违背诺言，天诛地灭！”既立此重誓，马岱便不能不予落实。

当时，费祎为了脱身，便十分委婉地对魏延说：“将军安排，可谓天衣无缝。今两国相峙，大军对抗，杨仪他是个文官，怎知用兵打仗之事？待我前去劝他，让他把兵权交付于您，大军便可按您的方案撤军，也不致遭受惨败。”

魏延痛快答应，费祎便驰马离去。魏延再派人侦察杨仪的动静，得知杨仪等人仍按诸葛亮生前的既定部署，各营依次引兵撤退，丝毫没有将兵权交付自己的意思。魏延闻讯，不禁大怒，但他不相信费祎已经出卖了自己，将他们商定的一切计划向杨仪和盘托出，他说：“这必是费祎苦苦相劝，杨仪只是不听，硬要与我作对。这个小人，他若被我碰上，我一定要杀了他！”

马岱随声附和地说：“咱们可以跟随杨仪的行军路线进行追击，一起追杀他。”

魏延说：“不必这样，我们可以抄近道，抢在杨仪他们之前。我们行军过后，再放火烧毁栈道，使杨仪等难以前进。届时，我们再抢先向后主报告说杨仪造反，不愁除不掉这一祸患。”于是，魏延即率领本部人马径直向南退去，把经过的栈道全部放火烧毁。他再派人送紧急文书至成都，声言杨仪欲降曹魏。魏延文书刚到，杨仪也派人向后主上奏，告知魏延造反一事。一天之内，粘着羽毛的紧急文书连连送到，你说他反，他说你反，使得后主难以分辨。刘禅指着那积成一堆的紧急文书，问身边的抚军将军蒋琬：“你说，这到底是怎么回事呢？”

蒋琬说：“这恐怕真的是魏延反了。丞相在日，即言魏延脑后有反骨，久后必反。又因魏延与杨仪有隙，所以他言杨仪欲降曹魏，这恐怕是魏延在陷害杨仪呢！”

“你这种看法，也只能是推断罢了，因为丞相他生前怎么能料到自己死后的事呢？”后主说，“而且，魏延他要反早反了，却为什么要现在才反呢？你只说，我们现在该怎么办吧？”

蒋琬说："那么，依陛下之意，咱们可以谁也信，却谁也不轻信，只看事实罢了。对于他们，全都好言安抚，待伐魏的军队撤回后再说，我们可以详细调查，评功论罪。"后主依蒋琬之意，先捎信于魏延的遣使，让魏延谨防杨仪降魏，不能让他把蜀军领往魏地。后主又捎信于杨仪的遣使，直接挑明魏延已告杨仪欲降魏之事，催他领军径回成都，但要谨防魏延的反叛。这样一来，魏、杨二人，互相有了牵制，两支军队，也互相有了制约。在这样一种情况下，杨仪虽有降心，但难以实施，因为他无法统兵奔向魏地。他深恨魏延坏了自己的好事，便领军直扑魏延军而来。因魏延命军队所过之处，毁了行军栈道。杨仪便指挥军士，砍伐山上的树木修通了栈道，他们昼夜兼行，一路追赶而来。魏延抢先占据了褒斜道的南谷口，派兵阻击杨仪军队，杨仪则亲自带兵去抵御魏延。两军对阵以后，两边军士都对目下的情况疑惑不解。杨仪比魏延长于辞辩，即先行对魏延的部队展开攻心战，他大声喊话说："丞相去世，尸骨未寒，你们怎么能这样干呢！丞相神机妙算，他早就预言魏延脑后有反骨，说他久后必反，今日果应丞相预言。魏延造反，大逆不道，你们如反戈一击，朝廷将不予追究，若执迷不悟，是会株连三族的啊！"

魏延部下一听，感到害怕，全都一哄而散，纷纷向杨仪投降。

魏延不防杨仪有此一招，他一见军心哗变，一下也乱了主意。他一面阻止四散的军士，一面大声对他们说："大家休听杨仪胡言，我魏延只反杨仪，不反后主和蜀汉。你们要知道，真正的反叛者是杨仪，他欲统军降魏，是大逆不道的反贼！"但是，军士们还是真伪难辨，且都知诸葛亮生前确有"魏延脑后有反骨，久后必反"一说，又眼见杨仪人多势众，重臣和将士簇拥，便继续投奔杨仪部而来。

杨仪一见自己的攻心战奏效，便继续大声呼喊："魏延反贼，丞相在日，待你不薄，你缘何要反丞相？反蜀汉？幸好丞相早知你久后必反，已安排人索你之命，斩你之首，看你能嚣张到几时！"他这也并非虚张声势，因为他的确持有诸葛亮的生前密信，信中称"魏延若反，必有人将其斩之"。

魏延连声冷笑："嘿嘿，说我反叛，反叛者自有其人，投降者自有其人！对此，你杨仪心里比谁都明白。今不杀你这个反贼杨仪，实难消我心头之恨！"说罢，他舞刀出马，欲斩杨仪。

这时，马岱拍马而出，他拦住魏延说："将军，杀鸡焉用牛刀，你在此小歇，待我去为你取下杨仪的头来。"

魏延遂让马岱出马，自己整顿剩余人马，欲逃奔汉中而去。但马岱在飞马出阵的那一瞬间，他只兜了一圈，却突然掉转马头，飞马直扑魏延而来。魏延正催促指挥军队往汉中方向撤退，对马岱毫无提防，结果被马岱一刀砍杀。众人一见，全都大吃一惊，很快便醒悟马岱并非魏延一伙。魏延子此时也在军中，他一见父亲遇害，即打马往汉中方向而逃。杨仪急忙大声呼喊："魏延反贼之子欲逃，快快将他擒杀！"马岱因已杀魏延，自然不肯放过其子，便飞马追上魏延子，把他砍为两截。

魏延虽死，杨仪仍恨气不过，他上前去砍下魏延的头来，将其抛于地上，再用脚狠踩着魏延的头，骂道："奴才，你总不服我，能有什么好下场呢？说什么我欲投降魏国，难道你有证据吗？说什么我大逆不道，难道你现在还能作恶吗？"而后，他指挥军队，一直撤回了成都。回成都后，杨仪即禀报后主，称因魏延谋反，应该灭其三族。后主本欲不依，但蒋琬这样劝他："今杨仪兵权在握，魏延如若不死，还能制约于他；可魏延已死，别人都难以抗拒杨仪。马岱本来也能制约杨仪，但因他错杀了魏延父子，将士们对他多有不服。所以，为今之计，只能先依杨仪，灭魏延三族，不然他会生乱。只有这样，才便于收回杨仪兵权，也才能再认真调查事情的真伪。"后主照此而行，遂先诛灭魏延三族。但时隔不久，杨仪也兵权被收，他当然对此颇为失落。

诸葛亮逝后，按照他的吩咐，葬其于汉中的定军山麓，其坟墓借助山势进行建造，那墓穴只要能容纳下一口棺材，着装亦用与时令相应的平常衣服装殓,未用任何器具物品殉葬。后主下达诏书说："您的天赋中兼有文武两种才能，明智诚实，接受先皇帝临终前托付儿子的命令，匡正辅佐朕身，立志接续断绝了的王朝命运，振兴衰落的皇室，平定祸乱，所以才整顿军队，没有哪一年不进行征伐，显示出非凡的军事才干，威风震慑了最边远的地区，即将在汉代的衰落时期建立起丰功伟绩，与从前的伊尹、周公并肩媲美。为什么上天如此不仁慈，在大事即将成功之际，却让您得病而去世了！朕伤感悲悼，肝和心都像要裂开一般。尊崇德泽叙述功劳，记录生平经历确定谥号，是用以照耀未来，永垂不朽的。现在派左中郎将杜琼为使者，持有节杖，前来赠送您丞相、武乡侯两方印章和丝带,并谥您为忠武侯。您的魂魄如果有灵,将会喜欢这样的尊荣。啊，悲伤呀！啊，悲伤呀！"

诸葛亮逝前曾向后主上表说："微臣在成都有桑树八百株，瘠薄的田地十五顷，子弟的衣食已经有富余。至于微臣在外面任职，没有另外的财物征调收取，随身的衣服食品都依靠公家供给，所以我不经营产业，以谋取利润。如果微臣有一天死去，将不让家中有多余的布帛，家外有多余的财产，从而辜负陛下的厚望。”一切，正如他之所说。

曾与诸葛亮同朝共事、后为晋吏并撰写了《三国志》的陈寿这样评价诸葛亮：“诸葛亮担任丞相治理蜀国，安抚百姓，向他们宣布礼仪法规，精简官职，采用合乎时宜的制度，显示诚心，办事公道；竭尽忠心对社会做出贡献的即使是仇人也必定奖赏，触犯法律做事懈怠不认真的即使是亲近的人也必定惩罚，承认罪过表示悔改诚意的即使罪过严重也必定释放，对罪过用花言巧语掩饰的即使罪过较轻也必定处死；好人好事哪怕再小也要表彰，坏人坏事哪怕再小也要贬斥；精通熟习各项政事，对民众从根本上加以治理，要求实际与名义相符合，不允许弄虚作假；之所以最终在蜀国的辖境之内，人们都敬畏他而又热爱他，刑律和政治虽然严厉而毫无怨言的原因，就在于他用心公平而勉励告诫十分明确啊。他真可以说是懂得治理国家的优秀人才，能与管仲、萧何相媲美的人物了。不过他连年出兵北伐，都未能成功，大概临机应变的谋略不是他所擅长的方面吧！”这应该是对的。

再则，诸葛亮用人方面的失误，也是十分重大的。极具讽刺意义的是，他极为信任的杨仪，后来确实准备反叛。杨仪觉得自己诛杀了魏延，立下了很大的功劳，满以为能替代诸葛亮，担任丞相职务，却不料仅被任命为中军师，而由蒋琬来主持国政。于是，杨仪对费祎这样说：“论才能，论功绩，我哪一点在他蒋琬之下，后主却怎么能加封蒋琬为尚书令、中都护，又提升他为大司马，让他来主持国政呢？在丞相初逝之时，我真有率军投降曹魏的想法，可惜没有那样的机会。如果我当时真的那样做了，难道我还会像现在这么失落吗？真令人追悔莫及啊！”

费祎把杨仪的话秘密报告了后主，后主对费祎这样说：“如此看来，魏延当初的禀报并没有错，杨仪他当初真是有投降曹魏之心呢！”于是，他立即下诏，把杨仪流放到了汉嘉郡。在流放地，杨仪仍大肆发泄不满，追悔起当初未降曹魏，并真的有了投降曹魏的举动。于是，他被捕入狱，在狱中自杀身亡。

杨仪死后，后主派人调查魏延造反一事，最后的结论是：魏延只是对杨仪不满，欲把杨仪取而代之，并不是真正造反。如不然的话，他当初决不会西撤成都，而一定会东投曹魏。即使在将士奔散、势单力薄的情况下，他也只思南奔蜀属之汉中，伺机再找杨仪报仇，也没有北投曹魏之意。魏延之死及三族被诛，称得上是一个历史冤案。由此足以看出，诸葛亮在用人方面，确是有重大失误的，他不仅只是误用马谡失街亭，还有不信任魏延而重用杨仪，也还有误用关羽失荆州，不斩苟安反遭诬，轻信李严失战机，以及他第一次兵出祁山伐魏时，只让智勇双全的赵云出疑兵于褒斜谷，不与魏军进行交锋，没有发挥赵云的真正作用。以至于，他最为信任并“以国相托”的姜维，也只是粗有文武才能，有志建立功名，但他在政治上极不成熟，虽有小聪明而无大谋略，不顾蜀国的国力军力，频频奔忙于战事。诸葛亮六出祁山伐魏，姜维竟八次出兵伐魏，终于导致了整个蜀国的灭亡。

据说，伐魏蜀军撤回成都之后，后主曾与马岱有过一次谈话，后主问马岱：“你为什么要杀魏延呢？”

马岱说：“这是军师临终的遗计，他说魏延久后必反，让我假装依从于他，伺机将他斩之。对于军师之托，我不能不遵从，而且他让我立了毒誓。”

“可是，据朕派人调查的结果，魏延并没有造反，他只是想把杨仪取而代之。因为在丞相逝后，他是带兵西撤成都，而不是东投曹魏啊！即使在将士走散、势单力薄的情况下，他也欲南走汉中，并没有北投曹魏，没有任何造反的证据啊！相反，想造反的正是丞相十分看重的杨仪。”

“但是，微臣愚笨，当时对此分辨不清。而且，军师一直神机妙算，计无不中，谋无不用，我们都对他言听计从，深信不疑。他所交代之事，我们是从不敢违背的。”马岱说。

“那么，你既杀魏延，为什么还要杀害其子呢？”后主又问，“他那么年轻，你却杀害了他，这不是太残忍了吗？”

“那是不想给我们蜀汉留下后患，以防止魏延子以后会举兵反叛。”马岱说。

“仅仅因为此吗？”后主满带讽刺意味地说，“会不会，是你怕魏延子以后找你寻仇呢？”

后主此语，正好刺中了马岱的真实心理，他只能低头不语。后主又说：“正因为如此，所以丞相逝后，既有各地上书，也有民间请愿，他们都想给丞相立庙，我迟迟没有批准。这原因就是，我想让群臣和民众尽知，丞相他是人而不是神，不要把他过分神化。他如果是神的话，认人为什么有时也不准呢？做事为什么有时也犯错呢？像这错杀魏延父子，他不就负有主要责任嘛！可后来，朝廷又为什么批准给丞相立庙呢？这是因为，过了那么一阵，人们毕竟对丞相的神化淡了一些，而丞相其人，也确实是为我们蜀汉立有大功的，对于他的功劳自然应当肯定。”

马岱有些忏悔地说：“是的，对于丞相，我们是应当尊重，但不应该对他说的什么都轻信。”

后主又说：“那么你说，你杀魏延父子，是不是也犯了错呢？因为，那魏延可是我们蜀汉的栋梁之材、文武全才啊！你看看，我们蜀汉现在，哪还有像魏延这样的人才呢？像‘蜀中无大将，廖化当先锋’之说，不就是因为我们缺少像魏延这样的大将才产生的嘛！”

“微臣有错，不，是有罪，罪该万死！”马岱这时才深悔自己错杀了魏延父子，便立即叩头谢罪，“请陛下处罚，治马岱死罪吧！”

“如就事论之，治你死罪，诛你三族，并不为过。”后主说，“但一念你多有战功，可以将功折罪；二念你兄长马超之托，他托先帝对你多加照顾，这事先帝临终对我讲了，朕至今还保留着你哥给先帝的那封信；三念你们马氏一门二百余口，全都被曹操杀死，仅留你兄弟二人，今仅存你一人，朕又怎忍心将你处死，让你们马家断根呢！可如不判罪于你，难服众人；若判罪于你，如此大罪，又该怎么判呢？所以，对于你，还是将功折罪，贬为庶民，你就回你的故乡扶风去吧！如此处理，你服不服？”

“服，服！”马岱再次叩头出血说，“如此处理，微臣心服口服。只是，微臣一时糊涂，所犯下的大错，是会后悔终生的。”

“后悔，后悔有什么用呢？”后主带有埋怨的口气说，“你后悔，魏延父子就能复活吗？要知道，只此一事，会成为千古之憾、千古之恨呢！”

“千古之憾，千古之憾！千古之恨，千古之恨！”马岱只这样喃喃地说。据说后来，马岱曾这样感叹：“人皆言军师如神，可他并不是神，正是由于他的误导，才使我犯了误杀魏延父子这样的大错；人皆言后主愚笨，可他并没有人们想象的那么笨，他对于军师的认知、对于魏延的了解，比一般人都要深透。我如今才真正明白了兄长马超所说的那句话：‘军师也不是神，对于军师之言，有的可以听，有的也可以不听，误听了会后悔终生！’我呢？对于误杀魏延父子，真可以说是后悔终生了。”这大约也是马岱自错杀魏延父子以后，一直未再露面的一个重要原因。

第五十五章　先祖护佑　马氏一脉世代兴

在三国时期，马氏先贤中，还有一位个叫马良的人。

马良字季常，襄阳宜城（今湖北宜城南）人。马良兄弟五人，都富有才华名气，乡里为他们编有谚语说：“马家五常，白眉最良。”因为马良眉中有白毛，故人们称呼他为白眉。

东汉建安十四年（209），刘备担任荆州牧，征召马良为州从事。刘备进入蜀地后，诸葛亮也随后跟去，马良便留守荆州，辅佐关羽，为之出谋划策。他曾写信给诸葛亮说：“听说雒城已被我们攻下，这是上天的福佑；尊兄适应时势把握时机，辅佐光大邦国之业，智慧的光芒已经显露。能灵活地运转思维，审察事理明断，实非易事，为此须当适时地选取贤才。如能高瞻远瞩，仁德通达天际，使时人能集中注意力聆听其言，举世服从于其道，以高妙之音乐，纠正郑、卫之淫声，有利于各项事业，不起相互之间的干扰，这才是管弦演奏的绝技，俞伯牙、师旷的调协。我虽然不是钟子期之辈，却也得为之击节叫好！”在这里，马良已经明确指出诸葛亮的一个重大缺点，那就是蜀汉必须重视对人才的选拔和培养，可惜诸葛亮并未听进马良的劝告，他虽然事必躬亲，亲力亲为，但必定一个人的力量十分有限，以致后来，蜀汉到了“蜀中无大将，廖化当先锋”的地步，又怎么能实现刘备匡扶汉室的远大目标呢？当时，刘备征召马良为左将军掾。

后来，马良奉命出使东吴，他对诸葛亮说：“今天接受朝廷命令，协和两国友好关系，希望您能向孙权将军介绍我的情况。”诸葛亮说：“那，你先起草个东西吧！”于是，马良当即起草说：“本国君主特派属官马良前往访问续好，以发扬光大昆吾、豕韦的结盟功业。来人是吉士，曾为官荆楚，很少有轻率鲁莽之处，而有周全的美德，希望能屈驾接纳，以利他完成使命。”其信措辞非常得当，所以，孙权见信后，非常恭敬地接待了马良。

章武元年（221），刘备称帝，建立了蜀汉政权，任命马良为侍中。次年，刘备东征东吴，派遣马良招纳安抚武陵一带的五溪蛮各部，各部首领们都接受蜀汉的印信封号，相继响应刘备。同年六月，刘备在夷陵之战中兵败，马良也遇害身亡。马良的弟弟，即失街亭的马谡。马良逝世后，刘备封马良的儿子马秉为骑都尉。

既然，我们这里写到了三国，写到了蜀汉，写到了马超、马岱、马良以及马谡，那么，三国时期蜀汉名将马忠，我们也不能不写。

马忠，字德信，巴西郡阆中县人。蜀汉庲降都督，安边名将。他小时候寄养在外祖父家，名狐笃，读书习武。后来恢复原名。初任巴西郡吏，建安末年举孝廉，任巴西郡汉昌县令。

章武二年（222），刘备东征孙吴兵败猇亭，巴西郡太守阎芝奉命征发各县士兵补充军队，派遣狐笃统领新征士兵送往刘备军中，刘备退永安郡，马忠辗转赶到白帝城，把新兵一个不少地交给刘备。刘备非常高兴，与他亲切交谈，大加赞赏，对尚书令刘巴说："我虽然失去了黄权（蜀军水路统领，战败后投降曹魏），但又得到了狐笃，世上不乏贤才啊！"从此，马忠以刘备钦封"贤才"闻名蜀汉。

章武三年刘备逝世，太子刘禅继位，改元建兴。丞相诸葛亮任马忠为门下督，为相府亲随。次年三月，诸葛亮出兵南中，征讨"西南夷"叛乱，马忠随征有功，诸葛亮奏任马忠为牂牂郡太守。牂牁郡有夜郎等十七县，郡丞朱褒作乱，马忠领军打败叛军，击杀朱褒，安抚救济百姓，宽容优待少数民族，受到百姓爱戴。

建兴八年（230），丞相诸葛亮驻屯汉中，征召马忠为丞相参军。马忠回到成都，辅助长史蒋琬处理相府留守事务，兼任益州治中从事。

建兴九年春二月，诸葛亮出兵祁山，北伐曹魏。夏秋相交之际，阴雨绵延不断，粮食运输困难。中都护李严派马忠和督军成藩冒雨赶往前线，建议诸葛亮退军。诸葛亮让马忠帮助处理军务。北伐大军撤还后，马忠又奉命统军前去讨伐汶山郡（在今四川茂县北）作乱的羌人部落。羌人于山间扼要处设置石门，堆积石头，抵抗汉军。马忠以牙门将张嶷为先锋进讨。张嶷巧用使者恫吓羌人，羌人部分头目惊惧而降，余众逃窜山谷。大军趁机进攻，平定作乱的羌人。

建兴十一年（233），蜀汉在南中地区的最高军政长官、庲降都督张翼因执法严厉，不得南夷欢心，首领刘胄起兵作乱。张翼举兵讨伐，未能取胜，被召回成都。诸葛亮奏请后主刘禅，以马忠为庲降都督，统军平叛。"庲降"，即招徕、降服之意。

马忠率军深入南中，击杀刘胄，平定叛乱，被封监军奋威将军、博阳亭侯。不久，牂牁郡、兴古郡的獠人又起兵作乱，马忠令部将张嶷前往讨伐，招降其众2000余人，送往汉中充实蜀汉的北伐军队。马忠将庲降都督驻地从牂牁郡平夷县迁回建宁郡味县，加强对夷人的管理。他认真执行诸葛亮“安抚夷越”政策，威恩并立，处事果断，局势迅速恢复稳定。

越巂郡自从建兴三年诸葛亮讨平高定等部落叛乱之后，叟夷部落又数次作乱，先后杀死太守龚禄、焦璜，从此以后，越巂太守都不敢去郡里上任，只驻扎离越巂郡治邛都800里的安上县，导致越巂郡处于失控状态。马忠帮助越巂太守张嶷，恩威并济，剿平乱夷，把越巂郡太守府迁回原郡治，修缮城郭，控制盐铁资源，并重新修复贯通越巂郡到成都的道路，恢复亭驿通信，使越巂郡恢复正常管理。南中地区重新安定。马忠被加封为安南将军，进封彭乡侯。

延熙五年（242），驻守南中地区九年的马忠回到成都，朝见后主刘禅。此时大司马蒋琬驻扎汉中，欲顺沔水东下，袭击魏国的魏兴郡和上庸郡，但朝中大臣都不赞同。朝廷于是派马忠北上汉中，向蒋琬宣布朝廷的旨意。回到成都后，朝廷加封马忠为镇南大将军。

延熙七年（244），曹魏大将军曹爽率领大军进攻汉中，大将军费祎北上御敌。马忠奉命留在成都，兼领平尚书事之职，相当于丞相。费祎退敌归还成都后，马忠亦奉命回南中庲降都督任上。

延熙十二年（249），马忠在南中任上去世。他在南中十七年，是时间最长、政绩最突出的庲降都督。朝廷隆重礼葬，从优抚恤。长子马修，继承彭乡侯爵位；次子马恢，事迹不详；三子即前面已经写及的马融。

东晋史学家常璩在《华阳国志》书中评说：“马德信（忠）、王子均、句孝兴、张伯岐建功立事，刘二主之世，称美荆楚。”后世对马忠有较好的评价。

如今，在成都武侯祠刘备殿西偏殿的西廊中，有十四尊蜀汉武将塑像，马忠排第十一位。

除了三国时期的马氏名人，唐代也有多个马氏名人，比如唐初的马周。马周，字宾王，博州茌平（今山东省聊城市茌平区振兴街道前曹村马庄）人。其祖父马暹北齐时曾任茌平县令，其父马瑗曾任聊城本郡户曹主事，后因其少时父母双亡，故年少孤贫。他天资聪颖，勤读博学，尤精《诗经》《春秋》。但因其生性豪放不羁，不拘小节，乡亲们普遍看不起他。

唐高祖武德年间，马周补授博州（治聊城故城王城）助教，因其依旧性情豪放，酷爱饮酒，不把讲授当回事，遭刺史达奚恕屡次斥责，他断然离职而去。后经曹州、密州、汴州。在密州，他幸遇赵仁本，推崇马周的才气，便建议并资助马周西行入关发展。而在汴州，马周却遭浚仪县令崔贤的百般责辱，便心怀悲愤，毅然西行。一路辗转，终于到了临近长安城的新丰（今陕西省临潼市）。

马周到新丰后，便来到一家客店，因店主只是热情地接待那些商贩而不理睬他，马周就叫店家拿来一斗八升酒（约 21.6 斤），一个人十分悠闲地在那儿自斟自饮，并以酒洗脚，店主王公深感惊异，这才忙与马周打招呼。几天后，王公见马周颇有雄才伟略，对他心生敬意。当马周已身无分文还要到长安城去，欲拿狐裘抵顶住店和酒饭钱时，王公深受感动，特写书信一封，让马周到长安城后，去自己外甥女王媪的馅饼店居住。

马周行至长安城内，便住在了王公外甥女的馅饼店。该女因丈夫三年前亡故，一人支撑这个小店，人称王媪。后来，王媪成了马周的妻子，留下一段传奇的姻缘故事。马周在此住了些时日，王媪怕影响马周前程，便托人介绍，让马周去给武将常何家做家客。贞观三年（629），唐太宗要求朝臣评论朝政得失。常何因是武官，不曾研究儒学，便将皇上征谏一事安排让马周代笔。心怀治国安邦志向的马周，自然笔下生花，很快便替常何撰写了二十多条谏议。

常何将马周撰写的二十多条谏议上奏太宗后，条条都合太宗心意。太宗对此深感惊异，便进行询问，常何如实回答："此非臣所能，乃家客马周之谏也。"太宗听后，便立即召见马周，甚至派人催了四次。见到马周后，太宗与他谈得十分投机，认为他很有才能，随即安排在门下省供职。由于常何推荐马周有功，太宗还赏赐他三百匹绢。

贞观六年（632），马周上疏以孝为基、反对世袭、审慎用人等多条建议，被太宗一一采纳。贞观十一年（637），马周又上疏阐述节俭于身，恩加于人；刑赏教化，减少徭役；建章立制，长治久安；以人为本，强化基层等执政理念。太宗看后依旧称赞不已。马周善于陈奏，机敏、辩证、清晰、深入，切中要害，处理问题周密，当时有很高声誉。中书侍郎岑文本说："吾见马君论事多矣，援引事类，扬榷古今，举要删芜，会文切理，一字不可加，一言不可减，听之靡靡，令人亡倦。"

马周还上疏让改制官服，将原来只有黄、紫两种颜色的官服，改为三品以上穿紫色服，四品五品穿朱色服，六品七品穿绿色服，八品九品穿青色服，以便通过服饰就能知道官员的品级，且让身居这些官职的人有了一种责任和义务。他还建议改革驿站制度，提出“飞驿以达警急”，同时为有效制约驿马因私滥用，提出把驿马马尾截掉的办法，今日公务用车采用标识化办法防止公车私用也是运用的这一理念。针对长安城每天早晚派人喊话，提醒居民防火防盗，马周特提议，应在各条街道安上大鼓，采用置鼓代呼办法，以替代人工传呼。以前进出城门，人们自行其是，经常出现拥挤不堪现象，马周建议采用“入左出右”的办法，这应该是交通史上的一大创举。

贞观十七年（643），唐太宗命马周与黄门侍郎刘洎、中书侍郎岑文本、太子宾客褚遂良，隔一天前往东宫一次，与太子李治一起游览参观，研究学问。

次年四月九日，唐太宗前往太平宫，对侍从的官员说：“对于朕，臣属们听话的多，直言冒犯的少，我打算听一听大家的议论，看我有什么过失，各位应实话实说，不要隐瞒。”其他的官员，什么都没有说，也不敢说，只有马周十分大胆地说：“陛下最近所做的赏罚，有点儿以自己喜怒作为标准，希望能予以改正。”唐太宗接受了他的建议，赏罚变得稳妥起来，他又将马周由中书侍郎升任中书令，依旧兼任太子右庶子。马周身兼皇宫、东宫两处职务后，处理政务精细周密，获得了人们的赞誉。同年，唐太宗亲征高丽，命皇太子在定州担任监军，又命马周和高士廉、刘洎留下来辅佐皇太子。

贞观十九年（645），唐太宗返回京都长安后，马周以中书令的身份代理吏部尚书。马周认为，朝廷一年四季都在甄选官员，主管部门十分辛劳，但是效率并不高，他请求恢复原有的选官周期，可于每年 11 月开始甄选，第二年二月底完毕，即每年只花费四个月时间甄选官员。唐太宗批准了这个建议，节约了大量人力物力财力。

贞观二十一年（647），朝廷加封马周为银青光禄大夫。同年，马周患上消渴病，整整一年不见好转。为此，唐太宗临幸翠微宫，命令寻找风景秀丽的地方，为马周修建宅第。前去诊病探望的名医使者，络绎不绝，唐太宗常常令人送御膳给马周，并亲自为他调药，皇太子也亲自前去探病。马周临去世前，要回了他的一大帙书函陈事表章，亲手予以烧掉，别人问他为什么要这样做，他十分感慨地说：“管仲、晏婴披露国君的过失，追求死后留名后世，我不做这样的事情。因为，我是指出过国君的过失，可是国君已经改正了，我们为什么还要让后代知道这些事呢？”

贞观二十二年（648），马周去世，终年 47 岁。唐太宗亲自为他举哀，追赠他为幽州都督，陪葬昭陵。马周亡故后，唐太宗非常想念他，常常凭借方士之术，求得显现他的身影。唐高宗继位后，追赠马周为尚书右仆射、高唐县公。

马周一生接续郑国公魏徵的风骨，为贞观年间的政治改良以及“贞观之治”的形成和延续发挥了积极作用，深得唐太宗爱重。太宗尝以神笔赐马周飞白书曰：“鸾凤凌云，必资羽翼。股肱之寄，诚在忠良。”

马周风云际会的传奇一生，以后不但载入史册，而且他的诸多观点和主张，得到历朝历代许多政治家的重视和众多文人墨客的赞誉，特别是得到一代伟人毛泽东的极高评价。毛泽东在读到《新唐书》马周奏疏时曾写下：“贾生《治安策》以后第一奇文。”如今，在其故里茌平，建有高规格“马周纪念馆”。

继马周之后，到了唐代中期，马氏家族出现了一位名叫马璘的名将。马璘，字仁杰，别号马镇西。岐州凤翔府扶风县人，其曾祖马昭，曾官新丰县令，追封朝散大夫。祖父正会，唐初曾任右威卫将军，封扶风郡公，赠光禄卿。父晟，官拜右司御率府兵曹参军，赠封太子少保。皆战功赫赫。马璘幼年丧父，贪玩，不图上进，20岁时读《后汉书·马援传》，幡然醒悟，决心效法先祖，建功立业。他跨马提刀，千里从军，到安西都护府（驻地龟兹，今新疆库车县）效力。屡立大功，十五年中多次升迁，官至左金吾卫将军同正。

唐玄宗李隆基天宝十四载（755）爆发“安史之乱”。河东节度使安禄山集合十五万人马，命史思明为先锋，由涿州范阳郡（治所今河北保定）长驱南下，攻陷东都洛阳，西都长安。玄宗逃出长安，西去蜀州避难。次年七月，太子李亨登基，为唐肃宗，年号至德，驻跸凤翔，诏令安西都护府派兵勤王平叛。马璘奉命率精锐骑兵三千人，从二庭（原南、北匈奴大汗王庭）出发，日夜兼程，赶到凤翔。肃宗大喜，命其率军阻击从长安来犯的安、史叛军。

马璘迅速东进，在陕州击败来犯的叛军。然后挥师继续东进，随副元帅李光弼征讨河南道叛军。在卫南（今河南滑县东）之战中，马璘以百骑破叛军五千之众，封镇西节度使。

宝应元年（762）四月，代宗李豫即位，年号广德。此时安禄山、史思明已死，史朝义为叛军统帅。马璘随李光弼由陈留（开封）西进，与诸军会攻洛阳。十月二十八日，唐军攻克怀州（今河南沁阳）。三十日，唐军列阵于横水（今河南孟津西北）。史朝义亲率十万精兵列阵于洛阳城外北邙山，旌旗招展，盔甲明亮，刀枪林立，诸将皆不敢率先出战。马璘单骑驰入敌阵前，英勇奋击，夺贼两牌。叛军遭此突袭，惊慌失措。马璘又率三千骑兵持戈矛冲出，纵横驱驰，杀死大量叛军。各路唐军乘势进击，叛军大败溃逃。史朝义率中军主力退到石榴园、老君庙。马璘一马当先，乘胜追击，再次大败叛军。史朝义仅率轻骑数百人落荒东逃。次年正月，史朝义自杀。历时七年多的“安史之乱”结束。

北邙山大战共歼灭叛军六万余人，俘敌两万人。乘胜收复洛阳、长安。战后，李光弼对马璘赞不绝口，说：“我用兵三十多年，未见以少击众有雄捷如马将军者。”马璘因功迁升太常寺卿。不久，吐蕃又进犯边境河西郡。马璘奉诏挥军西进，击退吐蕃之军。

广德二年（764）九月，河北副元帅、回纥人仆固怀恩叛唐，引吐蕃军东进。十月初九攻陷长安。代宗出逃陕州。关内副元帅郭子仪率四千兵与各地唐兵合兵反攻，二十一日收复长安。十一月，吐蕃军在溃退途中围攻凤翔城，凤翔节度使孙志直闭城拒守。吐蕃军连日猛攻，凤翔兵少，十分危急。镇西节度使马璘精骑四千余，自河西一路转战，勤王救难。赶到凤翔时，正值吐蕃军围攻城甚急。马璘命骑兵手持满弓，直射吐蕃军，突入城中。随后又身不解甲，率军背城出战。俘获、斩杀吐蕃兵数千人。次日，吐蕃军再次逼城请战，马璘打开悬门严阵以待。吐蕃军一见，心中胆怯，敌酋说：“这个将军不怕死，宜避之。”于是撤军而走。代宗回到长安后，召见马璘，加封御史中丞。

永泰元年（765）正月，代宗派马璘以西域四镇行营节度兼南道和蕃使，出访吐蕃，以图和解。不久，朝廷又让马璘掌管禁军，肃清侵占陇西的吐蕃兵。马璘率军转战陇西，先后击溃吐蕃军三万多人。俘虏千余人，献给朝廷。调任四镇、北庭行营节度及邠宁节度使、兼御史大夫，加封检校工部尚书。泾州离吐蕃较近，代宗不久又让马璘兼任凤翔陇右节度副使、泾原节度、泾州刺史，以防吐蕃。马璘受命，慷慨激昂地表示：“誓以杀敌报国为己任。”立即赶赴泾州，在战略要地分头建立营寨堡垒，修理充实战守器械。

九月，仆固怀恩再次诱引吐蕃、回纥、党项羌、奴剌、吐谷浑等三十余万大军分兵三路南下攻唐，其中北路大军由吐蕃大将尚结息、赞摩、马重英率领，自泾州、邠州、凤翔府攻取奉天（今陕西乾县）、醴泉（今陕西礼泉北），进逼长安。仆固怀恩亲率朔方回纥兵二十万为后援。21日，唐代宗下诏亲征，并派淮西节度使李忠臣驻守东渭桥（今西安城西北），派检校太子太保李光进驻兵云阳（今陕西淳化西北），派马璘与河南节度使郝庭玉驻守便桥（今陕西咸阳渭桥）。马璘部队在武功东原与吐蕃军游骑四百余人相遇，大败敌军。在唐军的抗击下，吐蕃联军进展缓慢。不久仆固怀恩暴死，吐蕃联军内乱，唐军趁机反击，吐蕃联军大败退走。

大历元年（766）二月，代宗任命马璘兼任邠宁节度使。马璘以段秀实为都虞候，负责军中执法。有一士兵骁勇善战，能拉240斤强弓，但因盗窃罪当处死。马璘想免其一死。段秀实不同意，说："将有爱憎，而军法如山。"马璘认为言之有理，遂斩此卒。因此军中纪律严明，令行禁止。

马璘性格急躁，有时处理事情不合理，段秀实就据理力争。以至马璘常大发雷霆，部下皆胆战心惊，段秀实则坦然说："秀实罪若可杀，自有军法！何必发这么大火！无罪杀人，恐怕不对吧！"马璘气得拂衣而起，而段秀实却迈着方步退了出去。

经过一段时间的反思，马璘认识到自己的错误，便宴请段秀实，以示谢罪。从此，凡是处理军州大事，马璘都要先征求段秀实意见，然后施行。马璘敢于承认错误，自我纠正错误，因此他在军中威望很高。

大历二年（767）九月，吐蕃大将尚结息率军数万围攻灵州，并派游骑到潘原（今甘肃平凉东40里）、宜禄（今陕西长武）等地侦察军情。代宗令马璘严阵以待，同时令大将郭子仪从河中（今山西永济）率精兵三万前来，与马璘协同作战。十月，尚结息在郭、马联合打击下败退。

次年八月，尚结息领兵十万，再次攻唐，进逼灵武，攻打邠州。京师长安闻讯戒严。马璘率兵主动迎战，大败吐蕃军，然后将俘虏押送京城，以稳人心。不久，吐蕃军在唐军攻击下连吃败仗，被迫撤军。九月京师解除戒严。十二月初九，马璘奉旨改任泾原节度使，去泾州修筑城防，让都虞候段秀实担任邠州留守。

泾原之地，荒凉凋残，无法供养军队，为此，马璘多次上书陈诉实情。大历五年（770）四月，代宗将郑州、颍州之地划给马璘，让他兼任郑、颍节度使。

大历八年（773）八月，吐蕃大将尚赞磨率领六万骑兵再次东进，分兵攻打，据泾州、邠州等地，主力过阁川南，在渭河会师，剑指长安。大将郭子仪派朔方兵马使浑瑊率领步骑五千人拒守，与马璘之军前后接应。马璘率兵与吐蕃军战于盐仓，遭到失败。泾原兵马使焦令谌与诸将狼狈而回，争道入城。马璘却被吐蕃军所困，到傍晚还没有回来。行军司马段秀实对焦令谌等说："军法，失大将，部下将领都处死。"要焦令谌等重振旗鼓，倾城出动，往救主将。都知兵马使李晟等率部下与吐蕃军力战，将马璘从乱军之中救出，入夜回城。

郭子仪召集诸将，商议破敌之策。派浑瑊率兵驻守朝那（今甘肃平凉西北）。

盐州刺史李国臣献破敌之计，说：“吐蕃军得胜，必攻京畿，唐军可击其背后。”郭子仪派兵鸣鼓而西，攻取秦原（今甘肃清水），吐蕃军中计，退兵百城（今甘肃灵台西南百里镇）。马璘与浑瑊合兵一处，埋伏于吐蕃军途经险要之地，趁夜发动袭击，吐蕃军大败，战死数千人。浑瑊收回敌军所掠朔方，俘虏近千人，驼、马数百匹。马璘也率精兵两千余人于夜间偷袭敌军军营，并指定弓箭手专射身穿豹皮的吐蕃军主将，吐蕃军主将中箭，军心大乱，被迫退兵。

大历九年（774）五月二十八日，马璘入朝，代宗加封他为检校尚书左仆射、知尚书省事，即左相。八月，又进封上柱国、扶风郡王。

次年九月，吐蕃又举兵攻唐，路过泾州时，马璘率军出击，于百里城大败敌军。大历十一年十二月十三日（776 年 1 月 26 日），马璘在泾州军中去世。代宗闻知叹道：“安得雄边威敌之臣如扶风乎？”追赠司徒，谥号“武”。翌年，马璘灵柩被护送回京师，葬于铜人原。礼部郎中程浩撰《马公庙碑》，书法家颜真卿书，立大雁塔碑林。

史书评论，马璘忠勇有嘉，武功绝伦，治军“令宽而肃”，是中兴之猛将，国家之屏障，这样的评价，自然是很高的了。

第五十六章　东汉鼎盛　唐代人物亦辈出

如果说，中国东汉是马氏家族鼎盛时期的话，那么，在唐代，马氏名贤亦不乏其人。上一章，我们写到了马璘，他是唐代中兴名将，可类似的唐代中兴名将还有一位，他就是马燧。马燧是汝州郏城（今河南郏县）人，为中国唐朝名将。马燧好学兵书战策，沉勇多智略。大历十一年（776）五月，汴州大将李灵曜反叛，占据州城，切断漕运，求封节度使。唐代宗宽大为怀，即任命李灵曜为汴州、宋州等八州节度留后，但李灵曜却野心很大，拒不接受任命，他暗地勾结魏博节度使田承嗣起兵反叛。田承嗣的侄子田悦十分勇猛，也有谋略，田承嗣便派他率兵支援李灵曜，打败了永平军的大将刘洽。唐代宗闻报，即下诏让马燧和淮西节度使李忠臣会合讨伐李灵曜。李忠臣见叛军势大，十分害怕，便焚烧营帐后欲往西逃跑，不敢与田悦军交锋。马燧苦劝李忠臣回军，并请求自己担任先锋，李忠臣方才同意，结果打败了田悦。当时，李忠臣沿汴河南岸进军，马燧沿汴河北岸进军，又在西梁固打败了李灵曜的将领张清。李灵曜挑选有精兵八千，号称"饿狼军"，战斗力十分强悍，但马燧率领自己的军队，把"饿狼军"打得惨败而逃。从此，马燧军与田悦军展开了长期的厮杀对抗。

田悦再次率叛军前来进犯时，唐德宗便命马燧率步、骑兵两万人进行抵抗。两军相抗时，马燧命推出燃火车，烧毁了叛军杨朝光的营寨，杀死了杨朝光和大将卢子昌，斩首五千余级，活捉八百多人。马燧又亲自率领精兵抵挡叛军的前锋，接战一百多次，士兵都予以死战，致田悦军大败。再战，马燧军又斩首一万余级，活捉九百人，缴获粮食三十万斛，器械铠甲与这相当。这次战前，马燧对众兵将起誓，战胜后用私财行赏。战胜后，马燧不负承诺，拿出自己的所有家财，奖赏全体兵将。唐德宗听闻后十分感动，对此大加称赞，下诏拿出五万贯钱奖赏马燧和部下，归还了马燧给将士们散发的家财。不久，朝廷加任马燧为魏博招讨使。

为了抵抗叛军，马燧率各部进军驻扎在邺县，向朝廷奏本，请求增派河阳军队。唐德宗下诏，命河阳节度使李艽率兵与他们会合。唐军驻扎在漳河边，田悦便派将领王光进率兵守于长桥，筑城墙进行固守，使唐军不能过河。见此，马燧就在河的上游，将几百辆军车用铁链铁锁相连，横断河水，再填上装沙土的口袋挡住河水。待河水变浅后，他便指挥各军过河。这时，唐军粮少，田悦军便坚守不出战，想待唐军粮尽，他们再行出击。针对这一情况，马燧命各军均带十天粮食，进驻仓口，和田悦军隔洹水对峙。他还命令军士，建造了三座桥跨过洹水，每天都进行挑战。因叛军人少，田悦怕被马燧军歼灭，不敢出战。一天夜里，田悦认为马燧第二天还会挑战，便埋伏下一万军队，欲伏击马燧军。不料，马燧早有防备，他命令各军半夜吃饭，鸡叫前击鼓吹号，悄悄出兵沿洹水直奔魏州，发令说："听到敌军追来，就停下来列阵。"他又命一百名骑兵击鼓吹号，都留在后边，又准备了柴草火种，等军队都走了，便停止击鼓吹号躲在一边。待看到田悦军都过了河，他们就把桥烧掉，切断了叛军退路。唐军走了十几里路，田悦就带领叛军步骑兵四万多人过桥跟随追来，他们顺风放火，击鼓呐喊前进，气势甚是浩大。马燧见此，就命令军队不要动，又派人除掉了百步见方地上的草和荆棘，而后予以列阵；他走到阵前，召募有勇力的军士五千多人，分别排在前边，等待叛军到来。等田悦兵到，马燧军阵前火已熄灭，而此时，田悦所部因长途追击大为疲惫。借此机会，马燧趁势出击，大破了田悦军。当时，神策、昭义、河阳军都略有退却，待河东军战胜后，各军回军合击，又一次大败叛军。马燧指挥唐军，追击叛军到洹水边，田悦率叛军逃到桥头，见桥已烧掉，背后又有唐军紧紧追来，他们军心不稳，乱作一团，有人四散奔逃，有人跳进水里，被斩首两万多级，其大将孙晋卿、安墨啜亦被斩首。唐军还活捉了三千多人，淹死的不计其数。叛军死亡殆尽，尸体相叠 30 多里地，自然元气大伤，不敢再战。

兴元元年（784）正月，马燧升任检校司徒，赐爵北平郡王。七月，唐德宗回到京师，加封马燧为奉诚军及晋绛慈隰节度使并管内诸军行营副元帅，命他和侍中浑瑊、镇国军节度使骆元光一起去讨伐河中。当初，李怀光叛据河中，马燧派人招降他，李怀光妹夫要廷珍据守晋州，衙将毛朝鯈据守隰州，郑抗据守慈州，都相继投降了马燧。同年九月十五日，马燧率步骑三万驻扎绛州，派兵收复了夏县、攻占了稷山和龙门，李怀光的大将任象玉怯于马燧之威领军投降。马燧率兵攻绛州，先攻下了绛州外城，当天夜里，伪绛州刺史王克同和大将达奚小进、冯万兴弃城逃跑，绛州军队四千人投降。他又派大将李自良、谷秀分头收复闻喜、夏县、万泉、虞乡、永乐、猗氏六县，叛军将领辛兟和五千士兵投降。谷秀因违犯军令掳掠官吏女儿，马燧特将他斩首示众。

不久，马燧因到京城朝拜，就和浑瑊、骆元光、韩游瑰军队会合，抵达长春宫。李怀光的将领徐廷光，率兵六千守卫宫殿城墙，守备很严密。马燧考虑到，如长春宫不予攻占，李怀光就会更加死心塌地严加防守，再进攻会耗时过多，死伤必然严重。于是，他便亲自到长春宫城下喊话徐廷光，对其陈说利害。徐廷光平日敬畏马燧的名声，就在城上拜见搭话。马燧估计，徐廷光这时心里已经屈服，就十分沉稳地对他说："我从朝廷来，你可以面朝西边接受命令。"徐廷光便十分听话地进行跪拜。于是，马燧劝告他们说："你们都是朔方军将士，自从安禄山反叛以来，带头建立大功，三十多年来，功劳最大，可为什么要抛弃祖辈功勋，背叛皇上，走上诛灭全族的道路呢？你们如听我的话，不但可以免除祸患，还能得到富贵。"叛军们听了，没有一人作声。马燧又说："如果你们认为我的话不是真心，现我们相距这么近，你们可以用箭射我呀！"于是，他掀开自己的衣袍面对叛军，让城上的军士用箭射自己。徐廷光一见此情，感动得拜伏流泪，军士们也都流了泪，但没有一个人向马燧射箭。

此前一天，叛军的焦篱堡守将尉珪，率兵两千在当地投降了马燧；徐廷光因东边道路已断绝，于是也率兵出城投降。当时，徐廷光请马燧只带少数人进城受降，众将多有怀疑，但马燧毫不犹豫，他只带了几名骑兵直接进城，对徐廷光他们毫不疑心。对此，没有人不予敬畏，全都十分佩服。马燧刚一进城，城内的士兵便高喊："我们又能做大唐的子民了！"大家情绪高涨，气氛十分热烈。浑瑊因此更加佩服马燧，他私下对部将说："我曾认为马燧用兵的本领和我差不多，但奇怪他为什么能多次打败田悦；现在看来，用兵判断和谋略，我比他差远了啊！"这年八月，马燧移驻焦篱堡。当天夜晚，叛军太原堡守将吴冏弃城逃跑，部下全都投降。马燧率诸军渡过黄河，指挥八万兵马，都在城下列阵。叛军一见是马燧统军而来，全都不战而怯，叛军将领牛名俊，即杀死李怀光，率守城军士近两万人投降，阎晏、孟宝、张清、吴冏等七位叛军首领被斩首示众，那些被李怀光胁迫而造反所俘虏的人，马燧下令全部释放，他们都对马燧十分感激。

马燧从到京城朝拜回军营后，只用二十七天便平定了河中。唐德宗下诏书褒奖，升任马燧为光禄大夫，兼任侍中，还封他的一个儿子为五品正员官。赏赐后，马燧回到太原，这一次，唐德宗专赐马燧《宸扆》《台衡》两篇铭文。

贞元二年（786）年冬天，吐蕃大将尚结赞攻占盐、夏两州，各派兵据守。尚结赞大军驻扎在鸣沙，从冬天到春天，羊和马多数死亡，粮草接济不上。唐德宗便派马燧任绥、银、麟、胜招讨使，命他和华州节度使骆元光、邠宁节度使韩游瑰和凤翔府各镇军队在河西会合讨伐吐蕃兵。马燧出兵，先抵达石州。尚结赞一听说马燧领兵而来，感到十分害怕，便派使者前来讲和，相约盟誓。对此，马燧请示朝廷，看能不能讲和，但唐德宗不同意。尚结赞闻知，便又派遣大将论颊热送来重礼，讲好话向马燧求和。马燧眼见战乱不断，国不安宁，民不聊生，便多次上书为吐蕃讲情，并极力说吐蕃的诚意可以担保，请求答应盟誓，德宗才予同意。于是，这场战争，便得以和平解决。马燧入朝后，尚结赞急忙从鸣沙撤兵返回吐蕃。

不久，朝廷便封马燧为司徒，兼任旧职侍中、北平郡王，又赐女乐师，只是上朝参拜。贞元五年（789）九月，马燧和太尉李晟在延英殿被接见，德宗嘉奖他们的大功，都在凌烟阁上绘像，列于开国元勋之后。

马燧曾多次请求辞去侍中之职，德宗下诏不允。贞元十一年（795）八月十七日（9月4日），马燧于长安安邑里的私宅中病逝，享年69岁。为此，德宗专门辍朝四日，下诏命京兆尹韩皋监护丧事、嗣吴王李献任吊祭赠赗使，追赠太尉（一作太傅），赐谥号“庄武”。

在唐代，我们既然写到了名臣马周，写到了唐中兴名将马璘和马燧，那么，到了唐朝末期，马氏家族还有没有显赫的人物呢？有！那便是马殷。

马殷字霸图，许州鄢陵（今属河南）人，或作扶沟（今属河南）人。早年，他以木匠为业。

马殷生活在唐朝末年，当时政治腐败，宦官专权导致中央集权体系逐渐瓦解。正由于此，藩镇割据现象十分严重，地方势力逐渐脱离中央控制，形成了各自为政的局面。据史料记载，唐末藩镇数量多达数十个，其中一些藩镇的实力甚至超过了中央政府，比如像宣武军节度使朱温的势力，即超过了当时的唐朝政府。

在这样一种情况下，全国各地爆发了大大小小的农民起义，黄巢起义是唐朝末年规模最大的农民起义之一，起义军一度攻占长安，建立了大齐政权。后来，起义最终虽被镇压，但对于唐朝的统治却造成了致命打击。黄巢起义不仅暴露了唐朝内部的深层次矛盾，也加速了唐朝的灭亡。起义之后，各地藩镇更加割据一方，这为五代十国的形成埋下了伏笔。

先是有五代，指的是后梁、后唐、后晋、后汉和后周，这五个政权，依次在中原地区建立，但它们的统治时间都相对较短，最长的后梁也只有五十四年。五代政权更迭频繁，反映了当时政治局势的不稳定和社会动荡。

五代之后，又有十国，包括前蜀、后蜀、南吴、南唐、吴越、闽、楚、南汉、南平（荆南）和北汉。这些政权多存在于五代时期，它们在一定程度上保持了自治，有的还曾与五代政权发生战争或外交往来。马殷就生活、战斗、称雄以至称王在这样一个时期。

那是唐中和四年（884），秦宗权据蔡州（今河南汝南）叛乱，马殷应募从军，成为忠武决胜指挥使孙儒与龙骧指挥使刘建锋的部下，以勇武闻名军中。后来，秦宗权派其弟秦宗衡与孙儒、刘建锋等人攻打淮南，同杨行密争夺扬州。不久，孙儒与秦宗衡发生内讧，将其杀死，自率兵夺取高邮，驱逐杨行密。大顺二年（891），孙儒将杨行密围困在宣州（今安徽宣城）。次年，孙儒命刘建锋与马殷掠夺邻近郡县。不久，孙儒战败被杀，部众大都投靠杨行密。刘建锋、马殷收拢残部七千人，南下前往洪州（今江西南昌）。途中，刘建锋被推举为主帅，马殷为先锋指挥使，行军司马张佶转攻豫章（今江西南昌），其兵力已达十余万人。他们占据洪州后，刘建锋等人进入湖南，驻扎在醴陵。武安军节度使邓处讷为了防备刘建锋，派邵州（今湖南邵阳）指挥使蒋勋、邓继崇驻守龙回关（今湖南长沙东）。马殷赶到龙回关，遣使劝降蒋勋。刘建锋命人穿上邵州军的衣甲，打着邵州旗帜，前往潭州（今湖南长沙）。潭州守军没有防备，开门迎纳。刘建锋立即斩杀邓处讷，自称武安军留后。乾宁二年（895），唐昭宗任命刘建锋为检校尚书左仆射、武安军节度使，马殷为内外马步军都指挥使。不久，蒋勋向刘建锋求取邵州刺史，被拒绝后，便与邓继崇一同起兵攻打湘潭，但终被马殷所平定。

刘建锋割据湖南接替留后，他胸无大志，专好嗜酒不理事务，常与部下酗酒为乐。同年四月，刘建锋因私通部下陈赡之妻，被陈赡所杀。众将为刘建锋报仇，又杀死了陈赡，推张佶为留后。不料，张佶在前往府衙时，堕马受伤。此时，马殷攻邵州未归，张佶对众将道："马公有勇有谋，为人宽厚，比我更适合当主帅。而且，我今已有伤，恐留残疾，更不适合做主帅了。"说罢，他即派人去湘潭请马殷。由此可见，张佶是一个很有自知之明的人，而他对马殷也十分信服和赏识。马殷听张佶遣派之人，谈及张佶请自己去潭州，是欲让自

己担任主帅，他便十分犹豫，亲信姚彦章劝道："您与刘龙骧、张司马，三人本为一体。如今，刘龙骧被杀，张司马受伤，这正是老天让您为主帅，您为什么还犹豫呢？"马殷这才同意回潭州。于是，马殷便命部将李琼继续攻打邵州，自己则星夜返回潭州。马殷到潭州后，张佶即将留后的位子让给马殷，自己率众将予以参拜，定下君臣名分。马殷仍旧任命张佶为行军司马，并命他代替自己攻打邵州。不久，马殷被朝廷任命为潭州刺史、判湖南军府事。

光化元年（898），唐昭宗任命马殷为武安军留后。当时，湖南治下七州，除潭州、邵州外，杨思远占据衡州（今湖南衡阳）、唐世旻占据永州（今湖南零陵）、蔡结占据道州（今湖南道县）、陈彦谦占据郴州、鲁景仁占据连州（今广东连县）。不久，大将姚彦章请求收复五州，并推举李琼为将。马殷遂命李琼与秦彦晖、张图英、李唐攻取衡州、永州。次年，马殷又命部将李唐攻取道州。同时，李琼又取郴州、连州。至此，湖南全境皆被马殷平定。当时，静江军节度使刘士政命陈可璠、王建武屯兵全义岭（今越城岭），防备马殷。马殷欲与刘士政修好，便派遣使者前往，结果在边境被陈可璠拒绝。马殷因之大怒，即命李琼攻打静江军，坑杀陈可璠等人。之后，李琼俘虏刘士政，尽取其治下桂州、宜州、岩州、象州、柳州。光化四年（901），马殷被正式任命为武安军节度使。

天复二年（902），唐昭宗又加马殷为同平章事。不久，杨行密派刘存攻打武昌军节度使杜洪，围困鄂州（今湖北武昌）。杜洪求救于朱温，朱温命马殷与荆南节度使成汭、武贞节度使雷彦威一同出兵救援。马殷派秦彦晖、许德勋率水军相救，但杜洪兵败被杀，刘存又指挥军队讨伐马殷。在秦彦晖等人的抵抗下，刘存屡战不胜，便打算与马殷讲和。马殷在秦彦晖的劝阻下，没有讲和，只是急攻淮南军，终于斩杀了刘存，夺取了岳州（今湖南岳阳）。

开平元年（907），朱温称帝，建立后梁。因朱温势大，马殷便备以重礼，向后梁遣使纳贡，遂被朱温封为侍中兼中书令、楚王。不久，马殷又兼任武昌节度使，充本道招讨制置使。同年九月，朱温削除武贞军节度使雷彦恭（雷彦威之弟）官爵，命马殷与荆南节度使高季兴出兵讨伐。雷彦恭向淮南求救，被许德勋击败。马殷又派秦彦晖攻打朗州（今湖南常德），雷彦恭投奔淮南，其弟雷彦雄等被擒获。澧州（今湖南澧县）、辰州（今湖南沅陵）、溆州（今湖南怀化）等地全都归附马殷。开平二年（908），荆南节度使高季兴屯兵汉口，拦截马殷的贡使，马殷即命许德勋率水军征讨。许德勋行至沙头，高季兴又遣使请和。不久，马殷又派步军都指挥使吕师周攻打岭南，与清海军节度使刘隐十余战，夺取昭州（今广西平乐）、贺州、梧州、蒙州（今广西昭平）、龚州（今广西平南）、富州（今广西昭平）。两年后，马殷请求开天策府，置办官属。不久，马殷被拜为天策上将军，并任命弟弟马賨为左相，马存为右相，廖光图等十八人为学士。乾化二年（912），马殷被封为武安、武昌、静江、宁远等军节度使，洪、鄂四面行营都统。

同光元年（923），唐庄宗李存勖灭亡后梁，建立后唐。马殷得知后，即命儿子马希范入京朝贡，并上缴后梁所授予的都统印信。他这样作的目的，一是为了追随五代的正统，二是为了找一个比较牢靠的靠山。当然，后唐初立，庄宗李存勖也十分需要得到周边势力的支持，自然十分欢迎马殷的归顺，便任命马殷兼任尚书令。唐庄宗平定前蜀后，马殷非常恐惧，唯恐后唐再出兵征讨自己，便上表请求致仕，但没有得到允许。

天成元年（926），唐明宗李嗣源即位后，马殷遣使进贡，被封为守尚书令。次年，唐明宗命尚书右丞李序为册礼使，持节册封马殷为楚国王。两年后，唐明宗命马殷次子马希声知政事，总领内外诸军事，先行后闻。七月，马希声矫令诬杀重要谋士高郁。长兴元年（930），马殷病逝，终年 78 岁，葬于衡阳上潢，谥号武穆。

马殷建立楚国后，升潭州为长沙府，任命姚彦章为左相，许德勋为右相，李铎为司徒，崔颖为司空，拓跋恒为仆射，马珙为尚书；又任命弟弟马賨为静江军节度使，长子马希振为武顺军节度使，次子马希声为判内外诸军事。马殷还改翰林学士为文苑学士，知制诰为知辞制，枢密院为左右机要司。经济上，马殷在位时期奖励农桑、发展茶叶、倡导纺织、重视贸易，使楚国经济得以发展。为了促进茶叶的生产与贸易，马殷采取“令民自造茶”“听民售茶北客”的宽松政策，让百姓自己制造茶叶来吸引商家。同时，马殷在汴州、荆州、襄州、唐州、郢州、复州设置商业货栈，以湖南所产的茶叶换取中原的丝绸、战马。为了发展商业，马殷利用湖南地处南方各政权中心的地理优势，大力发展与中原和周边的商业贸易，采取免收关税政策，鼓励进出口贸易，招徕各国商人。此外，马殷还用铅铁铸钱，使得商人出境前不得不在楚地购买大量产品。为了发展纺织业，马殷命令百姓可以用帛代替钱缴纳赋税，促进了湖南的桑蚕业的发展。

应当说，马殷初为刘建锋先锋，他南征北战，英勇无比，多有战功；刘建锋被杀后，他继续征战，统一了湖南全境；他又兼并静江军，夺取岭南数州，被梁太祖朱温封为楚王，成为南楚开国国君；他成为南楚王之后，“上奉天子，下奉士民”，不兴兵伐，保境安民，在五代十国时影响颇好。五代时期，他自是一位能征善战、屡立奇功的枭雄。到了十国时期，他改革朝政，任用贤能，奖励农桑，鼓励贸易，发展经济，为民造福，也不失之为一位颇有成就的国君，不应被历史所遗忘。

第五十七章　宋明怀德　都将英名留后世

我们知道，在马殷所称雄的五代十国之后，中国便进入宋朝，而宋朝又有北宋和南宋之分。因北宋在前，南宋在后，故我们这里，还是先从北宋的马氏名人说起。要说的话，北宋的马氏名人相对显少，但还是有的，比如像马怀德。在《宋史》中,就有关于安边将领马怀德的记载。他字得之,是开封府祥符县（今河南省开封市祥符区）人。马怀德的父亲名叫马玉，担任东头供奉官，曾在延州府供职。那时，马怀德也随父待在延州，只是一般军士罢了。宋朝初立，宋太祖赵匡胤采取杯酒释兵权的办法，以高官厚禄为条件，解除了将领们手中的兵权,将文人视作整个王朝可以信赖的对象,这便是宋朝重文轻武的开始。以后，重文轻武逐渐成了宋朝的基本国策，以至于，当时的儿歌都这样唱："万般皆下品,唯有读书高；做人莫做军,做铁莫做针。"宋仁宗执政时期,崇文抑武愈盛。于是,在西夏屡屡入侵,北宋连连败北的情况下,朝廷无有合适的武将大帅遣派,宋仁宗赵祯便将文人进士出身的范仲淹任命为延州知府，让他任职守边。好在，范仲淹乃是一代名臣，尽管他文人守边，文治武功，却也成就显著，深为世人称道。

范仲淹一到延州，发现当时国家的军事管理有一个误区，必须进行军事改革。因为，按照北宋旧例，不同级别的将领，带兵人数各不相同，即职务越高，带兵越多；职务越低，带兵越少。可如有战事发生，必须先由职务低的军官带兵出阵；如果战事不利，再派职务高的军官去。这样，不是按将领能力，不是根据作战需要，而只是按照职务高低让将领率兵出战，换言之，即俸禄低的军官不只带兵少，临战却先去送命；俸禄高的军官带兵多，临战却后出阵，每次战斗先保全自己的性命。似此，又有谁愿意先出阵送命呢？又怎么能夺取战斗的胜利呢？于是，他认真排查下属军官，从中精选出一万八千人，把他们分成六部分，每部配一位将领，分别给予训练，到了作战时节，根据实际情况和需要派兵，轮流出阵抗敌，取得了较好的效果。为此，他还鼓励属下官员，让他们推荐有能力的军事人才，说可以破格提拔。就在这时，马玉向范仲淹推荐了马怀德。他对范仲淹这样说："范大人，我这里有一个军事人才，他熟读兵书，弓马娴熟，剑术过人，刀枪棍棒，皆能使用，不知可不可以推荐？"

范仲淹说："你说的岂不是废话？我让大家推荐军事人才，你既知有这样的人才，为什么还畏畏缩缩，不予推荐呢？"

马玉说："唯因，他是我的儿子，我应当避嫌啊！"

"这有什么好避嫌的？"范仲淹说，"你这是推荐儿子上阵杀敌，又不是推荐儿子升官发财，又有什么好避嫌的？他叫什么名字？"

"叫马怀德。"马玉说。

范仲淹让唤来马怀德，将其考察一番，并让他展示了自己的武艺，认为他是个人才，便准备予以使用。他这样问马怀德："现在重文轻武，仕人大多不愿意习武，只重视读书以求功名，可你为什么还要学武呢？"

马怀德说："文能治国，武能安邦，当今乱世，贼寇多扰，应先安邦，方能治国。邦不能安，何以治国呢？正因为此，我才必欲习武，以为大宋安边守国。"

范仲淹听罢，十分高兴地说："你既有远见，必有前途；你既有大志，必成大才。好好干吧，前途无量啊！"于是，范仲淹便让马怀德补三班奉职，任命为延州南安砦主、延州东路巡检。

马怀德刚刚任职，范仲淹便让他先去修筑清涧城，马怀德开始不大愿意，只是想上前线杀敌。范仲淹对他说："敌人好比洪水，城池好比河堤。没有河堤，何以能阻挡洪水？没有城池，何以能阻拦敌人？这筑城守城，同前线杀敌一样重要啊！"

马怀德听了，这才甘心情愿去修筑清涧城，所修城池，坚固无比，范仲淹十分满意，便上奏朝廷，提升马怀德为兵马监押。这个职务虽不高，但手下也统领着百余人。于是，在一个漆黑的夜晚，马怀德就率领这百余人，突然冲杀进西夏军营，他们击破遮鹿寨、要册寨，射杀其酋狗儿厢主，杀敌数百，其功显著，马怀德被升迁为右侍禁。

这时候，朝廷召回范仲淹，让他担任枢密副使，遂指派庞籍为陕西体量安抚使，监管延州军务。庞籍，字醇之，单州成武（今山东省菏泽市成武县）人，他同范仲淹一样，并非武将出身，而是一介文人、宋代词人，亦为一位名相。

端拱元年（988），庞籍出生于成武一个官宦家庭，因中进士，被授黄州（今湖北黄冈）司理参军。他处事足智多谋，得心应手，很得上司的赏识。乾兴元年（1022），在夏竦举荐及帮忙下，庞籍调任至开封府当兵曹参军事，简称兵曹参军。不久，知府薛奎推荐庞籍为法曹，复升任大理寺丞、知襄邑县，后迁为群牧判官。庞籍任开封府判官时，多次弹劾三司使、给事中范讽的犯罪之事。范讽与时任宰相李迪十分要好，故李迪扣留了庞籍的奏书没有上报朝廷，反而说庞籍上奏之事不实，又说范讽没有将事情全部上奏。范讽因此贬官，庞籍也被降为太常博士、知临江军。不久，他又官复原职，调任福建转运使。

景祐三年（1036），庞籍任侍御史，改任刑部员外郎、知杂事，判大理寺，担任天章阁待制。元昊建立西夏后，宋夏争战激烈，庞籍于宝元元年（1038）被任命为陕西体量安抚使，便为御防西夏而做积极的准备。在陕数年，由于庞籍公正无私、直言敢谏，得罪了朝中权贵，也曾几起几伏，几升几降。时至庆历元年（1041），庞籍复职任龙图阁直学士知延州，不久兼任鄜延都总管、经略安抚缘边招讨使。庆历二年（1042），庞籍被任延州观察使，庞籍坚决予以辞谢，遂改任左谏议大夫。自从西夏攻陷金明、承平、塞门、安远、栲栳砦，又攻破五龙川，边境之民被焚烧掠夺尽净。值此之际，庞籍临危受命，来到延州，他到任后，逐渐修葺治理训练军队。当时，戍兵十万，没有坚壁完垒，都分散驻扎在城中。庞籍军纪严明，法治严格，将士们都畏惧庞籍，没有一个人犯法违禁。金明西北边有个浑州川，土地肥沃平坦，特别是浑州川尽头的桥子谷，是西夏出入的狭隘通道。于是，庞籍便派部将狄青率领万余人，在桥子谷的旁边修筑招安营垒，招募百姓进行耕种，将收获的粮食来作为军需之用。失地全部收复后，他们便修筑了十一座城池，元昊派李文贵带着野利旺荣的书信找庞籍，说是前来投诚。庞籍识破了他们的阴谋，他说这是欺骗，并在清涧城驻扎军队。数月后，元昊果然大举进犯定川，但因庞籍提前防备，西夏军只能无功而返。马怀德建功，正是在庞籍管理延州的这一时期。

当时，庞籍他们所面对的，不仅是西夏的威胁，还有周边的匪患，庞籍安排马怀德防守军事重地仆射谷。那夷黑神、厥保等十八寨贼匪，他们集聚四万之众，疯狂犯边，直扑马怀德领兵防守的仆射谷而来。眼见敌众我寡，贼匪来势汹汹，宋军将士不禁有些惊慌。马怀德一见，便十分镇静地安慰大家说："兵在精而不在多，将在谋而不在勇。这些贼匪，全都是乌合之众，流亡之寇，是一些无头的苍蝇，他们有什么可怕的呢？放心吧，我已经想好了办法，咱们一定能打败他们的。"于是，他安排宋军将士占领多个山头，扼守要塞，以逸待劳，专候贼兵。不一阵，贼匪兵到，喊杀连连，但宋军置之不理，只是在各个据守的山头上敲锣打鼓，摇旗呐喊。贼匪兵一见，便长驱直入，来到谷中，分散开来，去进攻宋军据守的山头，进入各个不同的宋军伏击地段。立时，宋军伏兵四面齐出，犹如猛虎下山，向贼匪兵发起猛烈攻击，进行分割包歼。时间不长，就有几千贼匪兵被歼，其余匪众，全都溃不成军，四散奔逃，还有不少贼匪兵跪地投降。此役，除歼灭数千贼匪兵外，宋军还缴获了贼匪的大量畜产和器械，取得了不小的胜利。

因仆射谷之战立有大功，庞籍便提升马怀德为内殿崇班，命他修建绥平城。在绥平镇守期间，马怀德一边筑城，一边袭敌，破贼于青化寨、押班寨，在吃当砦复杀敌贼数千，缴获牲畜器械无数，再立新功。因之，他累迁四方馆使、舒州团练使，徙鄜延路副都总管。以后，他又历任英州刺史、大明路总管、步军都虞候、象州防御史、鄜州路副都总管，迁马军都虞候，徙环庆路总管。最终，他在平叛环州蕃官苏恩颡之战时战死，因中箭而阵亡，遂被赠安远军节度使。这里，还需补写一笔的是，这个类似伯乐识得“千里马”马怀德其人的，自然是庞籍。庞籍本是一代名相，但在著名的武侠小说《三侠五义》中，他却被描写成一个专与忠臣包拯作对的反派人物，他残害忠良，专横跋扈，臭名昭著。其实，这也是一桩历史冤案，至少是历史名誉的冤案。

看，这就是马怀德，这就是河南开封的马怀德，这就是延州安边将领马怀德。本来，按照我的《马氏演义》的写法，都是以时间顺序来推进和描写的，可是，我唯恐会造成读者的错觉和人物的混淆，故在这里，又不得不写另一个马怀德了，这个马怀德，是由山东迁于河北的马怀德，是民间传说中的斩蟒英雄马怀德，差不多是类似于武松那样的打虎英雄罢了。尽管，他并非生于宋代，而是生于明代。

据说，这个马怀德是一位山东大汉，身长八尺，形貌奇伟，力大无穷，勇敢异常。但是，他很有主见，性格沉稳，多谋善断，富有胆略，对于没有把握的事情，他是说什么也不会做的。明永乐三年（1405），马怀德随父迁居河北大城（今廊坊）。大城，乃属古瀛洲之地。五代时，石晋以燕云十六州赂契丹，大城也属于燕云十六州的范畴。本来，自契丹统治燕云十六州后，大城一带，便人烟稀少，十分萧条。虽然，这里九河汇流，土地十分肥沃，但是，由于契丹统治，疏于管理，不重农耕，便处处杂木丛生，荒草遍地，少有村落人迹。更为恐怖的是，早在元代，这个地方出现了一条巨蟒，它活了上百年，奇大无比，凶猛异常，就连凶猛的野兽、强壮的牲畜，它都能吞食，更不要说是小小的人了，有许多人被巨蟒所吞食。因此，这荒凉的地方，变得更加荒凉，更加缺乏生机和活力了。官府为此贴出告示，说："如有人能斩杀巨蟒，必给以千金重赏。"重赏之下，必有勇夫，然而，这些所谓的勇夫，虽然人勇器利，抑或人多势众，可是无有一人，能够逃脱巨蟒的血盆大口，全都被巨蟒吞食。自元至明，包括斩蟒者和村民及路人，共有数百人葬身蟒腹，实乃一幕幕悲剧。这样，便极少有人再敢同这凶恶的巨蟒争锋较量了。

马怀德来到大城以后，听说了巨蟒的事，便产生了除掉巨蟒、为民除害的想法。不过，他是一个不事张扬的人，便悄悄打听巨蟒的消息，暗暗观察巨蟒的动静，苦苦思索斩杀巨蟒的办法，不断钻研斩杀巨蟒的技艺，并且日日强身健体，夜夜练艺习武，决心除掉这条巨蟒。他也找到了巨蟒的藏身之处，它就躲在村东的一片林地里。

"工欲善其事，必先利其器。"马怀德虽有斩蟒的决心，也有斩蟒的力气，但是，他缺少一件斩蟒的武器，这可怎么办呢？碰巧的是，永乐十八年（1420）春天的一天，马怀德在掘地时，无意中挖出一柄巨大的钺斧，其杆虽朽，但斧头完好，有七八十斤重。于是，马怀德便将那斧头，在磨刀石上磨啊磨，磨啊磨……妻子刘氏一见，十分奇怪地问："这把斧头，已经很锋利，砍柴完全可以了，你为什么还要磨它呢？"

马怀德说："我磨这柄斧头，哪里是为了砍柴，而是想斩巨蟒呢！"

妻子一听，大吃一惊，她说："那巨蟒，从元至今，吃了多少人啊！又有多少人想除掉它，可全都丧其血口，葬其腹中，你怎么敢去冒这个险呢？"

马怀德说："正因为巨蟒为害，吃人无数，所以我一定要斩杀它。如果不除掉它，且不要说旁人，就连你我，以及我们的儿子、我们的家人出门，不知何日何时，就会被它吞掉，葬身它的腹中。所以说，巨蟒一日不除，我们一日不得平静，百姓一日不得安宁，我必须把它除掉。现在，我虽然没有除掉它的好方法，但已有杀死它的勇气和力量，可缺少斩杀它的利器。今日，我已经有了这柄上天赐予我的斧头，怎么能不磨利它，去斩杀那条巨蟒呢？"

妻子说："你想斩杀巨蟒，我并不反对。可是，你还有三个弟弟、六个儿子，你为什么不联合他们一起去呢？人一多，势才众，斩杀巨蟒才更有希望。你怎么着也应该给父亲说一说，免得他老人家操心。"

马怀德说："我之所以不想给父亲说，不给人家说，就是怕他们担心。再说，万一我斩杀不了巨蟒，人却出了意外，那我的弟弟和儿子，都可以继承我的遗志，继续去斩杀那条恶蟒。这一开始最大的危险，就由我一人来承担吧！这样，即使我有了意外，那么还有我的弟弟和儿子，他们仍可以上孝父母、耕读传家，并再去斩杀巨蟒，这不挺好的嘛！似此，我怎么能畏惧和推辞呢？”

听了丈夫这话，妻子虽然心里十分难受，可她却什么也没再说，只是把这件事情，悄悄埋在心里。再说，马怀德将那把巨斧磨得十分锋利之后，又找了一根十分结实的木棍，把这巨斧安了起来，挥舞起来十分趁手。以后，他就使用这把巨斧，不分昼夜练习起了武艺。人们见他如此喜斧爱斧，挥斧弄斧，便叫他“马咬金”，即说他是像程咬金一样的英雄。

这阵子，马怀德又购得一匹人称“火龙驹”的宝马，那马膘肥体壮，威风凛凛，奔跑风驰电掣，腾起龙腾虎跃，尤其是胆子特大，什么毒蛇猛兽也不惧怕。有了这匹宝马，马怀德斩杀巨蟒的信心就更足了。这一天，他对别人谁也未讲，只给妻子说了一声，便拿起利斧，怀揣利刃，跃上马背，一直向巨蟒隐藏的村东林地而去。

马怀德一到村东林地，只见那巨蟒正尾缠古树，头伸向溪流正在饮水。忽然，巨蟒听见嗒嗒的马蹄声，便缠树惊起，昂起头来，目光如炬，居高俯视，怒视着马怀德。马怀德见状，便假装害怕，急急掉转马头，向后跑去。跑后没有多远，他却又急转马头，提着大斧，急向巨蟒奔来。到那巨蟒跟前，只见他猛地将马头一勒，那马便前蹄跃起，后蹄蹬地，几乎似直立一般。借此机会，马怀德双手挥斧，用尽全力，直向蟒头砍去……巨蟒初见马怀德退走，稍稍有所松懈，不料马怀德催马又来，它也未加防备。眼见，那马腾空，那斧砍来，巨蟒不由得大吃一惊，躲已不及，它便口吐腥风，恶气冲天，直向马怀德扑来，欲将他吞噬，还向他和马喷射了一身毒汁。就在这时，只听“咔嚓”一声，巨蟒已身中一斧，马怀德本欲砍下蟒头，但因巨蟒缠树，头昂太高，尽管马怀德骑在马上，仍未够着蟒头，只能砍中蟒身。借此机会，马怀德便挥开利斧，只顾拼命砍来，砍得巨蟒遍体鳞伤，只能松开身子，溜下树来，狼狈逃跑，溜得好快好快……马怀德哪容它逃，哪容它溜，只见他以斧当鞭，打那马后，烈马便四蹄生风，急追而来。马怀德追上巨蟒，大喝一声：“恶蟒，看斧！”即奋力一斧，又砍向蟒身……

正在这时，不料那巨蟒摆尾，其尾如鞭，猛地把马怀德掀下马来。而后，它猛地回头，即把马怀德卷了起来，再全身用力，想把马怀德缠死。马怀德身被蟒缠，便抽出利刃，疯了一般，直往巨蟒身上刺来……

这时，那马见马怀德被巨蟒卷住，知道凶多吉少，只好自个儿跑回家来，想让家人救助马怀德。马怀德的父亲见马空回，不由得大吃一惊，忙问马怀德妻子是怎么回事，妻子这才哭诉了事情的经过。其父闻得，便急忙带领家人和邻居，跑到村东林地相救马怀德。这时，马怀德仍被巨蟒缠住，身动不便。但因巨蟒伤重，血流不止，没了力气，眼看将死，故而所缠放松，马怀德已经苏醒。马怀德父亲一见，忙与众人一起动手，他们再砍再打，杀死了巨蟒，又掰开蟒身，救出马怀德，把他抬回了家中。

第二天，马怀德即因身上有巨蟒喷射的毒汁而长出了毒疮，他疼痛难忍，生命垂危，医者也无法救助。那匹马，也因巨蟒所喷的毒汁，中毒死掉了。

马怀德的家人，正在对他进行抢救，村中热心之人，已将此事报告给县衙。县令听说了此事，便亲自上门探视，并带来了千金奖赏。县令在安慰了马怀德之后，对马怀德的父亲这样说："你的儿子为民除害，真是大丈夫啊！"

这时，马怀德毒疮毒发，行将离去，便对自己的父亲和家人说："今巨蟒虽除，但它的巢穴附近一定还有余孽，你们可以多积攒柴草，待到秋后放火烧荒，只有让巨蟒绝种，我们这里方能安宁，我也就死而无憾了！至于那些赏金，还是分给村民们吧！"交代完毕，气绝身亡。马怀德父亲和家人记住了他的叮嘱，便把他那千金之赏，全部分给了村民。待到秋后，他们便在巨蟒巢穴堆积柴火，放火烧之，果然烧死了几条小蟒蛇。从那以后，这里的蟒蛇之患，才被根除。

为了纪念马怀德，清代名士刘钟英特作了《马怀德斩蟒歌》一首，被载入《大城县志》。其云：

燕王定鼎黄图广，平舒尚有元朝蟒。
掉舌威如紫电光，吞人日见金鳞长。
腥风毒雾断人行，芦荻村多鬼哭声。
那得韩文驱怪鳄，漫云壮士斩长鲸。
天生豪杰类马武，膂力骁腾白额虎。
立誓生擒十丈蛇，掘地忽得千钧斧。
欲将此事禀高堂，只恐双亲痛断肠。
佯说行围驰猎骑，谁知扫穴要擒王。
一朝蟒在林端现，势若长虹低饮涧。
此际除凶神鬼惊，大呼跃马风雷变。

怪蟒昂头人已来，巨灵一斧大蛇摧。
神龙掉尾谁能御，落马英雄信可哀。
人生自古谁无死，搏虎屠龙世有几。
周处斩蛟激使然，高祖断蛇醉所使。
岂若斯人义勇全，御灾捍患气无前。
欲观神钺过祠庙，已逐龙渊上九天。

另一清代名士刘炯，也写有一首同名诗，这里就不再引用了。

前面，我先写及北宋安边名将马怀德，因有同名同姓的明代斩蟒英雄马怀德，我便把他插进来进行叙写。但是，有一位南宋的忠义将军马暨还未写及，特在这里补写一下。

马暨是岩昌（今甘肃省岷县）人，为南宋末静江（今广西壮族自治区桂林市）守将。咸淳中，他知钦州（今广西壮族自治区钦州，位于广西南部北海市西北）、邕洲（广西壮族自治区南宁市），镇守静江。

宋恭帝德祐二年（1276），元军将领阿里海牙率军南下，直趋广西。当时，马暨奉命坚守静江，他令部将及诸屯兵（少数民族武装）防守静江府，自率将三千兵马迎敌，后又退守静江。由于他赤心报国，骁勇善战，深受将士们的拥护和爱戴，大家齐心协力，同仇敌忾，挫败了元兵一次又一次猛烈攻击。他们坚守城池三个多月，大小战斗百余次。元军久攻不克，便采取了诱降的策略，选派能言善辩的总管俞全前往劝降。俞全走到城下，高叫道："请马将军出面答话。"马暨早知元军意图，他登上城楼，假作对话的样子，却猛地一手举弓，一手搭箭，箭一离弦，便直奔俞全而去，一箭正中喉咙，俞全倒地身亡。马暨此举，大长了宋军士气，大灭了元军威风。

此时，宋都临安府（今浙江杭州市）已被元军攻占，宋恭帝也已降元。因此，阿里海牙又生一计，他派人到临安，要求宋恭帝亲写诏令劝马暨投降。恭帝不敢不从，便写好诏书，派亲信宗勉前往静江府向马暨劝降。马暨接到诏书，不禁勃然大怒，他当众焚烧了诏书，斩杀了宗勉，并把宗勉的头颅掷出城外，以示自己誓死不降的决心。阿里海牙见马暨态度如此强硬，便又派人送来劝降书，许以高官厚禄，还有多种赏赐，进行种种利诱，但是，又被马暨严词拒绝。

十一月，元军攻破严关，又败都统马应麟于小溶江，静江城成了孤城。在外无援兵、内绝粮草的情况下，马暨孤军本难以守城，而元军又在大阳、小溶两条江上筑堰断流，断了静江城水源。宋军将士们无食无水，死伤相继，形势日趋险恶。于是，元军乘机大举攻城，静江外城、内城相继被攻破。内城破后，马暨又率军进行巷战，在激战中，他浑身是伤，重伤被俘。

阿里海牙对马暨宁死不屈、赤诚报国之举感喟不已，他又苦苦劝降，马暨仍坚决不从，阿里海牙只好就地处死了马暨。据史书载：马暨“被执，杀之，断其首犹握拳奋起，立逾时始仆”。马暨死后，其部将娄钤辖仍率余部二百余人据守月城。

阿里海牙继续劝降，但娄钤辖拒不投降，他率二百五十名士兵进行坚守，表示要与元军决一死战，替马暨报仇。阿里海牙听闻，笑了笑说：“我看你娄钤辖有多大能耐，区区一个月城，粮草又快没了，我看你们还能坚持多久呢！”

元军有将领建议攻城，阿里海牙拒绝他们的建议，没有攻城，而是采取“围困战术”，他说：“你们见过猫逮老鼠吗？猫逮住老鼠以后，并不急于吃掉，而是先逗着玩，直到老鼠疲了累了，几乎不能动时，才吃掉它，很好玩呢！所以，月城不用攻，可以饿死他们，困死他们，今城里没有粮食，没有水，就那么几个人，他们迟早是要投降的，攻城没什么必要。”

这样，缺水断粮十几天，阿里海牙派人站在月城外喊降。娄钤辖走上城墙，高呼道：“我们也想投降，但饿得没有力气，连走都走不动了。你们给我们点吃的，让我们吃顿饱饭，随后任凭你们处置。”

阿里海牙一听大喜，以为娄钤辖真要投降，便派人送了些粮食，还有几头牛，送到城门口上。这时，从城里走出几个宋军兵将，他们牵了牛，拿了粮食，迅速进城，便把城门关上。阿里海牙领着元军将士，站在高处，观看月城里的动静。他们看见，得到牛和粮食的宋军，还没等到肉和米煮熟，就狼吞虎咽，争肉抢食，用手抓着吃了起来，很快就把那些东西吃完。而后，娄钤辖便集合队伍，鸣角击鼓，将士们都手持兵器，摆出战斗的架势。

阿里海牙很是惊讶，以为宋军骗了他们，不投降反而要出城战斗，便让将士们身披铠甲，准备迎战。谁知，娄钤辖他们并没有出城，而是大家围在一起，堆起一堆火药，而后纵火点燃，全部以身殉国，实是一幕悲剧。

见娄钤辖不肯投降，阿里海牙便再一次屠城，城中无一存活。此前，有七百多人逃离邕州，躲避在深山中。元军追击并发起进攻时，他们也拒绝招降，全部自杀而亡。桂林、邕州之战，规模不是很大，但是十分惨烈悲壮，马暨、娄钤辖不畏强敌、拒绝投降、战斗到最后一刻的战斗精神，令人十分敬佩。

桂林、邕州陷落，阿里海牙乘势进军，夺取广西，从西面围攻广东。此时，张世杰、文天祥困守福建、广东沿海，没能得到支援，独木难支，南宋败亡已定，很快走向灭亡。

另需补充的还有，四川会理马氏的始迁祖马政，昔为大明王朝云南沅江府通判，到任后接夫人李君同四子马骏、马秀、马骥、马昂至滇，在任六载。

明孝宗弘治年间，马政从云南离官卸任，随后与夫人携子回籍，行至会川卫（今会理，公元765年会无改为会川），夫人染病，难于跋涉，于是，他们便留止会邑，落业于此，在此设置学堂（私塾），聘请学识渊博、文化素质高的先生（老师）执教，倾心培养子孙后代，并制定了严格的“五教”“五戒”家规家训。正因为马政用非常严厉的家规家训来规诫后人、激励后人，故其二子多才，奋志芸窗：长子马秀曾任云南阿迷州吏目，补升太和县主簿；次子马昂为文庠生，性喜自然，寄情山水，隐居林下，好吟诗，有多首佳作传世。

迄今为止，会理一带的马氏后裔，他们为人处世，仍严格遵循先祖马政制定的家规家训，因而风气良好，人才辈出，家族兴旺。

第五十八章　有武有文　马氏一脉奇才多

众所周知，在南宋时期，也出现了一位名贤马廷鸾，他是宋饶州乐平（今江西乐平市）众埠乡楼前村人，中国著名文学家，南宋名相。

马廷鸾本是马灼之子，因其伯父无嗣，他被过继给伯父为后。幼时，马廷鸾甘于贫困，刻苦学习，积极上进。成年后，乡人聘请他为童子师，每当有酒食招待，他就会想起母亲连粗茶淡饭都难以供给，因此食不下咽。淳祐七年（1247），马廷鸾考中进士，调任池州教授，其间停留了六年。宝祐元年（1253），朝廷召他去都堂接受审察，他予以拒绝，特回到池州，以礼教授学生。第二年，他被调任主管户部架阁。三年后，升任太学录，随后参加馆职考试。当时，外戚谢堂、厉文翁和内侍卢允升、董宋臣当权，马廷鸾在考试策论中提出强化君主品德，重视宰相权力，选拔正直大臣，防范亲近之人。因马廷鸾的观点与时政相悖，被调任秘书省正字。宝祐四年（1256），尤焴负责史事，延揽马廷鸾为史馆校勘。起初，丁大全在浮梁任职，对马廷鸾十分仰慕，极力想招揽他，但马廷鸾并未动摇。后来，马廷鸾的策论，稍微涉及签书枢密院事丁大全，对其有不恭之词。后来，当轮到马廷鸾应对时，丁大全私下让马廷鸾的朋友王持扆去试探。马廷鸾与王持扆关系亲密，且同在史馆就职，只以为是朋友交心，没料到王持扆会来刺探，不慎透露了自己应对丁大全策论的大意。王持扆欺骗马廷鸾说："你还年轻，以后要晋升官职，不能得罪丁大全啊！这对你有什么好处呢？"

马廷鸾试探问道："那么，我到底该怎么办呢？"

王持扆说："你可以假借有病，不予应对丁大全就是了。"

马廷鸾说："这次应对，我已经做了充分准备，这是一个千载难逢的机会，我理应全力以赴，又怎么能轻易放弃呢？"

王持扆见劝不动马廷鸾，便将此事告诉了丁大全，丁大全十分生气。于是，丁大全便私下串通监察御史朱熠，弹劾罢免了马廷鸾官职。马廷鸾的官职虽被罢免，但因为他不畏权势，敢于直言，名声却因此传遍天下。开庆元年（1259），吴潜入主相位，马廷鸾被任命为校书郎。景定元年（1260），廷鸾兼任沂靖惠王府教授。当时，丁大全党羽被大量罢免，但他的亲信宋臣仍在朝中。因无人敢于直言，学官们便联合上疏，马廷鸾参与，他们几人共同起草奏疏，建议朝廷罢免宋臣。当时，吴潜写信告知马廷鸾，建议他不要参与此事，以免加重过失。但马廷鸾表示，公正是原则，不能避嫌。几天后，宋臣终被贬谪，马廷鸾升任安吉州，他还兼任了枢密院编修官。马廷鸾的一生，始终坚持正义，直言不讳，他的著作如《六经集传》《语孟会编》等，都体现了他渊博的学识和见解，他的名字在历史上留下了深刻的烙印。他为后世留下了丰富的学术遗产，其著作有：《碧梧玩芳集》二十四卷，还有诗、词、传记等。

马廷鸾一生勤政爱民，秉性正直，从地方官直至宰相高位。只惜当时南宋朝廷，大权皆为奸臣贾似道、丁大全等人掌握，马廷鸾不能尽展其才华。迫于内忧外患，马廷鸾只能饮恨引退。宋亡后，马廷鸾拒绝与元政权合作，表现出崇高的民族气节。

马廷鸾有子马端临，他的官职虽不及父高，影响不及父大，但他专注于修史，是一位著名史学家，其史学专业成就，是远远大于自己父亲的。

马端临自幼天资聪慧，他小时就在母亲的指导下读经书，7 岁成童即能诵读四书五经。稍大后，他益发勤奋好学，长期仿效南北朝著名文学家袁峻读抄经史的做法，每天坚持抄书五十张，天天如数完成，没有完成，决不休息。十余年间，他遍读了宋以前历代正史、稗官记录、私家文征和唐宋两代名臣奏疏、名儒评论，还从名师曹泾研习了程朱理学。

马端临在潜心研究历史的过程中，发现自班固的《汉书》至司马光的《资治通鉴》等断代史和通史，都详于治乱兴衰的记载，而略于典章制度的记述。他认为“治乱兴衰”史对于后世固然有很大的借鉴作用，然而“典章制度”的置废，对社会兴衰的影响和作用也不容忽视。于是，他便反复深入研究中国每一部典章制度专史，从中领悟到：历代典章制度不尽相同，亦不迥然相异，它们之间有明显的承袭关系。后世典章制度的变革，是在承袭前朝乃至古代典章制度的基础上进行的。潜心研究后，他立志编写一部自上古至南宋的典章制度专史。

于是，从宋朝咸淳九年（1273）开始准备，元朝至元二十七年（1290）开始纂写，直至元大德十一年（1307）历二十余年的努力始告竣，取名《文献通考》，同年刊行于世。全书共有二十四个门类，三百四十八卷。书中详细记述了自古迄宋二十五个朝代各种典章制度的兴废沿革和利弊得失，每个门类和每卷之后都有文字精约的按语，阐述各个时期各种典章制度兴立和废止对社会经济发展和政治兴衰的影响。全书叙事条分缕析，评述精审透彻，资料丰富翔实，是一部古往今来极有参考价值的历史名著。

《文献通考》效法杜佑《通典》的体例，而又编出了特点，大有创新和发展。它的另一个特点是加强了经济类内容的记述，比较详尽地增补了反映唐宋时期农业生产、商品和货币流通、税收、劳役、进御贡品等社会经济方面的内容，从不同侧面，比较客观地录存了当时社会经济的发展状况，即保存了大量有价值的、可以征信的经济史料。再就是考证精深。他在《自序》中这样说："凡叙事，则本之经史，而参之以历代会要以及百家传记之书。信而有征者从之，乖异传疑者不录。"所以，他在选材上极为严谨，所记述的每一件事，每一种典章制度均以正史为资料根据，同时还与历代会要（各个朝代的史料汇编）和历代正史中有关人物传记中的相关记载相对照，进行缜密的考订，有征可信的收录，不可征信的不载。这充分表现了他那种求真、求实的治学精神。

马端临随父归隐故乡以后，在家乡兴办学校教育本族子弟。马氏一家虽世代书香，子弟都受过良好的教育，但故乡众多同族的子弟，因身处偏僻山乡，且多贫穷，大部分无法入学读书。马端临回到家乡后，即自己出资兴办了"扶风马氏家塾"，免费招收本族子弟入学就读。其将学堂命名为"扶风马氏家塾"，是取怀念马氏起源的故乡扶风之意。这样，他们族中的入学子弟，在马端临的教育下，大多学有长进，不少人以优异的成绩考入县学，涌现了不少人才。

应当说，在南宋末年那样一个特殊的历史时期，身为宰相之子的马端临，能淡泊名利，宁静致远，专心著史，确实十分难得。他编著的《文献通考》，在中国浩渺的史籍中是有很重要的地位的，而马端临的贡献，亦应为世代所敬仰。

宋元时期，在马氏一门中，著名文人除了马廷鸾、马端临父子，还有戏曲大家马致远。马致远年少时非常好学上进，为马氏后人所津津乐道，他们不时以此来激励自己的子孙后代向之看齐。

青年时期，他追求功名，对"龙楼凤阁"抱有幻想，但仕途多舛，经历了蒙古时代的后期及元政权统治的前期，都未曾担任显赫官职，所以其政治抱负一直没能实现。于是，他转而参与杂剧创作，曾担任江浙行省务官，与文士王伯成、李时中等组织了“元贞书会”，同艺人花李郎、红字李二深有交往。

大约50岁时，马致远即辞官归隐。他的一生都是郁郁不得志，漂泊无依，在官场生涯里，他看透了世俗的可悲和人生的耻辱，对政治的各种不满意，就有了“隐居山林其乐悠悠”的念头。从此就过上了很平淡的休闲幽雅的恬静生活。

马致远从事杂剧创作的时间很长，擅长用叹世超世的形式，虚掩其外，而愤世抗世的内容则深寓其中。虽其大多数杂剧的戏剧效果不是很强的，但前人对他的杂剧评价很高，元末明初，贾仲明在诗中说：“万花丛中马神仙，百世集中说致远”“姓名香贯满梨园”。究其原因，主要有两方面：一是剧中所抒发的人生情绪容易引起旧时代文人的共鸣，二是语言艺术的高超。

马致远是元代散曲大家，有“曲状元”之称。其散曲题材领域广，艺术意境高，声调和谐优美，语言疏宕豪爽，雅俗兼备，词采清朗俊雅而不浓艳，《太和正音谱》评为“马东篱之词，如朝阳鸣凤。其词典雅清丽，可与灵光景福两相颉颃，有振鬣长鸣万马皆喑之意。又若神凤飞于九霄，岂可与凡鸟共语哉！宜列群英之上”。

他的《天净沙·秋思》脍炙人口，匠心独运，自然天成，丝毫不见雕琢痕迹，被誉为“秋思之祖”。

他的杂剧《汉宫秋》与他的小令《秋思》和套曲《秋思》构成了马致远艺术创作的三座高峰。

马致远是元代曲坛上承前启后的重要作家，在元代散曲作家中，其散曲数量最多、流传最广，创作的散曲数量比关汉卿、白朴两人现存散曲的总和还多。其杂剧创作脱离市井，脱离平民，是无根化的创作，因而被后世誉为“马神仙”。

对于马致远的散曲风格，有学者认为是“豪放”的，其实当是“旷”。就像王国维在《人间词话》中说“东坡之词旷，稼轩之词豪”一样，马致远散曲所表现的，更多的是和苏轼词中相似的旷达。

马致远的杂剧最集中地表现了当代文人的内心矛盾和思想苦闷，并由此反映了一个时代的文化特征。其剧作大抵写实的效果并不强，人物形象的塑造也不怎么突出，戏剧冲突通常缺乏紧张性，剧中人物往往游离戏剧冲突去作大段的抒情，以借剧中人物表现自己的喜怒哀乐。

至于杂剧内容，则以神化道士为主，剧本全都涉及全真教的故事。如《岳阳楼》《陈抟高卧》《任风子》《黄粱梦》等。这些道教神仙故事既表现出一种懦弱的悲观厌世的态度，又包含着重视个体存在价值的意义。

马致远存世的作品有《江州司马青衫泪》《破幽梦孤雁汉宫秋》《吕洞宾三醉岳阳楼》《半夜雷轰荐福碑》《马丹阳三度任风子》《开坛阐教黄粱梦》《西华山陈抟高卧》七种。其中《开坛阐教黄粱梦》为其与文士王伯成、李时中、艺人花李郎、红字李二合作写成。

其散曲大致可分为四大类：写景、叹世、闺情、世象。存世散曲一百三十多首，其叹世之作挥洒淋漓地表达情性，故他在元代散曲作家中被视为“豪放”派的主将，他虽也有清婉的作品，但以疏宕宏放为主，其语言熔诗词与口语为一炉，创造了曲的独特意境。

马氏一族很值得骄傲的，是他们家族的历史名贤中，除了男性，还有女性。前面，我们已写及东汉时期马援的女儿马皇后，而到了明代朱元璋时期，那孝慈高皇后马氏也是一位至为贤德的皇后。孝慈高皇后马氏是南直隶凤阳府宿州（今安徽宿州）人，滁阳王郭子兴的养女，明太祖朱元璋的结发妻子。

元至正四年（1344）五月，江淮流域爆发了以刘福通为首的大规模的红巾军起义。后来，郭子兴在定远（安徽定远）起兵响应，成为当地白莲教的首领。濠州钟离人朱元璋前来投奔，郭子兴见朱元璋是个人才，便把养女马氏许配给他。马氏与朱元璋成亲后，对其感情深厚，她追随朱元璋南征北战，精心辅佐朱元璋。婚后，马氏收养了朱元璋的亲侄儿朱文正、外甥李文忠和定远孤儿沐英，她对这三个养子视若己出，一直悉心关怀照顾。后来，马氏和朱元璋又收养了二十多个义子。

朱元璋南下之时，马氏曾负责往来文书，做得井井有条。同时，她还劝朱元璋不要扰民，更不要滥杀，深得朱元璋的赞赏。朱元璋率领大军渡江时，马氏和将士的家眷仍留在和州（今安徽和县）。当时，长江交通线被元军切断，和州孤立，马氏便热情鼓励将士，抚慰眷属，稳定了后方。朱元璋攻下集庆（今南京市）以后，由于战争的需要，马氏亲手为将士们缝衣做鞋，深受大家的拥戴。陈友谅率兵东下，直逼江宁（今江苏省南京市郊），朱元璋便亲自领兵抵御。强敌兵临城下，城中的官员、居民有的打算逃难，有的忙着窖藏金银、囤积粮食。马氏却镇静自若，把自己的金帛全都拿出来犒赏士兵，稳定了军心，对朱元璋获得胜利发挥了重要作用。

洪武元年（1368）正月，朱元璋登基于应天府（今南京），国号大明，建元洪武，册立马氏为皇后。马皇后有五子，其中朱橚最为年幼，他性格放荡不羁，长大

后被封到开封做周定王。马皇后对他很不放心，待周定王临行时，马皇后便派江贵妃随往监督，还把自己身上的旧布衣脱下来交给江贵妃，并赐木杖一根嘱咐说：“周定王如有过错时，你可以代表我披衣杖责。他如敢违抗，便驰报朝廷，予以惩罚。”从此，一见着慈母的旧布衣，周定王便生出敬畏之情，不敢胡作非为，还有了一些功劳。以严为爱是马皇后对待子女的原则，如对宁国公主、安庆公主，马皇后也要求她们勤劳俭朴，不能无功受禄。而对待朱元璋的义子沐英、李文忠等，马皇后也都严加管教，但慈爱有加。

马皇后虽贵为皇后，但每天仍亲自操办朱元璋的膳食，连皇子皇孙的饭食穿戴，她也亲自过问，无微不至。宫人或被皇上宠幸得孕，马皇后不但不怪，反而倍加体恤。嫔妃或忤上意，马皇后便设法从中调停，减少对她们的责罚。她在内宫的治理上“讲求古训”，并注意借鉴前朝的经验。她觉得，宋朝有许多贤惠的皇后，便命女史摘录她们的家法，经常翻阅查看，吸取经验教训。她还能勤俭持家，以身作则，平常穿的衣服，洗了又洗，早已破旧不堪，也不愿换新的。她还命人在后宫架起织布机，亲自织些绸衣料、缎被面什么的，然后以皇家献爱心的名义，赐给那些年纪大的孤寡老人。对于剩余的布料，马皇后则裁成衣裳，赐给王妃公主，并解释说：“你们生长在富贵家庭，不知纺织的难处，要爱惜财物，不能浪费啊！”

朱元璋在前殿处理政务时，有时因事情不顺会非常生气，马皇后便等朱元璋回到后宫，待他心平气和之后，这才依据事理委婉地进行劝说。朱元璋的性格虽然刚毅，但因为马皇后的善意劝说，能够获得减免刑罚从轻处理的人也有很多。

朱元璋的义子李文忠守卫严州，杨宪诬告他不遵守法律，朱元璋便想召李文忠回来。马皇后说：“严州是面临敌境的地方，随便更换将领不合适。况且，李文忠向来贤明，对朝廷十分忠诚，杨宪的话仅为一面之词，难道可以轻信吗？”朱元璋一听，便未召李文忠回来，让他仍留守在严州，他后来立了大功。

朱元璋曾经让重刑犯修筑城墙，劳作十分苦累。马皇后说：“通过罚劳役来赎罪，这是国家对待犯有重罪的囚犯的最大的恩惠。但是，本来就十分疲惫的囚犯，如果再加重他们的劳役，恐怕免不了有很多死亡。”朱元璋听了这话，便全部赦免了这些重刑犯。

马皇后非常爱惜人才。一次，朱元璋视察太学回来，马皇后问他太学有多少学生，朱元璋回答有数千人。马皇后说：“数千太学生，可谓人才济济啊！

可是，太学生虽有生活补贴，但他们的妻子儿女，靠什么生活呢？”

朱元璋说：“那，只能靠他们自己来解决了。”针对这种情况，马皇后在征得朱元璋同意后，便征集了一笔钱粮，设置了二十多个红仓，专门储粮供养太学生的妻子儿女，生徒们对此颂德不已。

朱元璋做了皇帝以后，想给马皇后的族人分封官爵，马皇后断然拒绝说：“分封爵禄，偏爱外戚之家，这不合乎法律。”由于马皇后坚决拒绝，朝廷便停止了这件事。

马皇后在洪武十五年农历八月丙戌日(1382年9月17日)去世,享年50岁。朱元璋因此非常伤心，他从此未再立皇后。同东汉明德马皇后一样，明代孝慈高皇后马氏，也是中国历史上最有贤德的皇后之一。

第五十九章　远下西洋　郑和原是马三宝

上一章所写，是明太祖朱元璋的马皇后，哦，这是明代啊！那么，在明代，马氏家族中，还诞生过什么名贤呢？我想了想，还真有一个，谁呢？他姓郑名和。可这郑和与马家又有什么关系呢？有啊！原来，郑和本姓马，叫马和，字三宝，只因为明成祖朱棣赐他郑姓，所以这郑和之名，便大出名特出名了，也因为他是太监，后人多称他三宝太监。还有人称他马三保，说是三保太监，此皆为同一人。

明洪武四年（1371），马和出生于云南省昆阳州。他们家族一直跟随忽必烈蒙古军队征战，从遥远的西域迁徙到云南定居。从此，他们在滇池附近繁衍生息，代代相传。

到了元朝中期，这一家族诞生了一个大人物，那就是赛典赤·赡思丁典赤，蒙古语为“贵族”之意。云南建行省时，赛典赤为平章政事。他的子孙很多，后裔中的昆阳马氏是其中很出色的一支，马和的祖父和父亲即属这一支，所以说，马和出身于一个显赫的望族。

马和出生时，元朝早已灭亡，朱元璋剿灭了各方割据势力，建立了明朝。但是，明朝建立五年之后，昆明滇池一带仍属于元朝的梁王控制，马和的父亲也在梁王手下任职。后来，明军30万进攻云南，在滇池边与梁王大战。梁王败北后，全家人投滇池自杀，马和的父亲战死。

战后，明朝军队掳掠了一批小男孩做太监，其中就有马和。马和被掳掠到南京后，被残酷施行了阉割，成为宫廷的一名小太监。

洪武十七年（1384），少年马和便跟随朱元璋的军队征战南北，在战争中迅速成长起来。没过几年，马和被送往北京燕王朱棣府邸做奴隶。这时，马和已经十七八岁，长得膀大腰圆，威武挺拔。朱棣很喜欢他，把他选入内廷，充当内宫太监。马和对朱棣忠心耿耿，赢得了朱棣的欢心，主奴之间相互信任，朱棣已有重用马和之意。

建文元年（1399），燕王朱棣发动了“靖难之役”，他起兵靖难，攻破南京，推翻了建文帝的统治，自己登上了帝位。在朱棣与惠帝长达四年的争战中，马和跟随朱棣出生入死，展现出杰出的军事才能，立下了赫赫战功。“靖难”刚开始时，燕军的势力并不大，只有燕赵几座孤城。明将李景隆趁朱棣进攻大宁之机，包围北平，在郑村坝结九营。朱棣还师交战，马和献计，并亲临战阵，出生入死，连破李景隆七营，斩首数万。李景隆败后，逃往德州。这一战，燕军获降军数万，战马两万匹，取得了“靖难”后的首次大捷，从此扭转了整个战局。建文四年(1402),朱棣登基当上皇帝,是为明永乐帝。马和也被封官加爵，任内官监太监，相当于四品官职。

永乐二年（1404），永乐帝又因马和在郑村立下战功，便赐其姓郑。从此，马和改名为郑和。在中国古代，帝王赐姓是至高无上的荣耀，而宦官被赐姓更是少有，当然也是这一家族最高的荣耀了。

此后，郑和因得到永乐帝赏识，能够参与政务。此举，虽违反了朱元璋在世时立下的“凡阉竖宦官不得预闻朝政”的规矩，但是，雄才大略的永乐帝并不受其束缚，一直重用郑和，并让他积极发挥自己的才干。不过，郑和虽身居高位，却沉默寡言，他并没有依仗皇帝的宠信无事生非，而是更加谨慎小心、兢兢业业地为皇家办事，以报永乐帝的知遇之恩。因江山已定，国家呈现出歌舞升平的盛世景象。永乐帝是个好大喜功的君王，他见当时大明国库充盈，百姓富足，自己掌权已稳，觉得应该派人巡抚海外，扬大明天朝之国威，这样才不失自己的“天之骄子”美称，便想派船队下西洋。可是，派谁去呢？这时，郑和正当壮年，身材魁伟，且忠心耿耿，能力超群，自然成为永乐帝优先考虑的最佳人选。于是，永乐帝询问著名相士袁忠彻：“朕打算派郑和率大型船队远下西洋，你看他能否值得信任呢？”袁忠彻掐指算了一阵，说：“远航西洋，没有比郑和更为合适的人选了。这郑和郑和，不就是正合正合吗？陛下还是有先见之明，您给他改的这个郑姓真好，郑和的确是最为合适的人选。而且，此次任务，主要是出使，以郑和为正使，其名为和，不正好代表着和睦、和谐、和平吗？”

永乐帝一听大喜，便下定了让郑和出使的决心。几日后，圣旨便予下达，命郑和为正使率大型船队出使西洋，由宦官王景弘为副使，共率27800余名士卒，乘坐大小共208艘海船，组成一支十分庞大的大明船队，浩浩荡荡，出使海外。

为了这次远航的成功，永乐帝和郑和花了整整两年时间，征集全国各地的能工巧匠，在今江苏南京、太仓等地，进行航船的制造。

永乐三年（1405），郑和船队从苏州刘家港起锚，开始了第一次远航。随行出使的人员，除了船工水手外，还有大批负责护航的将士、担任翻译的通事、医官、买办、阴阳术士、军匠、民匠、伙夫等。船上装备的，是当时世界上最先进的航海设备，如航海图、罗盘针等，一应航海设备，十分齐全。

这些海船，全都“体势巍然，巨无与敌，篷、帆、锚、舵，非二三百人莫能举动”。那最大的船，竟长达44丈、宽18丈，分上下4层，简直就是一个小型的宫殿。最小的船，也长约13丈，是庞然大物。这些船只有着明确分工，有指挥中心乘坐的最大的宝船，有具有防御和战斗功能的战船，有补充供给的粮船，还有一种负责补给和通信的马船。正因为这是一支庞大的特混船队，他们在航行中有着严密的队形和秩序，严格地听从郑和的指挥。那指挥船位于船队的中心，战船位于指挥船的外围，粮船等则位于中围。这种队形，与现代舰队大型编队的航行序列卫幕队形很相似，既便于指挥和统一前进，又具有良好的自卫能力，这是当时世界上最先进、最庞大、最有战斗力的船队。

郑和船队沿海南下，经过浙江、福建、广东、广西等地，最后到达占城（今越南南部）。上岸之后，他们在此进行贸易，还派人考察当地的风土民情。对于船队携带的商品，当地人从未见过，都感到十分新鲜，纷纷进行抢购。

在占城待了几天，郑和找来王景弘，与他进行商量，他说：“圣上叫我等来宣化德教，可这里虽地属荒蛮，然人们尚知礼仪。依我之见，咱们没有必要再待下去了。”

王景弘道：“那怎么办呢？我们就回京复命吧。”

郑和摇摇头说：“此次出行，朝廷不知花了多少钱财，动用了多少人力，若我们就此而归，并没有做出多少业绩，那不是无功而返吗？临行时，圣上曾一再嘱咐我，这次出航，一定要威德加于异域，展示中国之文明，我等焉敢不听？”

于是，他们离开占城后，继续南下，一直行至爪哇国（今印度尼西亚爪哇岛），在那里会晤了爪哇国国王，并将许多赏赐物品给他们留下，继续向前航行。在三佛齐岛国（古又称旧港，今印度尼西亚巨港）时，船队遇到了以陈祖义为首的海盗，对他们进行阻拦。陈祖义是广东人，洪武年间跑到南洋，召集一伙人占领了旧港，干起了劫掠商船的勾当，许多国家的商人，都对其深恶痛绝。这一次，陈祖义见郑和船队船多兵众，便动了一番脑筋，假意向郑和投降，暗地里却准备打劫船队，把货物洗劫一空。

郑和接受了陈祖义的投降,陈祖义亲自出城相迎,并设宴款待郑和。宴席上，郑和道：“你虽身处海外，但终属中国人。你今虽身为一岛之主，但是，必须向大明朝廷纳贡称臣。”

陈祖义不肯，他说：“我陈某一不享受明朝的俸禄，二不在明朝的土地上居住，三不吃明朝的粮食，我为什么要向明朝廷纳贡称臣呢？”

郑和十分严肃地说：“普天之下,皆为王土,炎黄子孙,均为华民。今日华民，莫不归我大明管辖，你又怎么能例外呢？”陈祖义拒不听从郑和的劝告，他说：“我就不服从大明王朝，你又能奈我何呢？”

郑和闻言大怒，说了一声：“好你个陈祖义，你是敬酒不吃吃罚酒，看我怎么收拾你吧！”说罢，便拂袖而去。回到船队，郑和立即点兵进攻陈祖义。陈祖义手下海盗虽众，但是一群乌合之众，没有强大的战斗力，他们根本不是训练有素的明军的对手。一场大战下来，海盗大败，明军大胜。郑和又命令船队封死入海口，截断陈祖义他们的归路。惊慌失措的陈祖义，带领三十多人，趁夜乘船潜逃。岂知，郑和早已四面布下伏兵，陈祖义刚一露头，便将他们一举擒获，郑和领兵上岸后，又另选一人作为岛主，留下许多赏赐，岛上居民都十分高兴。而后，郑和让人押着陈祖义，登船继续航行，一路向西，途经苏门答腊、南浡里、锡兰山古里。他们所到之处，无不遍施赏赐，并将所擒的陈祖义向众人展示，以显大明国威。在古里，郑和的访问获得了巨大成功，他们在此建立了交通、贸易中心转运站，为以后的远航打下了良好的基础，做了一定的准备。

永乐五年（1407），郑和的船队返航，船队来到台湾稍作休整，于当年九月返回南京。回京以后，郑和将沿途情况禀报给永乐帝，并将陈祖义交付朝廷，让依法处治，陈祖义被当众斩首。郑和首次出海，就获得了意想不到的成果，永乐帝当然十分高兴。于是，郑和回来还不到半月，永乐帝便急不可耐，令郑和再次出航，郑和便又匆匆开始了第二次远航。

这一次出航时，郑和因有首次出航的经验，船队带了大量物品，其中包括瓷器、铜器、铁器、金银以及各种精美的丝绸、罗纱、锦绮等丝织品和蚕丝，准备对沿途诸国进行赏赐的同时，还与各国之间进行贸易。这次的使团和首次一样，依旧从刘家港出发，其实，他们七次出航，都是由此地入海的。此次出航，沿途各国都以最高的礼仪来接待他们。而郑和给予他们的赏赐也更为丰厚，使这些国家及其人民深深地感受到了大明王朝和平友好的情谊。

在满剌加（今马六甲）稍作停留，郑和便率船队来到锡兰。锡兰酋长亚烈苦奈儿听说郑和来访，即率众出城相迎。由于身边带有翻译，沟通并无障碍，郑和觉得这位酋长太过殷勤，以为只是他们好客，也没十分在意。酒宴之后，亚烈苦奈儿赠送了很多礼物给明朝，郑和也回赠了不少东西。亚烈苦奈儿还陪同郑和四处游览，来到饲养动物的林苑，郑和发现在一间小屋里，关了很多人。他不明白这是怎么回事，就问亚烈苦奈儿。亚烈苦奈儿不屑地一笑说："这些人身犯重罪，故囚禁于此，是用来喂养园中猛兽的。"

郑和一听大惊，说："他们到底是犯了什么罪，为什么要用这样残酷的刑法？"

亚烈苦奈儿说："他们中大多数人，竟然直陈我的过失，这不是目无君主吗？还有那些偷鸡摸狗、打架斗殴的不法之徒，难道不应把他们喂养猛兽吗？"

郑和变色说道："你这样做，恐怕太不人道了吧！"

亚烈苦奈儿说："我等小国治理，是不能与天朝大明相比的。如不使用如此手段，不足以震慑犯罪之人，我的那些虎豹狮狼，就没有吃的食物了啊！"

郑和强压住满腔怒火说："难道人的性命，还不如你所饲养的畜生重要吗？"

亚烈苦奈儿也不高兴了，他冷笑着说道："我们是化外之民，难道你们上国，还要管理我们这海外孤岛不成？"

郑和听了，默然不语，十分气愤地回到了船队，但仍在想着如何不再让亚烈苦奈儿不以人喂野兽的办法。结果，第二天一早，亚烈苦奈儿就派人前来宴请郑和。郑和想到其中肯定有诈，便借酒醉予以推辞。后来，他再派人打探。原来，此次盛宴，果然是"鸿门宴"。亚烈苦奈儿见郑和船队金银货物满载，便想将郑和他们引入宫中，假作宴请，却埋伏有刀斧手，欲将他们全部杀掉，抢劫全部金银货物。一闻此讯，郑和便带领两千名将士，出其不意地攻打锡兰都城。由于亚烈苦奈儿没有防备，他的妻子和官属均被擒拿。领兵打劫船队的将领撤兵回救，不料郑和却杀了他们个回马枪，带领军队又把敌兵打得溃散，敌军全都一哄而散，四处奔逃，纷纷投降。待他们投降后，郑和便释放了投降的将士，只把亚烈苦奈儿扣留在船上，欲押回南京审判，然后继续航行。

郑和使团又经过了古里、柯枝、暹罗等国，于永乐七年（1409）六月返回南京。郑和再一次成功而归，令永乐帝喜出望外。他闻听郑和仅用两千名士兵，就攻陷了一个国都，更是感到意外，便赞扬郑和不辱使命。永乐帝召见亚烈苦奈儿之后，将其斥责了一番，然后放他回国，不让他再当国王，而让其子继位，让他们改掉了以犯人喂养猛兽的恶习。

永乐七年（1409）九月，郑和又受永乐帝之命，开始了第三次远航。这次，他们的船队访问了占城、爪哇、满剌加后，来到了苏门答腊，这里刚刚经过了一场大的事变。

原来，永乐六年（1408），苏门答腊和西面的邻国那孤儿国打了一仗，苏门答腊国王中箭身亡。王后为了复仇，便晓谕全国：谁能领兵打败那孤儿国，我就嫁给他，并请他当国王。想不到，有一个很有本领的渔夫，竟然领兵打败了那孤儿国，娶了王后并当上了国王。但是，老国王的儿子并不甘心，他培植了一伙心腹勇士，刺杀了渔夫国王，自己登上了王位。郑和到达苏门答腊后，向新国王赠送了许多礼品。渔夫国王的儿子苏干剌想替父报仇，便发兵攻打苏门答腊，企图争夺王位，结果被新国王所败，只能逃到一个叫邻山的地方当山寨王，手下也聚集有好几万人。郑和到访，苏干剌以为也会赠给自己宝物礼品，结果一无所获。出于报复，苏干剌便带领手下人马，欲袭击郑和的船队。郑和得知后，忙告诉了苏门答腊新国王，新国王便派兵援助。郑和带领两国兵将，布下重重埋伏，待苏干剌领军来到，立时将其包围，使他们全军覆没，苏干剌也被活捉，郑和将其押解在船上。

离开苏门答腊后，船队又继续前行，访问了阿鲁（今苏门答腊岛日里河流域）、锡兰山、小葛兰（今印度柯钦南）、柯枝、甘巴里（今印度泰米尔纳德邦的科因巴托尔）、阿拔巴丹（今印度阿默达巴德附近）、古里等国。然后，他们折回满剌加，在那里修筑城塞后，于永乐九年（1411）七月返回南京。

船队返回以后，永乐帝厚赏郑和及与他一起出行的将士，并将被俘的苏干剌处死。这样，郑和三次出海访问后，诸国纷纷派使者前来大明访问，大明的威望一天高于一天。

永乐十一年（1413），郑和第四次出海远航。这次出航前，郑和制定了庞大而周密的计划：他们船队要抵达今天印度洋西岸的阿拉伯半岛和非洲东海岸。这意味着，船队必须横渡印度洋，这真是一个令人不敢想象的大胆计划。在出航前，郑和曾专程来到泉州北面的一个穆斯林村庄，目的是挑选些穆斯林海员。因为，这里的人不仅熟悉阿拉伯地区的情况，而且对航海技术及星象学知识也很谙熟。实践证明，他的这一做法十分正确，正是这些穆斯林海员，帮助他们圆满完成了此次航海任务。

克服了无数危险后，郑和率领的船队，终于越过大洋，抵达阿拉伯海岸。此次出海，航线较长，他们途经占城、爪哇、满剌加、苏门答腊、南浡里、彭亨、急兰丹、锡兰山、加异勒、甘巴里、柯枝、古里、沙里湾泥、溜山、忽鲁谟斯，直至非洲东岸木骨都、不剌哇、麻林迪、比剌等亚非国家。此举，不但开通了中非航路，对东非沿岸国家的访问也取得了圆满成功。

永乐十五年（1417）九月，郑和第五次出航。他们这次出航期间，明王朝已决定迁都北京，需要各种珍禽异兽来充实内苑。于是，郑和船队便带回了许多珍禽异兽。次年八月，郑和船队才予返航。

永乐十九年（1421）正月，港酋长施济孙派人向明朝请旨，想承袭宣慰使一职。永乐帝欣然批准，让郑和第六次出海，带着款印前去赏赐。此次出航，郑和他们途经忽鲁谟斯、阿丹、南浡里、苏门答腊、阿鲁、满剌加、甘巴里等十六国，对所到达国家和地区，他们又进行了友好访问。

郑和的六次出海访问，使明朝的海外贸易进入一个新阶段。它不仅使明朝在南洋、西亚地区盛名远播，而且更加扩大了国家和人民的对外视野。尽管，郑和船队是当时世界上无与伦比的船队，但他们船队没有成为“海上霸主”，一直充当着和平使者的角色。每次返航时，各国都有外使随船来华，多时逾千人。郑和船队厚往薄来，与各国既开展贸易，又结下友谊。在马六甲，郑和船队在当地沿岸地区建造了一个仓库式的小城，四周用栅栏包围着，四角设有更鼓楼，里面设置仓库，作为航行的补给与运输的中途站。郑和远下西洋，不仅带回许多珍贵的贡品，更扩大了明朝的影响。据不完全统计，永乐一朝，仅南洋地区就有 90 余个使团访问中国。永乐和宣德三十多年间，外国使团来访多达 400 批，每次到访者少则六七十人，多则有五六百人。这不能说是万国来朝，但数百国来朝的事实却是存在的。

在郑和第四次至第六次下西洋期间，各国相继来访，其中国王亲自来华的有以下几位：永乐十五年（1417）八月，苏禄国东王巴都葛叭答剌，西王麻哈剌吒葛剌麻丁，峒王巴都葛叭剌卜各率其家属、头目及随员共 340 余人来华访问，永乐帝以接待满剌加国王之礼接待他们。永乐十八年（1420）十月，古麻剌朗国王亦率领其王妃、王子、陪臣，随太监张谦来华访。

永乐二十年（1422），郑和回国。永乐二十二年（1424）七月，永乐帝驾崩，明仁宗朱高炽登基。明仁宗在位时间不长，洪熙元年（1425）五月，便暴病身亡，明宣宗朱瞻基即位。明宣宗朱瞻基继承永乐帝遗志，为将航海事业发扬光大，便派遣郑和第七次下西洋。

宣德四年（1429），明宣宗颁布《遣太监郑和等赍诏往谕诸番国诏》，郑和第七次奉诏出海。这一年，郑和已经60岁。他似乎已有不祥的预感，出发前，他特意在太仓刘家港和福建长乐的天妃宫中，竖立了两块石碑，记述六次航海的经历。后来，这两块石碑，自然成为我们今天能够面对的有关郑和航海的仅有的珍贵的文字资料。

宣德五年（1430）十二月，郑和迎来了他生命中最后一次远航。此次航行的分船队一直抵达伊斯兰教圣地麦加和麦地那。宣德八年（1433）九月，随船前来的各国使臣，包括苏门答腊国、锡兰国、古里国、柯枝国、忽鲁谟斯国、祖法儿国、阿丹国及其他阿拉伯国家，从北京紫禁城的午门鱼贯而入，在奉天殿进献贡品。

郑和的船队穿过曼德海峡，沿红海往北行进，驶往圣地麦加。郑和的第七次航海，对他个人来说，是最大的幸福和安慰。因为麦加是穆罕默德创立伊斯兰教的地方，素有伊斯兰教圣地之称。作为穆斯林教徒，一生能到此朝圣一次，向真主安拉献虔诚之心，就是最大的幸福。郑和一行终于来到梦寐已久的圣地。当郑和吻着那日思夜想的圣石时，不禁热泪盈眶，发出由衷的感叹：青年时代立下的朝觐麦加的誓愿，在此刻总算有了一个圆满结果。几十年藏于心底的梦，终于变成了现实。

这次航行，郑和率领船队来到了好望角。宣德八年（1433）四月初，郑和在前往古里的途中与世长辞。

郑和不幸辞世的消息传开，悲震整个使团，所有的船只都扬起白帆。古里酋长闻讯后，亲率百官前来凭吊。王景弘命人把郑和的遗体妥为装殓，准备回国安葬。但是，当时盛夏气温正高，当船队航进爪哇时，郑和的遗体已出现腐败的征兆，眼看难以保存，究竟该怎么办呢？无奈之下，王景弘与众人将郑和埋在当地。一生漂泊海外的郑和，从此便长眠于异国他乡。当然，后来在中国，在郑和家乡，也自有郑和的安身之地。

郑和逝世后，他们的船队于同年七月，终于驶进刘家港。宣宗想让郑和永远守望着自己出海的始发点，于是将他的衣冠冢筑于南京牛首山南麓，并敕封郑和为“三宝太监”。

自永乐三年（1405）至宣德八年（1433），在这二十八年时间内，郑和率领当时世界上最强大的船队数百艘，载人数万，进行了史无前例的七次远航，最远到达东非洲红海和伊斯兰教圣地麦加，途经三十余国，将辉煌灿烂的中华文明洒向所经各地，使得各国相继派使访华，促进了中国与西洋各国的友好往来，这一伟大的远航壮举永远是人民的骄傲。郑和七次远航，并不是凭恃武力恫吓西洋诸国，而是本着友好交往、互通贸易的宗旨与他们建立联系，以德行让海外诸国心悦诚服。所以，他不仅仅是一位伟大的马氏先贤，更是中国历史上伟大的航海家、军事家和外交家。

正因为郑和七下西洋，贡献巨大，所以中国和世界各地都纷纷把郑和纪念：

印尼、马来西亚、泰国、菲律宾等国都设有庙宇并立神像来供奉郑和，泰国大城府的三宝公庙、马六甲“宝山亭”、登嘉楼“三保公庙”、砂拉越尖山“义文宫三保庙”、槟城峇都茅“郑和三保宫”以及吉隆坡的“三宝庙”；在郑和的故乡云南省晋宁县、苏州太仓、福州长乐等地，都建有“郑和公园”；而郑和在海内外的命名物，总数在百处以上，比如南沙群岛中的郑和群礁，泉州的“郑和堤”“三宝宫”“三保街”等；在海外，马来西亚有三宝山、三宝井以及以郑和命名的“郑和·朵云轩（马六甲）艺术馆”，印尼有三宝垄、三宝墩，索马里有郑和村郑和屯，菲律宾有三宝颜；中国自行设计建造的第一艘远洋航海训练舰（隶属海军大连舰艇学院）被命名为“郑和舰”；中国企业交付的一艘 18000TEU 超大型集装箱船，被命名为“郑和号”。

更有意义的是，经中华人民共和国国务院批准，自 2005 年起，每年的 7 月 11 日（郑和首次下西洋出航日），被指定为中国的航海日，并规定在这一日，全国所有船舶应鸣笛挂彩旗，以示纪念。应当说，马氏三宝太监郑和七下西洋，他所取得的政治成就、外交成就、军事成就和经济成就，既是马氏家族的荣耀，也是中华民族的荣耀，是我们中国和世界共同的荣耀。

第六十章　声名显赫　英勇抗日两名将

当然，自元以后，在清代以至民国年间，也诞生了不少马氏名贤，这里就不一一列举。那么，近代呢？近代的马氏名贤还有谁呢？我想到了马占山。

马占山祖籍河北丰润。清朝嘉庆初年，其祖父马万龙和祖母刘氏逃难来到东北，定居在怀德县毛家城镇毛家城子村西炭窑屯。后来，刘氏生下马占山的父亲马纯，一家三口过着无依无靠的贫苦生活。

马占山出生于奉天怀德（今吉林省公主岭市）。他自幼体质非常瘦弱，但由于长年经受困苦生活的磨炼，养成了刚毅倔强的性格，而且一无畏惧，胆量过人。他七八岁起，就给姜家崴子屯大地主姜顺牧马，骑术十分精湛。因被姜顺诬告他盗马，马占山便愤而离家出走，在哈拉巴喇山落草为寇。日俄战争结束后，马占山率领同伙接受怀德县衙的收编，成为地方游击队。1911 年，马占山投靠清军奉天后路巡防营统领吴俊升，任该部四营中哨哨长。很快，吴俊升部改编为民国中央骑兵第二旅，马占山被任命为三团三连少校连长。

1916 年，马占山随吴俊升受张作霖命令，派兵镇压敌对势力有功，晋升为营长，又擢升为团长，不久，被提升为东北陆军骑兵第十七师第五旅旅长。第二次直奉战争结束后，郭松龄倒戈事件爆发，马占山在新民县白旗堡击败郭军，并活捉郭松龄夫妇。因功，他于次年被提升为骑兵十七师师长，不久又被提升为骑兵第二军军长。张学良宣布东北易帜后，马占山被派往黑河，担任警备司令，统辖沿江十余县防务。

九一八事变爆发，马占山在齐齐哈尔就任黑龙江省政府代理主席兼军事总指挥，率领爱国官兵奋起抵抗日本侵略军。江桥抗战时，马占山不顾蒋介石不抵抗政策，奋起抗战，深受全国人民称赞。

日本侵略者占领东三省大部分地区后，为了建立傀儡政权——伪满洲国，采取各种手段对马占山进行诱降。马占山屈服于日本侵略者的军事威胁和政治诱惑，于1932年2月降日，就任伪黑龙江省省长，3月又任伪满洲国军政部长。马占山在担任伪职期间，想方设法不在卖国文件上签字，甚至自称不识字。后来，马占山产生反正之心。他利用伪省长的身份，筹集了伪满币2000多万元（相当于银圆200万元）、300匹战马和十几卡车物资，秘密送往黑河等地以备抗日之用。很快，他便带领亲随二百余人，离开齐齐哈尔，抵达黑河，通电反正，再举抗日旗帜。他随即联合吉林的李杜、丁超和海拉尔的苏炳文，组成东北救国抗日联军，设总司令部于哈尔滨，自任总司令。他又传令各县组织义勇军，集中于黑龙江东部各县配合作战。经过五个多月的转战，终因孤军无援，伤亡惨重，于12月7日被迫退入苏联境内。

马占山又以检阅部队为名，率卫队步兵一营、骑兵一营，携带军政两署关防印信、重要文件和巨款，潜离齐齐哈尔直趋拜泉。他会晤李杜、丁超、宫长海、冯占海、李海青诸部代表，共同制定了攻取长春、哈尔滨、齐齐哈尔的联合作战计划。他又经克山、讷河抵达黑河，遂即通电全国，再举义旗。为此，他联合省内各抗日力量，成立了黑龙江省抗日救国军总司令部，自任总司令。他还以黑龙江省政府主席兼东北边防军驻江副司令的名义发电表示："与日周旋，虽马革裹尸，亦所不惜。"请注意，马占山在这里所提倡的"马革裹尸"，正是他的老祖宗马援所具有的那样一种高度的爱国主义精神。5月初，他决定联合吉林自卫军进攻哈尔滨，亲自率军向哈尔滨挺进。不料，程志远叛国投敌，吉林自卫军也败退富锦、同江。因此，马占山军队在日、伪军重点围攻之下，不得不步步退却。1932年7月14日，日军第十四师团和第八师团，向马占山发起总攻击战。马占山被围困在绥棱县罗圈甸子一带，与敌血战三昼夜，伤亡惨重，所剩无几，最终冲出重重包围，收集残部，潜入大青山。在深山密林中辗转四十余天，历尽千辛万苦，方脱离险境到达龙门。

1933年6月，马占山由苏联绕道欧洲回国，抵达上海。不久，他上庐山见蒋介石请缨未遂，乃于1934年8月回到天津寓居。日本驻天津特务机关，几次企图暗杀他都未能得逞。他多次申请抗日，但未被起用。1936年10月，他忽然接到蒋介石的电召，准备把他派往内战前线。马占山赶到西安时，正逢西安事变。他向张学良建议"国难关头，勿杀害蒋介石"，并在张学良、杨虎城发表的《对时局宣言》上签名。张学良委任他为抗日援绥骑兵集团军总指挥。他立即编组总指挥部，指令所属各部队进行集结，后因张学良被扣，此举亦即终止。

卢沟桥事变后，马占山赴南京请命，直至 8 月 21 日才被任为东北挺进军司令（后改任东北挺进军总司令），兼理东北四省招抚事宜。马占山在极端困难的情况下，赶赴绥远、大同，把队伍组建起来。之后，他配合傅作义抗日，积极参加了绥远保卫战、阴山血战，为抗日战争做出了贡献。

1938 年 8 月下旬，马占山访问延安。在延安各界盛大欢迎晚会上，毛泽东主席致欢迎词说，“八年之前，红军已与马将军成为抗日同志”“马将军年逾半百，仍在抗战前线与敌周旋，这种精神值得全国钦佩”。不久，马占山任黑龙江省政府主席，后被选为国民党中央候补执行委员。

1945 年抗日战争胜利后，马占山又被任为东北行营政治委员会委员。9 月初，他受蒋介石之命，率部配合傅作义部进犯绥东和察西等解放区。不料，他的部队渡过黄河，第一次与共产党领导的军队打仗，就在平绥路柴沟堡一带被打得大败。不久，他称病避居北平。次年 10 月，他被调任东北副司令长官，但他仍在北平养病，未去就职。1947 年 4 月 17 日，马占山到达沈阳。20 日，在市府广场召开的欢迎大会上，他接受各界赠给他的“民族英雄”大锦旗一面。

马占山在哈镇期间，在坚守河防的同时，积极发展地方经济，他在文化、慈善、教育等方面，做出了不懈努力。1944 年，他捐资十五万元，兴建了中山中心学校（今府谷县哈镇学校前身），在校内修建了秀芳图书馆、中山堂等。同时，马占山看到哈拉寨封建思想浓厚，常有弃婴现象，便又拿出钱来，创办了一所育婴堂（旧址在今哈镇惠家沟），收容被遗弃的婴儿，雇请保姆抚育成人。马占山还积极发动官兵协助地方修桥补路，修理河堤，开办纸坊、油坊、军鞋厂等，发展地方经济，并设立集市，加强蒙、汉物资交流，为地方经济的发展做出了贡献。

1948 年底，马占山响应共产党号召，参与和平解放北平的活动。中共北平地下党通过马占山邀请邓宝珊去北平，劝告傅作义放下武器，接受和平。次年 1 月上旬，马占山、邓宝珊、傅作义三人经过多次商议，决定响应和平解放北平的号召，宣布起义。

1950 年 11 月 29 日，马占山病逝于北京寓所，享年 65 岁，被安葬在北京西郊万安公墓。

对于马占山，著名教育家、诗人陶行知写过这样一首诗：

神武将军天上来，
浩气正派系兴衰。

手抛日球归常轨，

十二金牌召不回。

在这首诗里，作者高度赞扬马占山慷慨激昂、英勇抗敌的英雄气概和敢于抵制蒋介石不抵抗政策、坚决武装抗日的大无畏精神，并把他奉为“神武将军”，这也足以可见，马占山将军在中国广大民众中，享有着崇高的威望。

与马占山同时代的，还有一位赫赫有名的抗日英雄，那就是优秀的共产党员，伟大的无产阶级革命家、军事家，著名抗日民族英雄，东北抗日联军的主要创建者和领导人之一杨靖宇。一看到这，有人会深感奇怪：你看看，你不是在写《马氏演义》吗？你不是在写马氏先贤吗？怎么在这里，却写起杨氏先贤来了。其实，杨靖宇并不姓杨，他姓马，叫马尚德，是河南省确山县李湾村（今属驻马店市驿城区）人。这同郑和一样，其实并不姓郑，而姓马。

杨靖宇幼年丧父，家境贫寒，由母亲含辛茹苦照料长大。1923 年，18 岁的杨靖宇考入河南省立开封纺染工业学校。在校期间，他秘密参加革命活动，之后受党组织派遣，回到确山从事农民运动。1925 年，杨靖宇积极投入五卅反帝爱国运动。次年，他加入中国共产主义青年团。此时，全国各地农民运动正在蓬勃发展，受中共组织派遣，杨靖宇从开封回确山开展农民运动。很快，确山县农民协会会员发展到一万多人，杨靖宇被选为确山县农民协会委员长。于是，杨靖宇参与领导了确山农民暴动，驱逐军阀武装，攻占确山县城，并加入了中国共产党。中共中央八七会议后，杨靖宇参与发动刘店秋收起义，先后创建由共产党领导的中国最早的县级农工革命政权——确山县临时治安委员会和河南省第一个县级苏维埃政权——确山县革命委员会，并组建河南省第一支革命武装——确山县农民革命军（后编为豫南工农革命军），从此，拉开了河南土地革命战争的序幕。他历任确山县农民革命军总指挥、确山县农民协会委员长和临时治安委员会代理主席、豫南特委委员兼信阳县委书记。

1928 年后，杨靖宇在河南、东北等地从事秘密革命工作。曾 5 次被捕入狱，屡受酷刑，坚贞不屈。次年，他被党组织调任中共抚顺特别支部书记。于是，他化名张贯一，深入抚顺煤矿，恢复重建被破坏的党组织，领导工人同侵占中国煤矿的日本矿主进行斗争。九一八事变后，党派他担任东北反日总会的领导工作，后又派他担任中共哈尔滨市委第一任书记兼满洲省委委员，后又兼满洲省委军委代理书记。

1932 年 11 月，他以省委代表身份被派往南满，整顿各县党组织、抗日游击队和义勇队，组建中国工农红军第三十二军南满游击队和第三十七军海龙游击队，任政治委员，创建了以磐石红石砬子为中心的游击根据地。次年秋，根据中共中央关于在东北建立党领导下的民族抗日统一战线的指示，以南满游击队和海龙游击队为基础，成立了东北人民革命军第一军独立师，杨靖宇任师长兼政委。半年后，东北人民革命军第一军独立师联合南满十六个抗日武装部队召开大会，成立东北抗日联合军总指挥部，杨靖宇当选总指挥。同年 11 月，召开中共南满第一次代表大会，成立南满临时特委，并正式建立东北人民革命军第一军，杨靖宇任军长兼政委。第一军成立后，杨靖宇运用机动灵活的战术原则，领导部队挫败敌人的秋季“讨伐”，迅速扩大游击区。中共六届六中全会曾致电，向以杨靖宇为代表的东北抗日武装表示慰问，赞之为“冰天雪地里与敌周旋 7 年多的不怕困苦艰难奋斗之模范”。

1935 年 8 月，中共满洲省委决定，以党领导的东北人民革命军、抗日联合军和游击队为基础，联合其他抗日武装成立东北抗日联军，杨靖宇任抗日联军第一军军长兼政委。不久，抗日联军第一、二军合编为抗日联军第一路军，杨靖宇任总司令兼政委。抗联队伍壮大后，活动在通化周围及沈阳境内和丹东一带的许多抗日队伍，都相继加入抗联一路军的行列，在吉林东南部和辽东等广大地区,给日寇以有力的打击。日寇称杨靖宇的部队为“东边道社会治安之癌”，称抗联活动地区为“癌肿地带”。

1936 年，日寇调来日军奉天教导团，由关东军南满“讨伐”司令官三木少将指挥，汉奸“东边道剿匪司令”邵本良配合，妄图消灭我抗日联军。因敌我力量悬殊，杨靖宇率领的抗联部队，采取巧妙迂回战术，避开敌人锋芒，诱敌深入，消耗敌军力量。杨靖宇命令战士制造仓皇败退假象，部队十八天行军千余里，在梨树子一带设下伏兵，敌人中计进入伏击圈，经过四个多小时激战，歼灭了这股敌人。后来，杨靖宇率队包围邵本良所部，一举歼灭了其主力部队。次年，杨靖宇任东北抗日联军第一路军总指挥兼政委，基本队伍有六千余人，分布在南满一带开展抗日斗争。卢沟桥事变后,杨靖宇发动西征,经常出击日军,支援关内的斗争。

1937 年，卢沟桥事变爆发后，为配合全国抗战，杨靖宇一面以抗联第一路军总司令部的名义发出《为响应中日大战告发东北同胞书》和《东北抗日联军第一路军总司令部布告》，揭露日本帝国主义侵吞中国的野心，号召东北各族人民团结一致，驱除日寇。同时，他组织部队在南满的广大地区积极开展抗日游击战，全力牵制日军兵力，配合关内抗战。当年7月，杨靖宇率一军直属部队在西去联络第三师途中，袭击铁路线上的日军列车，造成抗日声势，在离黄土岗不远处与日军松原部队遭遇，激战六个多小时，给敌人以重创。黄土岗战斗后，他率队来到清源县沙河子同三师会面。9月初，军部在宽甸马鹿沟袭击了监修道路的伪警察队。之后，杨靖宇指挥军直属部队等三百多人，同时分别攻取了兴京县第五区马架子和小堡两个集团部落。10月下旬，第一师等部队奉命同杨靖宇率领的一军军部会合，于10月末打响了痛歼日军水出守备队的战斗。同时，一路军其他各部根据杨靖宇的指示，在兴京、清原、宽甸、辑安、通化等地积极开展游击战，有力地打击牵制了敌人。

不久，杨靖宇带领军直属队从桓仁北上，到辑安县老岭山区开展游击战，发动了对通（化）辑（安）线铁路老岭隧道工程现场的攻袭战。他们奇袭老岭隧道，使敌人的交通线陷入瘫痪；杨靖宇指挥一军教导团巧袭太平沟警察所，给敌伪军以极大震慑；接连两次袭击通辑铁路土口子隧道工程，烧毁了伪警察所，炸毁了隧道、桥梁工程，消灭了工地上的日军，解救了中国劳工。日军接连遭到打击后，急忙调遣伪军索旅对付抗联第一路军，由一个骑兵团和两个步兵团组成混成旅，武器精良。杨靖宇得到情报后，率队在蚊子沟口一带设伏。经过激战，消灭索旅三四百人。再战，使索旅陷入我埋伏圈，被彻底消灭。

1938年11月5日，中国共产党扩大的六届六中全会发出给"东北抗日联军杨司令转东北抗日联军的长官们、士兵们、政治工作人员们"的致敬电，高度评价了活动在沦陷于敌手的东北地区的抗日联军，称其英勇斗争为"在冰天雪地与敌周旋7年多的不怕困苦艰难奋斗的模范"。在党中央的亲切关怀和鼓舞下，抗联第一路军转战长白山区，与二路军联合作战，连续多次冲破敌人的"围剿"，并不断袭击敌人据点，破坏敌军设施等，给日伪军以很大的打击和威慑。杨靖宇不满足于已有的战绩，又组织东南满反日伪军"讨伐"作战，指挥部队化整为零、分散游击，自己率警卫旅转战于濛江一带，最后只身与敌周旋五昼夜。1940年2月23日，杨靖宇在吉林濛江三道崴子壮烈牺牲，时年35岁。为纪念他，1946年，东北民主联军通化支队改名为杨靖宇支队，濛江县改名为靖宇县。

杨靖宇牺牲后，日伪军将杨靖宇的遗体拉回濛江县城日本古见联队大队部，抬到铡刀上，将杨靖宇的头颅铡下。岸谷隆一郎抽出指挥刀，亲自剖开了杨靖宇的腹部，探查杨靖宇究竟吃的什么东西，使其在那么艰难的环境中还能如此英勇善战。他又叫两个日本兵用盘子端着切下的杨靖宇的胃，进行化验，得知胃里面一粒粮食也没有，只有草根和棉絮，有的棉花明显是刚吃进去的，一团一团的还没变样。这时，岸谷隆一郎不得不承认："虽为敌人，睹其壮烈亦为之感叹：大大的英雄！"

杨靖宇的头颅被送到新京，岸谷隆一郎要求濛江县警务科长王世洪，一定要千方百计找到杨靖宇的遗体，全尸安葬。最后，他们在原古见司令部的后院挖出了杨靖宇将军的尸身。因为没有头颅，他们就在当地找了两个木匠，两个人找来一块楸木，刻上眼睛、鼻子和嘴，算作杨靖宇的头，就这样把杨靖宇埋葬了。

1945 年 8 月 15 日，日本帝国主义宣布无条件投降。10 月下旬，共产党领导的东北民主联军在濛江县建立了民主政府。新政府成立后，立即筹备为杨靖宇将军（牺牲五年后）重新安葬。次年，濛江县募捐为杨靖宇将军修墓，县政府做出将濛江县改为靖宇县的决定。时隔不久，杨靖宇将军之墓便得以重新修整。

解放后，经东北人民政府批准，由原辽东省人民政府建工局设计，北京古建筑施工队，历时三年，在通化市青松环抱、风景秀丽的南山，修建了民族风格浓郁的琉璃建筑群——靖宇陵园。

杨靖宇将军的一生，是革命的一生，战斗的一生，辉煌的一生。他率领东北抗日联军在林海雪原的艰苦环境中与日寇血战，为全民抗战建立了具有战略意义的功绩。他以草根棉絮充饥，战斗到最后一刻的英雄气概，更在亿万人民的心中，树起不朽的丰碑！

其实，在辛亥革命前后，马家还出现过一位巾帼英雄，她名叫刘青霞，实名马青霞。

刘青霞 1877 年出生，河南安阳县蒋村人，她是清光绪年间两广巡抚马丕瑶之女。因嫁于开封尉氏县刘耀德为妻，随夫姓，改为刘青霞。她是我国近代历史上杰出的女性教育家、社会活动家、辛亥革命女志士，与秋瑾齐名，当时"南秋瑾，北青霞"享誉全国。

马青霞 18 岁出嫁，随夫刘耀德之姓改为刘青霞。她 25 岁时夫亡，因无兄弟子嗣，刘氏族人为争财产而与青霞发生诉讼。1905 年，刘青霞随兄携子赴日考察，接触了孙中山及同盟会人士。在那里，她了解到豫籍留日学生中的同盟会会员因缺款不能办《河南》杂志，遂慷慨捐资，使该杂志在东京出版。她与友人在东京创办《中国新女界》月刊，宣传妇女解放。不久，她加入了同盟

会，成了一名社会活动家。她投资参与创办了公立中州女子学堂附小（今开封市二师附小），在尉氏创办了华英女子学校，这是当时河南的第一所女校。她又捐地两公顷，兴办蚕桑学校。以巨款先后资助过河南和北京的许多学校。她还修建桥梁，开办“孤贫院”“平民工厂”。回国后，又捐巨款资助同盟会河南支部在开封开设的“大河书社”，作为开展革命活动的经费。同盟会员张钟端由日本返国，策动起义，她设法予以掩护。民国初年举办爱国捐，她被推举为河南国民捐事物所总理。她积极参加京津地区妇女要求参政的运动，并被选为北京女子参政同盟会会长。她还于1911年夏天营救了一批革命党人，又捐巨资作为武装起义经费。她曾两次去上海见孙中山，表示要拿个人全部财产报效国家，作建筑铁路之用。虽然孙中山嘉纳其意，终因种种原因，未能成行。刘青霞的这个愿望，直到1922年，冯玉祥第一次督豫时才得以实现。于是，刘家的百万财产即归公，移作办学之用。她还拿出九千两白银在贾鲁河上修筑歇马营大石桥一座，造福乡里，赢得了群众的称赞。孙中山先生为她题赠“巾帼英雄”牌匾。

其实，马氏一门，在辛亥革命前后，在抗日战争时期，还有许多革命志士和抗日英雄，我们这里只列举马占山、杨靖宇和刘青霞，只是把他们作为这一时期马氏名贤的代表罢了。

第六十一章　马氏林槐　遗愿修建扶风寨

今《马氏演义》写到这里，我似乎是应当住笔了，因为，我将马氏家族的历史，已经从古代写到了近代，而按我原来的计划，我写“班马耿窦演义”，应以写班马耿窦四大家族古代的历史先贤为主。但是，就在我的书稿基本打住、行将画上句号的时候，我去了一趟陕北，去了一趟米脂，去了一趟“扶风寨”，这便改变了我原来的想法，才增补了后面这两章内容。

去年，即2024年6月，我因事去榆林，同著名民营企业家班虎林商量一些事情。事毕，我对他说：“班总，我想去杨家沟看看。”

“可以啊！榆林离米脂很近，那里又是我的老家，去很方便。”班总说，“要么明天，我拉上老父亲，咱们一起去。”可后来，他因为有紧事，便安排朋友陪我去。那是两位王姓朋友，一位是企业家王靠，一位是年轻人小王。说走，咱就走，到了米脂再说去与留。当天下午，我们便从榆林去了米脂，住在了米脂县城的金水湾酒店。次日上午，由小王开车，另外换车，陪我去了杨家沟。还是班总有心，他安排的这个小王，家就住在米脂县城，对杨家沟很是熟悉，因此，他便不仅仅是司机，也兼了导游这样一种角色。

那是6月29日上午9时，我们驱车从米脂县城出发，前往杨家沟而去。当然，那车是小王“驱”的，因为我并不会开车。可是，我是乘客，换言之也是贵宾。到了杨家沟后，先见一块巨大的红字勒石，大字为竖写毛体“杨家沟”，小字为宋体“全国爱国主义教育示范基地”。再驱车往里而行，即见一层层新修的梯田、新栽的小树，宛如一幅画一般，也多亏有此一举，陕北多年来退耕还林，才有了陕北这“青的山，绿的水”，尽管绿的水还是少有，但青的山是处处可见的。再走好几里地，便到了杨家沟革命纪念馆。在这里，我还未曾参观，就已经被那高大宽阔的寨墙上的巨幅标语所吸引，那分明是“红色杨家沟　百年扶风寨”这样十个大字。作为扶风人，我不能不对这一标语加以重视：那么，这陕北米脂，同关中扶风遥遥千里之隔，它们到底有什么联系呢？这杨家沟，同扶风寨到底有什么联系呢？一连串的问题困扰着我，我不能不在此认真寻找这些问题的答案。

原来，这个看似普通的杨家沟村，却是将红色革命圣地和中国历史文化名村二者结合为一体的旅游胜地。

事情的起因，应当从明朝初年大规模的移民说起。据说，那是明洪武三年（1370）的一天，在山西各地，全都贴出了这样的告示，说是朝廷计划大移民，计划将山西境内的居民，大都移居于外地。对此，朝廷采用“迁留自愿”的原则，愿迁者即迁，朝廷会给予一定补助，不愿迁者不迁，但必须到洪洞县城的大槐树那里去进行登记。一闻此讯，厮守着肥沃土地有吃有穿有房有住的洪洞人，谁个愿意离乡远去而迁徙呢？于是，他们便纷纷跑到县城的大槐树下，在那里进行登记，说自己家不愿迁徙。谁知，这些人，反而上了朝廷的当，人哄人，上当者多得数不清，更不要说朝廷了。于是，这些前去登记不想迁徙的人，全都被官兵包围了起来，成了山西的第一批移民。这样一种说法，也许有些演义，也许是事实，而根据正史的记载，在明朝初年至永乐十五年（1417），明朝政府曾先后数次从山西的平阳、潞州、泽州、汾州等地，中经山西洪洞县的大槐树处办理手续，领取“凭照川资”后，向全国广大地区移民。当时。总移民达百万人之多，其时间之长、规模之大、影响之深，在历史上是十分罕见的。同样，明万历年间，也有过一次大移民，它只是这次移民运动的一部分。

且说，就在明万历年间山西大移民时，有一户马姓人家，他们祖孙三代人，将从山西临县迁往陕北。这户人家，当家的叫马乐孙，是爷爷辈的人；儿子名叫马喜子，是父亲辈的人；孙子名叫马落根，他方才10岁，独根独苗，是马家的掌上明珠、家中瑰宝，全家人都像爱护自己的眼珠一样爱护着他。马乐孙和马喜子父子，之所以给他们的宝贝疙瘩独根苗子起名叫马落根，是指望他能在晋地生根发芽，世代繁衍，后代兴旺。却不料，突然来了这么一场大移民运动，使他们的梦想破灭，这对他们不能不是一种沉重的打击。正当马喜子沉默寡言、闷闷不乐时，父亲马乐孙突然对他这样说：“喜子，我看，就将咱们的落根，改名叫林槐吧！”

“为什么呢？”马喜子问。

马乐孙指了指那郁郁葱葱的大槐树说：“你看，咱们马家祖祖辈辈，在山西临县这个地方，都生活有千百年了。可眼下，朝廷却非要咱们离开山西，迁徙到别的地方。但是，我要让我的后代，能记住咱们的老家，记住山西这个地方。”

马喜子当下明白了父亲给孙子改名的用意，他十分高兴地说：“好呀！父亲，你给落根改的名字太好了，让叫他马林槐，就是要让他永远记住山西洪洞大槐树这个地方，记住咱们的故乡。”

“这也对，也不对。”马乐孙说，“这名字中有个‘槐’字，我是要让你们记住山西洪洞的大槐树，可还有个‘林’字，我是要让我的后代槐树成林、子孙成群啊！”

“好啊！”马喜子说，“如果这样理解，那寓意就更深了。”

“不！”马乐孙说，“我更深的寓意是，要让我的后代，一定要记住故乡、记住根。其实，咱们的故乡，并不是山西临县，而是陕西扶风；咱们的老祖宗，既不是你父亲我，不是你的爷爷，也不是你爷爷的爷爷，而是东汉的开国名臣马援，是光武帝时的太中大夫、陇西太守、虎贲中郎将、伏波将军、新息侯、忠成侯马援啊！他生在扶风，也葬在扶风。同样，在咱们祖籍陕西扶风，也有好多槐树，全都是古槐，全都是青槐，那里更是古槐参天、青槐成林啊！所以，你们一定要记住‘扶风’这个名字，千万千万，不能忘记，世世代代，不能忘记啊！”

“陕西扶风！”马喜子说，“这么说，咱们马家，也迁徙过好几次了，先从陕西扶风迁徙到山西临县，又从山西临县，还不知要迁徙到什么地方。咱们马家也真够倒霉的。”

“咱们岂止是从陕西扶风迁徙到山西临县，再早的时候，咱们的始祖马服君的次子赵牧，他同母亲一起，还有名相蔺相如，将赵、蔺这两个家族，从赵国都城邯郸，一直迁徙到陕西扶风。”马乐孙说，“不过，迁徙不见得是坏事，有句俗话是这么说的，‘人挪活，树挪死’。这就是说，人处于不利环境时，也可以通过改变环境，通过家族迁徙，往往能起死回生，扭转乾坤，改变命运。而根深叶茂的大树则不同，它不适合挪动，一旦挪动，便会有死亡的风险。如果从这一点讲，咱们马家的这次迁徙，也不一定是什么坏事，或许还会走大运、大兴旺呢！”

“但愿如此。”马喜子说。

…………

就这样，马乐孙一家人同所有迁徙者一样，他们离乡背井，扶老携幼，风雨踯躅，忍饥挨饿，迁徙到了陕北绥德马家山一带。因为当时，为防止“胡骑”

南下，朝廷特设“四镇三边”，延绥即为“三边”之一。朝廷之所以要移民“三边”，是为了加强“三边”的防卫。正因为“三边”戍卒饷粮丰厚，便吸引得边客增多，贩卖货物不断，延绥一带的商业，也因此兴旺起来。马林槐当时看准了这一商机，更瞅准了这一时机，时不时地，他也做点小生意什么的，使原本贫困的家境，渐渐有了些改观，但总归不那么富裕。人总归会有一死，马林槐也不例外，他到了70多岁的时候，终于一病不起，行将走到生命的尽头。他临去世前，把自己的子孙全都叫到马家的祠堂，指着那最前最大的一块牌位说：“你们看，这就是咱们马家的鼻祖伏波将军马援的牌位。马伏波他生在扶风，葬在扶风，他是我们马家众所公认、共同祀奉的祖先，咱们的老家在扶风啊！所以，以后一旦有机会，你们一定要去关中扶风，看望咱们的故土，祭祀咱们的祖先。我无能，无力给你们建造一个美好的家园，但是我希望在你们中间，能有这样的一个人，他能撑起马氏的家业，建设美好的家园，那个家园应该叫扶风寨！”

交代完自己的后事，表明了自己的遗愿，马林槐便撒手人寰，驾鹤西去……但是，他的子孙后辈把他的遗言牢牢地记在了心里。

其实，马氏家族的兴盛，应始于马林槐的第四世孙马云风。马云风生活在康乾盛世，他和儿子一起，干着“脚户”营业，在继续耕耘土地的基础上开展了运输业这条路子。他们努力发展畜力运输，依靠运客运货，倒卖货物赚钱，把所有资金都用于购置土地。他们又以圪镇店为主，发展商业，设立了以借贷为主要业务的崇盛西，在杨家沟设立发行帖子的崇义号等钱庄银号。这样，一个农商并重的马氏家族发展蓝图便绘制完毕并开始实施。

再说杨家沟，它原本是一杨家大户的天下，后因杨家衰败，便被马家取而代之。于是，马氏家族便有人提出，咱们应改掉杨家沟这个地名。“改什么名呢？”族中一位长者问。

“改马家沟吧！”一族人说，“既然现在的杨家沟已经被咱们马家买断了，那就叫马家沟吧！”

“俗！再想想。”长者说，“这杨家沟杨家沟，已被人叫了几百上千年，猛地改名叫马家沟，怕人们不习惯。再说，叫沟不好，杨家沟杨家沟，那老杨家不是衰败了嘛！”

“那就叫骥村，怎么样？”另一族人说，“骥者，良马也；骥者，杰出人才也！如将杨家沟改为骥村，那以后我们马家，一定会人才辈出，数不胜数。”

“这名字，比马家沟强了一些，但还是小气，不太理想。要么，就把它作为一个小村落的名字吧！大的名字，再想想。”长者说。

“您老就再别卖关子了。”一族人说，“您就起个好名字吧！”

长者先捋了捋自己的白胡子，笑了笑说：“其实，咱们的村名，祖先马林槐早就起好了。他临终前一再讲，让咱们新建的家园，应该叫扶风寨嘛！这一呢，是祖先马林槐的遗愿，叫咱们别忘了故乡扶风，别忘了老祖先马伏波。二呢，这扶风扶风，原是取‘扶助京师，以行风化’之意，说不定咱们这个地方，到了若干年后，也会是京师之地。三呢，为什么要叫扶风寨？这寨既不同于村，又不同于庄，取防守用的栅栏，或石头砌成的防御工事之意。也就是说，林槐祖先不仅让我们在这里安家落户，生息繁衍，还让我们在这里建城筑寨，守好家园，这任务重着呢！不过，杨家沟这名字也不要丢，它毕竟叫了好多年好多代了，说起来人都知道，咱们的全名就叫杨家沟扶风寨吧！”

一族人说：“您老就别开玩笑了，像咱们这偏僻山沟，荒野之地，以后还能成为京师之地？”

“这，你可别说。”长者说，“就杨家沟这块地方，我让卜者算过一卦，说这里是最佳的风水宝地。还说若干年后，会有皇上在这里待呢！再说，这里即使不会成为京师之地，那咱们的马氏族人，也应该在此地传知识，传文化，讲道德，讲科学，努力改变这里的不良风气，提高人们的道德修养和文化修养，也很有意义嘛！”

“好，好！”听长者这样说，大家全都叫好。

“扶风寨好！扶风寨好！”大家全都叫起好来。

…………

当然，当年的马氏长者和马氏族人从未想到，他们的“扶风寨”的梦想，会实现得如此之快！看，如今，你一到杨家沟，即见得那巨大的“红色杨家沟百年扶风寨”标志，大多数人都不明其意。那么，我以上的文字，便是解释，便是来历。这下，你总该知道什么是扶风寨了吧！

根据马家族谱记载，清道光十一年至十六年（1831—1836），米脂、绥德等地不同程度地发生洪涝灾害及旱灾，多数土地更是颗粒无收；迫于生计，大量农民将仅有的土地出卖给马家，但双方签的只是白契。白契即未经过县衙门课税局盖印的文契，马家只买使用权，但没买所有权，不负担赋税。后因当地官府税收减少，让马家负担赋税，马家不服，打官司到陕甘总督府。耗时几年后，马家竟将这场官司打赢了。至此，那些土地所有权便归了马家，使他们的白契终于变成了红契。这次事件，使得马氏家族获得了大量土地，也让他们成为陕北赫赫有名的大地主家族。而由于所拥有的土地分散，为了管理方便，马家子嗣便分散到米脂各地，杨家沟村主要居住的是马云风曾孙（马家第七代）马嘉乐一支的子孙。

马家传到第七代即马嘉乐时，他们家族拥有大量土地，并经营着很多商号、钱号等生意，真正成为陕北屈指可数的大家族。虽然经济基础雄厚，但马家子孙并非只贪图享乐，而是将大量财力、物力投资到教育领域。他们兴办学校，聘请当地名师，鼓励家族后辈们考取功名。仅马嘉乐便创办了三所私塾，所招之生，不局限于马氏子弟，亲朋子弟和乡邻的孩子都可以到私塾上学。得益于家族的巨额投入，马家真可谓人才辈出。

比如，马嘉乐的 5 个儿子中有庠生 3 人，贡生 3 人；11 个孙子中有贡生 10 人，进士 1 人；25 个重孙中有增生 1 人，庠生 2 人，廪生 3 人，贡生 3 人，举人 1 人，秀才 3 人，出国留学者高达 12 人。而光裕堂的五子十一孙均有官职品衔，其中正四品 2 人，从四品 2 人，从五品 3 人，因功赏戴花翎者 2 人，还有知县、主事等。25 个曾孙中有 18 人取得功名或官职，3 人出国留学，其余均上过私塾。马家后辈们在科举方面的成功，也让他们家族中有不少人步入政坛：马国士曾任甘肃直隶州循化同知，安西州知州；马国宾进士出身，曾在山西做过县长；马荣选曾任靖边县县长；等等。

同样，在这个家族中，还诞生了几位英雄人物和革命烈士："反袁"斗争期间，马正庵、马重光在日本参加孙中山创立的同盟会，积极参加辛亥革命和"反袁"斗争。几年后，马子衡也参加辛亥革命，任秦陇复汉军二等参谋。

辛亥革命前后，仅光裕堂就出国留学 12 人，出革命家 2 人，著名外科医生 1 人，地质专家 1 人，著名学者教育家 1 人，著名电器专家 1 人，著名纺织专家 1 人，著名化工专家 1 人。

抗日战争时期，马钟铭在中条山战役中，指挥全团将士英勇抗敌；马克沈参加青年军出国抗日，在缅甸战场上阵亡；马克昌在河北骁阳，参加反日寇"扫荡"斗争，不幸光荣牺牲；马钟隽在江阳战斗中，与军舰同沉长江；马履亨冒着生命危险，从汪精卫伪南京政府盗出重要的机密情报；马阁臣曾代表光裕堂，给三五九旅赠粮一千石；马醒民和马阁臣以陕甘宁边区参议员的身份，三次去延安参加会议，还出席了毛泽东为 60 岁以上老人祝寿的宴席；马玉瑞是解放军西野六团战士，在瓦子街之战中英勇牺牲，被安葬在黄龙县以北 56 公里、瓦子街战役主战场的烈士陵园内。

在这一马氏家族中，如论对革命的贡献，恐怕非马豫章莫属，也许正因为此，在杨家沟革命纪念馆里，便有着“马豫章故居（益德堂）”专馆。

马豫章原名马汉帜，和马家的其他人一样，他从小接受了较好的教育。1921年，16岁的马豫章便进入陕北最高学府——榆林中学学习。在此期间，由于受魏野畴、王懋廷等进步人士的影响，他参加了反对军阀井岳秀的斗争。1925年考入北京中国大学，便更加积极地投身于反帝爱国斗争。1928年，由张幼卿介绍，马豫章加入中国共产党，开始参加党的地下活动。1931年秋，马豫章与杜斌丞赴甘肃，在兰州《国民日报》当记者，此后领导了兰州中学的罢课运动和兰州兵暴运动。但后因中共陕西省委被破坏，他和组织失掉了联系。而这一身份则为其随后担任国民党肤施县长埋下了伏笔。

西安事变之后，国共两党达成一致抗日的共识。与此同时，国民党甘肃庆阳县长、泾川县长、灵台县长、环县县长、合水县长、镇原县长、正宁县长、宁县县长也通电拥护张、杨八项主张。这样，与杨虎城关系甚密的杜斌丞按照杨虎城的意思，同中共陕西省委磋商，委任马豫章、苗紫芹、张执庵、宋宾三、李志洁、艾善甫、王正身、李腾芳等人，分别到边区和接近边区的10个县担任县长，以利同中共的团结合作关系。但是，由谁去担任肤施县长，却出现了推诿的情况。因为，当初的肤施县已是红色区域，所以大多数县长都不愿意去。这时，和杜斌丞关系极深的马豫章，主动报名到肤施就职，杜斌丞为了和共产党联系方便，就把马豫章委派到肤施县做国民党的县长。实际上，马豫章此时已与组织失去联系，其身份是国民党党员，甚至有人认为他与肤施县党部书记高仲谦皆是国民党中统要员。

马豫章一到延安，就遣散了保安团，完成了夺取政权和瓦解反动武装的任务。同时，为了迎接党中央顺利进驻延安，他与进驻延安的工作团开展密切合作。据有人回忆说，马豫章和工作团合作很好。工作团还帮助建立了延安市委，帮助时任中央组织部副部长郭洪涛为中央机关安排驻地。当时的《红色中华》报也指出：“我们十八日早晨入延安城，原驻城的民团经过我们的各种关系的活动，大部分接受了我们的要求，自愿与我们联合，除一部分愿回家的遣资回原籍外，另一部分编为抗日人民保安队，现在城内秩序尚很好。”实际上，这里所谓的“经过我们的各种关系的活动”，和马豫章的配合不无关系。不仅如此，1937年1月，中共进驻延安之际，马豫章又在延安街头签署大量街头布告，迎接中共中央的到来。据当初参加欢迎活动的一些人回忆，当毛主席率红军到达延安之时，在一些三角旗上写着“热烈欢迎党中央、毛主席进驻延安”“中国共产党万岁”“团结起来，打倒日本帝国主义”等口号，令红军指战员都十分吃惊。

中共中央进驻延安后，马豫章迅速与边区保安处接上关系，成为表面上是国民党县长实际上却为共产党服务的具有双重身份的县长。实际上，关于马豫章的这一层身份，不仅国民党毫不知情，即使共产党的好多人也不清楚。大多数人都以为他只是国民党内的开明县长。及至1938年，经中共党组织批准，马豫章重新恢复了组织关系，成为一名中共党员。由于马豫章在党中央进驻延安的过程中做了大量工作，被周恩来称为“红色首都的市长”。后来，毛主席也在公开场合称他是“我们抗日的马县长”。这样，才有人逐渐知道马豫章的真实身份。随着马豫章身份的逐渐暴露，1938年底，国民政府撤换了他的县长职务，国共之间的摩擦逐渐升温。为此，八路军后方留守处主任肖劲光致电第一战区司令长官程潜：“国共合作已历三年之久，边区行政尚未确定，一县而有两县长，古今中外，无此怪事。且陕西省所派县长及绥德专员等专以制造摩擦、扰乱后方为能事。在边区已忍让三年，在彼辈益肆无忌惮”“边区军民群以拘捕治罪为请，劲光为体念钧座息事宁人意旨，顾全边区与陕省之团结起见，故请钧座令知陕西省府主动撤回，否则实行护送出境，盖亦仁之至，义之尽也”。但是，各地的国民党县长还是赖着不走。于是，共产党便发动群众，开展了一场驱逐国民党县长的活动，包括国民党延安县政府在内的国民党官员悉数被驱逐。被国民党撤职以后，马豫章被送到马列学院学习。完成学习任务后，马豫章先后被任命为绥德分区行政督察专员公署副专员，延属分区行政督察专员公署副专员，延安市副市长、市长等职。

正因为在中共的隐秘战线中，很少出现县长级人物的身影，所以，马豫章被毛主席称为“我们的马县长”“白皮裹红瓤的抗日县长”，他为建设陕甘宁抗日民主根据地做出了积极的贡献。

那么，现代呢？到了现代，杨家沟扶风寨的马氏后裔，情况怎么样呢？这真可以用“青出于蓝而胜于蓝，蓓蕾花开更鲜艳”来形容了：原西北大学校长、教育家马师儒，原延安大学校长、教育家马润之，原陕甘宁边区米脂中学校长、延安行知中学校长马济川，原《人民日报》编委、《光明日报》副总编马沛文，原《西安晚报》总编马汉卿，原电力及自动化专家马师亮，纺织专家马师尚。而老一辈无产阶级革命家马明方等英杰，也都曾就读于马家学堂。据20世纪

90年代不完全统计，仅马光裕堂一支，在科技、经济、文化等方面有突出成就者47人，厅局级以上干部43人，高中级职称55人，大专以上学历138人。

辛亥革命期间，马重光还办起了女校，使马家的姑娘和青年媳妇都上了学，在陕北一开女子学校之先例。正因为如此，在陕北榆林，一直有这样一种说法："开明进步办学堂，主家姓马不姓杨。杨马同处一道沟，杨家衰来马家旺。"由此足以看出，陕北民众对于杨家沟马氏，是有极高的评价的。

第六十二章　扶风名寨　中国革命立大功

米脂杨家沟扶风寨有一个著名的马家窑洞。扶风寨定名之后，马氏家族就开始修建窑洞和房屋，有一个近二十套窑洞的四合院建筑。清同治六年（1867），当时回民起义，有一部进攻陕北，绥、米形势十分严峻。为防范回军的攻掠，保境安民，以马氏九世祖马国士为代表的马氏家族成员，决定集资建寨。于是，他们发动所有长工，召集住户，雇用临工，自造火药，放炮开石，当年开工，当年建成。这个地方，不仅适合多人居住，还能防土匪呢！

原来，马林槐的二门四世孙马云风几经辗转，于康熙末年迁到米脂县杨家沟村。马氏一族，以农为本，耕读传家，好义可风，乐善开明。他们自设堂号，以堂为名，共建堂号七十二个，力求不断发展。

清朝后期，以马云风三门四世孙马嘉乐为代表，实行重农抑商，遵循儒教，耕读为本，勤俭持家，拓展基业。正因为他们家族以农为本，农商并举，耕读传家，所以历经两个世纪，逐步成为名门望族。

扶风寨是在马醒民的主持下，于1929年开始修筑，1938年建成。代表马氏庄园最高水平的是新院，此院落将西方建筑风格和陕北窑洞建筑文化巧妙地融为一体，堪称中华民族窑洞建筑的瑰宝。

因马醒民曾留学日本，在建筑方面见多识广，所以，他便自行设计，采用中西结合的方法，吸收西式建筑的某些特点，其建筑独具特色。当时，为了保证工程质量，他特请名匠李林圣领工，并有当地有名的石匠马兰芬、木匠王应民操守石木活计，施工极其严格，如一石一木不和规格，也必须予以更换。所以，这个寨子，式样别致，造型美观，古朴典雅，坚固适用，并具有极高的军事防御性能，那寨门宛如坚固的古垒，寨里全是布局井然的建筑物。

新院坐落在九条黄土山峁上（称“九龙口”），暗喻有九条龙之意，院窑穿廊挑石明雕有石龙八条。无独有偶，历史竟这样巧合，当党中央、毛主席进驻杨家沟后，新院即为天之骄子——毛主席的居住地。新院不仅体现了西方建筑之典雅，又反映出陕北窑洞建筑之雄浑，堪称中西建筑风格结合的典范，为中华民族窑洞建筑之瑰宝。而扶风寨呢？它的南北城墙均为双套城墙，各设两道城门。南城门为“骥村”门和“扶风寨”门。扶风寨对外寨墙高耸，城门威严，严于防范；对内则民居古道、供水排水、讲堂祠堂、戏院广场，统一规划，依山造势，功能齐全，俨然是一个世外桃源般的小社会，却又具备良好的军事防御功能。

要说，扶风寨的建成，却也实实不易。那是民国十八年（1929）时，陕北大灾，马醒民便趁这灾荒之年修建新院，以保证当地大量农民不流落外地。他采用以工代赈的办法，能建则建，不能建则停，整个工程的推进量力而行，修修停停，停停修修，直到1939年未竣而停。

新院的主体建筑为一线11孔石窑，正中3孔主窑突出，两侧6孔缩进，边侧2孔再伸前，平面呈倒“山”字形，挑石细雕应龙祥云，搭檩飞椽举折，檐随窑转，回折连接，檐面青瓦滴水，窑上砖栏花墙。主窑内部相通，分寝室、书室、会客室，方形规格石板铺地，地下砌烟道。室外建地下火灶，用于冬季室内取暖保持室内清洁。窑内设暖客、壁橱、东边窑墙褪熘拱形洗澡间。主窑侧配中西式门窗拱形窑，边窑置西式窗户，落落大方。窑前门台宽敞，置纳凉饮茶石桌。院落树林扶疏，东侧建堡寨式围墙门洞，额题“新院”二字。

整个寨内建筑群，全都倚西山而建，堂堂相连，户户相通，由下到上，井然有序，前有寨门、中正堂，后有好义堂、广信堂，中有厚德堂、崇义堂、达仁堂、至中堂、大中堂。寨门和中正堂在山下，好义堂、广信堂在山上，其他诸堂居中。那山势，那寨门，那寨子，果真有“一夫当关，万夫莫开”之势。最神奇的，是那新院直通山顶的上山过洞，其过洞一节一节又一节，高低宽窄仅容一人通过，过一节便有一门，即使有匪徒来犯，即使有匪徒钻入过洞，也能关门打狗，把匪徒予以消灭。怨不得，多次有匪帮来犯，只能望而却步了。

而且，马氏庄园围墙高耸，地道幽深，依山就势，层层分布；讲堂、祠堂、居舍应有尽有；供水、排水、粮仓一应俱全，是典型的窑洞庄园。其结构为“明五暗四六厢窑倒座厅房”窑洞式四合院，其建筑真可谓独具匠心，巧夺天工。

扶风寨无论在选址、规划和设计上，都蕴含哲学理念，十分讲究风水地利，将山寨建在一座龙头凤尾的孤山之上，而且还建有瞭望台、炮台、水井、戏台等设施。这里三山拱卫，易守难攻，正好似一个庞大而复杂的军事防御系统。

包括扶风寨在内，整个马氏庄园占据数十个山峁沟渠，其规模宏大，气势雄伟，极具历史、艺术、学术研究价值。

己亥、庚子年（1899 和 1900），陕北、山西旱灾严重，马子衡领先与堂兄弟开仓济民，在家设粥场，坚持两年之久，还拿出四千余缗钱分给饥民。饥民们感动得热泪盈眶，十几个村子的群众联合起来，敬立了一块“马公子衡德惠碑”，借以感激马子衡的大恩大德。有趣的是，这块石碑，一百多年来历经多少动乱，却一直保存完好。以至于“十年浩劫”期间，红卫兵小将几次动手动脚，准备毁了这块石碑，但这些村的群众拒不答应，千方百计保住了石碑，这是历史的真实见证啊！

还有一户叫马子椿的地主，他坚持于每年四月初八佳县白云山庙会期间，为路经杨家沟去赶庙会往返的群众、香客、小贩供应绿豆稠粥，不少知情者都绕道而来食粥。有因灾年逃荒，路经杨家沟的灾民，他们同样能得到马子椿所设的稠粥救济点的救济。由此，在我们的脑际，不难出现这样的画面：早些年间，陕北通太原、北京、天津大道上的客商、行旅不断，马氏家族，他们一边在这里搞着运输，做着生意，一边在路边施舍稠粥茶水，正是这等小小的善事感动了千人百众，加之马氏家族的诚实和信誉，便使得他们的生意日益兴隆，家业日渐兴旺。

除此而外，马氏家族还做了大量善事、好事。他们特别重视教育，积极办私塾，办学校，吸收了大量学生，培养了大批人才，这不仅仅限于他们的子女，也还有他们周围成千上万群众的子女。在这一带，马氏一门地主，正好是当地群众的救星。这样一份十分重要的调查报告，对当时我们党的政策的制定，起了一定的积极作用。

看一看，就是在杨家沟，就是在扶风寨，发生了许多的故事：历史的故事近代的故事，红色的故事、革命的故事，伟人的故事、平民的故事，传奇的故事、平常的故事，哪个故事讲起来，都是一段美丽的佳话啊！

尾　声

我记得，在《扶风县志》上，有这样一首诗——抚慰“伏波”在天灵：

酌酒高台意若何，
月寒霜冷动悲歌，
秦关险寺山河旧，
汉圯萧条千黍多。
曾忆长安君别去，
谁知远塞我经过，
往来古今皆成梦，
寂寞荒台马伏波。

此为明代人黄衮所写。黄衮，明南海人，字子和，弱冠（20岁）举弘治（明孝宗年号）进士，督粮广西，严法绳奸，境内肃然。后抚云南，镇湖广，皆有政绩，官至兵部右侍郎。所著《海语》，述海中恍惚奇谲之状，极为详备。工诗，有《矩州集》。黄衮十分崇拜马援，曾经远去边关，寻找伏波将军征战过的足迹，欣赏他的超人才能和卓越战功，感叹他的坎坷经历和不幸遭遇，想着他逝后应该得到人们很好的纪念，不料他朝拜了伏波祠，眼见那荒台寂寞，祠堂冷清，香火不盛，不觉情调感伤，意境萧索，在月寒霜冷的时日，酌酒祭奠伏波将军，浮想联翩，悲歌寄念。今朝秦关险寺的山河依如往昔，当日繁花似锦的汉苑，已变成广袤的农田。将军当日率兵南征的英武形象，后人犹不时追忆。当年征战之地，千年之后我曾有幸经过，往来古今的世间事，真像一场春梦般消逝，荒台上寂寞的伏波祠，也显得一片冷落。他是在呼吁人们应当永远深深怀念伟大的伏波将军。看到这里，作为伏波将军的后辈们，你们于心能安吗?

无独有偶，与黄衮同时代的王世康，也有这样的感慨。诗曰——

将军豪迈忆当年，

铜柱功成可自全，
积散未逢明主信，
令人长叹为君怜。

王世康在这里感慨的是，马援老当益壮，大功告成，在南地立下了作为汉界边界标志的界桩，后来马革裹尸，实现了他的遗愿。可惜结局并不很好，因光武帝听信谗言，贬斥马援，他拼死南征五溪，病死在了战场，却仍被追缴了印绶，差点不能归葬扶风，其亲属费尽周折，将他的尸体运回扶风后，只能草草埋葬。但是，他的伟大形象，永远活在人们心中。据说，初时节，马援墓很矮很小，当马援被平反昭雪之后，他率领过的将士纷纷来到扶风伏波村，为马援的墓添土，或是你一把我一把，或是你一掀我一掀，要么你一担我一担，你一车我一车，竟将那小小的坟丘，添得跟小山似的，这足以可见将士们对这一伟大将领的爱戴了。

明王合亦有诗曰——

汉将高祠地势幽，
忽遇遗像仿神游。
凤山含秀凌斜日，
棠树浓郁锁暮秋。
瘴疠一身生气爽，
蒸尝千载战功留。
当年铜柱今犹在，
长使英雄感壮谋。

而王合的这首七律诗，则是在写瞻仰伏波将军祠的感受和对马援功绩的赞颂。看啊，那伏波祠位于高山的深幽之处，瞻仰祠中所供奉的伏波将军遗像，仿佛与将军精神相交，令人肃然起敬。秀丽的飞凤山高耸在大地上，日斜时分似乎高于太阳，浓密的棠梨树，似乎封锁了暮秋时节的景象。将军在南国征战，因瘴气而身染疾病，仍气概昂扬，豪爽英勇，上千载的祭祀，即证明后人们不忘将军征战的功绩。当年竖立的边界铜柱至今犹存，使历来的英雄人物感戴将军昔日豪迈的谋略。读着王合的这首诗，我忽而感到了惭愧，我惭愧我们的时代，我惭愧有人的无耻，怎的会毁了千年古祠？怎的会少了对伏波将军的祭祀？对于此，我究竟能做些什么呢？我不知诸多的伏波将军的后代有没有同感，不知我们扶风人陕西人中国人有没有同感。难道，我们就不能重修一座伏波祠吗？

我记得,《扶风寨马氏家族志》还有这样的记载：抗日战争前，扶风县马氏曾派人来扶风寨联宗，由马醒民接待。后来，由于战乱，此事搁浅。更由于马醒民的逝世，此事便沉入海底了。可是，扶风到陕北，至少近于泰国，近于马来西亚，泰、马两国的马姓人，追根寻祖，都寻到扶风来了，拜倒在伏波将军的神灵之前，年年前来祭祖，那么，你们这些马氏后裔呢？

这里，我首先想到泰国马氏宗亲会：在泰国首都曼谷，有一座漂漂亮亮的白色大楼，此即为泰国马氏宗亲会会址，他们有一富有特色的会徽，上面标明偌大的“扶风”二字，以证明他们的根扎在扶风。这里是全泰二十万马氏宗亲联络和聚会的地方，是他们神圣的祭祖场所和交流中心。他们有自己明确的章程，有规范的组织机构，有严格的组织纪律。泰国马氏公民，既是中华民族的优秀血统，也是泰国的民族精英，这二十万泰国华裔，他们遍布于泰国党政工商各阶层各机构，尤其是在金融界和商业界，其总资产约占泰国国民总产值的三分之一，这是多么令人鼓舞的啊！譬如他们的名誉顾问即为马巴曼警察上将，其他诸如马德祥、马裕炎、马征远，再如永远理事长马陈茂、马俊豪、马定伟、马盛，名誉理事长马介璋、马弈侨、马灿文、马裕开、马光坤、马庆瑞及理事长兼山庄主任马君楚，皆为泰国名流。而中国台湾的马氏宗亲会也十分活跃，他们的理事长即台湾前“海军司令”，据说他已经仙逝了。一个马氏宗亲理事长去世了，他们的后代却成长了起来，以至比前辈更有作为，这个人就是台湾前国民党主席马英九先生。他一直表白：我的老家在陕西扶风，我的远祖是汉伏波将军马援，这不能不是马氏一门的荣耀，也不能不使伏波将军的在天之灵深感慰藉。也还有，在马来西亚，不是还有世界马氏联谊总会吗？正因为有这个总会，所以他们这里，便成了世界马氏文化的中心，有了这个中心，有了这面旗帜，马氏文化还能不活跃吗？

我常常这样想：世界诸国那大大小小的马氏宗亲会，你们怎么不汇聚到陕西扶风，成立一个全世界马氏宗亲总会呢？全球华人那男男女女的马姓之人，你们怎么不把你们光辉祖先伏波将军马援的陵地，修建得如同黄帝陵一样宏伟而富有影响呢？

我不似黄衮，没有得他那般的才情；我不似王世康和王合，没有得他们那般的悟性。但是，我也爱好诗，也写些拙诗，并写过一首《班家谷吟》，诗曰：

东汉班家谷，西周名胜地，
四班英灵在，美名留万世。

古有神龙佑，历代人文萃，
今犹翰墨香，辈有人才出。
东有飞凤山，旭日凤展翅，
山下沣河水，流经千百里。
西有古周原，沃野望无际，
民族文明史，诞生即此处。
南有秦岭险，兵家争战急，
秋风五丈原，孔明壮年逝。
北有桥山秀，黄陵龙之脉，
翠柏永不枯，恩泽广无际。
再看兰台阁，神秘又美丽，
前辈辉煌史，照耀新世纪。
先有绝代才，名彪字叔皮，
挥开如椽笔，古窑续史记。
班彪写汉书，功等同太史，
可叹孟坚公，无故死冤狱。
兄长未竟业，妹昭来承继。
更有勇班超，投书立大志，
率领数使卒，征服西域地。
超子名班勇，父风一身集，
再统陇西兵，累累有战绩。
可悲其孙始，幸把公主娶，
不屈斩淫乱，灭门并被欺。
中华千秋史，总是百折回，
班家之显赫，汉兴汉亦止。
岂只班家雄，更有马家威，
班马耿窦在，伏波擎帅旗。
后代有马融，教学回故里，
子孙人才众，廖光腾超续。
我等无大才，总有一支笔，
愿将断代史，点点滴滴记。

汉书文化园，兴建在故里，
如此之伟业，全靠有识士。
班马在天灵，必然佑我辈，
其后孝心重，难舍此宝地。

尽管，这首诗谈不上多好多妙，但它发自内心，出自肺腑，是我梦寐以求的理想的确立和表露。

就此，我的《马氏演义》应该打住吗？还打不住。最后，我请读者尤其是马氏宗亲读者，再看一下我新写的一首诗——《马氏先贤 名震中华》：

马氏的始祖，是赵国马服君赵奢，
他的英名，如同那紫山一样伟大，
只惜他的儿子赵括纸上谈兵，
这不能不把父辈的功绩抹杀。

阏与之战，赵奢大败秦将胡阳，
他的赫赫战功被赵史重笔写下；
长平之祸，白起大败马服子赵括，
误国误民的将军谁人能不唾骂？

赵奢之荣赵括之耻后代人永记，
到马氏三世兴便毅然改赵姓马，
七世“马何罗事件”使宗族蒙难，
马姓人有多少被捕或被斩杀。

十一世的马援本扶风郡督邮，
他释囚工奔陇西在关山安家，
投隗嚣后他不满其三心二意，
见公孙述后方知他妄自尊大。

是猛虎必然要咆啸于山林，
投明主遇光武帝他大展才华，
马伏波两次率兵南征老当益壮，

马革裹尸薏薏苡之祸名遭践踏。

马文渊有孝女马皇后最为贤德，
还有后代马季长他是儒学大家，
那马钧善发明制作水转百戏，
五虎将军马超败曹操勇冠天下。

初唐时有一代名臣姓马名周，
他忠心耿耿直言敢谏谁人不夸，
那马璘和马燧皆为唐中兴名将，
迎击叛军守卫边疆名震中华。

纷乱的五代十国马殷为南楚国君，
重文轻武北宋王朝马怀德抗击西夏，
此怀德非彼怀德他是斩蟒英雄，
驱骏马挥巨斧除蟒害英名留下。

马氏先贤并非都是赳赳武夫，
南宋时廷鸾端林父子富有才华，
一部《文献通史》是史学名著，
元代时又有马致远是戏曲大家。
元末时南直隶郭子兴聚众起义，
朱元璋来投奔与郭元帅养女结发，
成为孝慈高皇后的马氏贤德无比，
她协助明太祖南征北战夺得天下。

马三宝赐郑姓率领船队七下西洋，
神武将军马占山抗击日寇名震华夏，
那杨靖宇本名马尚德为国捐躯，
河南巾帼英雄马青霞是教育大家。

马氏家族自古有自己的信条，
那就是文也能武也能诗书传家，
马氏后裔们至今践行永不忘记，
作为家训作为传统发扬光大。

每一个家族都应该有自己的族谱，
每一个民族都应该把历史记下，
百家姓记载有数百个家族的历史，
汇集成史册描绘成长卷那叫中华！

也就在我的这部《马氏演义》初稿刚刚完成之际，于 2024 年清明节时，马英九一行前来扶风进行祭祖：先是在西安，陕西省委书记赵一德、省长赵刚会见马英九一行；次是在扶风，马英九在伏波将军马援墓进行祭拜；后是在北京，习近平总书记会见了马英九一行，他表示，两岸同胞同属中华民族。中华民族是世界上伟大的民族，创造了源远流长、辉煌灿烂、举世无双的中华文明，每一个中华儿女都为之感到骄傲和荣光。中华民族五千多年的漫长历史，记载着历代先民迁居台湾、繁衍生息，记载着两岸同胞共御外侮、光复台湾。中华民族一路走来，书写了海峡两岸不可分割的历史，镌刻着两岸同胞血脉相连的史实。

由此，我不能不再发感慨：既然，马氏文化有着如此重要的作用和意义，所有的马氏后裔，你们难道对马氏文化还不重视吗？所有的马氏文化热心人，你们难道对马氏文化还不重视吗？

2024 年春节第一稿完成于陕西省艺术研究院

2024 年 12 月第二稿完成于陕西省作家协会

后　记

应当说，对于马氏文化的喜好，我是从童年就开始了的。当时，我每每去陕西扶风黄甫刘大庄的舅舅家，总是要路过一个大冢——汉伏波将军马援墓。从那时起，我便知道了马援。

稍长，当我跨进学堂，当我与连环画开始结缘时，购得一套整整六十本《三国演义》连环画，看过方知，蜀汉刘备手下有五虎上将，其中之一就是马超，我还知道了马超正是马援的后代，并知道了马援和马超同是我们扶风的乡党，只不过，他们是古人我们是今人而已。于是，我便求助能书会画的我的叔父袁周平，给我分别画了幅马援与马超的画像，我把这两幅画像，先粘在两块硬纸板上，再钉在我所住的小屋墙上多年，一直到我 17 岁当兵从戎穿军装去部队的那个时候。

正因为我的家乡是马援和马超的故乡，正因为我们家乡不但有班马祠、三马祠、伏波祠、马援墓和马超胡同，所以我那时代少不得听到许许多多关于“二马”的故事。后来，随着年龄的增长，我才知道马援还有远祖，他的名字叫赵奢，又叫马服君。马氏一脉，乃是由赵奢的后代改姓而来的。但是，赵奢何以会成为马服君呢？我听得有老人这样说：“封赵奢为马服君，那是因为他极善相马，故名马服君。马服君马服君，是取他是‘极善识马相马驯马的君子’之意。而所谓识马的伯乐，即指赵奢。”那么，赵奢究竟是不是伯乐呢？这也是我少年时期以至于青年时期脑子里悬而未决的一大疑问。

那是 1998 年的秋天，我有幸来到首都北京。自北京回西安时，我突然想到了马服君赵奢，想到了邯郸。好在，北京距邯郸不远，我缘何不去趟邯郸呢？而邯郸正是赵奢的故乡，我又缘何不可以把“马服君”的来龙去脉弄个水落石出呢？

于是，我乘车来到了邯郸。由于经费紧缺等方面的原因，我选了个收费便宜的小旅店住下，径直去了邯郸县志办。在这里，我购得两套《邯郸县志》，一个版本稍早，一个是新的版本。遗憾的是，那县志中，关于赵奢的内容少乎其少。无奈，我又去买了本《邯郸地理志》来，终于找见了关于马服山的准确解释。该《邯郸地理志》中这样写道——

紫山，它系太行山的余脉，位于邯郸、武安和永年三县的交界处。在本县西北隅的工程乡境内，主峰海拔 498.4 米，为全县的至高点。

紫山之名由来已久。早在张华注的《史记》中有记载，云："邯郸西山，本名紫山。"紫山得名，可能与山色有关。《隋图经》中有"春夏有紫气（色）蓊郁，石上有菖蒲，岩间有紫石英"的记述。《魏书·地理志》和《大清一统志》等均收记紫山，此名一直沿用至今。赵国大将赵奢，赐号马服君，死后葬于紫山，故又名马服山。

古时候的紫山，风景秀丽，气候宜人，"紫峰晚霞"更是引人入胜，曾被列为本县十大景致和游览胜地之一。山上曾建有玉宝观，为游人的歇脚处。后来，因泉水干枯和历代的天灾人祸，景致衰败，建筑倒塌，变成了荒芜无生机的秃山。现在的紫山，红石裸露，土少而瘠薄，水源仍奇缺，仅有一些野生的酸枣树和白草一类的杂草。山下的岩石层中蕴含着无烟煤矿藏，工程乡在山脚下建有小煤窑，是工程乡一项重要的经济来源。

于是，我独自一人登上紫山，目睹这里的山水风光。原来，此山富含煤矿铁矿，所以整个山几乎全是紫的颜色。山上少有树木，那些少得可怜的树木全都低低矮矮，稀稀疏疏，长在山的阴面。杂草还是有的，整个山体，全都被杂草所覆盖。山上多处有裸露，全露出紫色的石块。今日之所见，已很难见旧时的风光、昔日的辉煌，这大约即为《邯郸地理志》之所载，是"因泉水干枯和历代的天灾人祸，景致衰败，建筑倒塌，变成了荒芜无生机的秃山"的缘故吧。今见此山，不能不使我想起故乡扶风的飞凤山，那昔日里有着多个马氏祠堂和扶风乡贤祠堂的飞凤山，其旧时风光和昔日辉煌不是也不复存在了嘛！紫山的出名，还在于它的高，其高虽不过 500 米，但因为它是全县的至高点，所以站在其上，可以一览众山小，俯视全县景，这也正是它出名的原因之一。当然，我之此来，并非一定要研究紫山的演变史，我只是在验证这紫山究竟是不是马服山，马服山是不是因马服君赵奢而得名罢了。

我后来再行研究，才确认赵奢就是马氏的始祖，其子即为"纸上谈兵"的赵括，其后代以马服君为荣，以赵括为耻，故而改赵姓为马服复姓进而改为马姓单姓。而马氏后代名贤诸如马通、马况、马援、马防、马贤、马棱、马臻、马腾、马融、马超、马岱、马钧等，而又以马援最为有名，他跟随汉光武帝刘秀南征北战，聚米为谷，指点江山，灭隗嚣，镇陇西，除羌乱，平交趾，曾任太中大夫、陇西太守、虎贲中郎将、伏波将军，封新息侯，后老当益壮，马革裹尸，并被追封为忠成侯。通过深入研究，我还发现，马氏先贤不仅仅限于男性，其女性也有三位历史名贤：第一位是赵奢夫人，她屡求赵王不应以子赵括为将而不准，结果赵王必欲以赵括为大将军替代廉颇，以致有“长平之祸”，使赵国 45 万人马被白起军所杀；第二位是汉明帝皇后明德马皇后，她虽贵为皇后，但从不徇私携亲，奢侈浪费，荐贤用才，被人称颂，是中国历史上最有贤德的皇后之一；第三位是明太祖朱元璋夫人马皇后，马皇后为马公生女，郭子兴养女，她与朱元璋起布衣，同甘苦，曾随其在军，带头节俭，不忘其本，举贤荐能，功莫大焉！她也是历史上一位最有贤德的皇后。也就是在此次创作《马氏演义》之际，通过各地众多的马氏后裔，我又了解到不少马氏名贤，比如像宋明两位马怀德，七下西洋的郑和（马三宝），抗日英雄杨靖宇（马尚德），著名教育家刘青霞（马青霞），他们都是由于特殊的原因更改姓名，所以极易被人们所忽视，我却不能不为他们写上一笔。如此看来，马氏一脉，真可谓人才辈出，举不胜举。

20 世纪 90 年代初期，通过翻阅有关资料，我了解到马氏一脉有一分支，明代时由山西迁至陕北米脂杨家沟，在此建一“扶风寨”，这里一度为毛主席和党中央所在地，它对中国革命发挥过巨大作用。了解到这些情况以后，我便和我弟自出费用，承包了自己故乡扶风东汉时期班家谷旧址土地，使之得以保护。我又和著名历史学家李济洲先生一起，列出了扶风以班彪、班固、班超为代表人物的班氏家族，以马援、马超、马融为代表人物的马氏家族，以耿弇、耿秉、耿恭为代表的耿氏家族，以窦婴、窦融、窦武为代表的窦氏家族四大家族世系表。对于马氏家族，我们排列最细，一直从马服君赵奢排列到伏波将军马援，以至三国时期的马超、马岱，几乎尽列东汉时期的马氏名贤。

1998 年秋天，我同几位朋友一起，又一次来到故乡扶风伏波村的马援墓前，发现有人正在盗墓，洞穴已挖数米之深。我当即在报上撰文附照片披露此事，还向扶风县政府进行反映，政府部门及时采取了保护措施。

我认为，马氏是中国诸家姓氏中很有代表性的一个家族，其特点是历史悠久，分布广泛，先贤辈出，人才甚众，家风严谨，后代兴旺。他们虽不是帝王世家，却又不限于大将之才，也包括女中豪杰，还有大经学家马融，大发明家马钧，等等。而且，他们也是最有凝聚力的一个家族，现在世界上，诸如美国、加拿大、日本、澳大利亚、泰国、马来西亚、新加坡、缅甸，以及中国台湾、香港、澳门地区，都有马氏宗亲会。应当说，马氏家族的历史，是中国历史尤其是中国东汉史的一个重要组成部分；马氏历史先贤之多，是许多别的姓氏所望尘莫及的；马氏家族人才之众，也是许多别的姓氏所无法比拟的；马氏家族对于中国革命的贡献，可以说是无可替代无比巨大的；马氏宗亲的凝聚，尤能代表海峡两岸人心的凝聚、中华民族的凝聚，它抑或比别的姓氏宗亲更具有凝聚力，更有代表意义。这，即为我们必须认真研究马氏家族发展史的原因。

于是，我为自己制定了一整套扶风地域文化研究创作计划：出版一部综合文集——《班马耿窦四大家族》；出版一套扶风历史资料集——《班马耿窦专辑》；创作一套四部长篇历史小说——“班马耿窦演义”，其中一部即为《马氏演义》；创作若干部电视连续剧——《班超定远》《伏波雄风》《将门虎贲》《悲窦冤沉》等。而我最倾心倾力的，还是“班马纪念馆”的修建，我甚至为此达到了痴迷的地步。我记得，几年前我构思创作《马氏演义》，因见史料所载，马援率兵征五溪蛮时，他为主帅，副帅为耿弇弟耿舒。两人因对出兵路线意见不一，耿舒遂投书兄耿弇，耿弇再转信于光武帝，这也是导致马援被贬的重要原因之一。为此，我便想写及乡党间的相互拆台和窝里斗。不料，那夜我忽做一梦，梦见我做为记者，采访于古代军帅帐之中。当时，马援挥笔写下一字，叠起来交给耿舒，说：“今有一字，赠汝妹。”耿舒展开来让我看，那上面只是一个“驚”字。“驚”字如写成简化字，那不过只是个“惊”字，倒也没有什么值得大惊小怪的。但马援时代，却何来的简化字。故而，我将此字拆了开来，遂成“敬马”二字。莫非，这是马援暗暗向我示意，如写《马氏演义》时，不要太贬耿家，因为耿舒之妹十分尊敬和爱慕马援，他们之间，也许还有鲜为人知的爱情故事。我不知古来托梦一说，有无它的道理。可是马援托我之梦，至今仍清晰可见。故而我的笔下，便有了“班马在天灵，必然佑我辈，其后孝心重，难舍此宝地”的诗句。故而我的《马氏演义》构思里，曾想设置些马援与耿舒妹的爱情故事。只是，后来由于创作的需要，我终未能如此构思并创作。但是，此一梦，总是萦绕于我的心头，恰如明王合《伏波将军祠》诗所写：“汉将高祠地势幽，忽遇遗像仿神游。”那么，我之所思所想，所见所梦，乃是与马伏波在神游了。其实，我很想借马氏历史先贤的威名，借马氏家族所特有的凝聚力，以及扶风的马援墓和三马祠、四马祠、伏波祠、乡贤祠等历史旧址，把这一极具特色的纪念馆建设起来，只是这一美好的蓝图，却未必能够实现。但即使是远景，我仍十分渴望它能够实现。

我自知，我个人的能力十分有限，长期而远大的梦想难以实现，但我认为，部分梦想总是可以实现的，比如创作出版“班马耿窦演义”。好在 2023 年 10 月，我由线装书局正式出版60余万字的《班氏演义》，今又完成这60余万字的《马氏演义》。需要说明的是，创作《马氏演义》，我是受世界马氏联谊总会和扶风县马援文化研究会之托的，如果没有他们的帮助，这部书现在恐难与读者见面。

《马氏演义》在众多友人和单位协助下，得以和读者见面：感谢著名军旅作家王宗仁、窦孝鹏，他们在百忙之中撰写了“班马耿窦演义”总序；感谢《作家报》总编、著名作家张富英先生，将总序予以发表；感谢世界马氏联谊总会总会长、马来西亚拿督马汉坤和江苏江阴旭初科技有限公司董事长马建忠为此书认真作序；感谢本书的策划人马雄光、马晓文、马国林、马伟、马建文、马科平；感谢汉文化研究者、青年作家延英和李玲女士为此书的撰写查找历史资料、录排校对；感谢袁季方先生精心插图；感谢排版设计者倪波、任军刚；感谢中国文史出版社薛老师，积极进行此书的编辑出版。尤其是在书稿完成出版发行的关键时刻，陕西宝鸡华保家具有限公司、四川恒鑫房地产开发有限公司、澳门合泰有限公司、深圳金马通讯有限公司、广州瑞廉窗饰有限公司、深圳奥雅装饰工程有限公司、江苏馥寿生物科技有限公司、广州一通活塞环有限公司、贵州固台酒业集团、广州乐牌家用电器有限公司、贵州仁怀服君酒业有限公司、陕西多味奇食品有限公司、英国MAXZARA(UK)LTD、浙江鸿鼎钢结构工程有限公司、深圳前海恒鹏投资管理有限公司、扶风县马援文化研究会、美国纽约马氏宗亲会、马来西亚马氏宗亲总会、九州马氏文化研究会、陕西杨凌马援故里宗亲会、河南息县马援研究院、山东省聊城市茌平区马周纪念馆、山东省聊城市茌平区振兴街道前曹马庄村等单位以及四川会理马家林，河北邯郸马计斌（世马总会副总会长）、马文强、大城马芳标，湖北马世永（世马总会副总会长），深圳马绵池、马辉标、马坚鸿、马少勤，广州马海兵、马莉、马伟平、陈淑娟，江苏马赞华，贵州马标、马启明，英国马勋骞，浙江马水芹，山西马星明、马志伟，澳门马立雄，广东马健华、马炳新，广西马进竞，河南马宜品，福建马礼江、马贤钟，陕西杨凌马顺怀、马双正，陕西扶风马芳华、马文华、马永华、马进喜、马晓顺、马彩丽、马广平、马昌儒、马建朝、马驰、马兵汉、马文刚、马薇宁、马瑞妮、马海平、马新林、马东涛、马东理、马新颖、马德旺、马文科、马安有、马同科、马明祥、马明全、马乃贵、马润生、马拉锁、马建强等马氏宗亲的鼎力相助，这都是我应当深以为谢的。

袁银波

2024年冬